U0467312

# 春秋辞

李烨 著

长篇小说《春秋辞》掏取沉甸甸的巴山故事，吹送活鲜鲜的时代新风，在广袤乡村抒怀，为脱贫攻坚立传，是一部以温情写春秋的感人之作。

——著名作家、四川省作家协会创作研究室主任 马平长篇小说《春秋辞》既是一部生动、曲折、温暖人心的扶贫史,又是一曲高亢、嘹亮、催人奋进的乡村振兴的壮歌。小说对那片红色土地的深情吟唱,恰恰体现了文学的时代性。

——著名作家、中国作协散文委员会委员 蒋蓝长篇小说《春秋辞》是一部以小见大、以点带面，从小处落笔，以展现宏大视野的乡土小说。作者抒写了小人物的大情怀，用小事件反映大时代，以一个贫困村的变迁，讴歌了乡村中国的巨变，为我们展示了一幅弥足珍贵的山乡新画卷。

——著名作家、原成都军区文艺创作室副主任　卢一萍

# 为这方人文重新命题
## ——致《春秋辞》出版并序

赵伟

我接到为李烨女士的长篇小说《春秋辞》作序的任务，在长时间的诧异中，还兼夹着极大的惊叹！原因是，我故乡那一方山水人文所经历的波澜壮阔的史诗性巨变，竟然被一个柔弱女子标注而呈现。这不知会让多少故乡的须眉文人举酒致敬？

李烨女士，早闻其名，未见其人，但她的作品，都甚熟。家乡刊物，我每期必读，李烨在大巴山女作家群体中十分特殊，非小家碧玉。我一看她的是《梅影》，二看她的是《春锦》，三看她的就是这部《春秋辞》。她的小说部部惊心，篇篇动魄，她实为江湖高手！

单说《春秋辞》这三个字，就霸气十足，敢拿它作为长篇小说之名，至少可以让读者窥见作者三样品质：自信！深刻！文艺！

一个隐匿于学校象牙塔内的女子，竟能成为文学江湖的高手，这让人不能不想到在当今文坛，活跃着的一大批极有影响的学院派作家。更难能可贵的是，她把敏锐的眼光投向更广阔的社会，并走出书斋，深入生活，扎根人民，慨然捉笔，用使命和担当，抒写现实，谱下了一曲动人心弦的扶贫奔小康的壮歌。

《春秋辞》以秦巴山区贫困村日月山的脱贫过程为主线，再现了县、镇和村三级党员干部与群众一道，手心相牵、团结一心、攻坚克难并最终取得脱贫攻坚胜利的历史全景，小说突出赞美了驻村第一书记穆清扎根日月山，倾力扶贫、智慧攻坚的品德和才能。所以，"日月山春秋辞"，只此六字，就足以感知到作者对母语文字所蕴含的情绪与韵味的充分把握，这种汉文字所附带的天然情绪，为小说酿造出强烈的艺术气息。

大巴山的人文故事，文字相传已有千年之久，那里恶劣的自然条件导致生存的异常艰辛，于是，栖息在这片土地上一代又一代的百姓，以各种各样的方式糊口度日，挣扎前行，或单打独斗，或聚族而战，可以说，外面的世界纵然春风浩荡，天翻地覆，这里也似隔着数道天然屏障，村民们依旧在贫困线上挣扎。日月依旧，山歌依旧，祖祖辈辈的生活依然还是刀耕火种，食不果腹。之前那些你方唱罢我登台的帝王将相们，也从未将眼光触及这方山水，眷恋过这方生灵。

但是，岁月行进到了21世纪，惠民政策遍及每一个角落，修路、架桥、免税、办学、发展产业……干部、群众结成命运共同体，血脉相连，休戚与共，与外部文明相携相行，彻底改变了千百年来的生活形态。在这大山里，如今的人们已是安居乐业，丰衣足食。这是一场巨变，这场巨变和社会重组下的人性去向，导致众生必然呈现不同的姿态。这其中，就不乏许多对这一方山水人文深入骨髓的痴爱者，穆清、赵一民、刘宏涛、孟宇、老胡等，他们正是凭着对乡土的热爱，才把生命的全部放置于此。

《春秋辞》呈现出了这些形态，留下当世影像，为后世翻检。

《春秋辞》，既是李烨对岁月的颂辞，也是她给予故土的一份深情，她在表达与解读中，不经意间完成了一个重要使命——为这方人文进行重新命题。

2020年12月4日于北京

（赵伟，作家，祖籍四川，现供职于北京市委宣传部，从事现代文学创作与研究。发表作品400余万字，作品散见于《人民文学》《中国作家》《人民日报》《文艺报》等。其长篇小说《望乡台》入围第九届茅盾文学奖，被评论家称为是一部中国二十世纪的民族心灵史，同名剧本被评为北京首届十佳优秀剧本。）

# 目录

楔子 001

夏至 003

处暑 060

寒露 100

霜降 136

小雪 169

春分 188

小满 220

小暑 258

大雪 280

清明 295

大暑 315

秋分 335

冬至 356

惊蛰 367

立夏 379

白露 403

立春 423

立秋 447

后记 467

/ 楔 子 /

穆清在日月山的第一夜，就失眠了。

临到天亮时，他才昏昏睡过去，还做了一梦。梦见自己只身一人，行于大山深处，荒芜凄冷。四下里，荆棘丛生，仓木蔽日，却杳无人烟。偶有山风如雷，滚滚而过。穆清心下害怕，想尽快走出去，却被蛛网一样的藤蔓绊住。他一急，试图用手去拨开，不料，那些藤蔓却愈变愈粗壮，到最后，竟成了一条条张着血盆大口的蟒蛇，愤怒地扑将上来，吓得他惊恐万状，连连退缩。正惶惑无措间，忽见一支支利箭，自身后横空穿来，那些张牙舞爪的蛇，立时倒地毙命。他回身一看，见一彪形大汉，正拉弓搭箭，立身于几十米开外的山冈上，身边跟着一只麋鹿样的动物。穆清潜意识里，觉得那人似曾相识，又模糊至极。待再去细看，那大汉竟又成了老德叔，衣袂飘飘，凛然而立。穆清有些纳闷，正要招呼，人已消失不见，只有那鹿子模样的动物在山间奔腾，时隐时现。再回过头来，刚才倒下的蛇身早没了踪影，那些藤蔓荆棘，纷纷退向远处，眼前渐次开阔起来。他甚至听到隐约的人语声，心中一喜，朝前奔去，结果腿一伸，醒了。一束晨光，正好打窗户照进来，晃得他睁不开眼。原来自己还躺在赵一民书记家的木床上。看看旁边，雷达已不在床上。屋外有人说话，只是声音极小，细听，才知是早起的几人在屋外闲聊，抬腕看了一下表，已近八点，忙翻身起了床。

只是那梦境，一直萦绕于脑海，洗漱的时候、走路的时候，甚至听人说话的时候，都会不时地溜出来。他琢磨着那拉弓搭箭的，莫非就是自己曾偶遇的猎人？可为何瞬息之间又成老德叔了？他摇摇头，连自己都甚觉荒诞。

夏至

一

穆清初上日月山,是处长秦汉明亲自开车送去的。

两人一早就出发了,沿云溪河一路北上。

车窗外一掠而过的,都是初夏时节蓬勃的景致。两岸疯长的树木,已成深绿,如冠的绿叶在微风里起伏。沿河而上,河道宽了,山更大了,也陡了。对面坡里,渐有燃烧的红色点缀其间。它们或是一簇,或是成片连在一起,恣意地附在树木间,或铺向草地,焰火一般,大有燃遍山林之势。穆清心中一喜,知那生机了然的,便是高山区迟开的映山红了。道路前面山岩边,偶尔也垂下待开的花枝来。秦汉明减了车速,将头一低,定睛细看了一眼,说:"海拔真高了,是含苞的琼花呢。"

"琼花?!"

穆清从小生活在低山区,未曾见过琼花,不以为意。只瞄了一眼,神情淡淡,觉得没有记忆中那花绚丽灿烂。

"要到水口了。"秦汉明的话将穆清拉回到眼前。

这是国道347线,直通陕西。秦汉明走过多次,自然极熟。

"从水口上去，双河口就不远了？"穆清问道。

"嗯，不远了。"

穆清便很兴奋，他听人说过，从水口往上，那里的山都一座座自成锥形，别具一格，既孑然独立，又相互守望。今儿得了机会，便正好向秦汉明求证。

"嗯，别小看那些山，里面藏了好些煤和铁呢！"秦汉明朝周遭望了一眼，又告诉他，"那些个埋着的煤，就像长在地里头的苔，一厢厢排过去，能铺几里路那么远呢。"

只听得穆清越发惊奇。

"还有更奇的呢，"秦汉明说，"别看这是高山区，在河坝，在沟壑田间，甚至在高山顶上，顺便抓一把土来，都有贝壳，没准儿还能逮着一只大龙虾！"

"真的呀？！"

"嘿，真不真不打紧，你不是要在上面扎根吗？待久了，自然就知道了。"秦处长朝他一笑。

穆清不知真假。反正因了这些，那片土地于他来说，就是个多样的存在，可能既贫困又富足，既苍白又神秘吧！

其实，他查到的最精准的信息是，双河口镇属秦巴山深度贫困带的核心区域，位于云水县北部，距离县城100多公里。中位位置均为北纬31°，东经108°。高山地形，典型的喀斯特地貌和残疾地貌。再往北去，就是陕西辖地了。而双河口，也因位于川陕两河的交汇处而得了名。

双河口属于上河地带。之前，穆清从未去过。但这听说的，和他从网上百度得来的印象，早烂熟于心了。

车子一过水口，两岸那山，果真像那悟空的脸，瞬间变了形状和颜色。先前还横亘着，老大一匹的那种，早没了影儿。从车窗外倏然划过的，竟真是圆锥模样了，且座座都有笔挺的山峰，有刀削一样的山棱。

穆清盯着车窗左右出了神。

"穆股长，你钟爱的那些桐花呢，看见没？"秦汉明转过头来，打趣地问道。

"额……"穆清被秦汉明唤回现实，愣了一下。

见他没反应过来，秦汉明便笑着，随口哼唱起小调来：

"叫花不是花，美丽人人夸，花开不留种，来年又花开……"

"秦处，你那曲子里的，也叫花？"穆清听着，笑了起来。

"没根基的东西，自然比不得你心里的！"秦汉明转头也是一笑。

穆清不好意思了，知道秦处长在笑话他的爱好。

穆清有山乡情结，平生深爱一种油桐花，处里人人都知道。这位分管扶贫的副处长，自然也不例外。

只是，眼下油桐树愈来愈少，就是在山郊野外，也极少看到油桐花了。一到春天，穆清就有些失落，总觉少年时那满山烂漫的景象，只在记忆深处了。倒是前两日，在收拾下乡行李时，脑里又忽然闪过一幕幕繁艳的山野盛景来。待回过神来，他还摇了摇头，忍不住暗笑自己痴傻。

其实，他知道，都这时节了，就算高山区季节再迟，那油桐树也早就花落籽结了。

## 二

接待他们的是陈副镇长。

等穆清报了到，陈副镇长笑道："镇上给穆书记安排了房间，我这就带二位过去。"

穆清有些纳闷，边走边问："陈镇，不是住村上吗？"

陈副镇长说："二位有所不知，日月山距离这里还有将近30公里路呢，掉角得很，去来都不易。镇上考虑到这种情况，特意给你安排了一间房，要是回来开个会什么的，回不去还可住上一宿呢。"

"哦，多谢领导关照！"秦汉明忙替穆清道了谢。

"刚来的孟镇长很关注日月山的发展啊，他原是要亲自送二位下去的，只是临时接到通知，今儿一早，就与刘书记去县里开会了。这接待嘛，就委托给了我。"陈副镇长笑着解释道。

说话间，三人已上了楼。

陈副镇长提到的这孟镇长，叫孟宇。穆清听人说起过，说是很有魄力，是个实干家，还是从村上一步一步走出来的。又听说，因双河口工作不好做，干部调整时，上面就把他从其他乡镇调了过来。

陈副镇长打开楼道出头的房门，带他们进去看了。

房间是一进二的，前面办公，后面置了床铺，是卧室。两人忙放了手头的行李。

陈副镇长将钥匙递与了穆清，说："穆书记，收拾一下，晚上就可以住下了。"

"今天不去村上了？"穆清吃了一惊。

"今天去不了啦！"陈副镇长笑道。

穆清求救似的望向秦汉明。秦汉明自然知道他的意思。

"陈镇，您看，刚好我也来了，也想下去看看，免得回去宋处长问我情况，还不知如何回答呢。"秦汉明委婉地对陈副镇长要求道。

"今天？太匆忙了吧？因为孟镇没法送你们上去，便取消了计划。现在临时联系村上，还不一定能联系上呢，就算是联系上了，也太远了。这一去一来的，也赶不回呀！"陈副镇长有些为难。

"陈镇，这样，我可以开车过去，再说，送穆书记到村上，也是我的责任嘛。"秦汉明还是笑道。

"秦处，您有所不知啊，那日月山还没通村道路呢，车子上不去，最多只能开到向阳坡。"陈副镇长解释道。

向阳坡是与日月山毗邻的村。穆清听老胡提过。

"没事，能开到哪就开到哪吧。"

陈副镇长见二人心意已决，不好再说什么，便道："既然二位一定要去，我让办公室先联系一下，不过，还不一定能联系上呢。"

临离开前，陈副镇长迟疑了一下，才又转身补充道："只是，若是能去，穆书记还是得回来，因为下边可能还没地方可住。"

秦汉明和穆清忙着答应了。

等陈副镇长下楼去了，秦汉明才对穆清说："还想带行李下去呢，人家陈镇早就看破了你，算了吧，他既都这样说了，也定是有些原因的，今儿就先下去看看再说？"

穆清点头道："嗯，也只能这样了。"

穆清收拾房间时，秦汉明在楼道里转了一圈，回来见穆清还在忙，就转身上了四楼。

他四下里环顾，镇办公楼乃依山而建。楼前几米外，便是双河口沿河而建的主街道。街道两旁是鳞次栉比的民居：土墙房、老式木楼房、钢筋水泥灌注起来的砖瓦房，高低错落，风格各异。

秦汉明越过街道望出去，目力所及处，依然是对岸横亘、绵延的大山。虽不闻水声，但能隐隐感受到两山之间，河谷之中，那静默无声，却依旧不舍昼夜、奔流不息的河流。

穆清抹了桌椅，拖了地板，连行李也没顾得解开。见秦汉明又折回来了，便匆匆关门，两人一起下了楼。

陈副镇长一直候在镇办公室里。

"日月山的电话不好打得很。"一个叫顾东的年轻人，边联系边说。

他确实连拨了好几次电话，要么没反应，要么是忙音。

陈副镇长又用自己手机联系，还是不通，只能反复发短信。

又过了一会儿，搁在桌上的手机响了，他拿起一看，说了声"通了"，才接了电话，问对方在哪里。穆清隐约听见，对方说在什么垭口上，正要往一社去。

"正好正好，赵书记，有事找您呢。"陈副镇长便忙将第一书记已到镇上，想去村上的事说了。

但两人电话里的沟通，似乎不太愉快。

秦汉明向穆清使了个眼色，两人便忙出了办公室的门。

一会儿，陈副镇长出来，说联系好了。

又说日月山村情特殊，太远，又偏角，今天就只到枫林坝，那儿离向阳坡村不远。又征求他们意见道："两位，要不就先与村上干部见见面再说？"

两人一听对方答应了，自然高兴，忙向他道谢。

陈副镇长笑道："两位客气了，这话本该我们说的。穆书记放弃城里舒适的生活，跋山涉水，到我们这高山区来驻村扶贫，为的又是啥呢？该是我们双河口人民谢谢你们才是呢。"

## 三

向阳坡，是与日月山和二里坝两相交界的村。

也就是说，去日月山，得过二里坝，再过向阳坡。其实最先经过的，还有鲁山的檬坝溪。这是老胡先前就告诉穆清的。

穆清上来之前，专程去看过老胡，想问些村上的情形。

老胡摆摆手，阴着脸说："甭提那茬了。"

见穆清不言，只看着他笑。

才又补充道："你咋去那儿哦！"

老胡叫胡耀清，是去年去的。

只是，先前还是个爱说爱笑爱逗乐的人，去日月山扶贫后，就像变了个人似的，沉默寡言，郁郁寡欢。有一次穆清见了他，都差点认不出了。再后来，听说老胡因驻村扶贫不力，被县上召回了。

车子从檬坝塘开始进沟，经檬坝溪、麻柳沟、二里坝，一路向前疾驰。

陈副镇长介绍："这日月山呀，幅员广，但大部分面积呢，都分布在山那边。枫林坝就只是个入口，有几户人家居住，其实，称不上坝，不过就是块较缓的山地罢了。从那往上，地形就开始陡了。要到村委会，还得加紧走上一阵呢。平日里，我们工作上的接洽，只要不进山，便大多约在那，就像今天这样。"

从檬坝溪进沟，穆清就很少说话，边听陈副镇长介绍村上的情况，边用心记着进山的路线。

再就是回味一下老胡的话。

老胡的话里有很多内容，又似什么都没有。

老胡四十多一点，比穆清要大四五岁的样子。两人同在一个系统，只是不在一个处室；素日里私交还不错。老胡也知道穆清本朴，从个人的角度讲，是不想他去趟那蹚浑水的，只是眼下木已成舟，人家又专门过来问情况了，自是不好打破锣，拂了人家的意。就只有实话实说，也算是给他提个醒了。而老胡首先告诉他的，不是日月山的深度贫困，而是地理位置上难以想象的掉角、闭塞，还就是村民生存条件的恶劣。

不过，穆清不是个悲观的人。他听着，心里不大以为意，只半信半疑，认为老胡的话，可能有了几分夸张。

车子到向阳坡时，大山便挡了去路。

下了车，秦汉明四下里望望，见尚在山麓地带，不解地问：

"陈副镇长，不是说有条机耕道吗？"

"这里的机耕道，就一条毛坯小路。原也修过，想让车子爬上去的，可山势太陡了。这既缺资金，又少人力的，要靠村民自发筹资，是一句空话，最终还是半途而废了。到如今也只能行人，不过，技术好的话，摩托是能上去的。"陈副镇长解释道，"一会儿，我们就得顺着它，往日月山地盘爬去。"

秦汉明望去，这山绵延着，呈南北走向，横不见边，高不见顶。他又四下环顾，只见右前方是一条向上的深涧，涧中一挂白练般的瀑布，至几百米高的悬崖上，陡然垂下，在涧底平滑的山石上溅起老高的水花。隔了那么远，他们甚至都能听见哗哗的垂水声呢。要是平日里，见了这景观，他铁定是会欢呼雀跃的。但那时，不知为何，只心中一沉。当意识到穆清的驻村生涯，将就此拉开帷幕时，竟无端地生出种种复杂的情绪来。

他回头瞄了一眼穆清，见他脸色如故，毫无波澜，紧着的那份心，才又稍稍松了一下。

"这年月，没村道路的村少啰！"秦汉明打破突然出现的沉默，感叹道。

"没办法呀，为啥叫深度贫困村呢？条件就这样呢！"陈副镇长顿了一下，又指着前面对秦汉明道，"秦处，您看，就这坡度陡得，唉，修路难度大呀！"

秦汉明顺着他的手指望去，陡的地方，竟有80多度的样子。又因两边是深涧，山路连绕旋的余地都没有。

"嗯，确实难！"秦汉明抬头望望，又侧身问道，"陈副镇长，你们乡像这种情形的村还有多少个？"

"就这个日月山村最恼火了。其他村嘛，条件虽也差，但比起这里来，就好得多了。"

陈副镇长一说到这，眉间的川字纹就深了，神色也跟着凝重起来。

说着话，三人上了条小路。

"陈副镇长，这上山得走多久？"穆清问道。

"脚力快的，怕也要3个多小时吧。"陈副镇长停住脚步，双手叉腰上，下意识地抬头，似要尽量望向它的顶端，但那不过是个伟大的妄想罢了。

看着陈副镇长剪影一样的背影，穆清想，这山够让人生畏的，其真正的高度与广度，怕是只有等自己用脚去丈量了，才会心中有数了。

"3个多小时？爬到山顶？"秦汉明一听，又吃了一惊，回身瞥了穆清一眼。

"不是山顶，是爬到垭口上。垭口之上还有山呢，一座挨一座，多的是。"陈副镇长笑了笑，又说，"穆书记刚来，3个多小时怕不一定走得下来呢。"

"陈副镇长，您这话可激了我的斗志了。"穆清也笑道。

"好啊！穆书记，有豪情！"陈副镇长爽声道。

说罢，陈副镇长走在前，一行人已拐进了那道深涧，顺着沟壑向上走半里路，倒左手边进了一片密林。

路不太宽，两边蔓草茂盛，林中树木密集葱茏，鸟雀欢唱，阳光透过树冠、枝叶，落入林中，也落在他们身上、脸上。

"这就是日月山人进出山的路。天晴尚可，要是逢上下雨，那就艰难了，一条有资格的烂泥巴路！"陈副镇长边走边道。

"植被好，生态环境好呢。"穆清却赞道。

陈副镇长一笑，脚步轻捷，一副惯行山路的样子，两人紧随其后，气喘吁吁。陈副镇长见状，放慢了脚步。

"陈镇长，您这速度够快的。"秦汉明停下来，喘着气说道。

"还不是'包'这村练成的，记得初次爬这山时，还不及你们呢。"陈镇长谦虚道。

"那您'包'这村多久了？"穆清问。

"有大半年了，以前是人大常委会张主席'包'的，因他上了年纪，这山太大，条件又极差，他爬不动了，才换了我来。"陈副镇长顿了一下，又回头笑问穆清道，"不知这苦，穆书记可吃得下来？"

"陈副镇长，我也农村长大的。这苦，既然您和张主席都能吃，我也一定能。"穆清一腔豪情道。

"那就好，那就好，"陈镇看了穆清一眼，才说道，"穆书记，自然条件的恶劣，是可以用勇气、毅力去战胜的，但你所面临的，可能还不仅仅是些自然的挑战了，除了斗勇，尚需斗智，你得有个心理准备啊！"

陈副镇长这话，语重心长。

秦汉明听出了些弦外之音，下意识地朝穆清看了看。那穆清脸上，依旧波澜不惊。

三人上了一道坡地。

陈副镇长指着上面介绍："秦处，穆书记，这里翻上去，就到日月山地界了，再往上就是瓦房沟、汉马场、尖嘴岭了。村委会所在地叫干湾，在汉马场和尖嘴岭之间。"

"哟，这条件，是够艰苦的了！"秦汉明边行边感叹，说话间已上了一段陡坡，怕脚下打滑，忙抓住头顶垂下的一棵小树枝，停住脚步，抹了一把脸上的汗水，四下里望了望，才又道，"单是这爬坡上坎，就够人受的了。"

"是啊，所以，我们得感谢你们把穆书记派到我们这边远、高寒山上来呀！"陈副镇长朝秦汉明道。

"镇长客气了，我们还得感谢你们双河口呢，给穆清同志提供了这么个锻炼基地。"秦汉明客套地说。

"秦处说笑了。"陈副镇长一笑，又道，"唉，说句不好听的话，要莫得扎根这里的决心，怕是待不下去的哦。"

"也是呢，没个定力，怕光这山就得把他吓跑。"秦汉明看看穆清，接言道。

穆清笑笑，没说话。

"不过，要改变这里的现状，还真得社会各方携手努力才成啊！好在现在国家政策好，深山里的老百姓算是有了盼头。当然，我们除了期待穆书记将一些新理念、新思路带到我们的村子外，还期待你们帮扶单位，能为我们引进项目、技术，还有资金呢……"陈副镇长接过秦汉明的话，又笑道。

"那是自然，请陈副镇长放心，结对帮扶是我们的责任和义务，我们帮扶单位一定会尽最大努力！"秦汉明也笑道。

就这样说着话，三人已上了一条平缓小道，陈副镇长指着不远处的几户人家说："那就是枫林坝的居民点了，这些村民都是从山上自发搬迁下来的，图的是离通了路的向阳坡近一点，条件好一点。"

穷则变，变则通啊！穆清想。可这日月山，为何就没一条通村路呢？是无人思变呢，还是不敢思变？抑或是不知如何来变呢？

正这样想着，却听陈副镇长又对他道：

"穆书记，日月山是双河口的边缘地带了，也是山高皇帝远的地儿，工作起来，可能难度挺大的，也可能难免要受些委屈，挺下来就是好事。"陈副镇长停了一下，看看穆清又道，"村上赵一民书记也是位老支书了，在工作中，要多与他交流、沟通与合作……"

"嗯，请陈副镇长放心。"穆清点头应道。

对即将与自己搭档的这位老书记，穆清自然有几分好奇，也是迫切想见到的。

## 四

其实，赵一民书记并不老。

看上去，也就四十六七岁的样子，个高，身材适中，背部挺直，脸型方正，不苟言笑。只在生气或愤怒时，额头上才起几根夸张的皱纹，嘴角的褶子，也一下明显起来了。

赵一民将三人迎入一户农家后，穆清本能地朝房内扫了一眼，可除了这家主人外，并无他人。

穆清心里纳闷，于是问："张主任呢？"

"赵书记，张主任没来？"陈副镇长也问道。

张主任就是张文斌。

穆清与张文斌相识，是在全县"第一书记、支部书记脱贫攻坚培训会"上认识的。按说，与他初相识的，本该是赵一民书记。但赵一民书记没去。

他私下问过张文斌。

张文斌说："赵书记病了，我是替他来的。"

穆清便有些小遗憾。

不过，与张文斌一交流，穆清觉得他人蛮好的——热情、健谈、反应敏捷，也很有见地。谈到村社工作，两人还有很多共识。穆清很高兴。后来，还请他喝了一次小酒。

"陈副镇长，山里信号不好，联系不上呢。"赵一民回答。

"哦，这倒也是，这山里，通信工具基本就是摆设了。"陈副镇长皱了下眉，又转身遗憾地向二人解释。

"那我介绍一下。"陈副镇长遂将他们分别介绍给了对方。

赵一民脸上带了笑，嘴上客套着，与秦汉明、穆清一一握手。

但穆清怎么都觉得，赵书记脸上的笑，轻描淡写，就像那握他的手一样，有几分冰凉。

接着，便是寒暄，找烟，落座。

陈副镇长谈了此行的目的，也谈了日月山工作的现状和难度，最后还给予了些希望。他说，现在好了，穆书记来了，从今往后，只要两位书记同心联手，日月山脱贫奔小康便指日可待……

总之，既有说服，又有鼓励；既有台面儿上的，又有掏心窝子的。说得穆清心里一阵阵热血澎湃。

可赵一民到底不像年轻人，容易头脑发热。只等陈副镇长话一停，便直截了当地问道："陈副镇长，我就想冒昧地问一下，是我们哪里工作没做好，或是没做到位吗？这上面又是派驻村队员，又是派第一书记的？"

这突兀的一问，令陈副镇长措手不及，也着实一惊。

当然，秦汉明也是没料到，穆清就更没料到了。

"赵书记，你……你咋这样问呢？没开过会，不了解政策呀？"陈副镇长敏感地扫了旁边两人一眼，忙侧转身，低声责备道。

"就是事多嘛！"赵一民看了大家一眼，表情讪讪地。

陈副镇长这才清清嗓子，抬高声音道："赵书记，你可能误会了，这次下派驻村队员和第一书记，是我们国家的扶贫政策。穆书记是来协助我们村上工作，带领村民脱贫致富的。当然嘛，这另一方面呢，也是为了历练我们的年轻干部，让他们在群众工作中，得到真正的锻炼！"

陈副镇长的话，说得很是委婉。

秦汉明看了穆清一眼，顺势接过陈副镇长的话，不失时机地对赵一民道："所以，赵书记，我们单位呢，就把穆书记派下来了，今儿也就把他慎重地交给您了。穆书记呢，还太年轻，对农村工作不熟悉，又没什么经验，是来向你们学习、请教的，在以后的工作中，还得承蒙您多担待、多关照和多指点了！"

"哪里哪里，秦处长客气了，我们山里人见识短浅，还得跟他们年轻人学呢。"赵一民也客套了一番。

穆清听出那都是场子上的话，不疏不离，不冷也不热。

只是，方才赵书记那话一出，穆清一颗火热的心，瞬间便被浇凉了大半，只在心里不解道：作为村支部书记，咋会问出如此荒谬的问题呢？难道真是身在深山？

之后，穆清与赵一民单独相处时，也有过短短几句交流。只是对方仍旧一脸疏离。

离开前，陈副镇长提出，让赵一民给穆清安排好住处。

"陈副镇长，村上条件差，村委会就一两间旧房子，没收拾不说，还漏雨，要不，"赵一民不甚乐意，只推诿道，"要不，穆书记就住镇上，隔三岔五来一趟也成，这样，他也轻松些。"

"那怎么成？驻村就得住下来，这是政策。这里我可得说清楚哈，人家驻村第一书记可不是您的兵，不是您让他来他才来。人家也不是来做做样子敷衍工作的。在级别上，穆书记可与您赵书记是一样的，是来给您当参谋，甚至起指导作用的，也是来参与村上人、财、物、信息的统筹与整合，协同村上脱贫攻坚，共谋发展的！"

陈副镇长的语气忽然强硬起来，掷地有声，一点回旋的余地也没有。

连赵一民也未曾料到，竟有些愕然地望向陈副镇长。

"那……好吧，不过也不急，这时日还长着呢，过几天吧。"赵一民看了看陈副镇长，又看了看穆清，补充道，"穆书记，过几天，我让张主任接你去。"

穆清有些语塞，但他既这样说了，自然不好再强求什么。那日回到镇上，便有些郁闷，老有赵一民冷冷的眼神，以及一张不明不暗的脸，在眼前晃动着。

秦汉明看在眼里，心知肚明。回县城之前，他只笑着打趣道：

"看来，日月山不仅是块硬骨头，还是块臭骨头，不好啃呢。但话说回来，只要洗干净了，也没有我们穆股长啃不了的，你说是不是？！"

穆清嘿嘿一笑，知道这是领导的俏皮话，是在给自己鼓劲呢。

"不是迁就他，赵一民是有他的局限，但也有他的优点。日月山要找出他这样一位书记来，还真难，所以你得先学会与他相处。"秦汉明还说。穆清又想起路上陈副镇长推心置腹的话。

他沉默片刻，才道出了自己的顾虑：

"秦处，还不知村上的情形如何呢，就是心里没底，经过今日，便更没底了，连先前那点自信都没影儿了。"

"不急不急，慢慢来啊，你身后不是还有政府，还有我们吗？记住，你不是一个人，也不是孤军作战，工作中遇到难事，多向领导请教，多与我们商量就是。"秦汉明略顿了一下，又遗憾道，"原本该在这里陪你一宿的，但你是知道的，我必须回去。"

穆清抬头望望天，见已暮色四顾，忙催秦汉明快走。他知道秦汉明情况特殊，无论走多远，无论耽搁多晚，夜里是一定要回到自己家的，近几年来，从不破例。

直望着秦汉明的车消失在沉沉暮霭中，穆清才慢慢回到自己的住处。

## 五

穆清下派为驻村第一书记，看似是处里钦点的，其实，暗合了他自己的心愿。

就这一点，连宋达海也心知肚明。

为这事，秦汉明还曾私下里问过他："这次下村，心理上有没有负担？或者说有没有憋屈的感觉？"

穆清知道他指的什么。

"还好。原本也是要申请的。"穆清说。

秦汉明见他有些避重就轻,便不好再问了。

其实,穆清心里明白,自己在处里的岗位举足轻重。码头、船舶、渡改桥等项目的储存与实施,没有谁比他更清楚和了然的。一走了事简单,但心里到底还放不开。不是舍不得放手,是怕自己放了手,就等于大坝开闸放水。

穆清生于农家,没什么高远的理想,也不喜沽名钓誉,就是做分内之事,履分内之职,对生活知足、感恩。如果真要自己给自己定个位的话,那就是踏实、本朴、有原则、不逾矩。不过,也有在他那原则面前,碰了钉子的,就特别瞧不上他这点,还背后奚落他,说他那叫"固守",叫不知变通。他知道这"固守"是贬义,有抱愚守迷的意思。穆清听了,也多只是笑笑罢了。

但秦汉明却是极赞赏穆清这点的,说他那叫"坚守","坚守本心"与"固守"有着本质区别。

两人在私下交流时,秦汉明说:"这守住本心,是做人的美德和准则,自然是好,可也最是难的,有几人能理解?这甚至会让你在社会上跌跟斗的!"

穆清想想,虽觉得秦汉明说得有道理,但最后还是自我解嘲道:"算了,无所谓了,不忘初心,便问心无愧!"

后来,秦汉明就赠了他一幅字——"抱朴守拙"。大气厚重。

穆清喜欢极了,将它慎重地挂在客厅里,算是勉励自己砥砺前行吧。

再后来,县里要选派一批机关干部,到村上去做第一书记。局里赵局长在动员大会上讲:"精准扶贫就是需要我们深入基层,扎根基层,深入人民,勇担职责使命……"

穆清一听,心动了。

再说,局里大会那么一开,处里就开小会酝酿。

于是,穆清就被处长宋达海提名了。

宋达海说:"穆股长思想纯正,有担当,有魄力,人又实在,当是下派第一书记的不二人选。"

众人一听,有些懵了。一时间,你看看我,我看看你,都面面相觑:因为穆清是处里的业务骨干,能独当一面。若是抽调走了,处里要找一个立得住、撑得起的人,还真挺难的。

但除了穆清本人,谁又知道宋达海下这步棋的真实用意呢?

宋达海解释:"就知道大家有猜忌、有担心,这说明什么?说明大家都在关心处里的发展嘛!大家放心,补缺的业务人员,我们要尽快培养,目前,一切都得服从于大局,这是政治任务,政治任务重于泰山,不容懈怠,这也体现了我们在这场脱贫攻坚战中的责任和担当!"

大家一听,不好再说什么。于是,人选就那么定了。

其实,就是处里不提他,他也是要主动请缨的。

穆清喜欢关注时事,从2013年11月,习近平总书记湘西考察,到2014年中央推动"精准扶贫"思想的落地。他就嗅到一场大的社会变革即将来临,而这一变革不会是风吹过,也绝不是虚晃一枪。它无疑将引领一场凤凰涅槃般的山乡巨变。他一想到这,就莫名地兴奋着。因为自己本就是农家子弟,而自己的父老乡亲,都将会是这场变革的受益者!

如今,单位要选派第一书记,穆清内心确也有些小激动,渴望到一个更广阔的天地中,去践行自己最朴素的愿望——做实实在在的扶贫人,尽微薄之力,帮助山乡人民脱贫奔小康!

只是还没等他开口,就被提名了。

他想,这样也好,倒省了些口舌。

不过,在收拾下乡行囊时,他还是忍不住在心里微微揣度了一下:"这算不算是秦处长所说的'跌了跟头'呢?"

好在他本不是计较的人,那种小心思,也仅一闪而过。

那时,心里装的,脑里想的,全是自己勾勒出的初到日月山的场景,偶尔还忍不住窃喜一番。

只是令他始料不及的是,现实与理想往往相去甚远。自己一开始就在村支书面前碰了一鼻子灰,讨了个没趣。

穆清心里有种说不出的沮丧。

他犹豫了一阵,还是忍不住给老胡打了个电话。

电话通了，却又无从问起。

老胡那边很安静，也不主动说什么。

"胡大哥，"穆清沉默片刻，还是忍不住道，"你还是讲讲那个山高路陡的故事吧，那天没咋听，以为你编故事呢。"

老胡听了，也没推辞，便又讲了一遍："从村委会往上，就是李家湾，李家湾再往上，就是尖嘴岭了。那里以前住着户人家，男的是个大队会计。有一年，他的丈母娘去他那走人户，晚上起夜上茅房，天高月黑，山又陡，结果脚下一滑，就从山上滚了下去。第二天一早，女儿见母亲没在床上，与丈夫满山找寻。这时山下已闹翻了天，说山上滚了个老太婆下去，浑身是血，早断了气。女儿找到母亲后，大哭了一场。办完丧事，大队会计的老丈人和舅老倌，与他大打了一场官司。后来，女人心里有阴影，得了抑郁症，死活要走她娘的路，吓得会计寸步不敢离家。再后来，那女的还是跳了崖。肚子里还怀着个娃，一尸两命啊。会计一个好好的家，就那样给毁了。葬了女人、孩子后，会计也不想活了，不吃不喝，奄奄一息的。有一日，他便拿了把菜刀，在女人坟前，一抹脖子，也跟着去了。等邻里发现时，那会计的身子'早干'了，而那血流了一坡，染红了整个坟地……"

穆清听了，很久没说话，只觉得心里憋得慌。

等平息下来，他才忍不住问道："上个茅房就能摔下山去？这也太夸张了吧？那大队会计先前咋不选个平坦处修房起屋？"

"你娃不知道，那里的山，可跟我们下头的山不一样，找块平地是非常难的，房子把平处都占了，猪圈、牛舍就只能挪到岩边去了。"

老胡说得很平静。

穆清听了，又是好一阵沉默。

说实话，到枫林坝走了一遭，穆清有些相信老胡的话了。

## 六

之后，是连着几天的大雨。

村里自然是去不了了，就是去了，也没法下户。

孟镇长和陈副镇长见穆清心神不宁，都宽慰他，说日子长着呢，让他安下心，养精蓄锐。

要安下心，其实很难。穆清又试着打张文斌电话。但电话一直不通。

穆清便依旧去办公室，想寻些有关日月山的资料。但都是些陈旧的，也早浏览过。事实上，日月山离双河口太远，镇上可能也暂时顾不过来，更新的信息自然没有。

穆清坐在宿舍里，隐隐听到河水咆哮的声音，隔着街道传来，怎么也静不下心来。

待天气稍稍放晴，张文斌打电话过来时，穆清像是遇着了救星。但还是忍不住生气，责怪他玩消失。

张文斌解释："穆书记，你不知道，我们这基本属于通信盲区，电话打不出去，没法与你联络啊，所以还请你多担待。"

"那你这会儿又打过来了？"穆清不信。

"唉，就为打这个电话，我得走好几个小时，到山上寻有信号的地方才行呢。"张文斌叹着气，又道，"你放心，明儿有车子将你送到向阳坡来，你下车后，我们这边派雷文书去接你。"

接着张文斌又将车主的电话号码告诉了穆清。

第二天一早，离开镇政府时，天才蒙蒙亮，穆清便没惊动谁，留了个纸条，就悄然离开了。

趁车子过去，穆清索性将自己的行李也一并带了去。

他在向阳坡下车时，雷达早等在那了。

雷达二十七八岁的样子，高鼻大眼，骑一辆旧摩托。他告诉他，日月山就两人有摩托车，技术不好的话，都不敢在这路上呼啸着来来去去呢。

雷达说这话后，可能觉得有点炫耀了，便腼腆一笑，露出两颗小虎牙。

司机回去的时候，穆清要给钱，被雷达挡了。雷达自己从兜里掏了100元递给司机。

路上，穆清坐在雷达背后，试探地问刚才的车钱咋处理。

雷达道，穆书记你不用管，赵书记有交代，说暂记账上，以后作为村社统一开支。

穆清一听，忙让雷达停了车。掏出100元钱来，坚决地塞给雷达。

雷达见他那般执意，只得接了。

两人抵达村委会时，书记、主任也前脚刚到。

这村委会仍在山腰之下的位置。

因山势向西凹去，便缓出一块小坝来。村委会的旧房，在靠路边的宕头处。两三米开外，即是万丈悬崖。穆清于路边面东而望，目力所及处，依次矮下的众山已如土丘和山包，温顺地匍匐着；俯视，脚下则深沟纵涧，山石森然，更有茫茫雾气正至河间渐次漫上来。

穆清恐高，忙退了回去。

村委会房里有股霉味，似好久没打开过了，桌上积了厚厚一层灰，地上有些纸屑、杂物。陈设就更简陋了：一张办公桌，几把椅子，里间置了一张老式木架床，放了一副旧床垫，上面搁了床旧棉絮。看得出以前有人宿过。

"这里前不着村，后不靠店，除了召开村民会，我们才在这里办公，"张文斌解释，"平时的村'两委'会，更多是移动模式。"

"移动模式？"穆清第一次听到这种说法，颇觉新鲜。

"额，移动模式，就是随机的，您以后就知道了。我们这里山大，旷野，住户掉散，村干部也隔得远，或东或西，或山顶或沟底，要都聚到村委会来是不现实的，光路上奔波就得好几小时呢，浪费了许多时间。后来大家一商议，工作在哪，就在哪办公。多选在村干部家里，大家轮流坐庄。"张文斌边说边笑。

"这还挺新奇的。不过，从现在开始，我来替你们守住这村委会，作为以后工作汇总的大本营吧。"穆清也笑，笑罢，抄起门后的一把扫帚，要打扫房间。

"穆书记，这哪能让您亲自来呢？刚来是客蛮！"张文斌忙夺过扫帚，朝外喊了声"雷文书"。

雷达便进了来，见张文斌正扫地，也开始整理房间。

地上有堆书，上面满是尘埃。穆清过去拿起面上的几本，在桌腿上抖了抖，放到一边。又在书堆里掀些起来，书品类很杂：有基层组织建设的，有科普知识介绍的，有产业发展的，也有普及文化知识的，杂七杂八的混在一起。又因地上潮湿，有的结在一处，生了些白霉。穆清心里可惜，忙一本本整理出来，擦拭干净，让雷达放在办公桌旁的简易书架子上。

"穆书记，你真要住呀？这杳无人烟的，连个说话的人都没有。再说，你晚上一人在这儿，怕是也会寂寞、害怕的呀？"张文斌边收拾边试探地问。

穆清倒没想那么多，觉得今后工作起来方便，就心里踏实了。便回道："不怕，我一个唯物主义者，怕什么？"

"也是，隔壁旧庙里，不是还住着些菩萨吗？"文书雷达见穆清执意要在一间破庙、两间旧房的村委会安营扎寨，遂开起玩笑来。

"小雷！"张文斌看了雷达一眼。

"雷文书说的倒是大实话，没准儿寂寞了，菩萨们还真能与我做个伴呢。"穆清边整理东西，边笑道，"只要晚上没野兽来踹门就行。"

"那可说不准，这山里野猪、猴子、獾什么的，多得很，还有黑子呢。"雷达又笑道。

穆清知道黑子就是黑熊。因为近年退耕还林和封山育林力度的加大，生态环境好了，便常有黑子在高寒山区的树林中出没。据说其四肢粗健，前后足肥厚，嗅觉灵敏，攻击性强，亦常有扰民甚至袭人致伤、致死的事件发生。

"雷达，别尽吓唬穆书记，好不好？！"张文斌笑嗔道。

"穆书记，黑子一般都在深山里活动，是不轻易下到山腰来的。"在外面转了一圈的赵一民，从门口进来了，见大家说得正欢，也接了话。

"那就好，獾和野猪呢，是怕人的。要是猴子来了，我就让它与我做朋友得了。"穆清又笑。

"说正经的，穆书记，你若真要住，这前不着村，后不靠店的，又是一个人，我们还真不放心呢。"赵一民道，"要不，我建议你还是住镇上，隔三岔五来一趟就成。"

其他几人也看着穆清，就等着他拍板定音。

穆清想，既来了，就断无再回去的道理，便道："各位的关切之情，穆某心领了。只不过，住这里，还是要方便些，也免得镇上、村里来回奔波。"

"道理倒是这样,这路又不通的。只是,"赵一民想了想,又对穆清道,"这样,穆书记,住不住都由你,也不急在这一时半会儿就决定,要不,过了今儿你再说?"

"赵书记说得在理,也是为穆书记您考虑,这日月山条件艰苦,以前那些包点干部,有几个能自始至终呢?更别说您这个在城里坐惯了机关的了。"张文斌也笑道。

穆清听出他话有所指。因为不久前,被县上召回的驻村干部就有好几位。

"为啥要过了今儿?"穆清不解地问。

"今天我们不都得下户吗?可能走得要远一些。"赵一民说,"穆书记这刚来,要不就先歇一下脚?"

"不不不,不用,我跟你们一起去!"

"算了吧,太远了,路又难走!"张文斌也劝道。

"日月山工作择人哟,穆书记扛不扛得下来哦?"一旁的雷达又冷不丁地冒了一句。

穆清忽然嗅到空气里有一种不明不暗的气息,在酝酿,在发酵,并弥漫开来,似要催化他的意志,抑制他的呼吸。

于是,穆清便又想起那日在枫林坝的情形来。

"这才刚开始,以后遇到的问题可能是形形色色的,该如何着手去解决,这才是最重要的。"陈副镇长的话又在耳边响起。

穆清忙站起身来,笑道:

"嘿,我可没那么金贵,试一试不就知道了?再说东西都带来了,总不至于再带回去吧。从今儿起,我就跟着各位共进退了!"

听他这么一说,几个互相看了看。

"好,穆书记,山上条件艰苦,一下户就赶场打铁是一天哟,你心里可得先有个底。"从村委会出发前,赵一民笑道。

穆清第一次看见赵一民笑,觉得那笑,有几分诡秘。

"从垭口插过去,沿二社的边界处,直抵三社的尽头吗?"张文斌望着赵一民,征询似的问。

"嗯,就按这个线路走,终点就老德叔那里吧,反正好久没去看他老了。"赵一民答道。

## 七

从村委会往青树垭爬去,穆清才知道老胡讲的那故事,一点都不夸张。

路愈来愈陡了,陡到穆清总担心自己稍不留心,也会像那老岳母一样,一不小心滚下山底。

好在那张文斌与他要熟一些,便一直跟在后面关照着他。

路过汉马场、李家嘴时,穆清才发现,果真如老胡所说,村民们的住房,地势都局促逼仄,大多是没有院坝的。若是几户人家挨到一处的话,房屋就呈一字型,一溜地排过去。只有地势稍宽的,房门前才勉强留有台阶。

这让穆清不断地回味老胡讲的那故事,一面为那老岳母啼笑皆非的死而叹惋,一面在心里生出隐隐的悲凉来。

"这山上,就真找不到一块大坝子吗?"他喘息着问张文斌道。

"穆书记,别说找块大坝子,就是找个坪打荞麦都难。这么说吧,我们山上的人,喜欢种荞子,荞子成熟了都是打活的,找不到地方铺开来打,咋办?这一代代传下来的,就是寻块簸箕大的坪,用塑料薄膜就那么一铺,然后将割好的荞子放在上面,荞秆朝外,结籽的一端朝里,扛个连枷就打,上面打了,甩一层又打,就这样打了又甩,甩了又打,这个就叫打'包包荞子'。因为是以结籽的一头为圆心,那么一敲一旋,把荞秆一抱,荞子就在当中了,所以这又叫'打网'。你们那地方啊,都是大田、大地、大坝子,是绝没有这种打法的啰!"张文斌边笑边说道。

穆清确实没见过打网,更没想到这里生活条件、生产条件,会如此艰苦。他望向张文斌,觉得他那些话里,也藏了好些无奈。

当终于站在日月山的垭口之上后,他才长舒了口气,四下环顾,目力所及处,多是矮下去了的绵延横亘的青山。而青山上,那一座座的锥形之山,也成了打坐的泥土堆。再俯视脚下,则深壑纵横,峭壁林立;仰首,又似伸手即能触摸天空。夏风拂过,竟有初春时的料峭、深秋的萧寒,仿佛到了另一重天地,今生没过的春天，似都藏在了这里，而夏天依旧很远，远得跟这里永远无缘似的。

穆清惊诧于这海拔之高，与其他地方温差悬殊之大。

他深深地吸了口气，在山上视野最好的地段，放眼望去，那一坡一岭，一山一扁里，都零星地散落着些住户。

原以为一个村的住家人户，都集中在一片儿，或两三片的那种。这一走，才知这里的情况并非想象中那样，山里住户分散，隔着河能聊天的人家，等赶过去时，便去了大半天的工夫。

"穆书记，这山大着呢！你看啊，我们这虽只100多户人家、500多人，但全村就有将近20平方公里的辖区面积。啥概念呢？这就相当于有些地方一个乡的面积了。"赵一民说。

"是啊，村民住得也分散得很，这山一户那山一户的。"张文斌接过话道，"我们日月山东西跨度还大着呢。你看，这东邻二里坝、向阳坡，西又与长风乡的桃花沟接壤，这之间怕就有20多公里呢，而打南边下山，又可直插荣安镇，往北翻山过去，就到了云水境内的另一条河的流域——玉水河了。你再看那里，也就是东北角上，它又与龙头寨毗邻，从那再往上，就是云水县境内海拔最高的大空山了。"

穆清愈听愈稀奇，还是第一次见识到这么旷远的村子、这么复杂的地理位置。

赵一民叹了口气道："这人少地广的，村上工作不好做啊。穆书记，你看，这一、二社大多在东坡，三、四、五、六社呢，又遍布西边的山山岭岭。唉，要是挨个儿走访，一天难走两户呢。"

"那开村民会咋办？"穆清问。

"把大家聚到一起，那是不可能的，你看，这东西两边隔了座大山，中间几里路上，又杳无人烟。所以，逢到开会，就只有东西两边分开来开。这东边呢，自然在干湾村委会，西边呢，也就秦家坝相对集中些，大家就都往中间走嘛！"张文斌补充道。

"开个会作用也不大，到会的人，还没有缺的人多呢。"雷达插话道。

"那政策咋宣讲怎么到位？"穆清疑惑道。

"那也没办法，村民自己对自己都不负责……"雷达说。

穆清看过去，赵一民和张文斌并不看他，眼神都落在了别处。

他忽然意识到，这村上的工作，比预想的还要难做。不过，好在今儿总算来了，脚下踩着的就是日月山的土地——自己曾在想象里，无数次来过的土地。这让他踏实。即便满眼的薄田、瘦土、撂荒的坡地，即便路遇的多是低檐陋房、荒凉陌生的眼神，也让他多了几分别样的情怀。

"开门便见山，走路就爬山，爬过这山又爬那山。"这是穆清对日月山最直观的印象。

只是日月山的山，确不同于低山区的褶皱山。

穆清向他们请教。

赵一民说："这是一种新生山脉，可能是地质运动给挤压起来的。"

张文斌说："关于这方面的知识，雷达喜欢钻研，是最有发言权的，他可以给你讲解讲解。"

雷达一听，红了脸，不好意思起来，用手挠挠头，才解释："云水下面的山，是横山，属古老山地。又因岩石都朝水平方向生长，所以平缓，爬上去就有台、有坝、有大田、大地。而这里的山不同，可能是从海底涌上来的，我们管它叫立山，岩石都是向上生长的，陡峭，成锥形，出煤、出铁等矿物质。"

"出煤、出铁？多好啊！"

"可从土质上来说，出煤、出铁的地方，就不出粮食。所以，这山上除土地贫瘠，不长庄稼外，偌大的一座山，甚至连建房的地方都难找几个。"

听到这，穆清才恍然，日月山的房屋，为何大多都前是岩，后是坎，要么就干脆筑在沟壑里了。

"所以，我们这收成不好。至今流传着'日月山高高出头，又出苞谷又出猴，要得一家有余米，除非外出去当牛'的歌谣呢。"张文斌插话道。

"不是出煤、出铁吗？"

"话是这么说。以前也确实有过很多煤窑，供村民下窑谋生，但那都是私人开的，安全不达标，出事的多。后来政府下大力度整治，到现在，煤窑都基本关了，也再没人用命去讨那口饭吃了。"赵一民解释。

"既这样，村民又咋维持生计呢？"穆清问道。

"唉，不是流行一句话吗？'在家种田，不如外出挣钱。'山里土地贫瘠，养不住人，大多数人家便外出打工去了。"赵一民叹道。

"而事实上，也确实只有外出打工，才是改变家庭状况最直接有效的途径了。"张文斌接过话去。

"一个劳动力在外，一年可挣上个10多万，而在家里，怎么也挣不了这个钱的。"赵一民道。

"是呀，都说'要想奔小康，必须背井离乡'嘛！"雷达笑道。

"可那毕竟不是长久之计呀，再说劳动力大量流失，空巢现象严重啊！"穆清叹道。

"什么空巢哟，连心都空了呢。"雷达又笑着嘟囔了一句。

"穆书记，不是泼你冷水啊，你看看，这山上，光靠这些个在家的老弱病残，就能脱个贫？致个富？我们村社干部还没那个本事哩！"张文斌坦言。

"可……"穆清想反驳他，一时又找不到合适的理由。只是隐隐觉得这张主任有些陌生，竟不像那个培训会上信心满满的他了。

"是啊，上边三令五申，可又哪晓得我们这连片贫困区的特殊性哟，工作推行难啊！"赵一民也道。

沿途的土地，确实未曾长出穆清想象中茂盛的庄稼来，要么稀疏，要么落了荒。一些房屋，因久无人居住，破烂得都快坍塌了。就是有人居住的地方，也只剩了些老、弱、病、残在家，冷清寂寥得很，连蜷缩在屋边的狗，也像是被传染了似的，没精打采，就是见了生人，也懒得亢奋，只象征性地吠几声，便低了头。

"穆书记，你看，这就是我们村的现状：闭塞，贫瘠，了无生机，人们饿不死，也吃不饱的。"雷达突然感慨道。

"虽说是穷，但我们全村六个村民小组，还是有人各自守着山上这数十座山峰呢。"赵一民接过话来，又似自我安慰道，"咱这穷山啊，哪怕走的是烂泥路，住的是土坯房，吃的是天落水，我们还是离不开它呢。"

虽只是片言只语，穆清还是在赵一民冷漠的外表下，捕捉到了那一抹深藏的温情。

"我想，日月山情况特殊，我们还得沉下来思考，沉下来好好谋划。只有出招，出妙招，让劳动力返乡创业，在自己的这块土地上寻找财富，才是根本之计、长远之计啊！"穆清说道。

"出招？可怎么出招？什么才是妙招呀？"雷达一听，摇了摇头。

赵一民只一笑，什么都没说。

其实，穆清也就嘴上这么说，心里却毫无底气。只是同了近半日的路，方知基层干部有基层干部的难处。不过就是想给他们打打气，也给自己鼓劲罢了。其实，便是自己，也觉得难。难的是这日月山与同等贫困村相比较，除了幅员广、跨度大、人口稀少、地势偏僻、海拔高外，更关键的还是劳动力严重流失。穆清深知，人是一把大工具，一把改造自然和社会的大工具。而离了人，一切都免谈。精准扶贫亦然。

穆清又想了想自己，本是带着信念来的，那满满的信念里，注入的都是他人生的初心，是他的期待与理想，然而现实很骨感。在现实面前，理想可能就似那吹大的肥皂泡，只需那么轻轻一弹，便悄无声息地碎了。

## 八

几人在山林里穿行着，往马家坡方向去。

张文斌说："马家坡有户贫困户叫杨贵，是因交通闭塞致的贫，得先去他那看看。"

天忽然变了脸，又下起小雨来。沥沥淅淅的雨，浇透了草木、田地、小径，更浇透了几个行路人的衣裤，连鞋子里都注满了水。

路又陡又滑，一行人一身泥水赶到马家坡时，穆清看看表，都下午1点多了。到了杨贵房前，却见关门插锁的。

穆清四处瞧着，见杨家除宽敞的堂屋外，还有三间木架屋。这房屋虽都是旧房，却维护得较好，无破败的迹象，看得出，这家人很勤劳能干。

张文斌去房前屋后打了个转，回身朝大家摇了摇头。

"去向阳坡了？"赵一民疑惑道。

"可能吧，这下着雨，也不会在地里呀。"

"那我们去三社？"张文斌问。

"行！"赵一民回道。

"这里就两户人家，既然来了，也去那家看看吧？"穆清见前面还有户人家，插话道。

大家一起望向赵一民，赵一民犹豫了一下，同意了。

张文斌告诉穆清，旁边那户人家的儿子叫李长海，去外面打工了。家里就剩两老人和一孩子。

几个人过去的时候，老人正在房前编一竹筛，旁边有一小女孩，五六岁的样子，蹲在地上，自顾自地玩耍着。

雷达说："这就是李长海的父亲。"

穆清点点头，心中便有了数。

见来了人，老人忙起身招呼，小女孩怕生，赶紧躲到旁边的柱子后边去了。那老人走路一瘸一拐的，不太灵便。

穆清四下转了一圈，见房屋四壁漏风，东边墙体还有些倾斜，用木棒从外面撑着的。屋中则如水洗一样的潮湿，墙角处，还置放着各种接水的盆盆罐罐。穆清心中一惊，心想这都危房了，塌了咋办？再环顾室内，火塘、厨房、饭堂，还有床铺，都混在一处，拥挤不堪。

趁大家招呼的当儿，穆清进到另一间房看了一下，房里暗黑，似乎更潮湿了，房梁上有两处，还滴答滴答地漏着雨水。地上堆了些杂物，壁梁上挂着些布袋，里面貌似装了荞麦、黄豆之类的粮食。傍墙的是一架老木床，床上睡着一人，间或咳嗽一声，便知是李长海那瘫痪在床的母亲了。

穆清心情沉重，在屋子里伫立良久。他没想到这户人家居住条件，竟如此恶劣。

穆清出来时，其他人已于屋内坐定，正与李长海的父亲说话。老人旁边搁着的，是那尚未完工的竹筛。

于是穆清问他家中情况。

李长海父亲说："长海出去打工了。他母亲要吃药，孩子也要读书了，哪里都需要钱。"

穆清听提到孩子，却左右不见孩子的母亲，便向大家询问。李长海父亲却缄了口，面有愧色。旁边的张文斌悄声说："长海还没女人哩。那个女儿叫秧子，是捡来的。"

"那长海多大了？"穆清问老人。

"都快30岁的人了。"李老伯叹息道，"都是我们拖累了他，家里有个药罐罐，还多出个孩子来，哪里有姑娘还往这穷兜兜里跳哦。"

"你老也甭悲观，长海自己心性高，也不想将就的嘛。"张文斌一旁安慰道。

"那是眼高手低，他都成我们心病了。"李老伯道。

"孩子几岁了？"穆清忙转了话题。

"都6岁多了。"

"咋没去读书？"

"唉，读书远着呐。她婆婆莫法动，庄稼也要人种。哪个送她哟……"

穆清不解地望向大家。

"这山上莫得学校，孩子要读书，都得去双河口中心校。"张文斌说。

"山里以前也是有学校的，还有两所呢，干湾那边一所，秦家坝一所。就因为太偏远，教师又不愿来，能来的又不太负责，后来，村民们不得已，抱着亏谁也不能亏娃的想法，只有咬咬牙，相继把娃娃们送到了乡镇上，这一来二去的，生源少了，村上的学校嘛，也就自然消亡啰！"赵一民解释。

"这么说，要上学，就都得去镇上的中心校啦？"

"是啊！上个幼儿园都得去镇上。"

"咋会这样？这么远，几十公里的，那——读书不更难了吗？"穆清自语道。

"不是吗？家里有了到学龄的孩子，还得要专人去镇里带呢。因为开销大，大多数家庭，若是女人去带孩子的话，男人就得外出打工挣钱，不然，就入不敷出呢。"雷达在一旁道。

"比在山里读书，代价大得多？"

"这是肯定的。确切地说，山里孩子去外面接受教育，更加重了山里人的负担。"

"去镇上读书，买菜要钱，租房要钱，更恼火的还是得耽搁一个整劳动力呢，田地自然也就荒了。"

"唉，也可怜这孩子了，看人家上学，就只有羡慕的份……"

见李老伯望着躲在一旁的孩子叹气，穆清也顺着看过去，只见女孩儿瘦瘦的，跟个小豆芽一样。手上、脸上、衣服上，到处都是泥巴，头发也乱蓬蓬的，只胡乱地扎着，还黏着草屑。不过，一双大眼睛却亮闪闪的，从柱子后偷瞄过来，满眼里都是好奇。

穆清心头又是一酸，遂起身过去，拉过那小女孩，将她抱在怀里，轻声问：

"你叫秧子吗？"

"嗯。"

"想爸爸吗？"

小女孩点了点头。

"想读书吗？"

一听"读书"二字，女孩蓦然抬起了头，眼里闪着晶亮的光来：

"叔叔，我也想要跟毛娃他们一样，有好多好多的书。"

毛娃，是后山邻居家的孩子，与她一般大，被妈妈带去镇上读书了。

"好，好！"就在那一瞬间，穆清感觉有种酸酸的液体，要从鼻子、眼里奔涌而出。

"这娃跟着我们，造孽啊……"

老人有些哽咽，忙低了头，要去拿地上那竹筛。

穆清随手帮他捡起，一看，篾丝粗细匀净，细如绢丝，又疏密有致，似比寻常见到的都要精致。

"穆书记，李老伯的竹编技艺，在我们日月山，甚至在远近几个村子都是出了名的。"见穆清端详那竹器，张文斌忙引开话题。

"他老人家竹编手艺好，是一辈辈传下来的。竹席、竹箩、筲箕、筛子、背篼甚至藤编，什么都精通。远近的人家那背的、提的、放东西用的，多是他家编织的。"赵书记也接过话来。

"藤编？"

"对，就是将山里的青藤处理后，编织成各种家居用品。"

"他儿子长海手艺更好，心灵手巧，随便编个什么的，都栩栩如生呢！"

"这样好，总算也有些经济来源了！"穆清有些欣慰道。

"书记，哪有那样的好事哟！"憨实的李老伯一笑，遗憾地摇了摇头，脸上的皱纹也因这一笑，而挤到了一处。

"也难啊，山里人淳朴，又都是乡里乡亲的，既然别人求了，不好拒绝，便多是帮忙而已，自然不好收人家钱了。"赵一民感叹道，"不过有时会收些人家送来的东西罢了！"

穆清若有所思，只默默地将竹筛递与李老伯，随后又换了话题，问了些眼前的生活、生产及田地的收入情况。

李老伯是个老实人，也不善言辞，问一句，便回一句。

"田地都是薄土，收成不好。就勉强够生活吧。若仅待在山里，经济上是没来源的。加之李老伯有腿疾，大婶又因风湿性心脏病，后来骨节萎缩，行走不便，进进出出还得靠他抱上抱下的，这一抱就20多年了。唉，一家老的老，小的小，不容易啊！"雷达在边上补充道。

正这样说着话，忽听得屋外来了一人，老远就嚷嚷道："老叔，这么多脚印，谁来了？"

李老伯正要起身，来人已到了门口，他朝屋内一瞅，即笑道："喔，是赵书记们过来了。"来人边说边拿出烟，进屋热情地找起来。

"刚才都没见你在家，这会儿从哪儿冒出来的哟？"张文斌接过烟，问道。

"这不刚从向阳坡回来嘛，见那么多脚印朝这边来了，就知道来客人了呢，嘿，真还没想到是你们这些贵客。这里太偏远了，难得见你们过来一趟呢。"

"这是我们村刚来的第一书记穆书记，我们陪他过来看看。"赵一民对来人介绍道，又转身对穆清道，"这就是杨贵，因这山上条件不好，搬到向阳坡去了。"

穆清与他礼节性地握了握手，算是彼此认识了。

坐了会儿，大家便起身告辞。

李老伯也站起来，蹒跚着送他们出了门。

穆清在房子前后各拍了几张照片，又在笔记本上做着些记录，特地在李长海的名字处，批注了"非贫困户"4个字。

然后，穆清又悄然回到屋里，掏出500元钱放在饭桌上，用茶杯压着，招手叫过小女孩，对她了耳语一番，才又出了门。

在房檐下，穆清关照了李老伯几句，还留了电话，说有困难就打给他，或去村委会找他都行。

李老伯直点头。

穆清走到拐角处，还看见李老伯低着头将自己写给他的纸条，折了又折后，才小心地放入衣兜。而秧子则在门前的柱子旁，落寞地目送着他们。

穆清心里便又是一酸。

从李长海家出来，杨贵前面带路，几个人又去了他家。

杨贵的女人正在门口打扫，见男人领了村干部过来，忙招呼着，把大家让进了屋。屋内很整洁，看得出是刚刚收拾过的。

穆清边与杨贵交谈，边做记录。提到山里生产生活条件时，杨贵就摇头、皱眉，一脸苦相，说太难了，从山下背一包肥料上来，要大半天的时间，这一生大半的时间，都耗费在搬运上了；又说自己深受其苦，所以砸锅卖铁都要搬下山去，免得后辈人还跟着受这个苦。

穆清就提到李长海家。

杨贵说，他们的境况更糟，残的残，老的老，又上了年纪，肥料都背不回来，种地只靠点儿农家肥，庄稼欠营养，收成自然不太好。

穆清又问他搬走了，山上的田地怎么办，他说自己可两来两去地住，粮食往山下背，就容易多了……

最后，穆清在杨贵的名字后，标下"贫困户"三字，并打了个问号。

这边，几个人早饿了，只坐着，不想动。

杨贵的女人便忙生火，给每人煮了一大碗面条。大家也没推辞，端过来就狼吞虎咽起来。

几人吃了饭，从杨贵处出来，天便放晴了。

穆清停了一下，又折身回去，硬要给杨贵女人面钱。夫妇二人推辞不肯收，说乡里乡亲的，吃碗面的情分还是有的，收钱就生分了。

穆清笑驳道："拿钱吃饭天经地义，没有生分不生分之说。"

其他人见状，也聚过打圆场。

赵一民也劝穆清算了，说这饭钱村上要统一解决。

穆清却执意不肯，说他想请大家吃这一顿呢。

大家便笑他，杨贵夫妇无法，只得妥协，收下了穆清递过去的佰圆面钱。

在往德叔家去的路上，穆清忍不住问张文斌："这李长海家情况这么糟糕，咋就没纳入贫困户呢？"

张文斌说："各家都有这样那样的具体情况，摸排时弄掉了。"

穆清见他语气极是轻描淡写，不好再追问。

只是不能不说，在李长海家的所见所闻，给穆清曾单纯明净的梦想，又罩上了一抹灰色。

## 九

德叔住白云寨，是日月山的老支书。

穆清后来才知道，白云寨虽也属三社的地界，但已与六社接界了。从赵一民家后山过去，还得绕三座山、五道梁才到白云寨。

老德叔家门开着，人却不在家。

这白云寨，山高，地势险要。但寨子上却有块难得的小坪坝。坝上呈一字形，住着几户人家。但照例前面是坎，背后是山。因房屋径深短，村民在修房时，地基都一例向后推了，有的人家还掏了一部分山体，扩了面积。

他们是从屋后绕过来的。令穆清吃惊的是，从前至后，从左至右，这一溜儿人家，房前屋后都干干净净的，地上无一根衰草。

赵一民进屋转了一圈出来，与大家打了个招呼，就径直倒左手下石梯去了。

"德叔可能去他那宝贝田里了。"张文斌说。

"要不，我们也下去看看？"穆清征询似的问。

张文斌同意了，三人便也顺着石梯往下走。

穆清远远地便看见东头有几块水田，正落在向阳处。一田田茂茂荡荡的秧苗，长势喜人。一个矍铄的老人，高挽着裤脚，正背着手弯腰立在田边，边听张一民说话，边低头查看那就要扬花的秧苗呢。过了一会儿，老人回过头来，恰好看见穆清三人过去。忙招呼道："穆书记，来了来啦，你们别往前了。"

穆清一听，明白德叔已知自己的身份。三人便笑着，站在田埂上等。

待德叔和赵一民走近，穆清叫了声"老书记"，德叔用手势止住了他："跟他们一样，也叫德叔吧。"然后他又笑问道："这么远的路，累了吧？"

"还好。不过，确实是第一次走这么远。"穆清实话实说。

"大家都好久没来了。可能也憋了一肚子的饿气啦！"德叔说。

"啊，这，您老都知道啊？"雷达开心道。

"不知道，你们还往我这跑？"德叔盯了雷达一眼，又吩咐道，"你小子腿快，去那边岩头上，叫你紫叶姐去，她在地里摘瓜菜呢。让她快回来给你几个弄吃的。"

"要得。"雷达得令去了。

几个人便笑着，随德叔回家去。

老德叔虽瘦瘦的，但个高，身板子硬朗，看来年轻时也是个大方汉，只是有些不苟言笑，连眼睛也还是鹰一样的锐利。

"老了老了，眼神儿还像锥子，盯在人身上，像针扎一样的呢。"这是在来时的路上，赵一民深有感触的玩笑话。

在德叔面前，赵一民心里除了敬重，还是有几分畏惧的。他知道，当初，德叔毅然将担子交与他时，也是寄了厚望的。这些年，自己努力过，但也懊恼、懈怠过，甚至自私过。总之，人该有的缺点，可能都有过，所以有时就心虚，特别是在见德叔的时候。因为他知道德叔眼里是揉不得沙子的。不过，一般情形下，德叔是会给自己留足面子的。但自己也要有慧根，要听得进他那些隐晦的话。就比如不久前吧，让张文斌代自己去县里参加了贫困村第一书记、支部书记培训会，结果被他老知道了。德叔就委婉地批评过他："这人啊，不能夜郎自大，还得多出去走走，多去学习学习，才会见多识广，羽翼丰满。要是长期在一个小圈圈里打转，那就是只抱鸡母。天晴了，出去扇扇翅膀，别人以为要上天，结果一个转转，又回到了鸡窝，一辈子都飞不起来，成不了凤凰啰！"

德叔没说什么大道理，就这样打了个比方。赵一民是有自知之明的，便知道自己在哪里踩偏了脚。

好在德叔没戳他要害之处，他知道能被他戳的地方，不是没有，是多。要是德叔真戳穿了他，他会更无地自容的。

其实，不论赵一民还是张文斌，都深有同感。

德叔做书记时，张文斌是文书，一步步走过来，深知德叔的脾气秉性。近年来，他很少单独来过，不为别的，就因害怕他那眼神儿。这日月山三山五岭的，虽然旷野，但有个特点，女子多不外嫁，就在山里互通婚姻，所以算起来，哪家哪户的祖上，都有着牵连不断的亲戚关系。所以有个大凡小事，虽然这山那山的，但帮忙的，走亲戚的，都勤密热闹得很。至于那些家长里短的闲碎话嘛，便是长了腿的，也长了翅膀，一飞就去了任意一个角落。况凭了德叔的智慧，是能眼观六路、耳听八方的，没什么不知道。就是别人不知道的，有了点芽儿的、影儿的，他也准能推出个八九不离十。所以，张文斌害怕，害怕老支书洞穿了一切。上次给余老大家送户口本时，顺道来见他老，就被他旁敲侧击了一番。虽言语温和，却有了很多言外之意。张文斌自个儿回去琢磨推敲了很久，也惶惑了很久。他今日过来，表面上虽佯装平静，心里还忐忑呢。好在今日，是穆书记第一次来，德叔可能还顾及些情面吧？他想。

两人各怀心事的时候，大家已于房中坐定。德叔去提茶瓶，要给大家泡茶，张文斌接过手去。德叔便拿纸杯、茶叶去了。

穆清环顾房内，穿斗木结构的房屋，干净、轩敞、舒适。一张大方桌旁正北墙搭着，上面搁了水瓶、茶杯，还有一叠报纸。后来，穆清翻过，都是近期的《秦巴日报》《四川日报》《四川农村报》什么的；再一翻，还有《人民日报》呢，不禁暗暗称奇；再低头看地面上，都铺了青石板子，平整干爽。和其他人家一样，挨厨房的耳房，依然有个大火塘。火塘里有几根木材燃着一笼小火，间或有"嗤嗤"或"啪啪"的火爆声溅出来。火钩上挂了个大铁罐，里面"扑通、扑通"煮着东西。柴火周围也煨着几个铁罐，大的小的，杂在一处。穆清看着，突然便心生了感动，觉得这些图景，除给山里清凉的夏天，添了些温暖外，还似点燃了自己记忆深处的东西。

正沉在自己的世界里,外面有了人声,穆清抬头一看,这边张文斌刚泡好了茶,雷达提了一篮子瓜菜,也到了门口。跟着回来的,还有婆媳二人。老太太在前,进屋招呼着大家,面色和善,笑起来愈加慈祥。媳妇在后,去宕头处的小房间搁了镰刀、锄头才进来。40多一点的样子,文文静静,温温婉婉的,进屋朝大家轻笑了一下,算是招呼,然后,就进厨房给大家收拾饭菜去了。

赵一民去桌上拿了报纸,正要翻,德叔拿了个挠痒的"不求人"过去,弯腰敲着他的手,问道:

"今年,村委会又没订书报?"

"哦,订了的嘛!"赵一民惊了一下,忙抬头回道。

"你们舍得?"

"爷爷,是政府统一订的,用的是村上的公务运行经费呢。"雷达接话道。

"那还没看过?!"

赵一民脸一红,回道:"您老又不是不晓得,山上偏得这样子,人家又没法送,等去镇上拿回来,新闻都变旧闻了。"

"诡辩!"德叔剜了他一眼,又道,"那你还翻?这还不是旧闻?也是托人带回来的,可旧闻又能旧到哪里去?还拿来当借口了!"

穆清看着德叔的样子,忍不住想笑。

"报纸放在便民服务所里,不单我们没拿,不拿的村子多了去了。但偶尔还是会翻看些的。"雷达忙又补充。

"德叔,确如雷文书所说。但也有记起时,就拿了回来的。"张文斌忙在一旁圆场道。

"村委会里有报架吗?谁又负责这块啦?"德叔又问。

这一问,几个人便面面相觑。

"唉!就知道你们没谁把心放在这上边!做生意的忙着打小算盘,做工程忙做赚大钱啰!"

赵一民、张文斌两人互相看了看,都红了脸。

"德叔,我们工作没做到位,甘愿领受您的批评!"赵一民自知理屈,检讨道。

"如今，形式主义严重嘞！"德叔悻悻道，"我这把年纪了，还知道关注形势呢！你几个还是村干部，就井底之蛙嘛！不关注时局，能把日月山往好里带？今天当着穆书记的面，我可还得说叨说叨哈……"

大家忙闭了嘴，不敢还言。

德叔顿了顿，转身对穆清苦笑道："穆书记，你看，日月山的干部自以为是呢。谁都知道，不学习只凭经验工作，那是要与外界脱节的。但他几个——唉，哪想这啊！"

穆清听罢，只笑了笑。

对于德叔的话，穆清虽深以为然，却碍于几人的面子，不好有明显地表露。

赵一民第一次与穆清同行，就失了面子，难免尴尬。

张文斌见状，出面辩解："德叔，关于形势，上面开会次次都在讲的。况且，现在是信息化时代，大量的信息，也是可以从手机上获取的。"

"你小子，咱这日月山，是个什么地儿哟，你不知道？手机有信号，还不得等个天晴下雨的？打个电话还蹭的外地网呢，能不能打出去，还不是得分个时候和运气呢！"

张文斌一听，哑了，不再吭声。

德叔这才在木桌旁的藤椅上坐了下来，环视了一下大家，又道："现在好了，县里派了穆书记下来，就是给咱日月山派了个领路人，你们一班人也该好好思谋思谋，再理一理村上的发展思路。如今，国家扶贫力度这么大，不是作秀，也不是只停在面上。至于如何乘好这股东风，带领日月山人脱贫、发展和致富，那就得看你们村'两委'集体的智慧了！不过，这日月山的发展，还要拜托穆书记多费心了。"

穆清一听，心里惊诧道：这德叔不老呢，耳不聋，眼不花的，心里都明镜儿似的。这可能就是几十年来农村工作，积淀而成的品质吧！他忙回道："老书记，您言重了。精准扶贫，脱贫攻坚，是国家的大政方针，也是我们每个人的责任。日月山村要脱贫还得靠日月山村'两委'及所有村民共同努力才行。当然，在工作中，还期望老书记您为我们指好路，当好参谋，我们才可能少走弯路，或不走弯路。"

"我老了，不中用啰。只是希望你们几位能团结协作。一个团队要是七拱八翘，那干不成好事。就如大雁的飞行，是一种集体的本能，得由有经验的头雁带领。但头雁不好当啊，它得借助自己在空中划过时，翅膀尖儿上产生那点微弱的上升气流，带动后面的大雁节省体力呢。而排成人字或一字形，又是为了一起前行，防止敌害。自然界的生物尚且如此，何况我们人呢。如今，穆书记你就是那领头雁，责任重大呀！"说罢，德叔又转头对一民道，"不要以为穆书记是来削你几个权的，那权力在他眼里也不值个啥。就是要了，也背不回去，就是背回去了，也没得用的……"

穆清听着，又是一惊，没想到德叔目光如炬，洞若观火。再朝赵一民看去，见他频频点头，脸却微微有些泛红。

穆清不禁暗想：这深山里，竟还有这般见地的老人！

穆清后来才知道，人们也叫德叔为德杠爷的，就因为他眼里揉不得沙子，还有宁折不弯的性子。

正想着，听见有女人的细语声传来："雷文书，跟爷爷说吃饭了。"

穆清寻声望去，见厨房门口，德叔那叫紫叶的儿媳，见德叔正说话，便轻声招呼雷达。

其实，德叔耳聪目明的，也听见了。不待雷达言语，已吩咐道："好了，不说了。穆书记，吃饭吧！第一次走这么远，也够你受的了。"

德叔的厨房和饭厅在一起，中间用矮墙隔开，墙上有窗口传菜。老太太正将舀好的米饭放窗口上，叶紫往桌上端去。

饭厅的桌上已摆满了丰盛的菜肴，都是些农家菜：有凉拌野菜、爆炒野生菌、臭老婆蒸肉，还有土豆炖腊猪蹄……

几个人一看，就馋了。

"爹，您也陪着大家吃吧。免得都心欠欠的。况且穆书记又第一次上山里来。"叶紫对德叔道。

德叔便入了席，催大家快吃。

看着几人狼吞虎咽的样子，他又忍不住笑了，一会儿看看这个，一会儿又提醒那个，叫别吃急了，当心噎着。

穆清看着听着，眼中一热，竟想起父亲在世的情形来。

从德叔家往回走的路上，穆清那一度寂灭过的心，又重新燃烧着了。

## 十

穆清怎么也没想到，在日月山的第一夜，会宿在赵家岭赵一民家。

快到赵家岭时，张文斌说："赵书记，我是走不动了，看来今儿要赖你那儿了。"

赵一民看看他，笑道："人家穆书记没趴，你倒先趴下了？"

大家便都朝穆清看去，却见他依旧如常，无半点倦意，心下都忍不住佩服起来。

雷达说："没办法，穆书记脚力好，不输给我们几个呢。"

穆清笑道："我也是山里长大的，自然从小就擅走。"

大家就都笑。

赵一民也笑道："难怪要把你派到这山上来。"

穆清笑笑。

后来，穆清才知道，从马家坡到白云寨，其实是有一条捷径的，至少可缩短一个多小时的路程，但他们却舍近求远，对他做了一次长途跋涉的考核。

赵家岭无杂姓，通姓赵。

赵一民是独子。

据说，他家也不是辈辈一根独苗的。上几辈都有兄弟姊妹。他就有个姑姑，嫁到山外去了，只是一去，便很少回来。可能除了山里穷，不通村道路外，还有些她不愿回忆的过往吧。而到他这一辈，母亲就只生了他一个。

而今，赵一民的女人朱凤琴，却给他生了两女儿。虽也遗憾，但他观念并不落伍。认为女儿、儿子一个样，都是自己的骨血，没啥高低之分。

只是早年条件差，大女儿锦绣虽读了书，但到初中毕业，就觉得老爸老在村上跑，母亲担子重，里里外外一把手，辛苦，就坚决回家帮母亲分担家务来了。赵一民拿她没办法，只得妥协。但话撂在那，说将来后悔了，可没人帮你拭眼泪。锦绣倔强，说："不要你们操心，我自己选的路，我自己走！"

还好，小女儿江山争气，一口气读到高中，在班里级里，成绩都是冒尖的，一等一的好，还品学兼优。那年秋天，赵一民父亲不小心跌了一跤，很严重，躺在床上差点没起来。赵江山孝顺，担心爷爷有个三长两短，高考时，就分了点心。原想考到北京去，上个什么新闻系的，出来做记者，结果丢了分。后来被四川师范大学录取了。她自己豁达，不在意。倒是姐姐锦绣替她哭了一场。江山性情乐观、豁达，安慰姐姐，说考个师范院校也不错啊，出来当老师挺好的，工作环境单纯，比做记者安定。

其实，赵一民夫妇心里，挺欣慰的，觉得这个苦受得值；还觉得养女儿幸福，不比男孩子差。

只是，这一晃，江山就读大学了。

后来，锦绣就养在家里了。女婿也是这山里的，虽家里穷，但脑袋好使，做些小生意——收核桃、板栗，还有耳子、药材什么的，偶尔也做点木料生意，贴补家用。锦绣给他生了一儿一女。女儿要到7岁时，儿子也3岁多一点了。山里没学校上学，一家人就商量，让她去双河口送孩子读书。锦绣舍不得家，但也没办法，条件就那样，只得去镇上租了房子，一年3000多的房租。周末才又带孩子回日月山来。女婿在外面东奔西跑的时间多，有时也带些东西，去双河口看他们母子三人。

几个人在暮色中，随赵一民到家时，他女人朱凤琴已从地里回来了。

倒是赵一民母亲，一早就去了秦家坝的杂货店。

因为附近村民买个小东小西的，都得往那儿去，若是不开门，临时要个盐巴、酱油、醋、鸡精什么的下锅，还真是着急。

这个摊子还是从张文斌手中接过去的呢。

当初，张文斌急着出山，想跟着姐夫包工去，要打摊子，没人接手，左想右想，才瞅准了书记赵一民。谁都知道，张文斌有一张利嘴，嘴一张，白的可说成黑的，黑的转瞬间就成了红的。而一件难缠的事，一到他那，他说散可以，说合也行。那起承转合，常拿捏得恰到好处，无半分差池。哪家哪户有个磕绊、纠纷的，只要他到场,就没有说不拢的。他也正是拿了这样的功夫,去说服赵一民的。

因为日月山旷野,东西跨度大,为了方便工作,大家觉得西山这边也得要有个村委办公点才行。早年,德叔还在任上时,开村民大会,就是分两处进行的。东边自然是在村委会;而这西边,就定在秦家坝了。这秦家坝地势平坦,开阔,住户又相对集中。后来,村里小学没了,学校就空了出来。空了一段时间,就有几分荒凉。大家觉得好好的一所学校,废弃了可惜。于是,为了工作方便,村上就在里面成立了一个村委临时办公点。再后来,张文斌的小卖部,也就顺便设在了学校里。

近两年因为脱贫攻坚,村上工作繁杂,赵一民在点上待的时间就多了。张文斌瞅准这点,做他的工作,说:"书记,要不,你干脆把这摊子给接了,如何?"赵一民一听,笑得一口喷了出来,说:"我接了?我家在赵家岭呢,我哪有那个精力去做生意哟!"

赵一民之所以觉得好笑,是因为他压根儿就没想过,自己会去经营那么个小杂货店。

张文斌见赵一民把他这提议当成笑话,就知道一定是他心里藐视这营生,而藐视这营生,也就是藐视他张文斌的过往,藐视他张文斌的过往,那就是意识形态偏离了轨道,得立马矫正。

他不紧不慢道:"赵书记,可别小瞧这生意啊,俗话说得好,小本生意赚大钱嘛!若不是要出去,我才舍不得丢掉呢。让你接,那可是不想肥水流往外人田呢。你听我的错不了,接了这生意,保你不亏,还可一举几得。"

其实,当初张文斌想让赵一民接手,还不是生意真有他说的那么好,而是因为赵一民爽直,若是成了交,自己方可收回押进去的全部底钱。

张文斌见赵一民没再笑他,心中一阵窃喜,又趁热打铁道:"你一个月就千把块钱的工资,要养孙子,要补贴家用,更要供江山读书,光那点钱哪够?这摊子不大,但赚个油盐烟酒钱的,还绰绰有余。你天天在这点上,顺便就把买卖也做了,不是一举两得吗?况且现在做生意又简单,要个什么货,打个电话到供货点,人家开车就送到向阳坡了,你再叫赵浩用摩托车帮你托过来,不就行啦?"

这赵浩是堂弟赵国红的老大,有一辆摩托车,和雷达一样,车技娴熟,可随叫随到。

赵一民想想，也有道理。这家里老的老，小的小，都需要钱。回去跟女人一商量，女人能干，又吃得苦，一口就答应了。

生意刚做起时，赵一民才觉得被陷进去了。山上坝里两头跑，离不得人。村上工作又多，一会儿这里，一会儿那里。但后悔已来不及。赵一民上不得，也下不得，没办法，只有咬牙撑着。幸得母亲还跑得动，就被接了过去，母子二人多数时间，就住秦家坝学校。后来，他们慢慢地做顺了手，果如张文斌所说，虽说是小买卖，生意却好着呢。山里人赶双河口、赶荣安，甚至赶长风镇都远，无大事、非去不可的事，都难得出山。就算出了山，只挑重要的买，挑秦家坝摊子上没有的买，因为价钱差不多，何苦要自个儿费力再从山外背回来呢？

再后来，生意就更好了。好得丢了摊子出去又回来了的张文斌，都嫉妒了。当然，这是后话。

只是，按说这一家子本该四世同堂。如今，却也为了生活，这里那里散着，难得一聚。

今儿，不是周末，锦绣和孩子自然没回，只有父亲在家。家里难免冷清。

凤琴歇了一下，抱了一抱木材到火塘边，给爹把火架好，才坐在屋前刮土豆，准备做晚饭了。

一阵山风刮来，院坝里的那棵老核桃树叶，就哗哗哗地乱响，那些青涩的果子，在叶间荡来荡去的，凤琴忍不住抬头，望了一眼那繁茂的树，再出一下神，才又低头忙手上的活来。那还未入窝的一群鸡，在她身边咯咯咯地欢叫着。

年逾八十的老父亲，恬然地坐在火塘边。

火塘里的柴疙瘩烧起来了，火光跳跃着，在老人日益干瘪下去的脸膛上，时隐时现。山里人离不开火，即便是夏天。山里的夏天，因为海拔高，不热，反倒很清爽，早晚还有着凉意。加之山里木柴又多，漫山遍野的，所以家家户户都有烤火的习惯。穆清了解了一下，日月山西边山脚的海拔都一千三四百米，便估摸着这赵家岭海拔怎么也在一千六七百米了。

女人凤琴见来了客，笑了一下。就忙将撮箕提回灶屋去了。

赵一民进屋搬了凳子、板凳出来，走热了的几人，就在房前的阶台上歇息。

女人再出来时，手里就端了瓜子、花生、核桃，放到中间的凳子上后，就又进屋了。

老人也出来了，伛偻着背，给大家打着招呼，声音略带沙哑。

"叔，您甭管我们，天凉，您进去烤火吧。"张文斌关心他道。

大家都这样招呼他，他便又颤颤巍巍地进屋了。

"父亲身体不好，腰又受过伤，老了老了，连走路都不利索了。所以，家里离不了人。凤琴去地里，时间都不能太长，隔会儿就得回家一趟，怕老爹不小心摔了爬不起来。"赵一民道。

虽语气平静，但穆清还是听出，那寻常话语中，也藏着些在生活里奔命的无奈与哀伤。

赵一民偶尔也起身去灶屋，帮女人打打下手——爨火、择菜或递个东西什么的。

"张主任，今儿不回家了？"雷达盯着张文斌问。

"脚都走肿了，不想动了。"张文斌这才下意识地伸了一下腿，又收回来，再用手捶着两边的脚肚，皱眉道。

"我也走累了。"雷达打了个呵欠，有气无力，又转身问穆清，"穆书记，您咋样哟？"

"没事，我跟你们一样，农村长大的，还能走呢。"穆清笑道。

"行啊，走起山路来比我们还厉害！"张文斌打心里折服。

穆清中途去上厕所，路过厨房旁边，隐隐地听见女人在催赵书记出去陪客，说她自己有准备，饭快得很，马上就好。

穆清过来刚坐下，赵一民果真就出来了。

晚饭很丰盛。

女主人招呼大家时，菜已全部上了桌。

有嫩辣子炒腊肉、泡菜炒肚条、凉拌汉菜、嫩豌豆炒瘦肉，还有臭老婆蒸肉和腊排骨炖干豇豆等。但奇怪的是，代替米饭盛在每个人面前的，竟是一碗碗的手擀面条。另外剩了的大半盆，朱凤琴放到了旁边的桌子上，供大家吃了再添。

几个人说说笑笑，一边招呼穆清，一边端起就吃。

赵一民见穆清看着眼前的面条，眼神奇怪，便笑道："穆书记，我们这里山高，水田少，所以吃面食的时候就多。你可能要慢慢才习惯嘞。"

这一说，穆清才恍然大悟。

其实，这面条口感很好，女主人只放了极少的盐巴，以便大家就着菜吃。当然，客人也可根据自己的口味，适当添加油、盐、酱、醋等调料，那盛满调料的碗碟，就在餐桌中间放着。

只是第一次这样吃，颇感新鲜。

晚饭后，大家天南地北地聊了会儿，觉得乏了，便洗了脸脚，上了床。

当雷达倒床即酣然大睡时，穆清却在床上辗转难眠。

他无数次将脑里的镜头，从李长海家强行切换过来。想让德叔带给他的踏实、安慰，甚至动力，去稀释、中和李长海家带与他的疑惑与忧惧。

后半夜，穆清终于睡着了，还迷迷糊糊地进入了梦乡。

梦中，那些张着血盆大口扑上来的蛇，让他冷汗淋漓，无所逃逸。他挣扎着醒来，才知是一梦。不过，他一想起来，还是心有余悸。

## 十一

一早，五社社长就找来了，说有两家村民为争秧水打起来了，还有人受了伤。

穆清查过资料，知道五社小地名叫秦家坝，就坠在日月山西边的河塝上，再往下就是与桃花沟接壤的六社了。

因为日月山村横跨整匹大山，地理位置特殊，人口虽不足600，但山林面积大，幅员辽阔，从六社过去，就是长风乡了。

几人忙忙地吃过早饭，便做了分工。

赵一民前往秦家坝处理纠纷。张文斌随他前去，完善一些近期表格。雷达则陪同穆清继续走访，好尽快熟悉民情与村情。

赵一民和张文斌两人临离开时，穆清提出要一份贫困户花名册。张文斌稍犹豫了一下，才将手中那份给了穆清。

有了花名册，穆清就找到了指南针，与雷达一户户地走。走贫困户，也走相邻的非贫困户。

非贫困户罗正先，就是这样被他给挖出来的。

罗正先是一位盲人，与80多岁的老母亲相依为命。与李长海家相比，便各有各的不幸了。

去的时候，穆清见罗正先戴了副黑边眼镜，40岁左右的样子，正在房间里正摸索着，躬身收拾一张条几上的东西。

室内陈设简单，却整洁。

雷达与他打了招呼，问他，陈婆呢？他说去地里摘豇豆了。

穆清便知他母亲姓陈。

雷达告诉他，说村上新来的第一书记来看他了。

罗正先没反应，只道，你们自己找凳子坐吧，便又自顾自地忙着。

穆清见他态度冷漠，便自去房前屋后查看。

房屋虽有两三间，却都是老式的土坯房，低矮，简陋。墙体脱落的地方，一径的便现出些黑灰色的竹篾来。不过，阶台院坝、房里屋外，倒是干净。

穆清便知这是户勤快人家。

再回到前面时，穆清远远看见，雷达正对罗正先说着什么。不一会儿，两人便出来了，还将凳子搬了出来。

"穆书记，过来坐。"雷达招呼道。

"好。"穆清应道。

穆清见罗正先脸上，已少了些冷意。待穆清坐了，他便摸索着要去提开水瓶。

"别，我自己来吧。"穆清忙制止道。

"叔，你坐，我来吧。"雷达接过穆清手中的茶杯。

穆清问："眼疾是先天性的吗？"

罗正先说："听母亲说，是小时候扑到火塘里给烧瞎的。当时条件差，又穷，找不到好医生，一拖，就延误了治疗的最佳时间。"

坐近了，穆清细细打量他，方透过眼镜，看见他一只眼睛是空的，另一只则是田螺眼。

穆清问:"能感应到一点亮光吗?"

"不能。"他笑,略显尴尬。

"那得多难啊!"穆清叹道。

"嗯,是难呢。"雷达掬好茶,将茶杯递与穆清,接言道,"不过,耕田犁地、宰猪草,还有烧水煮饭,整理屋子做卫生什么的,叔都能做。唉,都是生活逼的!"

穆清难以置信,只愈听愈奇。

"包括切菜?宰猪草?"穆清又问。

"嗯,都行呢。"罗正先点头应道。

穆清知道,在农村,煮饭炒菜、宰猪草等一例的家务活,那都是女人的事。重体力活才是男人要干的。但眼前这个男人因为生理上的残疾,娶不到女人,而母亲又年迈,那他在这个家庭中,要承担的就更多,甚至比一个正常人还多得多。穆清心中一痛,怜悯起眼前这人来。

"到田间地头干活时,陈婆就带着他。待路线熟了,他自己也就能摸索着去了。"雷达又补充道。

"可能盲人的耳朵就特别灵敏吧!凡来过的,我都能辨出他们的脚步来哩。"罗正先憨然一笑。

"也是,适者生存。要生存,便不得不苛求自己去掌握些必需的生活技能了。"穆清感叹道。

两人从罗正先家离开时,他母亲尚未回来。

一路上,穆清便有些沉默。

"这大概是我们村活得最难的人家了。年老的母亲,做他的眼睛。而他,则做母亲的臂膀。"

这是离开后,雷达对罗正先母子生活的点评。

其实,是雷达见穆清心情沉重,想找话打破那寂静。

但穆清依旧沉默着。

他在想,那母亲都八十好几的人了,山路不平,坡坎又大,自己能安全回去吗?不知为何,这担心一直萦绕着他,让他都忍不住讨厌自己了,觉得自己不是个好人，尽想些不吉祥的事。

"对村里的每户人家，你都这么熟悉吗？"转过一道山湾，穆清才开口问雷达。

他记得雷达住青树垭靠东的山头，离二社远着呢。

"也不一定吧。"雷达说，"熟知罗正先，是因为我母舅家就是二社的。老实说，也是心里可怜他们，才特别关注些吧？但也不过是手长衣袖短罢了，又帮不了他们什么的。"

穆清听着，眼前又浮现出李长海家的情形来，一种无能为力的悲哀，就又漫上了心头。

"穆书记，你说如今这精准扶贫，这样的家庭不扶，人心是不是要冷啊？"雷达见他那样，站一边又问道。

"那……你家是贫困户吗？"穆清绕开了他的问题，抬头反问道。

"我家若不贫困，当初我就复学去了。说不定大学毕了业，现在也有铁饭碗端着呢。只是，村里给贫困名额时，想想罗正先，再想想李长海这些家庭，就心中有愧。拒绝时，村委会其他人还不理解哩。实话说，我认为贫穷不可怕，怕的是人失了本心……"

穆清心中一震，愕然地看向他。

竟没想到眼前的这个愣头青，还有这番质朴的说辞。

"雷文书，像这样贫困程度深，却又没被纳入贫困户的人家多吗？"穆清又问。

"这个不好说。等你熟悉了，自然也就清楚了。"

雷达拿这话堵住了他，穆清便不好再问。

两人紧走慢走，对照着表格，又走访了几户人家。有些人家，关门插锁，举家外出了。还有大部分人家就剩些老弱病残在家。问他们，答的也多是儿子、媳妇都出了门，或儿子出了门，媳妇去镇上带孩子了。

雷达告诉他，能出去打工，也是好事。又说前两年，有些家遇到难事，实在想不到钱的法子，也有去卖血的。

"卖血？"穆清不敢相信。

雷达见穆清那般神色，从地上捡起一枚小石子，身子一仰一倾，那石子便飞向远处的林子深处。好一会儿，才又转身说："还有更让您吃惊的呢！"

"还有？"穆清一脸疑惑。

"说起来有伤风化，算了，还是不说了。"雷达皱着眉郁然道。

"不就了解些情况吗？有啥不能说的？再说你这说一半留一半的，让人想很多呢。"穆清说。

"唉，贫穷会让人铤而走险，甚至造成人性的撕裂和变异。"雷达叹道。

但除了这声叹息外，任穆清怎么做工作，他就是不说话了。

穆清无奈，只得摇了摇头。

翻上一道山梁，两人坐着歇息。

山里的天气阴晴不定，今日，天公作美，无雨，阴，偶有阳光。

坐在山梁上的穆清，眺望着四下里的旷野之景，无声地笑了。

雷达问他笑什么，他说忽然就想起一句诗来了，说罢，随口吟道："竹杖芒鞋轻胜马，谁怕？一蓑烟雨任平生。"

"回首向来萧瑟处，归去，也无风雨也无晴。"雷达和道。

"看来雷文书也有着词人般旷达的胸襟、超脱的人生观的呀！"穆清朝他笑道。

"不敢，不敢！只愿穆书记心怀百姓，在日月山披荆斩棘，'斫去桂婆娑，人道是，清光更多'嘛！"

"哈哈哈，但愿，但愿。"两人在玩笑中，都忍不住大笑起来。

这一笑，两人顿觉心中的荫翳消散了不少，心也跟着贴近了许多。

# 十二

晌午饭是在铜钵山雷达舅舅家吃的。

从桌上丰盛的饭菜可看出，这是户殷实人家。

雷达舅舅叫罗永国。四十四五岁的样子。中等个儿，热情、朴实。舅妈叫冯玉珍，走路轻快，利索能干，看见雷达他们过来，笑着打了招呼，就忙着烧茶做饭去了。

　　罗永国陪穆清闲聊。穆清才知道他有两个女儿和一个小儿子。提到子女，罗永国有些不好意思。他说，从他家高祖开始，三代都是单传，到了他这代，前面生了个女儿，就有些担心；再生个女儿时，就着急了，怕续不起罗家香火；还好，谢天谢地，第三胎出生时，终于是个带把儿的了。罗永国说完，就笑。

　　穆清也边听边笑。

　　穆清从他的言谈中，感受到了山民们朴实而又执着的传统理念，只担心地问："你家三个孩子负担重吗？"

　　"还行吧，只要勤快，能算计，哪里都能找到钱的。"罗永国回答。

　　穆清第一次听到这么敞亮而坦荡的回答，一直以来，有些阴郁的心，似终于落下一缕亮光来。

　　罗永国告诉穆清，早年，兰草炒得最热闹的时候，自己就开始挖兰草。也舍得掏学费找内行带，边学边挖，边挖边学。虽也吃过亏上过当，但终熬成了行家。有时一株好兰草，可卖到上千元呢。也有卖过上万的。不过，这几年市场冷清了。

　　雷达说："那几年，我母亲身体不好，常年生病，舅舅就还得接济我读书。学费啦，零花钱啦，家里买肥料啦，大多是我舅给的。"

　　"你自己心思太重，不然，"罗永国看着雷达一笑，"不然，哪还在这山上呢。"

　　雷达听了，又红了脸。

　　坐了片刻，罗永国带着两人去了他家屋旁的园子里。

　　途中，穆清又想起雷达说过的话来。等罗永国落在了后面，便忙靠近他，低声询问道："罗大哥，我想问一下，山里难的人家，除了有去卖血的，还有去做其他的吗？"

　　罗永国顿了一下，才悄声道："早些年吧，就因为贫困，还有人在外面生孩子卖呢。"

　　穆清一听，再次愕然。

　　他没想到，答案会是这样的，心上一下像坠了千斤重的铁砣，忽然有些窒息起来。

"算了，不提了，都是穷惹的，再说那些不走正道的，该抓的也被抓了，该受的罚也受了，现如今都在外面老老实实打着工呢。"罗永国说。

这时，从后面赶上来的雷达早听见了，叹了一声气，觉得到底还是没瞒住，又见穆清心情沉重，忙上前宽慰道："穆书记，不想这事了，重要的是向前看，我们还指望你带着大家脱贫奔康呢。"

"嗯，我们一起努力！"穆清从沉重中挣脱出来，点头朝他们笑道，只是那笑带了几分酸涩。

说着话，几人已到了屋后的坡地里。

雷达指着远处说："那原是荒坡，两年前，我舅和舅母不辞辛劳，将它挖了出来。"

穆清望去，屋后的坡地有近两亩的样子，与屋旁的园子连在一起。而坡地再往后延伸出去，就又是一座锥形大山了。坡地和旁边的园子里，密密麻麻地种着一种不知名的绿色植物：高约一至二尺，叶呈五轮状，叶片是条状针形，其间开有淡绿小花。

"老舅，这就是你常提到的'黄精'？"雷达看着，好奇地问。

穆清倒也听人提到过"黄精"，说是珍贵的中药材，与人参并称"南黄精，北人参"，但从未见过，这一听，忙又细看。

罗永国不紧不慢地说："嗯，还纯天然呢。都是从山里灌木和刺丛中寻的，食用价值和药用价值都极高。"

"怎么吃？都有哪些具体的药效？"穆清问。

"其根黄色，形如鸡头。味甘、平，具有补脾益肺、养阴生津之功效。可以和鸡鸭炖汤，大补。"罗永国又补充道，"也可做成药膳，用于治疗体虚瘦弱、气血不足、体倦乏力、腰膝酸软以及肺燥咳嗽等症。"

"这药材山里多吗？"

"多着呢，漫山遍野都是。"

"挖的人多吗？"

"山太荒，不好寻，得吃苦才行，也有看不热的。"

"咋就寻到了这个商机了呢？"穆清忍不住又问。

罗永国说，以前挖兰草时，结识了一批朋友，了解到黄精是珍贵的保健品，不单可做出美味佳肴来，还可以治疗十余种病症。还有，市场需求量大，价钱也高，新鲜的，1千克可卖到40元左右。挖回来时，大的卖了，小的就都栽到这地里了。

"都卖了多少钱啦？"

"有那么几千了吧。"

听得穆清、雷达两人大开眼界。

正唏嘘不已时，大路上过来一人，戴一副近视眼镜，背个小篾兜，见了他们，便慢下脚步来，朝这边张望。

罗永国忙招呼道："眼镜儿，回来了，这么早？"

"不早了，天不亮就走了嘛！"

"那么早，就只赶了趟场？"罗永国笑问。

"我老表找了棵树，说像金弹子，让我去看看。"

"金弹子嗦？那哪是说找就找着的喔。"

穆清第一次听人提到"金弹子"，更不知为何物。

"是倒是，可能有五六十年的树龄了。"

"卖得起价吗？"

"没挖，不晓得根型如何。还好，是他自家山林的，冬天才去挖。"

罗永国便留他吃了饭再回去。

那叫眼镜儿的正要推辞，罗永国便将穆清介绍给了他。

又转向穆清说："穆书记，这是罗正荣，我们村的秀才，文化人，还做过老师呢。"

眼镜儿罗正荣，下意识地向上推了推鼻梁上的眼镜，仔细端详穆清。

"你好，罗老师，很高兴认识你。"穆清伸出手招呼道。

"穆书记好，穆书记好！"眼镜儿忙与他握手道。

几人边说便边回了房里。罗永国帮眼镜儿接过背篼，放到地上，示意他坐，然后倒了杯茶与他。

几人坐了，穆清好奇，又问起他们提到的"金弹子"来。

"哦，这'金弹子'是一种珍稀树木，属柿科，是常绿或半常绿灌木。"罗永国说罢，转向罗正荣道，"眼镜儿，你对这个最有研究，你给穆书记说说呢。"

"哦，可以。"罗正荣清了清嗓子道，"穆书记，这金弹子于4月开花，花淡黄色，花形似瓶，香气若兰，故又名'瓶兰花'，花后5月挂果，果子成熟后，变为橘红或橙黄，形似弹丸，饱满艳丽，夺人眼球，故称'金弹子'。又因其茎干刚劲挺拔，自然虬曲，色泽如铁，宜于制作树桩盆景。"

"能给你们带来经济收益？"

罗正荣看了罗永国一眼，道："准确地说，目前市场需求量很大，经济价值极高。只不过不能随便采挖。"他停了一下，又道，"当然，在保护好自然生态环境的前提下，可以有计划地上山采挖。不过，得提供采挖手续才行。"

"这么说，日月山资源挺丰富了？"

"只要吃得苦，哪里都能找到钱。您看啊，这白及、苍术、何首乌，还有半夏、重楼、灵芝都有。"罗永国如数家珍。

"什么天南星、竹节参，什么毛慈菇、紫花地丁，就更多了。"罗正荣也在一旁补充道。

"那住这山里，得多发财呀！"穆清惊叹道。

他没想到山里资源这么丰富，第一次觉得自己所面临的，是一个全新而纷繁的世界。

"资源是丰富，但天天钻刺笼也难，更难的是东家挖一点，西家挖一点，各干各的，拿到乡场上去卖，二道贩子把价卡死了，也就不值钱了。"

"嗯，最终赚到钱的，都是那些二道贩子！"

"直接与商家联系呀！"

"唉，没办法，这深山老林的，路也不通，与外界隔绝，信息闭塞，很难找到其他销路。"

"对，久而久之，大家就看淡了，大多数人家都不挖了，干脆出去打工挣现钱。"

"那你们现在？"穆清问。

"我个人觉得，采挖和栽种药材还是一条致富途径。只要找到直销商家，价钱就高多了。不过，也麻烦，这出山不方便得很，好在，我外侄还有辆摩托。"罗永国说着，看了雷达一眼。

穆清听到这，陷入了深思。

这时，雷达告诉他，罗正荣是罗正先的堂弟。

这边，罗正荣一听雷达提到罗正先，刚刚还目光灼灼的眼神忽地一暗，忙道："穆书记，您可要去他家看看。如今这精准扶贫，都该扶哪些人，弄得我们也糊涂了……"

"荣叔，我们上午去过了。"

对于母舅屋的人，雷达一向很恭敬，在辈分上不敢造次。

"罗正先的情况，我已做过记录。他家确实特殊，我会弄清是咋回事的，也将尽快把情况反馈上去，该怎么解决，就得怎么解决。"穆清说。

穆清话一出口，才觉得不妥，那万一该怎么解决又不能解决，咋办？但说出去的话，如泼出的水，是没法收回的了。

"唉，按说这如今，党的政策确实好，可一到地方上，好些事就走了样。说不到几句话的老实人，总吃亏，该享受的政策，也搞不成！"罗正荣有些愤愤不平道，"再看看村上那什么张明贵、冯浩然、马斌、朱世忠等这些人，都是该享受政策的人吗？"

"好啦，好啦，眼镜儿！咱不说那不愉快的了。"罗永国一旁忙岔开了话。

其实，穆清听着，倒是很欣赏这眼镜儿的，觉得这人真实，肚里没弯弯绕绕，好打交道。

"那不能，你这个社长甩手不干，可这生活，还得照过不是？罗正先家里的艰难，那可是有目共睹的！"

罗永国又劝他："慢慢来吧，相信会越来越好的。"

穆清这才知道，罗永国原是这铜钵山的社长，后来只说是那点务工补助养不了家，便决然地辞了，原来，竟还有这层原因。

趁大家闲聊的当儿，穆清这边顺便拿出包里那份贫困户花名册，找到罗正荣刚刚提到的那一串名字，迅速地在上面做上自己才看得懂的标记。

## 十三

午饭后，雷达问穆清下午如何安排。

"去张明贵家吧。"穆清提议道。

雷达顿了一下，忙要过花名册来一看，按名册上的顺序，排在下一个的是五社的杨桂花，而穆书记却越过了一串大名字，点到后面的张明贵，心中嘀咕了一下，忙回道："算了，这家还是改天去吧。"

"为什么？"见雷达面有难色，穆清紧追不舍。

"就是太远了呗，还能为什么？"

穆清后来知道，雷达说太远，还真是实情。张明贵名字后面标注着"六社"二字，而六社便是张主任那个社，与秦家坝毗邻，与桃花沟接壤了。

"穆书记，我们慢慢来，一个社一个社地走，也不急在这一时半会儿的。"雷达见穆清面有不悦，忙解释道。

其实，穆清也知道，自己不过是太想知道些什么罢了。而雷达的拒绝，又尽在情理之中的。自己不过是佯装生气罢了。

"行行行，这如今你是地头蛇，没人压得过你，走哪里你说了算。"穆清故意沉了脸。

"这样吧，作为补偿，我带您去个地方呢？"雷达笑道。

"好好好，随你，都随你！"

"不过，山陡路险的，需披荆斩棘，您得有个心理准备哟！"雷达一脸神秘。

"你们昨日不是要把我走你趴吗？结果咋样？如愿以偿了吗？"穆清笑问。

"高高高，书记洞察入微，小生佩服，佩服！"雷达俏皮起来。

正看他们两人拌嘴皮的罗永国，在一旁"呵呵"地笑着。

雷达从罗永国堆放杂物的棚子里，推出辆摩托车来，笑道："山里路不好，老舅技术不精，不敢在又窄又陡的机耕道上跑，这车多数时候闲着，还是我骑的多。穆书记，敢坐吗？"

"有人能开，便有人敢坐。"穆清也笑。

雷达带着穆清在高低不平的山路上颠簸，遇到特殊路段，穆清还得下来推车。

也记不得车子转了多少座小山，才到了另一山头，两人下了车。雷达带着穆清朝山上爬去，然后过一个崖口，翻到了山的另一面。沿刀背梁向下，进入了一片密林中。

这里灌木丛生，杂草荒芜，两人小心翼翼，一人手持一根小木棒，刨开线一样细的小路两边的藤蔓树枝，以及防范着可能突然窜出来的虫、蛇，或者野兽之类。再往下，路突然就陡起来。得用手抓住岩石上手工凿的凹陷处，亦步亦趋试着向下。而最险处，则要借助高岩处垂下的几根手茎粗的葛藤，方能勉强下去。

雷达说："这里叫手抓崖，因为太险，人们下山多不走这，前面有一条大道可去，但得多绕两三个小时路程呢。"

穆清心中疑惑，不知他要带他去哪里。

半个小时后，已然听到淙淙的水声了。穆清抬头一望，四周突然空旷起来，估计离河坝不远了。

又走了十多分钟，眼前呈现出一块偌大的坝子来。坝子沿山铺开，成一条狭长地带，布带一样妥帖地缠在山腰上。

穆清心里惊叹，这也是他在日月山见到的一块少有的大坝子了。

"这个地方叫盖岭河，而这面山就叫盖岭山了，是六社的地盘。在云水县志上，都能找到这个位置。"雷达指着那一溜坝子，又望望整面山道。

下到坝里，穆清见地面平整，树木细小，土质密实。有些浅草，像是应景般，稀疏的生长着。偶尔也有大片的地方，泥土裸露，不生草木。不远处的山坡上，时有房舍散落其间，住家户也似比其他地方稠密些。

雷达带着穆清在草丛中行走，时而可见一些废弃的窑子，落寞般的隐在荒草中。穆清便想起几十年前，家乡那些窑子里，燃着熊熊烈火烧制砖瓦的情形来。仿佛又听见观窑人的说话声，闻到了热气腾腾的窑上，那些铁罐里煮熟的玉米粒散发的阵阵清香。

穆清正出神，雷达拐了他一下，说："穆书记，这可不是普通的窑子啦，它历史悠久，早年烧制的都是些碗、盘、坛、钵、罐等民用陶器。可别小看哟，据说这些窑烧出的陶器，除了耐腐蚀、防渗漏，美观别致外，敲击时还铿锵有声，当年曾远销省内外呢！"

"没看到过相关记载啊？"穆清边听边疑惑。

"记载？县志上倒是提到过，但谁又真正来挖掘过这种地方文化？"雷达又道，"这些陶窑历史悠久，起至明嘉靖年间，说是规模最大的时候，窑子上有好几百工人呢。只是到了20世纪八九十年代，因为市场经济的冲击，又加之运输不方便，才被迫停了产。但在这个窑厂的传人都在。"雷达走了几步，又道，"只是后来，人们对碗盘需求量更大，便又重在碗盘的烧制，所以这地方就更名为碗厂沟了。"

"哦，传人是哪里的？"

"火焰沟的，是叔侄俩，叔叔叫赵福禄，人称赵老大，侄儿叫赵满子。"

穆清知道日月山很多小地名，比如：马家坡、簸箕石、青树垭、碗厂沟、胡家湾、响水滩等，但目前，它们就像一个个奇奇怪怪的符号，在他模糊的记忆深处沉睡。如今经雷达这一说，地名"碗厂沟"便醒了，且在他脑子里，迅速地复苏过来。

坝子尽头，便是山口嘴，两人走过去，眼前豁然开阔，远处的山水、梯田、房舍、人物，尽收眼底。

"穆书记，您看那里。"穆清沿雷达手指的方向看出去，山对面一条白带似的水泥路，正从远方蜿蜒而来，还时有车辆在上面呼啸来去，更是一惊——眼前之景陌生得很，竟不知身在何处了，更不知是哪里的公路，离这荒山野岭如此之近。

"穆书记，震惊了吧？这可是20世纪90年代，政府举全县之力打造的临会旅游环线路，碰巧就打我们这西南边上插过。而且这里，也是千年古道——洋壁道的重要枢纽之地。"雷达自豪道。

穆清一听，吓了一跳。

洋壁道乃陕西洋州通往云水壁州的千年古道，为川陕往来之枢纽。它翻秦岭，越巴山，进入壁州空山，再经柳林，玉水河，连接米仓古道。而在历史上，米仓古道又因穿越米仓山连接陕西汉中与四川北部而得名。据考证，米仓古道自古有之，巴人助周灭商、秦统一中国、宋代抗元、明代鄢蓝起义、清白莲教起事、红军入川建立苏区等重大历史事件皆与此相关。这里自古就是商贾之路、文化交融之道。

穆清早对两条千年古道耳熟能详，总期望能有机缘一走，不想一条在眼前，另一条就在前面不远处，连连感叹。

"我们盖岭山高林密，流水潺潺，既扼守古道，又可避乱世，实乃世外桃源。但人们何时而居，少有史料记载，也无从稽考。或为避战乱，或为在'湖广填四川'时迁居而来。但随着人口的增多，村落逐渐形成，组成了一个和谐共处的大家庭。先祖们就这样，依靠'苞谷山'，过着刀耕火种、守望相助、日出而作日落而息的生活……"

穆清没想到，眼前这个看似不喜多言的小伙子，此时却侃侃而谈。

更没想到是，无论是这里的陶窑文化，还是其他，似都被湮没在纵深的岁月深处，无人问津了。

他往下探看，估摸着从那下去，再到对面公路上，也就几十分钟的路程。

原路返回时，站在山岩上，穆清回望那条古道，也回望身后那些藏身于荒林中的窑址，一阵怅然。

他吩咐雷达，务必弄清楚那种传统的手工技艺的价值所在。

雷达爽快地应了。

等爬上山梁时，穆清灰色的上衣不知是被灌木枝还是刺藤划了个大口子，脸上也落了伤痕。

雷达看着他，忍不住大笑起来。

穆清一愣，拿了手机上镜子一照，除了脸上有血迹，头上还挂了几片草叶，也解嘲似的一笑，忙用手抖掉。

两人正说笑，穆清手机响了。穆清点开一看，原来是镇上发来的一则短信通知，内容为：

"全体镇干部、驻村第一书记及村支部书记，请务必于7月16日上午11时整，在镇行政办公室参加会议。"

两人回到罗永国家，天已黑尽。

吃过晚饭，穆清让他们给自己讲讲德叔的事。

## 十四

罗永国说："在日月山，德叔算是个响当当的人物：觉悟高，原则性强，任职时，治村有道，公正无私。在村主任、村支书的岗位上，一干就是二十五六年。后来还是为了推出赵一民这批年轻人，才主动请辞的。"

接下来，他们便轮流着讲了许多关于德叔的故事。

穆清觉得最老的，可能就是关于"100479部队"的典故了。

这事说的是他强调农民的本分、职责，认为土地是生存之本。而务农重本，乃国之大纲。

当然，在说这个典故之前，他们便自然要提到其他了。比如，他常讲一个关于"堆堆坪"的故事。说堆堆坪有个山杠爷顶天立地，耿介不阿，又光明磊落，深得人心，即便在官司面前，也因心底无私，而从容镇定，面无惧色……穆清通过人们的描述，在手机上百度一下，方知这山杠爷乃20世纪末一部电影中的人物，只可惜虽心系百姓，但在治村的过程中，出了人命，摊上了官司。被带走的时候，堆堆坪的老百姓扑通一下，跪了一地，皆声泪俱下。其实熟知德叔的人，都知他也是有着那个杠爷的脾气秉性的，连行言处事也多与之相类呢。只是杠爷不识几字，德叔却一肚子诗书。他认为山杠爷处置夯娃媳妇强英，那叫一个魄力。他说，子夏问孝，孔子还说"色难"呢。那就是说在父母面前，脸色要好，更别说去虐待老人了。又说："今之孝者，是谓能养。至于犬马，皆能有养；不敬，何以别乎？"每每这时，听的人便很少有懂的。日月山穷山恶水，读书识字的，自然有一些，但能解其意的，就少了。见大家睁大眼睛，懵懂地望向他，便在石阶上，将手里的长烟管磕几磕，才道，如果对父母没有尊敬，与豢养动物有何区别？大家便终于明白过来。说来说去，他还是在醋恨那上了吊，让山杠爷吃上官司的妇人的。当然，说故事时，德叔自始至终没说过杠爷冤枉，但他的爱憎喜好全在了言语中。所以，在他任职期间，日月山民风淳朴，也不敢有夯娃媳妇那样的悍妇。

再则，关于国与村、家的关系，德叔也是赞同杠爷的化用。他认为村是最小国，国是扩大了的村。"国家要繁荣，村庄不挪后""土地不荒芜，农民不绝后"等都是他自创的常挂在嘴边的话。他认为农民也是一种职业，这职业，是农人的生存之道，当世代相传。

有一次，德叔在村民大会上说，一个村就是一支队伍，一个番号"100479"的队伍。这番号里的每一个数字，都是一种农耕工具，有着特定的象形意义。"1"就是与我们双肩相亲相依的扁担，我们要用它挑起我们的人生、日月山村的未来。两个"0"代表木桶，不管浊与清，装满的都是生命之水。"4"是我们耕田犁地的犁头，征服土地最有力的武器。"7"乃锄头，就如学生用的笔，战士们打仗的枪，最不可少。"9"乃咱们浇灌大地，给庄稼输送营养的大瓢。最后，他朗声强调：我们就是一支与土地较劲的队伍，番号"100479"。他这一说，人群里的人就窃窃地笑，不住地笑。末了，也有人站起来高声问道："德叔，那耧田的耙呢？镰刀铁耙呢？怎么就没代号了？"会场上的人，又"哄"的一声笑了。德叔不笑，将手里的本子在会议桌上抖几抖，才道："等番号升级时，再做调整添加吧！"人们便又是一阵笑，也有笑出眼泪来的。

后来，这"100479"的典故，便传了下来。也因此，"100479"部队的村民，曾经再忙，也把土地侍弄得齐齐整整，让庄稼长得茂茂盛盛的。

只是，后来外面的世界诱惑着实太大，这队伍上的人，便一个个弃了田地，出外挣大钱去了。尤其是近几年。

雷达说："为这，德叔还郁闷着呢。"

但这，怪不得赵一民，也怪不得村"两委"，他知道大势所趋，穷乡僻壤留不住人。

穆清一听，不由得更对德叔肃然起敬。

他想，作为第一书记，作为村社干部，大家当有责任和义务，去改变日月山，将来让更多的人，心甘情愿回归家园，以弥补德叔的遗憾。

这后来便成了穆清的驻村动力和信念。

/ 处暑 /

一

上午10点40分左右,双河口镇政府会议室里,全体镇干部,各村的第一书记、支部书记,陆续到会。

因有雷达骑车相送,穆清和赵一民10点40分左右便到了。

刘书记、孟镇长从外面进来,刘书记边环顾会场,边问道:"日月山两位书记到了吗?"

穆清一听,忙起身回答。

时间一长,穆清才知道,领导之所以会这样询问,是因为日月山山高路远,又没通村路。要是日月山的人都赶到了,那其他村的,也早就到了。以此类推,11点开会,可能也是针对这种具体情况,为日月山干部量身定制的了。

会议的主题是关于"雨露计划"。

刘宏涛书记宣读了有关文件,强调实施"雨露计划"之意义乃功在当代,利在千秋。他说,全面实施"雨露计划",标志着我国扶贫开发工作,由以自然资源开发为主阶段,发展到自然资源开发与人力资源开发并举的新阶段。我们要通过扶持、引导和培训,提高贫困人口素质,增强其就业和创业能力,把人口压力转化为资源优势，是加快贫困农民脱贫致富步伐的有效途径。当然，在实施过程中，要结合本地实际，落实扶持政策，统筹规划、合理布局，综合协调实施工作，以确保这项惠民利国的扶贫开发措施落到实处。

孟镇长进一步解读了其政策措施及实施方法。他认为先前因为上面也没有资料对"雨露计划"做具体说明，大家对"雨露计划"的理解是有偏差的，甚至连对象都没弄清，这是他们作为领导的失误。他再次指出要采集并录入信息的"四类人"，并要求各村逐户走访，采集信息，在系统关闭之前，确保所有信息既全面又精准无误地录入……

会议结束，穆清忙着去镇上，购买了电饭煲、电炒锅及杯盘碗盏等炊餐用品，说要带到日月山去。

赵一民讶异道："穆书记，你还真要扎根我们日月山啊！"

"生活上安定下来，心也就安定了。"穆清坦然一笑。

"这样，马上又到周末了，你还是先在镇上修整一下，再回城看一下家人，下周一，我让雷达骑车来镇上接你，咋样？"

"赵书记，这信息采集催得紧，工作第一，我还是下去。家嘛，随时都可以回。"

"我们回山后，与村社干部先把工作铺开，干起来，你下周来，也不受影响嘛。"

"赵书记，感谢您的好意！"穆清依旧笑道，"不过，和大家一起分担工作，是我的职责。况且谁又没有个家呀？你们也不容易，也有你们自己的难处。如果多一个人干活，工作就推进得快一些，大家也就相对轻松了。"

"看来，穆书记还真是铁心驻村呀，原以为你又不过是来做做样子、打打酱油的呢。"赵一民感叹道，"既然这样，那我就代表我们日月山村民，真诚地感谢你！"

说着，主动将手伸向穆清。

当穆清再次握住那双略略粗糙的大手时，觉得曾经的冷漠和敌对，在逐渐消解，如今，传递给他的已是真诚和温暖，心中不禁一热。

那一瞬间，穆清突然感到欣慰，至少，自己和赵一民书记的关系总算有所回暖了。

## 二

回到村委会，赵一民与雷达主动帮着穆清打扫起屋子、院坝来，连那间旧庙也一并扫了。

穆清整理完屋子，又从旁边一间偏厦里，打来清水，将床栏、床架、办公桌都擦拭得干干净净的。待水汽干了，便开始铺床。

一切完毕，屋子已焕然一新。

赵一民与雷达进来，眼前一亮。

他们又去偏厦里查看，见里面堆了许多杂物，便将无用的往外搬去。赵一民边搬边吩咐雷达道："明日让灶匠过来打个简易锅灶，日后穆书记煮饭也方便，旧庙旁有以前用剩的火砖和细沙。另外，别忘了明日去向阳坡拉两包水泥上来。"

赵一民又转头对穆清道："穆书记，下几天乡，等你回来时，就有厨房了，到时候我们来吃个大户。"

"要得。到时候，我亲自掌勺，给大家露一手。"

穆清突然心生感动，觉得这有水有电，有感情，再有了厨房，便诸事具备，心已足矣！

"今晚，你就与我同去秦家坝吧，那边生活、工作都要方便些。"

穆清原想在这里住上一宿，一听赵一民书记提到工作，便不好再推辞。

赵一民说，其实哪家哪户有人员符合"雨露计划"，大家心中也大体有数，只是这山一家，那山一家，住得太分散，要家家走到，就得费些工夫了。

三人合计了一下，将工作化整为零。

赵书记统一做了分工，因为雷达有摩托，就先分了重任务给他。让他负责山这边的枫林坝、瓦房沟、李家嘴、辽叶坝等地，顺带把与一社、二社毗邻的农户也走了，又叮嘱他，不得遗漏。

三社幅员辽阔，赵家岭、大树梁，还有赵家岭往西的白云寨，大树梁后山下的火焰沟，赵一民都划给了自己。张文斌则负责采集六社，穆清去小地名叫簸箕石的四社，至于五社，穆清也让分给他去，原因是自己在这，无家室之累，单纯。赵一民觉得行，便让他到时找五社社长曹定平协助，说曹定平熟悉情况，工作起来可事半功倍。

提到分工，穆清才想起，好久没见到张文斌了，便向赵一民询问，赵一民笑道："干私活去了，可能也要回山了。"

穆清这才知道，张文斌还是在外面包了工地，挂靠在他姐夫名下，隔三岔五要去看一下，工作、挣钱两不误。

到了秦家坝，穆清吃了一惊，海拔比村委会所在地还高，在1500米左右。更奇的是，这里数峰合围，形成七星拱月之势。山脚自然成了河谷地带，有田，有地，有坝，还有河流。地势开阔，土地肥美，水草丰茂。人户也相应密集了许多，都分布在山坡、河塝和河坝里。赵一民环顾着四周说："这儿就是日月山的中心地带了。村民们大多分布在这四周，或周围山上。要下到这来，开个会什么的，可比到村委会那边方便多了。"他又指着西边告诉穆清，沿河坝往西去，地势就呈阶梯状，逐渐低缓，过了六社，再往下，就是海拔低得多的桃花沟的地界了。

穆清方才明白，村上为何要在这里设立临时办公点了。

其实，穆清心里，挺感激这个"雨露计划"的。因为它为他开启了在日月山的全方位走访，让秦家坝等地提前进入他的视野，也为他全面了解民情，提供了最合理的通行证。

所以，之后到哪家哪户，他都不用掩饰，皆坦然前往。

虽然也时有村社干部相陪，但自己独自前往的时间还是偏多。穆清也喜欢这种单独与村民相处的自在。觉得他们亦然。这样的时候，与他们拉家常、问农事，多心无芥蒂，随心所欲。当然，也难免会遇到漠然不太信任他的村民，但他都倾心以交，以冰释他们惯有的错觉。

## 三

明日就是周五，穆清得回镇上交表，但还得先回趟村委会，带上雷达采集的信息。

赵一民看下午天正热，又担心路途太远，怕穆清路线不熟，要给他找摩托车，穆清婉言谢绝了。

穆清觉得自己很有必要，再认真走一走这条道。况且，再远的道，村民能走，他也就能走。村民们一辈子都走了下来，自己才30多岁的人，上刀山下火海的，又何惧焉？

他是下午1点多，从秦家坝临时办公点出的发。

一路上，初到秦家坝的情形，又历历在目：

那日，自己就坐在赵一民后面。摩托车从干湾一路上爬，很是吃力。坡度越来越陡时，便不敢睁眼了。总担心摩托车一旦上不去，就可能连人带车，原路退回去，若把控不住，还有可能坠下万丈悬崖，摔个粉身碎骨。这样陡峭的山路，自己还从未见过。两边的悬崖，更令他惊惧，似张着的血盆大口。

雷达知道自己害怕，大声安慰道："没事，您要相信我！"

赵一民也说："慢慢地，你就适应了。"

但到了特别陡的地方，自己还是坚持下车步行，雷达无奈，便只得带着赵书记，把车开上去，在稍缓的地方等自己……

赵书记和雷达，歇了一杆烟的时间，自己才爬上去。再坐上车，还是心惊胆战的。闭了眼，直到上了垭口，才敢睁开来。还好，西坡的路，平缓了许多，又是下山，他才略略舒了口气。

一路上，问到这路的拓宽、硬化情况时。两人只说难，说这条蚯蚓一样的机耕道，还是发动村民筹资筹劳，费了好大的劲，才弄成这般模样的。如今村委会的账面上，还摆了好大一窟窿，没法"消灾"呢。这边，村民们又怨声载道，说这路莫改变，陡还是那样陡，槽还是那样深。除了两摩托，啥车也来不了。自己又问："不是要改变老百姓的行路难的现状，要求村村都得通村道路吗？"

赵一民叹道："这上面的事，说归说，做不做，做不做得到，则是另一码事了。我们也去镇上问过，都说我们日月山太偏了，人口又少，修条路投入太大，没必要，况且又是没有硬化项目的。"

"没硬化项目？"自己在交运局任职时，就知道省交通厅为规划道路，曾下到每个乡镇，勘测核实过相关数据。按说，日月山这条横贯东西的道路，实际里程还不短呢。

便说了自己的疑惑，但赵一民和雷达也不知道问题出在哪里。

雷达说："说日月山偏僻也好，地形特殊也好，或者注入资金太大没价值也好，我们都可以找有关部门理论理论，但若是没有道路硬化项目，就只有闭嘴啰！"

"就是去理论也难。"赵一民接过话去，"这年头，干拇指沾不起盐，空口不说白话。村上拿不出钱去跑，说了也是空话。"

"也是这个理呢，我们村在没纳入贫困村之前，赵书记也只能对镇长说'要是日月山都纳不进贫困村，我就只有抱你们的大腿了！'唉，这虽说是玩笑话，也总归是因为无奈呢。"雷达说着，忽然地放慢了车速。

自己惹不住探头一看，前面又是悬崖，吓得又忙闭了眼。

"说白了，也是我们村干部无能啊！我都脸红呐。换届选举时，届届都表态，要把路弄通，要为民造福，结果嘞？这却不是我们能决定的。没办法，手长衣袖短嘛！后来，大家麻木了，也就不再生这个希望呐。走的走，迁的迁。问题是搬不走也迁不走的，还有这么多人，要在这条路上走到老死的嘛！"

赵一民说话时，怕自己听不清，是朝后侧着身子的。

自己一睁开眼，就看见了他的大半个脸。这一刻，正一脸的无奈，连额上那几根夸张的皱纹，嘴角边的褶子，眉间并不明显的川字纹，都全跑了出来，好像是摩托飞驰卷起的阵阵山风，将它们突然唤醒了似的。

"莫办法，现实就这个样啊！"

风把雷达这话拉得高低起伏后，又才吹散去。几个人都沉默了。摩托下到一段平路上，雷达加大油门……

路上，行人稀少。穆清就这样想着，蹚河过溪，爬坡上坎，也不觉得累。只是虽说山里凉爽，也走得热了起来。

在过黑松林时，一个人一下没入那树高草密的林子中，才觉得有些心虚。这让穆清想起《水浒传》中，那些个挑着生辰纲，走崎岖小径过南山北岭的挑夫，日高人渴时，一头扎进黄泥岗的情形。

之所以会做这样的联想，是因为那日，初次走在那叫青树垭的垭口之上，雷达指着这片绿波浩渺的大山说，1949年前，因山高林深，这里大闹匪患。又说，后来红军从陕西入川，走的就是这山上，当时神不知鬼不觉，绕道直插敌军后背，成功袭击了驻扎在玉溪一带据险固守的国军。只是，没想到的是，国军做垂死挣扎，竟暗通土匪，对我川陕红军构成极大威胁。后来，红军上山剿匪时，双方都死了不少人。雷达正说得起劲，张文斌拐了雷达一下，指指前面的赵一民，示意他闭嘴。雷达忽然像做错事的孩子，先是看了赵一民一眼，再伸伸舌头，缄口不言了。

穆清不知其意，也不好追问。

只是此时，脑里灵光一现，闪出"手抓崖"那条崎岖小道来，就暗自揣度，莫非红军当年走的就是那里？他记得雷达说过，从那过去，就是平溪河了。

穆清正入神，前面似有人语声。细听，又没了。走几步，又传来几声。便往深处紧走了一阵。终于看到一群人，在那边歇气。看来也是刚停下来的。有站着的，也有坐着的，都喘着粗气，也有脱了衣服，用它擦汗水扇凉的。奇的是，路边的平地处，还放了一顶担架，架上躺着一人，用被子盖着。大家见了他，都远远地招呼。细看，原来都是四社簸箕石的。他记得其中一个年轻的，叫冯明春。穆清赶紧上前询问，冯明春指着担架说他二爸病了，一开始是精神萎靡，嗜睡、烦躁、咳嗽不止，都以为是感冒，就没怎么在意。可到后来，就出现昏迷、惊厥、高烧不退的情况，一家人才着了急，请了大家往镇上的医院送去。穆清又问患者的家属。冯明春说："堂哥们都出去打工了，联系不上。家里就二婶，她腿脚慢，跟不上我们。收拾些东西，后边再慢慢来。而这边，就暂时由我替他们打理了。"冯明春正说着话，那边担架上，一阵上气不接下气的咳嗽声，伴随微弱的呻吟声，不时传来。穆清走过去，蹲下看那病人，见脸色苍白，气若游丝。穆清也着了急，只道："这哪行呀，就是抬到，又都啥时了？"说罢，穆清下意识地摸出手机，拨了个电话，没反应，又拨，仍然没有。旁边的人就提醒道："穆书记急糊涂了，不知道这山里没信号嗦。"穆清才想起电话打不出去的，自己都好久没用过这个手机了。正沉默的冯明春，突然道："穆书记，往上走，青树垭上有网，是陕西那边覆盖过来的。"众人也附和："对头，就那里可与外界相通。"穆清便交代冯明春，说自己先走，去青树垭联系车子。又征询地问："可不可以直接送县医院。"明春点了点头，又说："我们三班人轮换着抬，尽快赶上去。"

穆清这才急急地走了。

## 四

青树垭的垭口上，果然有信号。

穆清突然感觉，自己像是穿越到了旧时，如今重又回了现代；又像曾丢了眼睛和耳朵，此时再度找回。一时百感交集。

穆清原是要找他表弟的。表弟叫王志华，是他二姨的儿子。做水果生意起的家。后来又做茶叶生意，几乎垄断了整个云水的茶叶市场。如今又与人合伙，在县城开了一家酒店，生意好，自己很休闲。请了人打理。若是他有空，也铁定会帮他这个忙的。只是转念一想，怕他磨叽，不知轻重，耽误了病人。所以号都拨了，又挂了。觉得还是打120妥当，人家自带医疗设备、医护人员，直接将病人送到医院，既简单快捷，又安全可靠。

电话通了，穆清简要地说了情况，让对方做好急救准备，又约好以最快的速度，在双河口向阳坡村委会接人。安排妥当，他再转身望向来路，已能听到说话声了。知道冯明春他们是轮换着，追着自己在跑，转眼间，也就要上垭口了，便寻了块石头坐下，想了想，又从包里掏出笔和本子，翻到空白处，写下自己的名字、电话，停了一下，又想起在县医院的同学来，便又在纸上添上了他的电话，再将纸裁下来，等着他们。

冯明春一行上来了。

穆清将纸条递与冯明春，交代好一切，说他明日去镇上，然后要回趟县城，需要他帮忙的话，就打电话。

送走了冯明春他们，穆清才轻舒了口气。他想，但愿病人能挺过去吧，若是有个三长两短，怕是多少也与这交通不便，路上耽搁的时间太长，有些关联吧。还好，他们只需到向阳坡，就能坐上车了。

又见暮色四起，飞鸟归林，穆清也忙忙地下山去。

他到干湾的村委会时，将近7点了。

穆清开了门，拉了灯，见桌上放了一叠表，是雷达采集完成的。旁边有张纸条，上面压了一支笔。穆清移开那笔，读道：

穆书记：

　　灶已打好，请验收！

　　另，房中有米、面、土豆等，暂可维持温饱。

雷达

2015.7.22

穆清看去，果见屋角多了一纸箱，箱里装满土豆，旁边有一袋大米，米袋子上还有一大把面条，再往旁边，还有一个竹篮子，篮里放着十来个鸡蛋。穆清心中一热。再打开厨房门，房里干干净净的，焕然一新，连灶台也擦得一尘不染。细看，还是铁锅灶，可以烧柴。揭开锅盖，锅涮得亮亮的。灶旁还放了一堆烧火的干木柴。

更令穆清惊讶的是，灶台的宕头处，竟放了菜油、酱油、陈醋、盐巴，甚至连鸡精都备好了。

他顺手拿起菜油瓶一拧，一股浓浓的菜香味，扑鼻而来。那是久违的家的味道。

一时，穆清觉得嗓子眼里，突然有股热流往上涌，瞬间眼睛便湿了，连睫毛上都挂了层水帘。

歇了一下，穆清才发觉自己下了几天乡，身上有股汗臭。忙烧了一锅水，冲了个澡，方觉轻松了不少。

这时，天已黑尽。

他掏出手机看了一下时间，快晚上 9 点了，才想起好久未给家人打电话了。不知她们近况，也不知女儿成绩；其实，下午在青树垭，倒是可打通的，可忙人无计，竟将这事儿给忘了。这时闲下来，就想试一试运气。他听人说，运气好的话，偶尔也是打得通的。于是他便拨了妻的电话，一次没反应，又拨，还是拨不出去，连忙音也没有，如此几次，只得罢了。

此时，穆清觉得有些饿了，方记起尚未吃饭，便想着去新打的灶上，煮一碗面条吃。

穆清厨艺很好。他在家为长居大，下面有2个弟弟和1个妹妹。小时候，父母地里农活忙，他放学回家后，做饭的任务，自然就落到他身上，所以熟能生巧，练得一手好活。最简单的食材在他手下，也可变成有滋有味地美食。成家后，因工作忙，妻子做饭的时间偏多。但逢到周末或节假日，闲下来，他就喜欢亲自去买些食材，为家人用心烹制几样菜肴。只要是他出手，两个女儿都吃得特别香。有一次，妻子向他讨艺，问他取悦女儿的法宝。他一笑，说心中有爱，做出的饭菜自然就好吃。为这个，妻子还和他赌了两天气，说他是影射她做饭有敷衍的嫌疑。如今想起这，就不禁发笑。

穆清先煎了个鸡蛋。他知道，这鸡蛋、菜油、米、面等，都是雷达从家里带来的。这几日，他负责着这一片，又来去方便。手头工作干了，灶也叫人给打好了。只是没想到，这个初见时，冷言冷语的家伙，除了有一副侠骨柔肠，还这样心细如发。

那日，在秦家坝过夜，穆清才从赵一民那里知道，这雷达，曾是县一中有名的高才生，成绩名列年级前列，不但是学校重点培养的重本苗子，还有望冲刺北大、清华。只是除了母亲常年多病、家境贫困外，又命运不济。那年高考，父亲突然中风住院，影响了他考试。老师、同学皆惋叹。后来，看好他的校长、老师，曾多次进山，力劝他重返校园，来年再考，还提出免去他的学杂费，还额外提供助学补助的条件。但不知咋的，他就是油盐不进，弃意决绝。如此几次，弄得前去的学校领导和老师也心灰意冷，惋惜连连。只道他是看着可能瘫在床上的父亲，已无心思学。其实，只有他本人才知，自己家境困顿，即便考上，也难以支付那于他来说高昂的学费。与其那样，不如早早放弃，好收了心思，精心伺候父亲。再后来，父亲倒是能下地了，他却丢了前程。村委会见他是个人才，有知识，有头脑，又能干且正直，便征询他的意见，把他纳进了村委班子，做了文书。穆清问他工作上的情形，赵一民说："可能是因家庭的缘故吧，这孩子懂事，稳重，心里有主意。平日里不言不语，却是个实干家。有啥工作分配给他，放心。待人也蛮真诚的。不过，一副直肠子，爱有啥说啥，还是个犟脾气，一旦毛了，几头牛也拉不回。"

赵一民说到那，叹口气，又提到那场高考，说："他妈他舅都嘱咐雷达，那几日别去医院，他死活不听，非要一有空就去守在他父亲身边，结果咋样？还不考砸了！后来，本该回去复读的，却倔强，就想着眼前的困难，不向前看。不然，若当初听了劝，现在也天宽地阔的，唉！这孩子，犟啊……"

穆清当时听到那，心境复杂。不知该为雷达的孝心点赞，还是为他丢了前程，而叹惋和抱屈。只是此时，再想起赵一民那番话，依旧满心酸涩。

面条在锅中翻滚，像他感慨起伏的心境。

穆清兑好佐料，忙将熟了的面条，一筷一筷地捞入斗碗内，再放进先前煎好的鸡蛋。一碗面就成了。

这是他上日月山，不，是上双河口来，吃得最有滋味的一碗面了。那个香啊，他可能要用一生的时间来回味。

## 五

周末，穆清回了一趟城。

他心里算了一下，这时间过得还真快，一晃就到 7 月下旬了。不过他也欣慰，工作基本上进入了状态。

汽车进城时，他掏出手机，要给徐丽打电话。他拿着手机犹豫了一下，又放了回去。

下了车，天就快黑了。

穆清先去了家附近的一家超市，买了两件奶：一件早餐奶、一件纯牛奶。大女儿喜欢喝带甜味的，小女儿却喜欢纯牛奶的天然醇香。想想她俩的样子，他就忍不住笑。

他自己开的门。

还在门口，两个女儿见是他，都雀跃着奔过去。妻子徐丽正在厨房收拾碗筷，听见孩子们叫"爸爸"，忙出来站在客厅边，偏着头看。说话间，孩子们拉着他，已到了沙发边。徐丽问他吃饭没有，他说下车就回来了。徐丽就抱怨说："也不晓得打个电话，不然就等你一起吃了。""那还不把孩子们饿坏呀。"他说。"等一会儿就饿坏了？这20多天，我们都等不到你电话，那不知要坏多少次了。"徐丽不满道。"不是山太大，没信号嘛，不然，哪敢不打电话蛮。"徐丽不相信，黑了脸，觉得穆清糊弄她，扯谎不打稿子了。穆清便将山里的情形，大致与她说了一下。徐丽叹了口气，说真让人难以相信，这年月了，还有那么落后的地方。说罢，她给丈夫弄饭去了。

这边，穆清问起大女儿娟子的成绩来。

娟子歪着头笑道，你的女儿聪明透顶，还用说？穆清也笑，用事实说话吧。绢子便起身去找试卷了。

萌萌乖巧地偎依在他身边，穆清将她抱在自己怀里，问她想过爸爸没？萌萌使劲地点完头，才扑闪着一双大眼，天真地说："爸爸，你能不到山里去吗？萌萌看不见你，都要生气了。""额，不是有妈妈陪你吗？去山里是爸爸的工作啦，我们每个人都得干好自己的工作呀，不是吗？"穆清理了理她额前的短发道。"可是，人家想你嘛。""那爸爸以后，就多回来陪陪你，行了吧？""好吧，我们拉钩，说话不算数，就是小狗狗。"萌萌说罢，伸出她的小指头，穆清也笑着伸出指头。看着小萌萌可爱的模样，他突然想起李长海家那小女孩来。

"都想什么呢？也不知道饿！"徐丽已煮好了一大碗饺子，正往餐桌上放去，催他快过去吃。

见穆清额头上出了很多汗，徐丽便开了电风扇，然后在一旁陪坐着。他便讲了李长海家的情况。徐丽听了，也在一旁叹息着，边叹息边朝萌萌瞄了一眼，萌萌正拿了一瓶奶，在沙发上边喝边开心地玩着。

周六上午，把萌萌送去兴趣班学古筝，穆清和妻子就去了超市。买了些水果、牛奶、零食，还有一套小孩的衣服，朝秦汉明家里去。

到楼下时，徐丽有些犹豫，说不想去了，就在下面等他。穆清知道，是因为秦汉明女人为人冷漠，不好打交道，她怕去了不自在。有那么几次，单位同事聚会，为了活跃气氛，处里要求都带上家人参加。秦汉明女人来是来了，却很是高冷，众人与她说话，总一副爱理不理的模样，连她自家的孩子，也不待见。徐丽便对她没啥好印象。

只是这秦汉明却不错。虽是他上司，待他却如兄长。穆清感念他的知遇之恩，还有仗义与耿直，又因多日不见，也想去看看他和孩子。今日妻子能同去，原也是怕自己尴尬，也说好看一眼就走的。穆清拉了她一下，徐丽才又朝楼上爬去。

秦汉明来开的门。他系着围裙，一副忙碌相。见是他俩，赶紧一把将穆清拽了进去。见他们手里提着东西，知道是给孩子买的，也没多说什么客套话。秦汉明叫了声"点点"，一个小男孩便从阳台那头，应声进来。看见是他们，高兴极了，忙叫"穆叔叔""徐妈妈"的。穆清将点点揽在怀里。徐丽挨着他们坐下，才环顾起来，却不见姜丽蓉。秦汉明泡茶过来，见她那样子，便笑道："放心，她一早就出去了。"徐丽这才拿出刚买的衣服，给点点换上，想试试样式和大小。点点高兴地极了。两个男人一旁看着，都觉得合身，又好看。徐丽说，大了一个码。秦汉明回道："男孩子长得快，就是要大一点。"穆清笑道："她特意买了个大码的。"点点穿着就要跑，徐丽忙拉住，说不干净，得洗了再穿，不然会起疹子，又给他脱了，换上原来的衣服，让他自己去玩。点点欢快地跑开了。

"这孩子，就跟你们亲，还老缠着我要去与萌萌玩呢！"秦汉明坐下来道。

"还是老话，您莫空了，就放过去，徐丽反正要带萌萌，正好，两孩子也有个伴。"

"就是。秦大哥，随时欢迎，您就莫客气。"徐丽也接话道。

"保姆呢？"

"回老家去了。这不，周末才走得了嘛。"

"嫂子还那样？"

"嗯，不冷不热，不死不活的。"

一提到老婆，秦汉明神色瞬间就暗了。

于是，徐丽向穆清示意，两人起身告辞。秦汉明留不住，只得送他们出了门。

下得楼来，徐丽才叹道："离都离了，却要报什么岳父岳母的好，又凑到一起。纵然不怕心累，也该知那扳开的馍馍不相生呀！"

"可能这就是秦处的好了。若不和，那还是他吗？"

"也是呢，怕也就他宁愿自己受罪，也要扛起那所谓的夫妻名分了。"

两人这样议论着，又感叹了一番。

徐丽买菜去了，穆清去少儿培训中心接萌萌。

吃中午饭的时候，手机响了。穆清一看，是个陌生电话，略顿了一下，才接了。原来是冯明春打来的。冯明春向他道谢，又大体说了他二爸的病情。穆清听了，让他把病房、床铺号发给他，说抽时间过去看他们。

穆清这次回城，原是计划下午邀几个朋友聚一下的。他们同他一样，也下到了县里的各个村。他想了解一下他们的驻村情况。

但因时间太紧，穆清权衡了一下，下午还是去了医院。

# 六

冯明春的二爸住在内科三楼。

穆清去的时候，三楼正出状况。

医生、护士风一样地卷过走廊，直奔13号病房去了。穆清忙退到一边。待他进去时，医生正在全力抢救一个病人。周围围了一群医护人员。只隐约听见医生在说"脉搏微弱，已出现休克，循环衰竭"什么的。医生、护士又忙了好一阵子，总算让病人醒了过来。又听主治医生在叮嘱病患家属一些注意事项。随后，一大群人出来了，穆清看见跟在后面的竟是冯明春。冯明春也看见了他，正要与他说话。

穆清忙道："取药去吧，别耽误正事，我在这等你。"

冯明春便去了。

他这才看清，病人挂着氧气罩，躺在43床上昏睡。而其他两床的病人，还有病人家属，都朝这边张望着。一位老妇人站在床旁，泪眼婆娑的。一看便知是冯明春的二婶了。老人认得他，过来招呼。说冯明春都说了，要不是王医生关照，如今还在走廊上睡着呢。穆清便宽慰老人，让她放宽心，别想太多，说有病有痛是正常的，病痛交给医生，作为家属，照顾护理好病人就行。又问了一下患者姓名，才与印象中的冯远中对上了号。

冯明春回来了。

他问到病情，冯明春说是特殊病原感染引起的肺炎，因为山里就医不方便，耽搁时间太长，病情恶化，成了重症肺炎。穆清又问患者儿女们，冯明春说正在赶回来的路上，可能要下午四五点钟才能到。

穆清从病房出来，又去了趟疼痛科，找同学王浩。王浩是与他光着屁股长大的同学，中学时代的理想就是当医生，救死扶伤。后来他果真考上泸州医学院，还是院里的高才生。现在已是县医院的骨科主任了。穆清说是去道谢，实际是要拜托他继续关照冯远中的。

穆清进去的时候，王浩正在看一张片子，入神得很。穆清便走到他背后，也躬下身去瞄那电脑上灰色的界面。结果，什么也看不懂，只看到人身体上一节节的骨头。王浩感觉背后有人，转身抬头，眼睛一下大了，直叫："你小子，要吓死我啊？不声不响的，跟个鬼样！"穆清笑道："我是人，好不好？鬼都在这医院里呢。"王浩站起来，把凳子拉开，过去拖了把椅子，示意穆清坐。王浩又倒了杯水，递给他道："这么快就来感谢王医生了？"他回敬道："得了吧，王医生不过举手之劳，还值得谢？""过河就打船架子嗦？""得得得，你少贫嘴，给我继续关照着哈，出了问题唯你是问！""我可不是你的村民，拿腔拿调的压我呀？""不敢，算我求你了，好不好？"穆清服软道。这两人总这样，一见面，就互相斗嘴，还没完没了。过了一阵，王浩才正经地问："要我说，伯母生病的时候，你都没来给我打过招呼。如今，这与你无亲无戚的人，你倒热乎起来了啊！"穆清回道："那不一样。家母生病呐，我们都熟门熟路的，哪用给你王大医生添麻烦嘛。他们不一样，远在深山，又人生地不熟，所以，就只有托给你啰！"王浩沉吟了一下，正经道："那好吧，你叫他们有啥需要，就尽管过来找我。呼吸科那边，我也早打过招呼了。"

穆清谢了王浩，又回到病房，交代冯明春有事仍旧找王医生。

穆清离开的时候，冯明春坚持要送他。直到穆清在医院门口上了公交车离开，冯明春才回去。

周日上午，穆清才把自己留给孩子——蜗在家里，辅导娟子的数学。娟子小的时候，自己与妻子刚兴家立业，算是白手起家，妻又没有工作，一人养家，手头拮据，到底捉襟见肘，所以，什么兴趣班呀、辅导班呀，孩子都没有上过，比不得现在的萌萌。当然，在他看来，能不能学到东西，倒不是很重要。重要的是自己有没有那个经济能力，让孩子向往一下呢？所以，娟子偶尔也埋怨，说自己什么爱好、特长都没有。穆清面上虽无动于衷，心里还是五味杂陈的，唯一弥补愧疚的方式，就是工作之余，花些时间辅导一下她作业，也算是尽些做父亲的职责吧。其实呢，他也知道，与其说辅导，更毋宁说是陪伴吧。他认为于孩子来说，陪伴可能更重要。去日月山之前，他啥都能丢开，唯一的顾虑，就是娟子缺了他的陪伴，会不会成绩滑坡呢？但自己分身乏术，就只有尽量往好的方面想。

但他也知道，那不过是他的自我安慰罢了。

## 七

在日月山村民大会上，穆清正式与大家相见，与正常程序相比，确实来得晚了些，但这种差点被忽略的仪式，到底给补上了。

说是村民大会，不过是名义上的，因为有大部分人缺席。

仍和以往一样，村民大会分别在东西两处依次进行。

当初在划分开会区域时，村委会考虑到3个社部分住户虽在山顶，大部分却分布在西山，到秦家坝略近一些，所以便将其与四社、五社、六社划到了一处。

会议的主题单纯，主要是第一书记和大家见个面，日后好开展工作。然后，顺带宣讲一些政策。两边到会的人都不多，稀稀拉拉的，有的还懒懒散散的。不但纪律涣散，会风也不好，会上抽烟的，说话的，咳嗽的，混乱得很。特别是在秦家坝会场，好久未见的人，得了机会聚在一起，更喋喋不休了，有人油腔滑调，有人阴阳怪气。穆清见那情景，便自然想到"宁带一群兵，不领一个村"的话来。

会议开始时，张文斌叫了好几次，让大家安静，但会场还是乱哄哄的。赵一民铁青着脸没说话。张文斌见状，责备起旁边几位社长来，问他们都带的啥队伍哟！之后，他又大声训斥了一番，气氛才稍好了一些。

会上，赵一民对穆清做了较为详细的介绍。

大家一听说他是交运局的，立马就有人问，交运局不是管路的吗？有本事给日月山修条路噻！说完，大家就哂笑起来。穆清知道，那哂笑意味深长。而最深的意味可能就是——"把不可能变可能，你行吗？"又有人站起来道："穆书记莫像胡干部，蜻蜓点水的，到日月山屁股没坐热，东西南北没分清，就走了哈！"

"那是，像胡干部就着毯了喔，老百姓的烟不接，板凳不敢坐，茶不敢喝，碗不敢端！"台下又是一阵哄笑。坐在台上的穆清，也忍不住笑了。他们嘴里的胡干部就是老胡。又听有人嚷道："穆书记，你既是县里派来的，那做得了日月山的主啵，做不了就趁早回哟！""对头，对头，这话在理，在理哈。"话一落，跟着是一片应和之声。穆清听得出，这话一石二鸟呢，更可能在嘲笑他会个是傀儡呐。他没往书记、主任脸上看，估计他二人脸色也不会好到哪里去。"好了，好了，大家别得寸进尺啦！"穆清看见一个人站起来，又道，"跟你们说，穆书记是实在人，不是你们想的那样。"穆清觉得声音很熟，循声看过去，原来是从医院回来的冯明春。接着，冯明春便讲了他二爸冯远中住院一事。会场上一下安静了。再没人发杂音。

然后，是穆清讲话。

他没有稿子，想到哪就说到哪。但可以说，他的话是饱含感情的。

他讲了自己的出生，讲了一个农村少年曾经的理想——用知识改变命运。他说，他做到了。而现在，他虽是大家眼里的机关干部，但他依旧是个农家子弟，有着农家子弟独有的情怀，这是他身上最鲜明的烙印。他说他以此为荣，这也正是他到日月山的初衷。又说，如今，他的理想就是在少时的理想上，再加一条——"莫让年华付水流，誓将穷山变桃源"。当然，这理想也应该是属于日月山村民的！只是，这不是说说大话就能办到的。如今，他需要所有的日月山人与他一道，共同努力，并肩战斗。他说，只要人心齐了，别说一条路，就是诸多的不可能，都可能变成可能！

他说到这，不知是谁，带头鼓起掌来，台上台下一片长时间的掌声。

穆清又讲："我既选择来到这里，那日月山就是我的家，你们就是我的父老乡亲。除了不抽烟，你们给我凳子坐，那是看得起我；为我烧水添茶，那是我幸运；要是赶上你们饭好了，让我与你们一道享用，我定感恩在心！"会场上又是一阵热烈的掌声，经久不息。穆清接着说："至于做不做得了主，我只能告诉大家，'公道自在人心'，在政策框定的范围内，该大家享受的，我们台上的几位一定落实到位，不偏不倚，也绝不厚此薄彼！"

穆清说罢，朝赵一民、张文斌看过去，他们都点头表示赞同。下边有人忍不住，又带头鼓起掌来。

接下来，穆清又讲了国家扶贫方面的一些普惠政策。

他讲到"粮食直补"，说在去年补贴标准的基础上，又增加了良种补贴，其中小麦、水稻、油菜每亩补贴10元，水稻15元，并通过"一卡通"兑现到户。讲了农机购置补贴、农业保险保费补贴、新一轮退耕还林政策补助。他还重点讲到城乡低保、孤儿保障、农村五保、城乡居民社会养老保险、义务阶段家庭经济困难学生寄宿生生活补助范围和标准、高中学生助学资助政策范围和标准，还有中等职业教育学生资助政策；也讲了军属优惠、计生奖励、残疾救助等政策，以及贫困人口白内障复明工程、农村妇女"两癌"免费检查等等。

他更讲到目前正在实施的危旧房改造，讲了危旧房改造的背景，补助对象的范围，比如未进养老院安置、仍在农村分散居住的五保户，生活比较困难，享受国家政策的低保户，贫困残疾人家庭以及其他建档立卡贫困户等；也讲到补助标准，申请程序……讲到这里，他忽然想到李长海家屋外大雨、室内小雨的情形，说他这种情况，完全可申请危房改造，只有危改后，住房安全才能得到保障……

对于每一项政策，他都做了详细解读，让大家心中有数，认真比对，看有没有该享受却没享受到的地方，本着有漏必补、有错必纠的原则提出来，由村委会核实后，再做修正。

结果，还真有些农户因为不清楚政策，当初没申请，好些优惠政策都没享受到。而更多的人都没闹明白危旧房改造政策、家庭经济困难学生寄宿生生活补助、高中学生助学资助、白内障复明工程以及"两癌"免费检查等政策。会后，便有人后悔自己参会不积极，也有人埋怨以前村社干部没做系统讲解。很多人挤到台前去咨询，穆清都有问必答，并细心阐释。他后来便又与书记、村主任商议：由各社社长协助雷达，将农户提出的问题做详细统计。

事后，大家都认为像这样宣讲政策的村民大会，以后得多开，他们表示将会积极参加，认真响应的。

大会最后一项，是主任张文斌讲安全防范措施。他特别强调，已到夏季，在日月山这样沟谷深壑、地势险峻的区域，夏季雨量充沛，特别是连续暴雨后，极易引发山体滑坡，并携带大量泥石流，冲毁我们的庄稼、道路、房屋，甚至造成人畜伤亡事件，要求大家引起足够的重视，做好防范工作。

众人散尽时，剩雷达一旁收拾会场。

穆清坐在那，仔细翻看雷达刚才做的政策享受增补统计。

雷达笑道："这次会议，是我见过的纪律最好、大伙儿又最有激情的一次了。"

穆清没说话，只笑笑，又将看过的东西，从头到尾过了一遍，有好几页的样子。

只是看着看着，穆清就皱了眉。他最深的感受便是：村上政策落实走形式。

"不过呢，"雷达自言自语道，"日月山诸多问题，都暴露出来了。"

"你说说看……"穆清抬头望向他。

"比如，干群关系的紧张啦，对国家政策宣讲不力啦，部分政策贯彻不到位，受众太少啦，这些都是问题！"

穆清再一次陷入了沉思。

穆清一抬头，忽见门口站了个人，高大壮实，皮肤黝黑，似曾相识。见自己看他，那人便犹疑着，在门口顿了一下。

穆清心中纳闷。

回过神来，追到门口，那人已不见了。

雷达问他："咋啦？"

"哦，没事。"穆清答道，以为是自己眼花，看错了。便又重新坐下。

他想，他必须完成自己在日月山的全覆盖走访，尽快摸清情况，与村支"两委"一道，理顺村上工作。

"穆书记，天不早了，看你样子很疲倦，我送你回村委会吧？"雷达说。

是的，东西两边连续两场村民大会后，穆清是有些疲乏。也许雷达说得对，可能是心理压力太大了。

是夜，穆清在日志本上郑重写下：2015年7月23日，星期四。

穆清想，这个日子，应是隆重而有仪式感的！无论于他，还是整个日月山！而它亦将开启自己在日月山的全方位走访。

## 八

穆清第一次去六社走访时，原想着去叫上张文斌的，只是听人说，张文斌出山了，便只得独自前往。他还是用老办法，一家一户地走。

好在开过村民会后，很多村民都认识他了，有的老远就招呼。到了他们家里，也忙着让座找烟、烧水泡茶的。

穆清与他们促膝谈心，详细询问了各家的情况，包括劳动力、产业、收入、孩子读书、对村委会的期望等，也照例就各家当年的收支情况，做了详细记录。还特别关注他们粮食直补、公益林、退耕还林、养老金、低保等惠农资金到位的情况。综合各家的情形，穆清发现这里产业还是单一，除了银耳的栽植、牛羊和生猪的养殖，再无其他，而家庭收入的最大来源还是在外出务工所得。穆清沉下来，听取他们的心声，也与他们交流了自己的看法，随后鼓励他们要在国家精准扶贫的大形势下，乘着政策的东风，脱贫致富奔小康。山里人淳朴，看得出人心，知道穆清不是那种走形式的干部，慢慢地，大家都愿意与他交流了。

穆清将自己走访过的人家，在表上相应位置勾画时，突然想起那叫张明贵的贫困户来。便向人打听。村民张志明一听就笑。穆清一脸不解。张志明说："贵叔挺好的，退了休，在家享清福呢！"穆清心中一惊，不动声色道："他以前是哪个单位的？""好像是供销系统的吧？"另一村民接话道。"嗯，当年在双河口，贵叔可经营着偌大百货店呢。"张志明说。穆清便问起张明贵家地址。几个人就你看看我，我看看你的，一脸诧异的样子。穆清疑惑道："怎么了？"有人忙说："没什么，以为你去过呢。"

随后，那叫张志明的，便带穆清前去，约有10分钟的路程。

路上，穆清询问他们出山的情况。才知道，因为这边离双河口太远，他们赶集都走桃花沟，再去长风乡。"这路平缓，又一直向下，回来时，还有车子到桃花沟。"张志明说。"你们出山，都走这边？""嗯，我们去山外，包括赵书记拉货，也多走这条道。只是下不得雨，一下雨就过不了河，就算过得了一条，也过不了其他几条。""这下去，河流很多？""嗯，大大小小有三四条呢！一下大雨，就山洪咆哮，河水暴涨，自然是出不了山的。"穆清一听，沉默了，觉得日月山糟糕的交通问题，已不是一条村道路能解决的了。

过了一会儿，张志明见穆清眉头深锁，忍不住问："穆书记，想啥呢？"穆清听到张志明问话，方回过神来，才道："哦，没啥。就觉得山里人活得太苦了！""嘿，我们从小就生活在这山上，都习惯了。"张志明不以为意道，紧接着又问，"对了，穆书记还没去过张主任家吗？""还没呢，原是一早就要去的，但听说他不在家就没过去了。怎么啦？""哦，这样啊？"张志明笑了笑，然后指着不远处的房子，告诉他："贵叔就住那里"。穆清看过去，那不是来时，村民说的张主任家吗？回头问张志明，才知道张明贵就是张主任的父亲，尚未分家立户。

穆清过去时，张明贵正在院坝前的菜园地里摘豇豆。

豇豆架上，翠绿的藤蔓，葱绿茂盛，一根根细长的豇豆，在风中招摇。

张明贵见来了人，便提了篮子从地里出来。穆清做了自我介绍，张明贵忙将他迎进了屋。

老太太听见说话声，也从里屋出来，招呼穆清在沙发上坐下后，就烧水泡茶去了。

张明贵说，儿媳妇一早也去了地里，就剩他们两个老人在家。

穆清觉得沙发很绵软。这是他在走访过程中，第一次见到有沙发的人家。他推测，可能多半是山里道路不通，运不进来的缘故。所以，这种山外司空见惯的家具，在这里才显得尤为少见。

穆清与老人聊天，觉得他谈吐、见识都胜过普通村民。

于是，穆清又起身他在房舍四周走了一圈。

房屋虽依旧是篱笆土墙，穿斗木结构，但一溜地排过去，甚是宽敞。正房内，还置有阁楼。房内陈设也整齐、简洁。看得出，这是家境较好，讲究的人家。

有一瞬间，穆清好像悟到：雷达不与他同来的缘故。

坐了一会儿，穆清起身告辞，老人殷切挽留。穆清笑道："老伯，这日子还长着呢。我还得抓紧时间，去其他几户看看。"

只有他自己知道，眼镜儿罗正荣提过的那一串名单，一直就压在他心上，都有些喘不过气来了。

后来，张文斌跟他开玩笑，说他居然趁他不在家，就把他那个六社，挨个儿走了个遍。

穆清也半真半假笑道："还不是担心当主任的，一手遮天，村民不敢说实话嘛！"

两人就那样你一言我一语地，调侃了好一阵子。

## 九

一日，穆清正在马家坡走访。赵一民突然派人通知他，到四社社长冯玉明家开紧急会议。

穆清急急地赶过去时，张文斌都还没到。他看见冯明春和他堂兄冯明强都在，便估摸着这会八成和冯远中的病有关。

赵一民见了他，忙叫他过去，说了一下大体情况。冯明春和冯明强也围了过来，做了些补充。原来，因冯远中有糖尿病史，发病后，病情反复，多次出现意识障碍、休克、呼吸困难，甚至肝肾功能不全等症状，已转进重症监护室。而重症监护，每天耗资巨大，兄弟几人所带现钱已基本用尽，外面工地上的工钱又没完全结账，没办法，他们只得回来向村委会求助。赵一民说："这问题棘手，但村委会又不能坐视不管，只有召集大家回来商议。"穆清说："这样好，群策群力。"

参会的还有几位社长。会上，大家一讨论，都觉得这事不好办。

张文斌提出在全村募捐。有人就质疑，说山里人日子本就不好过，手头捏得紧，再说好多人不在家，可能也难筹两个钱，不顶多大用。也有人说："平时，让大家开个会都难，就更别说筹款了。"又有人说："那冯远中是在等钱救命，这款就是筹出来，又啥时候了？"

会是开得热闹，但讨论半天也没个定论。赵一民也提不出更好的办法来。于是，大家就都把目光望向穆清。

穆清想了想，道："大家说的都有道理，一人有难，众人相帮嘛，这是妇孺皆知的社会规则。我们不怕力量小，就怕袖手旁观。所以我觉得张主任提的建议可行。只是，我们就不把大家聚在一块，而是分头到各社去筹集，这样既不耽误村民农活，又可能把话都讲到。这样效果也许会更好。只是要辛苦在座的各位了，下到各社后，情况要说明，捐款全凭自愿，不可强求。但哪些人都捐了，捐了多少，务必登记造册，到时在干湾和秦家坝张榜公布。另外，我提个建议，咱日月山有一大批人在外打拼，浪里淘沙，或许更有家乡情结。我们不妨思考一下，寻求他们的帮助，说不定会有意想不到的收获呢！"

说到这里，大家纷纷点头，觉得是个好建议。

"但我们怎么操作呢，这就要辛苦雷文书了，"穆清说罢转向雷达道，"你思考一下，把冯远中的个人资料，包括住院情况、医生诊断、临床表征、重症情形做好，要尽量做到有图有真相，就是真实再现。然后在互联网众筹平台提出申请，并将这些资料放上网，以便筹资。另外，我建一个'QQ群'，由你主要负责，把日月山的村社干部、所有在外人员都拉进群去，当然大家还可以把熟悉的亲戚朋友也拉进去。雷文书再把你申请到的众筹链接发到群里，发动在外力量募捐。他们中有爱心的，还可能转发出去，说不定还能得到社会各界的支助呢。只是，这段时间还得辛苦雷文书，多往青树垭跑了。"

"这个复杂，怕还得好好研究研究，才弄得懂哟。"雷达挠挠脑袋道。

大家都笑了。

"穆书记，你这个主意好啊！"赵一民听了，由衷地赞叹道。

张文斌和其他各位，也都点头称好。

"谢谢。但目前，最重要的还是他们急需救命钱，大家都知道，进了医院，原则上讲，要是钱不够，就会停你的药。所以，我们一边筹钱，一边还得先想其他办法。"

赵一民转头问冯明强："现在每天得需多少药费？"冯明强说："每天差不多要七八百，有时也会过千。"

大家听了都唏嘘不已。

"唉，这人吃差一点，穿旧一点，都行。就是别生病，那院呀，咱可住不起呢！"有人感叹道。

"这话不假。现如今就说我们几个给扯借一点吧，也还是杯水车薪，管用！"

"是啊，少了也不起多大作用哟。"

"没关系，积少成多嘛。"赵一民笑道。

穆清沉默了片刻，才又道："这样吧，也不用大家想办法，你们能捐多少，就捐多少，量力而行吧。目前需用的药费，我来想办法，等筹到资金后，再如数还回去。"

接下来，赵一民对各社的捐款工作做了分工：由张文斌牵头总负责，各社社长负责各社的。没社长的社，由兼职的村干部负责。

会议结束后，穆清让冯明春、冯明强等他消息，自己和雷达径直往青树垭去了。

## 十

接到表哥穆清的电话时，王志华正在茶楼喝茶。

听穆清说了情况，王志华笑道："哥，你村上的事，跟我有啥关系呢？"

"你个'小暴发户'，又端起端起了哈，要知道，哥给你机会，是渡你行善积德的，想好哈，过时不候！"

"那我真得想想了，想好再回你呢。"

"哎哎哎，想啥想？哥不跟你开玩笑，人家等钱救命呢！"

"不是你让我想的吗？再说，哪有想都不想就借钱出去的？也只有你穆大书记，说风就是雨，还在我这老板面前指手画脚的。好，你说个数。"

"先拿一万，不够再说，行不？"穆清问。

"好好好，你说了算。"王志华爽快地答应了。

短时间的治疗费，暂时解决了。穆清心中的一块石头落了地。

两人回四社去的路上，竟忽然觉得，解决网络问题，也成日月山的当务之急了。

在参与筹款的同时，穆清还是坚持不懈地走访。

其实，之所以要户户走遍，还是因为那一串名单，一直压在他心上，不踏实。

按照约定，四天后，大家都得赶回社长冯玉明处，进行情况汇总。

穆清不知筹款进展，心中忐忑。

张文斌统计汇总了各社的募捐情况，居然共筹得2万多元善款。其中，赵一民、张文斌各300元，穆清500元，雷达及各社社长皆200元，让人没想到的是二社罗永国竟捐出1000元，然后是100元、50元、20元的不等。也有捐10元的、几元的，都很踊跃。大家高兴，因为人心的力量，让人鼓舞。

之后，雷达又汇报了网上众筹情况，他说截至昨天，网上捐款金额已达33000多元，筹款将继续推进……

大家都情不自禁地鼓起掌来。

"这就好，这就好，总算解决了冯家眼前的困难。"赵一民看着穆清，又道，"我们还得感谢穆书记啊！说实话，也惭愧啊，直到今天，我才真正明白，为啥上面要给我们派第一书记了，还派了这么优秀的第一书记！"说罢，他带头鼓起掌来。冯玉明小小的家里，掌声热烈且经久不息。

穆清补充道："我们这个'QQ群'，除了用于助推捐款平台外，还是日月山与外界联系的重要渠道，大家可通过它接收外来信息；同样，日月山的在外人员又能借助它，了解家乡的情况，所以，我们务必要把它经营好，管理好。我建议还可以定期在里面，发一些与大家切身利益相关的信息、政策类的东西，供大家作详细了解。另外，为方便村社工作上的联络，若有会议通知呀，技术培训呀，什么的，都可提前发在里面，要是运气好，碰上有网，也可以看见呢。"

一提到网络，大家就叹息。

张文斌说："到了外面，一见人家那儿有网，就羡慕得不得了。哪像我们这，连个电话都打不通，看个电视，只能在房顶装个锅盖，还受天气影响，吹风、下雨、落雪，就基本没信号了。唉，要是咱日月山也能开通宽带业务，就好啰！"

"张主任，还别说，你这话倒是提醒了我们。要不，我们找个机会去问问？"穆清接过话道。

大家都赞同。

赵一民安排张文斌去县医院，与冯家兄弟交接，并嘱咐他务必亲自与冯家兄弟一道，前去归还穆书记从表弟处所借的款，并代表村委会向其表示感谢。

穆清说:"冯家正需要钱,要不还借款先缓一段时间再说吧?"

赵一民不同意,他说咱山里人不但要讲信用,还得懂感恩。

穆清只好作罢。

会后,赵一民去了五社的危改现场。张文斌回家,准备明日去县城。雷达及各位社长,自行安排。

穆清去了五社走访。

一日,穆清回村委会,在垭口上,收到表弟发来的短信,说日月山人淳朴,还他钱时,还特地给他带了好多山里的特产,有核桃、木耳、香菇等。还说他挺感动的,听说那些钱都是大家筹的,所以,自己也捐了2000元表示表示,希望老人早点好起来。

穆清看了,挺感动的,知道他是在支持自己的工作,也是给自己撑面子,便这样回他:"你收到的,都是日月山的优质特产。当然,你所表示的心意与特产等级相当!哥感谢你了!"短信后,附了个微笑的表情。

表弟即刻回道:"支持穆书记,老表责无旁贷!"末了,还附了个大笑。

穆清看了,忍不住笑了好一阵子。

## 十一

穆清给自己做了个规划:一定要在开学前,走访完日月山全部人家。

于是,穆清加快进度,起早贪黑,进百家门,吃百家饭,了解百家情,终于将日月山的大致情形,摸了个八九不离十。情况记录和思考笔记,写了整整两大本。

包括罗正荣提到过的那些人,都被他摸了个透:周浩然原是四社冯玉明的岳父,马斌乃赵一民书记的女婿,朱世忠是一社社长朱仕文的兄长,包括张明贵,这些怎么也是日月山中等水平的人家吧,但无一例外,都理所当然地享受着国家扶贫政策。而一部分贫困户,却靠边站着,没被纳入政策扶持范围。走访中,他还听人说,当初,罗永国辞去社长一职,就与此有关,便又特意去了趟罗家。

罗永国正好在家,穆清先是感谢了罗永国乐善好施,对冯远中老人的慷慨相助。罗永国说："都乡里乡亲的，有钱帮钱，莫钱帮力。我们隔得远，帮不上其他忙，出点钱，算是尽力。倒是穆书记，与大家无亲无故的，何苦来着，我们日月山人得感谢您呀！"

罗永国说的是实话，但穆清听了，却有几分不好意思，他红着脸，忙道："我做的都是我该做的工作，是本分。"

"这'本分'二字，好说难做啊！"罗永国感叹道。

穆清听了，深有同感。忙转了话题，直接说明来意。

罗永国听后，也不隐晦，只愧疚道："穆书记，咱二社最难的人家，都没被纳入贫困户呢，我愧对二社村民啊，还有啥脸当那个社长哟！"

穆清知道他说的最难的人家，自然是指罗正先母子了，便笑道："看来，你当初说的，那点工资养不了家，原是掩人耳目的话啰？"

罗永国便苦笑着说："所谓不谋其政，便不在其位嘛！"顿了一下，他又道："穆书记，您琢磨琢磨，那天罗正先提的那些贫困户，哪个穷呐？当初我们提出异议，质疑他们的做法，他们还说有些是上面的意思呐，说他们自有分寸。"

"上面的意思？"穆清颇有些纳闷。

"嗯。当然，那话不能不信，可也不能全信。不过，他们那样做，还真是两全其美。"

"怎么说？"

"如果将最穷的纳进去，不好扶不说，也看不到效果，而把最富裕的纳进去，又惹人口舌，所以两头两尾的不纳，纳中间的，这样也好扶持嘛！"

"还真是'上面有政策，下面有对策'啊！"穆清感叹。

"那样做，既优亲厚友，又布了人情，将来这些'贫困户'，也好脱贫嘛！"

穆清一听，更吃了一惊，道："这么说，扶贫走形式？脱贫又有政绩？"

"是那个意思了！"

"他们就不怕有人来查？"

"这大山深处，山高皇帝远的，哪会查到这哟！"

穆清好一阵沉默。

后来，话题又转移到村民会上，罗永国告诉他："若是开会，咱二社离哪边都远，大家积极性都不高。另外，那种'做样子'的会，不开也罢。但前次那见面会，我们社却去了几人，我叫去的。只为听听您来之后，会带来哪些新东西。穆书记，听得出，也看得出，您是个实诚人，我们回来时，一路上都议论来着，希望您来了，咱日月山能有真正的变化呢！"

穆清听罢，为罗永国的推心置腹而感动，故郑重回道："我穆某，能得大家伙信任，实乃幸运，也定不负众望，今在此，谢过罗社长及村民了！"

罗永国见他那般，释怀一笑道："我已不是什么社长了。"

那一刻，穆清竟有些无语。

其实，他想告诉罗永国，为民争利的，才是真正的好干部！但他却什么也没说。

他们又提到低保及其他。

罗永国觉得，低保的弹性就更大了——人情保、安抚保、许诺的保、还账的保，还有其他解决问题的保，没有原则，乱成了一锅粥。穆清说："这些低保户也好，贫困户也罢，大多都是有些根基的，既被纳入，要退出，也就更难了。"

罗永国认为，该退的退不出，该纳的又纳不进，这可能才是穆清所要面临的，进退维谷的两难之境。

而难题还很多。日月山亟待解决的，还有道路交通问题、安全饮水问题、危改没落实的问题、地质灾害区的住房问题、贫困家庭孩子就学的问题等等，不一而足。但这些又都不是仅凭一己之力就能矫正的。穆清觉得哪一样都难，都错综复杂，头绪难理，但自己又不能逃避，必须直面问题，且要寻个合适的机会，和村社干部摊牌，并一起正视问题，厘清思路，迎难解决才行。

穆清一个人的时候，就常想，村上积弊太多，要改变，就是要打一场硬仗。而自己刚来，人生地不熟，又单枪匹马的。到底如何作战，这才是自己必须要突破的瓶颈。

# 十二

周五上午10点，村支委在五社一党员家，召开党员会议。由赵一民主持会议。

参会人员有穆清、张文斌、雷达、曹定平等10多位党员，还有冯玉明、曹志红、叶紫3位预备党员。

开会前，张文斌就应该参会的人员进行点名。点到赵国亨时，赵国亨没到。赵一民便与张文斌耳语了两句，张文斌点了点头，又继续点名。

大会首先讨论了新党员的入党转正问题。

会上，大家特别肯定了新党员凌紫叶，作为一名女同志，在妇女中以及在村上的先进带头作用。

穆清对三位入党转正的党员，给予了希望，嘱咐他们进入党组织后，要一如既往，积极支持村"两委"工作，要纯净思想，作风正派，不但要事事走在村民前面，带动全村脱贫致富，还要有正义感，敢于同歪风邪气斗争。

然后，赵一民又传达了县上有关组织建设的会议精神。穆清组织大家学习了党章。

会议结束后，在曹定平家吃过午饭，穆清请雷达送他去汽车站，说孩子要上学了，他心里着急，必须得回家一趟。

他们先回了村委会。

穆清收拾了一大袋尚未来得及洗的衣服，才又上车，往双河口赶去。他们必须在5点以前赶到，否则会错过最后一趟回城的线路车。

还好，雷达车技娴熟，从向阳坡过去路又好，到镇政府门前时，才4:20。

这时，玉山的第一书记裴亮，挎个包走了过来，说要去开车回城。见了穆清，问他回不回，说可以坐他的车。

穆清笑道："好啊！今天总算逮到你了，顺风车不坐，我傻呀！"

裴亮是从农业局下派的。玉山就在镇政府对河，2014年就通了村道路，条件又较好，裴亮下乡，便是开着私家车来回，这样工作起来方便得多。

突然，穆清像想起什么似的，将手上东西顺手塞给裴亮，让他把车开出来等他一下，然后自己拉着雷达，就往政府楼里奔去。

在上二楼的转角处，与正下楼的刘书记撞了个满怀，刘书记见是他俩，笑道："唷，穆书记好久没回了，这急急忙忙的，干啥去啊？""刘书记，我想问一下，项目办李主任在吗？""哦，在，那你快去找他，他这会儿可能正好清闲了！"

李主任四十七八岁的样子。他俩进去时，李主任正在草拟一个项目。抬眼见是他们，忙招呼他们坐。

穆清说："不坐了。李主任，打扰您一下，我们就想问一个事。"

"你们说。"李主任抬起头道。

"李主任，我们日月山道路硬化项目究竟是咋回事，又到底有没有？"

"你们日月山情况特殊，这也是我们着急的地方啊！"李主任一听，忙搁下手中的笔，回忆道，"以前为了村道路这块，我们去过交运局几次，他们也查了，说日月山基本上是不存在村道路硬化项目的。"

"李主任，这'基本'又是啥意思呢？"穆清大惑不解。

"这么说吧，'基本'就是说，说没有呢，又有那么一点，说有呢，实际上又可以忽略不计。"李主任苦笑道。

"为啥会这样，幅员、跨度都这么大的一个村？"穆清道。

"李主任，穆书记说得对呀，不可能这样啊？"雷达也急道。

"你们是不知道啊。20世纪90年代末，省交通厅派人下来搞道路规划，要下到村去核查村道路的里程。当时乡里通知各村派人前去带路。可有些村根本就没派人。当然，也不排除乡里没通知到的可能。你们看看日月山多远多闭塞嘛。后来，就听说工作人员核实了向阳坡的道路里程后，始终没等到日月山派去的人。他们站在两村交界线上，问日月山在哪？旁边就有人指了指山腰上的村委会说，就那里。因为无人带路和介绍具体情况，他们就只有靠目测，目测从向阳坡到干湾也就几百米的样子。"

"几百米！"两人一听，都懵了，沮丧地跌回椅子里。

"是啊，可他们哪知道，日月山大片的土地都在山上，在山的另一边呢，到如今啊，这就成了一遗留问题。所以，要解决日月山的交通问题，难啦！"李主任见他们那样，停了下，摇了摇头又道，"你们的心情，我理解，不过，全县这种情况的，可能也不只日月山，我想，还是会有解决办法的。"

下面车子鸣笛声音，不断传来。雷达提醒穆清道："穆书记，可能是催您呢！"

两人这才辞别李主任，悻悻而归。

下楼梯时，穆清自嘲道："看来要赶上裴书记，开个车到日月山去，怕还得望年望月呢！"

到了院内，见正是裴亮的那辆白色大众，在等着他。

穆清上了车，开窗叮嘱雷达："回去骑车要小心！"

窗外，雷达点头应着。

"老穆，啥时买车？"路上，裴亮问。

"老裴，等等。"穆清正要回答，才想起有个电话要打，方拿出手机，给王浩拨了过去。

"你小子，终于又出山啦？"

"嗯，正在回城路上呢。"

"放心好了，我刚才还去看过，老人家恢复得挺好，可能就这两天出院了。"

"哦，还是感谢老同学了，这样，空了，我请你喝酒？"穆清笑道。

"要得要得，我一定喝。好了，一会儿，还有台手术，就不跟你聊了。"

穆清放心地挂了电话，才侧头对裴亮说："村上一位老人，在县里住院。"

"唉，理解。这村里的事千头万绪的，忙完这头，又要忙那头哟！"

"哦，对了，你刚才是问买车的事？"

"我是说，总坐线路车也不是个事，不方便，况且你那边上日月山又那么远，好歹把车开到向阳坡也好一点。"

"我倒是想买，可买不起呀，兄弟！"穆清解嘲似的一笑，"我与日月山，那可是绝配呀。你想想，一个没车，一个没路，正好，哈哈哈……"

"莫装寒酸哈。说实话，这有个车，进山出山，来来去去的，方便多了，你还真得往这个方向想想。"

"还真不装！你看哈，你就一个孩子，而我两个。这眼下什么最贵啊？还不是养孩子。大的还好，供她吃喝读书就行，可小的呢，兴趣班、特长班，她都要去，你不送，心安吗？"

"也是。不过，学一样就行了，培养兴趣嘛！"

"唉,一样也够呛。就说学个古筝吧,原说好一周去一次,可老师说要过级,加担子,让一周去两次。暑假天还要求天天去,明眼人都看得出,孩子去得多,她挣的就越多,可这还没法在孩子面前拆穿呢。"

"现在这些人,什么招都想得出,胃口大得不得了。"

"没办法,就算为孩子,是水也得往里扔呀!"

"不过,话又说回来,你们家就你一人挣钱,也够你奔的了。"

"还好,精打细算,小心度日。"穆清笑道。

"喂,一直想问你个问题,又怕你多心……"

"问吧,你我这么多年的朋友了,用得着吗?"

"我说你当初干吗要收留那孩子?她不还有其他亲人吗?你想想,一个孩子养大得多少钱呀!现在好了,自己紧得不得了!"

"你不是不知道,我跟志远什么关系啊?从初中到高中,再到大学,后来一个城里工作。当初,我家里穷,他没嫌弃过我,上大学的时候,吃肉多是他出钱给买的。他是家里的公子,手头宽裕,爱买衣服,不穿就扔给我。我知道,他是怕伤我自尊,其实那都是买给我的。"

裴亮侧头看穆清,见他眼里有泪光,便没敢打断他。

"后来吧,他母亲身体不好,父亲又脑出血中风。妻子势利,先前与他结婚,看的就是他的家境,还有他父亲手中的那点权力。后来,工作给解决了,还调了好单位。再后来,老人生病,不但不尽孝道,还天天跟他闹。最后,过不下去,离了,孩子给了志远,她不久又结婚了。志远出车祸走了后,她心硬,竟然一次都没去看过孩子。而且奶奶要照顾爷爷,顾不了她,我这才与老人商量,收养了那孩子。"

"唉,也难为你了。"裴亮叹息道,"只是,嫂夫人就同意了?"

"她也是个苦命人,小的时候,家里孩子多,被大人送给了养父母。所幸养父母都珍爱她,但她还是知道缺爱的孤独。"

"原来是这样啊!"

"嗯,这孩子,跟了我们,我才放下心来。我想,志远在地下,要是知道,也会安心的。"

"穆书记,有情有义,哥们顶你了!以后有事,尽管吩咐,兄弟能帮上忙的,决不懈怠!"

"谢谢。其实,多个女儿也挺好的,大不了节俭一下,辛苦一点。"

"大不了晚些时间买车,哈哈哈……"

"还是裴书记懂我,哈哈哈……"

## 十三

穆清一进家门,就感觉气氛不对。

只有萌萌听见他开门的声音,本能地欢呼着奔过去,其余二人均无反应。

他打望了一下。

徐丽坐在沙发上,正生闷气。书房的门紧闭着,没见娟子。

他拉着萌萌,走到徐丽跟前,笑着端详了一阵,才道:"耶,空气里这火药味儿,咋恁浓呢?我在楼下就闻到了。"

徐丽不理他,照样绷着脸。

穆清朝萌萌眨眨眼,又道:"敢问是谁得罪我老婆大人了!我收拾她去!"

"穆爸爸,是姐姐。"萌萌在一边天真道,"妈妈说,姐姐贪玩。"

"哦,那你可别学姐姐哟,认真练琴了吗?"

"嗯。"萌萌庄严地点头,一副萌样。

"嘿,有啥话,好好说嘛,生气伤身!"穆清靠近徐丽坐下来说。

"好好说?还没说你呢。你还知道回来呀?"徐丽朝旁边挪了下身子。

"咋扯到我身上了?好好好,夫人训斥,小的当洗耳恭听。"

"少贫嘴!你屈指数过没有,自打你走后,回来过几次?"徐丽侧身剜了他一眼,"以前还辅导一下娃娃,现在倒好,莫说辅导,一走就月余,连电话都莫一个!还真当自己是日月山的人啦?"

"这不是山里没信号嘛!我又不是木头做的,哪能不想家,不挂念自己老婆孩子的?"他停一下,才又道,"不瞒你说,日月山的情况比想象的还复杂,我至今还没能参与进去呢,更别说理顺方方面面的关系了。"

徐丽本来装了一肚子气，要冲他发，可听他这一说，又有些不忍了，也知道他的不易，忙将神情缓了下来，问："该不是铁打不散，水泼不进吧？"

"什么打不散、泼不进呀，从哪听得这说辞？"穆清忍不住笑。

"'我本是书记，他们当我是卧底！'是这样的吗？那就好，就让你受受这罪！多好啊，活该！"徐丽狠狠地甩给他这句话，转身进了厨房。

"嘿，你妈还真吃火药了？"穆清瞧着那背影，丈二和尚摸不着头，悄声对着萌萌小声嘀咕。

萌萌笑着，朝他吐了下舌头，又做了个鬼脸。

穆清开了书房门，娟子正噘着嘴倚在床头看小说，头也不抬道："穆大书记，终于回来啦？"

"闺女，穆书记不在家，没人给你戴笼头，爽了吧？"穆清顺手从桌上拿了本书翻着，笑问道。

"这您就错远了。穆书记不在，穆书记的纪委书记还能不在？天天在耳边聒噪'学习学习'，烦不烦啊！"娟子终于抬起头，眼含怨气。

"别这样说你妈，管你，那是对你负责！"

"得了吧，她眼里的学习，顶多就看看课本，练练题而已！"

"那你得跟她交流呀，相信她能理解你的，啊？"

"那得她给我机会呀。唉，算了，更年期综合征提前啰！"

"嘘，你小声点，听见了有你好受的！"穆清忙瞪她一眼，又瞅瞅门外，顺手掩上门。责备道，"我看你是知识没长，脾气倒长了不少啊！你妈那是看你整天看电视、玩手机，担心你玩物丧志！"

"哼！就知道宠着她，有您那么偏心的吗？"

"你这孩子，怎么说话哪！你站在你妈的角度想想，她省心不？容易不？管你们吃穿用度，管身体，管思想，管学习……我想想都累！"

"是的，书记大人，她都成宫廷里的容嬷嬷了，有强迫症！"

"闭嘴，不说话，没人当你是哑巴！去，把给你买的那份试卷拿来看看。"

娟子不情不愿地起身，从书堆里寻了份试卷集子，慢条斯理递与穆清。

"你看看，这么多题，为啥没做？"穆清翻着那卷子，小声问道。

"哟，这不是难吗？母亲大人不让我翻阅'作业帮'，父亲大人，又彻月不归，谁与我讲呀？"娟子早忘了不快，手舞足蹈起来。

"嘿，你个小丫头片子，变脸比翻书还快呢！"

"哼，难道穆书记希望本小姐，终日戚戚，郁郁一生吗？"

"越来越贫了哈。给老爸搬凳子，并纸笔伺候！今儿，我倒要看看这题有多难？"

娟子忙准备好一切，才规规矩矩地在穆清旁边坐下来。

穆清觉得学习的时候，就是闺女最安静的时候，这也挺好。

看着女儿演题，穆清心里着实愧疚。

其实女儿天赋不错，就是缺少陪伴和辅导。唉，自从上了山，就脱不开身，小家被弃在一边。没办法，眼下，也只有先顾了日月山这个大家再说了。

徐丽在外面叫吃饭了，催了两三遍，父女两人才出去。

徐丽见女儿已进入学习状态，气早消了一大半。

晚上，两个人独处时，徐丽就抱怨着："你当初头脑发热，要热血澎湃去扶贫，结果接了个烫手的山芋，拿放都难。"

穆清笑道："烫手，才有挑战性嘛！"

"自我安慰，是需要强大心理的。"

"这不才开始嘛，别悲观，凡事向前看，与其抱怨，不如实干。你看，你老公不是实干家吗？"

"真是有其父，必有其女，一个模子里刻出来的！"

"老婆，打住！这可叫优质基因遗传哈。"

"原来女儿的谬论，都是打你那里遗传来的！"

"多谢老婆谬赞，不过，也遗传了你一半哈！"穆清说罢，哈哈大笑起来，逗得徐丽也乐了。

"老婆，打趣归打趣，我是想说'只要我心向阳，一切便美好'，算是鼓励自己吧！"

徐丽叹息道："我不是为你着急嘛！"

"感谢老婆支持，小的来生当结草衔环以报！不过……"穆清笑着，欲言又止。

手头正叠着孩子衣服的徐丽，忙抬头望他。

穆清却闭口不言了。

徐丽是个直性子，耐不住人说半截留半截的，就催他。穆清还是不说。

徐丽也着急，又催。

穆清才道："算了，我开不了口，还是不说。说出来，让你为我的工作操心，我也良心不安。"

"咱不是夫妻吗？你工作上的事，我不懂。但其他方面能帮到你，我也乐意呀！"轮到徐丽反过来做他的工作了。

"唉，当初领养萌萌，对你就不够公平的了。你能将她视为己出，悉心照料，我都不知道如何感激你了。"穆清动情道。

"看你都说的什么呀，萌萌就是我们的女儿，我不许你再这么说，要是让她听到了，该多难受啊！"

穆清心中感动，知道自己前世修了福，娶了个好女人，回来之前，想好的话，就更难出口了。

徐丽很生气，觉得他跟她见外了。

不过，后来，还是经不住她一再追问，穆清便讲了李长海家的情形，讲了日月山连个幼儿园都没有的现状，还讲了他家捡来的、瘦得像豆芽一样的女孩，都6岁多了，连幼儿园都上不了的辛酸……

徐丽听得眼里泪花直转。

穆清说："那孩子可怜。眼见着又要开学了，我原本是想和你商量，让孩子到我们家来，暂时和萌萌一起上幼儿园。可那样，你太辛苦了，我不忍心。"

徐丽沉默半晌，才叹道："跟个莫情莫义的，让人心凉。跟个有情有义的呢，又情意太长，这辈子，怕也只有我才遇得上了。只不知是运气太好，还是太坏呢？"

她这一说，穆清知是通了，只是心里更觉歉疚。

他原是做好了被拒绝的准备的。他想，即便妻子一口回绝，那也是理所当然的。但妻的反应，还是出乎他的意料。

周六上午，穆清把萌萌送到兴趣班后，就回家辅导娟子作业。

徐丽把娟子以前用过的被子收拾出来，又上街买了床新的，预备开学带到学校，给两个孩子午休时用。

中午，吃饭的时候，徐丽说："这两孩子上幼儿园，要是上私立的那费用得多高呀，供不起，只能进公办的，所以可能还得托托关系。"

"什么呀，还来个上幼儿园的？我的父亲大人母亲大人，你们那心，可……可真够大的了哈！我短短的前半生算是见识了！"娟子一听，一脸夸张地调侃道。

徐丽抿嘴斜了穆清一眼。

"去，去，去！你个小孩子家家的，懂什么呀！"穆清呵斥道。

徐丽忍着笑，转身进厨房，给萌萌盛饭去了。

## 十四

星期一，裴亮要去局里办事，故穆清没等他，自个儿一早就上了双河口；再赶车去了向阳坡；又一鼓作气，徒步上了村委会。站在村委会旁的山崖边，穆清俯瞰河下，轻舒了口气，觉得自己的腿劲儿足了，都能赶上几个月前陈副镇长那气势了。

好久未住的房里有股霉味了，他敞门窗，开始整理屋子，打扫卫生，还出了身臭汗。一切收拾停当，他才到灶上，烧了一大锅水，冲了个澡，整个人一下神清气爽了。

穆清看看表，快1点了，又去给自己煮了大碗面条，面里加了些妻子特意为她炸的酥肉。他边吃边估摸着，按约定的时间，雷达可能也快到了。

待洗过碗，又坐了一会儿，他果然听见后山上，有摩托车下来的声音。他起身去屋外。几分钟后，雷达已路边上在按喇叭，向他示意了。

雷达将车停了，过来问道："穆书记，事情办妥了？"

"差不多吧，只是差一点，没能过自己这一关。"穆清看了他一眼，又道，"你吃没有？要不尝尝我煮的面？"

"不了，刚吃过，要不，以后再尝！"雷达笑道。

"那我们抓紧，上李长海家去。"

穆清锁了门，雷达已将摩托车调了头。车子一路向上。途中，穆清照样闭着眼，不敢朝两边的悬崖深涧看去。上了青树垭，他突然想到一句话"胆儿是练出来的，命是磨出来的"，但始终想不起出处，后来恍然，这话竟是自己总结出的。

雷达说："过了这地儿，可能又没信号了。要不要还是先给李长海打个电话，知晓他一下？"

"好，你和他熟，还是你跟他说吧。"穆清说。

两人下了车。

雷达拨通了电话，问李长海在外的情形。

李长海说，外面不好找活。前段时间在工地栓钢筋，虽苦虽累，但工资还行。后来遇到个工艺品公司招人，没想到竟进了。工资不高，但可以学到很多东西，自己也喜欢。

雷达也替他高兴，让他好好干。然后问他孩子上学的事，那边沉默了一阵后，才道："当初抱她回家，不过是出于怜悯。后来，日久生情，也当她是自己的骨肉了，可条件如此，我爹妈那个样子，也没法去双河口带她，而我还得挣钱养家……"

雷达知道，当初，他一个未婚青年，捡回秧子，得承受多大的舆论压力呀，他姐甚至为这事，要与他断了关系呢，但他都顶住了。就凭这，雷达是钦佩他的。于是，雷达安慰了他几句，让他别担心孩子，又把穆清书记要带秧子去城里读书的事，告诉了他。那边听后，一阵沉默后。雷达就听到了李长海断断续续的抽噎声，便将电话递给了穆清。

穆清宽慰了李长海好一阵子，说孩子我们替你带好，你就安心在外面干吧！

李长海在那头哽咽着，不住地说着些感谢的话。

挂了电话，两人来到李长海家，李长海妈正坐在门口，做些零杂活。阶台一角堆了些藤条，青绿色的，看得出是刚从山里采回的。

穆清关心地询问他们的近况，又说了自己打算带秧子去读书的事。两位老人感激不尽。

李老伯弓着身子进了里屋，出来的时候，手里拿了500块钱，要还给穆清，说知道是穆书记那日悄悄放在那的；又说，长海寄了钱回来，家里什么都有，留着也没用。

　　李老伯这一说，雷达才知道穆书记第一次来，还给两位老人留了钱，心里挺吃惊的。

　　李老伯说："现如今，孩子又要去麻烦您了，还不知要用多少钱呢。说着，硬把钱搁到穆清手上。"

　　穆清便将钱放入手中的塑料袋中，递给了雷达，又朝他使了个眼色，说让老人给孩子洗个澡，换洗衣服都在这袋子里，明早就带秧子进城。

　　雷达将袋子交给老人后，两人又去秦家坝。

　　在秦家坝，正遇到要出门的赵一民。赵一民说四社有户人家危改没落实，他约张主任前去看看。

　　穆清便说了送李长海家那孩子去城里读书的事，要求请两天假。

　　赵一民说："穆书记，这是好事，耽搁没问题，你放心去吧，村上有我们大家在呢！只是山里的事，让你操心了，作为村支书，我代李长海感谢你。"

　　穆清听得出，赵一民的话是发自肺腑的。

　　那夜，他和雷达又回了二社，宿在罗永国家。

　　第二日，穆清便带秧子进了城。

　　徐丽已将卧室收拾好了，让秧子与萌萌同睡一个房间。

　　9月3日上午，县示范幼儿园开学。

　　穆清和徐丽带孩子去了学校，交费报名，找教室，铺床。一切安排就绪，穆清悬着一颗心，才终于放下了。

　　晚上，等娟子回家吃过晚饭，便要到8点了。

　　一会儿，电话响了，穆清一看，是秦汉明打来的。

　　秦汉明在那头说："嘿，想试试看能否打通，竟然通了呢？"

　　穆清告诉他今儿回县城了。

　　秦汉明有些奇怪，问道："太阳打西边出来了？穆书记回家享清闲来了？"

　　穆清笑道："我倒是想，但身在曹营心在汉，怎么清闲得起哟！"然后，就将带秧子进城读书的事说了。

秦汉明听了，就埋怨他这事怎么不给单位说呢，说有些事，可能单位出面更好解决些；又担心他家孩子太多，负担重，扛不住。

穆清笑道："我自己能处理的小事，就不麻烦单位了嘛。再说，那孩子又小又瘦，吃不了多少，要供养她，眼下是没问题的。"

秦汉明沉默了一下，又问了些村上的情况。穆清细细地说了。秦汉明又叮嘱他："有事别自己硬撑，无论何时，单位都是值得你信赖和依靠的后盾。"

穆清说："秦处，一些小事就不麻烦你们了，只是村上那个样子，等我把情况摸透了，思路理顺了，需要大支援的时候，我再向你们开口求助，还望领导多支持哟！"

秦汉明说："也好。你上次回处里汇报的那些情况，宋处长很重视，他说，只要日月山有需要，单位就当义不容辞给予帮助。"

那夜，没时间见面的两个人，就在电话上聊了很久。

寒露

一

穆清去交运局，是周四上午8点多一点。

穆清到时，规划股薛股长正在低头做清洁。

于是，穆清站门口，轻轻敲了敲门，叫了声"薛股早"。薛股长抬头，见是他，一脸讶异道："哈，我们小穆来了，咋变黑啦？"

穆清下意识地摸了摸自己的脸，笑问："嘿嘿，薛股，有吗？"

"怎么没有？又黑又瘦的！来，自己先找个椅子坐。"薛股长又朝他细看了一眼，才清洗手中的毛巾。

"那不正好吗？瘦身成功了。以前总减不下来呢。"穆清朝他憨憨一笑。

"嗯，看来驻村是最好的瘦身方法了！"薛股长说着，走了过来。

"但这种瘦身方法，也就适合我这皮糙肉厚的呢！"

"不是要把你百炼成钢吗？"薛股长笑道。

"唉，没办法嘛，领导点了将，哪敢忤逆呀！"穆清半真半假地笑道。

"你小子，言不由衷哈！说说，咋有空上这来了？"

"还不是想您呗！"

"你小子，我看是还没炼，你就先成精了。"薛股长指着他，也笑了。

"当然，也顺便问问，我们村道路的硬化项目啰。"穆清终于说出自己的目的。

来时，穆清多少抱了些侥幸，希望是办公室李主任的记忆出了偏差，把其他村混记成日月山了。

"你小子，终于绕到正事上了。都往这儿跑了，手头工作理得差不多了？"薛股长戴上前不久才为自己配置的老花眼镜，从镜架上面看下来，目光落在穆清脸上。

这薛股长五十一二岁了，当初穆清进海事处时，他就在这局规划股，为人低调，清心寡欲。等到穆清做航务股股长，管船舶、审批、建设等项目的时候，他还在这规划股。因工作上的关系，两人来往甚多，时间一久，便颇喜欢眼前这淳朴、实在、有思想又有见地的年轻人了。后来，听说穆清上日月山了，还有几分落寞呢。

"薛股，您太高看我了，那村里的事吧，一团乱麻呢，有时搅得人脑袋生疼，要理顺，怕是还得脱成皮哟。"穆清实话实说。

"那上面还有我一远房亲戚呢，不过，是在汉马场这边。前两年我还去过，只是去过一次，就不想去第二次了，还别说更远的山上了！如果不是遇上精准扶贫这大好的机遇，那里怕真成了被遗忘的角落啰。"薛股长感叹着，又安慰穆清道，"慢慢来啊，慢工出细活蛮。"

"嗯。就寻思着，得有一条连到山外的路呢。"

"小穆，你等等哈，我给找找。哦，对了，日月山在这里呢。"他按目录检索，找到一份文件夹，抽出来，打开，翻看起来。

"这里，你过来看。"穆清站到薛股长身边，目光盯向他手指处，突然，心一下凉了，手指处，赫然呈现一个"600米"的数据。他暗想，那李主任真不愧是李主任啊，大脑就是个移动数据库呢。

薛股长见他一脸懊丧，问他缘由。穆清便将日月山的道路现状，详细地说了。

薛股长说："这个数据来源于交通局项目储备库，非常准确。按你所说的，这差距就大了。你们李主任分析得不错,原因可能就在于当初道路核查时,地方上没引起高度重视。你想想,这大山里,对河对岸的,喊都喊得答应,但要走,还不得三五个小时呀。所以,目测数据,基本无效!"

"那现在咋办?日月山不可能没有出山之路呀!可以说,这出山之路才是与外界连接的大动脉呀,有它,日月山就活了,若没有,那就是一座死山!"

薛股长想了想,才道:"现在,唯一的解决方法,就是重新勘测。可这不是一件简单的事,工作量大且不说,问题是谁会接受你这个提议?谁又愿去?你小子脑袋瓜子好使,有的是想法,自个儿回去琢磨琢磨吧!"

临走,薛股长又提醒他:"小子,问题是打哪儿来的,就回哪儿去吧!"

可以说,薛股长这话,一直伴随着穆清上了日月山。甚至后来,一有空,他就揣摩着。

他想把它慢慢悟透。

## 二

再上日月山,穆清走的是西边的桃花沟。

过烟溪、碧溪、董溪,从泥溪拐小道进了沟,又上行个把小时,便到长风乡。

穆清听人说过,从长风往前,过3个村,再往深处走,就是它辖治的桃花沟了。而与桃花沟村相邻的,便是离双河口最僻远的秦家坝。

穆清在长风街下车后,改乘前往桃花村的长安车。涧深路窄,车子在1米多宽的村道上,晃晃荡荡地慢慢沿溪而上,两边是高不可仰的大山,人在涧底,抬头只见一线天时,便会生出被围困的渺小之感来。穆清心中正叹息时,河边不知何时已起了蒙蒙雾气,片刻即漫开来,铺满河面,又沿山脚向上漾去。不多时,除了山的至高处明晰可见外,余下的部分全沉在了蒙蒙雾霭中。整个大山就像半遮了面的美人,着了身柔美飘逸的纱幔,任人生出无尽的想象来。一会儿,阳光已落满山坡,将两边的大山,自然地分割成明暗两种景观来。穆清正沉在这大自然的奇妙中,突听得车子"哐当"一声,随后剧烈晃荡起来。他紧抓座椅,探头一看,车子正一路向上，许是常年被雨水冲刷的缘故，路上泥沙尽失，满地顽石，愈往前，路面便愈差，车子颠簸着，左右摇晃。倒是那路仍旧不动声色，只不紧不慢地向高处延伸。不过，穆清还是挺享受这种颠簸的，因为再糟糕的情形，也比山的另一边车子去不了要好得多了。他估计这司机的耐心，便是常年在这样的山路上磨出来的。只见他无动于衷地拐弯、爬坡，时不时地轰大油门。车渐渐地从最初逼仄的空间里挣脱出来。山越来越矮，雾霭在阳光里渐渐褪去，山里那些茂盛的草木、花树又都清晰起来了，绿的、黄的、红的、粉紫的，颜色错综交杂。偶尔，路边的山岩上会坠下一支飘香藤，或斜伸出一树琼花来，让人无限惊喜。

当两边大山愈来愈矮时，穆清估摸着秦家坝差不多要到了，因为海拔1700米左右，基本就在这些山的高处了。

在桃花沟下了车，穆清往更深处走去，虽然依旧向上，坡度却比东边缓了许多。有三四条河道，横在路上。有平缓的，也有深涧一样的。平的甚宽，深的险峻。若天气晴好，河水枯了，河中的石块露出了水面，踩着它们，便能轻松地过去。但若是下雨天，山上的水汇于河中，定会湍急奔腾，加之水流急转直下，自然无人敢过。穆清边走边想：难怪一遇下雨，人就被堵山里了……

穆清接到会议通知，直接去了镇上。

由全体镇干部、第一书记参加的"当前工作推进会"，在镇会议中心召开。

会上，陈副镇长宣读了，河纪发的〔2015〕20号《关于2015年城乡居民养老保险目标任务完成情况的通报》，也宣读了"目标督查考核通知"，以及云委办下发的《云水县党员干部行为准则》等文件，要求大家将贯彻情况，以书面形式汇报。

随后，社保办陈主任讲了养老保险的意义，强调了新农合的常态化，以及主抓方向、入保程序与注意事项。要求大家下去后，大力宣传。

孟镇长接着陈主任的话，详细地讲解了养老保险、小额保险的人数、金额，医疗保险的报账的比例，强调了医保的重要性；又特别解读了政策性农业保险的种类；同时还讲了公益林面积的调整，得全部落实到户；讲了2015年新一轮的退耕还林，林业保险的收取，要求做好护林防火工作，落实责任等等。

最后，刘书记做总结性讲话。

刘书记做总结性讲话。还是强调责任问题，要大家提高认识，高度重视；严格考核、斗硬追究责任；沉下来，为老百姓解决具体问题，做到零上访。最后仍旧是重点讲大力推进脱贫攻坚的问题。要求大家扶贫不走过场，扎根基层，放长眼光，把民生改善作为一切工作的出发点和落脚点，还要多思谋，因地制宜……

在回村委会的途中，穆清将刘书记总结性的话反反复复在脑里播放，觉得时机已经成熟，他可以在日月山放手一搏了。

穆清给自己放了半天假，想把日月山的大致情况，在脑里梳理一下，再形成书面的东西。

他坐下来，却又觉得千头万绪。筛选，再筛选，只列了几条紧要的，要与书记、主任探讨。

一会儿，穆清听到外边传来嚷嚷的人声，由远而近，然后是停下歇气的吆喝声。片刻之后，人声、脚步声就到了门口。紧接着，听到有人喊"穆书记"。正在整理笔记的穆清，抬头，看见冯明强扶着一位老者，站在门口，旁边还有许多四社的村民，冯明春也在里面。穆清一看便知道是冯远中老人出院回来了，忙起身，把大家让进屋内，给他们斟茶倒水，村民们也不客套，接过水，或站或坐，说说笑笑的。

穆清见冯远中老人气色、精神都较好，心里高兴，又问了些他的情况。

冯明强说："已经好得差不多了，只是注意后期恢复了……我爸非要吵着下来感谢您不可，说当初，若是没有您，没有村委会和日月山所有人的帮助，怕是他坟头上都长了草啰！"

穆清忙止住他，说自己个人的力量有限，是日月山这个大家庭里，所有淳厚、无私的人们救了老人，该感谢的是大家！又说对大家最好的感谢，就是老人家把身体养好，好好活着，看看这个世界翻天覆地的变化！

冯远中老人眼中溢满泪，哽咽着，说不出话来，只点着头，用一双干瘦如柴的手，战战兢兢地握住穆清的手。

穆清宽慰着冯远中老人，又叮嘱冯明强，让他们多在家待一段时间，等老人完全康复了，才可出门去。

一行人离开时，穆清扶冯远中老人出门坐上竹轿，又嘱咐冯明强、冯明春和抬轿的村民，说路太陡，脚下要踩稳，路上走慢一点，人换勤一点。

大家伙都乐呵呵地应着。

望着那些抬着轿子，吃力向上移动的背影，穆清心里泛起阵阵辛酸。

刚送走村民不久，雷达就来了。

穆清说了自己对村上工作的一些想法，征求雷达的意见。雷达听了，表示支持，但也给出了些建议。

然后，穆清写了一张条子给雷达，让他联络赵书记，在干湾开一次村委会，让各位社长也列席。

这也是上山以来，穆清第一次主动提出召开村委会。

雷达走后，穆清心中忐忑不安，不知赵书记会不会接纳他临时做出的这个决定。

## 三

开村委会当天，赵一民是率先到达的。穆清跟他先交流了自己的一些想法，赵一民表示赞同。

之后，张文斌、雷达，相继到了村委会，村委会如期举行。

赵一民主持，穆清传达了镇上会议精神，又与大家分工落实了责任。

然后，穆清开始分析日月山的现状。

他说："这是个不可回避的问题，我们不能漠视它，更不能做一天和尚撞一天钟。有一句话说，鸡蛋从外部打破，是食物，从内部打破，才是生命。这话用在日月山的改变上，我觉得再恰当不过了。我们有我们的实际、我们的特殊，但总不能总是被动地被工作牵着走吧？我们需要的是内生动力，是在政策的引领下，补我们的短板，找我们的发展方向。一点一滴，从小改变到大发展，这样，日月山才会活，也才会呈现出真正的生命力。所以，我想，我们今天就这个主题，做一些探讨，提出些措施，因为日月山的发展，需要集体的智慧！"

"穆书记，要变，谁都想变。可有些改变，是需要资金去夯实的。就比如说，山里饮水困难，都是各家各户到山里到河下去肩挑背扛，路远不说，山上牛踏马踩的，不卫生。河里的也一样，沿河的住户，洗衣、淘东西都在河里，甚至连粪水都捡到了河里。山上的水也好，河里的水也罢，冬天起冻，温度就低，结老厚的冰，撬都撬不动，取水便更难。所以，我就在想，要是能建些引水工程，解决大家吃水难的问题就好了，但这又不是想当然就能办到的，需要的是资金，而村上又哪有钱呢？"张文斌率先发言道。

赵一民与雷达听了，也深有同感，不时点头。

穆清道："很好，张主任说出了自己的想法。大家先不考虑钱的问题，就按这个思路，有啥想法都提出来，我们理一理，汇个总，再想办法一步一步来解决。"

于是，大家你一言我一语地说开了。

赵一民提到危改实施不下去的问题。他说："政策是让贫困户自己改好，验收合格后，再将补贴资金打入其账户。但现实的问题是，除了材料到不了位，就是他们眼下根本就莫得底垫资金，咋改？就比如老鹰山上的郭秀珍，情况再特殊不过了，咋办？"

大家一听郭秀珍的名字，都摇了摇头，觉得工作难做。

穆清也顿了一下，才想起自己竟把老鹰山给走掉了！

接下来，雷达说道："村道路只有几百米的项目，名存实亡，我们也就不敢做非分之想了。但目前最紧要的，还是几条河成了山里的拦路虎——一下雨就起水，起水就出不了山。大家想一想，哪家哪户没有个急事呢？万一谁生个病什么的，要出山救个命，那也就干着急了。大家可能都记得，前年，水根患急性胰腺炎，就因过不了河，挨不住，不幸丢了命，多年轻呀，才跟我一般大呢！还有，就因要去上学，光去年就淹死了三个孩子，还不说以前出的事故了，所以，我想是不是该将这个过河的问题，提到议事日程上来呢？"

雷达这一说，大家深有同感，都觉得解决过河问题，似乎更迫在眉睫了。

穆清边听边记。

雷达说话时，穆清眼前，便浮出那些或宽或深的河道来。

大家又相继提了其他一些亟待解决的问题。

穆清将它们整理出来，加上自己想到的，罗列如下：

1.摸清情况，寻找优质水源，建立安全饮水工程。

2. 大力推进"危改"，凡申请改造的，都改。逐户排查，住房危险的，得做工作，让他们必须改。对确实缺乏危改启动资金的，村里可想办法先予以垫资。

3. 把解决过河难问题，作为头等大事来抓。具体措施再做详细商谈。

4. 建设好村委阵地，逐步完善村委办公设施，方便村里办公作业。

5. 利用农闲时节，发动村民，暂分段建一些泥碎路，方便出行。

6. 思谋适合日月山的产业发展项目。

穆清说："这些就是我们目前要全面推进的工作，大家可能感到难度大，是痴人说梦。我个人也觉得难，主要难在资金上，但我们要不怕难。一旦目标确定，我们就有了方向，有了方向，我们就得迎难而上，一步一步，将大困难分解成小困难，再一个一个解决掉，就是胜利。"

于是，大家做了个分工。

分工之前，穆清反复考量，又与赵一民、张文斌商量。

考虑到张文斌是搞工程的，熟悉业务，脑瓜子又好使，就让他负责饮水工程。又嘱咐他首先摸底，做情况分析，再拿出具体方案。

赵一民仍然负责"危改"这块。

但关于"危改"，意见分歧却很大。

赵一民认为，危改难以推行，原因首先是路不通，材料拉不拢。其次是很多家庭劳动力都出去打工了，都莫法改，也不愿改。再就是要达到上面说的验收标准，几乎不可能。

张文斌认为，改肯定是要改的，不然到时上面追究起来，谁来担这个责？

赵一民一听，生气了："要改？怎么改？有路、有车吗？有砂、有矿、有水泥吗？总不至于让个摩托车去拉吧？就说一次拉2包水泥吧，一天又能拉几包？然后，住家户再去干湾或秦家坝背，上午背1包，下午1包？远一点的，一天就只能背1包。所以，依我看，这危改在其他地方是好事，但我们这儿，根本就莫法整！"

"就说这钱吧，我们想办法垫资嘛，关键是人力、物力又咋办？其他村都是包给工程队的，我们这深山老林的，求别人来，人家还不来呢，晓得来了也莫法整。"赵一民又补充道。

他这话一说，大家也都觉得有道理。

"是啊，这个房子哪儿朽了，有问题了，该换的换，该补的补，是没问题的，但这儿条件就这样，要改造达标，怕就真是问题啰！"

"对，这达不了标，钱谁出啊？到时候，人家贫困户来要钱，咋整？"

"就是，这政策是好，房子危了、旧了，没法住了，国家出钱给改，可惜我们这儿太偏了，没法享受啊！"

"就说用摩托车拉吧，这山里就2辆，人家雷文书、赵浩也不是做这个的呀，谁愿意？"

说到这儿，大家就看着雷达笑。

雷达也笑道："要我说，用摩托车拉，不现实。要实在没法子了，可以考虑找马帮。"

"嗯，这倒是个办法。"有人附和。

"可马帮行踪不定，谁又知道去了哪片老林了嘛。"

"问一下那些常年做木材生意的，不就知道了？"

大家七嘴八舌，各抒己见。

穆清第一次听提到"马帮"一词，一问，才知道在这秦巴山连片贫困区，山里大多没路，车子进不来。小凉山的马队，就在这找到了生意，还做得风生水起的。驼粮，拉肥料，搬迁，更擅长的，就是把山里的木料驼出去。

等大家停了，穆清才说："关于危旧房改造，一直都是赵书记负责的，也最了解情况。说实话，这工作他没少做，难度也确实大。就说正在改的那几户吧，也都是住房太过危险，被逼的，家里呢，也有闲置劳力，加之有国家补助，所以何乐而不为呢，自然就答应改了。但更多的人，宁愿维持现状也不改，这就给我们出难题了。关于这点，大家也都深有感触。但是我个人的观点是，危旧房改造目的就在于排危、除险、加固，比如：换椽子、檩子，换柱子、参瓦、糊墙壁什么的，它不是完善功能，更不是风貌打造，目的是让贫困户有安全住房。我们不管最终怎么验收，还是结合我们这里的实情，来做这个工作，先规划，再预算，然后资源整合，兼高扯低。先不管外界咋说，我们就按这个思路来做吧。另外，大家说到找马帮，这倒是个路子。要不，张主任就联系一下吧？"

穆清这一说，大家都觉得在理。张文斌也答应了。

雷达则负责对几条河流做情况分析，再写出书面报告，提出可行性措施。

穆清也给自己分了工：等村上各项方案拿出汇总后，负责跑资金，争取外援，顺便协助雷达工作。

最后，穆清强调："大家还得分工又合作，遇到具体问题，要相互商讨和建议，至于后几项，也将陆续完成。另外，在工作中，大家要随时向村民宣讲好国家扶贫政策，给他们信心，助力他们脱贫奔康。"

大家听穆清这一说，都觉得有了目标。虽然身上压了担子，但心里高兴，还隐隐地有些兴奋。

最后，穆清说："至于雷文书刚才提到村道路项目一事，我觉得也不能太悲观，事在人为嘛，我们还不能轻易放弃呢，是不是？"

大家先是瞪大眼睛看他，然后都点头笑了。

穆清也笑了。

## 四

周末，穆清没回城，坚持要去老鹰山。

老鹰山很远，隶属于六社，得绕秦家坝上去，在五社背后的万家沟上面。

穆清为了赶时间，周五下午就去了秦家坝。赵一民在一间教室里，临时为他搭了床铺，说："搭好就不撤了，以后过这边来，在这落脚也是现成的。"

穆清很是感动。

晚上，两人闲聊，提到村委会，赵一民就抱怨说："穆书记，你看，光秦家坝周围，就有百十来户人家，当初却将村委设在了山那边。这边的村民们，意见都大，办个事不方便得很。另外，无形中，也增加了我们村社工作的难度。说实话，你没来之前，我们也是很少去村委会的，那边最多就是个工作点。"

"我知道，你们那个移动办公，也是因地制宜，情非得已呀。"穆清一笑。

其实，他自己也深有同感。在秦家坝与村委会之间来回穿梭，累且不说，时间都浪费在路上了。只是，现状如此，无力改变，就只有接受。

"客观地说，若是当初将村委会建在这边的话，倒是更利于开展工作些。你看，你也就不用那么辛苦了。"赵一民说。

"那是自然。不过，已经这样，也就无所谓了。"穆清说，"以后，村上要是开会什么的，您就尽量安排到这边来，雷达年轻，又有车，我呢，和他一路就过来了，也方便。"

两人聊到很晚才睡。

那一夜，穆清翻来覆去地想着赵一民的话，又失眠了。

第二日一早，因为山陡，穆清路线又不熟，赵一民便陪着同去。他们刚出了学校，张文斌就迎面过来了。说眼下闲了，也想上去看看。

路上，赵一民告诉穆清，老鹰山对河就是邱峰下的白岩山。所以，从秦家坝上去，至少要3个多小时。

张文斌接过话："有则顺口溜是这样说老鹰山的：白岩山只见天，猴子野猪四处钻，老鹰山不示弱，田瘦地薄，高粱不结籽，半个玉米多半壳。"

其实，即便张文斌不说，穆清也能想象出些情形。就像老胡说的，山高的地方就出红包谷，再高的地方，就出"野鸡啄"。老鹰山可能就属这种出"野鸡啄"的地方了。

穆清向上望去，目力所及处，有住户零星地散在山山岭岭间。只是愈往上，人户便愈少了。树木也相应的少了，矮了，和些灌木丛混杂在一起，散落在山坡上。

路上，赵一民讲了些郭家的大致情况。

说郭老头以前也是个强人，肯吃苦，不服输。迫于生计，七八年前出山打工挣钱，不想，从几十米高的脚架上摔了下去，生命垂危。后来，好歹被救活了，大脑却受损，偏瘫在床，说话也不连贯的，得有人伺候。又说，早些年还好，郭家女婿是从东边的鞍子村入赘过来的，身强力壮，有一身劳力。虽是山里条件差，但只要肯干，种上庄稼，再挖些野生天麻、桔梗、怀山等药材卖了，日子还是过得去的。只是人生无常啊，屋漏又逢连夜雨。他家女婿几年前，又得了肾病，留给秀珍一双儿女后，就撒手而去了。唉，这家里，便老的老，小的小，瘫的瘫了……

穆清听了，心中不忍，他知道对大山里的女人而言，丈夫就是那头顶的天，丈夫没了，天也就塌了。那么，一个女人孤苦无助，在人烟稀少的大山深处，要承受肩挑背磨的生活重负，其艰其辛，就可想而知了。

又走了些时候，张文斌指着半坡上一户人家说，爬上去就到了。

赵一民听见那话，停下脚步，望着上面说："穆书记，你看这么高的山，咋个危改嘛？材料都弄不上去，还别说她家那更具体的情况了。"

"是啊，这是给我们当干部的出难题啊！"张文斌也说。

穆清四下里一环顾，大大小小的圆锥样的山，一个连一个的，向周遭延伸着，扩展着，竟不知自己都绕了多少座了。反正一早就出发，眼下太阳都偏西了。

心里一下荒凉起来。

## 五

郭秀珍的两个孩子都在家。小的男孩六七岁，在屋前玩耍。女儿稍大一点，身子单薄，脸色蜡黄，在灶前帮着奶奶烧火。

郭母则坐在火塘旁撕玉米棒子，周围垒了一地的玉米壳。

他们一脚跨进门，郭母埋头正忙，人影子斜到跟前，遮了亮光，才诧异地抬头，冷不丁见几个人站在门前，忙站起来，有些手脚无措。

"白婶儿，吓着你了吧？"赵一民一笑，躬身问她。

"没，没有，你看我这地堆得乱糟糟的，都莫法搭脚了。"郭母低头看了看地上，有些面愧。

穆清看了看那蔑篮里的玉米棒，见大多只有大半个。

"大妈，没得事，农忙时节不讲究那么多。"穆清忙接过话安慰道。

他随手拿了个起来，细细看，还不到10公分。果真是"野鸡啄"。

"为啥叫'野鸡啄'？"穆清琢磨了好一会儿，才问。

"穆书记你也知道这名？还不是个头太小，野鸡一啄就完了。"张文斌笑道。

"这产量也太低了吧？"

"没办法，要吃饭，产量就是再低也得去种。"赵一民说。

"是啊，我们就是在土地里刨食的，不种吃啥呀？"郭母也一脸苦楚地说道。

"哦，白婶儿，我介绍一下，这是我们的驻村第一书记，你就叫他穆书记吧，今日专程前来探望你们一家的。"赵一民忙介绍道。

"哎呀，穆书记呀，我们这里条件差，又这么远的路，你们受累啰。"郭母望着穆清，满脸是笑，只是苍黑的脸上，布满的皱纹数不胜数。

"您老就叫我小穆吧。"穆清温和地说。

"好好好，叫小穆。"郭母忙不迭声地答道。

"这个人就不用介绍了吧？你认识的。"赵一民又笑着指了指张文斌。

"认识，认识，你们我都认识。"

郭母边答边忙忙地搬了两条凳子，搭到街台上，招呼大家坐了。

赵一民又问秀珍去哪儿了。

郭母说："要养活几张嘴吃呢，哪能闲着，去坡里了。"

穆清环顾了一下四周，房子正好落在老鹰山正坡上。只有对河半山腰有一户人家，与这边遥相对望。心想，这隔河相望的两户人，闲暇时，看一眼，倒还可以聊解寂寞。

张文斌见穆清默不作声，只笑道："站在山梁上，两家人可以隔河喊话，但要是走，至少得3个小时呢。"

"太艰难了！"穆清叹道。

"老人家，你们赶的是哪里的油盐场啊？"他回头又问郭母。

"赶荣安、长风、赶双河口，都一样，到哪都二十多公里，赶场打铁就一整天呢。"郭母脸上浮了层无奈。

"天亮就动身，天黑才回得了家，山民都这样。"张文斌替郭母补充道。

"穆书记，这就是我们村的现状：交通靠走，通讯靠吼，生病等死，住房烂朽啊。"赵一民也在一旁叹道。

穆清边听，边凄然地点了点头。

随后，穆清细细打量起几间瓦房来，柱子竟有些倾斜了，好似一阵狂风横空刮来，即可将它吹倒掀翻一般。他便心一紧，不由得站了起来。赵一民和张文斌也随即站了起来，尾随着他在房子四周转了一圈。外墙已斑斑驳驳，有几处已露出碗大的窟窿。前面还好，后房则有多处坍塌了。

"年久失修啊！房屋倾斜，四壁漏风，后房大面积破烂！"穆清叹道，"这要是塌了，就几条人命呀！"

一旁的赵一民和张文斌，都缄口不言了。

"没提醒他们，说明要害？"穆清又回头问道。

"都翻来覆去做工作了。说改好了，国家买单。可他们就是不愿意改啊，我们也没办法。"赵一民道。

"她父亲有病，缺钱又没劳力，情况特殊！"村主任在一旁解释道，"危旧房改造，得住户先自己垫资、自己请劳力，改好验收合格后，国家的危改资金才会到账。"

"她家拿不出底垫资金，又请不到劳力。就跟李长海家一样。"

一想起李长海家的情形，穆清心中又一阵凄然。

"可那也不能将就吧？这已是危房了。"穆清沉声道。

"穆书记，你也知道，在我们山里，这样的家庭也不是一户、两户，我们也顾不过来呀，再说……"张文斌接过话道。

"走，去看看老太爷吧。"穆清知道，有些事，村干部也是鞭长莫及。

郭母便引他们到了郭老头的床前。

郭老头见了他们，张了张嘴，挣扎着要起来。被穆清按住了。

"老人家，您躺着，别动哈。"

"他心里明白得很，只说不出来，便着急。"郭母在一旁解释。

"喔，有意识就好。"穆清帮老头掖了掖被子。

老头子的嘴蠕动着，终于挤出一个"茶"字。

郭母懂他的意思，点点头，到灶台上忙去了。

穆清握住老人的手，感觉就像是握着一把枯柴枝了。

"老太爷，您什么都别说，安心养着吧。"他安慰道。

从房里出来，穆清心一阵阵下沉，他不知这山里，像这样因病致穷的家庭还有多少？贫困程度还有多深？穆清顿感自己肩上的责任重大。

穆清等人刚在街台上坐下，就看见山梁坎下，有人背了一大背玉米棒子，吃力地朝这上边爬来。

这时，郭母已烧了开水，端过来了。

"白婶儿，您也别忙，过来坐，穆书记要了解一下你们家的情况。"赵一民招呼她道。

## 六

穆清已翻开随身携带的笔记本了。他问得很细，也记得细。

比如这半年都有哪些收入，又有哪些开支。听得令他寒心的，是这个家庭的收入几乎为零；土地贫瘠，缺水少田，粮食产量低，仅够维持生计；劳动力缺少，无辅助产业，更无力去挖采野生药材出售。同时郭父要吃药打针，延续生命；孩子要上学……他可以想象，这个家庭可能已自觉地把开支降了又降，降到了最低限度了。

他边问边记，偶尔也停下来想想。

"像这样特殊的家庭，老人的药费、孩子的学费、生活开支、人情世故这些钱都是从哪里来？"末了，穆清停了笔，忍不住问道。

"唉，几年前，郭老头出了事，只保住了一条命，工地老板见人没死，坚持说是他不安全作业，才导致从高空摔下来的，抵死拒绝赔付，企图连治疗费也给赖了。村民们为他家不平，去了一波人闹事，好歹让老板赔了个六七万块的医疗费，可他那情况，要是在医院，六七万块钱可能也就秋风卷落叶吧，最多一两个月怕就没了，所以，后来大家就建议，干脆抬回家，在乡镇上找个医生看看算了。唉，那拿命讨来的钱，既要顾病人，还要顾好人了，到如今，怕是没剩两个了！"赵一民叹了口气道。

穆清听完这番话，随了赵一民的叹息声，陷入了沉思。

就这样，约莫过了半个钟头的样子，他蓦一抬头，刚才那背东西的人，已趋步到了房前。原来是一女子，个头不高，瘦弱不堪，仿佛风一吹，就要倒的样子。但她没倒，头发凌乱，额前短细的发丝湿漉漉的，紧贴在脸颊上，嘴里不时地喘着粗气。

郭母见了，忙上前去扶背篼。

穆清猜到那便是郭秀珍了。

只是她见了他们，木然寡言，了无笑意，只本能地怔了一下。然后，放下那一背玉米棒子，旋即进了屋子，再未出来。

倒是她那上了年纪的母亲要热情些，忙着生火、烧水的，也健谈。

时间不早了，赵一民看看表，向穆清示意。几个人便起身告辞。

只是，一行人刚起身，一盆水"啪"的一声泼在了身后，水溅了后面的张文斌一身。穆清看去，泼完水的秀珍并不说话，只拿只空盆子，气冲冲地站在门口。再看那张文斌，抖了抖打湿的裤子，才抬头瞪了郭秀珍一眼，嘴里低低地嘟囔了一句"疯子"。

赵一民在一旁劝道："走走走，算啦，不跟一个女子计较嘛！"

穆清再回头时，门口已再无郭秀珍影子了。只有郭母还站在那，一脸抱歉。穆清心里便有些纳闷。

回去的路上，穆清神情忧郁，也少了许多话。

行到万家沟时，穆清突然停了脚步，又回身望了望老鹰山方向，问赵一民道："赵书记，您说，郭家那房子还能住多久？"

"这……我也拿不准。不过，俗话说得好，不怕一万，只怕万一啊！"

"嗯，我也一直在想，那房若是再不修缮，怕是不敢让他们住下去了。"穆清顿了一下，又看向张文斌道，"你说呢，张主任？"

"倒也是，只是主人家不来气，我们又咋办嘛？没办法！"

"你们看这样行不行，既然没法纳入危改，就暂时解决眼前的困境，临时帮他们排个危吧。哦，对了，还有李长海家那房，怕也不敢住了。"穆清想了想，又说，"这样，我私人拿5000元出来，只是，还得麻烦书记、主任在村里寻些劳动力，帮他们一把了。"

"这可不行，穆书记。"赵一民首先反对道，"你拿个三五百的，我们不说啥，可5000元不是个小数目啊，况且你也是要穿衣吃饭，要养家糊口的！"

"是啊，要都这样，这家几百，那家几千的，时间一长，弟妹就是再贤惠，怕也要后院起火了。"张文斌也半真半玩笑道。

"唉，这5000元看起来是个大数，但两户人一分，就那么点意思，没办法，也只有将就一下了。"穆清又说，"另外，你们也不用担心，我家虽算不得富足，但至少还衣食无忧呢。再说，钱放在那，就是个看数，能解危救困，也是好事，所以，你们就别推了，把事情办好就成！"

"还是不行，咱日月山欠你够多的了。不能再让你破费。"赵一民看看张文斌，又征询似的对穆清道，"要不你少出一点，我跟张主任想办法再捐一点？"

张文斌"哦"了一声，便不吭气儿了。

"我出五百吧，你随便。"赵一民说。

张文斌看了一眼赵一民，没说话。

"你咋想的，总要给个话吧。"赵一民低声道。

"我最近手头紧，钱都投到工程里去了。"张文斌低声道。

"嘿，赵书记，你们俩就不用想那么多了。山里本就不好找钱，一个月的补贴也就那么一点。再说，赵书记你还得送江山读书呢，我孩子小，紧日子还没来，就按我说的办了！"

赵一民见张文斌不响应，也不好再说其他，只有妥了。

"唉，那这郭家、李家，算是遇到救星了。我和张主任就先代他们感谢穆书记了！"赵一民叹口气谢道。

张文斌也点头称是。

三人商量了一下，就让张文斌负责这事。因为六社有一条捷径直达这里，再说他去寻劳力也方便些。

"可以，只是，"张文斌看看赵一民，又看看穆清问道，"只是这村民的工钱，要如何核算？"

"按市场价支付吧，山里人挣钱不容易，不能亏了人家。"穆清想了想，又嘱张文斌道，"人命关天，可不能再拖了，先动起来，如若经费不够，我们再商量。"

"好，今儿回去，我就安排。"张文斌爽快地应道。

后来，修缮完工时，穆清又各去了郭家和李家一次，很是满意。他觉得郭秀珍那曾忧戚的脸上，也似多了些笑意。

更令他感动的，还是村民的淳朴。大家知是他拿钱在帮助郭、李两家后，都仅象征性地收了点工钱。余下的资金，除了补贴那些天的生活用度外，几乎全用在房屋的培修上了。

七

日月山的各项工作正稳步推进。

一社的安全饮水工程正式启动了。穆清一闲下来，就过去看看进度，看还有啥困难要解决的。

工地上，人们正在挖井打池子，热火朝天地干着。张文斌已忙着安排后续工作了：联系砂矿、水泥、砖石，还有大小型号的水管等。

一会儿，雷达来接穆清，说交运局聘请的关于滚水坝的设计、预算人员快到了，直接从桃花沟上来。

于是，穆清又跟着雷达，急急忙忙地往桃花沟那边赶去。

穆清也没想到，局里重视，这么快就批了处里上报的方案。当初，为做这个方案，他和雷达没少花心思、少跑路。想想，河不大，可一起水，就过不了，架桥耗资又太大，也没必要。他俩根据老百姓的经验，又请教了一些行家，综合了多方面意见，就做了一个建涉水点的方案：买几个大涵管，把它们嵌在河里，然后在管子上浇注混凝土。水若不大，它就从水泥涵管中跑了，如果水大，它就从路面滚走了。穆清说，这叫分流，也就是老百姓常说的滚水坝。

骑在车上，雷达笑着对穆清道："穆书记，你更黑瘦了！"

车上风大，穆清没听清。雷达又大声说了一遍。

穆清怔了一下，便又想起薛股长的话来。呵呵一笑，不经意地回道："没事，这才是男儿本色嘛！"

穆清知道，自己肩担大义：下要扎根日月山，带领大家脱贫奔康；上又不能愧对单位，要立得起，撑得住。就大不了累点、苦点、再熬一点，都没关系。

还记得10多天前，处里针对自己的汇报，就日月山的具体情况，专门召开了重要的办公会议，商讨切实有效的帮扶策略。最后达成一致：想尽一切办法，从办公经费中挤、从项目资金中调剂，也要解决了日月山村面临的一个又一个困难。所以，单位先期划拨了5万元，修建饮水试点工程，解决一社28户120人饮水难问题；投资 2 万元装修老村委会，同时配备办公设施、设备；为了完成"危改"，单位又划拨了 10 万元，帮助老百姓垫资，解决他们手头资金短缺问题。至于建立涉水点，解决过河难的问题，处里同意村里的方案，只等报局里批复和设计预算出来后，再决定资金投入了。

两人赶到与桃花沟接壤的梓潼河时，县里来的人正在勘测河的宽度、深度。

赵浩是在他们回村委会的路上，截住他们的。他两眼红红的，一副哭过的样子。赵浩一见穆清，就让他救救他爸。

穆清见他那神色，很是茫然，细问才知，上周四他爸被警车带走了，至今还关在东门溪的看守所里。

雷达屈指一算这已是第六天了。

穆清心中更是一惊：看守所是什么地方呀？不是羁押依法被逮捕、刑事拘留的犯罪嫌疑人的机关吗？进看守所，虽不是坐牢，但意味着你将被执行强制措施。这个赵国红究竟犯了什么事呢？

"怎么会这样？就村民之间的小纠纷呀，最多是去派出所调解一下，怎么拉看守所了？"一旁的雷达听了，也一脸愕然道。

"这事你知道？"穆清侧头问雷达。

"我只知道两家因为自留山的树木，有些小纠纷，却没料到会闹得这么严重啊！"雷达道。

赵浩说："一周前，派出所熊副所长突然通知我爸去双河口，原以为还是调解与国亨伯之间纠纷的。我和父亲去了，结果国亨伯并未前去。那姓熊的副所长是单独见的我爸。当时，我在门外，只听他说我爸打了人，一个劲儿地喊我爸按手印。我爸当时可能觉得打人是事实，也想早点了事回家，因为家里头有客，还要去打酒买肉。便没多想，也没看是什么内容，就糊里糊涂地按了手印。结果，手印一按，他们就给我爸上了铐子，强行将他带上了警车，上车就关门，还拉起了警报来，接着警车就'呜啦啦'的，载着我爸一路往县城方向去了。这边，我吓傻了，待反应过来，车子早跑远了……"

穆清又问赵浩："这么重要的事，为啥不找赵书记，不早点找村委解决？"

"我大伯本来就知道这事，但他砍偏斧，为亨伯说话。村委能起啥作用？还不是他说了算？知道内情的，都让我来找您了。说您也许会不偏不倚的……"赵浩说着，眼泪又来了。

穆清知道他说的大伯是指赵一民，便安慰他道："不急，你且慢慢告诉我，都是什么纠纷来着？"

## 八

原来赵国亨家的山林与赵国红的毗邻。一条小路将两家的荒山，自然分割开来。赵国亨家的，是当初社上补划给他的部分，地形狭窄，面积也小。但去年腊月，他趁赵国红出门去了，在赵国红林上砍了近300平方米的耳棒，预备弄3个耳塘子。二月春分天里，赵国亨请人点菌种。赵国红与赵浩正好在家，便主动前去帮忙。耳塘隔山林就二十来米的距离。中途，赵国红想方便，见帮忙的人多，就转角去了自家山林。进去一看，着实吃了一惊，先前浓荫蔽日的林子里，眼下竟变得亮堂堂了。他满坡里寻了一遍，原来山林里能卖料的树木，全不见了。他细数过，光砍掉的松柏树，就有十五六根，还不说可以做耳棒的青㭎木了。而树墩全用枯树叶掩着。再往旁边看，赵国亨林里也砍了些，只是树墩都晾着。赵国红一下全明白了。赵国红很生气，回去就同赵国亨理论，说："你砍个几根无所谓，但一下砍那么多，让人心痛不？你就是砍了，也得给我打个招呼嘛。我若送了你，是我的人情呐，可你阴悄悄地就砍了，叫人咋想！你就偏偏忍得住，眼里还有没有人哟！"

面对赵国红的责问，赵国亨却是温水锅里汤猪，始终不来气。赵国红没办法，自家的青㭎棒，已被赵国亨弄去点了菌种，要是逼他，倒显得自己小气不地道了，只气哼哼着甩手走了。

旁边其他帮忙的人，却听得明白，都劝赵国亨，说："砍都砍了，道个歉算了，免得兄弟间伤了和气。"赵国亨却闷葫芦一个，始终不吭声。

赵浩一个后生，不好掺和大人的事。下午，菌种点完了，他才溜去自家山林看了一下，确如他父亲所言，先前遮天蔽日的树木，全没了，只剩一坡被父亲掀开的树墩，白森森的，寂寞地散落着。他突然理解了父亲赵国红愤怒的心情。

赵浩说，晚上，父亲饭也吃不下。说耳棒被人用了，也就罢了。可他赵国亨欺负人，连句人话都没有。还嘟囔道，难怪几天前，听说他要卖一批料，连买主都联系好了。原来，竟是卖的自己山林上的。父亲咽不下这口气。又告诉家里人，说他下午去看了，那些松柏木还码在对方那堂屋里的呢，怎么也得给个说法吧？

赵浩也听说过国亨伯要卖料这事，只不知买主是谁。

赵浩又说，可能就因为父亲这一闹，国亨伯虽不吭气，却也没敢轻易动那木料了。父亲也为这事，今年远门都未出。

后来，那料在赵国亨家，一搁就两三个月过去了。

转眼就是到了春末夏初。

一日，满山都响起叮叮当当的驼铃声。有人说，是小凉山的马帮上山了。赵国红就估摸着，赵国亨耐不住，可能要出手了。

果然，马帮径直去了赵国亨家。

赵国红赶过去的时候，马帮正在上料。他将上料的人拦了，说："得罪大家了，我有几句话说。"接着就向大家讲了这批料的来历，要大家理解。

赵国亨一听，急了，干脆翻脸不认账，说这料就是在自己的自留山砍的，与别人没半毛钱的关系。

赵国红觉得他不可理喻，说："还一介党员呢，不耿直，尽玩小动作。"

赵国亨回道："我告诉你啊，这事与是不是党员无关，若你今儿不让人拉这车料，那这几天的零工钱就都算你的，连车费也得你出！"

赵国红一听，更来气了，只道："你会掰理吧！砍了我林上的树，不解决问题，还倒打一钉耙了？"

于是，两人争起十字界畔来。

赵家岭地势高，有网络。

赵国红当即就给当年划山的老社长打电话，并开成免提，询问他与赵国亨的山林地界。老社长在那头说："你们都小孩儿长成老孩儿了，年年开荒，还问地界？那界有啥问的？以小路为界，傍山是国亨的，小路以南是国红的。"

赵国亨一听，不服，想了想，也给老社长打电话。

老社长听了，久久没说话。可能是烦了，也可能是揣摩出了什么。干脆来个谁也不得罪，只回道："年深日久，我也记不到了。"然后挂了电话。

两人便僵持着。

那马帮的头儿听了，过来打圆场，劝了赵国亨几句，转头又对赵国红说："那料都已卖了，我们不过是受人所雇，前来拉货的，还请大哥高抬贵手呢。"

"那你倒说说，都卖给谁了？"赵国红冷着脸问。

马帮头儿便缄口不言了。

"那我不管，这料他没资格卖掉！"

"那好，小子，当年山林划界时，是你老汉儿和我老汉儿一起去的。你要是实在不信，就只有把你老汉儿，从土里叫起来对质啰！"

赵国亨一急，搬出上辈人来。

赵国红一听，气不打一处来，嚷道："这老话还道'死者为大'呢。这人有活得长的，也有活得短的，谁说得准？如今，你不就笑我老汉儿起不来吗？他还是你叔呢，又没招你惹你，岂容你口不择言，喷粪嘲笑他寿岁不长？"

赵国红这样闹着，一步跨到赵国亨面前，一巴掌打过去，"啪"的一声正掴在对方脸上。赵国亨措手不及，待反应过来，去回击时，又被赵国红抓住了双手，动弹不得。

毫无疑问，赵国红这一巴掌，在马帮面前，在看热闹的众乡邻面前，打掉了赵国亨所有的尊严。

当晚，赵国亨就要去县里住院。

后来，赵一民出面调解。

先找的是赵浩，让他劝劝自己的父亲，给赵国亨认个错，又说赵国亨半边脸都肿了，得输液消炎。

赵浩找父亲说了。

赵国红不同意，认为赵国亨是咎由自取，侵占他人财产在先，又油盐不进，不知悔改在后。更令他难以容忍的是，对子骂父，玷污先人，本就该打！说要他承认错误，除了他死后转胎。就更别说拿钱给他输液了！

赵浩只想息事宁人，认为父亲不克制，打人也亏理。又觉得给人输个液，也在情理之中，就给了赵一民 200 块钱。

第二天，赵一民又找上门去调解，说赵国亨还要求输液。

赵国红一觉醒来，气消了大半，也后悔，觉得那一巴掌，就生生地将这么多年的情分都打没了，除了放不下面子道歉外，也答应给他输液。

谁知，村赤脚医生赵国寿那天有事，莫空，要耽搁。结果，赵国亨一气之下，就跑去县医院住院了。

待他回来后，赵一民自然又找到赵国红，说对方要求赔偿医药费不得少于3600元。

赵国红不服。

说那得把赵国亨非法砍掉的树木，也折合成人民币，两两抵消后，该拿多少，他认。

赵国亨第二天，便将赵国红告到了派出所。

派出所的调解，赵国红人不服，就被强制送去了看守所。

## 九

赵国红是个独子，单家独户，也是他母亲冯菊花的老来子。

赵国红被带走的时候，母亲正病着。老太太身子骨不济，眼力、听力却出奇得好。

据说，赵浩垂头丧气地回到家，在对母亲讲述父亲被警车带走一事时，竟被躺在隔壁房里的奶奶无意中听到了。奶奶一声"我的儿啊"还没哭出来，就昏厥了过去。

家里人便顾不了赵国红了，只得先找医生抢救老太太。后来，老太太虽缓过气来，却加重了病情。

第二天一早，穆清就上了三社。

到赵国红家时，只见冯老太太眉眼不睁，气息微弱。女儿、女婿、儿媳、孙子、孙媳等，共计9人，每三人一班，分成三班倒，轮流照管着老人。

穆清出来时，赵浩送他，他母亲也跟着出来了，泪眼婆娑地说："穆书记，这好好的，有理却弄成这个样了。赵浩前天下去看过他爸，那里看守说，他母亲生病，可以请假回来，等母亲好一点，回去补齐那个时间就行，可赵国亨就是不松口……"

穆清问："怎么回事？"

赵浩一脸沮丧："我爸听说可以回家，就跟熊副所长打电话，熊副所长说，要赵国亨点头答应才行，而国亨伯一口咬定不放。父亲交了800元罚款不说，还得咬着牙巴，把12天蹲满。"

"当初，派出所调解，让拿多少钱给你国亨伯呢？"

"除了药费，还有护理费、生活费以及车费、误工费，加起来有五六千吧。当时是在一社朱社长家调解的，父亲一听，离了谱，连发票单据都不看。他说赔偿也可以，但你得把在我林子里砍伐的树木，栽起才行！他把话打得很硬，气氛也就僵着。僵了好一阵，他们见没法再谈下去了，就只好说等候处理。结果，都一两个月过去了，他们把父亲叫到双河口，在一间空屋子里，将他铐起就带走了……"

"他们是谁？"

"领头的是那个熊副所长。"

穆清一听，心中犯急，让赵浩回去好好照看奶奶，自己去了社里。

穆清分别找了社里几个人，了解两家纠纷当天的情况，还去了山林查看界限，在确定赵浩的叙述，基本无出入后，才又去了赵国寿家。

他想了解，赵国亨当时的伤情。

他与赵国寿很熟了。

第一次去他家，是在全覆盖走访了解情况时。第二次去他家，是走访中中暑了，流流连连的，总不好，还是他开了两副中药给断根的。就是那次，赵国寿还硬留他在他家，吃过一顿便饭呢。

穆清进门时，赵国寿正在里间，给人看病。他医术好，据说是得了他父亲的真传。

里间是一药铺，不大。要过一条小巷道，才能拐进去。

穆清走在巷道里，听到有人正议论冯老太太的病，就停住了脚。

有女人的声音传来："真是造了孽了，老太婆连害个病也不安生，还添个气呕，还不知打不打得过去（好不好）哟。"

有人接言道："那国红子也犟，就当舍财免灾嘛，人家不就是抓住了他打人输了理这点？"

又有人说："说得轻巧，将心比心，人家砍你林子里那么多树，你就看得开放得下，呕得过去？"

"咋就只追究打人的，不过问砍树的呢？"有人叹道。

里面你一言，我一语，唧唧喳喳，议论不休。

这时，有人看完病出来，一抬头，就看见了穆清，忙招呼："穆书记，来啦！"里边的人听了，全都闭了嘴。穆清进了里间，大家忙着让座。

"穆书记，今儿咋有空上来呢？"赵国寿正给病人输液袋里加药，见穆清坐了，忙问。

"有点小事找你呢。"

"哦，"他加完药，回过身把针头扔进垃圾桶，才又道，"那天看您带了好些人，在周家河勘测，是要修桥了？"

"那几条河，河面都不太宽，建桥又没必要，就计划建几个滚水坝，解决过河难的问题。"穆清说。

"嘿，这个可行，虽是土办法，但能解决问题，也适合我们山区。"旁边一村民道。

"对头，根据我们提交的方案，局里已委托人做设计预算了。"穆清笑道。

"咱日月山呀，能遇到您，遇到你们单位帮扶，算是有福啰！"赵国寿感叹道。

一旁的其他人，也点头，深有同感。

"慢慢来吧，我相信咱日月山的好日子就在后头呢。"穆清由衷道。

等看病的人陆续离开了，穆清才盯着赵国寿的眼睛，低声问："老赵，我问你，赵国红那巴掌，到底有多狠？"

赵国寿也盯了他几秒，才移开目光，说："怎么说呢？左边脸嘛，稍有点红肿，过一个晚上就没事的。不过呢，这心里的肿块，可就大了，可能一时半会儿消不了！"

"你就说当天晚上，你给他输液了没？"

"人家硬要输，我也扛不住呀，就输了点消炎的。"

"那第二天呢？"

"我走亲戚家了嘛！"

"你是故意的吧？"

"书记火眼金睛呢，您咋猜到的？"

"还用猜？你在这山里磨这么多年，没磨出点眼力？两头不得罪嘛！"

"穆书记，你说这国亨本就没事，只是脸上挂不住。这国红呢，冲动是冲动了，但也不是疯子一个，他也有他的道理呢！"

"唉，你是躲了，可害惨了赵国红啦！"

"那家伙是个直性子，脑里转不过弯来，我曾问过他，'人家找你要药费、住院费，你看过都有哪些单据，做过哪些检查没？医生的结论又是什么没？'结果，您猜怎么着？他什么都没看，什么也不知道。你说他咋不吃亏嘛！"

"你怎么看赵书记与他之间的关系？"

"我与他三人关系都不错，所以背后不论他人是非！"赵国寿笑道。

"这不是论是非，是分析，是客观评价，好不好？我今儿专门上来找你，就为这事。你看赵国红的老母亲，气息奄奄那个样儿，儿子又被关着，惨不惨嘛！"

赵国寿知道，赵国红母亲的病，原本好得差不多了，结果被赵国红的事一急，翻了身，病情一日日加重了。自己一天得往他家跑无数趟，心里没有一刻不提心吊胆的。

"也是啊，"他犹豫了一阵，才道，"穆书记，这话呢，就哪里说了哪里撂，你自己知道就行哈。"

穆清点头答应。

赵国寿便告诉他："按说，赵一民与赵国红更亲。因为当年赵一民家落难时，孤儿寡母的，全靠赵国红父母救济。可以说，赵一民是跟着他们一起长大的。记得我父亲经常说，赵一民大赵国红五六个月的样子，可能是生活太差缺营养的缘故，他母亲生下他，就没多少奶水，常常吃不饱，夜里整宿整宿地哭。而赵国红出生后，他母亲奶水足，于是，赵一民母亲就把他也送过去，两个孩子在菊花婶子怀里抢着吃。所以至今，赵一民对赵国红母亲都心怀感恩，两家也走得近，赵一民拉个货什么的，或到哪里去，都是赵浩送的。这次不知为何，他完全变了立场。村里也有人说，赵国亨是党员，赵一民怕得罪了他。我估计，事情可能没那么简单……"

从赵国寿家出来，穆清又去了一趟赵一民家。

凤琴嫂去坡里了，只有老爷子在火塘边坐着，火塘里的柴火，依然噼里啪啦地笑着。

老爷子说:"儿子在村上忙,都好几天没回家了。"

穆清知道赵一民除了忙"危改",还要督促并经办村民养老保险、新农合参保、政策性农业保险等一大摊子事,心想,也真难为他了。

他嘱咐了老爷子几句,让他注意安全,就径直往秦家坝去了。

穆清在六社寻到赵一民时,他正在村民家里,周围围了一圈人,向他咨询新农合参保和农业保险的事。他打了招呼,便出来了。等人都走了,赵一民才出来,问他:"穆书记,有事吗?"

穆清怕来人打扰,就同赵一民边谈边往学校方向行去。

穆清提到赵国红与赵国亨两家的纠纷,他说:"赵书记,我想听听您的看法。"

在赵一民面前,穆清一直沿用称呼"您"。

赵一民说:"这个赵国红,也太莽撞了,居然动手打人!那一巴掌扇下去,是多大的祸呀,现在,人家死活不饶他了!"

穆清附和:"也是呢,一把年纪的,只图当时痛快,咋不想退路了?"

赵一民接着说:"人家女子是医药公司的,在城里,药房就开了两家,关系、人脉那都是现存的,他还当别人是吃干饭的!

"赵国红自持有点理,执犟筋,但可能也有些不服。"

"我不是没做工作,一会儿这家,一会儿那家,跑上跑下,为的啥?还不是想把大事化小,小事化了,按平算了。可他,哪听得进去?"

"那您,看过赵国亨的住院单据吗?"穆清问。

赵一民想了想,道:"他住院是真的,马斌下城交货,还去探望过。"

"有伤检报告吗?医生结论是什么?"穆清又问。

"没看。你想,他既在要钱,即便作假,也是做得了的。"赵一民回答。

"这个……不过,现在各行各业,都在整治,在规范,包括各大医院。他关系再好,怕也有攻不破的堡垒吧?"穆清看看赵一民,又说,"所以,处理纠纷,还得提防人钻空子,否则我们也脱不了干系。赵书记,您看哈,人家就打他一巴掌,该负的责任得负。但总得调解嘛!他不服,就是思想不通,我们耐心一点,找准症结,给他疏通,不就行了?咋动不动就把人弄东门溪去了?"

看守所在县城里的东门溪里。可能一是因为方便，再就是忌讳的缘故，人们一提到看守所，就干脆叫成东门溪了。时间一长，这东门溪自然就成了看守所的别称。

"问题是，他赵国红只伸不屈，不给人台阶下嘛！所以，赵国亨是要让他知道，盐是打哪咸的，醋是打哪酸的，但他赵国红也得知道，他有错在先呢。"赵一民说。

赵一民没说话，穆清继续道："那东门溪是什么地儿啊，我觉得赵国红进去，还不够格呢。况且，这边砍树有手续吗？没有，那就是非法砍伐！是违反相关法律的行为，他赵国亨图一时痛快，把人给整了，将来赵国红回过神来，案子翻了，他吃不了也得兜着走呢！"

赵一民听穆清这一说，才觉得事情闹大了！

## 十

天变了，下起雨来。

陈家嘴的工地上，停了工。

这边，赵一民做通了赵国亨的工作。

穆清觉得眼下，接回赵国红要紧。

跟大家一商量，都认为张文斌去最合适。因为张文斌是赵国红女人的隔房二爹，两人沾亲带故的，又走得亲，好说话，也好安抚。

哪知张文斌推脱道："还是赵书记去稳妥，因为这事本就是经他的手调解的，又知内情，或许赵国红更能接受。"

穆清暗想，张文斌这是咋啦？聪明一世，糊涂一时了！这不是明摆着将赵一民的军吗？

穆清也知道赵国红心里有坎，还没过去。这谁去都成，唯独赵一民不能去。便否了张文斌的提议，还是主张张文斌去一趟。

张文斌走的时候，穆清除了悉心叮嘱一番外，又临时决定，让雷达与他同往。

遗憾的是，二人回来时，并未带回赵国红。

那日，在村委会阅览室里，穆清正在给墙上的板报勾图案，听见有人推门进来，回头一看，是张文斌与雷达回来了，但是他们身后再无他人。

穆清吃惊道："人呢？"

张文斌说："赵国红流眼掉泪的，说自己对不起母亲，他母亲若有个别样，他下十八层地狱都不够。又说，出来了反正还得回去，如今，他不要人怜悯了，他就在看守所，不蹲完12天，他哪也不去！"

穆清又看了看雷达，雷达也点着头。

赵一民一听，皱了皱眉，随手点上支烟，狠劲儿地嘬上了两口，喷出一串烟雾来。

穆清道："算了，既是他的意思，就依了他吧。"

后来，雷达私底下告诉穆清，说赵国红精神压力很大，总说在那度过的每个夜晚，都长得伤人心，像是无数个夜，合在一起似的。说他一到夜里，眼睛闭得生痛，就是没瞌睡。

又说，赵国红总念叨："别人的山林，就算是长个天麻、灵芝，长个金子，那都是别人的，我不眼红。但我林子里，就是一棵小草，我都得让它长得好好的吧？更别说那些成了才的大树了，怎么能任你长手长脚的，想糟践就糟践？"

"理是这个理，任谁也心中不平。但张主任那张铁嘴，不管用了？平日里，能说得山尽水出的，这事咋就没劝下来呢？"穆清疑惑道。

"劝是劝了，但总感觉吧，他没上心，当然没有劝赵书记做生意时，那么有力道了。"雷达模糊地笑道。

"我可能犯了个错误。"穆清自语道。

"您说什么？"雷达没听清。

"哦，没事。我是说，这事，怕是……会没完没了了！"穆清担心道。

穆清心里盘算了一下，正好又到了周末，他决定自己亲自回去看看。

穆清是周末上午去的，也是第一次见到赵国红。当初去他家走访时，穆清见到的仅是他母亲和妻子。赵国红与穆清想象中的形象，有些差异：条形脸，薄嘴皮，眼睛不大，却有些红肿，精神萎靡，头发须髭都有些长了。

穆清做了自我介绍。

赵国红一听，眼泪"哗"地一下，就流出来了，泪水滴到了他的衣服上、腿上，还有地上。

穆清从包里拿了叠纸巾与他，但一卷纸，瞬间就湿了。穆清又劝了他一阵子，赵国红的情绪才平稳了些。

穆清又把自己买的卤肉、香烟、毛巾及洗刷用品，一并给了他。他接过去，道声"谢谢"，眼泪又来了。他抽泣着说："还有几天，我就把自己打人的过错给还清了。"

穆清说："只是，你这代价也太大了，以后一定得吸取教训，遇事要冷静，要寻求合理的解决途径，不能只图一时之快，逞一时之能，鲁莽行事。"

赵国红边点头，边用手臂擦拭眼泪说："穆书记，我进这里来，莫来头（莫关系），我就担心两个人，一是我母亲，一是我家小雯。今年，就为这树，我连门都没出，结果弄成这样……"

"小雯在哪？"

"在县一中读高中，以740多分的成绩考进去的。这两年，家中老母亲多病，经济十分拮据，我也心力交瘁，只怕再这样下去，她得辍学了。其实那800元罚款，原是我留给她的这个月的生活费……"赵国红泣不成声。

穆清安慰了他一阵，让他先不着急，说他母亲病情已有好转，另外自己会代他去看女儿的。

走之前，赵国红再三恳求他，千万别把自己的事告诉小雯。

穆清从东门溪回来，就去了学校。

小雯是赵国红的幺女儿，在县一中最好的班就读。

班主任刘老师告诉穆清，小雯是班里学习最踏实、也最节俭的女孩子，还说正要找她呢。

穆清问："为啥？"

刘老师说："有同学反映她都好久没打过肉吃了，最近，还在体育课上晕过一次。"

刘老师停了一下，又说："这如今，学习任务这么重，营养不跟上，哪行？"

"她是遇到困难了。"穆清说。

穆清这才告诉刘老师，她家住大山里，家中祖母生病、经济拮据等情况。

刘老师说:"可我在了解班上学生家庭情况的时候,她并没提过呀!唉,也是,现在很多孩子都很要强,他们宁愿省吃俭用,也不愿袒露自己的家庭状况。可能,这孩子也属于这种情况吧?"

穆清这才说自己是以日月山第一书记的身份,来学校说明小雯家庭情况的,并请求老师及学校给予她帮助。

说到这,穆清又想起当年的雷达来,声音竟有些哽咽。他说:"我真不希望一株好苗子夭折了。"

刘老师有些不解地看着他,回道:"这是当然,以前不了解情况,这是我工作没做到位,是我个人的失误。像她这种情况,可向学校申请国家助学金,我也将向学校汇报,我想,学校会关注她,并给予她相应帮助的。"

接下来,在刘老师安排下,穆清见到了赵小雯。

孩子很朴实,也很腼腆,只是脸色有些苍白。

穆清问了小雯的学习情形,鼓励她好好学习;又嘱咐她生活上别太节俭,要注意营养。

小雯频频点头。

最后,穆清从包里掏出800元钱给她,说是她爸托他带来的,又说:"你爸说,这个月有事缠身,没及时把生活费给你,让你吃苦了,他向你道歉。"

小雯抿着嘴,低头回道:"谢谢爸爸,也谢谢穆叔叔!"

穆清见她长长的睫毛下,似有泪花闪烁。心中一酸。

从学校出来,穆清接到秦汉明的电话。秦汉明问他回县里没有,说县上周一要组织部分乡镇的村社干部,去邻县的青凤镇枫香村,参观新建的"巴山新居"聚居点,正好日月山村也有两个名额。

## 十一

穆清早就听说枫香村变化很大,是市里以"巴山新居"建设为抓手,统筹推进新村建设与脱贫攻坚,取得成功的一个案例。他觉得这次参观,是一个特好的机会,也许能带给自己工作上一些启发呢。于是,他请求秦汉明为日月山多争取一个名额，说他还想带上村主任一同前往。

秦汉明说："应该没问题。"

周一，作为帮扶单位脱贫攻坚负责人，秦汉明也去了。

要到枫香村时，一场秋雨洒下来。雨停后，大家进了村。村里干净整洁，绿树成荫，一座座具有川东北特色的新居映入眼帘，令人爽心悦目。更让人艳羡的是道路硬化到了家门口，大家沿着村道路转了一圈，脚上的鞋还是干干净净的。赵一民感慨："房子好，道路好，环境好，村民生活习惯自然就好了。"

市委统筹办主任介绍："这里率先探索的是合院居住模式，一个四合院住进了十几户人，户与户之间共用墙壁、院坝、屋面山花出檐、公共用房、梯间等，公共服务设施建设每户可节约13.3万元；农户自身每户可节约2万元左右的建房成本……"

"……但不管是哪种模式，'巴山新居'的最终目的，是让村民住房有保障，实现脱贫路上'不丢下一户，不落下一人'的愿望。"主任补充道。

下午回去的路上，秦汉明问："大家都有啥想法吗？"

穆清笑笑，不言，只将目光投向他所在村的书记、主任。

"今日之行，感触颇深啊。咱日月山一两户守一座山的情形，实在太普遍了。路不通、水不通，连照电都是裸线，用的又是木杆杆，一吹风，就不安全得很。"赵一民比画着，又感叹道，"唉，还是一个小烘烘，连打个米机都带不起，恼火呢。若是也能把大家集中在一块儿住，再一起解决基础设施的问题，这可能也是个思路。"

"对对对，赵书记说得有道理，我也这样想过。"张文斌应和道，"不过，究竟怎么操作，我们还得琢磨琢磨。"

"嗯。不过，这个看起简单，但要实施，就可能遇到很多难题，比如土地问题、资金问题、村民认不认可的问题等等。"穆清接过话道。

赵一民、张文斌两人，也边听边点头。

"想法挺好，面临的问题可能也多。不过，不能着急，慢慢来，你们回去后，把思路好好捋一捋吧。"秦汉明笑道。

其实，三人同时看中的，都是秦家坝河谷的那些荒地、沙丘与滩涂。

山里荒山广，荒山又从山上延伸下来，缓缓当当地漫到河边。什么边呀界的，村民不稀罕，任它荒芜或寂灭，自然成了放牧牲畜的乐园。

后来，这些放牧地及与它边界相连的田地，也因年年起水，被山洪冲成了沙丘和滩涂，荒废多年后，村民也就无法再耕作了。

三人合计了一下，若把这些地方征用过来，再把它平了，治理了，修个10多户人家的住房，应是绰绰有余的。

张文斌在这件事上，倾注了前所未有的热情。也提了许多建设性的意见。

穆清认为，还是先摸摸底，通过宣传，了解民情民意后，再做工作，争取村民们的支持。

赵一民看着张文斌，笑着说："主任，这思想疏通，就看你的了。"

张文斌一笑。

穆清也会意一笑。他叮嘱大家，可以试着着手这个工作，但得先以手头上的工作为主，一步步来。

一晃，到了10月中旬，赵一民负责的危旧房改造，除了远在深山，情况特殊，实在无法把材料搬上去的人家外，已基本告一段落。

陈家嘴安全饮水工程，也顺利竣工。

白花花的清水，欢快地淌进了一社28户人家的水缸。人们脸上绽开喜悦的笑颜，不住地感叹："咱们大山里能用上自来水，是以前想都没想、也不敢想的事。"

"以前不敢想，现在要想的，可多着呢！"张文斌也兴奋道，"穆书记说了，你们是第一批享受的，以后，这种安全饮水工程将在日月山普及开来。"

## 十二

秦家坝土地流转意见征求会，在四社冯玉明家召开。

参会人员有村委委员，各社社长，涉及土地的农户，三社赵国寿也在其中。

会议由赵一民主持。

赵一民介绍了秦家坝土地流转征用的背景、村委进行新居建设的统一规划及日月山村今后的发展方向。

张文斌介绍了土地流转的具体操作模式：对秦家坝傍山荒地及沿岸被水冲成

的沙丘和滩涂的地方，进行综合治理后，用作修建巴山新居聚居点。采用一事一议的方式，注重村民意见，又特别是要征求土地农户的意见。至于土地征用资金，则是通过受益农户自筹。土地原来是田和地的，分别按6000元/亩和5000元/亩的标准支付……

大家听了，一阵窃窃私语。

讨论结果是，大多数农户同意并支持村里的设想和规划，只有个别村民，要回去征求家人意见。

这次会议效果比预想的还好。

会议结束后，穆清留住赵国寿，私下询问赵国红母亲的病情。

赵国寿说："国红回来了。他母亲醒来，见儿子就立在床边，突然就开口吵饿，要饭吃。国红喂了她半碗稀饭，她才安心睡了。就这样，日渐一日，竟就好了起来啦！"

"那就好，那就好，这精神的力量，真是太大了！"穆清连连感叹。

"是啊，这世上的病，就像这世上的事，有时芜杂，有时又离奇，很有些光怪陆离呀！"张国寿也感叹道。

穆清很看了赵国寿一阵，怎么都觉得，那话值得去品位一番。

在部分村民陆续反馈回家人意见后，日月山西村民大会，在秦家坝学校正式召开了。

参会人员有驻村第一书记、村支两委成员、全体村民。

依旧是赵一民主持会议。他介绍了会议的主要内容，即建秦家坝居民聚居点的初衷、规划，及土地的征用、前期意见征集情况和操作流程等。

然后，是具体负责聚居点工程的张文斌发言。

张文斌详细讲解了土地征用的范围：日月山村三、四社尖铧嘴全部荒废地及部分沙丘，四社杏子坪滩涂，共计13亩，涉及任安庆、赵一民、赵国红等十一户村民的土地，皆系自愿流转。土地的征用期限：为永久性使用，自签订协议之日生效。用途：用于本村居民聚居点及公共服务设施建设。另外还补充说明，在规划内，没进行危旧房改造的贫困户若建房，补助1万元，非贫困户补助0.85万元。

赵一民强调："修建居民聚居点，就是为了解决部分村民住房困难问题。村里将统一规划，找有资质的承建商修建，房屋外观一致，户型统一。凡有不愿独守山头的、滑坡地带的、居住条件艰难的，都可以报名，大家住到一起，既热闹，又相互有个照应，也更有利于我们完善配套设施。"

村民们一听，兴致都高了。

冯明春首先发言，说："要我说，这可是村里百年难遇的大好事，也是想有安全住房的村民的福音了。都想想这十里八乡的，有哪个村在为大家操心住房问题？没有。所以，我个人认为大家不但要想得通，支持这个决议，珍惜这么好的机会，还要白纸黑字表决同意哟！"

有人接着冯明春的话说："我没意见，山上条件差，连个唠嗑的人家都没有，我申请到聚居点居住。只是要求村上把卫生站也建好，有个头痛脑热的，也方便就医。另外，孩子们在外边也放心。"

"对头，我也同意。大家想想，现成的房子修好给我们住，还集体建公共设施，这多好啊！反正我是要定了这房。另外，我个人提个要求，就是村上不但要建好卫生站，还要解决好娃娃们读书的问题哟。"平常精于盘算的曹定明抢着说。

"我同意老曹的观点哈，还真得把学校恢复起来哦，莫毬得学校，咱日月山就像莫毬得魂呢。"眼镜儿罗正荣站起来，咳着嗽，慢悠悠道。

"对头，正荣说得对，现在听不到娃娃们读书，这心都空落落的了！"人群里有人大声接话。

"是呢，是呢！"

大家你一言，我一语，呼声很高。

听得穆清心中一酸，甚至五味杂陈。

从大家的话里，他忽然意识到一所学校对于一个村庄的意义，这可能也是被很多人忽略的问题。

他想，一个小小的村小，在外人眼里，也许无足轻重，但于村民而言，它所承载的，可能不光教育本身所具有的职能吧？这也成了后来他一直深思的问题，甚至竭力去完成的使命了。

在村民大会上，形成了"日月山村秦家坝聚居点土地征用的决议"，之后，村民们还自愿在决议上，按上了自己的手印。

最后，穆清总结发言，讲了贫困村规划的背景，也讲了日月山幅员辽阔，住户分散，人烟稀少，国家投入有限，配套实施到位艰难的现状。他说，把大家聚到一起居住，就是要更好地解决我们所面临的诸多困难，比如，"水、电、网"的三通，还要有硬化路、医疗室、文化室。他表示大力支持"6+1"工程的巴山新居的建设，也要求大家，积极响应。同时要求村民们，今后要积极参加村上的各类会议，支持公益事业的建设。也强调，村上逐渐要有集体产业，一家一户还要有致富产业，这是大家必须去面对去思谋的……

但自始至终，他都没提到学校。没有把握的事，他不敢轻言。

# 霜降

## 一

10月末，穆清被通知须回单位。

处里就日月山"涉水点过河难"问题，连夜召开帮扶专题会议。

会上，负责脱贫攻坚的秦汉明，就设计部门的预算报告，做了详细说明和解读。处里通过讨论研究，决定整合其他项目资金，暂投资35万修建日月山几处滚水坝——梓潼河、瓦窑田、朱家湾、周家河。

11月初，秦汉明带着单位的工程队，正式入驻日月山。

村上则由赵一民牵头，负责土地协商、矛盾纠纷的解决、民工吃住的安排等。总之，一切为施工开路，为施工创造一个良好宽松的环境，确保工程的质量、安全、进度。村委会研究后，还委派了村民罗永国、冯明春，负责现场管理和工程计量等工作。

张文斌则负责村里"巴山新居"筹建中的土地流转这块。

穆清一有空，就过去替换赵一民，让他回家换换衣服什么的。

这日，赵一民照例被穆清替换回去了。穆清正在瓦窑田查看埋涵管的情况，雷达骑车过来了。

雷达急忙将穆清引到僻静处，才告诉他："中午时分，森林公安局来人了，是调查赵国亨砍伐林木一事。"

"这么快？"穆清吃了一惊。

"赵国红前两天去镇林业站，查了他的林权证。据说，王站长调出来后，还帮他打印了一份。上至哪里下到哪里的十字界畔，都标示得清清楚楚，与他自己说的，分毫无差。"雷达一口气说道。

"那赵国亨身为党员，上无法纪，下不通情理，该受的处罚，也只得他自己背了。我们谁也帮不了他。"穆清反倒冷静下来。

"问题是，可能赵书记多少还得受点牵连？"

"赵书记？"

"嗯。听说人家找他核查问题时，他不咋配合，态度也不太好。你也知道，他性情耿直，就是有点高调，个性也傲。"

"咋会这样呢？"

"还不是因为他仍旧维护赵国亨呗！说那本就是他赵国亨的自留山，还说填了证的。"

"糊涂。这不有失公允吗？况且，即便在自留山砍伐林木，也是需要审批手续的呢！"

"所以，鉴于他的态度和立场，来人很是生气，撂下一句话，说他作为村支部书记，理当协助两家，弄清权属。还说他们会再上日月山的。"雷达停了停，又补充道，"赵书记事后也有点后悔，说自己冲动了些。"

"再冲动，也不能颠倒黑白呀，得以事实为依据吧！况且，他与赵国红家，只有恩，莫得解不开的仇，何苦呢！"穆清听了就来气。

"在这件事上，我也弄不懂他了！"雷达皱眉道。

穆清回到河边，跟工程队长打了招呼，又嘱咐罗永国和冯明春几句，就随雷达匆匆离去了。

两人在秦家坝学校没找到赵一民。问他母亲，他母亲也不知道。便估计是回三社去了。

两人便又往赵家岭赶去。

赵一民不在家。

两人便赶到赵国红家，见赵国红正在母亲床前，陪着她说话。

见两人来了，越国红忙起身将他们迎进另一间房去。他女人见来了客，忙烧了茶水端进来。大儿子赵浩也进来了。

赵国红与穆清、雷达寒暄了两句，便与赵浩出去了。再进来的时候，手里拿着一叠钱递与穆清，说："出来后，与儿子去看女儿了，她说了您去看她并带钱与她的事。"

"穆书记，感谢您的关怀，也感谢在我女儿面前，为我保守秘密……"赵国红说着，眼泪又来了。

"老赵，别这样，我作为第一书记，为你们办事，是我的职责。"

"穆书记，我一个农民，说不来话，但我记着您的好嘞！"

"这样，你眼下也不宽裕，把这个钱拿去用，以后宽裕了再还我？"穆清又将手中的钱递与他。

赵国红不接，只道："穆书记，我手头再紧，也得自己去扛，您也有家有室的，也得处处用钱，您有困难时，又找谁去呀？您就收起来吧。"

穆清见他很坚决，只得道："你们家目前情况特殊，有困难就找我们。"

"老赵，去镇上查山林界限啦？"雷达笑着问。

"不瞒你们，查了。林业站还来人照相了。"赵国红坦言相告。

"你告赵国亨违反相关法律去啦？"穆清也问。

"我打人违了法，该罚款该拘留，我认了。但他，滥砍滥伐，目无法规，又寡情薄义，我得打官司，在法庭上与他掰扯，看看整件事，到底谁是谁非了？"

"你们就不能坐下来调解、协商？"

"穆书记，自始至终，我都没听到过他一句道歉的话。俗话说，一把胡椒是顺气，一颗胡椒也是顺气。我这气儿，全堵心里，出不来了呀！"

"可先前，你不也没给人家说过'对不起'吗？族兄族弟这样下去，冤仇只会越结越大的。"

"谁又当我是族兄族弟啦？就是一大家子，还有不念旧情的，要结梁子嘞！"

穆清知道他指的谁。

"算了,老赵,老话还说'退一步海阔天空,让三分风轻云淡'呢!,让人想你嘛!"

"穆书记,我也是个能听懂话的人。按说,您亲自前来,我该听您的,走调解这条路。但那样的话,人家还以为,真如赵一民说的,那林子是他赵国亨的呢,倒是我赵国红一直在胡搅蛮缠了!"

"那不会哦,群众的眼睛还是雪亮的。"穆清依旧劝他,只是语言有些苍白。

从赵国红那出来,雷达说:"看来,赵国红是下定决心,要打这场官司的了。"

"可以理解,他是不想把那个闷心的苦汤圆,永远吃在心里的,那样,可能一辈子都哽在那儿了,他是不得服的!"穆清想了想又道,"这个案件,实际上涉及权属纷争。打官司也行,弄清权属,对大家都好,免得再生争议。"

"还打什么官司哟,林权证不就是依据吗?"

"山林划线,以前都是手指为界,林木长起来后就荒了,路可能都没了,有些争议也难免,要确定权属,可能就只有走这条路了。"

"可,打官司需要钱呀!"

"人要争口气的时候,钱就不当个啥了。"

"您不知道,他家跟其他人家不一样。听说,当年,他父亲去得早,家里就全靠他当家,什么苦都吃过。后来,他女人跟着他在老林烧炭,摔了,腰腿都受过重伤,生产生活中,又出不得力,一家人就全靠他在外面打工挣钱。不想,这两年他母亲又多病,今年又摊上这事。"

"还有个女儿读书,是够他奔的。"穆清又沉吟道,"若不是冲动,也是条有血性的汉子!"

"那我们还做他的工作吗?"

"如果是你,你会就此罢休吗?"穆清盯着雷达问。

"不能!"

"那就是了。"穆清埋头往来路上走去。

"森林公安局那边,咋办?"

"他们办案,也得等人民法院的判决书出来,才能定性。当然,他们自己也得想法取证。"

"一旦权属清楚后,会怎样定性?"

"我上次专门咨询了一下,这个挺复杂的。他们得根据权属,才能定砍伐者属盗伐还是滥伐,再根据砍伐树木的蓄积,确定立行政案件还是刑事案件了。所以,从这个案例可见,村民们大多是法盲,我们必须对他们普法,要让他们明白即便在自留山采伐树木,也是要申请采伐许可证的!"穆清解释道。

两人赶到赵一民家时,他已回到了家里,张文斌刚好也在。

## 二

赵一民心情很不好,正生赵国红的闷气。

知道穆清和雷达也是为赵国红一事而来,就抱怨道:"已经拘留了蛮,就算逑了嘛,别人的药费,别人自己掏了,就两免了噻,还要生些事!"

"这个赵国红,我也劝过他,是就不懂事!"张文斌在一旁也说。

"要不,赵书记您再出出面?"穆清说。

"唉,跟他那个人,难得费口舌!"赵一民沉声道。

"平心而论,他也是有些委屈的,这疙瘩,可能还得赵国亨自己去解呢!"穆清道。

赵一民还是有些愤愤然。

穆清看他那样子,有些担心,觉得陷在里面了,也就自然是当局者迷。穆清又觉得这事与他有些牵扯,估计一时半会儿,他也脱不开身,就嘱咐了他几句,才与张文斌、雷达打道回府。

在去瓦窑田的路上,穆清眼前老浮现出赵国亨那张脸来,觉得那脸阴沉沉的,总不见阳光。第一次是那样的印象,后来还是那样的印象。如今,赵国红一事,再次加深了他这种印象。

"张主任,你咋个看待这个事?"他问。

"赵国亨行事过分,可能激怒对方了。"

"那赵书记呢?"

"他一直说赵国亨有林权证,上面写得清清楚楚、明明白白的。可我记得,林权证是收缴了的呀？雷文书，你说呢？"张文斌掛词酌句道。

"是收了的，只有去镇林业站的电脑上查。"雷达说。

"那就说明赵国亨手里的证，是假的。"张文斌很肯定。

穆清听得心里又是一惊，没想到这事，会越来越复杂。

"张主任，依你看，这事还会如何发展？"穆清问。

"要么赵国亨服个软，把事情按了，因为如今林业上的案子，得在确定了权属的情况下，才能定性。要么就是对方把事情捅破，真相大白。但赵国亨那人，阴沉沉的，是不善于给哪个投降的，所以，结果只有一个……"张文斌正分析得头头是道，却忽然止住了。

"应该是朝你分析的那个方向发展。"穆清点头肯定后，又忍不住问，"若是出现我们最不想看到的结局，咋办？"

"那就只有舍卒保帅了！"张文斌毫不犹豫道。

穆清听懂了他的话，只是觉得这话，太像深思熟虑后得出的。

便提醒张文斌道："张主任，你和赵书记是多年的搭档了，得从关心他的角度，给他提个醒，让他别卷进去，也千万别让他卷进去了。"

走几步还是不放心，穆清又回头嘱咐张文斌道："另外，作为村主任，你还得多关注关注事态的发展，必要时还要协助赵书记做做工作，尽量大事化小，小事化了。"

"那是自然！"张文斌回答得很爽快。

穆清又去了瓦窑田工地。雷达和张文斌也各自散了。

他老远就看到工地上多了一个人，那人显眼，腰有些驼了。有时还猫着身子，蹲在在岸边，专心看工人们施工。

穆清走近一看，心中一热，忙叫了声"德叔"。德叔慢慢直身、抬头，微微一笑，才问："事情都处理好啦？"

"您老知道？"穆清惊讶，又回道，"没，估计也处理不好。"

"算了，该咋去就咋去！"德叔说。

"可总不能让这山上，又有人去东门溪走一遭吧？"穆清无奈地说。

"善果、恶果，都是自己种的，自己种自己锄呗！"德叔停了一下道，"目前,赵国红气难平,这不怨他。俗话说,手心手背都是肉,这肉既指儿女,又何尝不指天下子民。虽说村干部不算官,村民却指望他为民做主呢!所以,这公平、公正,就是他们心里的一杆秤,你称他,他还拿它称称你呢!你膨胀也好,谦逊也罢,啥都有斤有两的!"

穆清听出他的言外之意,只不好接话。

"不说了。"德叔见他不开腔,拐了他一下,指指河中道,"说说这个滚水坝的原理呗。"

"其实就是根据水量大小,把直径为30-100米的圆柱体水泥管道,安装在河里,管道上面铺平,再倒上混凝土,就可以过人、过摩托车甚至小三轮了。水小的时候,它就从管道里流走了,水大时,就可从路面上分流出一部分。这就解决了涉水点过河难又不用修桥的问题,既实用又节约了资金。当然,除了山上发大水不能硬性过河外,其余时间都不受影响,不过山区发大水的时间毕竟不多。"穆清解释。

德叔听罢,啧啧称赞,也感叹道:"还是国家扶贫政策好啊,就说这种滚水坝吧,虽说简易可行,但光一条河,没个十万八万的,也不敢动工呀,这还得感谢你们帮扶单位呀,除了送来你这样的人才,还为我们送来项目、技术和资金!我们日月山人无以为报哟!"

"德叔,您客气了,在这场脱贫攻坚的战役中,消除贫困、改善民生是我们共同的责任呐。"穆清说。

德叔没再说什么,只一个劲儿地点着头。

至此,德叔隔三岔五,就从山上下来一趟,顺便带些鸡蛋、面条,或是提只鸡,几方腊肉的,送给工程队改善生活。

工程队工作时,德叔喜欢在旁边走走看看,和大家说说话,或给一些建设性的意见。天不早了,他才又回山上去。

穆清有几天耽搁了,德叔就天天去。

工程队有什么需要,或与当地农户协商什么的,也都乐意去找他。

工程进展顺利。

那段时间,老天也特别眷顾日月山,天气极好,一连20多天都晴好无比。

一晃，就到了十一月下旬。

## 三

镇党委召开党委会议，通知各驻村第一书记列席。列席会议的，还有信用社何波主任和信贷员。

会议由刘书记主持。

刘书记讲了几个方面的问题，一是关于脱贫攻坚的问题，再次强调扶贫要落到实处，规划、措施要科学。党员联系贫困户的责任要到位，要有具体方案，到时乡里会随机抽查，若是做过场、走样子，届时会不留情面通报批评。第二，讲了小额贷款的问题。说这是农村信用社在核定的额度和期限内，向农户发放的不需抵押、担保的贷款。实际是一种创业小额贷款，可用于生产、经营、产业发展，主要是用于低收入农户种植业、养殖业，或其他产业的简单再生产和扩大再生产。驻村干部要多向村民宣传，用对用好它。第三，通报了危旧房改造资金，第一批四个贫困村各10万元，第二批全乡共100万。第四，强调联村领导不但要联系到村，还得联系到户，得有记录，有工作轨迹……

会议第二项，是马波主任讲话，他详细解读了小额贷款，说它不需抵押，门槛低，利率低，借期灵活，贷款期限一般设定在三年内，也可延至五年等。同时，他表示信用社将大力支持扶贫工作，简化一切程序，为村民购买农具或产业发展大开绿灯……

接着，刘书记要求各驻村书记，就扶贫工作中遇到的问题提出来，大家共同探讨解决。

玉山的裴亮，谈到村民卫生习惯差的问题。他说到有些农户房前屋后一片狼藉，鸡鸭打敞放，屎尿满地，脚都不敢达，板凳也脏得没法坐，一看心里就窝火。

大家都觉得这是个普遍现象了，认为卫生习惯看似小事，却是大事。从它可看一户，甚至看一个村的村民素质、精神面貌，在扶贫过程中，得把它当民生大事来抓，这也是扶志的一种。刘书记、孟镇长听了发言，觉得大家的观点好，提倡村村想点子，做到有效地改变村民的卫生习惯。

鲁山的第一书记谈到鲁山的无职党员，之所以没确定帮扶对象，原因是大部分人没在家，实施难度大。

穆清提出在贫困对象确定后，因灾或因病致贫的人员又如何才能进入贫困人员名单？另外，关于聚居点的建设，国家是否还有更优惠的政策……

孟镇长说："大家提到的都是具体情况。在扶贫过程中，难免会出现这样那样的问题，我们要根据实际，灵活处理，当然扶贫政策也会越来越完善。目前，我们大家都是摸着石头过河，比如，因贫因病的新增对象怎么办，相信不久，就会有相应政策出台。再如，修建聚居点，仍有很多客观存在的问题，比如：农户愿不愿意修？又有没有能力修？当然，若由村上统一修建，就不用考虑村民的用工能力了，但这样一来，他们又有经济承受能力吗？总之，可能具体问题很多，远不是用危旧房改造资金——贫困户补贴1万元，非贫困户补贴8500元，就能解决的。如果村民没有这个能力，自然就不愿意了；相反，就是建好了，也搬进去了，但离山林、田地太远了，不方便又怎么办？所以，我们面临的问题很多，要提前预设，提前要有相应的解决措施。另外，日月山条件差，很多住户没安全住房，又没法危改，情况特殊，村上征用土地，通过建聚居点，改善村民居住条件，这个思路是对的，我们镇党委也是同意并支持的，所以，我们决定下周班子成员与马波主任及信贷员一道，前往日月山现场办公，解决老百姓资金紧缺的问题。"

晚上，又召开了一个党委扩大会议。

参会的除了党委成员、各驻村第一书记外，还有镇级各部门领导。党委刘书记组织学习了十八届五中全会及省、市、县全会精神。

之后，刘书记又强调了各村基础设施建设、产业发展、连片扶贫开发及年度目标责任考评等方面的问题。

回到日月山，赵一民组织召开了村委会，传达了中央、省、市、县4个全会精神；也传达了镇党委关于修建聚居点的意见，并对当前工作做了安排。

接下来，村委又在干湾村委会召开了一社、二社村民大会。

会上，穆清传达了双河口镇党委会议精神；宣读了河委发〔2015〕55号通知，要求村民认真学习十八届五中全会及省、市、县全会内容，领会其精神。也讲了新农合和小额保险的收取，以及扶贫贷款的条件、额度、利率、期限等等。

赵一民谈到目前的"安全维稳""扶贫攻坚""聚居点建立"以及"食品、药品的安全问题"等系列工作；也补充讲了个人卫生、家庭环境卫生的重要性；强调日月山人可以吃差点，穿旧点，但得活得有气象——要把自个人弄利索，把家里家外收拾干净。这样，自己住着自在，别人看着也舒畅……

张文斌发言，讲了冬季气候干燥，是森林火灾的多发期，要求大家增强森林防火意识，做好全民护林防火工作；还普及了一些法律常识，特别强调修房起屋，砍伐树木的，必须要有审批手续，否则属于违反相关法律的行为，要受到相应的处罚。

同样的会议，村委还在秦家坝学校召开了一次。

会议结束，穆清跟赵一民单独做了一次长谈。他们谈到村上今后的发展，也谈到赵国亨砍伐树木的事件。后来，穆清试探性地提到赵国亨手中的林权证的真假问题。赵一民吃惊地看向他。穆清解释："若是赵国亨手中的假证件，一旦见光，那问题就严重了，而且牵扯的面很广。"

赵一民边听，边紧皱了眉头。

穆清不好把话撕开说，他想，赵一民是能领会的，就点到为止吧。

## 四

为了支持日月山聚居点的建设，周一，刘书记带着专门从县里聘请来的设计人员、农电部门经理、信用社主任等一行，抵达日月山，召开了个移民安置聚居点前期工作会议，为解决日月山经费的困难，刘书记答应政府将负责基础设施建设和协调各部门之间的关系。另外，政府又出资三万元，让设计部门现场勘测、规划和核算，再将整体效果图、居民房屋户型图，展示在秦家坝学校操坝，争取得到大家的认同。农电部门、镇信用社也表示将给予移民安置聚居点大力支持。

后来，效果图和户型图进行公示，一连几日，围观的村民不断，有的还专门从山顶上赶了下来。

连德叔去工地，也要绕道过来了几次。

但德叔对修居民点的看法不一样，他不是反对，是觉得它的推行，不一定会顺利。大家都不以为然，包括穆清。

陈副镇长带着信用社主任和信贷员，到日月山现场办公日是星期四。那天，凡有意向建房的村民，几乎都来了。

价格预算已出来了。

户型有大有小，83—132平方米不等。

信用社办公点相对冷清，反倒是咨询房屋户型、价格的人较多。

但村民一问，都有些犹豫。原因是每平方米1100—1200元的价格偏贵，这样算下来，最小的户型83平方米，都将近10万元，更别说大户型了。负责解说的社长说，日月山距离乡镇太远，又不通路，砖、瓦、豆石、河沙、水泥等材料，都需二道搬运，这个核算价格，已经是最低的了，再低，也就没有承建商接手了。

很多村民一听，都摇头说："想修，道理也明白，就是拿不出那么多钱来。"

当然，问了房屋价格，也有去咨询贷款业务的。

因为政府出面，政策优惠，只要是建房子，年龄不超过60岁的，仅需提供结婚证，村上再出个证明，就可以贷到5—10万元。

但后来，几乎没人接受贷款了。除了赵一民，连徘徊着的几人，也最终放弃了。这是大家始料不及的，包括穆清。

村委一班人最初高昂的士气，瞬间被瓦解，除了沮丧，就是觉得放弃机会可惜。

穆清这才觉得德叔的不看好，是有一定道理的。

不是村民不开窍，是山里人太穷，口袋太瘪。

赵一民和雷达一脸落寞。

张文斌，忙前忙后那么久，结果无疾而终，情绪更低落，只闷闷地问道："咋办？"

"先放在那里吧，也不一定是坏事呢。"穆清想了想。

陈副镇长把情况带回了镇上，孟镇长捎口信来说："若是居民聚居点建不下去，责任不在你们，是山里条件局限，大家用不着气馁，日月山已经迈出了可喜的一步，这是以前想都不能想的。再说土地放在那，也不是坏事，或许今后用处大着呢！"

孟镇长这一说，大家心里才又宽了许多。

只是，赵一民原本打算购买一套的，这一来，计划泡了汤，便与朱凤琴商量，决定在秦家坝重新看块地，自个儿修，因为赵家岭条件实在太差了。

## 五

铁西镇的香菇产业很有名，穆清原计划于12月2日，与陈副镇长一道带村"两委"一班人前去参观取经。

不想，前一天下午，村里接到森林公安局的通知，要赵一民带赵国亨去局里，就砍伐林木情况做一个说明。

赵一民急急忙忙找穆清他商量，穆清权衡了一下，觉得还是自己带赵国亨去更妥。至于到铁西，有陈副镇长带队，他也放心。

哪知第二天，张文斌生气了，说穆清朝令夕改，言而无信。

穆清觉得，向来平和的他，有些反常，便解释："砍树一事不处理好，是要出大事的，所以只能先顾这头了。"张文斌认为："对日月山来讲，当前发展产业才是大事，总不能因某个人，甚至某些人的私事，贻误公事吧！"穆清说："已经跟陈副镇长沟通好了的，由他带队，大可以放心去。"张文斌还是不情愿，坚持要穆清与他们一同前往铁西。穆清很是为难。最后他还是和赵国亨下了县城，同去的还有雷达。村两委其他人，包括赵一民，都在向阳坡坐车去了铁西。

在森林公安局，法制科办案人员没给穆清好脸色，以为他就是村支书赵一民。还批评他就是个法盲，难怪手下的村民不懂法了；又疾言厉色，提到日月山竟出现假证的事。穆清忙说不可能。办案人员说："有人电话举报赵国亨持有假证，不可能是空穴来风吧？"他边说边看向赵国亨，那赵国亨早吓得脸色土黄，言不成调了，只回说他没有。办案人员道："最好没有，不然数罪并罚！"在法制科，赵国亨规规矩矩录了口供，坦白了砍伐数量，也检讨了自己的错误。后来，穆清向办案人员说明了自己的身份，对方才客气起来。他们说："按理，就得让日月山的支部书记下来，一起把问题弄清楚，该他乘的责，就得他乘。"穆清忙又求情，说村民不懂法，自己作为第一书记，有不可推卸的责任；又表示，回去后，定会好好普法，让村民们知道凡事皆有法可依、有法必依、违法必究的。办案人员又把赵国亨狠狠批评教育了一顿后，让他暂且回去，说究竟如何处理，还得等权属确定后才能定性。穆清带赵国亨离开时，看到他阴鸷的脸色已转成苍白，动步的时候，还两股战战，平日里，眼中那不屑万物的气势，早消失殆尽。

没想到的是，一回到山上，赵国亨那张脸，又变回来了。他竟当着赵一民、穆清和雷达的面说，若这个事不好好处理的话，他就把底䇲完，到时便自有人出来乘桩桩。穆清问："哪个出来乘桩桩呢？"他说："还不到说的时间嘛！"穆清看向赵一民，赵一民一脸沉默，额上绷起的青筋，时隐时现。

事后，在周家河工地上，雷达才悄悄告诉穆清："听人私下传言，赵国亨将砍伐的树木卖给了马斌。还说，赵国亨曾对人提过，称事成之后，要分成给赵书记。"

"还有呢？"穆清问。

"您咋知道还有？"雷达讶异，接着又告诉穆清，"听说赵书记手头紧，也曾准备砍些料卖，结果，被赵国红横插了一杠。这一搅，全黄了。这可能也是他恼赵国红的原因之一。"

"他咋这么糊涂呢？"穆清听了很生气。

这些，虽大多都在穆清的推测中，但听雷达这一说，穆清还是有些意外，只是不明白，打举报电话的人，会不会是赵国红呢？

说到举报电话，雷达突然想到以前的事来。他说："我们山上，还真有人喜欢玩这种阴招！"

"咋讲？"穆清问。

"有人就曾把赵书记告到了省纪委，给他罗列了十三大罪状。"

"十三大？那么多？"穆清有些吃惊。

"嗯。但其实很多都是子虚乌有！比如，说他做生意，霸占秦家坝学校；说他曾以修机耕道为名，损人利己，中饱私囊；说他乱许低保，为自己稳坐村支书的交椅奠定基础等等。唉，您看，哪一样，都有点影儿，但又都是捕风捉影，若说像，也许"乱许低保"这一点还沾了些边，但，是人都有点小私心嘛，况村上有小私心的，也不止他一人吧！"

"那后来呢？"穆清又问。

"后来，省纪委将这一纸状书，原样返回了县里，县里又责令镇上下来调查。为这，镇纪委马书记下来，还待了10多天，走访调查，结果查无实据，便不了了之。"

雷达讲的这件事，让穆清陷入沉思。穆清又想到那检举电话来。他看了看脚下潺潺的河流，再放眼整个日月山，一阵山风拂来，漫山树木摇曳不止。他知道，山里看似平静，其实并不平静，相反，可能暗流涌动。

这时，河上传来高亢的号子声，将他拉回了现实。还好，周家河滚水坝即将竣工。这里结束后，就只剩桃花沟的梓潼河一处了。

穆清欣慰，工程进度很快。

最近，自己和赵书记都耽搁颇多，多亏德叔常去工地，后勤工作跟上了。工人们也加班加点，想尽快在枯水期完工。

但这日，德叔却没来。

穆清没见着他，心里有些失落。

村委会太远，他没回。一连几日，都守在工地。

其实，也是在等德叔。

他后来才知道，那几天，德叔都在赵家岭。

据说，德叔有时在赵国亨家，有时在赵国红家。谈话具体内容无人知晓，只知那赵国亨被他劈头盖脸，痛骂了一通，连哼都没敢哼一声，只捏着鼻子受了。

## 六

为了吸取广西马山事件的教训，并举一反三，自查自纠，县里召开了扶贫工作紧急会议。县里各部门领导，各乡镇党委书记、157个贫困村的第一书记等，参加了会议。

县委张书记讲了近些年，各地扶贫领域的造假层出不穷，在贫困认定和资金发放方面，一直存在着漏洞，也给了不少人谋取私利的机会。他说，不排除我们县可能或多或少，也存在着类似现象。所以，精准识贫是扶贫工作的基础，也是重中之重。在识别过程中，我们要有贫困判定标准，严格按照程序审核……

穆清听到这里，眼前有又闪现出罗正先母子、李长海等几家的情形来。

张书记强调要切实强化对扶贫的认识，抢抓重大的政策机遇，切实强化干部的帮扶，提升自己的工作能力。有关部门更要强化督查考评，扎实推进精准扶贫，推进连片扶贫开发，推进易地扶贫搬迁……

陈副县长要求大家及时全面准确地传达这次会议精神，严格落实扶贫攻坚责任。

这次会议，让穆清兴奋。他推测这可能只是一个前奏，在扶贫政策方面，将会有大的举措。他想到日月山那些该享受扶贫政策，却没能享受到的人们，可能要迎来希望之光了。

果然，不久，全市扶贫工作电视会议召开了。

双河口全体镇干部、贫困村和非贫困村第一书记、支部书记、村主任、文书以及驻村工作队员，都参加了会议。

市里要求各县迅速开展贫困人口复核、比对、清退和重新识别工作，进一步挤干"水分"，对精准识别复核的贫困户，要坚持一个尺度、一个标准，还要结合贫困群众的实际情况，因户制宜、因人施策，不搞"想当然"和"一刀切"。首次明确"八个比对"和"六个不纳入"要求严格识别标准和程序，并将精准识别时间调整为12月31日止。强调做好"精准识别回头看"，强化县区主体、部门主帮、乡镇主责、村社主抓，以严和实的工作作风狠抓落实……

镇党委政府对回头看工作做了具体安排，要求严格按照"6个精准、5个一批"，开展回头看，严格识别标准为人均纯收入在2800元以下；识别程序为农户申请，村级初审并入户调查，信息比对后，由村民代表大会、村两委会评议并公示，待乡镇核查并公示后，再报县级审核并公告后批复，签字确认后，最后录入建档立卡系统。对于漏评的，要重新纳入；对错评对象，要坚决按程序进行核查清退。强调严格落实责任，对不落实的人不落实的事，将从严从重处理……

在与村委会几人回村的路上，穆清心中有着前所未有的畅然。

想起罗永国"最穷的不纳，最富的不纳，就纳中间的，那样才好扶嘛"的话，觉得精准识别"回头看"，于日月山大批的贫困人口来说，无疑是一场滋养万物的及时雨。而自己不得不直面的困境，可能也将被它轻易化解掉。

日月山的"回头看"，在穆清把关下，村委本着公平公正的原则，严格依照"八比对""六个不纳入"及"五保户不纳入"的标准，按村民申请，及各社推荐的程序着手进行。

只是日月山贫困人数原为138人，31户，政府要求在"回头看"中，必须得把真正的贫困户纳进去，把不属于贫困户的清退出去！但前提是，在原来的基础上，贫困人口总数不得改变，户数也不变。结果，各社上报名单中的人数，已远远超出了 31 户 138 人。穆清、赵一民一看，原来各社上报的人数中，还包含以前中等水准的那部分人——某某的父亲、某某的岳母、某某的女婿、某某的侄儿等。

穆清咨询张文斌，张文斌只拿闲话搪塞他。穆清知道，他还在为上次自己坚持下城一事生气，只好佯装不知。

穆清又向赵一民询问。赵一民沉吟了片刻，才道："我父母都是高龄老人，行动不便，又无生活来源，我们做儿女的，理当赡养他们，也从未想过让他们去享受国家扶贫政策。只是锦绣刚兴家立业，又有两个孩子；马斌一人讨生活，既要供养一家四口，还有他那边父母要奉养，也艰难。去年，在讨论时，张主任说马斌家困难，坚持要把他纳进去，我也拒绝过，可后来，经不住人劝说还是答应了。就因为从我自己这开了口子，就有这个那个被陆续弄进去，我只得闭紧嘴巴，不好开腔。现如今既逢精准扶贫识别'回头看'，我想可能正好从我这开刀，才摆得平。"

穆清听罢，想到他那风烛残年、行动不便的老父亲，又想到他那一把年纪，还在为生活奔命的母亲，心中不由一酸。原以为他也逃不过自私狭隘的窠臼，却不知他也有不为人知的另一面。

一日，杨贵找到村委会，说他搬到山下后，条件比山上好多了，主动要求退出贫困户，说要把名额让给家境更糟糕的长海家。

这让所有人都大吃一惊。

赵一民将马斌从贫困户中剔除，还有杨贵的造访，就像平地而起的一阵旋风，在日月山倏然刮过。

随后，日月山大批的假贫困户全部被清退，包括张明贵、朱世忠、周浩然等。

## 七

矛盾还是不可避免地产生了。

穆清收到一封信。信是赵国红写的。

信的大抵内容是：他母亲常年生病，女儿读书，大儿子刚成年，仅能供养自己，目前人均纯收入较低，属于贫困之列，原本羞于申请，可思前想后，又只得腆着脸皮向穆书记求助……

穆清查看三社的上报名单，却并无赵国红的名字。

三社社长由赵一民兼任，穆清向他询问。

"同等情况下，别人可以，就他不行！"赵一民的回答刀砍斧切。

穆清便知他们之间积怨已深。他想，或许，赵国红正是意识到这点，才写信给自己的。

为了避嫌，穆清排开张文斌，让四社社长冯明玉、一社社长朱仕文及村民代表紫叶、罗正荣等，入户调查，拿出数据。

入户调查结论出来，赵国红确属贫困户。

在召开村民代表大会之前，穆清再次同赵一民商量，希望能将赵国红纳入。

赵一民还是不肯松口。只说："要纳进去也行，但他得撤诉。"

穆清道："这不是把公事与私事混为一体了吗？这与打官司是两码事，毫不相干的。"

"动则就打官告司，影响民风。"赵一民黑着脸，将头扭到一边道。

"赵书记，正常的打官司，是意识觉醒维护自身利益的表现。若是对方行得端、立得正，自然不得惧怕呀。"

"可这事出在我三社，谁赢谁输，大家脸上都没光！"

"凡事都得有个公断嘛。若是怕出丑，赵国亨就不该把事闹到不可收场的地步！"

"日月山还没有打官司的先例呢！"

"那之前，这山上应该也没有人进过东门溪看守所吧？"穆清不依不饶道。

赵一民抬了抬眼皮，沉默了。

"赵书记，您本不是计较的人，又何必在这事上与他较真？况且据我了解，你们之间还亲如兄弟呢！"

赵一民低头不言。

"这样，我有个折中办法，一会儿把这事拿到村民代表大会上去，由大家来表决，得90%的代表通过才算数，咋样？"穆清提议道。

赵一民看到了穆清的执拗，只得答应。

没想到一表决，除了赵一民、赵国亨外，其他村民都投了赞成票。

赵国红被纳入精准扶贫户一事，就这样一锤敲定了。

穆清欣慰，大家心里自有一杆秤。但他也知道，在这事上，赵一民心里，不起疙瘩都难，因为或多或少的，他都会认为自己的权威被撼动了。

赵国红被纳入的形式，在日月山开了个好头，后来，村委就要求各社所有上报的人员，都必须由村民大会投票决定，按票数的多少依次确定，结果新的矛盾又来了。

村民们开始有了本位主义，私下里拉坨坨，投票倾向自己的小集团。罗正先母子就是个特例，按理原本是该上的，就因为二社太远，去参会的人又少，结果一投票竟又落了。

这让在村上帮忙的罗正荣很生气，觉得这种投票和方式，公平中又有着不公平。

罗正荣到村上帮忙，是赵一民提议，穆清钦点的。原因是最近张文斌在工作上，有些懈怠，喊他参会办业务，时常推三阻四的，不甚积极，又总出山。为了把工作推起走，他们只好请罗正荣帮忙，因为他有文化，又教过书，人也实在。但罗正荣一来，张文斌心里又不痛快了，就总打肚皮官司，甚至找他吵架。扶贫工作本就繁杂，忙了苦了，还受一肚子气。罗正荣也觉得委屈。现在可好，村民大会拉坨坨，罗正先母子那个样子，却又没有被纳入，心里难受。就蹲在门外生闷气。

这边屋里，要搬桌子填表，有人叫了他几声，都不应。张文斌正好出气，嚷道："要帮忙就帮，不帮就回，甩脸子给谁看了？"见对方没回声，又讽刺道："想进这圈子混，就得淡定，这点挫折都受不了，料你也不是那块料！"

"张主任，冷静点哈，说话注意方式。"穆清在里间听了，忙出来制止他。

那边生闷气的罗正荣，听了张文斌那话，"嚯"地一下站起来，冷着脸走进来道："我帮忙也好，不帮也好，不是你说了算！至于不淡定，那是因为还有真性情，还不像某某，心里装的尽是诡计与权术，哦，对了，还有更不堪的阴招呢！"

罗正荣话虽不多，却彻底激恼了张文斌，他一步上前，指着罗正荣鼻子问："说说，我心里装什么阴招了？啊，什么阴招了？"

"算了吧，你也别硬撑，见不得光的东西，说出来你不好做人！"罗正荣环视了下周围，反倒慢声细气了。

穆清还是第一次见有人与张文斌锋相对，又绵里藏针，话中有话，一时愕然。

其他人见状，忙上前劝解。

"别的且不说，就说那胡干部吧，人家多冤呀，背了一身黑锅就走啦，你说，人家洗得清吗？你那招还不够损呀！"罗正荣毫不示弱，大声嚷嚷道。

这次，张文斌竟忍了，没再回击罗正荣。

穆清却是一惊，原以为老胡是因驻村不力，才被召回的呢，却不知还另有隐情。

穆清四下里看看，不见赵一民，到门口向里间望去，见他还兀自坐着。

张文斌见穆清和赵一民都无意帮他说话，感觉很没面子。将手中的公章摔在桌子上，生气道："老子不整了！"

那公章在桌子上旋了几旋，才"当"的一声掉地上去了。

张文斌觉得不解气，又愤然道："谁不知道我当这个村主任，就是个听用！"言罢扬长而去。

穆清只得将那枚公章捡起……

后来，张文斌就在屋里头使性子，不去办公。陈副镇长来督查，穆清推说他生病了。

穆清忽然觉得张文斌心眼太小，连第一次见面，留给自己的诸多好印象，都被抹杀了，就有意要冷他一冷。还好公章在，不妨碍工作，要填个资料，办个业务什么的，他便吩咐大家，该咋办就咋办。

又过了两日，估计张文斌气已消了，穆清才约上赵一民过去看他。赵一民虽不情不愿，但碍于穆清的面子，还是去了。

张文斌这才趁机下了台阶。

# 八

本着不遗漏一户贫困户的原则，村"两委"通过商量，综合考量各方面情况后，又重新调整了方案。一方面，对每个社参会的有效人数做了规定，另一方面又将罗永国从工地上撤回来，让他去做二社村民的工作，动员他们从维护本社利益的角度出发，踊跃参加村民大会。

此外，穆清提出"能否将冯赖儿纳入贫困户识别"的议题。

但有人提出疑义，认为他贫穷，是因为好吃懒做，而且人不在家。不过通过讨论，大多数人则认为，从"一看房、二看粮、三看劳动力强不强、四看有无读书郎等"来看，冯赖儿确属贫困户无疑。

"况且，他媳妇带着娃娃跑了后，他就跟母亲一起住，母亲又是个病恹恹的人……"社长冯玉明补充道。

"那我们更不能放弃他，得通过'扶志'，来帮助他，改变他，鼓励他脱贫致富。"穆清说。

"难，难啦！"有人说。

"这是我们的工作，难也得做！"穆清回答得不容置辩。

于是，赵一民让冯玉明想办法通知冯赖儿回家。

镇政府在了解了日月山具体情况后，又多给了日月山一些贫困指标。

通过20多天的摸排、调查、信息比对，以及村民大会，两委评议，再公示。最终重新识别贫困户38户，144人。当然，该清退的，也全部清退了。

穆清又一户户核对了一遍，直到确定凡该纳入的，都已纳入，才如释重负，长舒了一口气。

穆清也明白，在"精准识别回头看"中，无论是与赵一民还是同张文斌，或多或少都有了些小摩擦，但他相信，他们终究是会理解的。

12月中下旬，村里新农合、小额保险的收取，也紧锣密鼓地进行着。

但山里人意识落后，很多家庭不拿这当一回事，也舍不得掏钱出来。

穆清琢磨了一下，觉得没引起村民们足够的重视，可能还是因为宣传不到位。便与赵一民、张文斌商量，就又召开了个村社干部会议。会上，穆清特别强调了新农合医保是一项惠民福利政策，只有将其落实到位，才能让农民看得起病，也不再为巨额医疗费用担心。并以冯远中、赵国红母亲为例子，说若他们当时参加新农合医保，自己缴少部分，国家报大部分，是不是负担就轻多了？可他们谁都没有参保，结果，数额巨大的医疗费用，压得他们差点喘不过气来，还必须得咬着牙巴去承受。当然，谁都希望自己一家子一年到头，平平顺顺，莫病莫痛的。但那毕竟只是理想，俗话说，人吃五谷生百病，人生一世，莫得个七穷八富、三灾八难的，真还不到老呢，所以，我们每个家庭都得高度重视，该入的保必须都得入！他又讲了从2013年起，各级财政对新农合医保的补助标准，从每人每年240元提高到每人每年280元，2014年又在2013年的基础上提高40元，达到了320元，而2013年，政策范围内住院费用报销比例已提高到75%左右，2014年的住院报销比例比2013年更高。所以政策只会越来越好，要求大家要下去说服村民未雨绸缪，千万别自以为身体好，抱侥幸心理。

这一说，村社干部也才意识到参保的重要性，意识到村民不积极响应，乃是因为先前干部们工作没做到位，老百姓才没引起足够的重视。

接下来，鉴于住户掉散的村情，赵一民做了分工，要求村社干部，集中开会也好，走村窜户也好，必须将政策宣讲到位，他说，参加新农合医保是对每个村民负责，除了保障他们获得基本卫生服务外，还会在缓解他们因病致贫、因病返贫方面，发挥重要作用。

张文斌话少，只强调新农合医保每人每年缴120元，小额保险每人每年缴30元，两类保险加起来，每人每年共计缴150元，月底截止，要求大家迅速收齐，他好一并填表上缴。

穆清估摸着，他还在赌气。

这次会议，像一场及时雨，将政策带到了每一户人家。在了解到参保的重要性后，村民踊跃响应。由2014年的零星几户人参保，到2015年的全民参与，创下全镇参保人数最多的村的记录。

## 九

县一中校团委聂老师一行两人，受学校委派，来赵国红家家访，正好是元旦。

穆清觉得这是大事，便放弃了回城休假的机会，与雷达在向阳坡接到他们的。几个人爬坡上坎，走了将近5个小时，才到达赵国红家。

两位老师还从未走过这么远的路、爬过这么陡的山，累得气喘吁吁，一路感叹在这大山里生存，太艰难了！

好在他们到访的家庭，虽然贫困，主人却用他们特有的热情和淳朴，迎接着远方来客。

赵小雯比他们先一天回到家，见学校老师来了，特高兴，与母亲一道，在灶头上做饭款待大家。

在赵国红家的火塘边，穆清详地介绍了他家的具体情况，说除了自然环境差、资源缺乏外，赵国红母亲又多病，需长期吃药打针，而赵国红收入来源只有打零工。冯老太太正坐在火塘边，一听穆书记说到她的病，就伤心地哭了起来。冯老太太边哭边说："都是我拖了儿子和媳妇的后腿，还连累了孙女读书。若我不生病，小日子虽平平淡淡的，却也不缺吃少穿。我原本也目清耳明，隔几个房间，都能听到人家谈闲，河那边点的小菜，一眼看去，还能分出个窝数来。可几场病下来，耳朵背了，眼也花了，连上个厕所，都得要人抱。"

两位老师听了，安慰起老太太来："人吃五谷生百病，再正常不过了。别说人，就是一部机器运转久了，也会出些小故障呢。有了病，治好就好了！小雯优秀，您老要好好活着，到时还享您孙女的福呢。"说得老人又欢喜起来，连连点头又拭泪。

聂老师回去后，将家访情况，如实反馈给了学校。学校迅速与"星心阳光"爱心助学团队的柏江老师取得了联系。柏江老师是2010年，开始组织助学团队帮扶贫困学生的。柏江老师听说赵小雯的情况后，就想立马上趟日月山，了解实情。

不巧的是，山里风雪大，气候寒冷，冯老太太又犯病了。穆清和柏江老师去时，正赶上这家人急急忙忙扎了担架，要送冯老太太往医院去。柏江老师便给了穆清1000元钱，托他转交给赵国红为母亲治病。

不久，柏江老师打电话给穆清，说市邮政局白云台支局的刘仪局长，了解赵小雯的情况后，愿意资助她上学。

后来，穆清才知道刘仪局长也是云水县人，还和柏江老师是同学，也与柏江老师一样，觉得资助贫困学生，让他们有书读，有梦想和远方，是非常有意义的事。所以他前两年，也毅然参与到关爱贫困学生的行列中来了。

当柏江老师将刘仪局长的资助方案传给了穆清时，穆清心中一块石头才落了地。

刘仪局长除了全额资助小雯每期学费外，还每月另给500元生活费。穆清算了一下，加上学校每年解决的贫困补助，生活补贴外，刘仪局长的资助，已足以让赵小雯安心上学。

因为"精准识别回头看"，赵一民负责的滚水坝工作，自然被德叔接管了过去。

德叔不敢懈怠，几乎是天天守在工地。只有结霜下雪的时候，工人们休息，他才休息。2015年的冬天，像是特别眷顾日月山工程队似的，冷得晚，除了下过一两场雪外，气候比哪一年都温和，雨水也少。

等手头工作暂时结束了，穆清、赵一民首先想到的是，去桃花沟涉水点，看看工程进度。虽然德叔前两天还捎信，让他们勿念，安心工作，但到底还是有些牵挂。

穆清想，可能是想老德叔了。

村委一班人过去的时候，德叔穿着他那件老式棉大衣，像一位不服老的战士，正与冯明春、罗永国在工地上奔忙着。

几处滚水坝全面竣工时，秦汉明又上来了。

赵一民当着秦汉明感慨道："这下好了，村民再不会因天气缘故，而被困在山里了，这是日月山的大事件，我们要感谢工程队，更要感谢我们的帮扶单位呢！"

"嘿嘿嘿，还是感谢我们的老书记吧，同时也感谢日月山村民的全力支持嘞！"穆清谦虚道。

"对对对，赵书记见外了。"秦汉明也笑道。

一旁的张文斌提议道："几处滚水坝竣工是大事，秦处长正好也来了，德叔也累了好一阵了，我们何不把工程队请到秦家坝好好庆贺一天？"

这提议得到了大家的支持。

那日，村委会出资，杀鸡宰羊。村民自愿出米、出菜、出劳力，办起了酒席。

德叔的儿媳紫叶、赵一民的女人凤琴，还有罗永国的媳妇玉珍，下山帮忙来了。

秦家坝学校喧腾起来，因为是闲时，附近的村民，也闻讯而来。

操坝上，架了大堆的青棡棒，篝火一般熊熊燃烧着。

秦家坝热闹得像过年。

终于闲下来的德叔，安适地坐在火堆边，陪着秦汉明和工程队的人，闲话家常。

雷达得了赵一民的吩咐，拉着穆清去火堆旁休息。

穆清回过头去，见赵一民、张文斌忙得不亦乐乎，便笑着，安心地在秦汉明身旁坐了。

这情形，被秦汉明无意中瞥见，一颗总为穆清担忧的心终于放了下来。

过了一会儿，赵一民也过来，在穆清身边坐了下来。

说了几句闲杂话后，秦汉明指着河塝那边，告诉穆清，说他同凤琴商量好了，在那看了块地修新房。还说下基石的期都定了，劳力也请好了，过两日就动工。

穆清为他高兴，觉得他将房子修到秦家坝来，各方面条件也都要好些，一家人再也不用隔七撂八几处开伙了。再说，他家还有两亩多田地在这河谷中呢，也方便耕种。

"挺好的，房子建好了，工作起来方便，您也就不用山上山下的跑了。"

赵一民听穆清那样说，很高兴，也感叹道："是啊，特别是我那老母亲，操心一辈子，也该歇歇了。"

穆清听着，心里又是一酸，偶尔一抬眼，望到河边流转过来的大片荒地，还是有着隐隐的遗憾。

## 十

滚水坝竣工的第三天，县电视台来了几个人。

穆清恰与雷达一起去火焰沟了解陶窑的事去了。

他们找到赵一民，说常听双河口党委政府提到穆清书记，这次专程赶来，想对穆书记的一些扶贫事迹，做个专题报道。

赵一民觉得这是好事，一方面宣传了穆书记，另一方面，也可让外面的人了解日月山的真实情况，了解这山里人们生活的艰辛。

于是，赵一民着人去火焰沟寻穆清。

临天黑的时候，差去的人回来了，穆清却没回来。

那人说，穆书记不肯回来，说还得耽搁一两天，要写一篇关于陶窑的文章，弥补县上什么文化研究的空白。又说穆书记让他捎话给您，要您转告电视台的人，说感谢他们的关注，但自己不过做了分内的事，没啥可宣传的，而且工作得以推进，更多的是得力于村社干部的同心协力，还有自己单位的倾力支持，若仅凭一己之力，他什么事都干不成，所以没什么值得说道的。

谁知，这一来，人家就更是非要宣传不可了。但去火焰沟还得走上四五个小时路。他们不便前往，便改变了模式，以采访了村干部和走访村民的方式，侧面对穆清做了个报道。

又过了几日，直到穆清见到张文斌时，才知道那些记者，不但没因他的推辞而离去，还如期完成了采访任务。

赵国红的官司赢了。判决书是在年前下来的。

穆清一听，就猜到赵国亨被定为"盗伐林木"无疑了。而这"盗伐林木"，实际上是盗窃罪在森林案子上的一种演绎、延伸，要比"滥伐林木"严重得多。

雷达说："元旦之前，森林公安又来过一趟，还带着林业工程师。"

穆清道："原木已卖出，无法检尺。他们自然是量桩去了。"

"什么是量桩？"雷达不解。

"林业上的一种测量，"穆清解释道，"就是通过计算树桩的体积，算出被砍树木的蓄积。而这蓄积，就是立案的重要依据。"

"咋办，穆书记？"雷达一听，有些着急道，"看来这次的事，非同小可了。"

"是啊，也只有边走边看来了。"穆清说。

虽然赵国亨平时行事乖张，不计后果，但穆清还是希望，案子不要与刑案沾上边。

周四下午，穆清接到处里通知，让他下周一上午回县城，参加处里的年终工作汇报会。

周五一早，赵一民进城，去看他生病住院的姑妈，路过村委会时，穆清便与他一同下了城。

路上，穆清提到赵国红一案的判决，说虽在意料之中，但心里还是着急，想提前去了解一下。

下了车，两人就直奔森林公安局去了。

办案人员见他们去问赵国亨一案，就奇怪，说："你们日月山的人都怎么啦？今天你来，明天他来，还有完没完？"

两人一愣，几乎同时问道："同志，都还有谁来过？"

"前天，有位黎姓的老师，来问过案情。说山里人艰难，不懂法，问能否从轻处罚？"办案人员说。

"一个地方的，来关心一下，也是情理之中的嘛！"赵一民道。

"那人是谁呀？"穆清压低声音问赵一民。

"一定是德叔的儿子黎一帆。"赵一民小声回答。

穆清这才想起，听人说过，德叔的儿子是县二中的一位老师。

"昨天，那叫赵国红的也来了，说他打官司，只为弄清山林界限，并不想真追究对方什么，又问我们能不能不管这事。"办案人员又说。

"同志，是呀，若对方都不追究责任了，那你们能不能不管了呀？"赵一民沉吟了一下，也忙追问道。

"我们的职责就是保护森林资源及野生动物资源，一旦接到举报，就必须立案和结案。我们也是这样回答他的。"对方严肃地说。

"那后来呢？"赵一民又问。

"哦，那叫赵国红的，当时很恼火，还询问我们是谁烧阴火跑来举报的。"

"不就是他举报的吗？！"赵一民有些愕然。

"这问题不是你们该关心的！"那办案人员道。

"同志，那请问，赵国亨砍伐林木上了 15 个蓄积了吗？"穆清急切地问。

对方翻了一下卷宗，说可能是立行政案。

穆清一颗悬着的心，才落下来了。

从森林公安局出来，赵一民惭愧道："我可能误会国红了！"

"国红这人莽撞，但没心机，赵书记，你们从小一起长大，应该知道他这点的。"

"是呀，我咋钻了死胡同呢？"

"事已至此，就往前看了。"穆清笑着安慰他道。

"一直以为是国红举报的呢？可又是谁要整赵国亨呢？"赵一民百思不得其解。

穆清眼前，立时浮出一张模糊的脸来。

"你给赵国亨的那张假证呢？"穆清忽然问。

"那不过是糊弄国红的，就是以前剩的个空本本，上面啥都没有，章都没个呢。"赵一民脸一红，又道，"早被德叔收去，扔火塘里烧了！"

穆清一听，忽然觉得德叔有一双鹰眼，能洞悉一切。他一定也知晓，有人要借刀杀人。而那把刀，再也没有比赵国红、赵国亨更锋利的了。

只是，穆清没法当着赵一民的面说出来。

但穆清那一问，还是瞬间点醒了赵一民。他才想起穆清曾多次提醒自己别卷入赵国红事件里，终于恍然道："额，是有人要整我呀！"

穆清不知该如何回答，只说："没那么严重！"

那一日，赵一民看完姑妈，原是要回日月山的。穆清觉得赵一民难得出一次山，便硬留下了他，又怕让他去自己家，他会不自在，就找了一家宾馆，给他开了间房。

忙完这一切，赵一民忙催穆清快回家。

穆清笑道："赵书记，你难得进一趟城，我决定了，今日陪您到底。"

"不行不行，那咋行？你几周没回家了，弟妹和娃娃们早就盼着呢。"赵一民推脱道。

"没事，他们还以为我在山上呢，再说周末不是还有两天吗？"穆清不在意地说。

赵一民便不好再说啥了。

下午，穆清请赵一民在城市之星吃了个自助火锅，然后又陪着他上街转了一圈。

不想，在轿房沟的转角处，他们竟遇着了老胡。

赵一民一愣，老胡抬头也是一愣，四目相对，便都有些尴尬。老胡依旧不苟言笑，朝穆清点点头，又象征性地与赵一民打了个招呼，就径直走了。

赵一民转身看了眼老胡的背影，叹了口气，像是自言自语，又像是对穆清说道："唉，我还真对不住他呀。"

"赵书记，算了，过了的事就不提了。"穆清劝慰道。

"穆书记，我愧疚啊！人家天远地远来驻村扶贫，你看我们都干了些啥？你说，这人啊，有时咋就那么自负呢？"赵一民又侧身看着穆清道。

穆清安慰道："赵书记，您也不必内疚。过去的事，就翻篇了。再说，人这一生啊，哪又不犯点糊涂的呢？老胡不是计较的人，他要是知道您这样想，也就心宽了。"

赵一民点点头，但还是有几分愧疚。

这事一岔，就搅了赵一民先前的好心情，一路上都闷闷不乐。穆清也不好多言。

那一夜，穆清没回家，陪着赵一民在宾馆住了一宿。

就是那一夜，与赵一民闲聊，穆清才知道，其实赵一民的身世，成了他不为人知的痛。

## 十一

赵一民的身世，日月山的老一辈儿都知道。

"我成分不好，祖父曾是山里的土匪。"赵一民叹气道。

穆清一听，脑里忽然闪过那日初过青树垭时，雷达讲山上闹土匪，张文斌以目示意的情形来。说实话，对"土匪"一词，他没什么概念，印象只停留在电影与电视荧屏上。

"老一辈的事，也不是我们能左右的，这么多年都过来了，就不想啦！"穆清安慰他道。

但赵一民知道，自己不提，并不意味着它不存在。事实上，赵一民的一生，都在它的阴影中行走，以至于对它深恶痛绝。

他告诉穆清，祖父这个身份，他父亲背着，他也背着。在那讲究成分的年代里，都重到压得他喘不过气伸不直腰来。父亲那辈就更糟：当兵不能，升学不能，连当个村社干部的资格都没有。与其说"土匪"二字是重荷，还不如说是一枚烙印，烙在身上，是标志，而烙在心上，就成了两代人永久的伤痛。

赵一民说:"父亲年轻时,总不甘心这种戴着标识的人生。曾抛妻别子,游走他乡。拾过荒,做过补锅匠;也挖过煤,当过搬运工;在建筑工地支过木,背过水泥、砂石;也拴过钢筋。什么苦都吃过。"

穆清听完,觉得其实赵一民比他父亲承受的还要多得多。他父亲可以选择逃避,但他不能;他父亲背负着那种为人不屑的耻辱,是在成年以后,而他自小却就背上了;他父亲曾经厌恶自己的人生,到漠视妻子和嗷嗷待哺的骨肉的程度,而他却是个不折不扣的好父亲;他父亲的年代,可以不入伍,不升学,不转干,而他不能,他有理想,有抱负,还有远方。然而,现实依然是残酷的,他仍然摆脱不了他父亲遭遇的那些阴影,也注定只能平凡一生。包括10年以前,德叔提他做村社干部时,还有人质疑过他的土匪后代的身世呢。其实,大好年华已去,他已别无奢求。只是当初,德叔既然看中他,并力排众议培养他,他兢兢业业,也是为不负所望。但赵一民也有惭愧的时候,他心中有数,自己走着走着,也有负了德叔的时候。比如,在赵国红事件上,他是有大偏差的。德叔嘴上虽不说,却也心知肚明,算是给他留足了面子的。

穆清没想到,赵一民会将这心中之痛告诉给他。他也知道,赵一民是拿自己当朋友了。

天亮时分,穆清被赵一民的梦话惊醒。

细听,赵一民迷迷糊糊地,似在说翻什么案子之类的话。便触景生情,想起自己初到日月山那一夜来。暗想:每个人可能或多或少,都会有些荒诞的梦境,赵一民应该也不例外。

赵一民醒来,大汗淋漓。

他定了定神,才说:"我祖父曾是红军,这点洪爷爷可以作证。就连德叔他们,也都知道这事。"

穆清吃了一惊,不解地问:"那怎么就成土匪了呢?"

"谁知道呢,我们也猜不透呀!"赵一民闷闷地说。

早上,穆清陪赵一民吃了早饭,真心想留他在城里逛逛。

"唉,还真没空哟,家里还用匠人呢。"赵一民边收拾东西,边笑说,"你也知道,平日里工作催得紧,莫空顾家里,只有周末才能帮帮忙,为这,你凤琴嫂意见大得很，说我不担事。唉，其实她是对的。我这个当书记的，就背了个名，家，家顾不到；对父母呢，孝道也没尽。等房子修好了，一家人吃好穿孬都在一处了。"

赵一民说到这，声音有些异样。

穆清听着，心里又是一酸，便没再留他。

送走赵一民，穆清才回了家。他没敢告诉徐丽昨天就进了城，怕她不理解，认为到了家门口，还住在外面，心寒。这半年，自己本就有愧，回家的次数，数都数得清，几个孩子交给她，也就不闻不问了。

穆清进门，徐丽已给萌萌和秧子梳好头，正准备送萌萌去兴趣班。

萌萌见到穆清，惊喜地扑过去，秧子却靠在沙发上笑着。

徐丽提着包，从卧室出来，满脸惊奇，问："咋这么早呢？"

"昨晚就到了镇上，赶的第一趟班车。"穆清第一次说谎，不敢直视徐丽的眼睛，只埋头脱鞋。

这时，娟子突然从洗手间露出半个脑袋，调侃道："呀，穆书记，两个月没回家，这叫归心似箭呀！"

穆清一笑。

"去，越来越没大没小了！"徐丽呵斥娟子道。

娟子吐吐舌头，又将脑袋缩进去了。

穆清一眼就瞥见沙发边的秧子，不再像颗细脚伶仃的豆芽，明显胖了，白了，脸色红润了，也似高了些。便很是欣慰。

这边，徐丽已在吩咐娟子吃完早点学习了。言罢，她便要带着两个孩子出门。穆清也跟着出去了。

两人将萌萌送到班里，就带秧子去街上转了转。徐丽说："娟子以前的衣服都送了人，如今秧子比娟子小很多，没现成的衣服，得重新给她买两套。"

穆清嘴上不说，心里挺感激妻子的。

觉得她不仅贤良，还心思周全。担着家里的担子，该粗疏的时候粗疏，该细致的时候又细致，里里外外的，都打理得井井有条。

给秧子买完衣服，三个人又去了菜市。

穆清问秧子想吃什么。徐丽说："两个小的都喜欢吃鱼。"穆清便选了一条鲈鱼，说回去给他们清蒸。又称了两三斤河里的小鱼，让徐丽放冰箱里，随时煲汤。还割了一刀猪肉，买了些素菜。

中午，穆清亲自下厨，徐丽在一旁打下手。

一会儿，娟子抱着两手，倚在门口，笑嘻嘻地看着他俩。徐丽回头瞥见，嗔怪道："你站那，叫人瘆不瘆得慌啊？"

娟子不搭话，仍旧笑。

"咋的？又坐不住了？"穆清也回头，笑着问。

"嘿嘿嘿，看你们呢。就看看你们夫唱妇随，大秀恩爱呗！"

"你这孩子，怎么说话啦？"徐丽瞪了她一眼，笑着嗔怪道。

"只是可惜了啰！"娟子边摇头边哂笑道。

"可惜什么了？"穆清转身问她。

"可惜这美景不常在，不常在额……"

"什么常不常在的，你个小孩子家家懂什么？给你说，你老爸的事业，暂且不在这方寸之间、斗室之中啊！"穆清佯装呵斥她。

"知道知道，谁不知道穆书记的事业在山上。唉，只是可惜了您这身厨艺，给白白地荒芜了啊！"娟子走到穆清身旁，看他正在给鱼抹盐巴佐料，又凑近他耳旁道，"穆书记，今日就好好献艺吧！"说完，她又瞅瞅徐丽，做了个鬼脸，轻手轻脚出去了。

"这孩子，越来越莫大莫小了！"徐丽抱怨道。

"应该是越来越油腔滑调了！"穆清笑道，"不过，这样好，家庭才氛围平等、和谐嘛。"

"就你惯着她！"徐丽理着菜道。

"我觉得咱孩子挺好的，多豁达呀！你看多了两个孩子分她的爱，也没见她小气过，是不？要摊上个自私的，就是多个亲弟、亲妹，怕也是要不快的。"穆清感叹道，"这点倒是随你。"

"说她就说她呗，又给我戴高帽子了，你就说随你呗！"徐丽笑道。

"好，好，随咱俩。咱俩呀，都是那爱操闲心的货！"穆清无限感叹。

"好啦，菜择好了，我接萌萌去了。"徐丽洗了手，解下围裙道。

"好嘞，路上小心！"穆清叮嘱道。

望着徐丽消失在门口的背影，穆清一时失神。他想，她越是贤淑，自己心里就越是愧疚。

## 十二

秦汉明知道穆清回来了，约他晚上喝茶。

穆清知道，于帮扶村而言，负责扶贫工作的秦汉明，和他一样心切。晚上约他，一定是周一会议重要，想提前跟他提个醒。

穆清到"兰轩一号"的时候，秦汉明已等在大厅了。

两个人坐下来，就日月山的情况，前前后后捋了又捋。

秦汉明同意穆清的想法，觉得时机已成熟，该把日月山村道路的问题，提到议事日程上来了。

第二天，在年终汇报会上，穆清回顾了半年来自己在日月山的驻村工作情况，可谓喜忧参半。喜的是局面已基本打开，自己在帮扶单位的倾力支持下，做了许多看得见的工作，比如，一社安全饮水工程的初步引进，西山段滚水坝的建立，部分村民危房的改造，国土增减挂钩的成功申报等等，又特别强调意义更重大的是在"回头看"中，力排众议，重新识别出近40户贫困户，并顺利完成了52户贫困户与地方海事处干部职工的结对帮扶和连心帮扶。他认为日月山变化极大，各项工作正逐步推进。但忧的是，基础设施——路、电、通信、卫生室等，几乎无一项可达标；老百姓"等、靠、要"的思想依然严重；驻村工作队名存实亡，驻村人员严重不足；另外，因地域局限，偏远掉角，道路不通，产业发展一直滞后，项目也不确定。他说，在他去日月山之前，村社干部就曾到绵阳参观过魔芋产业，还从沿海一带购回魔芋种子，发展魔芋产业。结果，魔芋种拉到向阳坡后，因无通村路，又没联系上马队，只得用摩托一袋袋托，结果损伤了魔芋皮，加之山上气温太低，管理也不善。魔芋种下后，成片烂掉，种植失败，产业户损失惨重。他又说："参照其他村，盲目铺开搞产业，结果多以失败告终的教训，目前在各方面情况尚未摸清之前，日月山产业项目仍滞步不前，既不敢轻易确定，又无有效帮扶举措。另外，巴山新居的建设，也因为道路不通，造价偏高，农户经济上难以承受，导致项目搁置。所以，交通是瓶颈，制约了日月山的发展。目前，它迫切需要一条村道路——一条具有造血功能的动脉血管，来连接山里山外。"

听穆清说到交通道路问题，其实，宋达海、秦汉明也头痛不已。因为两人早领教过上一趟日月山的艰难。

春末夏初，日月山被调整为单位的帮扶村后，按照县上的要求，帮扶单位职工都要下到村上去，帮村民排忧解难，规划产业，协助小额信贷，指导种养植业等等。而且，还要求每个月都得下去三至四次，而不是只背个名、做做样子。这样一来，若是没有村道路，光走路就将近一天呢，大家又该如何去帮扶呢？所以，宋达海不是不知道"通村路"于日月山的重要性。

穆清做了详细汇报后，提出重新核实村道路项目的要求。

宋达海认为，要重新核实村道路的里程，推翻已成定论的600米，难度很大，也不一定能如愿。但也不能因为难度大，就轻言放弃。他觉得本着实事求是的原则，处里怎么也得搏一搏才甘心！

于是，宋达海嘱咐穆清准备好详细资料，由帮扶单位出面，先找相关领导汇报后，再见机行事。

另外，宋达海与秦汉明商量后，又承诺将由单位出面，与相关部门，逐一协调解决日月山用电、通信、医疗卫生等基础设施方面的问题；又经过研究，决定由单位拿出10万元作为扶持基金，用于资助村上的产业发展。

对于这次会上所议之事，穆清回村后，没对任何人提及过，包括赵一民。因为心里没底，也不想大家对没有眉目的事，过早抱太大的希望。

# 小雪

## 一

穆清回山后，专门去了趟白云寨，向老向德叔询问赵一民祖父的事。

德叔说："赵一民祖父赵昌明那事是挺蹊跷的。我们山里的老红军陈运洪老人常给我们讲这个事，说他和赵昌明当年是一起出去当的兵，还在一个连队，后来随西路红军入川。可惜的是，赵昌明受了个处分就失踪了。不久，连队接到到日月山剿匪的任务。当运洪老人他们从暗道冲进土匪窝时，竟看见了赵昌明也在，只是正和土匪头子争执什么。然后，就见土匪头子气急败坏，愤怒地朝他开了一枪，他还记得，当时连长见昌明中枪，还大喊了一声他的名字。昌明倒地之前，还回头朝他们连长笑了一下。"

"运洪老人总说至今都记得他那释然的一笑呢。"德叔见穆清听得入神，又补充道。

"后来呢？"穆清问。

"后来嘛，不顾一切冲过去的连长，也被躲在角落的土匪打了冷枪，击中头部后，应声倒下了。"德叔接着说。

"是牺牲了吗？"穆清又问。

"没有，不过，脑部受伤后就失忆了。"德叔遗憾道。

"德叔，我想见见那位运洪爷爷。"

德叔答应了他。

陈运洪老人住在大树梁。

德叔带穆清前去时，他正在房子前晒太阳，整个人缩在一把藤椅里，惬意地眯着眼睛。

"都百岁老人了，还耳聪目明口齿清楚的，难得啊！"德叔悄声对穆清说。

"运叔，睡着了吗？"德叔轻摇了摇老人。

"哦，没咋睡呢。"老人睁开眼，见是老德叔，一笑，道，"是阿德啊"。

"嗯，运叔。我们说说话？"德叔说。

老人又一笑，点了点头。

德叔便把穆清介绍给了他，又说了去找他的目的。

老人便向穆清讲了当年之事。

穆清这才知道，老人当年就是被赵昌明拉着去参加红军的。而赵昌明是个敢说敢当，疾恶如仇，思想纯正的人。入川前，还是他们的班长。

老人说："按说，赵昌明这样一个人，是怎么也不会去当土匪的。但他又确实在土匪窝，还死在了那。据后来投降的土匪交代，说他曾救过被红军截杀的土匪头子的命，才破例进被允许去的。不过，让人纳闷的是，土匪头子后来为啥又要打死他呢？连长又为何要着急地叫他名字，甚至要不顾一切地去救他？这些都是让人费解的地方啊。"

穆清觉得唯一合理的解释，就是赵昌明可能隐藏了自己的真实身份，成了打入土匪窝内部的卧底。

"可没人能证实他的身份，他也确实受过一次处分，原因是打架斗殴，又不服从指挥。这个我们全连都知晓。"

"为什么要让全连都知道？"

"知道就知道，哪有为什么哟！"

"那……后来呢？"

"剿匪战后，我们连长失忆了，副连长牺牲了。当时，在川陕苏区，反'六路围攻'的战事一度处于胶着状态时,我们的营长及一批红军干部又被'肃反',死在了自己人的刀下。一民他爷爷的事,就成了铁案,后来,也就真把他当作土匪,清除出红军队伍了。"陈运洪老人说着陷入了沉思,"但他奶奶终是不信的,我也不信啊,剿匪结束后,还是我帮着他奶奶找到尸体,悄悄背出来给埋了的呢。地点就在白岩山上的荒林里。我当时还觉得埋太远了,从赵家岭过去得走多久呀。可他奶奶带着哭腔说,埋远点好,她就是过去哭一场,说说心里的怨,也是没人知晓的。说完,边埋边哭。说他去土匪窝前,还悄悄回过一趟家,叮嘱她要相信他,无论他做了什么都要相信他。当时她还不以为意呢,直到后来出了事,才想起他那话竟是大有深意呀!"

"哎呀,想想也是啊,一个信念那么坚定的人,咋会成土匪嘛!"见德叔和穆清都不说话,陈运洪又叹息道。

"爷爷,这话你对组织上讲过吗?"穆清问。

"唉呀,讲过呀,但不抵用哩,组织上讲究的是证据。"老人说。

"咋就不抵用啦,一民以前入党,要不是你站出来说话,怕是我再拍着膛子以党籍作保,那孩子也要被埋汰了呢。"德叔说。

"这倒是。其实一分析,那时,镇上苟书记也是相信的,是吧?"陈运洪终于笑着对德叔说。

"是哩。可这前辈人的名声,后辈人老是背着,那也有喘不过气来的时候啊!"德叔沉沉地说。

从大树梁回来,德叔又带穆清找着那个坟冢,坟冢低矮荒凉,与个小土堆无异,似乎从未割过荒也从未垒过。不过,坟前尚有纸灰的痕迹。

"看来,这后人既怨他,也放不下他呀!"穆清感慨道。

"谁说不是呢?"德叔说。

"他们就没再去找过,要求重新核查这段历史?"

"找了,可有用吗?空口无凭呢!"德叔遗憾道。

离开坟冢回到村委会时,穆清心中有种难以言说的悲哀。他相信德叔也一样。

腊月下旬,镇上召开了年底工作总结会。会议由孟镇长主持。第一书记、支部书记、村主任参加了会议。

纪委马书记传达了县纪检委会议精神。陈副乡长传达了县人民政府"关于森林防火"等会议精神。孟镇长通报了2015年相关工作的完成情况，并对来年工作进行了统筹安排。最后，镇党委刘书记做了总结讲话。回顾了2015年的工作成绩和不足，对2016年提出了新的思考和期望。希望在2016的工作中，大家要更艰苦卓绝，做到五个强力推进，即在脱贫攻坚、从严治党、产业调整，以及在水、电、路的基础设施建设和日常工作等方面，都要下深水，攻坚克难，打赢这场攻坚战！

在开完会回村的路上，穆清、赵一民和张文斌就来年工作，也初步扯了一下。三人都觉得日月山最难的，还是难在没有路，可咋办呢？要把600米的项目变成6000米，在常理上都是不可能的，还别说有其他想法啦。

赵一民说："说咱日月山的村道路只有600米，我们就是老死了都不服呀！"

"是啊，只是不服又能咋样？还不是干着急？"张文斌说罢，又转向赵一民道，"日月山要有路，怕还是要靠穆书记想办法哟。"

"是啊，穆书记。你人脉好，又是交运系统的人，也只有你能出面，帮我们村跑一跑了。"赵一民朝穆清道。

"也不是没想过，只是要解决日月山的道路问题，就得彻底推翻这600米的数据，不过这……这很难呢。"穆清实话实说。

穆清还是没透露单位开会的情形，他怕提早说了，没了结果，反倒惹大家失落伤感，就干脆捂住，不让它敞阳。

"穆书记，赵书记和我都分析过了，这个担子也只有你才担得起。要不，就麻烦你过了年，还是帮我们跑一跑？"张文斌说。

"张主任，生分了哈。"穆清笑道，"去跑，本就是我分内之事，咋说是帮你们呢？"

"对对对，是帮村上，帮村上。"张文斌笑道。

赵一民见穆清松了口，忙接言道："哎呀，感谢，感谢！穆书记，你也知道，我们一进城，就是两眼黑，什么门路都摸不清，要不，就按张主任说的，开了年，你就专门负责跑村道路这块，我和他把村上其他工作顶起，咋样？"

"反正，咱日月山的路，就交给穆书记了！"张文斌一旁笑着，又添了一把火。

"二位领导，啥时私下磋商好的？"穆清一听笑道。

赵一民与张文斌相视一笑。

"这事难度系数高，希望不大，怕是很难搞定呢，我们的期望值不要太高哦。"穆清又补充道。

"嘿，这事本就难，搞不定没关系，尽人事听天命吧。"赵一民说。

"那好，既得二位信任，我就恭敬不如从命了！"穆清玩笑道。

其实，穆清心里有本明白账：这赵一民是直性子，可张文斌不一样，他精着呢。可能也是他出的难题，要给自己甩一包袱，考验能力呢。

## 二

不久，穆清扎根日月山的事迹，在云水电视台播出了。

据说反响很大。

但山里没网，穆清和村民都没看到。村民们是赶集听村外的人说的。而穆清知道个大意，还是王浩打电话告诉他的。

接下来的几天，村"两委"又是一阵好忙。除了要将镇民政给贫困户、残疾人发放的慰问金、补助款送到位外，还要分别了解贫困户、残疾人、五保户过年准备情况，比如，是不是都杀有年猪？都置办了年货？还有没有其他要解决的困难？

腊月末，穆清正在村委会拟一个来年工作计划，赵一民坐雷达的摩托过来了，一脸着急。穆清凭直觉，一定有事，忙起身给他们倒了水，让赵一民别急，喝口水慢慢说。

原来是赵国亨的处罚下来了。依据物价局核定的价格，按他盗伐树木的米数，罚款5500多元。限两天内交齐。

穆清一听松了口气——这算是轻的了。

赵一民说："赵国亨找到我，说眼看着年到了，一时拿不出那么多钱来。穆书记，这火烧眉毛的，咋办呢？"

"咋办？作为一个老党员，眼里只有钱，思想觉悟低，他这不是自找的吗？"

"说得也是。只是事情都发生了，他家里又并不富足，当初料又没卖多少钱，算来倒贴了好大一截呢，唉，也够他闹心的。"赵一民又说。

"这样，我给森林公安局打个电话，先问问情况再说吧。"穆清想了想说。

为赵国亨盗伐林木这事，穆清去过森林公安局好几次，跟法制科的人早熟了，还存了他们的电话。人家也知道他是日月山的第一书记，挺敬业的，便也极客气。

于是，雷达又拉着两人上了青树垭。

在垭口上，穆清给森林公安局打了个电话。在电话里说了赵国亨家里的情况，又特别提到年关将近，用钱的地方又多，哪家那户都得留点余钱在手里，来个客人，走个人户之类的，拿不出来，脸上也不好看。这一说，那边沉默了一下，才答应采取缓交的模式，但在年后2个月内，得全部交齐。

穆清赶紧答应，并谢了电话里的同志。

这边，赵一民也听清了电话内容，一颗心放了下来。

穆清说："既然人家答应缓交，那就得严格遵循约定。您回去得给他说清楚，在这个期限内，他得自觉缴清罚款。您刚才也听见了，在没缴清的前提下，他们将有依据地分三次催款，如果再不交，就只有向人民法院申请强制执行了。"穆清停了一下，又说，"不过，赵书记，话说回来，像他这样，受点处罚也好，免得既缺少法制观念，又嚣张跋扈的！有了这个教训，村民们也有个借鉴，日后也好自我约束。"

"对，是该好好反省了，这也包括我。"赵一民有些惭愧。

"好，赵书记。这是我就来年工作的重点，拟了几条，你们看看还有哪些要补充的。另外，还得提个意见。"穆清怕他多想，便将话题转移开。

下午，穆清临时决定，跟赵一民去看赵国亨。到了赵国亨家，赵国亨正闷头打扫房前屋后的卫生。

听赵一民叫他，抬头应着，只一脸沮丧。

赵一民将穆清打电话的事，对他说了。赵国亨很意外，也很感动。

穆清离开时，赵国亨过来叫住了他，说："我也是老党员了，按说该在村上起好带头作用，但平常太自负，心胸有些狭隘，又不善听取意见，才有了这次这个事，不但给对方带去了伤害，还在村上造成了不好的影响。现在如今，我也知道错了。请求开年在党员会上，做个检讨，好让大家也引以为戒。"

穆清听了，见他认识到了自己的过错，也说得诚恳，很是欣慰，握住他手道："不愧是老党员了。但人非圣贤，又孰能无过呢？你和赵国红两人，也算不打不成交了不是？"又嘱咐他要有大气量，主动与赵国红修好关系，春节期间多走动走动。

说得赵国亨红着脸，连连点头。

之后，穆清和赵一民又顺道去看望了赵国红的母亲。

冯老太太身体已基本恢复了，但还在吃药调理。赵一民把带给冯老太太的营养品给了赵国红，赵国红接了。穆清从兜里掏了300元钱，让赵国红去给母亲买点东西，补补身子。赵国红推辞着不接，直说政府是给了补助金的。

"你拿着，这是穆书记私人的一点心意。"赵一民从穆清手里接过来，塞进赵国红衣兜里。

穆清又说了赵国亨的事，并劝赵国红，宰相肚里能撑船，放下嫌隙，与赵国亨重修于好，就仍是哥们儿兄弟。

赵国红答应了。

赵一民也向赵国红道了歉，说自己先前处事有失公允，也曾误解过他，以为他气量小，睚眦必报，结果都是自己想错了，也狭隘了，不配做这个大哥。

"嗨，都说什么呢？是我有错在先，冲动，不克制，事后又不低头道歉，你夹在中间，也两头为难。"赵国红说罢，也低下了头。

"哎，好了，都是自家兄弟，话说开就好。"穆清在一旁笑道。

两人便有些不好意思，互相看看，都笑了。

腊月末，李长海回来了。

随后他与穆清一同下城，将秧子接回山里过年。

年前，穆清为咨询赵一民祖父的事，还是很跑了几个单位和部门，如去过组织部、武装部，也去了档案局，最后还去了民政局。

组织部说这事不属于他们的管辖范畴，得去其他部门问问；武装部告诉他，他们负责的是地方武装这块，这个情况不归武装部管，建议他去档案局问问；档案局的同志则说，像赵昌明这样的普通士兵，在当时是没有任何档案的，况且他这种情况，如果真留存有档案，哪怕就更是铁证了，一般情况下，是翻不过来的；穆清最后去的是民政局。民政局负责人说，他们确实有对老红军身份的甄别、认证的责任，但像赵昌明这种情况，他们还是第一次遇到，且情况也极为特殊，对方要澄清身份，必须得有有力的佐证材料才行。最后，十分遗憾地告诉穆清，他们也无能为力。

穆清为这，又回了趟日月山，将情况告知了赵一民。

赵一民说："算了，以前和德叔一起，也向当时的乡人民政府汇报过这事，乡上也没办法，所以，这次也就没抱过任何希望。"

好一会儿，赵一民又惭愧道："我和父亲都不如祖母呢，祖母在的时候，最是相信祖父。心里委屈了，有过不去的坎啦，都要去他坟头哭一哭。这一哭，就什么都扛过去了。只是后来，祖母的眼睛看不见了。父亲说，都是委屈太多，给哭瞎的。"

穆清听着，心里憋屈得也想哭。

穆清再去看陈运洪老人时，给他买了米、面、油，还有些营养品。

陈运洪一家淳朴好客，不放穆清走，硬要留他吃饭。穆清推脱不掉，留了下来，便又听陈运洪讲些当年的事。老人告诉他，他们连长是个双枪手，很厉害，是仪陇县的。

"您老确定？"穆清的某根神经突然被触动，忙问道。

"咋不确定嘛，他还常给我们讲朱老总的故事，说朱老总是他老乡，自豪得很。"陈运洪老人笑道。

"您还记得他名字吗？"穆清又问。

"好像叫……叫朱什么？哦哦，叫朱子奇，对，就叫朱子奇。"老人想了又想，才肯定道。

"记得都是哪几个字吗？"

"不赢得了，反正就叫'朱子奇'。"老人摇摇头道。

于是，穆清忙拿出笔记本，记下了"朱子奇"这个名字。

穆清不甘心，回城后，又专门去了趟民政局，他希望局里能发个函到仪陇县，帮忙核查一下"朱子奇"这个人物。

局里负责这事的苏同志，见他执着，就答应试一试。

## 三

过了春节，一晃到了大年初四。

穆清收拾行装，提前上了日月山。因为年前村委一班人就约好，大年初六去给德叔拜年。

穆清先去了秦家坝看赵一民。

赵一民的新房地基已打好，只等春节一过，就可砌砖码墙。

赵一民说："材料都是打桃花沟这边来的，还好是枯水期，摩托可以过河。"

穆清担心他这样修下去，造价太高了。

"没办法，再高也得修。不过，砂矿也只是打地基才用，"赵一民说，"地基起来就省事了，我想了一下，还是修成砖木结构的好，冬暖夏凉，木材料价廉物美，又漫山遍野都是。"

穆清也觉得砖木结构的房子好。

大年初六，他们便往德叔山上去。

一行人去了才知道，那天正是德叔的生日。

几米开外，就见德叔门上贴了对联，饰有门笺，别有特色。窗子上又都贴有窗花，远远地看，感觉挺喜气好看的。

他们人还在门外，一位很儒雅的中年人，就忙着出来，说话，找烟，将他们迎进屋去。

他这才知道，中年人就是德叔的儿子黎一帆老师。

德叔家中甚是热闹，女儿们也都回娘家来了。

德叔笑着过来，招呼大家在火塘边坐了。

接着是紫叶端来瓜子、花生、核桃，还有水果。黎老师也过来，陪大家说话。

火塘中的柴火烧得旺旺的，温暖又亲切。

穆清抬眼一望，墙壁上、内屋门楣上、廊柱上，甚至家具上，都贴有各类窗花，色彩单纯明快，更增添了节日的喜庆气氛。

他多年不见这样的场景了，像是回到了童年，一时有些恍惚。

谈话间，大家难免又提到扶贫工作。

黎老师说："穆书记，辛苦你们了！这次回来，感觉日月山的变化挺大的。人们精神面貌，也都与先前不同，奔好日子的劲头全出来了。可见，在两位书记带领下，村'两委'做了很多细致工作啊！"

穆清谦虚道："黎老师过奖了。我们还有许多工作没做到位，需要时间，慢慢来。倒是德叔，本该放下俗事颐养天年的，却仍在为村上的事操心劳神，这心系村民的情怀，是我们万不能及的。这也是我在日月山学到的最重要的东西，将一生受益。"

提到"老爷子操心了一辈子"的话题，赵一民和张文斌也都接过话，说德叔年前还跟个年轻人似的，在工地上挨冻受苦的，大家心下都挺过意不去的。

德叔笑道："耍的人不见得命长，苦的人不见得命短。人活着，就得做些力所能及的事。你家财万贯也好，位尊九五也罢，若莫得个念想留在这世上，死了也就全死了。你们再看看那孔圣人，死了都多少年了，但他的思想不死嘛，所以人不能白活。不然，死了就死了，不过是一堆鲜肉变成了腐土……"

德叔的话，在情在理，说得一圈子人都汗颜起来。

穆清还未曾见过，有谁把生命的意义、把对生死的理解，讲述得如此简单又透彻、朴实又有深意的。

"各位莫在意，老爷子又讲大道理了。"黎老师见大家都若有所思，忙笑道。

"不，黎老师，这个不是大道理，反倒是最朴素的真理，是很多人一辈子也想不明白的东西，德叔算是看穿了，悟透了！"穆清说道。

"是啊，我们很多时候，一工作起来，也想着偷奸耍滑，想着投机取巧，有克服不了的私心，有见不得光的小九九，但现在想来，都是些看着聪明的自以为是。"赵一民感叹道。

"嗯，我们该反思的地方太多了。"张文斌也应和道。

吃饭的时候，穆清特地敬了德叔一杯酒。他端杯深情地说："能遇到德叔您，是我一生的幸运，而您老的身体力行，大公无私，又为我，为在座的各位，树立了典范。今天，我就借手中这杯酒，一则向您表达心中的敬意，再则恭祝您老福如东海长，寿比南山高！"穆清说完，端起酒杯一饮而尽。

德叔正待要喝，穆清怕他不胜酒力，又帮他分走大半杯。

德叔感慨道："哎呀，穆书记虽年轻，却实在，不浮躁，身上有一股子韧劲、干工作的狠劲，还有股不达目的誓不罢休的倔强劲。更重要的是有思想，有见地。说实话，能得你这样一位第一书记，是咱日月山之福啦！有你带领，我们日月山就更有盼头和奔头啦！"说罢，德叔端起杯，高兴地一饮而尽。

德叔又重新斟上酒，招呼几位村干部道："来来来，我们日月山的干部，一起敬穆书记一杯，真诚地感谢他不辱使命，扎根日月山，为日月山慷慨无私地付出！"

穆清本不善饮，但那日在日月山，第一次尽兴地喝了几大杯。和德叔，和黎老师，也和赵一民、张文斌他们。另外，他还同黎叶朵喝了一杯。

黎叶朵是黎老师和凌紫叶的女儿，德叔的孙女，就读于四川美术学院。

赵一民介绍道："叶朵与江山，还有张主任的建文，都是高中同学，又同一年毕业。建文考的西华大学的数学专业，叶朵很有绘画天赋，多次在省上获奖，被破格录取，现在已是美院的高才生了。"

穆清吃了一惊，没想到日月山虽偏僻、闭塞，却藏龙卧虎，后生可畏。

叶朵说："穆叔叔，我是大山的孩子，虽说暂时离开了它，但我、父亲，还有更多走出大山的人，从不曾嫌弃过它的闭塞、荒凉和贫困，也总想着将来，等自己有能力时，再为它做点什么。因为我们的根还在这，这是不容更改的事实。但穆叔叔作为一外乡人，却把他乡当故乡，为它忧，为它愁，为它舍家弃子、忘我奔忙。每每听人提及，总无限感动，所以，今天，我要代表咱日月山的新一代，敬穆叔叔一杯酒，向您表达最诚挚的敬意和谢意！"

叶朵的一番话，让穆清既感动又欣慰。在这个看似文弱的女孩子身上，他看到了大山未来的希望。他鼓励她好好学习，将来以更好的方式回报家乡。

叶朵爽快地回道："请穆叔叔放心，故乡遇知己，我等早做好这方面的准备了。"

穆清后来反复琢磨她那句话，觉得日月山的新一代有思想，有眼界，有胆识，敢想敢试敢挑战，总之一句话，不可小觑。

## 四

饭后，雷达问穆清，说叶朵作了一幅画，还在架子上，要不要去看看？

穆清平常也有写写字，画一下画的爱好，只是自从下到村上后，工作太忙，就静不下来了，也已好久不曾拿笔了。现在听雷达这一说，他便来了兴致。

穆清随雷达出去，见房子旁边的空坝里，支了一画架，旁边一桌上，放了各类画笔及墨汁、颜料、调色盘等。画架上是一幅尚未完成的山水画。

正看着，张文斌也过来了。

雷达端详着画面，惊喜道："看，这画的咱日月山呢！这是赵家岭、盖岭，这远处细线一样的路线是洋壁道，还有这，是秦家坝、张家湾……"

大家的目光，也都随着雷达的手指头，在画面上游移，边看边啧啧称道。

此画确实是画的日月山。

但穆清所欣赏的，更在于那线条流畅、圆浑、行笔的练达、用笔的醇厚，丰富又变化多端。而且色墨浑融，不脏不浊。

"这叫聪明有根呢！"张文斌笑道。

"嗯。"雷达点头称是，目光却仍在画上。

"这话咋讲？"穆清一脸好奇。

张文斌告诉他，其实，叶朵母亲紫叶，是日月山最心灵手巧的女人。祖上曾是有名的"影子戏"艺人，据说是从陕西一带流落过来的。后来她高祖父将这祖传技艺，传与了她祖父母，祖父母又传给了她父亲，父亲很开明，传给她哥的同时，也一并传与了她。听老年人说，早些年，山里无论是逢年过节、喜庆丰收、嫁娶宴客，还是添丁祝寿的，都少不了要请他们搭台唱戏呢。只是后来，因种种原因，这种与讲史书颇同，真假相伴的民间艺术，渐渐淡出了人们的视野。但紫叶从小耳濡目染，看家中长辈制作道具时，选材、泡制、刮脂，再精雕细镂，骨子里自然生成了凌家描摹、染色、雕刻的天赋，后来又跟人习了些剪纸类手艺，将两者一结合，竟融会贯通了，所以，手艺自然天成，一经她之手剪出的、绣出的东西，都栩栩如生，有灵有魂。

听张文斌这一说，穆清便记起书中关于皮影戏的记载来，脑里立时已是入夜围方帷，张灯烛，帐中观赏的场景了。

他惊叹，这山里竟藏了这么多不为外人所知的珍稀事。

张文斌见他对此颇感兴趣，便又带他去看紫叶的剪纸作品。

没想到那点缀于墙壁、门窗、房柱、灯上的图案，竟种类各异，有"吉祥喜庆""丰年求祥"的，也有"五谷丰登""连年有余"的，还有"花开富贵""翡翠玉龙"的，皆造型优美，刻画精致。

再看一幅幅窗花，似都是镂空的手法，且又千刻不落，万剪不断的。正看着，紫叶笑着过来道："穆书记，这都是些上不了台面儿的东西，有什么看头啊。"

"大姐，这是我们传统文化中的精髓，价值大着呢。"穆清感叹道。

"没什么大不大的，咱这山里，像我这年龄的，会剪这个的多着呢。"

"小剪刀剪出大世界，这可是流行最广的民间艺术，历史悠久着呢。我们都知道，但凡民间彩灯上的花饰、扇面上的纹饰以及刺绣的花样等，无一不是利用剪纸作为装饰，再加工而成的。"穆清笑道，"只是，想请教一下，剪这些图案都有啥讲究呢？"

"当年，师傅手把手教我时，很是严格。说剪出的线条，需达到'圆如秋月，尖如麦芒，方如青砖，缺如锯齿，线如胡须'方可。"

"难怪，如此形神兼备！"穆清边看边点头称道。

紫叶见穆清兴致甚高，又去里屋拿了一叠剪纸作品出来。

穆清小心翻着，方知她剪纸的题材极广，举凡戏剧人物、历史传说、花鸟鱼虫、山水风景都有，不禁又连声称道。

"穆书记，这不稀罕，咱山上会剪的人多着呢。"紫叶笑道。

"嗯，很多妇女都能剪，逢年过节，或婚丧嫁娶的，都会用到。"雷达也说。

"哦，看来这山里尽是宝，就待咱们去挖掘啊！"穆清兴奋道。

正说着，老德叔、赵一民、黎老师，包括叶朵，也围过来了。

"穆书记，道理是如此。只是，村里该干的工作都干不过来，哪顾得了这哟。况且，没人指路，也不知如何着手啊！"张文斌道。

"至少，我们得让它走出庄户人家的小院吧？"穆清停了停，又道，"立足特色文化优势，挖掘、收集、再现农耕、竹编、剪纸等地方文化，培育新型文化业态，也是推进文化惠民，助力脱贫攻坚的一个重要方面呢。"

"这倒也是，不能丢了我们的本土文化。"德叔也点头道。

"无论是剪纸，还是影子戏，我们都有责任找到它们的传承人，并将这些文化瑰宝传承下去。"穆清环顾着大家道。

"嗯，穆书记说得对。在脱贫工作中，我们应放长眼光，将挖掘地方文化的工作，提到下一步的工作议程上来。"赵一民也表了态。

围着的各位，听了那话，都兴奋地鼓起掌来。

## 五

大年初七，是正式上班的日子。

大家按既定的方案，分工去看望、慰问贫困户。

穆清和张文斌一组。赵一民、雷达和计生专干一组。穆清挑选了几户贫困程度最深的人家。李长海家自然在其中。

上次危房改造，李长海不在家，曾一度因材料拉不去，又缺人手帮忙，便搁置了。后来还是穆清私人出资，由张文斌代找劳力，才进行了加固和修缮。

李长海听说这事后，心里挺感激的。这次回来，他又再次请人将其进行了修复、完善，并着手改善了周围环境。

穆清去的时候，院坝已被打扫得干干净净，大门两边是鲜艳醒目的大红对子，门上、窗上也都贴有"吉祥喜庆"的剪纸。看着那一派新气象，穆清心中很是欣慰。

秧子穿着新衣，在门口玩，看见穆清去了，老远就喊着奔了过去。穆清高兴地抱起秧子，和张文斌进了门。

火塘里，柴火烧得旺旺的。

李长海的母亲坐在火塘边，脸上洋溢着喜色。李长海和他父亲，在忙些零杂活。

屋里也整齐了不少，墙上还挂了些剪纸画，是装裱了的那种。

穆清看着，一脸的惊奇，才知道，这山里会剪纸的人家，真如紫叶所说，还多着呢。

"哦，我母亲剪的，这房子简陋，我找人裱了，挂上去装饰一下。"李长海见他那神色，忙解释道。

"嘿，挺好的，我还以为是油画呢。"穆清笑道，眼睛却没挪开。

穆清没想到，李长海这一裱，普普通通的剪纸图案，就成了让人爽心悦目的艺术品。

穆清坐下来，竟觉自己内心，就如同眼前这收拾整洁了的屋子一样，一下就敞亮了。

李长海找了烟，端了核桃、瓜子、糖果过来，陪大家说了一阵子话，就利索地去了灶上。

这边，穆清和张文斌与老人闲话家常。

李老伯很欣慰，说儿子在外面收获很大。说罢，进里屋拿了些小工艺品出来，给两人看，说是李长海自己摸索着编织的。穆清一看，都是些藤制品。有花篮、果盘、茶几、沙发等，做工都细致精美。李老伯说："山里人虽也能编织，但都局限于农具类，粗糙得很，造型也不好。"正说着，李长海已煮了汤圆端过来了，边往桌上放，边招呼大家坐过去。张文斌说："火塘边热和，就在这边吃。"遂起身，先端了一碗递给穆清，一会儿，李长海也端了一碗过来，坐在火塘边吃。

穆清边吃边与李长海聊天，问他在外面的情况。

李长海说："以前，自己就是井底之蛙，头顶巴掌大一片天，家又穷，见识少，自然也就心浅，眼短。出去了，就只知道挣点钱往兜里揣。这些年，走南闯北，什么都干，拉过板板车，当过装卸工，下过矿，搞过建筑，也拾过荒。直到遇到现在的公司，才忽然明白，这世上竟还有比钱更值当的东西。观念一变，就觉钱不那么重要了，倒是该学的，该想的，都那么多呢。"

"这就是了，你那沉睡的梦想，可能被眼下的公司给唤醒了。"穆清说。

"是吗，穆书记？'梦想'这词，用在我身上，简直想都不敢想哟！"李长海红了脸，不好意思起来。

"没什么敢不敢想的,每个人都有梦想,不过是有高有低,有远有近罢了。"穆清说。

"这倒是,就譬如我,我的梦想,除了挣点钱,就是为大家服好务啰。"张文斌玩笑道。

大家一听,都忍不住笑。

"其实,梦想也好,理想也罢,它们一直都在。每个人心中都有。不过是有没有机遇被激活而已!我们恭喜长海,终于被激活了!"穆清又爽声道。

"是啊,就如穆书记所说,你的人生,可能就要翻篇了呢。"张文斌也笑道。

李长海一听,脸更红了。

张文斌见李长海不好意思了,就岔开话,问起他们公司里的业务来。

李长海便提到公司里的藤编。

他说:"山里人编织的,都是些农用品,只重数量,不求质量;只图实用,不尚精细。而真正的藤编,那既是一种赏心悦目的工艺美术,又是货真价实的居家用品,是置于寒室不觉其奢,布于华堂不觉其陋……"

"也就是说,编织更工艺化,精细化了?"穆清问道。

"嗯!编织看似简单,其实流程复杂细致,每一步都很考究。光藤料的准备,就有采集、水煮、剥皮、漂白等。还得讲究割藤的季节,藤条粗细的选择,浸泡时间的拿捏,如此种种,多了去了。"李长海接着说。

"那过了年,还得出去?"张文斌问。

"出去。我想把藤编技术学到家,再学学人家的管理。"

"这样好,你将来还可以自主创业,成为自己的老板呢!若真那样了,就回山里来,带动大家伙一起致富!"穆清鼓励他道。

"我也这样想过。"长海说出了自己的想法,"其实,我们山里就是天然的藤料场,藤条质地,可能比外面的还好,其他原材料也就地可取,若真要创业,或许比外边的公司更具优势呢。"

"这想法很好。若将来真要回乡创个业,我们还可以为你争取些优惠政策,从方方面面予以资助呢!"穆清说。

"穆书记,那我就在这里,先谢过了!"李长海拱手道。

"额，先别谢，等你真创业了再说吧！"穆清对他摆手道。

"好，先学习，再创业。眼下，对你来说尤为重要的，就是好好积淀，这也是你将来创业的前提，得珍惜啊！"张文斌也接过穆清的话，叮嘱道。

"嗯，张主任，知道，我都知道了。只是孩子老放在穆书记那里，这心里实在不过意。"李长海愧疚道。

"你可别这样想哈，你嫂子反正都是带孩子，一个是带，两个也是带。你安心在外面干。再说秧子搁我家，你就无后顾之忧了！"穆清笑道。

"那就多谢穆书记和嫂子了，我李长海只有日后慢慢报答了。"李长海感激道。

"技术学到家，就是最好的报答啦！"张文斌也安慰他道。

"嗯。"李长海埋头答道。

待他再抬头时，穆清见他眼圈儿已是红红的了。

李长海是大年初十离开家的。

他怕穆清去接秧子，又耽误时间。就直接将秧子送到了穆清家后，才离开云水县，直奔上海去了。

## 六

穆清从大年初五开始，就一直在日月山奔忙，连元宵节也没回家。

他一直在琢磨，日月山工作已基本理顺，是时候加强党组织这块的建设了。说白了，日月山基层党组织，基本上是有名无实，队伍老化，文化水平偏低。一些党员思想境界不高，素质能力不强，起不了带头作用；另一些党员又长期外出，失去了作用；还有个别党员自以为是，在群众中散发负能量的东西，又起了消极作用。他认为加强村上党建工作，已势在必行。

于是与赵一民、张文斌商量，谈了自己的想法，他说："日月山要脱贫，要旧貌换新颜，我们还得充分调动起党员的积极性，发挥他们的先锋带头作用。但要做到这点，就要根据我们农村党员的优势和特殊性，量身制定合适的教育规划，强化对他们的教育治理，情怀感召，以提高其思想素质、道德情操和责任意识，并使他们与时俱进，成为脱贫奔康最有力的后盾。"

两位一听，也觉得这工作是该抓一抓了。

元宵节之后，日月山新年第一堂党课，在半山腰的村委会开课了。

为了上好这堂党课，穆清又用了近10天的时间，几乎跑遍了日月山的每个社、每座山。他与每一个党员促膝谈心，了解他们内心的想法，增强他们的归属感；也了解他们对国家形势、对党和国家的政策，究竟知道多少，对村支"两委"的工作，又都有哪些建议与期待，他不想把这第一堂党课变成形式上的党课。

这堂党课是穆清通过摸底，有准备、有针对性地上的。

令村"两委"没想到的是，德叔也来了。他还带来了一批颤巍巍的老党员，同来的，还有日月山目前最年轻的党员——刚从部队复员的任东风。村委会会议室一下子热闹了好多。德叔他们的到来，让党员们倍受鼓舞。

穆清在党课上指出："作为党员，最基本的素质就是切实关注党和国家的方针政策，关注国家的发展方向，有眼界，有胸怀；有高度的政治敏锐性和有理论高度；还要有向群众宣讲政策的义务。但我们中有许多同志不看报，不读书，甚至认为没有必要参加政治学习。还有的党员，严重脱离群众，服务意识淡化。群众有困难，有疾苦，视而不见，置若罔闻。极个别党员甚至为了谋取个人利益，做些违法乱纪的事。当然，存在这些问题，也是与我们基层党组织建设松散、管理不到位、政策宣讲不力以及组织流于形式，都密切相关，我们也应深刻反省和检讨。"

穆清表示今后将依托"三会一课""固定党日活动"等载体，持续推进"两学一做"，使学习常态化、制度化，使党内组织生活逐渐规范化，还要不时开展"亮身份、明责任、比先进"活动，激活党员传、帮、带的原动力。

赵一民带领全体党员，重温了党章、党规；要求大家自觉地把党章、党规作为做人行事的根本准则和行为的指南，强化纪律意识，牢固树立政治意识、大局意识、看齐意识；坚持高线，守住底线，自觉履行党员的政治责任，保持党员的政治本色。

在党课上，赵国亨主动请求当着全体党员的面做检讨。他说："我也算得上日月山党员中的典型了，但是是反面典型。很惭愧，为点小利，打着小算盘，乱伐滥伐也就罢了，还虚张声势，强词夺理，语言上、行为上，都不知轻重，走了极端，以致给对方造成了严重的伤害。当然，这伤害，不仅有身体上的，更有心灵上的。可很长一段时间来，自己还不知反思，欺人，也自欺。后来自己终于知道错了，还错远了，这心里便时时刻刻，都受着煎熬呢。再回头想想自己的所作所为，今日都不配坐在这里……"最后，他沉痛地说，希望大家以他为界，切记受警醒、明底线、知敬畏，做"四讲四有"的合格党员。

大家听了他的检讨，有尖锐批评他的，也有安慰他的。总之，大家都认为他能反思，知错能改，就是好的。

在党课上，穆清、赵一民还组织党员们进行了讨论。

大家一致认为，这堂党课上得及时、生动，有意义。德叔也发了言，他认为作为党员，即便生在乡野，也当有家国意识、忧患意识，因为有国才有家，有大家才有小家；更应该不忘初心，牢记使命，与时俱进，当好联结群众的"纽带"和"桥梁"……

任东风作为年轻一代的党员，也在讨论中发了言。他谈了自己在部队的切身感受，谈了目前国际国内的大好形势，也谈了作为党员，在这个壮阔的大时代中，所应承担的责任和义务。他不急不躁，娓娓道来，语言朴实而感人，接地气而不夸夸其谈。穆清听他讲话，实然想到一个人来，那就是黎叶朵。

后来，穆清与他闲聊，得知他也是大树梁的，曾在部队从事的文书工作。再后来，与他交往多了，才知道他还是个电脑高手，在部队就擅长电脑编程，也有留在家乡发展的意愿。

穆清便加了他的"QQ"，心中有种莫名的兴奋。

春
分

一

春天来的时候，日月山最高的邙峰上，积雪终于化开了。

水渗透下来，溪沟中、小河里便又响起了流水曼妙的歌声。不知何时，一夜之间，大山就在那些歌声里，被春风染绿了。天亮开了，山青了，太阳变红了。日月山关不住的春光，赶着趟儿似的，一下漫向山外，跑到天边去了。

穆清站在青树垭上，居高望远，满眼春色。忽想起一年前初来时那份惶惑无助，竟好一番感慨；又想着春光大好，是时候该将村上的工作重心，转移到建设村道路项目上了。

于是，村里召开村委会探讨这事。班子成员都表示支持。

"穆书记，你也知道，我们一进城就两眼不认人，方向都打不准，"张文斌笑着对穆清说，"这事还是需要您出面，至于村里其他工作，就别操心，我们全包了。"

"是啊，穆书记，张主任说得对，跑这项目的事，我们都是两眼一抹黑，找不到门路，还得指望您了。"赵一民看着穆清，也笑着说道。

于是，与相关部门联系的任务，自然便落实给了穆清。

穆清隔三岔五的，就往县城里跑。

其实，赵一民和张文斌都知道，这村道路的项目，是没有眼子的事，比登天还难。

还是年前，张文斌就私下里给赵一民提过建议，让他给穆书记做做工作，试着去跑一下村道路项目。赵一民听了，不大赞同，也难以启口，觉得那是在给穆清出难题。因为就600米的事，怎么跑？即使跑来意义也不大。但张文斌坚持认为若穆清出面，说不定会峰回路转。张一民想了想，也觉得穆清出面同相关部门联系，有可能改变日月山村路只有600米的问题。若改变不了这件事，也不会埋怨他。

还好，穆清二话没说，就爽快地应了。

赵一民晚上回去，将这事与妻子凤琴说了。

妻子凤琴怼了他好一顿，说："做事不过脑子。问他道："你忘了去年张文斌非要穆书记去铁西的事了？姓张的做事，啥时没有目的啦？还不是怕人家穆书记去把事情摆平了，他再也翻不起几轮浪？穆书记坏了人家的计划，人家心里记恨着呢，才出这馊主意，要编排穆书记，拍他的火焰呢！你呀，就是肠子太直了，心里不画盒，尽让人拿着当枪使！"

妻子凤琴这一说，赵一民方恍然。

只是表面上仍不以为意，还批评妻子凤琴心眼儿小，是以小人之心度君子之腹。不过，赵一民独处时候，又仔细一琢磨，觉得凤琴说的不无道理，便又想起以前，冤枉老胡的那事来，其实就是听了张文斌，结果到现在都后悔莫及呢。所以，他回过神来，就觉得有些对不住穆清，只是说出的话，也不好再收回了。

穆清进城前，赵一民就宽解他，说："穆书记，这项目不好做，你不要有压力，说白了，你也不欠咱日月山的。要不，做做样子就行了，山上还有更多的事需要你呢！"

穆清听了，明白他的意思，便感动且慎重对他说："赵书记，您就放心好了，我心中有数呢！"

赵一民又嘱咐他住在城里，尽量不回山上，好方便办事，也好随时打探消息。

穆清知道，他是心疼自己，想让自己休整一阵子。

那段日子，穆清去局里很勤，也知道无论是处里，还是局里，对日月山的交通状况，都已高度重视，也向上面做了汇报，只等解决方案下来，便不好再催。

穆清闲不下来，在等消息的过程中，又回了几趟山上。过几天又下城一趟。这来来去去的，又瘦了一大圈。

一日，穆清刚下城就接到秦汉明的电话，秦汉明问他在哪儿，说收到了一个邮件，让他去单位拿。

穆清过去时，秦汉明正在办公室等他。见穆清舟车劳顿的样子，就忍不住调侃起他来："穆股长，前半个骨头都让你啃了，还急啥，慢慢来，后面的才更有味道呢。"

说得穆清忍不住笑起来。

两人说了会儿话，秦汉明便从柜子里拿了个邮件出来，递给穆清说："你看看，前天收到的，好像是一家杂志社寄来的。"

穆清一听，赶紧细看邮件的地址，竟是《西南文化》寄过来的，只一脸兴奋地抬起头来，直朝秦汉明道着谢。

"看你这神色，是那篇文章发了？"秦汉明笑问道。

"嗯，前不久才收到用稿通知，没想到这么快杂志就来了。"穆清边拆包装，边点头道，"日月山太偏了，怕收不到，也怕弄掉了，便留了您的地址。"

"对，以后有什么邮件啦，包裹啦，都寄我这儿，鄙人乐意为阁下效劳哈！"秦汉明说笑道。

"那是必须的呢。"

穆清口中应着，手上已打开了杂志，找到自己那篇《日月山远去的诗意文化》，递给秦汉明。秦汉明粗略地翻看一下，边看边喜道："哇，怕有六七千字吧？陶窑，剪纸，藤编，影子戏，原来日月山还有这么多值得挖掘的文化……"

"嗯，只是再不抢救，怕就要失传了。"穆清回答。

"这篇文章太有价值了，这书你拿去好好保管，不过能不能把你的电子档发我，我细读一下？"秦汉明问他。

"当然，回头就发给您。"穆清笑道。

告别秦汉明后,穆清就一直在思考,究竟该如何去抢救那些文化呢?

## 二

春天的天气是不定性的。

在暖和了一阵子后,气温一夜之间就降了,冷了起来。风吹在人身上,有一种刺骨的寒。

穆清从城里回来,听说赵一民还在万家沟危改工地,就赶过去协助。

路过秦家坝时,穆清去看赵一民的新房工地。一楼的墙已立起来了,凤琴嫂在一旁忙着给匠人打杂。

一见他就抱怨道:"穆书记,你看,这屋里屋外忙得火起哟,他赵一民却在外头逍遥,都几天没着屋了,这叫啥事蛮,要靠他修房,怕是要等到猴年马月哦!"

"嫂子,你也知道,赵书记要忙'危改',他心里也牵挂这房嘞,只是工作缠身,身不由己罢了。再说,他也知道嫂子能干,能撑起这片天嘞!"穆清笑道。

"啥子能干哟,还不是给逼的,就你穆书记会给人戴高帽子呢。"凤琴嫂依旧抱怨不停。

"唉,你们这个干部不好当,今天这明天那的,还费力讨不到好。"

穆清忙抽身溜了。

穆清到了万家沟一看,任东风也在。赵一民介绍:"那日,小任从桃花沟回来,见我一个人忙不转,需要人手,就赶过来帮忙了。"

穆清问:"张主任呢?"

赵书记说:"几天没露面,估计又出山了。"

任东风接言说:"前几日在长风乡还遇到他呢。"

穆清摇了摇头道:"咋就不管事呢?"

赵一民没答话。

穆清又说,去他新房工地看了。

"她又骂我了吧？"赵一民忙问。

"没嘞，嫂子说您几日没回，她想您了。"穆清笑道。

"没被骂死就好啰！"赵一民知道穆清诓他，自嘲道。

一日，穆清和赵一民、任东风正跟着小凉山的马队，往工地驮'危改'沙石。风刮得厉害，像发了疯似的，从林子里呼啸着灌来，吹得树木东倒西歪，发着"呜呜"的妥协声，连驮料的马匹都吓得懵了，停下来，在原地打转。

赵一民看了看天，说："倒春寒来了，冻油桐花呢。"

穆清一怔，自己一忙，都差点忘了每年的倒春寒，也忘了油桐花。

"赵书记，这山里油桐树多吗？"他问。

"多呢，满山遍野都是。开花的时候，可好看了。"赵一民笑道。

"嗯，如烟似霞，绚烂之极。"任东风也说。

听他们这一说，穆清不由兴奋起来，眼前似乎即刻就现出无数的油桐树来，它们恣意怒放着，或立于山梁，或散落于沟壑、田坎，既耀眼夺目，又如梦似幻……

"穆书记，咋的啦？"赵一民见穆清站在那入了神，忙叫了他一声。

"哦，没事。"穆清回过神来，笑应道，"你们这一说油桐花呀，我就想起我们秦处说过的话来。"

是的，他记得秦汉明去年送他来时，还说来年春天，要陪他在这遍看桐花呢。

想到这，穆清忍不住兀自笑起来，只一心期待着那久违的桐花盛景来。

又过了几日，工地挪到了火焰沟。

一日，雷达急急地寻来了。

赵一民见他汗流满面的样子，知他定有急事，忙让他坐会儿再慢慢说。雷达不坐，说："时间紧，接上穆书记马上就走。"

原来，镇上一早就打电话给穆清，没通；又给村上其他人打，也不通。没办法，才让办公室顾东专门上了一趟日月山，幸好雷达在村委会值班。顾东就让雷达赶紧通知穆书记去一趟镇上。雷达着急，问顾东啥情况。顾东闪烁其词，说他也不太清楚，只说要穆清去了，自然就明白了。但离开时，他还是提了一句，说省上在电话采访村上脱贫攻坚的情况时,有村民不满,说了些不合时宜的话。雷达当时就懵了。便忙忙地寻了过来。

两人一听,也愣了,有些莫名其妙。

"谁又不满意啦,这不存心的吗?再说,不满意了,可以找我们说啊!这背地里往上说,又算啥嘛?不是给自己村上抹黑吗?"赵一民愣了几秒,等反应过来,就有些生气。

声音大得前面马队的成员,都回头张望。

穆清轻拍了下赵一民,又下意识地看了看周围。

赵一民低下声说:"唉,要说前两年吧,有谁要对我们工作指指点点的话,我认,也绝不回应。现在还说什么呀!穆书记,你是知道的,自从你来后,大家一心都在工作上。退一步讲,就是工作没做好,这乡里乡亲的,也该鼓对鼓锣对锣——当面说说清楚啊!"

雷达也气愤地说:"是啊,哪有这样做事的,这不背后捅大刀子吗?"

"算了,赵书记,您消消气,现在情况也不清楚。这要是万一村民真有意见呢?只要说得在理,我们也接受,因为这工作,本来就难做,也难免有疏漏嘛,就是没啥疏漏,也可能一人难合众人意呐。允许别人有意见。再退一步讲,也许没那么严重,我先去看看再说,啊?这村上的工作就又要劳累你们了。"穆清安慰赵一民。

"好,你也别急,你在这里的工作,都有目共睹,也不怕别人说三道四的。"赵一民可能怕自己的情绪,影响到穆清,又反过来宽慰他说,"也好,就先去看看到底咋回事吧,早去早回。"

赵一民又回头问雷达,摩托放在哪的。

雷达说,还是放在那边山脚下了。

穆清和雷达两人下山的时候,遇到个姓胡的村民。打过招呼后,穆清竟忽然又想到老胡来。

穆清便问老胡的事。

雷达说:"老胡其实也难,当初刚来时,村上条件差,也没给他安排住的地方,就只好住镇上。"

雷达说到这，转头朝穆清笑道："他不像你，敢一个人到前不挨村、后不着店的村委会去住。"

"我那是看穿了你们想排挤我的阴谋。"穆清在路边顺手在地上扯了根草苗，衔在嘴里笑道。

"你想这老胡，住在镇上，大老远地来下个村，光走路就够呛的了，又没个落脚的地儿，还咋个去工作嘛。这一来二去的，就失了主动，村里的事插不上手，书记、主任又不安排他做啥。时间一长，也就只背了个驻村的名。到后来，书记、主任不拿他放在眼里，村民们又觉得他不干实事。再后来，可能他自己也觉得闹心了，对这驻村工作也就失了兴趣。就干脆三天打鱼，两天晒网了。"雷达又说。

"我可不这么看，要我说啊，是你们怕他插手村上的工作，以村里无法住为由，瓦解他的热情，消磨他的意志，再剥夺他参与村上工作的权利。"穆清一口气说道。

"但他到底不像你，有主见，有情怀，也不受他人左右。"雷达继续说。

"我要是一开始就妥协了，结局可能和老胡一样呢！"穆清笑着说。

"一看你带铺盖卷进村委会那阵势，就知道吓不跑你了。"雷达笑道。

## 三

穆清和雷达到达镇上时，已是下午三四点了。

刘书记、孟镇长都等在书记办公室里，气氛空前严肃。

雷达一见，正要抽身离开，孟镇长留他道："雷文书，你也不用回避，都是村里的事，正好也听一听。"

雷达便挨着穆清，在沙发上坐了下来。

"穆书记，你们日月山干群关系就那么僵吗？水火不容了？"刘书记没躲住自己，还没等他们坐稳，就冷声问道。

"刘书记，平常也没这种现象呀。日月山是偏僻，是闭塞，村民的意识形态也是落后，这个刁民吧，也不是没有，但要说干群关系紧张，还不至于吧，就更没什么不可调和的矛盾了。要我说，山里人还是淳朴的，没那么多花花肠子……"穆清解释道。

"你还维护了，是不是？眼下，这事实就摆在那呢。孟镇长，你来说说情况吧！"还没等穆清说完，刘书记就是一顿抢白。

孟镇长说："穆书记、雷文书，是这样的，前段时间，省上电话采访脱贫攻坚的情况，打到你们那儿，问到党风廉政建设这块时，有人直接回答的就是'脱贫攻坚不力，怎么老百姓没得到应有的帮助'，对方一听，就让举个例子说说。你们猜他怎么说的？"

穆清和雷达都懵了，也猜不出那人会咋说。

"他说，上面不说要'危改'吗？我们这个房子都要倒了，哪个来过问过？倒是书记修自家的房子要紧嘞，哪顾得了村民死活哟。"孟镇长看了他们一眼，又说，"当然，也说了没电视看啦，打不通电话啦，像这样猴年马月也脱不了贫啦之类的！"

"这……这……这不血口喷人吗？谁说没危改啦！材料拉不去，实在想不出办法，我们还联系了小凉山的马队呢！"雷达一听，气得站了起来，停一下，又赌气道，"人家赵书记是修房子了，不过，人家天天在危改现场，家都没回过呢。至于电视莫法看，电话打不通，又不怪我们，光靠我们村社干部，又把那网整不通！"

穆清拉了雷达衣角一下，示意他冷静。雷达才又坐下来。

"我们不是要否定你们的工作，日月山条件就那个样子，可以说，能变得像今天这样，穆书记功不可没，村'两委'功不可没。只是，我们想不通的是，咋会出现这样的问题？所以，刘书记和我商量了一下，专门通知穆书记你们回来一趟，就是想了解一下情况。"孟镇长解释道。

"关键是电话采访的这个情况，直接从省纪委转到了县纪委，县纪委又反映到了陈副县长那里。这一来，整个县就炸开了，"刘书记接过话来，语气缓和了许多，他说，"你们说，这影响得多大？我们一个镇工作没做好，影响的可是整个县的声誉呀！可能就为这事，县里还要召开扶贫专题会议，点名让第一书记必须到场。所以我们得自己先找找原因，看究竟是咋回事。"

穆清便谈了近期工作，说村里对存在着安全隐患的住家户，在逐一摸排后，是户户见面，既宣传政策，又做工作，要求必须排危、加固；但因为山里条件差，贫困户缺资金、缺劳力，加之路又不通，材料拉不去，所以大部分家庭死活不配合，就想将就着住，为这，干部们头都大了。所以，绝不存在住房有安全隐患，而村社干部不闻不问，或者不让改的情况。

雷达也在一旁做了些补充。

刘书记和孟镇长一听，也都纳闷了。

"唉，偌大一个镇，也就你们日月山动则就要举报、要告状，民意调查又不据实作答。可为啥就不能当面提出来，内部消化呢？"刘书记一脸疑惑。

"是啊，究竟是干群关系不和谐呢，还是另有原因？让人费解啊！不过，"孟镇长疑惑道，"你们村上不是信号不好吗？那这电话又是如何打进的呢？"

"是啊？"穆清和雷达还没想到这层，被孟镇长一提，也有些不解。

"不过，归根究底，这道路不通，一切就都滞后了。危改推不走，用电没保障，看电视没网，电话打不通，这都是连锁反应，也是实情啊！"刘书记说。

"嗯，问题是村道路项目就600米，镇上都没法去要，咋张口？况且要个600米又顶啥用？就杯水车薪嘛，无济于事的！"孟镇长也一脸焦虑道。

"这就是当年基层工作没到位，种下的遗留问题啊，要解决也只有从根儿上去想办法了。"刘书记沉思道。

提到根儿，雷达便将穆清借助帮扶单位的关系，打算重新核定村道路里程的事说了。刘书记和孟镇长一听，忙问眼下的进展情况。穆清说："单位已提交了请示，就看上面批还是不批了。"

刘书记和孟镇长一听，既欣慰，又都有些内疚。

刘书记说："说起来，我们也有很大的责任啊，是我们忽略了对日月山道路这块的关注。"

刘书记便又嘱咐穆清和雷达，以后工作中有困难，就多与他们沟通，让他们也知晓。

"共同面对，总好过单枪匹马吧。"孟镇长也说。

"要记住，背不起的，就让我们帮着背，不然伤了力就惨啦！"刘书记早消了气，玩笑道。

两人笑着应了。

正要离开，刘书记又叫住了穆清。说他差点忘了个事，说着在抽屉里翻出张纸条来。

穆清一脸疑惑。

刘书记说："民政局的老苏，联系不上你，就把电话打到我这里来了。说你要找的这个叫"朱子奇"的人，确实是仪陇县的，不过当年在淮海战役中就牺牲了。"

穆清一听，没想到是这结局，一阵怅然。

他又坐了下来。见他那样，除刘书记、孟镇长外，连雷达也甚觉奇怪。

穆清想了想，这才将赵一民的事告诉了刘书记和孟镇长。

两人听了，也是一番感慨。

孟镇长问道："这人要是没了，是不是这事就彻底画上了句号？"

"应该是吧。"穆清沮丧道。

"你告诉赵一民，他祖父是祖父，自己是自己，他自己只要不记着，谁还记得那陈谷子烂芝麻的事呀？工作已够他忙的了，就别让心再跟着受累啦！"刘书记嘱咐穆清道。

"好吧，其实他早就无所谓了，是我替他不甘。"穆清回道。

穆清和雷达离开后，刘书记看着穆清的背影，对孟镇长笑道："老孟，你有没有在他身上看到些什么？"

"啊？看到的可多啦。"孟镇长想了想，赞赏道，"执着、担当、古道热肠，很有任侠之气啊！"

"嗯，后生可畏啊，在他身上，我可是看到了你当年的影子呀！"刘书记又笑道，"当年临空路改道，你们就是'不等不靠'，为了一条出山之路，以精神为动力，硬修出来的。"

"刘书记过奖了，那还不是憋着一口气？人家穆书记现在解决问题的思路，可比我当初高明多了。"孟镇长谦逊地笑道。

其实，孟镇长虽嘴上那么说，心里却也颇有同感。

## 四

穆清去县里，其实是带着负荆请罪的态度的。

陈副县长私下与他交流时，就问他道："为啥会出现这种现象？是哪里工作没做到位吗？"

穆清便将日月山的情况，据实以告了。

陈副县长没想到日月山情况竟那么特殊，又详细询问600米村道路的来历。

穆清便又将详情告诉了他，并向陈副县长解释："其实，这事也怪不了谁。若真要怪，就怪那里是深山老林，又属于通讯盲区，不说20世纪90年代，就是现在都很难打通电话。当初，省交通厅去搞规划时，正因为无人带路，不熟悉情况，就只有靠目测。又见日月山村委会离向阳坡不远，远远地看去，估计就几百米的样子，于是，就有了这个600米的数据。其实他们又哪里知道，日月山幅员广得很，大部分居民都分布在山那边呢？"

陈副县长一听，方才了解了日月山脱贫攻坚的特殊性，以及因交通闭塞，各项工作所面临的前所未有的挑战。他不但没责备穆清，反而给了他很多的鼓励和建议。也答应他，县上会尽快落实日月山村道路的项目问题。

穆清回到村上，与大家商议后，村"两委"又在秦家坝，专门召开了一个找差距、补短板的会议。

赵一民情绪还是很大，觉得心寒。他认为这个匿名电话，摆明了就是针对他的。

张文斌也生气，认为村社工作不好做，为赵一民不平。唯雷达表情奇怪，一会儿沉默不语，一会儿又似欲言又止。

穆清又做疏导工作，既宽他们的心，又为他们加油鼓气。

又过了六七日，何局长忽然亲自打电话给镇上，说县上很重视日月山交通状况，让政府及时通知穆清尽快赶往局里。

穆清得到消息，很兴奋，第二天一早就起程。

一路下山，穆清才忽然发现，漫山的油桐树竟全开了。那一棵棵如伞的花树，散落在山梁、河谷、田边、地角，衬着空寂的青山，不管不顾地兀自绽放。

穆清看着，一阵惊喜，像是心底沉寂过的旧年往事，也随这桐花重获了生命一般。他放眼芳景如屏的春山，步履轻松，独自在高山深谷间穿行，偶尔再回望那些自带光耀的树，时有一阵恍惚，仿佛又回到了年少的时光，脚下的步子便更快了。

穆清进城后，先去见了宋达海。两人再一起去的局里。

路上，宋达海说："日月山运气好，村道路一事，多亏了战区指挥长陈副县长。"

穆清心里便有了底。

在局里，何局长告诉他们，战区指挥长陈副县长对日月山村道路一事很重视，亲自签署意见，还组织召开了专题会议，要求本着实事求是、有错就纠的原则，让县交运局、县农管局联合派出工程队，尽快完成对日月山村道路的重新勘测，并拿出项目数据！又嘱咐何大海和穆清，抓紧时间，与工程队接洽好，准备随时上山。

两人兴奋地领命而去。

路过秦汉明办公室门口时，穆清朝里探头一看，对方正忙着。正要离开，秦汉明已抬头看见了他，忙招手让他进去。

"这下好了，你小子一块心病总算要去掉了。"秦汉明笑道。

"嗯，只要里程出来了，道路项目便不再是有名无实了。"穆清高兴地说。

"不急，慢慢来，一切都会好起来的！"秦汉明宽慰道。

"嗯。"穆清点头应和着。

临离开的时候，穆清都走到门口了，又回转身，问秦汉明道："秦处，山里油桐花开了！有空上去吗？"

"额，开了就好，开了就好，再说吧。"秦汉明笑道。

穆清也一笑，轻轻带上门离开了。

其实，他是知道的，秦汉明太忙，等到有空时，那桐花可能也就谢了。

穆清回山之前，双河口政府也接到了县里"关于重新勘测日月山村道路里程的通知"。

## 五

张少华初见穆清，就是工程队上双河口的那日。那是他是刚从外地回来的第三天。他对穆清是有着很深印象的：觉得他不像先前那种来打打酱油、镀镀金的扶贫干部。

其实，张少华和穆清最初的交流，是从"QQ群"里开始的。

这个"QQ群"为穆清所建。目的是通过它，方便大家联络，特别是对外传递家乡信息，加强日月山人相互间的了解，并把日月山的年轻人团结起来。张少华是在"QQ群"初建时，被雷达给拉进去的。他进去时，里面已有10多人了。多数都是日月山的在外人员。张少华不太说话，多潜在水中，看别人闲聊。其实，说闲也不闲。大家你一言我一语，谈得最多的，还是如何跟上国家精准扶贫的大形势，如何借力改变家乡面貌。每论及精彩之处，或有建设性意见时，便有网名"清风"的人频频点赞，偶尔也参与进去讨论。之后，张少华便特别关注这个叫"清风"的人。后来问雷达，他才说，清风是下派到日月山的第一书记——穆清。

其实，在张少华先前的印象中，扶贫干部就是一个模糊的所在。他们中大多游离于乡镇与村社干部之间，对于工作，不说"敷弄"，但确实又可用"敷衍"二字来形容。即便下到村里，也多是与老百姓有着距离和隔膜的。听的是干部的反映，当的是传话筒。时间一到，任务完成，便回了单位，只多了扶贫的经历，而所扶贫过的地方呢？还是老样子。

所以，张少华的闲看，便多了几分冷眼旁观的意味。

但渐渐的，听"清风"聊天，看他在群里发些惠民政策、会议通知、技术培训、议珍什么的，就有了种奇怪的感觉，觉得"清风"比自己，甚至比日月山人，更爱日月山呢。又听家人、朋友不时传来消息，说到他深入百姓，心怀大爱的种种，便心生了敬意。

至此之后，群里凡有不利于日月山发展的杂音、作乱的声音，身为党员的张少华，就慨然站出来干预，或是批评。与"清风"并肩的立场甚是鲜明。

再后来，有感于国家全力决战脱贫攻坚、全域谋划民生福祉的力度，以及地方政府的应势而谋、顺势而为、聚力攻坚的举措的逐步推进，张少华嗅到了家乡巨变的契机，便有了诸多想法。这几年在外打拼，也多是迫不得已。虽说能挣些钱，但终究不是长远之计。既然敏感地捕捉到了家乡巨变的气息，他便怀揣了些想法，索性回来看看。

张少华从便民服务所办完事出来时，听见有人叫他，寻声望去，见是雷达，雷达脸上挂着笑，正立在政府门前的大树下。张少华几步跨过去。好久不见的两人，紧紧拥抱了一下。

"怎么想起回来了？"松开张少华后，雷达问道。

"家乡形势大好，回来看看呗。"张少华笑了笑，又道，"顺带也看看我们元气满满的小学弟，这干劲十足的样子！"

听他这么一说，雷达红了脸，忙笑道："学长就别洗刷我了，干劲再大，也不过是个跑脚底板的。"

"莫谦虚啊，这跑脚底板，也得要能跑、善跑才行呢。看得出这穆书记来了，咱日月山变化蛮大的，你们跟着他干，就是工作再苦再累也有奔头！"张少华又笑道。

"嗯，要不，你也回来？咱日月山有宝有矿，慢慢掘，可掘出一番新天地呢！"雷达边说边出手轻擂了他一下。

"先看看吧。"张少华收起笑，正经起来。

"莫不是真有想法啦？"雷达盯着他问。

张少华正待要答。雷达电话响了。

"雷文书，孟镇长手机占线，你告诉他我们已经到蒙坝溪了。"

张少华听见手机里的人说。

雷达挂了电话，让他原地等着，然后匆匆转身，奔二楼去了。

再下来的时候，雷达才告诉他，日月山要重新勘测村道路了，因为之前的项目规划就只有600米。

"600米？一个村？"张少华讶然道。

"嗯，就600米。"雷达答。

"怎么可能？这不开玩笑吗？"张少华一听，来了气，又道，"还真是天大的玩笑！"

"玩笑可以成真呢，咱这600米的数据，目前就躺在交运局的数据库呢！"雷达见他那般，心里直笑，继续激他。

"滑稽哟！搞错了吧？"张少华很是生气，低声嘀咕道。

雷达理解，想自己当初不也这样吗？

"不光你有气，大凡知道这数字的人，谁不生气啊？不过好在县里已高度重视，答应重新勘测。这不，穆书记接人去了，县交运局、县农管局联合组建的工程队，还有战区指挥长陈副县长委派的负责人，都马上就到。我在这里等他们呢！"

两人正说着话，楼里出来两人，一前一后，一魁梧、一文弱。两人边说边到了门口的公路上。雷达小声告诉他，书生模样的是书记，有军人气概的是镇长。

雷达说着朝远处望去，恰有一黑一白两辆小车箭一样地刷了过来，瞬间就到了政府门口。

一行人下得车来，被迎进了大楼。

走在最后面的人，个头不高，但朴实敦厚，看见雷达，朝他点点头，示意他过去。雷达说，那就是穆书记。

这便是张少华第一次见到穆清的场景。

# 六

又过了几日，穆清在村委会整理文件，雷达来了。

雷达说他家今日有客，专程来接他去他家吃饭，顺便介绍个朋友给他。穆清问："谁呀？"雷达笑道："网友，您认识的，还有过交流。"

穆清也笑："那敢情好，既有饭吃，又交了朋友。"

穆清说着话，又找出那份危改情况详表来看，上面一连串的名单，引起了他的沉思。

雷达见他那神色，也凑过去看，看罢，忽然幽幽地说："有一个情况憋在心里，很久了，也一直在想，该不该告诉您。"

穆清见他那般，忙问什么情况。

雷达说："我们这里偏远，通信状况不好，电话基本打不通，因为这，村民没法装电话，也几乎不用手机，就更别说那些贫困人家了。但因为工作需要，我们几个村社干部，还是都买了手机的。所以在上报各种信息表格的时候，除了有联系方式的家庭留有电话外，没法联系的，我们怕漏掉重要信息，就都留了村上干部的电话……"

"你说什么？"穆清一听，回头盯着他道，"包括贫困户的信息表？糊涂！你们知道吗，这是违规，是绝不允许的！"

"我们这里与其他地方不一样嘛，比外面至少落后10年，通信状况就这个样子，你想想，没电话的人家，总不能不留个电话吧？为这，大家是讨论了很久才定下的，也是迫不得已呀。"雷达无奈道。

"你还想告诉我什么？"穆清平静下来，才又问。

"您想想上次省上的电话回访，真是贫困户反馈的情况吗？"

"你是说，有可能打到个别干部那去了？"

"嗯，不排除这种可能。"雷达指指穆清手中的表，又道，"你看，这些山里人，虽然物质匮乏，但都还淳朴，哪个会刁钻刻薄、信口开河，还尽说些没影儿的事呢？"

雷达这一说，穆清也不禁疑惑起来。便想起那日，雷达在村委会上的那表情来。

两人便将有联系方式的贫困户逐一排除，又将几个村干部反复琢磨了一番，首先排除赵一民。又从动机上排除冯玉明、朱仕文等，最后目标落在张文斌身上。

"又是他？"穆清竟有些不敢相信。

"我问了一下，上面电话回访那几日，张主任正好出山了。"雷达说。

"也就是说，他的手机完全是畅通状态？"穆清说。

雷达说："我也很吃惊。以前，村民中早就有过传言。"

"什么传言？"穆清不解地问。

"说他与赵书记口心不交，貌合神离。还说，他前两年就告过人家赵书记了。"雷达说。

"你是说给赵书记罗列了几大罪状的，可能是他？"穆清惊讶地说。

"应该是那样。"雷达点了点头说。

"怎么会这样？有啥父怨母仇的，要用这种下作的手段？"穆清自言自语道。

"能有啥冤仇？若真是他的话，还不是为那把'书记'的交椅。"雷达不屑地说。

"干吗一定要当什么书记呢，那位置就那么重要？"穆清不解道。

"这就只有人家自己才知道了，可能人与人的想法，就不一样吧？"雷达无奈道。

"那赵书记知道吗？"穆清又问。

"赵书记那人就是脾气大了点，但人耿直，直来直去，不绕弯子，可能还没想那么多吧？"雷达说。

"不会，不会的，张主任不可能因一己之私利，不惜给日月山，甚至整个双河口镇抹黑吧？"穆清还是有些不信，试图说服自己。

然而，以前那些隐隐约约的事，忽然就像被串起来似的，日渐清晰起来了。

穆清不敢也不想再想下去了。

他叮嘱雷达："这毕竟是推测，没有证据的事，就让它烂在肚子里吧，谁都别说。"

雷达是知道轻重的，答应了。

雷达和穆清到家的时候，雷母已把饭菜做好了，还专门烫了一壶酒。

雷达忙将张少华介绍给了穆清。

两人竟一见如故，很是高兴。

一起喝酒时，穆清给雷达开玩笑，问他为啥不早给他俩牵线搭桥呢。雷达笑着辩解："真是的，这哪怪得了我呀，这段时间因为村道路勘测一事，您不忙得饭都吃不上吗？我哪就那么没眼色呢？"

几个人一听，都忍不住笑起来了。

饭桌上，张少华讲了自己与雷达的关系，也说了些自己的事。

穆清这才知道，这两人原是校友，当年都因成绩优异考上了县一中。不过，雷达进去的时候，张少华就要毕业了。他们因同是日月山人，又常一道回家，就熟了。雷达当时年龄小，张少华就特别关照他。张少华家庭条件比雷达好，又住在山腰。有时周末回家，时间晚了，回不去山上，雷达就歇在张少华家。张少华上学带了好吃的，也定要分一半与雷达。两人的友谊，就那样在贫贱中建立起来了。后来，雷达高考以2分之差与"二本"失之交臂，张少华惋惜不已。再后来，听说雷达拒绝复读，张少华长叹一声，但终是鞭长莫及。张少华上四川农大时，学的是园林，因为喜欢，也去水产养殖专业听过很多课。后来，他虽进了一家合资公司，但还是对回乡创业念念不忘。在他看来，家乡生态好，环境好，就是一块深藏不露的璞玉。不过一番考察后，终因太过偏僻且不通道路而放弃了。

他这次回来，正赶上重新勘测村道路，还动作大，力度大。这几日，他又亲见穆书记与县里的工程队一道，日出而作，日落而息，几乎跑遍了整个日月山，心里就更感慨，觉得曾制约这里发展的交通瓶颈，即将被打破，而日月山固守穷困的那一页，就要翻篇儿了。

于是，他那份深藏于心的创业愿望，又蠢蠢而动了。

他憋不住，便把这想法与雷达说了。

雷达听了，也高兴，说："有什么想法尽可与穆书记交流，也许他还能给你一些有益的建议呢。"

于是，就有了这第一次的见面。

张少华开诚布公，谈了回乡创业的意向及项目的初步确定等。

穆清听了，表示欢迎，又客观地为他分析了目前的形势、项目的前景，还表示如果项目一旦敲定，自己一定会为他争取更多政策上的倾斜，或许还有资金上的支助。

## 七

下了决心的张少华，雷厉风行，仅用半个月时间，就辞职回山了。

穆清听到消息，和雷达赶过去的时候，张少华正伏在桌上，翻阅水产养殖方面的书籍。有的地方，被他勾了又勾，画了又画，还做了很多标记。而案头上，还堆叠着一摞摞的资料。

张少华见他们来了，忙起身招呼。

穆清随手翻看那些资料，有些是好些年前的了。封面发黄，也有破损后又粘好了的。他看得出，张少华是个有心人，也为自己的创业准备了很久。

"看来真是'君子藏器于身，待时而动'了！"雷达玩笑道。

"'时则动，不时则静'嘛！"张少华也笑着说。

接下来，张少华将近几天考察的一些情况，比如，这里的气候如何，水质咋样，适不适合水产养殖，规模多大等等，都一一对穆清和雷达讲了。

穆清则琢磨得更细。

随后，穆清与张少华还探讨了养殖的资金、技术及将来销售等一系列问题。

穆清知道，对日月山产业将如何发展，自己和村"两委"是有所顾虑的。之前魔芋种植的失败，是前车之鉴，他认为老百姓的钱金贵，来之不易。如果项目不选好，只是盲目跟风、效仿的话，一旦失败，受损的，受伤的都是老百姓。产业，其实就是一个家的身家性命，要做，基本上就是倾其所有了。要是一个跟斗跌下去，可能好多年都翻不起身来了。所以，他的观点是，宁愿慢一点，看远一点，一个鸡蛋也要放在稳妥处，才是对老百姓真正的负责。正是基于这一点，他嘱咐少华不能急，要慎之又慎，不放过对每一个细小环节的斟酌与考证。

就这样，穆清和张少华成了村子里来往最多的人。

他们一道考察地理地形、养殖环境；也去临村二里坝讨教。二里坝的集约化高密度强化养殖，为他们提供了参考。张少华着手水产养殖的消息不胫而走，便有多拨鱼苗商家接踵而至，主动要求为他提供技术和服务。他们推荐的，也基本为高密度养殖，还答应为他提供网箱和围栏养殖。理由是多品种密养，产量高，易管理，易捕捞，见效快。

与二里坝合作的商家，是深圳过来的，在杨柏河设了点，以专合社的形式出售鱼苗，商家有关人员也多次上山游说张少华。所提供的优惠为：鱼苗为1元1尾，目前只需付5角一尾。包成鱼回收，市场价不会低于12元一斤。且回收时，才抵消先前下欠的五毛钱鱼苗费。还许诺其他商家能给的服务，他们也给得起。

说得张少华有些心动了。但穆清还是有些顾虑。穆清深知，项目一旦失败，给产业户带去的打击，将是致命的。所以，对于日月山这第一个产业，他慎之又慎。

但在水产养殖方面，自己又是个门外汉，咋办？思来想去，便匆匆回了一趟县城。他急急忙忙地赶到秦汉明办公室，将张少华筹备水产养殖的事说了。

秦汉明说："这是好事呀！不过，你顾虑的也有道理。这个水产养殖项目，也是日月山第一桩产业了，成功与否，影响极大，可以说，它直接决定你们其他产业的跟进与发展。所以一切从稳出发，不急于求成，才是对的。"

"嗯，老百姓损失不起呀，投进去的，都是拼了命的积蓄，一旦失败，提都别提从头再来了！"穆清说。

"是啊，这山高路远的，老百姓要干成件事，还真难啊！"秦汉明也叹道。

"所以，这不就急着找您来了嘛。"穆清说。

"这样，水产渔政局的向局长跟我是老熟人了，他们是内行。我们这就过去找他。"秦汉明站起来就往外走，穆清紧随其后。

"这就找专家去。估计几年第一书记当下来，你也就成杂家了。"下楼梯时，秦汉明侧身对穆清说道。

穆清腼腆一笑。

水产渔政局向局长热情地接待了他们，听他们说明来意，当即表示，为支持日月山产业发展，明日就带上渔政局最好的技术员，亲自上山跑一趟。

出乎穆清意料的是，经过测试，日月山的养殖环境，竟连向局长都惊叹不已。

水产渔政局的人员认为这里水源充足、水质优良、水位稳定，同时阳光充足、水温适宜、溶氧高，可谓天然的养殖环境。最关键的是，地形呈自然落差，选址附近又有终年不断的山泉水流动，有利于促进水体交换，增加水中溶氧。另有水库、灌渠可引，故鱼池流出的水，还可用于农田灌溉，一水多用，又节约了水资源。

穆清和张少华一听，都轻舒了一口气。

通过进一步的考证，他们更惊讶的是，水中天然饵料异常丰富。既有苦草、轮叶黑藻、马来眼子等水草密布，也有螺、蚬、蚌等底栖生物遍布。又检测了各项水质指标、酸碱浓度、盐度、有无超标甚远的重金属离子等后，他们说，从生物监测的角度讲，水域内野生鱼类及虾类，一年四季皆可正常生活。最后得出结论，日月山有着绝佳的流水养殖环境，这在全县都属少有。

但对于高密度养殖，向局长却予以了否定。原因是日月山冬夏温差大，高密度水产养殖鱼类，越不了严寒的冬天。

张少华和穆清心里都有了底，仿佛吃了个定心丸。

向局长一行离开后，张少华开始着手筹建鱼塘，只是资金不太充足，不敢把规模做大。

穆清则觉得，既然这里养殖资源好，就大可放手一搏。

于是他与赵一民商议，想把这个水产养殖，纳入"党员示范工程"，给予扶持；再采取党员入股的方式，做大做强。赵一民很赞同穆清的提议，张少华也欣然接受。随后，村里召开了支部会议，征询大家的意见。在取得大家的认同后，村委、村政府经讨论研究确定，采取"支部＋党员"的模式，注入"党员示范工程"资金，扩建鱼塘10亩。

在会上，张文斌又提到汉马场的杨兴平、杨兴培也准备申请生猪养殖一事。

赵一民说："日月山产业发展几近空白，主动发展产业的农户太少，多数人都只是等待观望，徘徊不前，所以只要有人有意愿，条件又基本成熟，村"两委"都将大力支持。"穆清同意赵一民的观点，表示只要他们自己有信心，我们就尽一切努力，为他们创造条件，也清扫障碍。不过，既然下决心建，就要慎重规划，不能囫囵。同时，指定由张文斌负责跟进这个生猪养殖项目，并嘱咐他有困难随时告诉大家，大家一起解决。

水产养殖这边，穆清全力扶助张少华。

张少华建鱼池时，穆清分别给镇党委政府、县水政大队汇报，想为他争取在蒙坝塘河段，低价拉到沙矿。

不想，这事正好被下乡来调研的战区指挥长——陈副县长知道了。于是，陈副县长亲自签批,为张少华免费解决了建池的沙矿,这样大大降低了建设成本。

鱼池建好了,穆清又带着张少华,到水产渔政局找到向局长,想在资金、技术等方面,得到他们更多的支持。向局长当即拍板,答应除了给他们当好技术顾问外,还将为其无偿赠送鱼苗和发展资金。

从渔政局出来,两人算了一下,两项资助加起来,大约在10万左右呢!

回到日月山,鱼池已基本建好,就等蓄水了。

张文斌来找穆清时,穆清还在尖嘴岭张少华家。

张文斌说:"杨家兄弟的1000平方米的猪场正在筹建中,不过,规划中涉及一些细节,要穆书记前去看看。"

"这边正好养护池子,可松动一下了!"穆清从池子边抬起头来道。

穆清离开时,又嘱咐张少华道:"池子的养护期至少28天,这你是懂的。另外,刚做好的池子碱性太高,要记得在水中加入白醋或冰醋酸,浸泡5—7天,方可脱碱,然后清洗干净池子,再重新放水。"

"穆书记,我记住了,浸泡时间越长越好。"张少华答道。

"向局长还专门提醒过,说最好是等池壁长出绿色青苔,或水体中长出水藻,方可安全使用。少华,这个一定要注意了,为了鱼苗的安全,急于求成不得哟。"穆清不放心,又说。

张少华笑着请他放心。

穆清这才随张文斌往一社汉马场去了。

# 八

汉马场的半山腰,杨家兄弟的养猪场正在施工。

穆清查看了地形、水源、风向等自然条件,又询问了场内设施、布局等。

杨兴培埋头不吭声。

杨兴平也半晌才说:"穆书记,若严格按规范来,我们搞不起。什么饲养生产区、生产辅助区,还有隔离区,太麻烦了吧!还有各类猪群的猪舍,加工间,料库,消毒室,分那么细干吗呀?家里养了这么多年的猪,哪样不是养,哪里这么讲究过哟？"

张文斌说："穆书记，这就是今天我找你来的原因了，他们兄弟俩倔得很，一心想着要节约成本。"

"老杨，严格按规范建饲养场，是对你们负责。传统的养法，仅适合一家一户。打个比方，倘若有猪生病了，若不隔离的话，会传染一大片的，甚至波及整个饲养场，那损失就大了。你们想想，是现在节约建设成本划算，还是疫情传播可控来得划算？"穆清耐心地同杨家兄弟做工作。

"穆书记，这不自己吓自己吗？哪里那么多的猪瘟嘛！"杨兴培突然抬头说。

"老杨，这凡事都要防患于未然嘛！若现在得过且过，若真遇到事，后悔就晚啦！另外，猪场的布局是有讲究的，举个例子，公猪舍离母猪舍不能太远，要让它相互间能看见或闻到气味，"

穆清正说着，杨兴平一旁便笑了："又不是人。"

穆清想说什么，但忍了，看他一眼，又继续说："是以便发情和配种。之后依次安排生长猪舍、肥猪舍。肥猪舍又要建在场门口，以便出场运输……"

"穆书记，您脑子里咋装了这么多的东西哟？"杨兴培看着穆清，惊讶道。

"还不是听说你们哥俩要办猪场，查资料现学的，不过就懂个浮皮罢了。你们也一样，既然要干大事，就要潜下心来多学习才行呢。"穆清笑着说。

"哥，穆书记这一说，咱心里就敞亮了。咱们既要做，就得按规矩来，之前，我们还对张主任有点意见呢，觉得他是在编排我们，现在我懂了，这都是为我们好。"杨兴平转头对杨兴培说。

"那就听穆书记和张主任的吧。"杨兴培一听，也松了口。

"还有两点建议哈。"穆清朝兄弟俩道。

"您说，穆书记。"杨兴平道。

"第一，除生产辅助区与生产区通道设消毒间外，还要内设消毒池、紫外线消毒灯，进行双重消毒。另外，猪场应设南北两个大门，其高度和宽度，应能容纳相应的机动车进出所需。且大门只供场内运输使用，平时关闭。"穆清停了一下，又侧身对张文斌说，"施工的时候，要严格把控这两点。"

"可这深山老林，哪来的机动车哟！"杨兴培眉头又皱了起来。

"老杨，咋说得准呢？说不定啥时就有了呢，看远点哈。"穆清拍了拍他的肩，笑道。

"对，听穆书记的，错不了！若是将来再改建，既费事，又费神了。"张文斌也道。

"穆书记，说实话，也不是我兄弟俩想节省，关键是这资金不足。现在这些还东拼西凑借了些。按张主任的思路建下去，还差一大截呢，还不说将来买种猪了。"杨兴平嗫嚅着说了实话。

"穆书记，也不怪他们。兄弟俩压力太大，到处都要钱，也是骑虎难下了。"张文斌一旁解释着。

"不着急，一步步来，走踏实啊！有困难，我们再一起想办法。"穆清沉思了一下，又对张文斌道，"还是那句话，严格按规范建，缺了的资金，我来想办法。另外，目前天时还好，得抓紧，加快建设进度。"

"好，我知道了。"张文斌应道。

穆清心中有底，也给张文斌说过，打算从单位划拨的那笔资金里，拿一部分来资助杨氏兄弟这生猪产业；若是还不够，便再另寻办法。

临离开时，杨兴平哥俩又征询穆清和张文斌的意见，说他们打算都养母猪是否可行。

穆清问原因，他俩都说，成本小，变钱快，回收也高。

对于这个问题，穆清和张文斌都是门外汉，自然给不出建议。穆清就让他们别急于做决定，先向专业人员咨询一下再说。

过了几日，穆清专门去县畜牧站请了位专家，去杨兴平家。专家了解了情况后，让他们先不要大批量的养母猪。

专家说："你们才学养猪，又没有技术，加之这里条件不好，离乡场远，交通又不便，要是遇到母猪难产，或者猪崽子没得奶水了，那就只能干瞪眼了！"

因此专家建议直接养育肥猪，在养育肥猪的基础上，先养一两头母猪，然后自发自养，逐渐积累经验，等经验丰富了再大批量喂养。

杨氏兄弟一听，都觉得有道理。

## 九

时间过得很快，一晃到了暮春时节。

杨氏猪场眼看着就要建成了。

穆清算了一下，他们买种猪还差一大笔钱，便想回单位想想办法。

周五上午，穆清便在双河口搭了一辆线路车下城去。

临到毛浴口时，穆清看了下手机，已是11点多了，担心进城时，单位下班了。想了想，他便给秦汉明打了个电话，问他在哪里。秦汉明说在单位。穆清又问宋处长在没在。秦汉明说，出差了，不过已在回来的路上。穆清又问宋处长啥时到单位。秦汉明说下午会来。穆清说想下午找他们一下。秦汉明便问他有啥事，能不能提前给他说说。穆清环视着车上的人，犹豫了一下，还是说了杨氏兄弟猪场即将竣工的事。又说，因建设资金注入太多，他们目前手头吃紧，正面临着缺钱买种猪的问题。他说："我个人的意思是，由我担保，希望咱单位先借2万块钱给他们，一年之后，我再负责把这笔钱收回来，你们认我就行。"秦汉明听了，没怎么说话。穆清又说："目前，主要是我私人也没这笔钱，我要是有，就不找你们了。"秦汉明沉默了一下，回道："那你下午过来吧。这边我先把情况给宋处长说一说。"

穆清下午过去时，两位处长正等他。于是，他又把日月山产业情况，做了个详细汇报。两位处长听了，表示支持，又随即通知财务室，办手续。

事情办好了，穆清心里高兴，周末便带孩子们去海洋馆玩。

中途，他接了一个陌生电话。

对方说，他是水产养殖合作社的股东，要求退股。问他原因，对方只说那个鱼池是穆书记您让建的，但亏钱了，眼下又买不起鱼苗。我们只有找党委政府讨个说法去。

穆清听得一时云里雾里，不知道哪个环节出了问题，便劝他先别去，说如果非要找，就等他上去当面沟通之后，再去找也不迟。但对方很倔，肯定地回答他，说一定要去。

穆清再说什么，对方只是不言，还挂了电话。

穆清纳闷，打张少华的电话，又打不通。于是给他发短信，让他找个有信号的地方，回个电话过来。

张少华打电话过来时，穆清正在餐桌上吃晚饭。穆清问他在哪儿，他说在青树垭上，就那里信号强。

穆清说了下午接到陌生电话的事。

张少华说，他也正要说这事呢。于是讲了几大股东联合起来，去找他扯筋的事。原因是，鱼池修好后，至今无人过问，让人心凉。

穆清听了，问道："你没给他们解释现在正歇池，放鱼苗的时机还不成熟？"

"解释了，都说我也被蒙鼓里了。说您心思压根儿就没在咱这水产养殖上。"张少华说。

"这又是从哪儿说起的？"穆清不解。

"我也不知，还说要去镇上刘书记那里，讨个说法呢！"张少华着急地说。

"可能有啥误会吧，你问一下原因，叫他们等我上来再说，好吧？另外，拦住他们，别鸡毛蒜皮的小事，动不动就去找领导，有道理还好，若是胡搅蛮缠，刘书记哪有空跟他们耗？"穆清嘱咐道。

张少华应了。

穆清心里有事，星期天就想回日月山。可与人约好了，周一要去文化馆，咨询"陶窖"申遗一事，便不得不把回日月山的时间，往后推迟了一天。

周一上午，穆清从文化馆出来，正要赶公交去车站。

突然一辆白色大众，一个急刹，稳稳地停在他面前，然后对着他直按喇叭。穆清忙埋头朝车里看，原来是裴亮，正笑着示意自己上车。

上了车，才知裴亮也是等今日办完事才上双河口的。

穆清问他办啥事，他说，在局里为玉山要茯苓种植项目。

路上，一提到工作，裴亮眉头就皱成了个"川"字，说村里事太多，就连东家死狗西家死猫的事，都会找上门来要解决。有时，头都被闹大了。

穆清却羡慕，说玉山条件好呀，有路有产业，基础设施大多具备，就鸡毛蒜皮的小事，需要解决了。他停了一下，又说："换了我，若是只需帮村民处里家务事，还不乐死啰！"

"还乐？将来怕是够你闹心的！这村民，要是扯起筋来，又犟又牛，不是把好手，还真驾驭不住！"裴亮摇头叹道。

两人正说话，穆清电话响了，是张少华打过来的。

张少华说："穆书记，不好意思，我没拦住我股东，他们去村委会找你了，说要就水产养殖一事，与你面对面对话。"

"好，那你也下来吧，我尽量早点赶到村委会。"穆清思索片刻道。

裴亮一旁也听见了电话里的内容，就笑："还真是说啥来啥，这话还没过夜，就让你给遇上了。"

穆清纳闷儿道："还真是奇了怪了，也不知道为了啥，这又要找刘书记又要找我的？"

"你就等着吧，反正是操心的事呢。"裴亮说罢，一踩油门，汽车箭一样的朝双河口飚去。

裴亮将穆清送到向阳坡，才调转车头回玉山去。

穆清下车后，照例向山上爬去。他赶时间，抄小路往上。刚上大道，就听见有人喊他，抬头见是赵浩，正立在路口旁的大树下抽烟。穆清问往他哪去。赵浩笑道："接您呗。"见穆清满脸狐疑，赵浩才又补充道："雷文书原是要亲自来的，只是上边有人闹事，见我路过，就托了我来。"

穆清这才从赵浩那知道，日月山半山腰的村委会，已经聚了一圈儿的人，正等着他呢！

穆清赶到村委会时，见一大群人七嘴八舌，乱哄哄的，散在坝子里，连家属们也都来了。

## 十

会议室门开着，赵浩告诉他，赵一民和雷达都在里面。

穆清还没进屋，就听见赵一民正发脾气："现在的人，真是不记好！人家穆书记哪里对不住他几个哪？就为他们那个产业，忙前忙后的，跑了多少冤枉路，鞋都要多磨破两双吧？如今一丁点事，还不知原委，就麻麻杂杂地闹上了！"

"听说他几个，昨儿还去镇上了呢。还好，好像没找到刘书记！"雷达说道。

"一干没良心的，一点亏都不吃，听到风就是雨的角色，就那点胸怀，还想干个大事？就更甭提党性了！"赵一民听了，气更大了。

穆清推门进去。

赵一民一脸歉意，像是自己做了对不住穆清的事似的。

穆清笑道："赵书记，不碍事。他们也有他们的道理，事情说开就好了。"

赵一民便与穆清说了事情的原委："水产养殖的股民有意见，认为我们村委会不负责任，用'党员示范工程'引大家上钩，现在钱投进去了，就仰过去不管了，如今，大大小小的池塘摆在那里，无人过问。又说这钱对日月山的人来说，就是身上的肉，肉一层层去了，就只剩一把骨头啦，想脱也没了！"

他们正说着，外面的闹声传了进来。

有人嚷道："钱投在里面，我们耗不起，早知道，就存信用社了，一年多多少少有几个利息，还稳当！"

"水产养殖是养，生猪养殖也是养，凭啥厚此薄彼？"

"依我看，场子铺再大，里面莫东西，这面子也绷不圆！"

穆清听了听，才揣摩出今天这出戏，可能与杨家兄弟的生猪养殖有关。正要出去问话，张少华已急急地推门进来了。穆清让他坐了，又让雷达给他倒了杯水，让他慢慢说。

张少华说，他问清楚了，几个股东都是受了别人的蛊惑，才闹上的。

原来，穆清周五回家，坐的那辆车的师傅，正是股东之一的张阿贵的亲戚。回到山里，这个亲戚就将张阿贵说了一通，又责怪道："你们做事不过大脑，见利忘本，鲁莽投资。鱼池也建好这么久了，有醒动吗？还不是摆起就摆起的？人家穆书记忙得很，哪有空管这闲杂事哟。如今，正忙杨家兄弟的养猪场呢！还要到他们单位给他们要钱！"张阿贵回道："我才不怕呢，我们那工程享受的优惠政策，哪个比得上蛮！"亲戚就又奚落张可贵道："你就等着看吧，现在的基层干部，哪个不是只造眼前看得见的景，哪管它日久天长的事！赚的政绩是他们的，亏的血本是百姓担着的。这穆书记还不一样？知道你们入了套，也扳不脱，晒你们啦！"张阿贵一听，有些道理，就忙去联络其他三位股东，也如此这般说了。其他几位股东，虽不全信，但心欠欠的，不放心。于是几个股东就一起去找张少华，张少华正在管理那些鱼池。张少华也解释了，说鱼池需要一个很长的养护期，得完全脱碱后，鱼苗放进去才安全。但大家不信，觉得他与穆书记走得近，一定有利益交接，于是定要前来当面理论。

穆清听张少华说了起因，才恍然醒悟——原来还真应了那"带话多一句，带肉少一斤"的老话了，甚至带话人还加了些想当然的成分。不过呢，若是矛盾迟早要爆发，晚来不如早来。他想，这样也好，话说清楚了，大家心无芥蒂，也好安心发展产业。

穆清便亲自出去，将大家请进了会议室。

穆清与他们对话，第一次一脸严肃。

会场里，气氛有些静，静得添了几分生冷。几个股东先前那汹汹的气势，像皮球泄气，一下消弭了很多。

"各位，你们要找我对话，我也来了，就在你们面前，有什么质疑就敬请提出来，好吗？"穆清严肃地说。

没人说话。

穆清又等了一会儿，还是没人开腔。他扫了众人一眼，见有人触到他目光，慌忙避开了，也有人低下了头。他感到大家来找他的底气并不足。

"我有一个问题，想要请教大家，"穆清见众人不说话，环顾了一下，才道，"就产业而言，日月山是你们一枝独秀好呢，还是百花齐放的好？"

会议室内，一时有了窃窃之声。但仍无人出来回答。

穆清又说："我想再问问大家，你们的鱼池建好后，目前尚未投放鱼苗，是什么原因？"

这时，就有人答："要养护鱼池，要脱碱。"

"还有明眼人嘛！"赵一民道，"那你们还来要演这出戏……"

"这不养护期快结束了吗？穆书记办事也该一件一件来吧？至少得有个先来后到，料理完我们这事，再去弄其他的吧！"又有人道。

"是啊，我们这不心里着急吗？钱投进去，就指望着回收嘛！"

"那别人也还指望着，投钱再生钱呢。"雷达揶揄他们道。

"我算看得出你几个那点小私心了，是只许'州官放火，不许百姓点灯'呀！"赵一民黑着脸，生气道，"'哑巴吃汤圆，还心里有数'呢，你几个怕是吃竹竿还不知道节数了？！"

那几人便不再开腔了。

"你们不是要退股，还要找我赔偿损失吗？来吧，"穆清这才说道，又转头对赵一民说："赵书记，凡是要退股的，我们不勉强，我个人也非常乐意赔偿大家。这样，让雷文书登个记吧！"

赵一民会意，点头同意。

雷达翻开笔记本，让大家报个名，却无人反应。

穆清又催了一遍，仍无响应。

"看来，大家还是舍不得退出啰！"穆清环视了一眼整个会议室说，"那我就先说说这次误会在哪里吧。"

接着，穆清便将事情的来龙去脉，原原本本讲了。

他说："我确实是去单位找钱的，也确实是为杨氏兄弟借的。但你们想想呢，你们搞产业，我们村里倾力支持，那他们呢？他们不也一样吗？我们也得要支持呀！这手心手背都是肉，还有，我之所以要去给他们借钱，还不是因为你们那事是整好了的，只等放鱼苗了……"

一番话下来，那拨人都低了头，更不敢与他对视了。

他又当着大家问张少华："少华，我问你，第一，水产渔政局向局长为了支持日月山的产业，是不是当着你面说的，要给大家放多少鱼苗，要投入多少资金？也就是说，这事是不是真的？"

张少华答说："是真的。"

"那就好。第二，作为党员示范工程，省里、县里，以及我们帮扶单位、镇里，都是有资金注入的。省里是1万，县里是10万，我们单位1万，镇里还有3000，加起来就是123000元。你们还想咋个？我觉得你们就可以啰！而且，这个事就跟那个鸡蛋一样，已经放稳当了的。在这个还不能放鱼苗的空当里，我去帮帮别人，这个有错吗？你们倒好，经不住挑唆，居然跟个妒妇似的，吃起生猪养殖的醋来了，这不小心眼儿了吗？还居然要去镇上找刘书记。"穆清顿了一下，又道，"要我说啊，你几个幸好没找到刘书记。要是找到了，他有可能要怪我，也可能不会怪我。但他一定会觉得大家莫名堂。至于原因嘛，你们都是聪明人，自个儿去揣摩吧。现在，要是你们觉得我说的有道理呢，就回家等着鱼苗下塘。如果还是觉得我错了，或者说的没道理，你们照样还可以去找刘书记，请便，不拦！"

一番话说得众人哑口无言。

一会儿，便有人在下面道："穆书记，是我们小气了，我们错了，我们不该怀疑您，也不该错怪您。"

"是啊，我们以小人之心度君子了。穆书记，您大人有大量，别给我们这些山野匹夫见气。"众人附和道。

"嘿，倒也有这个自知之明了。"张少华冲他们嚷道，"我费了的口舌，竟是对牛弹琴了呢！"

"是啊，穆书记又不是哪一个人或哪一帮人的书记，他是属于咱整个日月山的，他干工作，还碍着你们，要看你们的眼色了？"雷达忍不住，在一边愤然道。

于是，就有人当面指责张阿贵，说都是受了他的挑唆。

张阿贵脸上，霎时青一梗红一梗的，只埋着头，满脸羞愧道："都是我自己没主见，听了亲戚的煽动！"

"算了，误会澄清了，我也不怪大家。不过，以后得吸取教训，一心一意发展产业，少听些闲言碎语，好吧？"穆清说。

一干人自知错了，头点得跟鸡啄米似的。

赵一民听明白了事情的原委，更生气，又劈头盖脸地将一干人，狠狠训斥了一番，才让他们散了。

几天之后，张少华在股东们的催促下，投放了鱼苗。不过，他还是听从了向局长的建议，选择了养殖丁桂、鲤鱼、草鱼等。

穆清及村委会其他成员，定期前往关心、督促。

紧接着，杨氏兄弟的猪场竣工了。购买生猪的钱也陆续到了位。

杨氏兄弟俩着手购买仔猪前，又来村委会遵循大家的意见。

穆清认为，目前饲料猪充斥市场，人们更希望吃上用猪草、粗粮喂出来的熟食猪肉。

他说："只要是真资格的土猪，多花些钱，消费者也是乐意的。只是喂养成本高了些。"

张文斌说："穆书记给你们提了一个思路，我们山里人一般不需要买多少肉，自家就有。但据我所知，城镇人口中，一部分人的年猪，就是出高价托人在山里购买的。因为山里的猪，大多是用蔬菜和粮食喂出来的，肉质鲜美，又让人放心。当然，更多的人家，想买到这种肉，却买不到，因为没有门路嘛！"

一社朱世文说："要我说，你们喂的数量不在多，就喂土猪，只要货真，价钱高一些，也是不愁销路的。"

大家这一建议，说得杨氏兄弟俩心动起来。

"大家的意见，你们参考，这主意还得你们自己拿。"赵一民说。

"要我说，你俩就别犹豫了，就养土猪，用猪草、粮食喂。到时一出圈，穆书记在城里帮着一吆喝，也可能供不应求呢，是不是，穆书记？"雷达说着看向穆清。

穆清笑道："要真是那样，销路应该不成问题的。"

这一说，杨氏兄弟也觉得养土猪，前景大好。

只是大家又嘱咐了他们一番，一是必须诚信，才能打出自己的品牌。二是，加强技术学习，要防患于未然，做好消毒、隔离等措施。

/ 小满 /

一

在挂帮领导陈副县长的亲自过问下，县交运局和县农管局派出的联合工程队，不但将6.7公里的村道路给确定了，还测出了从向阳坡到秦家坝的全部里程为20.8公里。

穆清将这消息告诉赵一民时，赵一民的眼睛一下子就亮了，连着问了两次："穆书记，那600米真变成了6.7公里？不会有错吧？"

穆清也激动，忙道："不会，不会的。赵书记，终于纠过来了！"两个人，四只手紧紧地握在了一起。

"唉，要不是你去联系，去澄清事实，那600米的村道路，咱日月山村怕是要背一辈子啰！"赵一民感慨道。

"赵书记，话不能那么说啊！若是其他人，也照例会去做的。有关部门也一样的要下来核实。"穆清实话实说。

"那可说不准呢。"赵一民笑道，"上次镇上开会，邻村还跟我协商，让把那600米的项目，干脆转给他们用呢。说一个村就600米的村道路，也就有名无实，完全可以忽略不计，而拿给他们，却可以多修那么一截呢。唉，当时，我那个心情哦，别提多憋闷，又多委屈了。你还别说，先前，还真觉得那 600 米，就是个耻辱，碍眼得很，索性要让出去，做个顺水人情呢！"

"现在看来，幸得您没给哟！"穆清打趣道。

"是啊，现在好啦！咱日月山有路就有奔头啦！"赵一民激动地说。

"嗯，6.7 公里村道路的确定，将是我们日月山脱贫攻坚中的一个重要里程碑！"穆清也兴奋道。

当穆清在村委会上，庄严宣告这一消息时，班子成员都很振奋，集体起立，情不自禁地鼓起掌来。有人笑着笑着，就泪眼汪汪的。

"年前，张主任还说，这是个啃不动的硬骨头呢……"掌声停下来时，雷达看着张文斌，笑道，"没想到我们穆书记年轻，牙劲儿好，看看，还不叫他给啃下来了！"

"咱日月山这第一宗冤假错案，总算给纠正过来了呢！"赵一民就由衷地感慨道。

"穆书记了不起，不愧是攻坚克难的大功臣！"张文斌也赞道。

"这是大家一起努力的结果，不是哪一个人的功劳，在这里，要感谢大家，也要感谢我们帮扶单位，当然，更要感谢陈副县长在这件事上的倾力相助。"穆清谦虚地说。

"嗯。这倒是真的，要不是来自各方面的热心相助，怕是那 600 米还躺在数据库里睡大觉呢，又哪来这 6.7 公里的村道路呢？"赵一民笑道。

众人一听，也都笑起来了。

"数据既然确定了，那项目就有希望了。"雷达的话把穆清的思绪，拉回到眼前。

"那也难说，可能等还是等不来的呢。"张文斌一向冷静。

"事在人为嘛，这最难的一步都跨过去了，接下来就好办多了，最起码去要项目，就名正言顺了吧？"赵一民转向穆清道。

"赵书记说得对，至少我们去找去要，也是有根有据的。当然，张主任说的，也不无道理，单靠"等"怕是不行的。"穆清说。

"对对对，这下一步就该去要项目了。"大家七嘴八舌。

"依我看，这要项目的重任，怕还是得靠穆书记啰！"赵一民看向穆清，不好意思道。

其余的人，也都一脸期待。

"好，赵书记，这项目我肯定得要，只是全县需要项目的地方太多，不一定说要就要得到的，我们还得从长计议。"穆清嘴上这么说，其实，心里早有了打算。他也明白，这项目要不要得到，不是他能决定的，也不是一两句话就能办到的，便不好有任何承诺。同时，穆清自己也做好了在村道路项目问题上，打持久战的心理准备。

"穆书记，这年头谁空手套白狼了？我看咱们也得合计合计，总不能一把水捏住不漏吧？"赵一民说罢又转向大家道，"穆书记来这，也近一年了吧，日月山的变化，都有目共睹，我们也是坐享其成，没掏过一分钱。我就在想，这要修路啊，是大事，还得穆书记去跑，但总不能让他回回都空口说白话吧？他也不好开那个口呀，大家说是不是？要不还是议一议吧？"

"嗯，赵书记说得对，咱日月山人虽穷，还是有情有义，心中也有数的，还不能让人把咱看扁了！"雷达接言道。

"道理是这样，可怎么表示，要不村委出面，穆书记搭桥，请主管这事的领导吃个饭？"张文斌说。

"别，这事也不是吃个饭就能解决的。大家别想那么复杂。"穆清忙阻止道。

"是啊，还不一定约得到人家呢。要不这样，咱山里虽穷，但也不缺城里人稀罕的山货，要我说，就采购些送他们，以表达我们的一点心意，这也不算行贿，咋样？"雷达说。

"嘿，这个主意好！"大家都征询地看向穆清。

"领导是不会接受我们东西的，我看，再说吧。"穆清想了想道。

屋里正说着，门外有人敲门。

雷达开了门，见枫林坝一个村民，领着几个陌生人在外面站着。他一见雷达就说，这几个人是从县城来的，要找村里领导。

刚说完，其中一个人便过来介绍说，他们是县文化馆的，想找穆清……

"冯馆长，您好，辛苦了，辛苦了！没想到你们这么快就上来了。"穆清在房内听见外面说话，忙迎出去。原来是文化馆冯馆长一行。穆清忙将他们迎进了房内。

见来了客人，村委会几个人，便就目前村上的工作，做了个分工。赵一民和张文斌自然是负责督促村民生产——抢收抢种抢管。穆清、雷达则陪着冯馆长一行先去碗厂沟，实地考察勘验碗厂陶窑遗址。

接下来的几天，他们还去了火焰沟，对赵老大和赵满子进行采访，了解他们所掌握的烧制技艺、传承方式及对技艺的创新和发展。还就他们掌握的手工技艺，采录了详尽的影像文字资料。

村民们听到碗厂陶窑申遗的消息，都惊诧不已。

因为前几日，日月山勘测出了村道路，村民们兴奋劲儿还没过。这好事儿又来了：没想到这个弃了多年的厂子，竟要成为县里保护的文化遗址，连老赵头、赵满子也要成为名人了，大家无不感到稀奇。

于是很多人前去围观。

当然，山上也有冷眼看这些事的。他们觉得村道路里程虽定，但要修通，不是一句话的事。即便能通，可能也到猴年马月了。至于曾经烧制东西的碗厂陶窑，那是别人的事，与自己无关。

冯馆长一行，在日月山上，待了近一周的时间。其间，他们还去了德叔家，看了紫叶的剪纸，听她讲影子戏的事。冯馆长很是感叹，说："日月山就是一座尚待开发的宝藏，值得挖掘和抢救的东西太多了⋯⋯穆书记您那篇《日月山远去的诗意文化》写得太好了，给我们提供了很多的思考和借鉴啊。"

临离开时，冯馆长又嘱咐穆清要高度重视，保护好这些本土文化。还说，让穆清做好传承人工作，尽快申报非遗项目，他们也好把剪纸、影子戏纳入非物质文化遗产来管理。又说，他们还会再次上来的。

穆清和雷达送走了客人，回到村委会。

穆清在厨房里接了水，正做清洁。就听见雷达就在会议室里那边叫他。过去一看，办公桌上，放了好几箱东西，还留了一张条子。雷达正翻看着一个纸箱，穆清也凑过去一看，竟全是正宗的干山货。有鹿子、野猪、金鸡、野兔等，满满两大箱，又干又黄。另外一箱，则装了几袋青㭎椴木银耳和黑耳。还有一箱白芨、黄精、野人参等药材。两人吃了一惊，忙打开一旁压着的纸条。雷达说："是张主任写的。条子中说，桌上之物，均为奉赵书记之命，从山里各处采集而来，供穆书记跑项目使用，还希望他别心存顾虑，尽取之！"

穆清心中感动，再次感到任重道远。

"这药材呢，大部分来自舅舅那里，耳子就是大树梁那几户人家的了，他们的耳子，可是山里最好的了。而这个腊干货，就只有猎人那里才这么齐整了。"雷达指着那些东西道。

"猎人？"穆清疑惑道。

"对，就是猎人。"雷达很肯定。

## 二

穆清是认识猎人的。

猎人姓高，叫高登峰。

穆清初一听，就觉得这名儿奇，奇得太有水平了，真是名如其人。

猎人高登峰住在日月山最高的邙峰上。因为海拔太高，整个邙峰上就他一家，独守着整片老林。

据说，先前邙峰上，也有好几户人家的。后来这些人家都嫌山太高，路太陡，离群索居太孤独，就索性搬到低一点的地方了。

但猎人高登峰离不开他的邙峰。在他心中，没有哪儿比那里更富足了。春天，万物催生，百草勃发，是牛羊最好的牧场；夏天，远离酷暑，和风送暖，永远温馨如春；而邙峰的秋天和冬天，就都是收获的季节了。满山成熟的金果——核桃、山栗、苹果、猕猴桃，随处可见。兔子、山鸡、野猪、獾，更是漫山遍野，运气好的话，还能遇上麋鹿呢。而猎人是山里最好的枪手，最丰富的藏家。

这都是穆清第一次上邙峰时，高登峰告诉他的。

高登峰木讷，不善言辞，一副憨厚相，但长得壮实，皮肤黝黑，许是常年风吹日晒的缘故，显得有些老相，有点像北方的牧民。穆清推测，这样的形象，可能还与他常年在山中打猎奔跑有关。但若是与相熟后，他的话自然就涌出来了。

穆清第一次见到猎人高登峰，是在县城。

他挑了一挑的山货，靠在红军广场的皂角树下，抽着烟歇息着。只有他妻子在一旁，不时地叫卖一声，但声音也是怯怯的，不甚响亮，不像那些老江湖，吆喝声底气十足，又韵味儿悠长。然这底气，却大多与货质无关。那日，正是周末，穆清与家人，打他面前路过，见那一挑山货中，尽是野味中的珍品，便忍不住驻足细看。妻子见那些精心熏好的干肉，又黄又亮，面上还黏了无数的花椒和辣粉，就本能地有了购买的冲动。只是那女人也憨厚、本朴，似乎并不懂得怎样去招徕顾客。穆清便推测这夫妇模样的人，多是初次入城，还不知如何用些招揽的手段呢。可能正是基于此，妻倒觉得他们实诚，便各样都买了些。穆清自然不好阻拦。

穆清便与那男人有了些简单的交流。男人说他是日月山上的，多以打猎为生。

那时，日月山还是局里的一个帮扶村，老胡就被派在那蹲点呢。他也听人说过，那山上海拔高得不得了，也是穷得没法形容的地方。他便问男子道，种庄稼吗？回答说，种。又补充说，可山太高，土质薄，不出庄稼。穆清又问，那水稻呢？那人说，低一些的地方种，他家不种，山上没水田。穆清听着，觉得日月山条件太差，自然对眼前之人生出一丝同情来。只是没想到，后来自己居然上了日月山，还与这对在街上萍水相逢的人，结下了不解之缘。

穆清从秦家坝爬到邱峰，曾走了整整 4 个小时。猎人高登峰就笑城里人文弱，说自己最多 2 个多小时就到家了。穆清说："你那脚力自然是没人能赶得上的。"高登峰一听，就有些自负地笑。

可能就因为猎人脚力好，村里开村民大会，高登峰总是能到的。

穆清仍记得第一次开群众会时，高登峰就来了，就坐在后面的角落里，不言不语，只一脸惊诧的表情，散会后，还在门口晃了一眼才不见了。穆清只觉得那人面熟，却到底想不起是谁，直到第三天，才终于记起在城里皂角树下，与其相见的那个午后的情景来。

穆清待久了，才知道高登峰真是山上最藏富的了。秋冬两季，什么猎物都能捕获到，常见的，罕见的。收益比种庄稼的来得快，只是辛苦些。倘若要换成现钞，就还得到场镇上去变卖。只是大山里打猎的不只他一人，各地的汇到一处，市场价就被买主们压低了。但高登峰实诚，不短斤少两，在价钱上也看得不紧。买主多喜欢与他打交道。后来，见过世面的老买主，就建议他干脆到城里卖去，说价钱要高得多。被穆清遇见他那次，是他们第一次进城做生意，两眼不识人，自然也就怯生生的。

后来，穆清也背地里问过雷达，猎人们大量捕杀野生动物，就没人干预吗？雷达说："秦巴连片地区山太大，幅员辽阔，哪里管得了哦。"

穆清想想也是，便不再提及此事。

现如今，面对眼前这几大箱东西，穆清心里五味杂陈。

又过了两天，他接到通知，要他4月下旬，去省城参加全省贫困村第一书记示范培训。

穆清算算，没几天时间了。

周三下午，穆清与赵一民在镇上开完扶贫会，正要回山里，见一熟人进城，便坐他的便车去了一趟县城。

穆清只对赵一民说："家里有点事。"

其实不是家里有点事，是穆清心里有事。他想再去问问有关村道路的事。不对赵一民等人说，是怕若是没了眉目，反惹大家失落；就想着自己先跑一跑，探探口风再说。当然，若是有了希望，倒还可给他们一份更大的惊喜呢。

目前，党员示范工程的建成，杨氏兄弟生态养殖园的成型，让压在他心上的忧虑更沉重了：山里那条毛坯小路，还是两三年前，在赵一民的带领下，村民们自发出资出劳修过的。其最大的益处，也就只是满足了两个摩托手的进出，再就是方便了马帮上山。后来，养护没跟上，路面遭遇严重破坏——塌方的塌方，凹陷的凹陷，水洄的洄。路不成形，可还带了些欠账，至今摆在村委会的账面上。

交通闭塞，村民进出山相当困难。山里的农副产品、野生药材，要进入市场，就更难；人才、项目、投放的资金，也进不去；千辛万苦建立起来的养殖园的鱼类、生猪出栏后，如何运出去？一些公共政策、社会发展红利怎样才能在那落地生花？来自交通部门的他，自然比谁都更明白，要想拔掉穷根子，首先就得修好路。若道路不通，日月山村就将永远陷在贫困的泥潭里，扶贫，也就仅是一句空话而已，同时，也辜负了赵一民对自己的信任。

而赵一民，生在山里，长在山里，毋庸置疑，修路的心，比谁都迫切。

再说，自己与他搭档以来，虽说最初有点隔膜，但后来工作中已谁也离不开谁了，有事互相商量，共同分担；也相互体恤与包容。甚至凡遇到镇上开会，就总听他向人夸耀"咱日月山村来了位实诚的好书记"。

别村的人听了，都羡慕不已。到后来，有些村工作推不走时，就拿日月山相比。这一比，就怪第一书记不得力，也怨帮扶单位靠不住。

这些话无意中被孟镇长听到了，孟镇长大发雷霆，在全镇干部大会上严厉地说："我们干工作，不能尽找客观原因，也不得推卸责任。我们双河口，穆清书记只有一个，分身乏术，他不会像孙悟空那样，拔根猴毛儿，就能吹出一大群来。所以，我们的村干部也好，第一书记也罢，要多反省、检查自己，要想想怎样去配合，去支持对方的工作，这才是至关重要的……"

这话，穆清听了，便有些面红耳赤，觉得自己不过做了些分内之事，却被大家高估了。

这些场景虽是过去了很久，却老在他脑里浮现着，挥之不去。也让他不敢有半点懈怠。而眼下，他最大的愿望，就是不惜一切努力，让日月山有一条通往山外的村道路。

## 三

周四上午8点多，穆清就进了县交运局。局里的人都熟，穆清打着招呼，直奔规划股。

薛股长见他就笑："小穆，又来问项目了？"

"嗯，还不是怕黄了。"穆清老实道。

薛股长指了指一旁的饮水机，让穆清自己掂茶、泡水。

穆清接了水，在薛股对面坐下来。

"这跑项目，你算是来得最勤的了。"薛股长笑他。

因为和规划股的人都老熟了，项目数据还没出来时，穆清就来打过招呼，要他们看在以前交情的份上，多关照关照日月山。薛股长还曾笑他心急，说项目出来再说吧。薛股长明白，穆清就是冲他这话来的。

"谢谢薛股。也算赖上你们了，不给，我就天天来，看你们烦与不烦。"穆清回道。

"欢迎欢迎。你就讲讲你驻村书记的励志故事吧，让我们也解解乏。"

"那好啊，不过，您得拿东西与我换。"穆清笑着回道。

"你看你猴精的样儿，绕都绕不开。"薛股说罢，打开文件柜，拿出个文件夹，翻动起来，边看边道，"按说，你们日月山村也够特殊的，不过，全县像这种情形，还不只你们那里，你看，凡来要项目的，我这里都有备案。"他用手指弹弹手中的文件夹，又道："依我看，你这驻村书记也忙傻了，你想想，全县那么多地方，项目也是有限的，你确定你们日月山村就一定要得到？"

"这不有你们吗？日月山村的情况，你们最清楚不过……"穆清忙说。

"光我们清楚不行啊，日月山地理环境特殊、村民们出入的艰难，还有难以言说的贫困，这些情况，领导心中都有数吗？我看你也是在村里忙昏头了，你以前也是管项目的，依我看，这会儿倒不知道变被动为主动啦？"薛股长提醒道。

薛股长一番话，一下子点醒了穆清："你是说？"

"嗯，项目有限，粥少僧多啊！"薛股长笑着说。

穆清忽然想起自己以前管项目时，不可预知的情况太多了，到手的指标，都可能瞬间就飞了。若真是这样，日月山村能不能在今年修一条硬化路，还不一定呢。这样一想，穆清脸上不免现出些焦虑之色。

"薛股长……"他想告诉薛股长，他穆清可以等，但日月山村等不起啊。

薛股长知道他要说什么似的，摆摆手，打断了他，说："放心，若是局里研究项目，我们肯定会把日月山村提出来，至于项目能不能给到位，就难说了。"

"多谢薛股长支招！"穆清站起来抱拳相谢。

经薛股长这一提示，穆清心中早有了主意。从交通局出来，他便直接回了处里。他去找分管扶贫的秦汉明，但办公室门关着，人不在。小王说："秦副处去市里出差了。"

穆清一听，知道最早也得等晚上才见得到秦汉明。

于是，望了望走廊另一端，一阵踌躇。

他原打算先给秦汉明说说项目的事，再征求他的意见后，然后由他向宋达海汇报的，却没料到他不在。穆清忐忑着，在走廊里走了六七个来回，才下决心敲开了宋达海的门。

穆清进去的时候，宋达海正在埋头看文件，抬眼见是他，忙招呼他坐了，又问他近期的工作情况。穆清说，目前还忙产业发展。便汇报了日月山两大养殖产业发展的进度，也提到因为没有村道路，给工作带来的种种难度，又说了刚才去局里的事。

宋达海听了，就安慰他，让他慢慢来；又说日月山能确定出6.7公里的村道路项目，已是万幸，就是明年再修，也不算晚。

宋达海这一说，穆清就急了。

他说："日月山再也等不起了，推迟修路，只会让脱贫攻坚滞留不前。再说，要是没了路，就是有天大的能耐，也把工作推不走，更何况还是我这没斤没两的人。"

"谁没斤没两的了？谁又在日月山玩得风生水起了？可别跟我说这哈！我这双老眼能看错人？不就是修条村道路吗？谁不想？我还想呢。再说，处里又谁不想？你看，这年月哪个单位的帮扶干部，像我们下个乡那么艰难，翻山越岭，就靠双腿行走，且一走就四五个小时的？"宋达海说。

宋达海说得没错，日月山是他们的帮扶村，自"回头看"后，单位职工都有了自己的结对帮扶户，中层干部则更多，至少3户以上，还每月都得下去。除了要因户施策，制定出相应的帮扶计划外，还要入户宣讲惠民政策，了解贫困户的生产、生活情况，找短板，查缺项，进行及时补短帮扶等。但日月山太偏、远、荒了，又没通路，单位职工每下一次乡回来，就是休息好几天都复不了原。职工们也常跟他抱怨，说单位运气太差，竟得了这么个帮扶村！对于这点，宋达海深有同感，也说不起话，便多缄口不言。

穆清一听，再看宋达海那神色，知他心已有所动，一阵窃喜。

穆清还深知宋达海平日里有一特点，就是好冲动，一冲动就会表态。便估摸着，只要宋达海在这事上表了态，自己就多了份胜算。于是趁机又道："宋处，您也知道，日月山穷山恶水，百姓活得艰难，基层干部工作起来更艰难，但再艰难，我都不怕，因为我还不能丢咱帮扶单位的脸不是？只是，我就一个要求，今年我们村一定得有一条上山的村道路……"

"呀，还跟我谈条件了不是？"宋达海看着他笑道。

"没呢，宋处长。不过，您也知道咱这处里，最不爱提条件的就是我了，您指东，我决不往西，您让我上日月山，我就绝不赖在处里……"穆清嬉皮笑脸道。

"你明明知道，这路今年修是有难度的。"宋达海见穆清话里有话，忙转了话题。

"嗯，确实难。要个项目，对我们来说是难，但宋处长，在您那就不一定了。"穆清依旧一副不达目的不罢休的模样。

宋达海经不住穆清这一磨缠，又想想他说得也不无道理，关键是一个交运局旗下的单位帮扶的村，居然连一条村道路都没有，不说面子什么的，就是帮扶难度，也比其他村大得多了。想了想，便道："好，好，好，6.7公里的项目那么难都搞定了，索性一不做二不休，我还拿我这张老脸先去找局长，待开党委会的时候，再厚着脸皮提出来，行了吧？再说，陈副县长也知道这事。不过，成不成就怪不到我了哈。"

穆清一听宋处长开了口，觉得这事就有了60%的着落。

他知道，宋处长还有一优点，就是说一不二，答应了的事，就是再难，也会硬着头皮去做。

穆清从单位出来，春日里阳光正好，罩在身上，暖暖的，他突然想起"日暖鸟声碎，风高花影重"的诗句来，竟有一种想要歌唱的欲望。

穆清下意识地抬腕看看表，才刚过10点，心里便盘算着后期工作要如何跟进，才能确保项目不落空。只是大街上太吵，静不下来，他想找个清静的地方捋一捋思路。便记起滨河路是个好去处，只是好久未去了。

其实，滨河路就在单位的背面。以前，下了班，他总走一条小巷穿出去，就到了河边。他喜欢一个人不紧不慢地沿着河岸回家。

记忆里，暮春时节的滨河路很美，垂柳依依，鸟鸣花红，河中又春水微澜，水鸟嬉戏。以前一个人的时候，穆清就喜欢将手支在河岸的石栏上，专注地看四周的景致。比如，看柳枝如何在水里照影儿，看云雀如何警醒地伏在河边的草间，好奇地窥视这斑斓的世界。结果，他刚上滨河路，电话就响了。

听到电话那头传来张文斌急急的、又断断续续的声音，穆清心里一沉，觉得山上有大事发生。因为张文斌一向冷静，很少如此着急过。于是，穆清就让他慢慢说。

张文斌下意识地缓了一下，才喘着气道："黑子出来……伤人了！"

"谁受伤了，严重吗？"穆清忙问。

"您认识，就是三社白岩山的慧珍嫂，遍体鳞伤的，就剩一口气啦！"张文斌答。

"那赶紧送医院呀！"穆清也急了。

"不行，路太远，也许在路上就死了呢。"张文斌带着哭腔说。

"那现在呢？"穆清问。

"赵国寿正在抢救。穆书记，这人命关天的事，赵书记叫先给您打个电话。"张文斌无奈地说。

"那我马上赶回去。"穆清沉吟了一下道。

"好，我们这边正抢救，您也别太着急。"张文斌说罢，挂了电话。

一个电话，让穆清那份难得的闲心，一下消失无影。他忙在路边拦了辆出租，直奔车站方向去了。到了车站，他见要等满一车人，还要些时候，索性包了一辆线路车，往双河口镇疾驰而去。

## 四

白岩山在通往邛峰的山腰上。

就两三户人家居住，慧珍嫂家就是其中的一户。虽也是三社的地盘，但离赵家岭尚远，估计还有个半小时的路程。

穆清第一次入户走访时，和雷达一起，还在慧珍嫂家吃过一顿午饭，至今难忘。

穿斗木结构的房子，看得出修葺过，终因年代太久，还是有些危房的感觉。不过，房前屋后，都整整洁洁、干干净净的。

穆清去的时候，慧珍嫂正在房前一面斜坡里除豆草。

斜坡约有五六分面积，却陡峭得有七八十的坡度。穆清觉得要是自己，站都难站稳，还别说干活了。雷达说，没办法，地形使然，日月山的庄稼，大多是这样种出来的。又说，那原本也是荒山，因土地稀少，被一锄锄开荒开出来的。

穆清看着，方觉得田地的珍贵，但也忍不住感慨下河（纬度低的地方）好些大田大地，还被不知珍惜的人家抛了荒。

雷达站在慧珍嫂门前的坎上，朝地里一喊，便有妇人抬头，随即是朗声应答。雷达低声说，是慧珍嫂子。慧珍嫂见是村上的人去了，便忙忙地爬上来，开了门，将客人让进房里。

穆清这才看清这个慧珍嫂，中等身材，长得很壮实，面色油黑而红润，脸颊上有些跳跃的雀斑，笑声爽朗，手脚麻利，一看就知道是个能干的女人。

穆清向慧珍嫂了解情况，才知道慧珍嫂有两个孩子，都在山外读书。山里找钱艰难，男人便与村上的人结伴，到上海挣现钱去了。慧珍嫂一个人在山里理家，照顾老人，种些庄稼，饲养牛羊……

见晌午饭时间到了，慧珍嫂热情挽留他们，并一边麻利地烧火煮饭。

同样的农家菜，穆清觉得慧珍嫂做出来的，似乎特别精致与美味。慧珍嫂听说穆清是城里人，还特意在火里煻了两个火烧馍，说让他尝尝鲜。穆清吃了一块，觉得口感极好，绵软有劲道，又回味甘甜，与往常吃的，区别极大。

雷达介绍："慧珍嫂能干，做的火烧馍，是日月山最地道的了。"慧珍嫂听了，便红着脸着道："山里人就这点手艺，都用在吃上了，别的没啥本事。"穆清和雷达离开白岩山时，慧珍嫂追出来，硬塞给穆清两个馍，让他带给家里人尝尝。穆清推迟。雷达忙替他收了，说是慧珍嫂的一点心意呢。这是穆清在日月山，再一次感受到了亲人一样的淳朴。但后来，他还是把钱硬给了雷达，让他转交慧珍嫂。

穆清一路想着往事，心里着急，催促师傅稍快一点。车子到双河口时，已快下午1点了。

穆清下了车，去镇医院找了位经验丰富的外科医生，姓张，随后又回镇上取了些扶贫台账，正要联系车子，碰巧遇一熟人，要去向阳坡拉东西，心中一喜，心想和张医生正好可搭个顺风车。

正与那车师傅说话，听到有耳熟的声音叫他。他回头见是孟镇长。孟镇长正站在对面办公楼上，远远地招呼道："穆书记回来了？"

穆清抬腕看看表，笑回道："嗯，孟镇长好。"

"我们下乡刚回来，吃午饭晚点了，你吃没？没吃就快来。"孟镇长这一问，他才想起一着急，都忘记吃饭了。眼下，肚子还真有些饿了。

这时，张医生到了，穆清问他吃没有。张医生说早吃了。便忙回孟镇长道："孟镇长，我还不饿呢，有车过向阳坡去，我得搭个顺风车先回了。"

"那也不能不吃饭呀。要不，吃了饭，我找车送你一程。"孟镇长说。

穆清犹豫了一下，回道："算了，孟镇长，还真不饿，村上有急事，我这就回去。以后需要车再麻烦您了。"

这边，车师傅也道："穆书记，要不，您去吃饭？我这可早可晚的，我们等您一会儿也行啊。"

"算了，不耽误您了。"穆清说。

穆清没时间对孟镇长说黑熊伤人的事，只回头向他道了别，拉开车门坐上去，对司机道："走吧，师傅。"

车子便一头扎进春阳里，一溜烟消失在远处了。

刘书记在办公室听到他们的对话，也出来了，站在孟镇长旁边，望向路的尽头，笑道："这小子没吃饭，饿着肚子就走啦？"

"嗯，可能就为搭那趟便车吧？"孟镇长回答。

"唉，这都要到2点了。"刘书记看了看手上的表，又道，"是个吃得了苦挨得住饿的主儿！"

"是啊，他这个第一书记，也当得够难的了，还幸得他吃得那苦。要是换了别人，怕早就撂挑子了。"孟镇长一阵感叹，忽又回头对刘书记道，"那小子心里一定有事！"

"嗯，不然咋心急火燎的呢？唉，也是呢，这日月山的路不解决，要脱贫就够他忙活的了！"刘书记忧心忡忡道。

"确实，您看哈，这穆清，来来去去的，就靠一双腿，而其他通了村道路的村，驻村书记都开车去来，工作方便，效率也高啊。"孟镇长附和道。

"唉，还幸得派了他驻扎日月山村，要换着谁，不都得叫苦连天啊？怕是工作还未推进，心早泄了气呢。还真是难为他了。"刘书记摇头道。

"还是那句话，不怪其他村眼红，像他这样的第一书记，谁不想要？"孟镇长笑道。

"也是呢，但穆清只有一个。也只有让更多的驻村书记，成为不一样的穆清啰！"刘书记也笑道。

两位说话间，穆清和张医生坐的小货车，已哐当哐当地过了檬坝塘，进了二里坝的地界，从二里坝进沟，车子左拐右倒，在深壑间蜿蜒行进40分钟左右，才到向阳坡。

两人爬上出白岩山时，已暮色四起。

还好，人已被救回来了。

穆清和张医生到的时候，守了一整天的赵一民刚离去。留下张文斌和雷达换班。大树梁的任东风听说后，也赶过来帮忙了。

慧珍嫂昏睡着，正在输液。她婆婆和赵国寿在一旁守候。

赵国寿详说了她的伤势。张医生又问了些抢救的细节及用药情况。

随后，张文斌带穆清到了隔壁房里，说了慧珍嫂受伤的缘由。

穆清才知是有人在山里打猎，不知道黑熊的厉害，伤了它的孩子。黑子气急败坏，不要命地追出山来。结果没找着打枪人，却在山湾处，与正从地里回家的慧珍嫂迎面相遇。黑子见人就报复，愤怒着朝她扑去，慧珍嫂知道它是个要命的角色，急忙扔了背上的花篮就跑。可怜她哪跑得过那发了怒的黑熊啊，硬是让黑熊给追上了，被死死地按在地上。那黑熊对她又扯又抓。她背上、胸上、腿上，全身上下，几乎没一块好肉了。直到挣扎不过，慧珍嫂才忽然记起别人提过的装死一招。便照着做了。黑熊探她的鼻息，见没气了，才快意而去。她这才捡回了一条命。

这事听得穆清心惊胆战，如闻天书。但对因意外差点遇难的慧珍嫂而言，确如"人在房中坐，祸从天上来"了。

穆清问："这样的事，在山里常见吗？"

张文斌说："遇到黑子的时候也有，只是若与它无过节，它一般是不伤人的。"

"那打枪的，会是猎人吗？"穆清又问。

"不可能吧。他常年在老林里钻，这点常识是有的。"张文斌知道穆清说的猎人，是指高登峰。

穆清疑惑地道："这么说，可能是个生手？"

"嗯，有这种可能。"张文斌说。

"以前没做过这方面的安全知识普及？"穆清不解道。

张文斌回答："会上也提过，不过听的人也没往心上去。"

"我们都知道，提也就是走走样子罢了。国家是明令禁止伤害和捕获野生动物的，可这里山高皇帝远，没几个人把这当回事。眼下发生这样的事，也是我们平常大意了，没把工作做好，宣传更不到位，这活生生的血的教训就摆在这儿！我们做村社干部的，该好好反省反省啊！"穆清沉痛地说。

"嗯，是该好好抓抓这块了。"张文斌表示赞同。

"越是偏远，越是生活在大山深处，我们越要学会与自然和谐相处。很多东西，还得靠我们人类自觉地去维护才行。"穆清说。

正说着，任东风过来，说慧珍嫂仍是高烧不退。

两人又忙过去探看，张医生说："这是正常反应，伤者持续高温，是伤口发炎所致。"赵国寿也说："幸得张医生上来了，药品带得也较齐全。"张医生又让他们放心，说应无性命之忧。

慧珍嫂就这样时而清醒，时而迷糊。

穆清认为山上条件差，为了保险起见，还是得送往镇卫生院救治才踏实。张文斌有些犯难，说这时节，大家忙农活，不好找劳力，好多青壮年又都出门去了。

穆清说："农活重要，命更重要，慧珍嫂男人不在家，咱村上出面找人，工钱给高一点，也就大半天的功夫，让大家挤挤，时间就出来了。"

张文斌觉得也是，便答应和雷达今晚就去联系人。明天一早，扎担架送人。

## 五

第二天一早，慧珍嫂门口就聚了10多人。

有的是村上连夜通知的，但大多是听到消息，自发赶来的。连高登峰也从邙峰上下来了。

穆清挺感动。

因为这大忙时节，能放下农活，从三山五岭赶来，都挺不容易。

不用人安排，任东风和高登峰已砍了竹子，在绑滑竿了。慧珍嫂婆婆准备着架子上要铺垫的棉被、床单什么的，还有媳妇的换洗衣服。

雷达上来时，气喘吁吁的，说联系好了，这边只需送下山去，那边有救护车来，就在向阳坡接应。

张文斌挑了七八个青壮年，途中轮流抬担架。

他和任东风随同张医生到医院，安排住院一事，穆清又请了隔壁的翠嫂前往照看护理。

由于村里忙，临行前，穆清与任东风商量，让他多在医院耽搁几天，全权代表村里，处理慧珍嫂住院期间一切事宜。任东风爽快地应了。

还好，慧珍嫂入院后，伤情日渐好转。

紫叶去看慧珍嫂时，就让翠嫂回去料理一下家，自己接替她照顾病人了。

鉴于慧珍嫂的特殊情况，村委会开了个临时会议，决定由村里出面，先把抬慧珍嫂的工钱付给大家。

后来，张文斌汇报说，工钱还在账上，发不下去。穆清以为是务工费标准定低了，大家有意见。

张文斌笑道："都说乡里乡亲的，谁家没个三灾八难的，分文不取呢。"

穆清听了，心中一震，这年月，啥都与利益挂钩，倒很少有干了活，不取报酬的了。

"那还是要把任东风的工钱结了，都耽搁人家七八天了。"穆清嘱咐道。

"他呀，他说，他就更不会要了。"张文斌一笑，说，"他认为自己难得为乡邻、为村上做点事，分些忧，若是还计较个报酬什么的，就等于侮辱他是个拜金主义者呢。"

这一来，穆清就不好再说啥了。只是，私下又自然拿这里去与外面的世情两下相较。这一较就更感叹：日月山虽是贫穷，但民风淳朴，还是净土一块。

穆清转了话题，提到了紫叶的"影子戏"和"剪纸"申遗一事。赵一民和张文斌也都觉得此事紧要，不能再拖了。穆清说自己过几天就要去省里学习，分不开身来了。赵一民就让雷达暂且负责这事。穆清也反复叮嘱雷达：不可懈怠，尽快带传承人去县里提出申报。

后来，穆清又专门去镇里，看过慧珍嫂几次。任东风很尽职，直等到慧珍嫂男人回来才离开。

穆清最后一次去医院，是去省里学习之前。

慧珍嫂已能下床活动了。她男人也说了不少感谢的话。

穆清从医院回镇里时，有人一见他，便询问去年的"赵国红事件"。穆清很是纳闷：都是陈谷子烂芝麻的事了，还翻它干吗？

后来才听说，派出所熊副所长出事了，已被撤职查办。据说是收受贿赂和渎职。

当初事发时，穆清心里就明镜儿似的，觉得这个熊副所长与赵国红一案，有直接牵连。所以这消息，不免令他心中大快，仿佛当初受到不公的，就是他本人一样。

下午进城后，他没直接回家，径直去单位找秦汉明去了。

他把上次去交运局和去找宋达海的事，又详详细细说了一遍。告诉秦汉明心里还是忐忑，怕没希望。

秦汉明沉吟了一下，说："宋处长既然表了态，就自会想办法，这点你放心。不过，为了保险，我们还得再找一个人。"

"快，不然下班了。"秦汉明抬腕看了一下表，又催促穆清道。

两人飞快地出了门，秦汉明边走边打了个电话，随后，对穆清道："还好，联系好了，王主席在局里等。"

穆清知道他说的王主席，是局里分管扶贫的工会主席王斌，说话挺有分量的。

"交运系统帮扶的村很多，像日月山这样的深度贫困村，也不是没有，所以，日月山的特殊情况，得让王主席了解才行。"秦汉明嘱咐道。

从局里出来的时候，已是华灯初上了。

穆清感觉心里踏实了很多。

两人沿着滨河路向西去。

"现在知道为什么带你找王主席了吗？"秦汉明低声说，"这其一呢，是让王主席了解日月山的具体情况，以后内部有优惠政策，也好倾斜。再则，在召开项目研究会时，宋处长提出后，还得有人呼应和支持才行。"

穆清心中佩服，觉得还是秦汉明考虑周到。

"不过，宋处长好面子，你是知道的。这事也只能你知我知，不能让宋处长知道了哦！"秦汉明拍拍穆清肩膀嘱咐道。

"放心，我还怕他知道呢。"穆清笑道。

"好了，你也好些时候没回家了，快回去跟老婆和孩子团聚吧，晚上你还得收拾行装。我也得回去了，点点还等着我给他做饭呢。"秦汉明正要离开，又转身补充道，"等你学习回来，我请你喝酒，咱俩好久没在一块儿聚了！"

望着秦汉明离去的背影，穆清伫立良久，心中兀自感动。

穆清进家门的时候，妻子徐丽正在厨房做饭。客厅里，萌萌在弹古筝，秧子在埋头涂鸦。娟子把自己关在书房里，可能在演题。

开锁的声音惊动了两孩子，她们见是穆清，惊喜地叫起来，丢了手中的东西，"呼"的一下就围过去了。穆清忙将一大袋零食搁在地上，一手抱起一个娃，往客厅走去。

徐丽听见叫声，忙从厨房探出头来张望，见是他，嗔怪道："回来也不先打个招呼！"

"忙得都忘了。"穆清一脸歉意。

"比县委书记都忙呢，可咋就没忘了都姓啥了！"徐丽揶揄道。

"行，行，行，我瞎忙，我错了，好了吧，老婆大人？"穆清忙讨饶，又朝书房努努嘴，示意她小声点。

这时，厨房里漫出一股焦味。

"糟了，菜糊了！"徐丽叫着，一头扎进厨房。

穆清将地上那一大袋零食提过来，放在茶几上，挑了些酸奶、面包、葡萄干什么的，给了秧子和萌萌，并叮嘱她们少吃一点，说等会儿要吃饭了。

然后，穆清蹑手蹑脚地走到书房门前，轻轻将门开了一条小缝，朝里张望，正要退回来，里面的人叫道："穆大书记潜水多时，终于浮出水面了？"

"穆书记明明在山上呢，没潜水。倒是有人没潜下心去，有个风吹草动的，都一清二楚！"穆清笑着说。

"穆书记没听说过有一类智慧的人，能一心多用，可洞悉世间万物吗？"娟子说。

"少贫嘴，科学研究显示，这世间只有2%的人能真正做到一心多用，而擅长一心多用者，大脑额叶对刺激的反应与普通人不同，可惜，你不属于这类人！"穆清说。

"哇塞，穆书记厉害，什么都被您老人家科学化、数据化了。"娟子朝他吐吐舌头，埋头做作业，不再开腔。

穆清这才去了厨房，陪妻子做饭弄菜。

徐丽还是少不了抱怨他——是一人吃饱，全家不饿；是几过家门可不入；是回家就如住店，来去匆匆，百事不照闲。

穆清理亏，心中愧疚，在妻子面前，不说话，只赔笑，在一旁埋头帮忙洗菜。

徐丽又嘀咕，说他心宽，在他那里，天下之事仿佛都可一笑而过。

穆清就反驳道："笑好啊。笑一笑烦恼都忘掉。老婆在家辛苦，一家人的担子压在身上，不妨多笑笑！"

徐丽便讥诮他油嘴滑舌。穆清仍笑着没答言。

徐丽眼风扫过去，忽觉得眼前人才三十来岁，就一脸沧桑，头发脱落得厉害，额头上又爬了些皱纹上去，心中不忍，便住了口。

晚饭后，一家人坐在客厅里。

穆清照例问了娟子的学习，问了萌萌和秧子在幼儿班的情况。问啥，孩子们答啥。想到明天又要出远门，他不免又叮嘱了孩子们一番，要她们听妈妈的话，还要懂得从小就要为妈妈分担些家务。

"包括把您穆书记那份也分担掉吗？"娟子冷不丁地发问。

"那最好不过了。"穆清边说，边笑，"等日月山脱贫摘帽后，我再慢慢补偿你们，还有你们的妈妈，行吗？"

娟子见两个妹妹在一旁，只得抿嘴而笑。

徐丽一旁笑着，不说话，安静地削着水果。

正在这时，秦汉明打电话过来，说快打开电视，说地方台正播一则新闻，是关于碗厂沟陶窑旧址的。

穆清忙打开电视，主持人在播报："日前，专家发现全市唯一的陶窑旧址，竟藏于我县境内日月山盖岭河一带。据考证，此窑起于清朝嘉靖年间，历史悠久，规模庞大，终于20世纪90年代末。所制陶器曾深受欢迎，远销全国各地。只可惜后来被弃于荒山野岭，无人问津，蒙尘已久。不久前幸被日月山第一书记等人发掘，此陶窑旧址方得以重现天日，并引起专家们广泛关注。据悉，目前，相关的申遗工作正在进行中……"

娟子看完笑道："看来，穆书记还没在荒山老林混日行嘛！"

"那是，你还是懂你老爸的。"穆清笑道。

那日刚好是周五，一家人说说笑笑到很晚，才各自睡去了。

## 六

穆清学习回城，已是6月初了。

两日前，他突然接到雷达发来的短信，说张少华塘上的鱼苗死了不少，损失挺大的。他打电话回去，想问问情况，没打通，发短信，又未回。他着急，便请假提前结束了学习，也顾不得回家，直接去了水产渔政局找向局长。向局长说："我也出差去了，昨日才回来，听说张少华来过，技术员已上去了。"穆清这才松了口气。向局长问了鱼塘放鱼苗的时间，穆清想了想，说是大约在三四月之交时，向局长沉思片刻道："尖嘴岭海拔高，山泉水太凉，不比大河水温暖。三四月份放育苗，存活率本身就低。"

"我记得当初您就说过，让5月后才投放，可他们太急了，还一投就是9万多块钱的呢。"穆清说。

"那损失就大了，春季气温、水温都低，育苗的活动能力弱，成活率自然也低。又特别是你们那地方，海拔太高。"向局长说。

穆清同向局长道了别，说马上回山上，向局叫住了他，说自己也跟他一起上去。

两人到了向阳坡，出高价包了两辆敢上山的摩托车，往尖嘴岭赶去。

到了鱼塘上，几位股东都在。

陈技术员说："这批鱼苗来自重庆，除了苗子有问题外，长途运输又拉伤了很多，加之水温低，入塘后大面积感染了水霉菌。"

"水温在摄氏 18 度左右，就不容易感染这种病毒了。"向局长解释。

"目前都采取了哪些措施？"向局长又问。

"已采用 0.04％的食盐和 0.04％的小苏打合剂泼洒了几口鱼塘，部分受伤鱼也用 4％的磺酒涂抹了，总之，能用的方法都用了。估计还有 40％的存活率。"陈技术员说。

"能存活这个数目，已是不错了。"向局长放眼前面的数口鱼塘，又道，"估计这损失有 3 万多吧？"

"嗯，都怪我们自己，算是买了个教训。"张少华悻悻道。其他几位股东也像霜打的茄子，在一旁默不作声。

穆清安慰他们："别气馁，实践出真知，经验也是慢慢积累起来的。"

向局长和陈技术员离开时，又口授了他们一些应对异常的措施，并叮嘱近期鱼塘要留人值守，密切观察。再就是今年暂维持现状，不补充新鱼苗，以防交叉感染。

穆清也从包里拿出自己从省城特意带回的几本书，递给张少华，说都是水产养殖方面的，让他抽空研究一下。

还好，鱼塘情况稳定，安全度过了危险期。

一日，穆清正在村委会办宣传专栏，回头见山岩下，有两个人正朝村委会这边来，以为是赶集的村民，便没在意。不一会儿，人已在背后叫他了，还是极熟的声音。他回过头，竟一惊，原来是秦汉明陪同王斌主席上来了。

穆清忙停了手里的工作，带两人看了村里的宣传阵地、办公设施，又汇报了村民春夏栽种情形。

下村走访时，穆清才知道，秦汉明陪同王斌主席下来，是查看脱贫攻坚进展的。

途中，秦汉明责怪他，说学习回来也不打个电话，还有一顿酒没喝呢。

王斌主席也笑道："算起来，你俩也差我一顿酒呢。"

"那是那是，不过，这酒还得日月山的第一书记来请。"秦汉明也笑。

穆清有些懵，反应却快，忙回道："好嘞，应该的应该的，承蒙二位领导关照日月山了。"

"谢王主席吧，最大的关照就要来了。"秦汉明说。

穆清回味这话，忽然明白了过来。一阵欣喜溢上心头。

果然，王斌主席接过秦汉明的话，说，关于今年村道路建设项目的分配，局里已开过会了。并将局里的回复意见带给了穆清。末了，他又嘱咐道："这个村面积这么大，又只修 6.7 公里，覆盖不了，而村民又大多分布在西山那边，所以村上一定要把村民工作做好，另外，你们还要开个村民代表大会，征得全村老百姓的同意才行。"

穆清知道王斌主席有所指，是担心西山的人会要求修那边，或者要求全线贯通。那样一闹腾的话，可能连这个 6.7 公里都修不下去，项目自然也就黄了。

王斌主席又说："另外，你们还得给局里一个承诺。"

穆清听到"承诺"二字，看看王主席，又看看秦汉明，有些茫然。

"按规定，村道路只能修到村委会，这是其一。另外，这个项目，你们提前实施，占用了指标，以后就不得再要求我们交通部门给你们匹配修路项目了。"王斌主席补充说。

穆清脑里快速转动着，又征询似的望向秦副处长，秦汉明在一旁不住地朝他点头示意。

穆清忙答应了。

后来，穆清私下询问秦汉明。

秦汉明说："这项目能拿到手，已经不错了。宋处长的意见也是这样，修一段少一段嘛，以后的事以后再说。"

穆清心里有了数。

当穆清将消息分享给村委班子成员时，大家除了兴奋，还都吃了一惊。因为那些用来送情的正宗山货，至今还堆放在半山腰的村委会没动呢。

更吃惊的还是张文斌。

他觉得这项目来得太不可思议了，竟在他意料之外。

来找村委会商量扩大产业规模的张少华，正好也在旁边，自然更兴奋，因为这路一通，就为他水产养殖提供了更多的方便。

张少华侧身，看见张文斌愕然的表情，忍不住笑问道："张主任，你不是说这山高路远的，修路成本太大，又没啥价值，要想通村道路，就是天方夜谭吗？咋样，赌输了吧？看来，人家穆书记没瞎忙乎呢！嘿，啥时兑现诺言，请我们喝酒？"

张文斌一听，脸"唰"的一下红了，只涨红着脸辩解道："我说的都是实情嘛，不过，这能通当然好啰！"

边上的人一听，都笑了起来。

赵一民说："这是咱日月山最大的事了，人家张主任愿赌服输，会在乎那顿小酒？"

"那是，那是，请就是了哈。"张文斌脸色稍恢复了一些，笑应道。

"哎，到时，我们村委请你喝，行不？"赵一民一高兴，对张少华笑道。

"行啊，这可是笔大账，别忘了哈。"张少华也笑道。

一阵欢喜后，赵一民面上又罩了一层忧郁。他说，这修路是天大的好事，只是要做通老百姓的工作，还有难度呢！

穆清没咋在意，认为修路乃人心所向的事，做工作应该没问题的。

很快，消息就在日月山炸开了。

听说要修路，村民们无不奔走相告。但一听只修到村委会，西山一带的村民，脸上立马恢复了先前的漠然。还说这路修与不修，都与他们无甚关联。

话传到穆清耳里，他这才感到问题的严重性。

班子成员又酝酿了一番，觉得要把村民工作做下去，还得镇里领导出面才行。

大家便分了工，穆清去镇里找领导汇报，其他同志先下去分别做工作。

## 七

西山召开村民大会,孟镇长亲自来了,同来的还有新派的包点领导——纪委的马书记。

穆清很奇怪,私下问孟镇长:"陈副镇长呢?"

孟镇长笑道:"你走这段时间,他调龙凤当镇长去了。还给你留了封信,托我转交与你呢。"说罢,从手提包里拿出来给他。

穆清接过来一看,信封上写着他亲启的字样。他没马上打开,只将它小心地放进了自己的文件袋里。

孟镇长又告诉他,战区指挥长陈副县长也因工作上的需要,调去市里了,走之前,还特地给镇上打电话,说日月山情况特殊,让他们多关注多支持日月山的发展。

穆清听了,心中一热。只是,想起阵副县长曾给予日月山的特别关照,又好一阵怅然。

说好下午2点开会,结果到会的稀稀少少,拖拖拉拉。赵一民黑了脸,想发火。

孟镇长安慰他,没关系,再等等。

直等到3点多,人才基本到齐。

穆清觉得这会,开得很艰难,但却是有史以来,气氛最热烈,村民发言最积极的一次。

赵一民刚把开会的目的一说,有人就站起来反对:"我们从出生到现在,难走几次那条道,凭啥要同意修那边?"

"对呀,为啥不从桃花沟接过来?"有人呼应。

"要致富,先修路,要富一起富,凭啥整电、整水,包括现在整路,都要先考虑一社、二社?我就不同意!"

"这个问题提得好。我建议,干脆把我们这几个社,划出日月山算球了哟。"

"对对对,一社、二社是长房生的,我们是幺房……"

下面一阵哄笑。

笑声未了，又有人站起来嚷嚷："不从桃花沟这边接也行啊，只要把我们曾出资出劳，打毛坯子路的钱拿出来，管他几爷子咋修，我们都没意见！"

"不修？那可不行！要我说呀，一个馍都能扳成两半，一条路为啥不能弄成两段？"

有人附和："对头，项目扳成两，一边一段，大家都受益呀！"

赵一民想站起来制止，被旁边的孟镇长按住了。

倒是张文斌在一边坐着，面上波澜不惊。

"依我看，这路呀，要不整，都不整，等国家项目来了一起整！"

"这里，我可得说一声，大家有意见可以提，但也得切合实际呀，是不是？"赵一民实在忍不住，提醒大家道。

下边稍静了一下，才又有人接言道："不整？难怪你叫陈二愣！这路不通，咱吃的亏还少？我看你是头上长包哦，有项目都不整！"

终于有人出来反对。穆清细看，是任东风，只听他继续说："要我说，大家也别意气用事，在这争个你长我短的。想想咱日月山，可能至开山以来，就藏在这深山老林，虽没与外界隔绝，却也偏僻闭塞。这路不通，大家可能都深受其害吧？就说去年，那个魔芋产业失败，能说与这路没一点关系吗？村里千辛万苦，从外地运回的魔芋种子，是在用摩托车运输的过程中受了损的，结果种下后，大面积烂了，这给我们带来了多大损失啊！大伙儿都忘了？这如今，穆书记好不容易跑来项目，大家却是只看眼前，在这窝里斗，值吗？都好好想想吧！"

这一说，会场瞬间静下来了，个个屏声敛气。连刚才那些争相发言的，都不出声了。

"看来，咱西山还是有明白人呢！"突然，随着教室门"吱"的一声开了，有人沉声道。

声音不大，却不怒自威，大家一听就知道是谁，于是都转过头去，几十道目光齐刷刷地望向门口。

只见德叔手里拿着一支铜烟管，一脸森然地站在那，身后是明晃晃的阳光，更衬得他剪影一样的庄肃。

赵一民见状，忙站起来，从前台走过去。孟镇长、穆清也都礼节性站了起来。

德叔望了眼会场，才道："要我说啊，可能是咱日月山人受的恩惠多了，竟不知好歹了！人家整电、整水是没错，可这边，咱这边还整了滚水坝呢！就不念叨啦？要不是国家政策好，来个精准扶贫，日月山人还不得一辈子瓮在山里？这修路是有规矩的，不是想从哪修就从哪修。再说，人家干吗要从桃花沟修？桃花沟那是人家长风乡的地盘呢！"

德叔说着，被疾步过来的赵一民扶住，搀往前面的座位去。孟镇长也忙与他老寒暄，并解释，是因为考虑到他老年纪大，路程又远，便不好叨扰。

德叔笑道："孟镇长，我是早退了的人，按说这场合就不该来，但左想右想都大不放心，怕有人眼光短，只看得到眼前。这不，还真应了。"

"没事，大家有些想法，也是很正常的嘛。只是，您老操心了一辈子，还得让你受累。"孟镇长感动道。

"咱这山上的人，什么心性都摆着的，有时也就一时半会儿想不明白。"德叔心里虽有气，却又在孟镇长跟前护犊子。

孟镇长倾耳听着，满面含笑。

会议继续。人群里静得没一点声音。

穆清放眼望去，刚才争着发言的几位，头竟低了下去。

接下来，是孟镇长讲话。他说："刚才听了大家的发言，很是感慨。谁不渴望有窗口瞭望世界？有大道可直接通往山外？这是人的本能。所以大家有怨言、说气话，这我们都能理解。实话说，作为一镇之长，我是惭愧的，即便想尽责，也不一定能事事如愿。在这里，我们要感谢日月山村'两委'做了很多工作。特别是穆书记，心系日月山，为我们做了很多看得见的实事，相信大家心里都有一本明白账吧？这次，又在我们都不知情的情况下，为日月山争得了村道路修建项目。说实话，即便是镇里出面，要来项目的可能性都是不太可能的。我们都知道，穆书记来之前，日月山村道路项目是被宣了判的，就600米呀，躺在交运局的数据库里，已经没了实际意义。那么，从600米到6.7公里，到全境20.8公里的确定，再到被纳入今年的修建计划，就真的是日月山运气好，凭空掉下来的？再看看，全县不只我们日月山一个地儿吧？争着要路的地方多着呢！大家想想这背后，穆书记翻了多少心思，跑了多少路，说了多少话，又度过了多少个不眠之夜呢？再算一算，整个 20.8 公里要修通，知道得多少钱吗？1000 多万啊，日月山现有的人口，还不到 600 人，按这样算下来，人均就要投 3 万多，大家投得起吗？如今，项目来了，交通局出面给你修，若是就因为意见不统一，放弃了，那正如刚才那位乡亲所说，咱日月山的人，就是'傻子'！你们得这样想，有了这个 6.7 公里，我们去双河口，是不是就可少走 6.7 公里呢？即便你们走得少，娃娃们还不得去双河口读书啊？有个业务往来的，我们也还不得要去自己的镇里办理啊？刚才，老书记说得好啊，作为农民，我们也得做一个新型农民，要放长眼光，还得思想有高度。况且，这路要修，也得一节节地修不是？要修到这边来，也不能从空中飞过来吧？如果今日，大家要主动放弃这个机会，那以后也可能在短时间内，就绝无翻身的可能了。所以，大家要想好，今儿就做个抉择吧。"

说到这里，鸦雀无声的会场上，像突然起了一阵微风，有了窃窃之声。片刻，便有人高声道："孟镇长，那就修吧，抱怨归抱怨，咱日月山人不小气！"

"对，念叨归念叨，大局意识我们还有的！"

"是啊，咱日月山要修路，不容易呀！咱不能埋汰了穆书记的好，我们真心感谢他呢！"

"能修到村委会也好，修不过来，没关系，我们等！再说，这么多年都等过来了，政府也不可能丢下我们不管，大家说，是不是呀！"

"对，修，修，修，我们赞成！"众人齐声道。

孟镇长感动地站起来，拱手对大家道："我代表我们所有干部，感谢各位父老乡亲深明大义和对我们工作的支持，也请大家放心，对于余下的路，我们也绝不会坐视不管，再说穆书记本身也是交运局的下派干部，他不会放弃继续争取的，我们也不会，它将成为我们以后工作的重点。在这里，我就表个态，以后就是砸锅卖铁，我们也得把路给大家修过来！为今之计，就是咱日月山人，要拧成一股绳，共同脱贫奔小康……"

话未说完，已有人带头鼓起掌来，霎时，会场上响起雷鸣般的掌声，经久不息。

末了，会场里有人举手，穆清一看是冯明春。

孟镇长示意他站起来说。

冯明春站起来，红着脸，腼腆道："孟镇长，修路我们举双手赞成，只是我们得跟政府提个小小要求，这个……这个，与我们的生活息息相关。"

"你请说。"孟镇长笑着鼓励他。

"我们簸箕石那个电啊，恼火得很，到处是朽木杆子支起的，又是破股线，裸的，一吹风就不安全，要频繁停电。"冯明春接着说。

"对，电量也小，微弱得很，一个小烘烘，连个打米机都带不起。关键是那个裸线，到处牵起，危险哦！"人群里又有人高声补充。

孟镇长一听，忙转头询问一旁的赵一民。

赵一民点着头说："孟镇长，这山上照电就这个样子。也不怪大家提，簸箕石、火焰沟条件更差，地广人稀的，住户又掉散，说实话，那电也早该整了，我们一天到晚提心吊胆，生怕出事。"

孟镇长听着，皱了眉，脸色凝重起来。他转过头招呼明春坐下，才道："大家反映的这个情况很重要，除了生活用电没保障，安全更没保障，这个我们必须得警醒，还得尽快纳入农网改造，我想问一下，还有哪些社存在同样的情况，社长前来登个记，村上做个备案，我们好一并解决。"

孟镇长了解详情后，承诺一定会与村社班子一道，先尽快将三社、四社的生活用电解决好。

一场村民大会由剑拔弩张到皆大欢喜。

当然，一社、二社的村民，听说要修路，无不喜出望外，自然是没有异议。

到了晚上，穆清静下心来，才细读陈副镇长留给他的信。

信中说："穆书记，当你看到这封信时，我已经离开工作多年的双河口了。只是遗憾的是，一不能当面向你辞行。再就是自己曾经的包点村，是公认的老大难，因为多方面的原因，在我手里仍是原地踏步，毫无起色，自己也曾一度为此惶惑与难受。好在日月山有幸也有福，迎来了你这么一位有担当、有情怀的第一书记。应该说，你脚踏实地，深入群众，扎根村上，不颓废、不放弃、不看脸色、也不轻易妥协的精神品质，除了让你自己在夹缝里，闯出了一片新天地外，还让日月山人看到了奔好日子的希望。说实话，我也曾一度为你担心，担心你步履维艰，最终妥协、放弃，更担心你会成为第二个老胡，再灰头土脸回到机关去。但事实说明，这担忧是多余的，日月山村就是为你而准备的，是你的专属舞台，它将因你而发光，也愿你在脱贫奔康的路上，带着它也越走越好，也越走越远……"

穆清一字一句读着，眼里起了一层蒙蒙雾气。

合上那信时，他在心里不停地告诉自己：加油，一定不辜负陈副镇长厚望！也定不负陈副县长对日月山所寄予的期望！

## 八

这日，村委会里，几个人正在写承诺书。

高登峰来了，手里提着个花布包裹。

他将包裹往旁边桌上一搁，在背后看起热闹来，只见承诺书上分明地写着两点：

1. 从向阳坡到日月山的村道路项目，于2016年提前启动，以后日月山村，不得再要求国家给匹配相关道路。

2. 承诺国家划拨的资金，仅仅用于补助，不够的由双河口镇和日月山村自行解决。

这边赵一民刚写完，张文斌就拿出公章，哈了口气，"啪"的一声，端端正正的盖在文后"日月山村委会"几个字上。

"哎呀！"高登峰看到这，又生气又绝望地叫了一声，吓得张文斌手一抖，差点掉了公章。几个人同时回过头，才见高登峰灯塔一样站在身后。

"啥时来的？咋不吭个气儿？吓我们一跳？"张文斌埋怨道。

"这不看你们都专心吗，哪敢轻易打搅几位啊？"高登峰也有贫嘴的时候，片刻，又忍不住看向穆清，着急地问道："穆书记，你们就真这样应了？这不等于给我们那边几个社宣了判吗？"

见他急成那样，几个人相视一笑。

"你们还笑得出，就为这长点路，就妥协了？"高登峰伸出两手食指，比画了个长度，生气道，"我看这路修不修都不重要了！"

其实，高登峰一点也不木讷，关键时候，说起话来一板一眼的。

"嗯，真生气了？看来我和老张也该生气了。"赵一民笑道。

"是啊，别忘了我俩也是秦家坝那边的呢。"张文斌接言道。

"老高，签订承诺，这是程序。不但村委要盖章，这上面啊，还得加盖双河口人民政府的印章，再拿了它去存档，才会给划拨指标呢。"穆清说。

"这都承诺了，黑纸白字的，还不等于认了？"高登峰说。

"现在嘛，也只能这样。上面要啥承诺，我们就给办啥承诺，就像吃笋子样，吃得，剥得，先剥在那再说了，"穆清解释道，"那日，开村民大会就说了，这路得一节一节地修嘛，它又不会打空中直接飞过去的。"

猎人听了，挠了挠后脑勺，不好意思起来："哦，好像……懂了。"

"老高，赶集去？"张文斌问他。

"嗯，想买点儿农药。哦，"猎人这才忽然想起自己的来意，忙拿过桌上的包裹，递给穆清道，"穆书记，这是慧珍嫂让我捎的东西，里面的馍，是她今儿早起才烧的，还热着呢。"

几个人听说有馍，才想起赶早，都未吃饭。

穆清打开包裹，包裹里东西竟多着呢，除了四五个火烧馍，还有一包鸡蛋、一包野生猕猴桃和一捆条面。

"这么多啊？"穆清诧异。

"这面条是我家老娘给的，说你一个人不好解决生活，面条煮着方便。"高登峰又习惯性地挠了挠头，"这猕猴桃嘛，山上多着呢，我摘的，又解渴又止饿。"

"好啊，你小子也学会贿赂起我们穆书记了！"张文斌朝他玩笑起来。

这一说，高登峰急了："你才贿赂呢！人家穆书记，天远地……地远的，在这日月山……受……受苦受累，容易吗？哪像你，回……回家还有口热饭吃。今儿，给……给他拿个面又怎么啦？不许……许我们关心他呀？！"

高登峰怕真被人误解，一急，就又结巴起来。

穆清一旁听着，笑着没说话，眼眶却一下红了。

赵一民忙过来打圆场："唉，老高，别急，张主任给你开玩笑呢。你说得对，穆书记扎根日月山，是我们幸运，也是我们的福分，今儿大家惦记他，说明咱日月山人有感恩之心呢。你和慧珍嫂都做得好，也给大家带了个好头啊！"

"老高，感谢，感谢了！不过，这火烧馍我买了，一会儿，还麻烦你把钱带给慧珍嫂。"穆清拍了拍高登峰，又转身对众人说，"赵书记，先吃些馍垫垫底吧，我这就给大家煮面去，吃饱了，好上镇里开会去！"

"嘿，穆书记，您说啥呢？这钱我可不带哈，慧珍嫂要骂死我的。"高登峰黑了脸，赌气地往一边去了。

穆清笑着摇了摇头，大家也忍不住笑了。

穆清将馍拿了出来，让大家先趁热吃着解解饿，自己便进了厨房。

慧珍嫂烧的馍大，扎实，口感好。

这时，那种麦香味散出来，若有若无的，馋得几个人嘴上不说，眼睛早直勾勾地落在了馍上。

赵一民取了一个，一人扳下一块，大家分食着。

高登峰听说大家都要去镇上，便留了下来，等大家一道。

后来，雷达吃着面条，同高登峰开玩笑，让他冬里打了野猪什么的，别忘了给穆书记捎些来，大家也沾沾光，打个牙祭。

高登峰满口应承了。

"别，可别啊！还是少伤生了。"穆清忙笑着阻止，"你山上山林那么广，其实发展养殖产业的，还挺合适。我提这个思路，你可以思谋一下。"

"是啊，搞养殖，你那里条件得天独厚，也不费多大劲，可以想一想。"赵一民也说。

"这倒是个发展方向。把牛羊往坡上一撵，晚上去收就行了。"张文斌也说。

"羊儿、牛儿的，都见风长，风一吹就大了。"雷达还是半开玩笑道。

"嗯，有道理，反正不得吃粮食呢！"高登峰笑道。

高登峰以前就养过两三只羊、一头牛，从未想过专门搞养殖，现在听着，竟心有所动，又征询地望向穆清，穆清朝他肯定地点点头。

路上，高登峰说，他今儿过簸箕石后山，看见冯赖儿了。

"真的？又啥时摸回来的哦？"张文斌问。

"不知道，就看见他坐在老屋门前抽烟，一开始，我还不信是他呢。"高登峰说。

"唉，一个不省心的主！"赵一民叹道。

"这次坚持这么久，该挣到钱啦！"雷达道。

"难说，游手好闲惯了，怕还是吃不得苦哦！"张文斌说。

"那家伙，赌瘾戒了没哦？"赵一民问。

"诚？怕是江山难移，本性难改啰！"张文斌又说。

几个人就这样一路闲聊着，往镇上去了。

## 九

冯赖儿，真名叫冯来，是簸箕石后山梁上的破落户。说他是破落户，是因为好好的，一个殷实之家，就在他手上给败了。

早年，冯来的父亲在山里做药材生意，肯吃苦，讲诚信，终年山里山外奔忙，挣下一份家业，就冯来一个独生子享用。加之冯来聪慧，冯家夫妇自然是爱若珍宝，极为宠溺。所以，冯来自小就衣食无忧，更没吃过什么苦头。后来被送去山外镇上读书，家里原指望他长进，能出人头地。哪知他不喜读书，旷课，逃学，甚至打架斗殴，气得冯父几次将其领回。后看他年龄太小，到底不忍，又送他去镇上修理铺当学徒，师傅看他一点就通，倒是喜欢，加之冯来也爱好这行，舍得钻研，电器、自行车什么都捣鼓，竟学得了一手好技术。只是后来，师徒俩却闹翻了。有人说，他仍旧不学好，还偷了师傅的钱。也有人说，是师傅非要把自己瘸腿的姑娘嫁给冯来。冯来心性儿高，不同意，师徒俩就此心有了隔阂。也有人说，自从冯来拒绝了婚事后，师傅怕他以后抢了自己的生意，便不再教他本事了，后来，他便不得不离开。总之，冯来回了日月山后，就一蹶不振了。旁人问他，他也不说缘由，要么喝闷酒，要么就打牌赌博。再后来，父母再没指望了，就给他娶了老婆，指望他收心立家。哪知，妻子懦弱，看管不了他。老人给的兴家立业的钱，他出几趟山回来，啥事没办，兜里便空了。气得女人直伤心落泪。老人眼不见为净，遂将他们分了。哪知少了父母的约束，冯来就更放浪不羁，好赌，不养家，女人受不了，借口出去打工，带着儿子跑了，之后就再没回过家。他父亲本就有病，又恨铁不成钢，长年累月，忧思成疾。前两年便一病不起，结果，花光了生前积蓄，也没能留住性命。父亲死后，他母亲怄气，也病恹恹的了。一个家也就几乎垮了。

穆清第一次去走访时，冯来老婆都跑了两年多了，据说音信杳无。

前山大娘告诉他，前两年冯来老婆娘家修房子，回去耽搁了几天，回来一看，娃饿得黄皮寡瘦的。一问，孩子才说，他爸顿顿给他熬点稀饭，就着泡菜吃。女人心中疑惑，去看米缸，缸里米已去了一大半。后来又听说，他带了一袋东西，去找过高老大。女人才明白，那米已走了路，到了高老大那里，忍不住伏在路边，大哭了一场。

穆清再问，才知高老大是做药材生意的，从山外来，租了秦家坝一户人家的房子落脚。旁边的村民见穆清不解，插嘴说，卖米的钱，都拿去买酒、赌牌啦！女人终于忍无可忍，才带着孩子跑了。后来，冯来母亲就更病病恹恹的，也自顾不暇了。

冯来没人做饭，没人浆洗，也没了生活来源，也就又出了山。

穆清看了他那两间房，因没人住，少了烟火气，有大半间已朽烂。再从破了的窗户往里看，屋里肮脏、凌乱。床铺、床罩都污黑不堪。桌上、地下，又积灰甚厚。这时，穆清脑里就剩一个词语——"破败"。他心里一寒，觉得也就这个词语，可形容这个家了。

后来，在识别贫困户时，村上通知冯来，他从外面回来，穆清见过他两次。一次是他来递交申请，一次是开村民评议会的时候。印象里，他衣衫不整，举目无光，神情委顿。但自那以后，穆清就再没见过他了。

穆清一路捉摸着，想着等自己有了时间，亲自去了解一下他的近况。

几个人依旧在向阳坡，坐了车去镇上。

全镇脱贫攻坚工作上半年总结会及"百日攻坚"动员会，在双河口四楼会议室召开。全体镇干部、第一书记、各村四职干部参加了会议。

刘书记主持会议，并传达了县上召开的脱贫攻坚会议精神，通报了全县督查及排名情况，同时要求排名在后的乡镇、联系单位及第一书记，均要反思，找问题，并做出书面检查。

穆清没有听到双河口镇的名字，也没听到日月山几个字，仍觉得自己在工作中有很多疏漏的地方，得反思反思。

刘书记再次强调，要强化对脱贫攻坚的再认识，对"两学一做"的再认识，以及强化责任再认识、目标再认识。刘书记在会上还指出目前脱贫攻坚的重心，当主要集中在道路、农居及产业三个方面。要统筹人力、物力、财力，成立组织，加强领导，压实责任，严明纪律，务求实效；也强调产业带的规划问题，要求2016年上项目，2017年全面实施，2018年上规模，2019年老百姓获收益。

孟镇长针对本镇各村社的情况，就目前的工作重点，做了具体分析。他特别提到日月山村二社、四社生活用电线路的改进，一社宽带网络的连接，从向阳坡到村委会6.7公里村道路的建设等，同时要求让村上迅速打份报告，先争取二社、四社的农网改造。最后，孟镇长说马上要进行易地搬迁，贫困户最大的福利将要来了。

会后，穆清接到通知，去县里参加易地搬迁政策培训，一起去的，还有镇上刘书记和孟镇长。

走之前，穆清交代赵一民和张文斌，农网改造迫在眉睫，要迅速将报告递上去，免得递晚了，这里耽搁，那里一拖，还不知要等到啥时候呢。

赵一民和张文斌也深有同感，说回去就办，绝不含糊。

等他们走后，穆清去街上转了一圈，还去了趟冯来以前当学徒的修理铺。

## 十

一晃，又到了6月底，穆清与赵一民、张文斌商量，认为日月山个别党员小农意识太严重，缺乏大局观念，有必要再增设一堂触及心灵的党课。

7月1日，村委组织全村党员，走进"川陕红军烈士陵园"，祭拜先烈，铭记历史，为党员上了一堂别开生面的党课。

"川陕红军烈士陵园"于前几年开始扩建，由原来的30多亩陵园核心区扩展到了300多亩，将分散在云水县50余处的1万多名烈士散葬墓迁移至烈士陵园，整个陵园安葬英烈达2万多名。

在党课活动中，日月山全体党员在穆清和赵一民的带领下，参观了纪念馆，缅怀先烈，向纪念碑敬献花篮，并重温入党誓词。随后，大家来到安葬有7000多名烈士的集墓前，人人献上一朵白花，寄托哀思。后拾级而上，到达了最震撼人心的散葬墓区。那呈扇形排开的1万多块无名墓碑，让所有的党员干部顿生敬意。并接受了一次触及灵魂的思想洗礼，也更加坚定了决战脱贫攻坚、决胜同步小康的信心和决心。只是，赵一民怅然若失，在那些无名墓碑前伫立了很久。穆清知道他一定是又想起自己那身负土匪之名、藏匿于荒草丛中的祖父了。穆清不好上前打扰，只与德叔在一旁静静地候着。又过了好一会儿，直到雷达去催，赵一民才回过神来。

从烈士陵园回来，穆清约上雷达专门去了簸箕石后山。

冯来房门紧锁，不见踪影。

两人便去了几百米远处冯来母亲的家。

门半掩着，雷达在外面喊了几声，却不见人应答。两人遂推门进屋，哪知前脚刚跨进去，就听见微弱的呻吟声。

"阿婶？"雷达嘴里喊着，两人一前一后忙朝歇房奔去，只见冯来母亲躺在床上，嘴里直叫冷，浑身抖着。穆清用手去探她的头，烫得像块碳饼。

"咋办？发高烧呢！"雷达问。

"这样，你赶紧找个有网的地方，给国寿医生打电话，他若在赵家岭，那就可能接得到电话。"穆清沉默了几秒，又道，"电话打通后，你们约定好路线，你骑摩托车去接。"

待雷达走后，穆清忙去找热水瓶，想给老人倒点水喝。水瓶在桌上，穆清提起来摇了摇，一点水都没有。他叹了口气，便去了灶屋。锅里起了铁锈，灶台上满是尘灰，像是久未做过饭的样子。

穆清舀水洗了锅，在灶膛里架柴烧起火来。他先烧了盆热水，将帕子打湿又拧干，敷在冯母头上退烧，再烧了瓶开水。

穆清不停地替冯母换着头上的帕子，希望尽量降下体温，熬到赵国寿前来。当摩托车的声音终于在山前响起时，穆清心里才踏实了些。

雷达和赵国寿到屋时，后面还跟了位女人。赵国寿号了脉，又看了老人的舌苔、眼睛，才开始处方。

那女人已开始帮着收拾凌乱的屋子了。

雷达告诉穆清，女人是冯母家的邻居，就住前面不远处，平常与冯母相处得不错。

穆清便问她道："大嫂，老人病多久了？咋这么发烧？冯来又去哪了？"

女人叹叹气说："她儿子不成器，媳妇带着孙子走了，这成了她一块心病。可能日积月累，气积多了，身体便一日不如一日了。可那冯来破罐子破摔，整天抱着个酒瓶喝，喝多了就一醉不醒，啥活也不干。看他那样子，他母亲难受，觉得活人没意思了，就干脆不吃不喝，说眼不见为净，早死早解脱。我们看不下去，有时给她端点饭来，可她也不咋吃的。"

"那冯来他人呢？"雷达问。

"唉，谁晓得呢，可能又打酒买醉去了吧。"女人叹道。

这边，赵国寿已开好了药，既有西药也有中药。穆清过去询问病情。赵国寿说："老人身体本就不好，虚弱，又感冒了，自然扛不住。若不动气，坚持吃一段时间中药就可以好起来。只是她家这情况……唉！"

穆清知道他担心什么，说："你只管开药，我来想办法找人照顾，药钱也记我头上。只是，她这打针或输液什么的，可能还得麻烦你多跑几趟了？"

"她这样子，怕是一天得过来好几次呢。"赵国寿无奈地摇了摇头。

"好几次也得来呀，没办法，就只有拜托你了，赵医生。"穆清恳请着。

望着穆清恳切的样子，赵国寿终是应了。

接下来，大家一起帮忙，给老太太打了针、服了药。穆清将身上仅有的200元钱掏给了雷达，让他随赵国寿去赵家岭捡药。

穆清依旧在这边守着。大嫂在灶上为冯母熬粥。

穆清征得大嫂的同意，将照顾冯母的任务委托给她，并讲好一天80元的辛苦费。大嫂推辞道："都是邻里，自己抽空过来就是，不用给钱。"穆清笑着解释："给老太太熬药、做饭、照顾起居，这就成了你的工作，既是工作，就必须给报酬。"大嫂便不好再推迟了。

雷达和赵国寿再回来时，冯母出了一身汗，烧已退了。

穆清忙将中药用清水泡了,然后生火熬药,直待熬好,喂老人喝下,又叮嘱了邻家大嫂一番,几人才离开。

回去的路上,提到冯来,雷达和赵国寿都大伤脑筋。

穆清说:"要帮助冯来,可能还是要找准问题的症结,我上次去他当学徒的地方,想了解点情况,可惜跑了趟空路。"

"这好办,我有个同学在那开理发店,"雷达接话道,"只是以前也没想起去过问这,怕背个好事之徒的名声。"

"要做人的工作,就得摸准情况,对症下药才行,咋就成了好事之徒呢?"穆清说。

回村委会后,穆清和雷达为这事又专门去了趟双河口。

又过了两日,估计冯母的药吃完了,穆清将邻家大嫂的劳务费给了雷达,让他上去一次,顺便把大嫂的账结了。

没想到雷达回来时,又将钱带回来了。

雷达说,老太太好多了,只是还是没见着冯来,他母亲说又去赵家岭拿药去了。

穆清看着那桌上的钱,一脸疑惑。

雷达说:"邻家大嫂不要,说这些天都是冯来自己在照顾她妈。还说他变了个人似的,酒也喝得少了。"

穆清听着也觉得奇怪。

# 小暑

## 一

7月中旬，易地扶贫搬迁专题会议，在双河口人民政府如期召开。全体乡干部、驻村第一书记、各村支部书记及村主任参加了会议。刘书记主持会议。

会上，孟镇长详细解读了县里关于"易地扶贫搬迁工作的实施意见"。指出易地扶贫搬迁工作，要坚持与幸福美丽新村建设相结合，与产业培育相结合，与生态环境建设相结合；要创新投资模式和组织方式；还要加强安置区基础设施建设、产业发展和搬迁群众技能培训，确保"搬得出、稳得住、可发展、能致富"，加快推进全县脱贫攻坚的步伐。表示坚持以政府为指导、以群众为主体，政府不搞强迫命令，不搞大包大揽；村上不搞形式工程，严格控制建房面积；保障搬迁对象生产生活基本要求，坚决杜绝因建房致贫返贫现象的发生。搬迁对象，必须是"四区"的建档立卡的贫困人口。各村根据实际情况制定安置方案，不搞"一刀切"，坚持分类推进。又强调搬迁对象的确定，要严格按照程序来……

刘书记也就易地扶贫搬迁中，一些具体问题做了强调。要求大家做政策的明白人。他说："危旧房改造不属于异地搬迁，搬迁对象必须精准。严禁把易地搬迁贫困户的指标，用于一般户，且易地搬迁中，贫困户自筹资金不得超过一定的比例，比如2个人口不得超过5000元，4个人口不超过1万元。"

会后，孟镇长专门就易地搬迁，与穆清等人做了交流。

孟镇长说："看来机会还是眷顾有准备的人，你们以前的工作没白做，如今，日月山易地搬迁的选址，完全可以沿用以前巴山新居那块地皮。地盘是现存的，工作起来，就比其他村要轻松得多。只是，搬迁户数可能更多，规模更大，建设用地也要增大，这就涉及重做规划。"孟镇长一再叮嘱穆清，一定要将居住在"四区"的搬迁对象落实清楚，要精准，要一户不落下；还强调在实施过程中，要用心细致，严格遵循程序，切记跨大步，要充分尊重群众的意见，也可因地制宜，分类推进。

回到村上后，穆清等人先召开村"两委"班子会议，接着分东西片区，召开村民大会，宣讲易地搬迁政策，包括易地搬迁的基本原则、搬迁对象和程序，还有安置方式、建房标准、补助标准等，要求符合搬迁条件的建档立卡贫困人口，珍惜这次机会，积极向村委会申请。

7月中旬至7月末，日月山易地搬迁确定工作如火如荼进行着。

赵一民的砖瓦房尚未完工，他又顾不得了。天天与雷达分片区下社宣讲政策，将妻子的埋怨丢到身后的风里。张文斌还是隔三岔五地缺席。

穆清除干湾、秦家坝两头跑，还被大大小小杂事淹没，比如：下户、填表、写文字材料、收资料、录入电脑等，一忙起来，有时竟突然有力不从心之感。

一日，穆清与赵一民、雷达碰头时，几人一商量，都觉得村上工作量太大了，再这样下去，难免有人要被拖垮。大家又特别担心穆清支撑不下来。于是，就想到找个人来村上帮忙。一提到找人，大家都同时想到了任东风。

赵一民说："他是不二人选了，他在部队就是从事文书工作的。"

"还是个电脑高手。对了，还写得一手好字呢。"雷达说。

"可他愿意来吗？这是个苦差事，又没名没分的？"穆清问。

"这孩子素质挺高的，我想如实给他说了，他会乐意的。"赵一民很笃定。

"对了，还记得慧珍嫂受伤那回，人家硬是在医院守了10多天，一分钱的报酬都没要呢。"雷达又说。

其实，穆清心中早就有了数，只是想得更远一些。他觉得任东风如果愿意，当是可培养的最好的后备干部人选了。只是想考证一下,他在大家心中的认可度而已。不过,令穆清欣慰的是,大家的想法竟高度契合。

穆清与雷达专门去大树梁请任东风。任东风爽快地答应了。

任东风后来果真成了村上最得力的帮手。穆清肩上的担子一下轻了不少。

又过了半月,为了加强驻村力量,县农业局给日月山派了位农技员。海事处也打算再增派了一名驻村队员,事先征求穆清的意见。

穆清说,他想让老胡再回日月山。

宋达海和秦汉明都大惑不解。

穆清说:"我有我的想法,不过,我还得先问问老胡的意见,再回你们。"

## 二

周末晚上,穆清约了老胡出去喝酒。

老胡如约而至,只是还那样,脸上有些郁气。穆清知道他仍有心结。

穆清征求老胡的意见,选了滨河路的一处宵夜摊。那里环境好,临河,幽静,灯火迷离,又时有河风拂过,还可以观景,对面就是壁州生态公园。偶尔还可听见琴声隐约。

穆清要了酒,点了好些下酒菜。

"来来来,小穆,我借你的酒,先祝贺你了,祝你顺利攻下日月山这座坚固的堡垒,旗开得胜!"老胡把壶,给两人各斟了一杯,举杯对穆清道。

"别别别,这样说,我倒不好意思了。"穆清说。

"哎,就别谦虚了,我是真心的,这做农村工作,你这个小年轻,能力在我之上,胡某佩服,佩服!这样,我干了,你随意!"老胡说罢,端起酒杯一饮而尽。

"大哥,我跟你不一样,不是我能力有多强,"穆清端杯,也喝了一大口,竟被呛了一下,他摇头皱眉道,"唉,你是不知道,我也有……也是有难处的呢。"

"别安慰我了,说实话,当初,下乡扶贫也非我本意,加上那地方车没车,路没路,甚至连住的地方都没有,我一个外乡人咋办?还不是人家说啥就是啥?"老胡端起杯来,又是一口闷下去。

"可别人又咋知道那难处呢?"穆清深有同感。

老胡又给自己倒了一杯,正要喝,被穆清按住了。

"嘿,胡大哥,别喝那么急,来,吃点菜垫垫。"穆清说着,忙夹了些菜,放进他碗里。

"没事,我能喝。以前酒量小,最多一两,就这么半杯吧,"老胡端着酒杯,眯起眼,笑道,"后来嘛,心情不好,就总想喝点,嘿,这一来二去,酒量也就起来了。"

穆清知道他郁闷,换位一想,觉得要是自己,也是过不了自己这一关的。

"要不,你想想,再回日月山去,跟我一起?"他试探着问。

"嘿,你怎么想的?我疯了?还再回去?"老胡夹了柱菜,哂笑道。

"我是说,我和你一起,在日月山大干一场,了你未竟的心愿。"穆清说。

"得了吧,那可是我的伤心地!"老胡苦笑道,"老弟,你是不知道啊,说驻村不力也就算了,可我背上还背了一冤枉名声呢!"

穆清心中一惊,问:"什么冤枉名声啊?"

"你不知道?没人告诉你?得了吧!"老胡不信,只苦笑道。

"真不知道,也没人说过。"穆清赶忙说。

"那是他们根本就不信,可不信,又干吗要那样呢?"老胡纳闷道。

两人接下来又吃菜喝酒,穆清这才从老胡的讲述中,得知了些他在日月山扶贫的大致情形来:李家湾有个叫杨九红的女人,嫁了个好吃懒做的男人。后来,家里穷,男人待不住,就将女人、娃娃搁在家里,一人出门打工去了。可那一出去,就杳无音信。有一天,老胡去社上走访,正听村民提到杨九红,讲她一个妇道人家在家的艰难。老胡听了,很是同情。便让社长带他前去看看。到了屋前,那女人正在屋里专心打草鞋。社长悄声告诉他,这是给死人打的,就是卖给那些做道场的巫师。社长叹气道,一双鞋就赚5角钱呢。除了做些田地,她家就靠这维生了。老胡一听,心想这得编多少双,才能赚到些油盐钱呢?再看那女人脸色苍白,身子孱弱,随时要倒下的样子,便心生怜悯,就对社长说,希望给予她些力所能及的帮助。社长很高兴,就把老胡这想法告诉了她。女人虽然寡言,但仍能感受到她的感激之情。后来老胡便出钱，给她买了 200 多只小鸡，鼓励她好好喂，喂大了，生蛋攒些钱，送孩子们读书。再后来，老胡还时常买些文具书本之类的给她孩子送去。

老胡边喝边聊，尚未说完，已有了醉意。

当然，后来的故事，便是穆清从老胡的片言只语中，拼凑出来的了。大致情节是：后来有一天，不知怎么了，杨九红七八年没了音信的老公，突然回来了。不但打了自己女人，还去镇上找老胡麻烦。老胡自己都懵了，他与杨九红之间清清白白，除了给予她帮助和鼓励她勤劳致富外，其他什么也没做过。

穆清再问，老胡就口齿不清了，只自我解嘲似的笑道："后来……后来就解脱了嘛，你看，我这不回来了吗？"

那一夜，穆清心情沉重。

他将老胡回家，老胡老婆见老胡醉了，埋怨道："喝喝喝，就知道喝，心里不痛快，喝酒就能消愁？要能，多少人还不都喝死啦！"

"嫂子，老胡常这样吗？"穆清问。

"以前都不咋喝酒，自打从日月山回来后，受了打击，觉得委屈，便总这样了。"老胡女人看了老胡一眼，又道，"要我说，有啥不得了的嘛，回来的又不只他一人，别人哪像他那样嘛，都巴不得回来呢，就他傻戳戳的，总过不去那个坎！"

"还是嫂子想得开，不过，胡大哥也是好面子的人，这以后啊，还得嫂子费心，多开解他。"穆清道。

回去的路上，穆清就有些后悔，觉得自己笨，不但没说服老胡，可能还弄巧成拙，反倒在人家的旧伤口上又狠劲儿地戳上了一刀。

再说那老胡，虽是醉了，可心里明镜儿似的，知道穆清懂他，是真心要解他心结的。

穆清走后，老胡起身吐了两次，这一吐，就更清醒了。他躺在床上，在死寂的暗夜里，难以入眠。那些驻村的过往，如画面一样，一帧帧地在脑海里交替闪现，心中一阵凄楚。他自我反省着，觉得很多事也不赖别人，还是自己的问题。村民家去得少，村上工作也没担起，自然说不起话，也挺不直腰杆，最终失了主动权。到后来,便连村民找的烟、煮得饭也不好领受了,也因了这些,就更走不到他们中去,便又失了民心。至于帮扶杨九红一事,倒是自己认认真真去做的,可到头来,又是百口莫辩!

想到这,老胡不禁长叹了口气。

## 三

关于村道路指标的正式划拨,一直杳无音信。

穆清有种莫名的担忧。

这日,他从白岩山核实搬迁户基本信息回去,过青树垭时,就给秦汉明打了个电话。秦汉明也奇怪地说:"咋就没醒动了呢?要不我问过宋处长再回你?"

穆清就坐在垭口上等。

夏日的天空很高,很辽远。有一些薄云浮在天际,丝丝缕缕,飘飘荡荡,分开又合拢,合拢又分开,像极了他此时的心情。

过来好一会儿,秦汉明才回电话说,宋处长问了,局里口风很紧,只说指标还没最后敲定。秦汉明又说,宋处长认为变数很大,要有心理准备。

穆清一听,心里又是一沉。

第二天,与村上几个干部在秦家坝碰头时,穆清与他们讲了自己的担心。

张文斌道:"我就说嘛,要修这个路,不是容易的事。"

"难,是肯定的。从里程的重新确定,到纳入今年的建设项目,算是跨了了不起的一大步了。其间,穆书记做的工作,大家都有目共睹。要我说呀,"赵一民转向穆清道,"也不着急,这事万一黄了就黄了吧。退一步来讲,项目摆在那里的,今年不行,明年再来嘛,没啥大不了的。"

"对头,要我说啊,这段时间,都忙于易地搬迁,还抽不开身,要不就听赵书记的,顺其自然算了?"张文斌也说。

穆清沉吟了一下,还是坚持道:"不,过了这几天,我还得下城问问去!"

穆清想了想,又补充道:"我是在想,目前我们还不能打退堂鼓,也不能坐等花开。俗话还说'一歇千里'呢。你们想想,要是这路搁到明年去,还不得重新起个头？再重新去跑？有些事，或许可以放一放，但这路不能拖，得一鼓作气拿下来，这是咱日月山目前亟待解决的大事呢。再说，这有了路，今后许多项目，也就有了依托，也才进得来出得去嘞，大家觉得呢？"

"嗯，有道理，我赞成，趁热好打铁！"一直沉默的雷达附和道。

"穆书记，只是这样，你还得翻不少心思呢！"赵一民看看雷达，又看看穆清说。

"没事，我们就是干这个工作的。再说，村民还眼巴巴地盼着呢。"穆清说。

"穆书记，再下城，我申请跟你一块儿去，其他我不行，就图给你做个伴，或跑个路什么的，咋样？"雷达恳求道。

"行行行，等忙过这一阵子，我们就下城。"穆清笑道。

"那大家手头快一点哈，加紧工作！"赵一民吩咐。

"也不急哈，搬迁对象的确定决不能马虎，再就是要让老百姓真正明白为什么要搬迁，这很重要。当然，工作做到了，我们最终还得遵从他们自己的意愿。"穆清补充道。

大家都点头赞同。

后来，穆清与赵一民闲聊，还是忍不住，又向赵一民求证老胡与杨九红之间的事。

赵一民很愧疚，说："那事错在村里，责任更在我身上。"

穆清不解。

赵一民说："当时，也是怕杨九红的老公不依不饶，把事情闹大。我们才建议镇里让老胡回去的。其实，后来我们去做了调查，老胡行为检点，并无半分差池。所以，就算她老公当时再咋个闹，可没有影子的事，又怕啥呢？唉，老胡这黑锅也是背得冤！"

"这怕就成他心底永久的阴影了。"穆清担心道。

"是啊，我们都欠他一个道歉，可事已至此，就是道歉又能弥补些啥呢？"赵一民低头自语道。

"赵书记，要不，我们再请他回来？"穆清征询道。

"好啊。其实，我也常想，老胡也是性情中人了，是我们日月山负了他，很对不住啊。若是可以，我们都真心欢迎他回来呢。"赵一民真诚地说道。

"赵书记，那，张主任与老胡有过节吗？"穆清忽又问道。

"应该没有吧。"赵一民道。

"只是，您可还记得那秀才的话？"穆清说。

"这……"赵一民顿了好一阵，才道，"那九红与张主任，本是一块儿长大的，也有传言说，九红结婚前，张主任就暗自喜欢着她，只是两人没缘分走到一处。后来，他看老胡全心全意帮扶她，自然多了心，据说便让人捎话，叫回了她男人，于是便有了后来的事。"

"竟是这样？"穆清吃了一惊。

"但这也仅是传言而已，不可全信啊！"赵一民强调道。

穆清却觉得这事，曲折得就像小说情节。不过，令他欣慰的，倒是原本还模糊的老胡，在他心里的形象，竟愈加清晰起来。

一日，山下上来了几个着电力服的人。

刚好，村委班子成员都在，一问，才知他们是电力公司派来勘察农网改造线路的。他们队长说，因为联系不上村上，他们便自己上来了。

大家既兴奋，又抱歉。

接下来，村委就哪里的线路老化得严重，哪里的电量最不足，哪里的杆子需要更换等问题，做了详细介绍，还就线路该怎么走的问题，与勘察队进行了探讨。

赵一民委派了冯明春给勘测队领路，叮嘱他要为勘测队服好务。

明春欣然领命。

过了一两日，穆清和赵一民闲下来，也去了簸箕石。他们远远地就见几个人，没在荒野里，像数个移动的小黑点。

愈来愈近时，才见几个人正忙着。绘图的，记录的，查看线路走向的，给新立电杆定点的，还有计算线径大小和配电自动化覆盖率的。两人不便打扰，就在几米开外候着。只待勘测队收拾工具了，他们才过去。

队长见了他们，摇头诉苦道："两位书记，这里农网改造，不现实。难度实在太大。不说别的，村道路不通，杆子都到不了。"

另一人也说:"就说人工抬吧,一根杆子就几千块钱,可从向阳坡到这里,怕是光人工费、青苗赔偿费,就得一、两万哟。"

"况且住户与住户间,最近的也有一两公里路,又爬坡又下坎的,这之间少则要立四五根杆子去撑吧,算一算这下来,又得多少钱呢?唉,成本太大了!"队长摇头叹道。

赵一民听对方说得在理,便沉默了。

穆清想了想,问道:"你们也知道,这里条件艰难,即便通了村道路,也只能通到村委会,这段路还是上不来,那又咋办?"

"也难,不过,也近了不少。只要那段路通了,就是再难,我们也得想办法改。"对方一番斟酌后回道。

"好,一言为定,我们先修路,你们再农网改造。"穆清说。

"行,现在勘测基本完成,数据都在,村道路一通,我们就开工。"队长回答。

送走电力公司的人后,穆清和赵一民都很沮丧,也再次意识到,通村路的重要性。

穆清更心焦,几乎夜夜不得眠。

## 四

一日,夏雨如注,从上午直下到天黑。

穆清听说张少华的塘上又死了些鱼,心中担心,便冒雨去了尖嘴岭。

张少华引他看了几口塘,说是高温引起的。

穆清问了些情况,觉得夏季气候炎热,塘上要有降温措施:比如着手引入水葫芦、浮萍等上层水生植物。还可以把喂食时间,改在上午 11 点之前和下午 4 点以后,避开中午表层水温高的时间段。另外,要给池塘加注新水,通过不断加高水位,来降低水温。还提醒在高温阶段,由于投饲量大,鱼类的排泄物多,极易造成水质恶化、池水缺氧。所以还要注意调节水质。当然也提到,科学合理投饲和使用增氧机等。

之后，穆清又去了李家湾，查看玉米、水稻的长势，询问村民生产、生活情况，以及社里还有那些困难需要解决的，并一一做了记录。

又同社长朱世文一道，专程去了一趟杨九红家。

那杨久红寡言少语，看上去很是冷漠。屋角仍旧堆了些草鞋，好在她屋旁有块空地，拦起来喂了好些鸡。

"原来还挺开朗、灵透的一个人，变着变着就有些木讷了。"朱世文同情道，"唉一个妇道人家在家，也总怕招些闲言碎语的。"

"她家主劳呢？"穆清问。

"早又出去了。"朱世文叹口气，又道，"唉，不寄钱回来，娃也不管。还好，九红养了些鸡鸭，尚可变卖些零花钱补贴家用。"

"看样子，这光鸡就有几百只吧？"穆清说。

"嗯，这鸡子还是先前胡干部掏钱给买的呢，只是……"朱世文欲言又止。

"怎么了？"穆清忙问。

"她男人上次回来，是要卖掉的，奈何她死活不依，还挨了不少的打。大家都知道，她那样坚持，除了是要好好生活外，还为感谢一个人呢。"朱世文回答道。

"是老胡吗？"

"嗯。在那件事上，老胡确实冤枉！"朱世文说，"至那以后，她也就像变了个人似的，凡事都咬牙扛着。"

穆清离开时，心里满是苦涩味。

待回到村委会时，已到黄昏掌灯的时候了。雨虽仍旧下着，却小了些。

他换下湿衣服，洗了个澡，给自己煮了碗面吃了。才坐下完成每日必做的功课——写入户日记。因为太累，他竟伏案睡着了。

穆清正做梦，忽然被一种盆钵被打翻掉在地的声音惊醒了。他揉揉眼睛，细听，那声音又没有了，夜依旧一遍空寂。他便起身，关了灯，上床睡去。渐要入睡时，又听到"当"的一声，像东西跌落的声音，然后又是木门的"吱嘎吱嘎"声。这次穆清倾耳谛听，才确定声音是从隔壁庙里传出的。

穆清心想，莫非真有东西下山腰来了？他欲起身去看，又不敢，怕遭遇凶暴野物，自己孤身不敌，就更不敢开灯了。穆清一夜似睡非睡，又不敢大睡。

待天大亮了，穆清才开门出去，低头一看，果有一些脚印往破庙那边去了。只是夜里又下过雨，那脚印已模糊不清了。

他回身进屋拿了支电筒，小心往那边寻去，却见那庙门半掩着，穆清推了一下，除了门"吱"的响了一下外，里面寂然无声。上次他和雷达打扫过，所以地面是干净的，他用手电筒照了一下，无其他痕迹。只是供桌旁，有个香油瓶子掉在地上了，另一边还扣了个破盆子。再往供桌下一看，却见躺着一人，正酣然入睡。穆清吓了一跳。细看那人，身子瘦瘦的，脸也瘦瘦的，头发却蓬乱荒芜，像小说中描绘的流浪汉。

"喂喂。"穆清蹲下身子，拍了拍他，那人便微睁了眼，见有人叫他，忙揉揉眼睛，慌乱地翻身而起，将身边一油纸袋抓在手中。

穆清这才看清眼前一脸窘态的人，不但瘦，还脸色苍白，似曾相识，却又叫不出名字。

那人好半天才啜嚅道："穆书记，我是冯来。"

穆清这才想起，眼前的人就是人们口中的冯赖儿，忙问道："你咋在这儿呢？这地下咋睡呀？莫地方去，为啥不找我？"

冯来红着脸，不开腔。

穆清忙将他带到村委会的屋子里去，找了件干净衣服，让他换上，又让他自己打水洗脸后，在屋子里休息。他就去煮早点去了。

穆清还是煮了面，又煎了两鸡蛋，放在冯来的碗里。

那冯来端着面，吃着吃着便大哭了起来。

穆清递了纸巾给他，让他快吃，别想太多，有话吃完再说。

那冯来边哭边吃，穆清自己也端了一份，在一旁默默地陪着他。

"你这是要出去，还是打外面回来？"等他吃完，穆清看着他旁边那伞和油纸袋问。

"我母亲的药吃完了，我又让国寿叔开了两副，可他那药不齐，让我干脆去双河口捡去，中午去的，雨又大，走走停停，到这儿就天黑了。"冯来说着，低下了头。

"你可以找我啊，怎么能去庙里过夜呢？"穆清说。

"怕给你打麻烦呢。"冯来声音很低，又说，"我母亲身体不好，上次就多亏了你们……"

"我与她老人家交流过，身体没大碍，就是心病太重。"穆清说。

"都是我不争气，让怨恨蒙了心智，才晃荡了这多年，害了父亲，也气了母亲，想想都后悔。"冯来说着，眼泪又来了。

"前日上街，我和雷主任专门去你以前的修理铺附近问了，有知情人告诉我们，当年你是被冤枉的，也是被逼走的。"穆清安慰着冯来。

"当年，我父母都没相信过这事，以为自己儿子真不知悔改，要去偷人家的钱。也不听我辩解，还硬是赔了人家2000多，我不服啊，气他们居然相信陷害自己儿子的人。"冯来抽噎起来，"索性就破罐破摔了……"

"还是有人知道真相的，将这事说了出来。"穆清说。

"也怪我，性子硬，不懂屈伸，才背了被冤枉的名声。"冯来后悔道。

"算了，过去的事早该翻篇了，重要的是咱得往前看。人生路长，未来的事，谁又说得准呢。"穆清拍着冯来的臂膀说。

"穆书记，谢谢您，这么多年了，从未有人信过我，包括我父母。"冯来抬起泪眼道。

"可你也有错，'浊者自浊，清者自清'嘛。总不能自暴自弃，拿自己的人生开玩笑吧？"穆清说。

"嗯，想想我曾是多么混蛋啊，混蛋得连老婆和孩子都跑了。"冯来懊恼地说。

"想他们吗？"穆清又问。

冯来不再说话，泪珠儿顺着脸颊滚落下来，砸在衣襟上，胸前瞬时洇湿一大片。

"也许，等你真正齐家立业活回了自己，他们自然就回来了。"穆清又安慰道。

"嗯，谢谢。穆书记，我得回了，我母亲还在家等呢。"冯来忙着起身，向穆清道别。

"你等一下，"穆清找了张纸，在纸上写下自己的电话号码，递过去说，"有事就打我这个电话，只是这山里大多没信号，但出了这个区域，就能接到。"冯来接过纸片，慎重地放入了衣兜里。

"你在家里待了这么长的时间了，还有钱给你母亲捡药吗？"穆清又问。

"还好吧。"冯来声音低低的。

"这个，你拿着。"穆清说着从兜里掏出300元钱，给他道，"你回来这么久了，没收入，母亲又病着。"

"穆书记，我手头再紧，也不能要你的钱。"冯来死活不接。

"拿着，算我借你的，宽处窄用。以后还我。"穆清硬塞到他兜里。

冯来眼里又盈满了泪。

冯来离开后，穆清觉得他其实特别可怜。

## 五

日月山搬迁对象的确定，并不简单，建档立卡贫困户总摇摆不定。有递了申请且被确定了，却反悔的；也有符合搬迁条件，又不愿意搬迁的；还有徘徊一阵后，又要求被重新纳入的。确定工作一直持续着，就像黄梅时节的雨，流流连连。

等到穆清抽出身来，赶去交运局时，局里"关于下达通村硬化路计划的通知"已出来了，还带着墨香味，就躺在局里的办公桌上。

穆清赶过去时，薛股长不在。

股室小张说："昨晚局里开紧急办公会，子夜两点过才结束。薛股长可能要晚一点才到。"

"什么会呀，开那么晚？"穆清心里一沉。

"研究今年村道路指标呗。"小刘回答，"还连夜出了文。"

"真出了？"穆清凑近小刘，焦急地问。

"真出了，就在局办公室呢。"小刘说。

穆清一听，叫声"糟了"，忙让雷达在那等他，自己径直往办公室去了。

办公室门开着，赵主任正忙，见穆清敲了门，在门上站着，忙招呼他进去。

穆清走过去，赵主任正整理文件，手里拿着一叠，桌子上放了一叠。穆清再往桌上一瞥，"交通运输局关于下达通村硬化路计划的通知"赫然呈现在眼前，心里有些凉凉。

"穆书记，你怎么了？"赵主任见他盯住那文件头发呆，忙问道。

"哦，没……没什么。赵主任，你们这文咋说出来就出来了呢？"穆清忙调整了自己的情绪，故作漫不经心地问。

"唉，还说出来就出来呢，早该出啦！这总拖着，也不是办法嘛。"赵主任说。

"咋啦？有难处？"穆清明知故问。

"不但有，还大着呢。若没有处理好，会引发很多问题。这也没办法，项目少嘛，申请项目的村又太多，因为没想好如何处理，便一直搁着，没法整啦。这不，不整也得整，昨夜几乎忙了个通宵！"赵主任满脸疲惫地解释道。

"你来得正好，有一份是你们镇上的，你就顺道给带回去。"赵主任边说边找文件。

"好好好，赵主任，想问一下，有日月山的吗？"

"你说呢？"赵主任顿了好一下，才道，"日月山情况特殊，按说是该纳进去的，会上也反复讨论过，只是你们村道路里程刚确定，今年就修的话，还是急了些，也怕别人不服。"

"赵主任，早确定晚确定有啥区别呢？路就摆在那，既不增长也不缩短的，干吗要从这个角度考量呢？再说，上次不也研究了，甚至都定下来了吗？咋说变就变了呢？真是想不通！"穆清急道。

"小穆，道理是那样的。不过，情况是变化的嘛！再说，这做领导的，也有难处。就说赵局长吧，他还不得左掂量右掂量，方方面面都要考虑到不是？你也放宽心，今年不行，还有明年嘛。"赵主任瞅瞅他，又笑着安抚道。

穆清听着，眼前又浮现出那日农网勘察的场景来，像忽然受了重创似的，一屁股跌坐在脚边的椅子上，神色沮丧，一脸委屈。

见他那样，赵主任有些不忍，但又只好憋着。

"不行，我得找赵局长去。"穆清坐了几分钟，忽又振作起来道。

"赵局长去市里开会了，今儿一早走的。"赵主任笑道。

"开会？怕是躲了吧？"穆清说。

"你看，都想什么了？真开会去了。"赵主任认真道。

"那我找王主席去！"穆清又说。

穆清说罢，起身急匆匆地离开了局办公室，头也不回地找工会王主席了。

"哎哎哎，小穆，这文件还没拿呢，哈哈哈！"赵主任笑着喊道。

赵主任一抬头，早不见了穆清，忍不住哈哈大笑起来。穆清哪里理会哟，只闷头向前。那笑声引得其他股室的人，都好奇地站到门口张望起来。

再说，那王主席见穆清垂头丧气而来，一脸不解。

"主席，您不是说，局里答应今年给我们村道路指标的吗？"穆清不等王主席招呼，只一屁股坐在沙发上，黑着脸问。

"没给吗？"王主席笑道。

"王主席，您就别明知故问，拿我寻开心嘛！你们是要啥我们给啥，可你们咋就没信用，说不给就不给了呢？"穆清生气道。

"好小子，我们都要啥了？向你讨酒吃啦，要供啦？敲诈啦？你得给我说叨说叨。"王主席依然笑着。

"王主席，您倒贵人多忘事了，那我就给您说说哈，"穆清正要说，忽然觉得口干舌燥，便向王主席讨了一杯水，猛灌了下去，才有点生气道，"当初，你们不是向我们要了一份承诺书吗？还说没呢。"

王主席一听，差点笑喷："你小子！还没到秋后呐，就算起账来了？这你得找赵局长说去，承诺书不是你自己递到局里的吗？我不过就一带话的。"

"王主席，您说说，就真没法子补救了吗？"穆清正经起来，又可怜巴巴地问道。

"怎么补，文都出了！"王主席道，"赵局长也是没办法了，焦头烂额的，怕夜长梦多，才临时下的这盘棋。"

"王主席，关于日月山的情况，您是再了解不过了。您上次去了日月山，村民们兴奋了好久呢。可如今这项目说黄就黄了,我回去咋跟村民咋交代嘛。"穆清挠着头,一副悲苦相。

"我晓得你也难,可有啥法呢?赵局长也难啊。这里要考虑,那里要顾全,到最后还不得不狠着心,砍掉自己单位帮扶的那些村,你以为他愿意?"王主席又笑着解释道。

"日月山就是这样被砍掉的?"穆清问。

"你说呢,所以你要想得通,怄这个气的,也不止你一人。"

"我想得通,可村民想不通呢。"穆清脸一扭,生气道。

"想不通又咋啦,要怪就怪他们的村干部!当年测路时都干啥去了?这功课凭啥要你去补?"王主席又说。

"我作为第一书记,去补这个漏也是应该的。"穆清道。

"那还有啥想不通的?晚一年就晚一年嘛,离你们日月山脱贫,还好几年呢。"王主席笑道。

"王主席,您又不是不知道,莫路咋脱贫嘛!"穆清着急地说。

"每个年度要修多少路,都有规定,一般来说,是当年脱贫,当年修路,因为财政上就那么点钱。"王主席解释道。

"脱贫当年才修路,咋个脱贫嘛?我们才不背那个名嘞!我们要先修路,真脱贫。王主席,当初,我不当这个第一书记就罢了,可这不偏就当了吗?您也知道,这路早修晚修,差别可大了。如今,就因为没通路,日月山的老百姓照明还立的朽木杆,拉的破股线,风一吹,满山的裸线晃来荡去的。基层干部心都悬嗓子眼儿上了,怕出事故啊!上次农网改造的上去了,可没法整,杆子弄不上去……"穆清一说到"用电"就激动,到了后边,声音竟哽咽起来。

"我理解,都理解。"王主席听着,早动了恻隐之心。

他拿过穆清的水杯,给他续上水,递过去,又笑着故意劝道:"凡事尽人事,听天命,于日月山而言,你已履职尽责了。"

"不,王主席,"穆清求助地望着王主席,说,"这文虽说是出了,可还没发呢……"

"你小子又在画啥道道了?"王主席倾身问道。

"我还得找赵局长去。"穆清咬着嘴唇,犟道。

"算了,那么多的村都等得,你就等不得?"

"不,我就是不死心。"

"哈哈哈,你小子!我看你还是去找赵主任拿文件才是正经哟!"王主席大笑道。

"啊?赵主任不是说?"穆清诧异道,"原来他是诓我的!"

"他同你开玩笑呢。你隔三岔五就往这儿跑,这上上下下,谁不知道你想路都想得起塘灰了,就连赵局长几次想把日月山指标让出去,可都狠不下那个心呢。"王主席解释道。

"原来是这样?"穆清恍然大悟,挠挠自己的头,不好意思起来。

"你刚刚就没看文件内容?"王主席又问道。

"没。赵主任说没有日月山,我也就莫心思去看了。"

"你这家伙……"王主席指指他,笑他怎么就心急了。

穆清也觉得怪,一遇到路的事,自己性子就反了常,沉不下来,才闹了这笑话。

"去吧,今年指标紧得很,要不是日月山情况特殊,是轮不到你们的。"王主席又叮嘱道,"可得把文件收好哦!"

## 六

穆清从赵主任手中接过文件,细看了一遍,再珍宝一样,小心翼翼放入文件包中,确定已装好,才拉好拉链,和雷达一起回双河口去了。

直到将文件安全交到孟镇长手里,穆清才如释重负。

日月山易地搬迁工作的识别,还在继续。增减变动时,只得又开会评议后,再公示。

交通勘测队上山时,日月山便轰动起来了。

镇交管站陈站长全程陪同勘测。村"两委"自然是全员服务。

勘测工作很仔细,勘测项目挺多:筑多少堡坎,打多少涵洞,开挖多少土石方,又如何改道,都要做造价核算,再就是进行施工图纸的设计。勘测队一待就半个多月。

村民们都很好奇。勘测队走到哪里,哪里就有村民围观,还有村民跟着勘测队看规划路线的。也有村民不时询问开工时间的。

穆清说:"估计最迟在10月份,村道路就能全面启动。"

听的人便将信将疑。

交通勘测队刚离开,穆清就接到一则短信。是局里王主席发来的,让他速速回个电话过去。

穆清将电话拨过去,没信号;再拨,还是没有。他匆匆交代了赵一民几句后,便让雷达送他上青树垭。

在垭口之上,穆清坐了好一阵子,才掏出手机来。

雷达问他在顾虑啥。

"这时候让我打电话过去,还不知啥事呢。"

"可能是关心道路勘测进度吧?"

"那可说不准。"穆清说。

电话通了,穆清刚喊了声主席,对方就打断他道:

"谢天谢地,你小子终于打电话过来了。"

"王主席,咋啦?"

"小穆,给你商量个事,"王主席开门见山道,"你先听我说个情况哈。"

不知为何,穆清心里咯噔了一下。

王主席说:"小穆,今年村道路的指标虽然已下达,但还得做一下调整,因为县里项目有限,僧多粥少,满足了这里,就亏欠了那里。如今已有贫困村在县里闹起来了,还要上访,局里为难得很。你也知道,赵局长也是心底无私的人,我们下属单位的帮扶村,今年除了你们日月山,就再没有其他村被纳入了,可还是按不下去。咋办?赵局长的意思是,我们自己的帮扶村吃点亏,把指标让出来,推迟一年再修。现在就跟你打个商量,咋样?"

"王主席,您又不是不知道,我们村比任何一个贫困村都更需要通往外面的路。总不能因为我们是交运局的下属单位,就理应做出牺牲吧?赵局长高风亮节，可以理解，但按这种逻辑推下去，明年、后年都轮不到我们呢！"穆清为难道。

"哎呀，我们这种国家级贫困县，贫困村多得很，要说修啊，都该修。再说，如今卫计、文教、电力等部门都睁大眼瞪着呢，而目前项目上又没那么多钱，咋办？站在赵局长的角度想想，他确实也难哪。所以呀，我们合计，就还得把你们那个文收回来。这个啊，你就得多……多理解了！"王主席又说。

穆清不是不理解领导的难处，其实，他听着，也心酸。可一想到日月山的闭塞，就不停地告诫自己：决不能心软，心一软，日月山的村道路就没了！

再听王主席的意思，这文件是非收回不可了。只有将心一横，牙一咬，回道："王主席，不是我不认这个账，实在是没得法呀！您知道在基层，要干成一件事得有多难吗？您看，您要是早几天打电话的话，我们不修也罢，文件给您退回去就是了，可现在咋办？这条路的建设实施方案都出来了，而且交通勘测队也完成了对这条路的全部勘测设计，您说，都到这时候了，我咋退？"

"局里的意思是，鉴于日月山的特殊性，这个路你们仍然修，我们认账，以后再补发文件。只是，目前形势特殊，你把原文件退回来就行。"王主席又解释道。

穆清自然不肯相信，毕竟口说无凭，便豁出去回绝道："王主席，您转告赵局长，如果你们实在要退这个文，就干脆把我这个第一书记，一起退回去算了，反正我是没得脸再在这儿待了。"

他这一说，电话那头便没了声音。

好一会儿，王主席才无奈地叹道："唉，好你个犟牛，连我你都不信了。"

等那头挂了电话，一边的雷达才又凑过来，问道："真不退了？"

"不退了！"

"你就不怕将来局里头给你穿小鞋？"

"只要能修这条路，给我穿啥鞋我都认！如果这条路往后推，那以后的启动可能会更难！"穆清说罢，毅然关掉了手机。

"你不给退回去，他们还能捞起石头去撞天？"雷达一旁笑道。

"话是这样说，只是王主席的话都说到了这个份儿上，这一口拒绝了，心里还是愧疚得很。"穆清说。

雷达见穆清嘴上说得硬，神色却抑郁，便不好再多说啥了。

之后，穆清又给孟镇长打电话，说了大致情况，最后又提醒道："孟镇长，您就装着啥都不晓得哈，一定得把这个文件守好啰。"

孟镇长自然知道那文的重要，也断然不会退回去的。

## 七

双河口政府箭在弦上。

只待施工设计预算一出来，立马开始招投标。同时，村委会在一社、二社，召开村民大会，主要是讲明形势和政策。

镇纪委马书记参加了会议。

赵一民在会上讲："国家按50万一公里划拨资金，先期启动六七公里。村上'打底子'，负责路基；政府'铺面子'，负责硬化。另外，若国家的钱不足，还得由双河口镇和村里自行解决。但村里咋解决？村里没资金呀！这就要求我们村民自己投资投劳。但又怎么投资投劳呢？投劳，可能大家勉强还能接受，但要说投钱，估计就不亲热了，这可比割肉还难受呢。考虑到这些因素，我们村委会研究决定，其他不说，至少需要村民发扬风格，修路沿线，占用的山林、田地，或毁坏的青苗损失，一律不得要求赔偿。另外施工队进场后，沿线村民要积极支持，每家每户至少得煮一顿饭，犒劳施工队……"

这一听，村民们就都知道修路一事，已基本敲定。一时，会场里炸了锅似的，纷纷表示：只要是修路，出田、出地、出山林都愿意。有个女人还大声笑道："这路要是通了，一把米就能捧到屋嘞。有啥不乐意的？"其他人一听，也开怀大笑。

其实，关于修路指标的事，因几起几伏，村民们也隐约听说了一些，知道这路来之不易。所以会上，以张少华、任东风为首的村民代表就提议，要自发组织一个质量、安全监管和矛盾协调小组，协助村社干部，解决施工中可能遇到的困难和棘手问题。还表示要加强施工中的质量监管力度。而对无理取闹或破坏施工的村民，则要落实专人进行劝导和教育。

村委会采纳了这一建议。委托任东风为组长，张少华协助他。

另一方面，村里最终识别易地搬迁户共29户102人，上报审核。

9月中旬，为了确保易地搬迁工作有序推进，经村民委员会研究，日月山成立了易地扶贫搬迁建房委员会。

日月山建房委员会，根据本村特殊的地理环境，经多方考证，报经政府批准，预计建成东西2个安置点，一是启用曾提前在秦家坝征用的荒废地，并在此基础上，扩大规模，将周围的撂荒地收在一起，有效地合并使用。另外，因秦家坝是日月山唯一一处开阔地带，村"两委"想有效地利用它，把该迁的贫困户都迁过来。所以，通过开通了易地扶贫搬迁用地审批绿色通道，对需要调整规划的及时调整，全力保障易地扶贫搬迁的用地需求；又通过整合土地增减挂钩、土地整理项目，增加用地面积，实现占补平衡，解决安置区项目用地指标。秦家坝居民安置点预计安置16户65人。另外，又在村委会旁边边征用了一块荒废地，作为干湾安置点，预计安置6户17人。两处安置点将集中安置贫困户22户82人。至于房屋户型图，则由县上统一设计。

10月初，村道路正式剪彩开工。

几辆挖机呼啦着，从向阳坡开上去，先是根据施工图开挖路基。那开疆拓土的气势，还真是势如破竹，摧枯拉朽，引得山上好多人下去围观。

施工队到瓦房坝一带时，穆清一早下去查看情况时，路过一位70多岁的老人房前，见老人正躬腰杀鸡，穆清上前打招呼。

老人说："日月山能修路，不容易呀。我们老两口高兴，今天也给施工队煮个饭，表表心意呀！"

穆清忙向他道谢。

老人又笑道："只要施工队不嫌弃我们年纪大，煮得不好吃就行！"

穆清认识老人，老人姓李，只有有两个女儿。一个在荣安镇安了家，还有一个嫁到陕西那边去了。

后来老人又抢着煮了好几顿饭，且顿顿杀鸡宰鸭的，很是丰盛。

老人说："那些鸡鸭，原是喂着等女儿们回来吃的，如今为日月山修路的人，就都是亲人，杀鸡鸭给亲人们吃，理所当然呢！"

村委一般人听了，很是感动。

任东风和他的协调小组，很尽责，早起晚走，和施工队并肩战斗。张少华也整天挂在工地上。穆清嘱咐他别耽误了自家的养殖。张少华说："没事，塘上还有其他股东，再说，家里也有人帮着照看呢。"

德叔也下来了。

一同下山的，还有凌紫叶以及赵一民的女人凤琴嫂。

紫叶背了老腊肉和面条，凤琴嫂称了几十斤面粉，还捉了两只大公鸡，都送到了施工队的伙食团。后来，陆续送东西过去的，还有罗永国的妻子和慧珍嫂。冯玉珍送了咸菜、大米，慧珍嫂送了几十个火烧馍。当然，附近送小菜的，就更多了。这在山里，叫看匠。

看匠，就是哪家哪户修房筑屋兴工事，其他人家拿东拿西前去待客。如今，大家这样做，就是待公家的客了。四社、五社、六社还集体出钱，买了一头猪和两三头羊杀了，让几个人壮劳力送过去，慰劳修路的工程队和帮忙的民工。

穆清跟赵一民和张斌商量，说："张主任购买的那些送情礼物，还在村委会放着呢，别说项目来了，就是没来，人家也是不会收的，不如把它们给分了，一部分给山里的贫困户，一部分给工程队改善生活。"

赵一民想了想，爽快地答应了。

张文斌便把肉食和药材类的，分给了李长海、冯来、罗正先等家，又把黑耳子、白耳子和黄花等，送与了工程队。

工人们很感动，觉得山里人淳朴，挖涵洞、垒堡坎，坡度再陡，难度再大，也没叫苦喊累，或退缩、休工、懈怠的。

一忙起来，时间就像过得特别快似的。

等到霜降来临时，人们才忽然意识到冬天就要来了。

# 大雪

## 一

霜降是一声季节的号角，一旦吹响，秋寒即闻声而起。

天气渐凉的时候，穆清便担心起冯来母亲的身体来。但因为忙，他一时又分不开身去，只心里着急。

一日，村上开会，穆清便向社长冯玉明打探情况。

冯玉明说："穆书记，奇了怪了，那冯来忽然懂事了，不但把他母亲照顾得挺好，而且连酒也戒了。据说还拜了雷文书他舅为师，天天去山里挖药材，还挣了些钱嘞。"

"那就好，那就好。"穆清欣慰道，但绝口没提其他。

又过了几日，他抽了个空，自己一个人去了簸箕石后山。

冯来家房门紧锁着，依旧不见人影。

穆清围着房子细看了一下，房舍找人修葺过，换了柱子和檩子，还重砌了墙体；又从窗子里往里瞧，房内竟打扫得干干净净，收拾得整整齐齐，给人焕然一新的感觉。

穆清心里纳闷：难道他女人回来了？

穆清在周围喊了一转，无人应答，又等了会儿，还是不见人，便忙赶去了冯母家。

冯母正在火塘边坐着，火塘里燃着一团不太大却旺盛的明火。她认得穆清，见他去了，要起身招呼，被穆清止住了。

穆清在火塘边坐下来，先问她身体状况。

冯母感激道："穆书记，谢谢您那日救了我呀，托你的福，我身子骨好多了。"

他又问冯来的去向。

冯母满脸喜色道："他一早就去山里了，说是怕我冷，要去砍些柴回来。估计砍了柴，又挖黄精、天麻去了。"

穆清问："哦，是挖去卖吗？"

"我这儿子啊，总算一下懂事了。"冯母可能是喜极而泣，边说边拭泪，"只要一有空，就去掏些回来与我炖汤吃，说吃了大补。硬是把我的身体给吃起来了。后来，吃不完的，就学着他师傅的样子，在地里栽了不少嘞。特别大的，也拿去卖些，回来补贴家用。"

冯母这一说啊，穆清心里便踏实了。

"大娘，您媳妇回来过吗？"他又问。

"没嘞。估计也是不会回来了。"一听提到媳妇，冯母脸上立时暗了下来，又叹道，"媳妇儿是玉山的，当初嫁到咱家来，来儿不争气，人家姑娘也受了些苦，怄了些气。来儿他……伤透了人家的心啊，怕是再难回心转意了。"

"大娘，也不一定哈，只要您儿子变了，一切就都会好起来的。"穆清安慰道。

"穆书记，自你们上次走后，我来儿回来啊，见我那样子，又知道是你们给我请医生，给我抓药，还帮着垫资药钱的，他埋头大哭了一场。之后，就像忽然变了个人似的，开始细心伺候起我来。后来还找人培修了房屋，也做了些田地。闲了，就跟着他师傅一路去学挖药材。"冯母高兴地说。

穆清一听，也很替冯母高兴，又嘱咐了她一番，才放心离去。

村上工作一忙，赵一民更莫空经自家建房的事了，有时就干脆停了工，所以，他那房修修停停，直拖到冬天，才勉强完工。

他从赵家岭往下搬家时，附近的村民知道了，都抢着前去帮忙。待穆清忙完工作，再组织干部们前去时，搬家已近尾声了。朱凤琴原还有些责备赵一民莫担当，误了自家建房工期。如今，一看大家热心为他们搬家的劲儿，一时又百感交集。

那一晚，她请了两个帮手，在秦家坝的新房里，精心做了几桌菜，特意款待前去帮忙的村民。

赵一民一家在秦家坝，终于有了自己的房子落脚，穆清打心底为他们高兴。

12月初，穆清又接到单位发来的短信，说有要事，让他速回一趟县城。

赵一民知道了，直催他进城，说村里的事有他们顶着。

回县城的路上，穆清接到一个陌生电话，但没听出声音来。对方告诉他，自己是文化馆的申遗工作人员老张，还说打了他几次电话都没通，何馆长也没打通。

穆清才想起是张干事，上次和冯馆长一道上去的，忙解释说自己一直在山里，手机多没有信号，今天刚好下山。

对方才告诉他，火焰沟的赵福禄和赵满子的烧碗技术，申遗成功，已被列入市非物质文化遗产代表性传承项目了。

穆清一听，大喜，便忙向张干事致谢，并让他代自己向冯馆长转达谢意。

"好。至于那个'陶窑旧址'，还可去文物局申报固定物质文化遗产。"张干事又说，"如果你们尝试着，将它恢复起来，便是大功一件了。当然，冯馆长也是这个意思。因为这类陶窑在我们市，甚至可以说，在整个秦巴山区，都是绝无仅有的。"

穆清懂对方的意思，说自己会尽力去做。

挂了电话，穆清觉得浑身都轻松了，那曾压在心头的石头，总算一下落了地。

穆清回去后，才知道各部门，要评选出脱贫攻坚中的"挂包驻帮"先进个人，然后上报。组织部、直工委再根据实际情况，综合考核。他回去的时候，处里已开过会了，人员也确定了。据说开这个会的时候，大家都认为，除了穆清和秦汉明，评谁都不合适。秦汉明提的是穆清。理由是他踏实肯干，不耍花枪，一心为公，扎根人民。但最后处里还是定了秦汉明。局里让交材料时，处里便只有通知穆清回去，让他帮忙提供材料。穆清觉得秦汉明自分管扶贫工作以来，殚精竭虑，为自己驻村扶贫更是广开绿灯，提供了也争取了不少项目，评他是实至名归的事。只是秦汉明并无基层工作的经历。穆清便将自己做过的工作，往秦汉明身上按。材料交到局里，局里领导看了，有些生气，但又不好多说。局里又上报直工委。直工委李书记熟悉驻村情况，看了材料后，当场大发雷霆，说："人家驻村的不报，没驻村的倒报了！你们那位叫穆清的书记呢？工作做得那么好，你们为啥不报？这不令人心寒吗？再说，你们这样做，后边的工作咋推得走？"

这一顿抢白，让局里报材料的主任面红耳赤，无地自容，回去一说，局里领导就更生气，立马召开党委会，经研究决定让海事处改报穆清。

待到局里直接通知穆清上报材料时，穆清为这事还纳闷了很久。又过了一段时间，才有人私下告诉他原委：说去年电视台对他个人的报道可看出，他有些好大喜功，又太过个人主义了。

至此，穆清才恍然大悟。

心中一寒，忽觉宋达海可能还是没放下，而且看样子，要与他计较到底了。

不觉深叹了口气。

回山的路上，过往的事又影子似的缠着穆清，老在他眼前晃，赶也赶不走。

那年，明溪河里一条船跑了。结果拔出萝卜带出泥，把处里的贪腐事件整了出来，一班子人全倒了。一个判了9年，一个开除党籍，一个党内严重警告。这下处里的工作全瘫了。为了把工作推起走，上面通过摸排，把宋达海从路政大队调过去当了处长。

宋达海刚去，也是一腔热血，但人生地不熟。他通过侧面了解，知道穆清是个干实事的，便多与他交心，也把些重要的事，放心拿给他去做。

后来，有一洪姓老板，名下有一艘非法船只，他找到宋达海，想把它合法化。一开始，宋达海一口回绝了。但不知为何，过了一段时间，宋达海又想通了，让办公室老黄去找到穆清，委婉地说明了他的意图——让穆清以原来那处长的名义，出个文件，将那船规范化。穆清一听，心里咯噔一下，认为这是铤而走险。便不动声色地问道:"这是要签字的,需要签字咋办?"

他想提醒那黄主任,让宋达海知难而退。

不想黄主任却说:"你顺便把它签了,不就得了?"

这穆清哪敢去签那个字啊,这点法律意识还是有的。便小声问道:"这也是处长的意思?"

黄主任没回答,只意味深长地笑。

穆清看他不出声,便玩笑道,"黄主任,你看我哪有这个爱好啊?要有,也早是处长了!"

穆清没看那黄主任,但分明感觉到他嗓子眼里哽了一下。

其实,黄主任本就知道穆清原则性强,软硬不吃,眼下碰了个软钉子,只悻悻而去。

至此之后,穆清就一直觉得,这是自己得罪宋达海的第一件事。

## 二

冬天是农闲时节,在外打工的,也陆续回家了。

县经作站安排了一个种植培训,给日月山分了 3 个名额,穆清觉得太少,又去镇上争取了一个。他想让冯来跟罗永国他们几个种植能手一起去。

冯来听说要去七八天,有些犹豫,后来又听说师傅也去,便很乐意,安顿好了母亲后,就随大家一起下了城。

走的时候,师徒俩还带了些新挖的药材。

冯来走的那段时间,穆清又买了些日常用品,约上冯玉明,抽空就去了趟簸箕石后山。

冯母身体越来越好,已经可以做些零杂活了,还笑着让穆书记别担心她,说她自己可以照顾自己了。

穆清说:"没事的,来看看您老,才安心呢。"

冯母听了那话,眼不禁又湿了。

冯来回山过干湾的时候,硬要还给穆清 500 元钱。穆清不要,也知道这其中有400元，是他这几日领的务工补贴。但冯来很犟，穆清不收，他就不走。

见两人互不相让，一旁的罗永国只好过来打圆场。

他说："穆书记，你想得远，冯来都知道。他多次提过你帮他的事，也老惦记着欠你钱和情。这样，他既要还你，也是铁了心的，你就安心收了吧。放心，我这徒弟现在能找到钱了，这次带了30多斤黄精下去，还卖了600多元呢。"

穆清不好再坚持，便收了300元钱，说其他给冯母请医看病的钱，就是自己尽的一点心意，是不会收的。

冯来便不好再坚持了。

又过了几日，第一书记回镇上开会。会后裴亮告诉穆清，冯来的老婆金枝和儿子前几日回村了；又说他在村上打探过，金枝在外边没人；笑问穆清要不要过玉山去一趟。

穆清一听，一喜，忙让裴亮会议结束后等着他。

穆清随裴亮去了金枝娘家，将冯来的近况带了去，并与他们做了推心置腹的交流，希望能重新看待冯来，还孩子一个完整的家。

那金枝边听边哭，伤心得跟个泪人儿似的。

裴亮也在一旁做工作撮合，劝她给冯来一个机会。

金枝答应要想一想。

于是，穆清在裴亮那住了一宿，第二天才赶回日月山。

日月山易地搬迁难度大。

村委一班人一想到这事，头就大了。

干湾安置点倒是没问题，因为开了年村道路一通，就可拉材料动工了。只是干湾安置点，地势狭窄，最多能安置五六户人家。而大批的贫困户，只能安置到秦家坝。

难就难在秦家坝那边。

秦家坝与干湾隔着一座大山，两者之间还有10多公里山路。这搬迁所需的材料，既大，又多，还重，同时这10多公里的山路，不仅崎岖、狭窄，而且坡陡，到时候，材料如何弄过去？总不能让村民肩担背扛吧？

村里召开易地搬迁专题会时，穆清就提出："能不能趁着农闲，发动村民，把秦家坝到桃花沟的路修一修，以备不时之需？"

穆清这想法与赵一民不谋而合。

赵一民也说："是啊，无路可通，要易地搬迁的话，难度实在太大，恐怕项目要搁置。我和穆书记想到一块儿去了。也就是说，我们村委不能有'等、靠、要'的思想，我们得未雨绸缪，自力更生，想办法发动村民，自己先把那段路修一修。能修多少就是多少吧。"

"有道理，说不定到时易地搬迁，还真派上了用场呢。"张文斌说。

"我们就姑且先不说易地搬迁吧。你们想想，咱日月山要脱贫，是要先修路的。今年村道路的硬化，我们已提前占用了指标，将来，这路能不能向前修，又修不修得过去，都还是个未知数呢。正如赵书记所说，我们不能等，况且我们也等不起，能先整个路基出来，好歹也能方便秦家坝的村民出山吧？"穆清说。

"嗯，实话实说，接桃花沟那条毛坯路早该整了，从那出山是条捷径。前两年我们就有过那想法，也和张主任商量过，"赵一民砸巴着一口旱烟说，"只是以前修从秦家坝到村委会的毛坯路时，很多人对投工投劳有意见，又认为我们做干部的，捞了他们的油水。村委会的人心就凉啊，便连已修的那条路，也懒得派人保养了。后来，水冲的冲，塌方的塌方，就成了现在这样子，那哪还叫路啊！张主任也晓得，这一来，哪个还愿牵头再往西修呢，难得去讨那个臊嘛！大家也就再没提了。"

"嗯，赵书记说的是实情。说实话，这村干部不好当，村民都麻钱眼儿那点心思，很难沟通。"张文斌接过了话。

穆清说："我也知道，要跟村民计较，这工作就真没法干了。不过，话又说回来，只要我们真心实意地干，将来他们回过头来想，总会明白的！"

"只是眼下干湾刚好修路，到时又能否两头兼顾呢？"张文斌又问。

"这个不用担心，工程队会认真尽责。另外，不是还有东风他们那个协调小组吗？在质量监管这块上，他们很用心。再说，到时我们村委做个分工，大家各司其职就行。"赵一民说。

"既然大家都心意相通，那就整嘛，我们自力更生，自己把毛坯路先弄出来，赶个场，拉个东西什么的，也方便。"一直没说话的雷达也支持道。

"好，就这样定了，至于村民的工作，我们去做，也可以通过村民代表去做，现在有很多人在外面跑过，眼界比前几年高多了，说不定一说就通呢。"穆清说。

结果，一去做工作，80%的村民都同意修路，且热情高涨。一部分人还主动要求，在投工投劳的基础上捐些钱。

大家抢时间，说干就干。天不亮就起床上工地。有烙了饼的，有带了熟饭菜的，也有背了干粮的，中午饭就在工地解决了。

更让穆清高兴的，是冯来也来了。他站在远处朝穆清笑了笑，算是个招呼。后来，大家又觉得老在家带饭不行，主要是气温太低，临到中午，饭早冷了，没法吃。还有老吃干粮也不行，没营养，胃也受不了。而早上都走得早，不吃又不行，因为修路是重体力活。村社干部与村民代表一商议，便将大家捐的钱拿出来，成立了临时伙食团，又推举厨艺好的，负责中午饭。这样，工地在哪，伙食团就在哪，大家吃上可口的热饭食，干劲更大了。

只是，没干两天，张文斌就不见影儿了。

穆清问赵一民，赵一民说他不知道。后来，雷达才说，他又去山外了。

一日下午，收工的时候，见人都走得差不多了，冯来才走过来告诉穆清，说："金枝带着孩子回来了。是裴书记开车把他们送到向阳坡的。"

冯来说着，就抽噎起来。

穆清眼睛也湿了，知道他想说什么，只拍着他肩高兴道："回来就好，回来就好！"等冯来缓过来，穆清便又鼓励他，"好好过日子，过成大家都羡慕你的样儿才好呢。"

冯来边拭泪，边不住地点着头。

后来，穆清又听说，冯来去杨兴平处，买回了两头猪仔喂着，就更欣慰了。

换届选举近了，村里事务一下多起来，村支"两委"顾不过来，穆清就与赵一民商量，又把任东风从村委会那边工地上调过来，代为负责秦家坝修路的事宜。

气候越来越恶劣，到了腊月初，大雪已封了山。硬化到陈家嘴的村道路，只得停了下来，等来年暖和了，再开工。

但秦家坝这边的毛坯路没有停工，在任东风的带领下，天一晴，雪一化，大家就又扛着工具，上工了。

后来，村委会征求任东风和村民意见，大家都说，整毛坯路，工序简单，就开挖垒石，修修补补的。不如趁大家都在家，一鼓作气，干到年前才休息吧。

赵一民也觉得他们说得在理，便准了。

后来，停了工的一社、二社村民，听说这边还在继续修路，也跟着朱仕忠和张少华，带了工具，赶过来支援。

有两三个石匠，还特意带了钢钎、錾子和锤子，主动负责在沿途开挖石块，以方便大家用碎石铺路。

## 三

到了腊月，张少华的鱼塘将要出售成鱼。赵一民找到他，让他回塘上去，说千万别因小失大。张少华说，他心中有数，还可以再坚持两天。

穆清听到他们谈话，也过来催道："你放心回吧，任东风还在这儿顶着呢。你是那个示范工程的带头人，你不回塘上去，其他人心中无底，巴巴地着急，况这又是第一年出鱼，大家还指望着算收成呢。"

于是，两人硬将他赶回尖嘴岭去了。

因为人多力量大，年前，到桃花沟的毛坯路已修了大半，村委班子考虑家家户户要置办年货，才停了工。

张少华回去时，塘上已接了好几单生意，要鱼的都是乡场上的熟人。因为路不通，只有送到向阳坡去装车。之后，见天都有好几拨人前来订货。张少华忙不过来，只有向穆清求救。村里便派雷达、赵浩，用摩托车往外拉。

年前几天，二里坝的村民竟也涌上来买鱼了。

塘上的人都奇怪，二里坝那么多高密度养鱼池，按说，是不缺鱼的呀！一问，才听说，二里坝的水产养殖损失惨重，几乎全军覆灭。

原来，那商家就是以推广鱼苗，来忽悠老百姓的。他们推广的高密度养殖，一个小田，能放几千甚至上万尾鱼苗。当时，二里坝的人，觉得鱼苗只需5角钱一尾的现钱，划算，便家家户户都养。鱼苗是8月份放的，到了水里后，喂料，鱼儿也在长，可一到冬里，就全都不见了。"

"全都不见了？"尖嘴岭的人愈听愈奇。

"就是全死了啦！"

"咋会这样？"

"他那鱼苗，就是个热带鱼，在我们这咋过得了冬蛮。"

"没去找他？"

"找了，电话打不通，去杨柏河找，人家说，还没到10月份，人就跑了。"

"唉，现在的骗子花样多着呢，一不小心，就要上当。"

"不是吗？说起来5毛钱一尾便宜，其实贵着呢。你们想，25升的酒壶可装1万尾鱼苗，放在田里，就是5000块呢。"那人停了一下又说，"连我们村主任都上了将近万块钱的当，还不说别人了。他们光在我们二里坝，就骗了10多万。"

这些话，听得一旁的张少华胆战心惊。

他这才知道，所谓的高密度水产养殖，不过就是鱼苗商家的瞎鼓吹，目的就是兜售他们的鱼苗。

他又抽空，专门去了趟二里坝。一打听，果如村民们所言，二里坝高密度水产养殖户，确实亏损不少。他暗自庆幸，当初幸好有穆书记帮着参谋，也幸得有水产渔政局向局长等专家的指导和支持，不然，上当受骗的，可能就还得搭上他和他股东们呢，那损失就更无法估量了！

鱼塘生意特好，成鱼几乎售空。

张少华特意挑了好几条大鱼，要送给穆清、水产渔政局向局长和帮助过他们的技术员。

但穆清一直没去塘上。

张少华空下来，去村委会找，也没见着人。他又等了些时候，眼看着年近了，仍不见穆书记的影儿。又专门去寻，村委会的门，照例关着；想了想，只好去找雷达，还好雷达在家，只是急急地要往汉马场去。一问，才知道，穆清这几日也在那。原来，近日杨家猪场，又有一批母猪产仔，穆清担心，怕他们疏忽大意，又重蹈覆辙。便与雷达提前去了猪场，日日守在那里，就连晚上，也是几个人轮班值守。

关于杨家猪场曾产仔失误的事，张少华早听人说过，说是其损失，比他们鱼塘当初还大。今儿自己正好得了空闲，就想着也前去瞧瞧，于是跟着雷达上汊马场去。

路上，雷达说："吃过大亏，就再不敢大意了。"

"嗯，谁创个业都不容易，老话说得好呢，'小心驶得万年船'嘛！"张少华说。

"是啊，先前呢，他们猪场有近10头猪产仔，但大部分都死了，可惜得很！"雷达说。

"咋就死那么多呢？"张少华问。

"刚开始养嘛，没啥经验，也算不准预产期，而产仔呢，又多是提前，还到晚上去了，又没大看守。结果，兄弟俩一早起来，那些被踩死的、噎死的、甚至给脐带活活勒死的猪仔，倒在圈舍里，到处都是。而成活了的，抵抗力又弱，不久又感染了这病那病的，也有好些损失。算起来，第一批产下的猪仔，损失掉的就上百头。为这，杨兴平女人哭了好几场。"

"那也够惨的了。损失那么大，谁摊上不心疼呀？！"张少华叹道，一边又想起自己经历的挫折来。

"唉，说来也怪他们自己，当初，畜牧局技术员曾建议他们，先养育肥猪，他们当时也答应了，可后来又变了卦。"

"没跌过跤的人，就总想去试一试，结果还真跌了。"张少华像是说他们，又像是说自己。

"谁说不是呢。上次，穆书记学习回来，给他们兄弟俩买了好些书。你也知道。村上还多次派他们出去技术培训。这次应该没多大问题了。"雷达又说，"不过，还是怕有闪失，昨天，穆书记又让我把畜牧站的兽医接来了。"

两人一路聊着，不知不觉就到了。

张少华远远的，就见穆清和几个人守在猪舍，其中还有一个陌生人，估计就是兽医了。

张少华过去一问，才知道这次有十五六头猪分娩。难怪穆书记日夜守在这汉马场，不敢大意。

张少华看得出，穆书记精神虽仍好，但还是难掩倦意。

不知为何，看着穆清，少华竟忽然生出几分心痛来。

## 四

大年三十的早上，穆清才动身回城。

他先将张少华托他带的鱼，给向局长他们送去，心想好赶过年的时候，让他们尝尝鲜。但向局长和两位技术员却坚决不肯收。

穆清解释："人家也没别的意思，就一个朴素的心愿，让你们见证一下他的养殖成果，并与他同喜同乐。另外，也是感谢你们当初给予他的无私帮助。"

为了不却张少华一番心意，几个人只得将鱼收下了。不过，他们都坚持按市场价付了鱼钱。向局长又让穆清转告张少华，让他理解，说这是他们做人的原则；又嘱咐穆清，以后张少华养殖上有什么需要，都尽可以去找他们。

穆清替张少华道了谢。

穆清一直有一个心结，觉得当初自己一心为着村上修路，让王主席为了难；心中时常不安。春节期间闲下来，就觉得那心结愈来愈重。

于是，打电话给秦汉明，说了自己的心思。

秦汉明安慰他道："没事，你也不容易，王主席又哪能不理解？要是你觉得实在有必要把话说开的话，那就等开年上班时，我和你一起去单位找他，赔个情道个歉，行不？"

穆清觉得，由秦汉明出面，当然再好不过了。

大年初七，穆清与秦汉明一道去了王主席办公室，真诚地向王主席道歉。

王主席忍不住笑道："事情过都过了，就不需再提。再说，穆书记也是一心为日月山好，情有可原呢！"

"也是，按当时的情形，即便日月山一个村放弃指标，可能也解决不了多大问题。"秦汉明也笑道。

"道理也是，可说实话，打那个电话之前，我压根就不抱希望，你想想，他穆清是啥人？咋又可能拱手让出指标嘛！"王主席又笑道，"不过，现在好啰，路都修了大半了！"

王主席这才告诉他们，其实，当初赵局长也就日月山的情况，反复与他和薛股长讨论过，要收回文件是真，而让他们私下里修局里认账也是真的，目的就是照顾像日月山那样的穷乡僻壤。

"可你们不信，我也就解释不清了！"王主席又笑道，"不过，能理解。要是没你小子，日月山的通村路还不知要等到猴年马月呢！"

几个人都忍不住笑起来。

临离开时，穆清和秦汉明再次谢了王主席。

年后上班时，交运局就"日月山提前启动村道路建设"项目，还是重新出了一份文。内容大致相同。只是将国家的划拨资金，又由原来的每公里50万，追加到每公里55万。

因为天寒，气温低，施工队仍旧无法开工。

易地扶贫搬迁安置筹备工作，仍在紧锣密鼓地进行中。

村民没啥农活，村委会决定由张文斌牵头，组织三社、四社、五社村民，继续将未完的毛坯路修下去。

其他社的闲置劳动力，也有前去支持的。一社、二社虽离得远，但去的人最多。

## 五

一日，张少华前去找穆清，说尖嘴岭有几户贫困户，有劳动力，却找不到致富途径，出去打工，又挣不到钱，自己鱼塘生意还好，即便当初死了些鱼苗，但到年底，还是小赚了一把，净收入比外出打工强多了。穆清说他坦诚，不像有的人，总藏着掖着，又算了一笔账，说尽管当初鱼塘只存活了40%的鱼苗，但从成鱼的销售看，每家仍可净赚六七万。张少华一笑，并不否认。他说，为了感谢各级政府、村上、帮扶单位及水产渔政局当初的倾力帮助，他有个想法，也与其他几位股东商量过，想带动村里的贫困户，一起致富！

"行啊，有境界，你小子。"穆清拍着他的肩膀兴奋道，"那由你牵头，就在咱二社，成立一个水产养殖合作社，如何？"

"好，一人富，不算；大家富了，才是真富。这担子我接了。"张少华爽声笑道。

穆清从衣兜里掏出些钱，数了数，就递给了张少华。张少华不解。穆清一把塞到他手里，才说是向局长等人买鱼的钱。

张少华急了，问穆清："你们城里人瞧不起咱是吗？不带这么羞辱人的吧？谁卖鱼了？我那是送的，好不好？"

张少华说着，将钱又扔给穆清。

"好啦，人家不是那意思。是觉得咱山里人挣钱不容易，不想占你的便宜。"穆清把钱一把塞进少华兜里，才又说，"都领了你的好意了。再说，人家那叫懂规矩，没啥错。他们也说了，以后，你在养殖上有啥困难，只要招呼了，他们还是会随叫随到的。"

这一说，张少华方消了气。

两人又就合作社的事，详详细细合计一番，便上了青树垭，打电话去询问成立专业合作社的流程。

下山时，张少华向穆清询问村道路开工时间。

穆清说："这里不比低山区，今年又特别冻，气温低了，路面也不好养护。可能还要等等呢。"

"等天气转暖的话，也就到三月中旬了，再到完工，怕也得好几个月吧？"张少华又问。

"嗯。你看，这山高路陡的，光开山垒石铺路基，去年就耗去大半的时间，好在今年就只剩硬化了。"穆清回答。

"道路完工，再加上养护，估计投入使用，也就到六月份了。"张少华说。

"你在担心什么？"穆清问后，才忽然想起什么似的，"哦，你是担心错过放鱼苗的时间？你看，我咋就忘了呢！"

"您也知道，去年生意好，成鱼几乎卖空。我们得赶紧进鱼苗，这路，要是六七月份才通的话,摩托车都上来不了,塘就得空半年。"

张少华说着,脸上已笼了层阴云。

"也是,那损失可就大了,"穆清也担心起来,"可若是现在就购进鱼苗的话,气温又太低,成活不了。"

"所以,心里急呢。"张少华又说。

"车到山前必有路,"穆清想了一下,说,"这样,这段时间呢,你们不是要扩大规模吗?正好可挖塘,只是选址一定要在有流动水源的地方。另外,专业合作社的事,也要尽量在这段时间办下来。等气候转暖,我们再商量鱼苗的事,咋样?"

"嗯,目前也只能这样了,走一步看一步吧。"张少华嘴上这么说,脸上还是带了些忧虑。他离开后,穆清目送着他的背影,心里也多了几分担忧。

# 清明

## 一

时光如河，春天说来就来了。

张少华在村上的协助下，向工商行政管理部门提交完所有的文件时，已是春风送暖，万物催生的时节了。

接到道路开工的消息，穆清与赵一民忙赶去尖嘴岭，与张少华商量进鱼苗的事。

尖嘴岭新挖的鱼塘还未完工，张少华一边给排水道安过滤网，一边让人给池塘底部铺砖。赵一民在池边好奇地问："铺砖又是干啥呢？""封印水泥呗！"张少华边忙边答，忽然觉得声音很熟，忙抬头，见赵一民和穆清都弯腰瞅着池底细看，忙笑道："两位书记来了。"

"那底部还要泥土吗？"赵一民又问。

"要，当然要。"张少华解释道，"池塘底部的泥土，原本就是生态系统的一部分，因为土壤里的养分，可以释放到水中，起保肥作用。鱼儿的粪便沉下去后，通过微生物分解，也可参与到整个鱼塘生态系统中来，所以，一个合理的池塘里，土质也很重要。"

这番理论，听得赵一民一脸惊奇。

穆清却在一旁笑着，颇为张少华的成长而欣慰。

张少华知道两位书记找他有事，忙上岸带他们进了屋。

"少华，是这样的，村道路马上就要复工了，你看今年的鱼苗咋整？"赵一民还未落座，就开门见山道，"你也知道，一旦开工，路就全封了，连摩托都过不了。"

"可，现在去拉的话，水温还是低，不好养。"张少华说出了心中的顾虑。

"还记得你去年的苗子吗？是商家送到向阳坡，你让雷达、赵浩用摩托下去拉的。今年你们要得更多，估计背是背不回来的。我也在琢磨，要是等路通了，怕就真如你所说，岭上所有的塘，都得空半年了。你有什么打算吗？"穆清也一旁提醒道。

"喔，说到苗子，我后来也琢磨过，你们想想，去年的倒春寒来势多猛呀，持续时间又长，都4月份了，还冻着呢，鱼能适应才怪嘞！"赵一民说。

"赵书记，你是说，今年天气可能要好些？"张少华问。

"嗯，去把你爷爷叫来吧，他是种庄稼的老把式了。其他我不懂，但就懂一点，这养鱼也得看气候不是？"赵一民又说。

"嗯，二位稍等，我这就叫去。"张少华说罢，转身去了老房子。

张少华的爷爷70多岁了，身体还很健朗，跟张少华一进来，赵一民就问道："老哥，有句谚语叫'冬在头冬在尾什么的'咋说来着？"

"哦，我想想，"张少华的爷爷略一思考，边说，"'冬在头，卖了被子去买牛，冬在尾，冻死鬼，冬在中……'"

"记起了，'冬在中，十只牛栏九个空'吧？"没等人说完，赵一民便忙着补充出后一句，又问，"那'大雪不寒明年旱'后面还有啥？"

"是'大雪不冻倒春寒'嘞。"张少华的爷爷接道。

看他们温习农谚，穆清和张少华在一旁惊奇地听着。

"对对，'大雪不寒明年旱，大雪不冻倒春寒'。年前大雪那天，多冷，大家都记得吧，嘿，今年天气肯定暖和，跟去年不一样。"赵一民分析说。

"嗯，'冬在头，卖了被子去买牛'也就是说，冬至那天，在农历十一月的开头,就预示着来年春天暖和,适合播种耕作。"张少华的爷爷也说。

"想不到,这些农谚还这么深刻,真是受益很大呢!"张少华感叹道。

"是啊,虽然现在科技发达了,但这些祖先传下来的东西,还是有借鉴的地方。"穆清说。

"这么说,可以赌一把了?"张少华也很兴奋。

"按说,这是准的,早年农民种庄稼,干啥不干啥的,还不都是靠谚语指示。"张少华的爷爷说。

"你想好,若塘空半年的话,到年前就还莫得有成鱼出售哟。但要拉,也不排除风险,你也要有个心理准备!"穆清看看张少华,又看看赵一民说。

赵一民点头赞许。

"那就拉。我与其他几位股东商量一下,马上联系商家。"张少华下了决心。

## 二

果如农谚所说,今年的春天特别温暖。即便刮过三两天寒风,气温也很快回升了。大地上草木催生,万物竞长。

道路硬化进展迅速。

其间,孟镇长上来过一次,是查看村道路的进展,顺带慰问施工队的。

孟镇长车的后备厢和后排椅子上,装满了物资。有水、面包、方便面、压缩饼干,还有老干妈、粉条、豆皮、蔬菜之类的。他让雷达开摩托车往去阳坡拉,自己和党镇办的小顾下了车,徒步上山。

那日,穆清和赵一民正好都在工地。穆清见孟镇长健步爬上来时,脸不红,气不大喘,很是吃惊。赵一民悄声道:"实干家,实干家的派头呢。"正说着,对方已到了一米开外。赵一民赶忙招呼:"孟镇长,您来就是了,干吗带那些礼嘛!""应该的哈,就算双河口政府支援边区人民的!"孟镇长玩笑着,爽声回道。

巡视完工地,孟镇长就让穆清陪他去尖嘴岭,说要看看鱼塘。

张少华先带他们看了新建的几口塘,塘口比前面的都大,设计也更趋于科学化，只是尚未竣工。张少华告诉他们等路修好了，正好就赶上投放新鱼苗。又带他俩去看提前投放的鱼苗。

"这次这批苗子质量较好，规格整齐，群体体色一致，微黄有光泽，放水里后，弹跳有力。"张少华又指着前面一口塘里的鱼儿说，"你们看，这都半个多月了，还是那样，活蹦乱跳的。估计，成活率挺高的。"

"那就好。刚才在路上，穆书记还担心这个呢。"孟镇长说。

张少华掩饰不住脸上的喜色，又说："刚学养鱼的时候，没啥经验，商家整我们冤枉，发过来的几乎都是些劣质苗，体色暗淡，多为花色苗，或白色死苗。刚放下去，也能蹦能跳的，但一两天后，就不吃食了，接着就是大面积死亡。当然跟气温也有关系，但鱼苗质量不行的话，死亡率就更高。"

"这几天这气温，可能说降就降，还是大意不得。"穆清一旁提醒道。

"嗯，我正尝试着通过集热器得到热量，再用载热体将热量导到池中，给水升温。"张少华说。

"嗯，这样好，凡事都要未雨绸缪，免得出现意外后，措手不及，甚至病急乱投医。另外，还得谨慎，你身上背负的担子，可不轻呢。要随时随地记住，你身后还跟着十几户贫困户，他们可经不住摔打啊。"孟镇长语重心长地嘱咐。

张少华连连点头。不过，他还是向孟镇长提到用电的问题，他说，山上用电极不稳定，塘上无论是加温还是供养，都离不开，一旦停电的话，鱼塘损失就不可估量了。

孟镇长听罢，沉思了片刻，才道："这线路不是我们不改，是杆子抬不拢，人家没法来改，眼下，这路一通，我们立马请他们上来，把这当作最紧要的事去做。"

孟镇长又向张少华了解了专合社里，贫困户入股的具体情况，并对专合社和他都给予了高度肯定，说这种共同致富的模式，值得在全镇推广。

穆清是站在山梁上目送孟镇长离开的。在山梁上，穆清放眼望去，才发现，曾寂然地隐于春色中的油桐树，不知何时，竟又悄然盛开了。他一开始，只发现一两棵，再往周遭一细看，山上，半坡，田间，河沟里，到处都是。只是，因是初开，并不艳丽，像穿着红色碎花衣衫的村姑，在田间山野寂寞地芬芳着。穆清再回头看孟镇长，他已在那些或粉红或淡紫的碎花衣衫的陪伴中下了山，且背影愈来愈小，很快就变成了个小黑点不见了。

穆清觉得，心上有某种东西，好似正慢慢苏活过来。

## 三

村委会的干湾安置点，是村道路完工前就动的工，采用的是统规自建的方式。

秦家坝那边却搁置着，原因是路不通，材料拉不过去。若组织人走青树垭到干湾去背，代价太大，劳民伤财，不现实，早被否定了。

村委会原想着走桃花沟的，可想接手的几个工程队前去看了，就都打了退堂鼓。原因是那路毕竟是村民自发修的毛坯路，窄不说，还有几条河拦着，车子怎么都过不去。

之前，穆清一直被大家称作"智多星"，好像再难的事，到了他那儿，都有化解的方法。但这次，他也真无路了。这易地搬迁呀，条件好的村，都挑工程队，而这日月山，却入不了工程队的法眼。

镇里催得紧，穆清和赵一民该解释的，都解释了，该汇报的也汇报了。没办法，上面要追责，也只有认。

一日，刘书记和孟镇长都上山来了。穆清知道，他们一定是为易地搬迁而来。

两人还在日月山住了下来。

第二日一早，就从村委会出发往秦家坝去，待徒步行完全程时，孟镇长还好，刘书记双脚已起了泡。两人都觉得确实难，单是走路都难。要把材料弄到秦家坝去，就更是天方夜谭了。穆清便又陪着两人，走了一次秦家坝到桃花沟。返回时，他们都同意穆清的意见，认为如果一定要选路的话，走桃花沟过来，比走青树桠现实。但怎么过来呢？几人又沉默了。孟镇长说："毛坯路可以加宽，但车子过不了河。"张文斌说："可不可以在滚水坝上想想办法？"穆清以前负责过渡改桥，有经验。他首先否定了张文斌的想法。因为一是滚水坝坡度太陡，表平面又较窄，车子上不去，再就是承重量也没那么大。

"嘿，要我说啊，都怪穆书记，早知道要易地搬迁，当初干脆就将滚水坝修成桥了。"雷达一旁打趣道，"免得现如今愁死我们了。"

大家听了，都忍不住笑了起来。

笑过之后，一直沉默的刘书记开口道："大家先不着急，都静下心来想办法。另外，我提个思路，其实老百姓是很有智慧的，他们见多识广，生活经验又丰富，向他们征求建议，说不定会有意想不到的收获呢。"

刘书记的一番话提醒了孟镇长，他笑道："对呀，都说高手在民间呢！穆书记，你上次修滚水坝，不就是得了一位高人指点吗？忘了？"

穆清确实忘了，包括村委会的几位都忘了。

"唉，不怪穆书记，包括我们，这脑子都没闲下来过。这不，前几天，这到桃花沟的毛坯路才结束呢！可就是没想到这过河的事了。"赵一民在一旁忙着解释道。

刘书记说："这不怪大家，日月山地理位置特殊，条件艰苦，但它的变化，是有目共睹的，所以我和孟镇长在这里，向各位道声辛苦了！只是接下来，还有更大的难关，需要大家去克服，有更多的苦，还需要大家去吃，所以，拜托各位了！另外，无论遇到多大的困难，你们要相信，我们都不会甩包袱、撂挑子的，我们将与你们一道，共同进退！"

接着，孟镇长也强调说："易地搬迁就算再难，我们也不能让日月山掉队。就是豁出去，我们将和你们一起把工作向前推。不但要让我们的搬迁户有盼头，还要赶他们过年时，有新房住！当然，在问题没得到解决之前，刘书记和我就住在秦家坝，我们共同来想办法。"

刘书记和孟镇长两人的话，让大家一度消沉着的心，又重新燃起了斗志。

接下来，刘书记留在秦家坝，与赵一民、雷达一起，组织村民坪地基。然后按各搬迁户的人口数，逐一确定面积，划分地界。

孟镇长脚力好，便与穆清、张文斌走村串户，去寻访一些能工巧匠和生活经验丰富的人，向他们问计问策。然而，一两天过去了，仍是一无所获。

## 四

在划分住房面积时，刘书记遇到一奇怪现象，所有搬迁户像约定好的似的，都不要两条溪水间的那块荒地。刘书记不解，向赵一民咨询原因。

赵一民笑道："都说那是二水洗铧的位置，犯忌讳呗。"

"二水洗铧？"刘书记看了那地势一眼，不解道。

"嗯，民间有种说法，说'流水向，财流光'，又说'住宅距离两股溪水太近，湿气大，人容易生病'。"赵一民解释。

"都是些无稽之谈罢。你看，这地势多好。居高临下不说，溪流又可将陈腐之气冲刷殆尽，居于此，有气场，自然就心情好，身体好，样样好了。"刘书记甚为遗憾道。

赵一民一听，笑而不语。

孟镇长与穆清，则宿在张文斌家。那日起了床，他们又去了桃花沟。可沿途百姓提的方案，还是经不住推敲，一一被否定了。

几个人返回秦家坝时，有些沮丧。刚坐在坝子里歇凉，德叔就来了。

与他同来的，还有罗永国和一陌生老者。陌生老者，60多岁的样子，不大说话，有些干瘦，却步履轻快。

大家忙起身让座，雷达赶紧进屋搬凳子去了。

德叔问了过河的情况，便向刘书记、孟镇长介绍眼前的老者。

原来老者叫何文斌，铁西山人，与德叔是故交。早年专做木料生意。又因为山里路不通，只有走水上，沿河放料下城，所以大半辈子都在与水打交道，深谙竹筏、木筏、竹排之道。过河过溪，也自有些绝活。

德叔说："永国也熟悉他老人家，前几年去铁西山里挖兰草，就在他家住过。这次，听说你们要解决过河问题，因他跑得快，我让他专门去接来的。"

罗永国笑道："幸好我上去的时候，何叔在家，不然就跑空路了。"

大家这一听，眼前一亮，刚刚那沮丧劲儿，一下不见影儿了。

刘书记忙站起来，走到老者面前，握住他手，致谢道："感谢了，感谢您老人家不畏路途艰险，远道而来！"说罢，又转身对德叔道，"也感谢您老，感谢您还随时随地心系日月山啊！"

德叔拍着刘书记握他的手道："刘书记，客气了，我们都该谢您和孟镇长呢。"

"谢谢领导看得起我这个糟老汉，也但愿能帮到你们。"老者也拱拱手，客气地笑道。

第二日，秦家坝临时停了工，刘书记和赵一民都去了河边。

老者反复查看了地形，说可以解决。但他需要人手，需要材料，也需要时间。刘书记和孟镇长都表了态，说只要能过河，需要什么都行，他们全力支持。

老者说："要的材料都简单，山里木料多，可以利用扎木筏的原理，将数十根柏树并排架在河上，再用竹条、铁丝，甚至钢钉、铁爪，将其牢牢连在一起，然后在上面钉上木板，木板上再铺上 10 厘米左右的石砂即可。至于上面的石砂嘛，既可防滑，又增加了货车的受力面积。"

听老者这一说，刘书记和孟镇长都一脸惊讶，同时望向穆清。

他们都知道，穆清学过桥梁设计，比他们内行。

穆清沉思片刻后，大赞道："好，太好了，既简单可行，又无懈可击！"

德叔和罗永国，也四目相对，会心一笑。

过河问题终于有了解决方案。

最后两位领导意见达成一致，并与村"两委"商议决定，等硬化路结束，就举全村之力，不惜一切代价，要将秦家坝到桃花沟的毛坯路拓宽加固，还要逢山开道，遇水搭桥，直到货车能拉材料到秦家坝为止。至于资金，他们自去想办法。

日月山村委总算吃了颗定心丸，有了下一步的行动方向。

## 五

穆清原要回干湾那边村委会的。

刘书记和孟镇长说要去簸箕石，看几家贫困户，须他同行。走访了一天，晚上他们就住在冯玉明家。

天要黑的时候，门外似有说话声。

冯玉明出去后，再进门时，身后就跟了五六个人。穆清一看，都是四社、五社、六社的村民代表。冯明春、赵国寿也在里面。冯玉明向刘书记、孟镇长介绍了他们。大家便互相打了招呼。

几个人先是沉默着，不说话。直到孟镇长问他们，才有人开了口。冯明春是最先发言的，说他们是来向刘书记、孟镇长请愿的。

穆清一听，也一头雾水，慢慢才听清他们的来意。原来，他们是专门来找镇上领导，要求搬迁村委会的。理由是村委会设在东边的半山腰，离这边太远，办个事得走好几个小时，不方便得很。再则，一社、二社人口本就少，20户都不到，而四社、五社、六社都集中在这边，三社离得也近，也就是说，日月山有100多户人家，都散居在秦家坝周围的山山岭岭上，凭啥要把村委会设在那边呢。又有人说："领导，我们这山高皇帝远的地方，平常难得见你们一面。这次我们不把话说出来，就又难找到机会了。你们住了这么几天，也看见穆书记他们多难了，工作在这边，晚上还回村委会去住，又不通路，这来来去去的，都靠双腿走，得多辛苦呀，连我们都心疼着呢。"说话的人声音低下去，连眼睛也红了。

穆清听着，鼻子一酸，寻思着他的名字，可一时又想不起来，便忙调整情绪说道："谢谢各位记挂，不说这了，那是我们的工作呢。况且，这村委会也不是想建在哪就建在哪的！"

"只是真要在村委会开个会，或办个公什么的，大家不去行吗？从这边过去，光走路就要大半天呢。"又有人接过话道。

"是啊，事都搁路上了！"是略带讥诮的口气。

刘书记和孟镇长听完，一时都沉默了。

过了一阵子，孟镇长才问："你们的意思，是想让村委会搬到秦家坝去啰？"

"对，村委会本就应该设在村民集中的地方嘛。要不干脆把我们这几个社划出去，另外成立个村算了。"语气鲜明而强烈，还有赌气的成分。

"另建村委会，可不是一两句话说的那么轻松，这牵涉项目立项、土地、配套设施，最后还得落实到资金上去，复杂得很。"孟镇长说。

"土地不是问题吧？秦家坝征用的废弃地，还剩了三分之一呢，正好可派上用场嘛。"冯明春在一边插话道。

孟镇长听了，笑了笑，只看着刘书记，不说话。

刘书记想了想，才道："大家提的这个问题，也有一定的道理，只是提得突然，还得容我们考虑考虑。另外，这是大事，还不是我们能决定的。再说，即便我们有意向，也还得向上边汇报呢，所以，我们也只能说还要实地调研考察，了解村民的真实想法后，才能给大家答复。"

"好，书记，我们信。只是，还希望领导尽快给我们答复呢！"其中一人笑道。

穆清听那声音就知道，说话的人是冯明春。

村民代表散了后，刘书记就村民提的问题，详细询问穆清。穆清都据实做了回答。

孟镇长听罢，笑问穆清："今日之事，是不是你们村社干部的主意哦？"

穆清一笑，回道："民之所向，无须授意吧？"

见他答非所问，两人笑笑，便罢了。

只是，孟镇长又提醒穆清道："村委会重新选址，乃大事，必须召开村民大会，要大多数村民同意才行。"

穆清答应此事一定慎重，也绝对体现民意。

## 六

秦家坝安置点，原则上依旧采用统规自建的方式。

地基早就坪好了，拉材料的路也通了，但大多数农户还是迟迟没有动工。村委会几个人又逐户走访，才知是手中都没有现钱，又缺劳力，动不了工。

针对这种情况，几个人一商量，又专门开了个会，邀请搬迁户代表参加，让大家献计献策。在综合各方面情况后，考虑到安置户数众多，规模较大，本着对大家负责的考虑，还是决定在网上招投标，并严格筛选施工队。要求施工队要有资质，有经济实力，有安全保障，无不良记录。同时，为了进度的需要，还要求不得同时揽多个工地。

秦家坝安置点动工时，比干湾安置点声势浩大得多。

村委做了分工，秦家坝安置点的质量、安全、进度，由赵一民和张文斌负责，干湾安置点则由穆清和雷达负责。后来，鉴于张文斌不大管事了，穆清担心赵一民工作量太大，吃不消。就私下与他商量，还是让任东风来帮忙。赵一民一口答应了。

村里召开了村民大会，就村委会搬迁一事征询村民意见，结果有87%的村民赞同并强烈要求搬迁，只有5%的村民持中立态度，8%的村民反对，而这5%和8%的，均为一社、二社村民。

5月中旬，村里接到镇里通知，说电力公司要对日月山村实施农网改造，须速派人到乡上接洽业务。因为穆清在村委会这边，又通了路，就与雷达匆忙地去了镇里。

镇里是孟镇长在负责农网改造这块。他对穆清说："秦家坝那边，是因为现在货车勉强可以过去了，所以这次就专门去县里要了指标，对日月山进行农网改造。当然，就不再分山这边和那边了，能改的都改。只是你们村里不仅要做好规划，也要协调好各种关系，为施工队扫清障碍，把这项民生工程做好。"

农网改造能在日月山全面铺开，穆清和村委班子成员都没料想到。孟镇长对要指标的过程，虽轻描淡写一笔带过，但穆清知道，这一过程并没有说得那么容易，孟镇长一定也费了不少心思。

穆清知道在日月山，除了修路外，村民最亟待解决的就是电了。电力不足，安全隐患多，是村民和村社干部的一块心病。还好，孟镇长都一一记着呢，并想方调法解决。

这次接施工队回山，穆清正好就村委会迁址一事，向镇里做了汇报，并递交了请示。

孟镇长细细看了，笑道："关于这事，我们正要找你们呢。"

说罢，便带穆清去见刘书记。

刘书记看了请示，说："上次从日月山回来，我们就开过党委会，反复讨论这事。当初日月山村委会设在干湾这边，除了方便了一社、二社外，确实没多大的价值。再说，地势也扁厌，连配套设施都修不了。但现在忽然提出搬迁，不是我们不批，主要是涉及方方面面，很棘手。"

"况且，一旦批复后，我们镇里就得乘责任。当然，我们也不是怕乘责任，有的责任我们可以乘，但有的责任我们也不敢乘。"孟镇长接过刘书记的话道。

"所以，党委会的意见是，秦家坝设立村委会，虽确实是因工作需要，也是形式所迫，但目前，我们不能给你们出具任何书面的东西。"刘书记沉吟了一下，又说，"既是人心所向，原则上便可村民自治，所以，村里也应先做规划吧。只是，你们还得重新给我们打个报告，就以建'群众文化活动中心'的名义吧。"刘书记说罢，看向孟镇长，孟镇长点头赞同。只是又补充道："我们将根据你们的报告，再向县里请示，等到批复后，你们再动工。但是，你们自己心里要明白，日月山覆盖面广，秦家坝新建村委会后，为方便村上工作，干湾这边不能撤，可保留作为一、二社的一个工作点。"

日月山新建村委会一事，总算有了眉目，穆清替村民谢了刘书记和孟镇长后，才满心欢喜地带施工队回了村。

在村委会议上，他将镇上领导的意思告诉了大家，大家听了都很雀跃。

赵一民说："一块石头总算落了地。"

列席会议的冯玉明却有些不解，纳闷道："我们搬村委会也是出于工作的考虑，镇里怎么就不敢乘责任了呢？"

张文斌就笑："哎，你那么聪明，咋就在这事上回不过神儿来呢！"

赵一民笑道："就这么给你说吧，咱这村委会的搬迁，虽确系村情所迫，不得不迁，但上面哪知道真实情况，难免有人要质疑，认为我们是在钻政策的空子呢，那一追究下来，至少有一点洗刷不掉，那就是有意加大政府投入，这不就成责任了吗？"

这一说，冯玉明才恍然大悟。

村里又通过村民间承包地调换、土地流转、"一事一议"等方式，解决了"群众活动中心"的建设用地问题。

为了配合农网改造，村里组建了一个村民工作小组，抽调任东风负责，组员有张少华、冯明春等一批公正、有担当的村民，其任务是协助村社协调解决因占田占地、砍树、钻窝子等引发的矛盾纠纷等。

## 七

农网改造要结束的时候，冯明春到干湾找穆清。

穆清正在安置点上值班。冯明春说："穆书记，我想买一辆车，专跑村道路，拉村民出山，也好挣点钱。"穆清说："好哇，这边有了专车，也解决了村民的出行问题，多少人都盼着呢！"

冯明春挠挠脑袋，欲言又止。穆清就笑问道："看你那样儿，是有啥困难不好说吗？""穆书记，是这样的，我老婆不同意，说家在簸箕石那边，却买个车在干湾这边开，认为这想法不实际。我思前想后，拿不定主意，就想听听穆书记您的意见呢。"冯明春说。

穆清说："首先，你这个想法很好。你看哈，现在日月山还没有载客的车，你若第一个跑的话，自然就抢占了先机，也可能一家独大。但你老婆说的也不无道理。你从簸箕石过来要好几个小时，若是每天都这样跑上跑下的话，太辛苦不说，也影响你出车时间。另外，起早贪黑，太过劳累，开车也不安全。所以，你若真有想法，就得解决这两者间的矛盾。"

"可这矛盾不好解决呀！"冯明春说道，"原想跟这边哪个农户协商一下，租一间房住下，专心跑车，可这房还真不太好找，附近农户本就少。汉马场那边倒有一户呢，离这儿又远。"

穆清看他那样儿，笑道："这买辆车跑，也是好事啊。都多大点事呢，就值得愁成这样了。你要不怕被野兽袭击呢，就和我做个伴吧？"

"野兽袭击？"冯明春一脸疑惑。

穆清便讲了自己带着铺盖卷儿，初来日月山的情形。冯明春听了，也忍不住哈哈大笑起来。

穆清也笑起来："你看，这笑一笑多好啊。我当初到这儿来，人生地不熟的，还不知从哪下手工作呢，要说愁，比你还愁，这不也走过来了吗？这样，村委会有间空房，你可暂借住在那，不过，我可有个条件哟，要是村上干部临时去镇上开个会什么的，车费不少你的，但你得随叫随到，答应不？"

"真的吗，穆书记？"冯明春一听，蹦地一下，就从地上弹了起来，不相信似的再次求证，然后才兴奋道："我保证，保证随叫随到！"

又过了十几天，冯明春果真开回一辆长安车。

一开始，冯明春的运输生意不咋样。慢慢地，一传十，十传百，大家就都知道了。出山前，大家便提前与他联系，回来也一样。冯明春性子本来就好，又为人真诚，总能尽可能等到大家一路去来。人家要带个东西什么的，也乐意帮忙，从不斤斤计较。这样一来他的生意自然便好了，甚至向阳坡下面的人，都喜欢等着坐他的车。

一日，冯明春一早从家里过来，对穆清说："秦家坝搬迁户出了点状况，赵书记请您过去一下。"

穆清问："哪个搬迁户？啥子情况？"

冯明春笑道："赵书记也没咋具体说，只说那个刁蛮户又'作妖'了。"

穆清一听，就知道是谁了，头瞬间便大了。

其实，穆清知道，冯明春自然也知道那人就是杨桂花，只是碍于她是穆清的帮扶户，不好多说什么。

其实，谁都知道，杨桂花说谎、扯筋是出了名的。

当初，村里在确定搬迁名额后，就怕有贫困户不诚信，反复无常，即先是申请搬迁，房子修好后，又反悔，不搬了。为了杜绝这种现象，村委就让搬迁户跟村上签一个合同。签合同的同时，要求交1万块钱的保证金，房屋竣工时，再如数退还给各家。

在29户搬迁户中，郭秀珍家最特殊，既在地质灾害区，又在配套设施艰难区，自然也就被纳在搬迁之列了，只是鉴于她家情况特殊，经村委研究，便让她只交5000元保证金。

哪知五社的杨桂花知道这事后，就盯人家。说自家没有那么多现钱，也要求只交5000元保证金。赵书记和张文斌不同意，说她家老公在矿上打工，一个月能挣好几千。杨桂花就闹："凭啥她可以少交些，我却一分钱不少？"

穆清想了想，松了口，说："5000也作数，我们不是说一定要大家交好多钱，就是要求大家做人要诚信，不能朝令夕改。"

这一来，杨桂花也就只交了 5000 元保证金。待搬迁户陆续交齐钱后，安置点就开始动工了。

但从挖地基开始，杨桂花就总找穆清和村上麻烦。她一会儿埋怨房子进度慢，一会儿又说她老公不想要这房了。

大家就给她做工作。说，只要天时好，就快得很。又说，都是国家政策好，修好的现成房让你住，这是打起灯笼火把也难找的事，你还犹豫啥？再说，要不是你那后山容易滑坡，你就是想要，还不成呢。

这一说，她心就又定了。可后来，她又找村上，坚持说施工队施工没给她整到位，房子质量有问题，并隔三岔五去找麻烦。

到后来，施工队也烦了，也整得没办法了，就说："你叫我咋整，我就咋整！"

这一来，她就又没意见了。

穆清不知道，这次她又扯啥皮了。

## 八

穆清赶过去的时候，赵一民正在工地监工。

工程进展很快。地基已全面结束，工人在砌砖了。进度快一些的，第一楼的墙体都已成了型。

赵一民见到穆清，不像平日里那般高兴。

穆清过去，眼光在工地搜寻了一阵才问："赵书记，咋就您一个人呢？张主任不在？"

"他呀，又出山了。"赵一民闷头说，"说是他姐夫工地上出了事故，让去顶几天呢，估计又得要些日子才回来了！"

"那可辛苦您了。要不，我让雷达过来帮您？"穆清征询地问。

"算了，一个是太远，再说你那边也不轻松。"赵一民斟酌了一下才说，"只要那个杨桂花少寻些事，就得了，唉，三天两头地来闹，都烦死了。"

"这回又闹什么了？"穆清连忙追问。

赵一民便告诉他："她这几日，又是找曹定平，又是找我，说她手头紧，莫钱开支，要求退她那五千元保证金呢。要我说，当初就该收她 1 万，好让她安了心。"

穆清听了，也很生气，认为她若真这样，就干脆让她退出去算了。但转念一想，万一是真有急需呢，咋办？便又试探性地问赵一民道："赵书记，您问过吗？她要钱干啥？"

"我都问她好几次了，一会儿说买牛，一会又说要做生意，前言不搭后语，这不明显扯谎吗？再说，你也知道，她家不是有牛吗？又壮又拉得，还要牛干啥？"

穆清记得她第一次交钱时，张文斌就曾私下说过，说这几个社呀，就数她不好对付，最是扯筋难缠。穆清这会儿，算是真正见识了。

赵书记说："目前呢，她是既想要房，又想退钱。但将来要不要，可就难说了。"

两人为此又专程去了她家一趟，结果，柴门紧闭。他们叫了几声，都没人应答。

赵一民猜她可能上了坡，去对河地里头了。于是两人站在院坝前，朝对面山上喊。可喊了好几声，都没有应答。

两人便在旁边菜地转了一圈，查看她的菜园子。过了几分钟，两人正待要离开，却听见"吱呀"的开门声。

穆清转身，却见那杨桂花竟在屋里头，还缩头缩脑向外探看。正巧，被赵一民回身看见了。赵一民很是生气，问她，她埋头只说自己睡着了。

穆清看了一下表，都下午 4 点多了。他想说点什么，还没开口，便听见赵一民说开了："杨桂花，你说你像话吗？我们在这都喊了好久了？你稳得住，喊死不答应吔！"停了几秒，又忍不住道，"都这个点了，还在睡？不睡出个贫困户来才怪呢！"

那杨桂花面红耳赤，正要解释。赵一民又训斥道："你老公在矿上，一个月也挣得不少吧？儿子、女儿呢，也成人了，都在外面打工。按说也莫啥负担了，可你一妇道人家，活得懒散，不晓得齐家不说，还把算计用错了地方，要我说，就是再多的钱，也积不住嘛！"

杨桂花听着，明知赵一民夹枪带棒，又话里有话，可自己理屈，只好受了。

穆清走到门口，一看地上到处是纸屑、柴草，下意识地皱了一下眉。杨桂花也看出了他的表情，忙从门后拿了扫帚要打扫。

穆清说："算了，我们也忙，就在外面坐坐吧。"

赵一民黑着脸，又是一顿数落："你看，这大白天的，就知道睡，卫生都懒得搞，像话吗？"

"一个当家主妇，少睡一会儿，也得把这家收拾干净嘛！"穆清也忍不住道。

"就今天睡过了头。"杨桂花无趣，只小声回道。

待大家都坐了，穆清才说明来意，并告诉她，若是真急用钱，村上可以马上退还。另外，若是不愿意搬迁呢，只要想好了，本着自愿的原则，也是可以提出申请的，村上不勉强。

那杨桂花一听，也听出了些味来，加上刚刚受了赵一民一顿洗刷，不好再作怪。表示坚决不退房。

穆清问："那押金呢，还急用吗？"

杨桂花忙说："不用了。"

"你可要想好了，若真是家中有急需，是可以协商解决的，这也是我和赵书记来的目的。"穆清再次解释道。

"两位书记，真没有啥急需的，让你二位跑路了。"那杨桂花看起来有些内疚道。

这事之后，穆清才明白，还是赵一民看问题老道得多。

回去的路上，赵一民说："穆书记，可别小看她，要不了多久，她又得找上门来，不信，你瞧好了。"

穆清笑笑，也觉得不排除这种可能。

## 九

一日，县里来了好几个人。

他们将车停在干湾后，就上了青树桠，倒右往大树梁去了。

不久，陈运洪老人的家人用轿子将他抬到干湾后，也随同那些人下了城里。

穆清一打听，才知道是老人以前的战友找回来了，说是要见他。

又过了两日，县民政局突然打电话给穆清，说他要找的人找到了，让他带上赵昌明的后人马上进城。

穆清吃了一惊，问道："不是说人都牺牲了吗？"

"你们来了就知道了。"对方笑道。

穆清与赵一民立即起程，赶到民政局时，接待他们的是优抚安置股的苏股长，苏股长一见他们就笑道："人找到了，还来云水了。"

"不是说……"穆清一脸纳闷道。

苏股长说："你们自己搞错了，那个朱子奇确实在淮海战役中牺牲了，但人家压根儿就没来过云水。在云水剿匪负伤的那位连长，也叫朱梓奇，只是这个'梓'是'桑梓'的'梓'，这位朱梓奇康复后，又申请上了战场。仍旧骁勇善战，久经沙场，后来回到了成都警备区工作。"

"可他还记得当年之事吗？又回过云水吗？"穆清问道。

"这就是这事的曲折之处了。"苏股长说。

"怎么说？"穆清又问。

苏股长说："据他自己回忆说，他当年负伤后，被抬到了红四方面军川陕总医院救治，因为体质好，意志力强，很快就恢复了，不过落下一毛病，就是出现情节性失忆。"

"情节性失忆？"赵一民急切地问。

苏股长解释："对，我查了一下，它又叫选择性失忆症，是心因性失忆症的一种，情况复杂，可能是在机体受到外部刺激后，遗忘了一些自己下意识里本就不想回忆起来或者要逃避的某些事。"

"也就是说，可能遗忘了对他有过致命打击的事？"穆清问。

"应该是这样，听说那次剿匪太过惨烈，牺牲了很多人。当然，也或许还有其他原因，让他唯独丢了那段记忆。"苏股长说完，看着赵一民，又道，"也很有可能就与赵书记祖父的事有关吧。"

"那后来，咋又想起了呢？"穆清问。

"据朱老前辈自己说，他那里至今保存有一份请战书，是当年赵一民的爷爷请求打入土匪内部前写下的。不过，他伤好后，一看到那东西就头痛欲裂，生不如死，就更想不起是咋回事了。但他还是一直将其带在身边，装在一密封的盒子里，只是不敢轻易打开。直至川陕烈士纪念馆开园，他回到这片自己曾经战斗过的热土时，记忆才有了复苏的迹象，但依然还是模糊的。去年，他在家人和工作人员的陪同下，再次来到了云水，来到烈士陵园。在参观当年自己治伤的红四方面军总医院时，那些曾被他遗忘的情节，竟忽然在他脑子里一闪，他拼命地想抓住，却又消逝不见。一着急，就晕了过去。"苏股长说。

"后来呢？"赵一民急切地问。

"后来啊，老人家在县医院重症监护室，昏睡了两天两夜后才醒来。让人不敢置信的是，竟奇迹般地恢复了记忆，那段被他遗忘的记忆，竟特别清晰。他着急地起身，要寻他那个一直珍藏在身边的盒子。"

"那个装着祖父请战书的盒子？"

"对，所以，赵书记，你祖父的冤案终于可以平反昭雪了。"苏股长笑道。

穆清一听，也长舒了一口气。

"两位书记，朱老前辈不愿住宾馆，和洪老前辈执意要住老干局那边，还一直惦记着要见赵书记呢，我这就带你们过去。"苏股长又说。

一路上，苏股长还告诉他们，这朱老前辈谨慎，病好回成都后，又将记忆中的事捋了捋，才记起赵昌明有个老乡叫陈运洪，就与县里取得了联系，一听说他还活着，老高兴了，不顾一百多岁的高龄，再次赶到云水来，前两天县里头还特意将运洪老人接了下来。两位老战友这么多年没见，都喜极而泣呢！

赵一民终于见到了他祖父当年的老连长。

老人面色红润，精神矍铄，见到赵一民，很激动，紧紧握着一民的手，老泪纵横。

赵一民终于找到了祖父的老上级，也悲喜交加，满脸泪痕。

"孩子，我都听说了，你们家受委屈了。"老人惭愧道，"都怨我啊，这么多年了，就那段记忆醒不来啊，可能也是因了昌明的牺牲……"

"前辈也别难过，您这不都想起来了吗？祖父要是知道了，也是高兴的。"赵一民拭着泪，劝慰道。

朱老前辈便讲了当年之事。朱老前辈说完之后，小心地打开手边那个珍贵的盒子，颤抖着双手拿出里边的一张纸来，郑重地交与了赵一民。

赵一民打开一看，是一张发黄的字条，似稍一用力就会化为齑粉的那种，不过内容极隐晦，写着"我自愿申请接受此次重任，请领导相信，我将保守机密，严明纪律，保证完成任务！"

落款是"赵昌明"三个大字。

赵一民看完，早已泪眼模糊。他问："所以，当年，前辈之所以未将此条上缴，是因为光凭它，还不能说明什么？"

"是啊，因为任务的特殊性，当时，我们也不能写太明，后来我失忆后，也就说不清这事了，另外，我不敢看这个，一看到你祖父的名字，我就头痛欲裂。后来医生说，可能就是因为特别愧疚与痛苦的心理在作祟吧。唉，要不是他当年打入土匪窝，说不定现在还在呢！"老人看着陈运洪，叹道，"咱哥儿仨又可以相聚呢！"

"老连长，您也别愧疚了，要不是昌明当年的壮举，说不定又是另一番情形呢，也许我们红三团损失会更惨重……"陈运洪也劝慰道。

"是啊，如今这事得以澄清，已是大幸事了，前辈也可放下心来，安度晚年了。"穆清由衷地说。

"是啊，在我离世之前，终于无憾了！"老人紧紧握住赵一民的手道。

"谢谢老前辈，还记着这事，我父亲知道了一定……一定会高兴的。"赵一民流着热泪道。

"请你代我，也代当年的'先锋连'再次向你父亲说声'对不起'了！"老人双手合十，无限歉疚。

赵一民拭着泪，频频点头。

四只手再次紧紧地握在一起。

大暑

一

　　一晃，就到了7月。

　　村委会研究决定，要力争发展一个种植项目。

　　根据日月山地形特点，任东风给推荐了一项目，说这里最适合种植的，莫过于金银花了。他说这种植物喜阳，耐阴，耐寒耐干旱和水湿，对土壤要求也不严，生根力也强，又是一种很好的固土保水植物，山坡、沟壑都可以种植。

　　雷达也说："邻县就有一个'银花一号'种植基地，很有名，我了解过，也是建在高海拔的山上的。据说这金银花除了药用价值高外，经济效应也高得很，现在，'银花一号'在全国都是响当当的了。"

　　任东风补充道："关键是它适合在这山上种植。"

　　赵一民想了想说："有道理，有一句农谚是这样说的'涝死庄稼旱死草，冻死石榴晒伤瓜，不会影响金银花'。可见这花生存力极强，茎蔓一经着地，就能遍地生根。"

　　"是啊，记得《神农草》也有记载，称其'凌冬不消'呢。"穆清也补充道。

　　"对，咱山里一到五、六月，野生金银花就开了，漫山遍野都是，说明还真适合种植呢。"张少华说。

尽管大家意见一致，但为了稳妥起见，经研究，村委还是决定让任东风与雷达一同前往，实地考察后，再做决定。

任东风和雷达去了整整一个星期，当风尘仆仆赶回来时，都是一脸兴奋。

第二天，村上就召开村支两委会。

雷达介绍了他们考察的具体情况，以及对"银花一号"基地的规模、品类、栽培、采收加工以及经济收益等情况，都做了详细的汇报；并说"银花一号"种植基地那边还承诺，若种植100亩以上，他们可免费安排技术员实地指导，且届时将对采摘的银花按市场价全部回收。

任东风补充说："更重要的是，银花不择环境，生命力顽强。既可生于山足、路边及村庄、篱笆旁，也可长在山坡、灌丛、疏林、乱石堆中……"

大家听了，都很兴奋，觉得日月山就是这类地形中的典型，那些薄田瘦土，那些被荒弃的坡地、沟壑、灌木丛，就都可以合理地加以利用了，而且产品回收，就又解决了后顾之忧。

任东风说："但有一点得说明，种植金银花也有一个缺点。我查了大量的资料，说可能是生长周期的原因，金银花一般要在4年以上才进入盛花期。我们在考察的时候，也问到这个问题，但对方的回答很模糊。"任东风说到这里，雷达也点头称是。任东风继续说："所以，我个人认为，短期内，它的经济效应可能并不明显，这在很大程度上，可能会降低村民栽培的积极性。我之所以要提出这点，就是让大家心里有个底，再参考决定，或者看能否有更好的提议。"

任东风这一说，大家都纷纷讨论起来。

赵一民将大家的意见做了个归纳，那就是做种植项目，一是要因地制宜，抓住机遇，走特色种植的道路。第二，看准后，不急于求成，得着眼于长远利益。

穆清又提了一点，他说："咱日月山上本就出药材，我们是不是可以利用这个优势，在金银花栽植地中套种药材，达到'以药养花'的目的？这样一来，既提高了金银花种植户的经济效益，还降低了生产成本，一举两得。只是我们套种的药材必须选好，就选用那种株型矮小、生长期短、见效快、适宜套种的中药材品种，大家觉得呢？"

"好，这个提议好。"张文斌兴奋地接过话道，"我可以选白术、黄芪、贝母、麦冬……"

"还有甘草、半夏、太子参等。"赵一民笑着补充道。

最后，村支两委研究决定，由任东风牵头负责这个项目。

项目为"村集体＋农户＋承包商"的集体经济模式。即由村集体出资，规划土地，组织老百姓以劳力和土地入股，与承包商一起按比分红。承包商负责组织栽植、管理，负责效益和红利分配。

只是，这个项目究竟由谁来承包呢？村外没人看得热这个项目，村里又没村民愿意来接这个手，这就给村委班子设了一个大难题。

后来，大家觉得，还是得找个可靠的人承包才行。开会一商议，都觉得让任东风来承包，再合适不过了。因为他既得村民的信任，又是党员。除了正直、有担当，党性强外，他还熟悉业务，又有知识。这个集体经济交到他手上，村"两委"放心，村民也才放心。

任东风一听，开始还有些犹豫，怕做不好，辜负了大家的信任，后来看这一圈子的人，都一脸的期待，才欣然领命。

在讨论到后期管理问题时，任东风说："后期管理，比如：除草，施肥、剪枝、请劳力，以及苗木的补植等，就都得由我这个承包人全权负责了。当然，还包括出资和人员安排。"

穆清很欣慰，觉得大家没选错人，要求让任东风尽快拿出规划方案来。

## 二

穆清周末又没时间回家。

一早，他就接了一个电话。

铃声将他振醒的时候，他眯眼瞅了一眼窗外，天还黑着，忙从床头摸过手机一看，竟是孟镇长打来的，这还是孟镇长第一次这么早打电话与他呢！他心里就有些犯嘀咕，这天尚未亮，是什么事这么急？难道孟镇昨夜又通宵未眠？

穆清接了电话，只听孟镇长在那边道："穆书记，不好意思，实在没忍住，这个时候吵醒你。"

"孟镇长，没事。您有事吗？"穆清一下睡意顿消。

孟镇长在电话另一头问道："哦，是这样，你们易地搬迁安置点工程进展如何啊？还顺利吗？"

"孟镇长，困难都已基本解决，目前正顺利推进。"穆清回答道。

"那搬迁户信息都精准不？是不是都一一核实了？有没有工作没到位的？"

穆清一惊，孟镇长突然这样问，必有缘由。遂将搬迁户一一地回顾一遍，觉得没有问题呀，便回道："孟镇长，我们的工作做得很细，但也不排除有疏漏的可能，还请孟镇长明示。"

"是这样的，有人将电话都打到我这里来了，说老鹰山有个郭秀珍的贫困户，在荣安镇上有房子，是没有搬迁资格的，你们去查一下，看究竟是个什么情况，你再反馈给我呢？"没等穆清回话，孟镇长又有些歉意地补充道。"唉，也知道日月山山高路远的，你们做工作不容易，但此事重要，所以提早打电话与你，你们好做安排。"

"好，那我先与赵书记碰个头，初步了解一下情况，再亲自去核实。"

穆清回了孟镇长，看看时间，才5点多，怕打扰到赵一民，便没有给他打电话。

只起身洗漱，完了，又坐了一阵。

穆清看了一下时间，快到6点了，才给赵一民打电话，只是没信号，又接连按了几下，都没反应。他便估计赵一民是宿在秦家坝了。又想起今日，恰逢任东风的金银花种植园现场规划土地，是一件大事，原本与赵一民约好都要到场的，现在情况有变，他得先告知赵一民，让他先了解一下实情。所以，穆清想想，又将手机点开，拟了一则短信发给赵一民，他想，碰运气吧，能收到便好。

但信号太弱，短信还是未发出。

穆清出了门，天还麻麻亮。人们都在酣睡，山林、田坝寂静着，偶尔一阵微风拂过，那吹动树叶的沙沙声，清晰可闻。这时，要是有人冷不丁地咳嗽一声，可能整个世界都能听见吧。

穆清高一脚低一脚地往垭口上走。

平常工作安排，都是村社干部碰头时，商量好的。若工作临时有变动，或有急事，还是约好到青树垭打电话。

山路越来越窄，树越来越高，穆清眼前更模糊，他怕一不小心，蹿到悬崖下去了，忙开了手机上的电筒。说实话，手机在这儿，几乎就真成一摆设了。要说用途，最大的用处，可能就莫过于照明了。至于打电话，因为蹭的是外地网，十有八九没信号，这不，刚才给赵一民打就不通了。穆清初来时，实在不习惯得很，仿佛就一聋子、瞎子与外界失了联系。与村干部、与村民间的联络方式，还停留在二十世纪末的层面，不方便得很。不过，今日还好，一早孟镇长竟打通了他的电话，倒不用他亲自来跑一趟，或差人送信了。

怪，在垭口之上，还是打不通赵一民的电话。

穆清又给张文斌打，电话倒是通了。但张文斌说他没在家，在长风。穆清说："今日金银花种植要划地呢，你忘了？"张文斌便不好意思起来，说他尽快赶回来。

穆清又给雷达打电话，说他现在就在垭口上，得马上去老鹰山一趟，时间紧，让他用摩托车送他一程。雷达应了。

他便坐在在山口上等。

# 三

两人到秦家坝时，赵一民才开了门。

穆清说了情况，两人都认为孟镇长说的是大事，必须马上去核实一下，搞清楚究竟咋回事。

穆清又让赵一民给任东风打个招呼，说他可能要晚一点再赶到。赵一民应了，觉得郭秀珍那事非同小可，忙催他快去快回。

雷达将穆清送到万家山脚下，才停了摩托车。穆清让他先回去。雷达正要离开，忽然想起路太远，怕他找不着道，走岔了，又坚持陪他同去。穆清也觉得自己拿不准，就应了。

还好，当两人气喘吁吁地赶过去时，郭秀珍一家人都在。

穆清先去看了郭老汉，老人家依旧躺着，但精神还好，意识也清晰，心里一阵欣慰。

然后，穆清又在改过的房子周围转了一圈，看得出换过椽子、檩子，两扇墙体因先前有问题，还换了土砖。

郭家也早知道，他们房屋的排危、加固，都是穆清私人掏的钱。一家人提到这事，都千恩万谢。

郭秀珍要去给他们做饭，被穆清止住了，说他们有事，问完事马上就得走。

郭秀珍这才坐下来。

穆清开门见山，问了她荣安街上的房子是咋回事。

哪知这一问，她尚未答话，就先伤伤心心地哭了起来，劝也劝不住，委屈得那眼泪跟断了线的珍珠似的。

两人再看那郭母，泪也在眼角打转了。还好，她边拭泪边讲了事情的原委：

她说，这孩子大了，就都得上学，而这山上已没了学校。郭家再穷，也不愿误了自家子弟。秀珍便也只有硬着头皮，计划去镇子上送孩子读书。又因为她有个表姐，住在荣安街上，为了有个照应，便也去了荣安。她租了表姐家的一间旧屋，租费相应便宜了些。平常孩子上了学，她闲不住，就去一家超市打工。一个月下来，也勉强能维持一家人的生计。

后来，她表姐家在街上弄了块地皮，修了一栋高楼，对外出售套房。私下也做她的工作，说："你总不能一辈子窝在山里吧，你待在山里行，但总不能让孩子又跟着待一辈子吧？"让她考虑考虑也买一套。说实话，住在老鹰山这荒山老林里，确实太偏僻了。为孩子着想，她也想着搬出去。犹豫的是，自己手头哪有余钱去买房子哟。表姐就让她交点订金认一套，说余下的钱以后慢慢缴就行。她回去跟郭母一商量，郭母说，订一套也行，再说你表姐也不会咋逼你的。于是，去年6月就交了2万元的押金。

那时，易地搬迁户政策不明朗。后来政策出台后，她就在村上报了名，心想再去找表姐，退了押金就是了。哪知为这事，表姐跟她翻了脸，说她不诚信，更别提退押金的事了。现如今她也两头为难，有口莫辩了。荣安那边的房子想不要呢，别人又不退押金，想要呢，又交不起余款。而村里倒是把她纳入了易地搬迁户之列，可别人现在又告了她，可能房子也要不成了。

郭秀珍抬起头来，已哭得个泪人儿一样了。只抽抽咽咽道："这表姐是老公家的亲戚，这如今人一走，茶也就凉了……"

穆清一听，也心中不忍。看看雷达，雷达眼也红了。

便安慰她道："你也莫急，如今，也就了解个情况，但你必须得说实话，我们才能帮到你。"

郭秀珍边流泪边点头。

"是这样，你要在荣安街上要套房也行，要村上的安置房也行，但这两边你只能选一套，你自己得做好决定。"穆清又道。

"我算看明白了，只要有你们在，咱这日月山也穷不久，我就要村上的安置房。再说他家表姐那么势利，我还宁愿待在咱山里头呢。"

郭秀珍给了准信儿，穆清心里就落了。他又劝她别着急，说自己会想办法，去问问荣镇那边的情况。

穆清和雷达离开时，一家人又泪眼婆娑。

走在路上，穆清才忽然反应过来，问雷达道："哎，他们咋知道有人告了她？我们不是还没说吗？"

"对呀，咋知道的呢？"雷达也纳闷，想了想又道，"要么她就知道那告她的人。"

"嗯，有这个可能。"穆清看看雷达，又自语道，"可这会是谁呢？"

两人回到秦家坝时，秦家坝北面向阳的山坡上，已开出大片荒地来了。

远远的，就见赵一民和任东风两人，在坡上忙活着，一会儿这，一会儿那。一二十个村民，都分散在坡上，脱了衣服，顶着太阳劳作着。

赵一民见他们回来了，忙丢了手头的活，过来问情况，两人便一五一十地说了。

赵一民一听，就有些生气："这个郭秀珍，我们曾反复讲政策，她都听到后脑勺去了？还一只脚踏两只船，咋得行嘛！这不是给我们找事吗？要我说，也甭管她那么多了，既然她在荣安都交了订金，那她村里的名额，就给取消算了。"

"赵书记，她这个情况也确实特殊。当初她在荣安镇交钱时，是去年6月份，易地搬迁政策还未出台，这不怪她。只是，这事她不该瞒着我们。"穆清知道赵一民的性格，怕他真那样做，便又忙着帮郭秀珍解释，又说，"周一，我专门去荣安一趟，看究竟是个啥情况再说。"

"你看你，都好几个周末没回家了，忙得跟个陀螺一样，哪还顾得着去跑这个事哦！"赵一民劝道。

"这事就再忙也得去，这既是对她负责，也是对我们村上的工作负责。"穆清说。

赵一民知道穆清说一不二的脾气，也就不再说什么了。

## 四

周一，穆清坐冯明春的长安车上了趟荣安镇。

一路上，穆清打定主意，若是郭秀珍说的是实情，他必须得设法帮她把钱给退回来。只是自己虽然去过荣安镇，但毕竟人生地不熟。他又听郭秀珍说，她表哥一家是做茶叶生意的，便突然又想到表弟王志华来，因为云水就那么大，生意场上的人都有着千丝万缕的联系，若是表弟与他们认识，从中间说个和的话，也许就好办了。

过了檬坝塘时，穆清就给表弟打电话，说了大致情况。果然如他所料，表弟说："这姓马的，他倒是认识，只是那两口子都刁滑奸诈，不太好打交道。不过，我们还有些生意上的往来，就看他买不买这个账了。"穆清便又将那郭家的情形，对他细说了，让他赶快上来。说人家那是救命钱，不能让打了水漂。表弟忙应了。

穆清在荣安镇，四处转了转，然后找到表弟说的那家酒楼，按他的吩咐，预订了一桌酒席。看时间还早，才按郭秀珍留的地址去找她。

郭秀珍租的房，是她表姐旧房底楼的一间，面积很小，不到10个平方米的样子。房里就一架旧大床，还堆了些杂物。衣服只能叠放在床头柜上，地板有些潮湿。因为房间太窄，就在外面支了锅灶做饭。两孩子都回来了，一家人正在吃饭。郭秀珍见穆清去了，一时手脚无措。

穆清又问了她些事，然后叮嘱她下午别走远了，怕万一找她不着。

一会儿，表弟来了电话，他知道人已到了，穆清便又忙往酒楼赶去。

酒楼也是表弟朋友开的，老板与郭家表哥也熟。表弟也在电话上与老板说好了，让他到时见机行事，打个圆场。

不一会儿，郭家表姐、表姐夫也都到了场。那顿饭吃了两三个小时，说了不少的话，也掰扯了不少的理，马家才终于答应退还订金。穆清又打电话，让郭秀珍到场，三人对六面说了个清楚。

一会儿，酒楼老板也上来了，提壶斟了一圈酒，先是一阵客套，将郭家表哥恭维了一番，又当着满桌的人对穆清道："穆书记您放心，马兄在我们荣安街上，那也是有头有脸的人，言出必行，说一不二。况凭借他马家那家绅、气度、豪情，也是不会在乎他表妹那区区一两万块钱的，不说２万，就是一二十万的现钱，立马拿出来也不含糊的。"又转身问姓马的，"马兄，是吧？"

那时，郭家表哥，已喝了好些酒，这一听心里更受用，当即让郭秀珍跟他女人去信用社取钱。他女人想说什么，见人多，张不开嘴，只得不太情愿地去了。

几个人仍旧吃着，喝着，只等那郭秀珍拿到了钱，又喝了好几盅，酒席才散了。

穆清送走表弟后，又嘱咐郭秀珍道："改天一定要去镇上的居委会开个证明，证明你已把荣安镇上订的住房退了，然后再把证明拿回村上，村上有了依据，也才能放心地把你纳入易地搬迁安置户。"

郭秀珍一听，眼泪又来了，哽咽着，直向穆清道谢。

交代好一切，穆清这才又找了车，往双河口赶去。到达双河口时，已过下班时间了。

穆清去伙食团找到了孟镇长，向他汇报了郭秀珍的情况。

孟镇长很欣慰，说任何事一旦交给了他，便都是放心的。

那一夜，穆清没回山上，就宿在了镇上。

一夜安然无梦。

又过了几日，郭秀珍周末回山，将开好的证明给了赵一民。

赵一民遂将它存了档。

## 五

一日，村干部正在曹定平处开会，杨桂花又找来了。

她黑着脸，脸上还带了几分怒气，招呼也不打，就径直进了屋。张文斌问她又咋的啦？

"来找你们评理呗。"她撇着嘴巴说。

赵一民斜了她一眼，不说话，仍旧低头忙自己的事。

她便当着众人的面，开始数落施工队，说施工队建的房质量有问题，比如，哪哪少了根柱子啦，哪哪钢筋又细啦，哪哪水泥也不达标啦！

念叨完了，杨桂花又质问张文斌，这村上还管不管质量了。

张文斌问她："这质量有没有问题，也不是你说了算的。"

穆清说："杨桂花，你也别着急，若是质量真有问题，我们肯定管。"

"你们再不管管，那房我就不要了。"她威胁道。

几个人好说歹说，答应尽快核实这个问题，才把她劝走了。

她一离脚，赵一民就看着穆清，笑道："穆书记，咋样？"

穆清笑笑："嗯，还是您老眼光毒。"

虽说都觉得她刁钻，但既然她提出问题了，也不敢大意。开完会，几个人就去工地了解情况。施工队说，他们是严格按照工程要求在施工，至于她说的柱子，那是因为房子本身只有两层，到了第二层，除了角上的柱子外，其他的都可减掉了。穆清也提到曹定江那房梁上的缝印，他们解释说那是撑木撤早了，上面码砖的时候给压的，也承认是他们的失误，并愿意整改。

因为都不是专业人士，隔行如隔山。

张文斌便建议道："恐怕还是得找监理呢，因为他负责对本合同段内房建工程的质量、进度、安全的全面管理与监督。"

"但监理昨日才去了桃花沟那边，说要过几日才回来。电话又打不出去，咋办？"赵一民说。

穆清想了想，说："他不回来，这边就得停工，这样，我明日亲自去找他去。"

雷达笑说:"要赶时间的话,我就用摩托车送您。"

穆清答应了。

赵一民说:"那我也去,也了解了解那边易地搬迁的情况。至于工地这边,还是张主任负责吧。"

张文斌答应了。

哪知当夜就下了雨,雨很大,狂风骤雨,一夜到亮。

第二天一早,只等雨一小,几个人便要往桃花沟去。

凤琴嫂很担心,说:"这夏雨发了,一山的水都撵下来,怕是过不了河了哟!"

穆清说:"搭了桥的,该没问题吧?"

"咋说得清呢,水大了,啥都挡不住。"凤琴嫂说。

"去河边看看再说吧。"赵一民说。

几个人一听,便都上了摩托走了,走了好一阵,穆清似乎还听到凤琴嫂那逐渐消散在风中的声音:"你们欺山莫欺水哦!"

过了花苗子、瓦窑田,但到了周家河,他们就有些胆怯了。水势很大,浑浊的流水从山上卷下来,淹了田坝、庄稼。滚水坝早不见影儿了。那用料搭起的木桥,也早就隐在了水下。

穆清和雷达找到木桥的大体位置,脱了裤子,试探着下到水里,水竟有齐腰深。岸上的赵一民,吓得心都在抖,忙唤他们快回来。穆清和雷达想起凤琴嫂的话,怕出事,不敢再往前,只回头上了岸。

几人又走一面水沿山过去,到了曹家院子。村民曹定云见他们浑身上下都湿透了,便忙生了大火,让他们把衣服脱了、换了,等烤干了衣服,三人又才回秦家坝去。

赵一民回家对凤琴嫂说了路上的情景,凤琴嫂魂都吓没了,好半天才说:"你们都不要命啦,还下水去试,让水打跑了咋得了哇!"

还好,过了两天,水退了,监理接到口信,赶了过来。

监理了解了情况,查看了工程质量,当着村委,当着杨桂花,也当着村民们的面说:"有了问题,该整改的,必须就整改!"

他看了杨桂花的房子，说施工队的解释也合情合理，二楼去掉的柱子，都非主墙上的，并不影响房屋质量。但鉴于她极力要求，就让工人把二楼已砌好的砖，取下来，又将柱子给接上了。另外，又将曹定江家那道有缝子的梁打了，重新返了工。至于钢筋太细的说法，监理说是不存在的。他们把工地上的钢筋拿过去一比，结果并不细，是符合标准的。监理又用试压块去检测混凝土，也并不存在不达标的情况。

杨桂花心服口服了。

## 六

穆清与雷达回干湾时，两人在青树垭停留了好一阵。

穆清打开手机，看有没有文件、资料之类的要接收。

他们办公一直都是这样。在山上有网的地方，用手机将文字资料收过来，然后下载，传到电脑里去做。做好后，又通过数据线转到手机上，再爬到山上来往外传去。

还果真收了份镇里传来的文件。

正要退出，屏幕上跳出一则"QQ"动态来，穆清晃一眼，是一则说说，发说说的人叫"不负韶华"。忽然记起女儿说过，她网名就叫"不负韶华"。穆清忙点开浏览了一下，原来还真是她发的，不过内容令他吃了一惊："再次无语加绝望，成绩又降了好多！老爸知道了，该何其欣慰！"

女儿似话带幽怨。

穆清除了吃了一惊，就是满心愧疚。

是的，他想想，自己都几个星期没回家了。先前，即便回了家，要么抽点时间陪陪两个小的，要么办自己的事去了，那里还到顾及她了。

他这才点开她的空间，一则则地翻看：

"在课堂上又挨老刘批评了，说我梭滑滑的速度，堪比高铁，无人能及！"

"老爸真学陶公去了，只知'晨夕看山川'，忘却女儿尘世中了。"

"又遇拦路虎，只是穆书记哪里知道，他已'白日掩荆扉，虚室绝尘想'了！"

……

穆清看到这里，一阵心酸，忽觉得自己太过失职，竟从未想过要去关注女儿的内心，去关心她想什么，要什么，又有什么是他这个做父亲的，要与她共同去面对的！

其实，女儿的说说并不多。再往前，就只有一则：

"很烦，有个自以为是的老爸，还遇上个海纳百川的妈。我又算什么啦，他们只当我是架学习的机器，不闻不问，自生自灭？以前，他还在身边，和我一同前行，可现在人在哪呢？好多题难住了我，她又不给手机，谁给我救援？谁又嘘寒问暖……"

他这才知道，在女儿开朗、粗疏的外表下，竟也有如此敏感脆弱的一份心思。

雷达见他神色不对，过去询问。穆清没说话，只将手机递与他看了。雷达也忍不住感慨道："穆书记，不是我说您，您把根儿都扎在这儿，忘了自己也是有家有孩子的人了。说句不好听的话，也许，工作永远都干不完，但孩子要是给耽误了，就再也补不起了。"

雷达一番话，说得穆清无地自容。

周末，穆清向赵一民请了假，下午就回了城。他先去了趟学校，找到班主任，了解娟子近期的学习状况。

刘老师说："哎呀，这孩子也不知咋的啦，最近上课老走神，一副心事重重的样子。学习上，也松松垮垮的，没以前那股子冲劲了。问她妈妈呢，她妈也不知道，给你打电话又打不通的。"

穆清便告诉刘老师，自己去乡里驻村了。

刘老师说："那也不至于联系不上啊。"

穆清不得已，才说了日月山的具体情况，说是深山老林，大多数情况下，是没网没信号的，手机就形同虚设。

刘老师听罢，叹了口气，才道："你这做父亲的也不容易啊。不过呢，我们还是希望你工作、孩子两者都要兼顾到。况且，初中是孩子成长的关键期，忽略不得，他们更需要父爱和母爱，需要家长们的悉心呵护与陪伴。"

穆清告别老师出来，刚好下课了。他去教室旁瞄了一眼，娟子不在座位上，也没在外面，估计是去厕所了，他踌躇了好一阵，才离开了学校。

## 七

周末两天，穆清哪里也没去，就陪在家人身边。

当然，更多的还是陪着娟子学习——刷题、阅读。他知道，徐丽书读得不多，学过的东西，又大多遗忘了。面对女儿学习滑坡，徐丽虽也着急，但爱莫能助。

傍晚的时候，穆清就陪着她们去河边散步，一家人其乐融融的情景，竟恍若隔世。穆清看着，有些忍不住感慨。

徐丽告诉他："上次遇到秦大哥也带儿子转路，说点点妈妈病更重了。"

秦大哥就是秦汉明。处里都知道他女人有抑郁症。

穆清问："那她还上班吗？"

"还上啊，说在外面看起来是个好人，回家就是个病人，只活在自己的世界里。"徐丽说。

"对点点也还那样吗？"穆清又问。

"嗯，秦大哥说，还是从来没把点点当过自己的孩子。提到这，我看他就眼泪汪汪的，也不忍多问。"

这一说，穆清就沉默了。

秦汉明女人没生育，又不与他离婚。不，准确地说，是曾经一段时间，他们离了，但又和了。女人孤僻，整日沉默寡言，照例不与人交流，包括他。后来，秦汉明想孩子，与女人商量，女人冷漠，不以为意。再后来，他还是坚持领养了一个，才几个月大，就抱回去了。那就是点点。但女人从未拿正眼看过，就更别说当他是自己孩子了。秦汉明心疼点点，既当父亲，又当母亲。点点便是秦汉明奶粉一点点养大的，父子俩感情很深，但其间的辛酸亦可想而知。这也是秦汉明内心难以言说的痛。单位的人多不知。

他与穆清交好，穆清便多是知道的。

有一次，秦汉明忧闷之极，约穆清出去喝酒。中途，他讲到自己没有温情的家庭，先是一阵哽咽，后来忍不住，竟伏在桌上失声痛哭起来。穆清听了，也在一旁陪着流泪。事后，穆清一想到秦汉明的处境，就特别心痛。有时，想想自己，就觉得特别庆幸——有个贤惠的妻子，又有圆满的家庭。

现在又听妻子提到他，才想起因忙村上的事，都很久没回单位了。便给秦汉明打了个电话，说他回来了，也想他了，约他周日来家吃晚饭。秦汉明爽朗地答应了，说正好有事要告诉他呢。穆清猜不出是什么事，只"哦"了一声，又特别提醒他："别忘了带上点点和嫂夫人哦。"他知道按惯例，嫂夫人一定不会到场的，但他还是想什么时候有个意外之喜。

下午3点多，秦汉明就带点点过来了。他女人自然是没来。

点点见到萌萌和秧子，高兴得跟什么似的。娟子躲在自己的房里，看书，穆清让她下午休息。她不，说自己都初二了，要把以前拉下的课给补起来。所以，娟子出来给秦汉明打了招呼，就又进卧室了。

秦汉明说："孩子懂事了就是好事，多给她一个空间，别打扰她，让她自己安排和支配时间。"

穆清也觉得有道理。于他而言，孩子知道努力，就是他最大的欣慰了。

秦汉明很高兴，刚在沙发上坐下，就笑道："有个天大的好消息要告诉你呢。"

穆清也一笑，问："能有什么好消息？"

秦汉明神秘地说："要是你被中共四川省委党建杂志社、中共云水县委组织部联合评为'最美第一书记'呢，这消息好不好？"

穆清本就把一切都看得淡，这一听，以为是让自己去试试，忙说："秦处长，算了，还是把机会让给其他人吧。你也知道，自上次被市委评为'全市优秀共产党员'以来，我至今还如坐针毡呢。"

秦汉明这才解释说："不是你想的那样，是文都下来了。当初报材料的时候，联系不上你，考虑到那时在处理易地搬迁，事情太多，路途也远，就没通知你回来，反正你的事迹大家也都知道，所以我就做主给你了报上去。原也忘了，谁知前两天通知来了，你还真被评为了'最美第一书记'了。只是打不通你电话，所以只有等你回来了，当面告诉你啊。你看，是不是值得庆贺嘛！"

穆清一听，很是错愕，认为自己不过是做了该做的工作，如今，各种荣誉纷至沓来，还真是受之有愧。

正忐忑时，秦汉明告诉了他另外一件事，就是处里已协调电信部门，马上要着手实施干湾这边的宽带网络连接一事，日月山有望年底开通有线宽带、电视和固定电话等业务。

这事让穆清一下兴奋起来，他非常感谢单位出面，终于可以帮他们解决村民们最亟待解决的网络问题了。

秦汉明又告诉他，他驻村期限已满，圆满完成了驻村任务。若是想回单位了，处里就将另外派人下去。

穆清也这才记起，自己去日月山都两年多了。

秦汉明也感叹道："是啊，这日子过得真快，当初送你去的情景，还像是昨天呢！"

穆清也有些怅然，觉得两年时间，就如白驹过隙。

秦汉明在饭桌上，又把这消息告诉了徐丽。徐丽自然高兴，说回来好，回来后，工作之余，既可照顾到孩子，也可帮她分担分担些家务了。

秦汉明也说："是啊，一家人在一起，总是好的、温馨的。"

穆清怕引起他伤感，忙让娟子给秦汉明斟酒，趁机转移了话题。

晚上，穆清送秦汉明离开后，一家人都高兴。因为他很快就可以回来，又会回归到以前朝九晚五的正常生活轨道了。

## 八

周一，穆清回日月山之前，先去了一趟镇里。

坐在车上，想着秦处长昨晚的话，穆清心里还是挺矛盾的。回城自然是好的，按部就班，工作轻松自在，又有规律，还陪伴了孩子。但这一走，村上的工作就半途而废了，下半年村委班子换届，自己还曾想过要大换血呢，这是他的遗憾。但转念又一想，也许其他人来，还会比他干得更出色呢。他心里也就平静了下来。

刘书记正在办公室等他。刚为他泡上茶水，孟镇长就过来了。

原来两位领导也知道他驻村期满,即将离开,很是不舍。他们客观地评价了他两年来,脚踏实地一心为民的品质与精神,也高度地概括了他给日月山带去的巨大变化。不过,后来话锋一转,又都委婉地要求他能留下来。

刘书记说:"穆书记,对日月山来说,你已经再熟悉不过了,工作起来也得心应手。关键是你不是来打酱油,混资历的,是一心为公,心中装有村民的,也是肯为他们排忧解难,一心要带领大家脱贫致富的。所以,我和孟镇长是打心里更希望你再干一届,说实话,到那时,日月山脱贫摘帽了,你也就了无遗憾了。"

孟镇长也说:"你想,若是重新选派一个人来的话,当然也可能像你一样优秀,但他得从零开始啊。再说,你也知道,你们那个村多复杂呀,他能与村社干部处好关系吗?别人又买不买他的账?估计很难!"

说到这里,孟镇长又笑道:"穆书记,说实话,现在正是脱贫攻坚的关键时期,你真忍心离开?就像刘书记刚才所说的,就真没遗憾?"

穆清想,怎么就没有啦,比如,村委会迁址一事没下来,山里孩子读书问题没解决,从村委会到秦家坝的路没修通,通信基站、光纤设施、宽带网络等这些现代设施,日月山都还没有。这桩桩件件的要事,哪样不迫在眉睫,不急需解决?若真要离开的话,其实也有诸多遗憾的。

但他没说出来。

刘书记、孟镇长的真切挽留,又将他先前已平静如镜的心,搅得动荡不定了。

他只说:"我穆清何德何能?得两位领导如此器重,实在是受之有愧啊!不过,两位领导的话,也有道理,请给我一点时间,容我想想。"

刘书记和孟镇长都说好,又宽慰他,说站在他的角度看,若他真要离开,他们也理解,也不勉强,毕竟日月山条件太差,也已耽误了他两年多的光阴。还表示无论他做何决定,他们都是一生的战友!

穆清很感动。他想,是的,他们是一起战斗着的战友!

回到村上,他丢下包,就去了干湾安置点。他远远地就看见雷达,正在工地上忙碌着。

雷达见他回来了,高兴地迎了过来。

穆清问了这几天金银花种植园土地规划的情况。

雷达说:"凡是沿山向阳的山坡、灌木丛、乱石堆,都在规划之内,也大多开辟出来了,估计有四五百多亩的样子。只等9月份技术员一到,就可以栽植了。"

穆清说:"你明天要没其他事的话,就带我去看看?"

雷达欣然应了。

## 九

穆清期满要离开的事,还是让村上知道了。

赵一民一想到那事,心情就不好,吃饭、睡觉都不香。他还专门去了趟镇上找刘书记、孟镇长,说日月山不能没有穆书记,让他们出面做做工作。

刘书记和孟镇长就都笑他道:"人家刚来时,你还百般不乐意呢,如今就这样不舍啦?"

"那都是我的错,是我没把政策吃透嘛。再说,我当时还不是觉得上面派的人,不都是些只说不干的样人儿嘛!可又哪曾想这穆书记是个例外呢。唉,两位领导就别洗刷我了嘛!"赵一民解释道。

"说得也是啊,这个穆清,还真是刷新了人们对驻村干部的三观了!"刘书记感叹道。

"是啊,赵书记,我们也想他留下来,携手建设日月山呢,这个工作呢,我们已给您做了,可是去是留,还得看他本人啊!"孟镇长说。

回山后,赵一民又去了雷达家,对他说:"你和穆书记在一起的时间最多,你也给穆书记说说,能不能别走?"

"还是您老说吧,您的话有分量呢。"雷达想想,又道,"我们虽也想他留在山里,可开不了口啊!"

赵一民点了一支烟,沉默好一阵,才感叹道:"是啊,也不能让他舍家弃口的,长留我们这里啊。那也显得我们太自私了。"

于是,赵一民便让凤琴嫂做了一桌菜,提前给穆清饯行。村委班子所有的人都来了,还多了张少华和任东风两人。一开始,席间气氛还好,大家说了很多祝福的话。后来到穆清说话的时候，大家竟都沉默了。穆清也明显地感受到了大家的不舍。说，自己要走了，其实也有很多的遗憾，比如：不能亲自参与日月山后期的建设了，不能感受它每一点每一丝可喜的变化，更不能看见它脱贫摘帽的全过程了……

当夜，大家在一种很伤感的氛围中散了场。

干湾那边的几个人都未回去，就宿在赵一民家了。饭后闲聊，赵一民还是忍不住说："穆书记，你走了，这个摊子我是扯不圆的，咋办？"

"是啊，张主任对村上工作又不太上心，赵书记毕竟势单力薄，精力有限啊。"雷达接过话，忧心忡忡道。

"另外，金银花种植园还未正式栽种，穆书记，你可不能说丢下就丢下啊？"任东风说。

"还有我那渔场，最好的前景你还没看到呢。"张少华也说。

那一夜，穆清辗转反侧，又是一夜无眠。

第二日，赵一民家来了许多村民。他们都是听说穆清要走，过来恳请他留下来的。

穆清又是百感交集，那份本就不定的心，更犹豫了。

和雷达回干湾时，两人又在青树垭停了下来。穆清坐了很久，才掏出手里的电话，毅然地拨了出去。

那边接电话的是秦汉明，穆清说了自己面临的处境，也说了自己要再干一届的想法。

秦汉明想了想，才道："你若真想好了，也行，不过你要有个心理准备，可能于你个人而言，你就要牺牲更多，甚至连娃娃也管不到了。其实，昨日，宋处长还让我给你商量呢？没想到，你这就打电话来了。"

"商量什么？"穆清问。

"还不是也想给你做做工作，让你再干一届嘛。"秦汉明在电话另一头说道。

穆清不解地问："为什么？"

"因为思来想去，单位还真派不出更合适的人了。"秦汉明停了停，又说，"你也知道，像你那样能吃苦、能干事、有担当又能胜任农村工作的人，还真不好找，而且要在日月山撑起一片天，就更难了。所以，宋处长从工作的角度考虑，让我给你商量一下。不过呢，因为晓得你家的情况，我也就没答应。"

雷达也在一旁听着，穆清看他一副担忧的样子，便下了决心对秦汉明说，"那我就再干一届吧，大不了我周末都回家，也只有这样了。"

秦汉明答应了，但还是让他再与家人商量一下，说三日之后，听他的准信。

穆清知道，若是留下来，那么接下来的工作将更艰辛。而秦汉明是站在朋友的角度，为他考虑的。这位好领导和好大哥，令他无比敬重和感谢！

其实，一旁的雷达，与电话那头的秦汉明一样，心情也是极复杂的。只待穆清打完电话，他紧皱的眉头才舒展开来。

穆清到底还是留了下来。

赵一民和村"两委"的成员，都长舒了一口气。

/ 秋分 /

一

日月山的好事一桩接一桩。

先是9月初，村委会来了几位重要客人。他们分别是县委、县政府和川陕烈士陵园负责人，还有一位为川陕革命根据地红军烈士纪念馆的李馆长。

他们专程为赵一民家送来了"光荣之家"的牌子，还在乡亲们的见证下，庄重地将"光荣牌"高悬于赵一民家的大门正上方。

赵一民的父亲紧紧握住来人们的手，激动得哭了。

接下来，李馆长再次向赵一民核实了他祖父英雄故事的细节，以及后来他们家人所承受的生活之重。李馆长很是感叹，认为他祖父的故事是被历史遗漏的重要的一笔，如今被挖掘出来，除澄清了冤屈令家人欣慰外，还极为珍贵，为川陕红军烈士纪念馆的英雄史册，又增添了传奇而又浓墨重彩的一笔，可供后人世世代代缅怀纪念。

烈士陵园负责人补充说，他们此行还有个目的，就是希望将赵昌明烈士的遗骸迁往川陕烈士陵园安葬，以慰英烈在天之灵。

赵一民的父亲一听，激动得放声痛哭，说："这下好了，父亲终于找到他的战友们，找到了家，再也不用在荒山野地游荡，而魂无所归了。"

在场的人听了，无不泪湿双目。

又过了几日，烈士陵园工作人员在白岩山荒林，找到赵昌明的墓，举行了庄严的迁坟仪式。

于是，陵园烈士人数由原来的25047人增加到25048人。

烈士赵昌明的故事，被庄重地存放到了"英烈忠魂，历史丰碑"这个主题展厅，由专人负责向游客解说。

9月底，修建"群众文化中心的"的项目批下来了，村委开始着手基建方面的工作。

10月初，铁塔公司派员工正式进入干湾片区，勘测确定铁塔建立的位置。

他们说："铁塔和基站一旦建好，电信公司就可架设备，那么宽带网络的接入，也就指日可待了。"

在任东风筹谋规划下，村民们开始大规模的金银花种植。

为了稳妥起见，木本的金银花和藤本的金银花，他们都栽种了些。任东风要求严格地按株距1米、行距1.5米挖窝子，窝深30厘米至50厘米，直径30厘米。他们先施一层底肥在窝内，再盖一层细土，才定植。等覆土后压紧，再浇透水。那几日，因天气少雨干旱，任东风不敢懈怠，组织了10多个村民，天天守在那几坡坡地上，一干就浇水。在他们的精心管理下，不久，这些种子开始发出新芽了。

等都长出新叶的时候，任东风等人便开始第一次除草和培土了。

穆清怕损坏根系，小心翼翼，也学着从花棵的外围除草，任东风刚在一旁，认真示范，和做技术指导。

闲暇之余，穆清抬眼，望向周遭那几百亩种植园，一阵感慨。仿佛转瞬之间，那些花树便蹿高了，成熟了，且争先开了满树的花朵，而成千上万的花下，人们在兴奋着，忙碌着。

"穆书记想啥呢？"村民叶连生朝他走过来，打断了他的思绪。

"哦，老叶呀，我就是看着眼前这景象，思绪跑马了。"穆清笑道。

"是啊，这是关系到村民切身利益的产业园呢，谁不希望它好呢。"叶连生也望着眼前一坡坡的山地，感叹道。

待他转过脸来，穆清才问他："老叶，找我有事吗？"

"也……也没啥大事。"叶连生犹豫起来。

"嘿，别客气，有啥就说嘛！"穆清知道他有事。

穆清一催，叶连生抓抓头，便说："穆书记，有个事我想不通。"

"说出来，我帮你想想。"叶连生是有名的老实人，他那神态，让穆清忍不住想笑。

"穆书记，他们贫困户修房子，是国家的政策，我们非贫困户不眼红。再说，我没评上贫困户，我也不缺啥，是不？但若不要我们在安置房里做活路，我觉得就过分了。"叶连生停了一下，又说，"他们平白得了一套房，我们只是去干个活，凭啥不要我们？这不是太不恣气了吗？"

穆清听着，也觉得这贫困户太霸道了，心里就在推测，这会是谁呢？这一想，贫困户杨桂花便"哧"的一下，从大脑里冒出来了。

他猜得没错，等叶连生说了事情的来龙去脉，还果真就是她！

原来，一部分安置房主体已结束，要砍地板了，需要零工。叶连生和他女人便被招在工地干活。因为先前叶连生女人与杨桂花有些小隔阂，杨桂花就向施工方提出，不让他俩在她的安置房里干活。这事让施工方很为难。后来，叶连生知道了这事，就很气愤，想要找穆清评评理。

穆清听后心里也有气，让叶连生不用理会她，自己该咋干就咋干。又说这里活儿一结束，他就下去找杨桂花。

叶连生这才放心回去了。

哪知就过了两天，还没待穆清去找杨桂花，她倒先找过来了。

她开门见山，就说不要叶连生两口子在她房子里干活。

穆清问她："为什么？是人家活儿干得不好，不和你的意？"

她说不是。

穆清又问："那就是人家干活偷懒了，拖了你家的工期？"

她说也不是。

"那你不说原因，这问题就没法解决！"穆清生气道。

这一逼，她就说："他俩那样儿，看着就不顺眼！"

这个理由让穆清很生气,他说:"你这是啥逻辑?人家是为你服务呢!"穆清说。

"我宁可要其他人服务!"杨桂花就是一根筋。

"你当真是想要谁为你服务,人家就得为你服务哟?"穆清说。

"反正,我就是不要他们!"杨桂花不讲理起来。

"人家那是凭力气吃饭,勤劳致富呢,是招你惹你啦?你倒是说说看。"

杨桂花说不出来,黑着脸不回话了,但仍旧坚持她的想法。

穆清见她不听劝,又想到她往日那番模样,便来了气:"你这气场不得了,颐指气使的,那干吗不自己去修呢,那就可全凭自己做主,想请谁就请谁,想辞退谁就辞退谁呢?"

穆清这话,一下呛得杨桂花无言,只好无趣地走了。

## 二

再说那杨桂花,那日还是没把穆清的话听进去,回去的第二天,就跟叶连生的女人大吵了一架。叶连生的女人觉得委屈,就专挑气人的话骂。骂杨桂花好逸恶劳,坐吃山空,赖成个贫困户,还自以为是,觉得无上光荣,又挖苦她说:"你那么牛,那么有本事,尾巴翘那么高,咋不就自己修个房给我们看看?你若自己能修,别说做活路,我连尿都不得朝你那个方向厮呢。"

杨桂花这一听,更气急败坏,回骂:"我贫困咋了?我又没到你锅里去舀饭吃!你不贫困,你体面,但你再体面,再有本事,还不给贫困户打工来了?有本事你不来呀!"

"哼,我打工挣钱不羞耻,再说,也没在你那领钱,量你也给不起钱!不要以为这是你的房子,就凭你那德行,住了这房,都搞不得好事,也不得善终!"叶连生的女人回道。

农村修房起屋本是好事,但忌讳吵嘴斗架。她们这一闹,杨桂花就更觉得晦气。

两个女人吵架的事,传到村委,赵一民见不得杨桂花,也不想跟她打交道,就让人找穆清去解决。穆清赶过去的时候,两人还对峙着。

杨桂花见穆清去了,像抓到了救命稻草,又像找到了台阶一样,便正式向穆清提出她真不要那套房了。说完那话,就径直回她老房子去了。

穆清懵了,这房子修都修起了,咋又说不要就不要呢?这不又给他出难题吗?还是那个理,假设在杨桂花这儿开了口子,搬迁户都去效仿的话,这一坝的房子咋办?

当天晚上,穆清与任东风一起,去了杨桂花家里,给她做工作。她这才给他们说了老实话。

她说:"穆书记,我的山林田地,以及我家栽种的果树,都在这周围团转,我就是栽秧收水搭个电什么的,就在我这屋里头,要方便得多。而且到桃花沟的路就过我地坝头。我要是搬过去了,还隔了道。而且按政策,这个房子就要撤掉,将来我栽秧收水搭个电都困难,咋办?再说,要是搬走了,我这房子周围的果树,也就守不住了。你们看嘛,啥都不方便了,所以,我就觉得在这边条件也还可以。"

两人一听,觉得她的条件也确实不差,说的理由呢,也有道理。

只是当初,村社把她纳入搬迁户,主要是考虑到她房子后山有些滑坡,怕出事。她和她当家人自然也是知道这点的。现如今,她既然要反悔,也没办法,不可能去强迫她。穆清和任东风只是再次提醒她后山滑坡的事。她说,没事,后山隔我这房子还有些距离呢。穆清又问她当家人的意见。她说和她一样,他们早就商量过了。

穆清这才终于知道,对方那么反反复复的原因了。

穆清回去后,与村委一班人商量后,就答应了她退房的要求,但有个条件,得给村上写个"自愿退出易地搬迁的申请"。她想想后,又不愿写。穆清就上青树垭,给她老公打电话,问他的想法,他也说不要那房子了,但也不答应写"退出申请"。

这个事就只有搁下来了。

又过了十来天,穆清在曹社长那开会,正好看见杨桂花那个儿子曹峰。曹峰二十六七岁的样子,从外面打工刚回来。他认识穆清,也知道他是他家的帮扶干部,给他家提供过很多帮助。穆清就跟他说了房子的事。

曹峰就问:"穆书记,如果写了那个申请,我家是不是就不是贫困户了?"

"不是你们想的那样。你写了申请后,只能说你不享受易地扶贫搬迁政策。但你还是贫困户,你还可以享受医疗救助、危旧房改造以及其他政策。"穆清解释着。

这一说,曹峰就听懂了。回去跟他母亲商量后,就把那个申请写了。

穆清就让赵书记把她那个钱,退给她。

赵一民说:"退是要退的,要不先缓一下,过了这阵子再退?因为要是其他贫困户知道了,都去效仿的话,这个工作就不好整了。"

穆清觉得有道理。于是他就把意思给杨桂花一家说了,她儿子、女儿和她都没意见,甚至还不好意思,觉得给穆清添麻烦了。

但过了一个月,赵一民让杨桂花去退钱时,她又反悔了,说不退,还是要房子。

一日,她丈夫也突然打电话给穆清,说他才是户主,他都没在家,咋就把房子给他退了?又说,穆清骗他什么什么的,嘴里还不干不净,骂骂咧咧的。

穆清一听,哭笑不得,又忙着给他做了解释,完了还宽慰他道:"你不要着急,我周一要上来,还有什么意见,我们可以当面说。"

因是周末,穆清接电话时,恰巧徐丽也在一旁。徐丽听到了电话内容,就埋怨他,干啥还留在上面受这份气,不是自找麻烦吗?穆清就说了这家人的情况,也说像这样难缠的人家毕竟是少数,自己耐一下心,也就好了。

周一,待穆清去他家的时候,杨桂花的老公又上煤矿去了。

杨桂花就给穆清道歉,说她老公说话不中听,冒犯了他。还让他别怄她老公的气。

穆清说:"这个不存在。我要是怄他的气,就不来了。不过呢,这房子的事,自始至终,你是最清楚不过的,也是亲自参与了的。当然,他不了解政策,我有责任跟他沟通,给他讲清楚。"

杨桂花一听,也就装糊涂,把事情顺水推舟推到了自己老公身上,一口咬定是他要房子。

穆清将这事在村委会上说了,大家都是一肚子气。

张文斌说:"这事不能将就着她,村里工作那么忙,哪能由着她的性子反复无常！"

赵一民没开腔，第二天照例去通知她退钱。

那杨桂花却假装糊涂，一直拖着。

## 三

金银花种植基地里，究竟要套种那些药材，村委一班人颇费思量。

他们向雷达征求意见，询问他舅舅家种植的中药材种类。

"他家呀，种的多是些道地药材，像黄精、附子、丹参之类的。"雷达想了想，说，"对了，目前黄精已在出售了，食药两用的，据说与老母鸡加淮山炖是大补。"

"产量如何？能不能套种？销售渠道又咋样？这些都是我们不得不考虑的。"赵一民问。

雷达说："附子和丹参我还不熟悉，但黄精产量高，听老舅说，一株挖出来，就有好几斤呢，我还帮着送过货去荣安，去双河口。价钱也不菲，鲜品1公斤的，能卖到四十好几。而且听老舅说，要货的人家多了去了。"

"若真是这样的话，我们可以首选它。不过，因为要涉及它的产地环境、采挖栽种季节、田间管理等方方面面的问题，所以，我们最好还是去老罗那里，实地了解了再说。"赵一民说。

"是啊，关于药材种植，我们那点零星的知识，也只来自书本。而永国叔早走在我们前面，已有实践经验了。"任东风接过话道。

穆清说："我刚来日月山时，就知道永国大哥种植黄精的事了，只是平日里太忙，去得少。上次问他，他说扩大了种植规模，种植种类也有所调整。赵书记刚刚也说了，我们就先去他那实地考察了解一下，再做决定？"

"对，说不定这一去，还会有新的收获呢！"任东风兴奋道。

"要得，择日不如撞日，不如今天就去。"张文斌提议道。

大家都觉得好，便从秦家坝出发，往铜钵山去。雷达走在前面，回头看着大家，不禁笑吟道："'纸上得来终觉浅，绝知此事要躬行'啊！"。

"是啊，这做工作莫得啥巧，反正多看多问错不了。"赵一民笑道。

"对哟，实践才出真知嘛！"

几个人说说笑笑，走了一个多小时，才到铜钵山。

罗永国正好在他的园子里忙活。见村委一班人都去了，忙迎了过来。赵一民说明了他们这次来的目的。

罗永国很热情，带他们去园子各处转了一下。这一看，穆清才知道他还种了大黄和瓜蒌，只是土地不够，不成规模而已。

罗永国介绍："要回收快的话，可套种附子、丹参。特别是附子，适合高海拔种植。头年秋天定植，第二年大暑前后就可采挖。丹参就更快了，是当年生药材，市场行情也比较稳定。只是，它更适合在海拔偏低一点的地方生长。"

任东风问到黄精。

罗永国说："黄精属于多年生药材，为三级阶梯形采挖植物。种植后，至少要六七个月才能出苗，而休眠期就长达半年时间，但种植时间越长，收益也越高。当然，又因为是大补药材，销路更好。"

赵一民问："能不能套种瓜蒌？"

罗永国一口否决了。

他说："瓜蒌是蔓藤作物，要有支撑，必须独立搭架。这样会影响金银花的生长。"

穆清又请他介绍一下大黄的有关种植和其习性。

罗永国说："大黄为多年生草本，生长能力很强，适合在高海拔环境种植。亩产可达400公斤左右。另外，大黄叶片宽达，生长迅速，可做猪羊的青饲料，而且青叶亩产也很高，猪羊吃了，皮毛顺滑，不得病。同时一年还可连割数次呢！"

穆清和赵一民听后，都对罗永国钦佩不已。

穆清鼓励他说："你既已积累了丰富的种植经验，可以试一试扩大种植规模，争取办成示范家庭农场，若真成了，还可获得国家奖补资金等政策性支持。"

赵一民也答应他，若需要土地，可采取土地流转的形式，由村"两委"直接出面，进行户与户对接，协助他解决。

罗永国自然高兴，连忙道谢。

这次铜钵山之行，村委一班人受益匪浅。

最后研究决定，为保险起见，实行分块套种。既种植回收快的附子、丹参，也种多年生的大黄和黄精。另外，因为丹参产量高，亩产可达 3000 斤左右，又是一年生药材，就选择将它种在海拔相对较低的沟边、滩涂、山脚等地，以保证它的药含量达标。

又因刚好到栽种黄精的季节，任东风说干就干，还专门聘请罗永国作技术指导，进山采挖野生黄精。罗永国建议，选择挖两三年龄的，因为这种龄的栽下去，好好管理的话，两年后就可采收，产量也相当可观了。

十月下旬至十一月上旬，集体经济产业园里，丹参和大黄也开始播种育苗了。

## 四

老胡深思熟虑后，做了个连妻子都费解的决定。当然，他也未曾将此事告知穆清。

他只收拾了些简单的行李，就赶车上了双河口，又在街上寻到冯明春的车。

冯明春见是他，特高兴，一个客都没拉，就直接送他上了日月山。

穆清却没在村委会。

冯明春说："这几日村上全力栽植中药材，穆书记可能又去集体经济产业园了。"

老胡一听，搁下行李，就按冯明春说的大体地址，徒步找去了。

一路向上，老胡愈看愈发觉深秋的山上，景色繁盛，除了缀了各色叶子的树木，在秋风中哗哗作响，对他夹道相迎外，也有那些与他有着一面之缘的落叶，在风中一翻舞蹈后，才毫无遗憾地投向大地的怀抱。而那些金黄的秋草，则欢笑和涌动着，执意将温暖的颜色推向天际。起伏的草间，偶尔还有成群的牛羊时隐时现，间或传来几声恣肆的长鸣……

老胡有些奇怪，以前在日月山，竟从未留意过这等秋景，更不知竟如此壮丽多彩。恍惚间，眼前之景便迷离起来，朦朦胧胧，似是而非，陌生又熟悉，很是感慨，竟一下想起"往事如烟"几个字来，心中更多了些异样的东西。

穆清和村民正在地里忙碌，听人在叫胡干部，以为是错觉，但还是忍不住抬头望去，这一望，吃了一惊，竟瞥见一道熟悉的身影，正朝着自己走过来。一时，竟不敢相信那是真的。待反应过来，他才忙着迎过去，兴奋道："胡大哥，还真没想到呢。"

"一切皆有可能嘛。"老胡淡淡一笑。

"咋不事先通知我？早知道就接你去了！"

"嘿，临时决定的。"老胡说，"我想了想，要不回来的话，可能就真一辈子都放不下了。"

"就知道你会来的。"穆清笑道，"这下好了，你来了，我不孤单啰！"

"算了吧，别安慰我了，一工作起来就忘了自己是谁的人，还孤单？"老胡揶揄道。

两人正说着，赵一民、雷达等人也围了过来。他们见了老胡，都热情地招呼着。只有任东风不认识老胡，但旁边已有人向他作了介绍。

"赵书记，老胡回日日山了，回来协助村上和我的工作。"穆清高兴地宣布道。

"回来好，回来好，老胡，欢迎啊，欢迎回来！"赵一民紧握住老胡的手，真诚地说道。

雷达、任东风及围观的村民，都由衷地鼓起掌来。

"感谢接纳，也衷心期望在以后的工作中，能得赵书记及各位指点、帮助！"老胡向大家拱手说道。

他这一说，大家就笑他客气了。

"老胡，不说了。感谢你前来支持我们工作！"雷达也上前，握着他手笑道。

赵一民和雷达，怕老胡多心，寒暄中，都很斟酌，不提"再次"二字。

接下来，穆清带着老胡，参观了山上几十亩地的金银花种植园，并介绍了目前套种的中药材。

"真不敢相信，这以前不是大片荒林吗！"老胡环视四周，惊奇道。

"是啊，荒山变沃土了。这以后呀，我们还得向它要东西呢。"穆清说。

"嗯，这是个大举措，这山上就缺这土地。"老胡肯定道。

"对了，我们把各个山头、沟壑能利用的荒地都开垦了出来，加在一起好几百亩呢！"穆清自豪地说。

"待来年开了花，就漫山美景、满谷幽香呢！"老胡感叹道。

"是啊，除了美，还是一笔不菲的财富呢！谁会想到是从这原本贫瘠的土地里长出来的呢？"穆清憧憬道。

"真是大手笔呀！"老胡由衷地赞叹。

两人正说着话，张少华也从干湾过来了。

他告诉穆清："县经作站和农技站两单位，提供的肥料、地膜、农药，还有中药材种子等，都已到了村委会。"

"这么快？"穆清笑着，转身又对老胡道，"在农业这块上，这两个单位对我们村扶持很大啊，除了农用物质，还无偿为村民提供了很多技术上支持。"

接着，把两人相互介绍给了对方后，就带着他们，找赵一民，商量下一步工作去了。

十一月中旬，村里开始栽植附子，进行种根繁殖。

村委开会研究后，让老胡协助任东风的工作。

老胡欣然领命。之后，两人配合默契，大多数时间都耗在了产业园里。

又将白及的种植，定在了来年的三月初。

## 五

周五下午，文化馆冯馆长打电话给穆清，问他在哪里。

穆清说："在镇里，正准备回城。"

冯馆长又问他，关注过政府网站没有？

穆清说："山里没网，莫法去浏览。"

冯馆长就说："是这样的，你们日月山紫叶申报的影子戏和剪纸的非遗项目，由专家审核小组审核通过后，在网上公示无异议，现已被正式列入县里第三批非遗代表性名录，同时，紫叶也被列为县级非遗代表性传承人。接下来，我们还将把它做成市级申报。"

听到冯馆长这个消息，穆清兴奋了很久。特别是濒临消亡的"影子戏"的申遗成功，意味着它将得到更专业的保护和传承。

穆清忙谢了冯馆长，问他啥时再上日月山。

冯馆长笑道："日月山是一座蕴含丰富的文化宝库，有价值的民间文化很多，我们会随时上去收集、挖掘有用的材料或信息，到时可能还会给穆书记添麻烦哦。"

穆清说："谢谢冯馆长，谢谢您对日月山的肯定和关注，若承蒙不弃，再次的莅临，我们将不胜荣幸！"

"好好好，穆书记！"冯馆长笑着挂了电话。

穆清这才又给镇文化干事打电话，说了此事。文化干事说他已在网站上获取了这一信息，也登记做了备案。

穆清这才放下心来，坐车回城去。

路上，穆清硬着头皮，给娟子班主任打了个电话，问娟子近期的学习状况。"还好，"班主任很客气，说，"孩子这段时间已恢复正常，学习劲头很大。"

穆清轻舒了口气。他知道女儿已度过那段低谷期。而这一向，一直压在他心上的石头，才终于落了地。

周一，穆清回村委会。

周三，照例去秦家坝。

易地搬迁安置房主体工程，已基本结束。

穆清和赵一民挨家挨户检查地板和门窗的质量。当走到杨桂花曾经要的那套房子处，穆清问赵一民："她退钱了吗？"

赵一民说："没退。不过，她倒是又来找了我。"

"还是想要这套房？"穆清问。

赵一民恼火道："她哪是想要这套房哦，她那意思，是想我们重新给她换一套中意的呢！"

穆清说："这不胡闹吗？每套安置房都有对应的搬迁户，谁又会与她置换？更何况她都已退出了。"

赵一民沉沉地说："这女人不是个善茬，还会没完没了的。"

穆清见一说到杨桂花，赵一民就一肚子的气，便忙转移了话题，将紫叶申遗成功的事，与他说了。

赵一民一听，果然高兴，说："没想到这剪个纸的，还真成了，成了什么遗产？"

赵一民又转头问他。

"非物质文化遗产。"穆清又补充说，"对紫叶姐的剪纸作品，冯馆长很是看好，说她极有天分，把黑白灰、透视、构图布局等元素，很好地融入传统剪纸中，作品地域特色鲜明，反映了山乡风物，水准很高。"

赵一民听罢，有些叹息，说："不过，还是可惜了。"

"可惜什么？"穆清不解。

"可惜发掘晚了啊。要不是你来，我们至今还不知它的价值呢。"

"哦，不晚不晚，冯馆长还让我们选几幅剪纸作品，代表县里去省上参赛呢。"穆清笑道。

"真的吗？"赵一民一兴奋，眼睛都亮了。

"真的啦，还骗您不成？"穆清又笑。

"唉，都很久没见德叔了。"赵一民又叹道。

穆清也深有同感。

于是，两人商议后，得了空，便特意去了一趟白云寨。

回村委会前，穆清在紫叶的剪纸作品里，精心挑了几幅，然后亲自送往县委宣传部。

部里接待他的工作人员姓陈，大家都称他陈主任。

穆清也跟着叫他陈主任。

因为知道他送的作品是文化馆冯馆长竭力推荐的，陈主任刚将它们展开，大家就去围观。

刚好，赵部长路过，只一眼，就被那剪纸作品吸引了，也凑过去细看，一看，竟觉得幅幅都精妙，不禁啧啧称赞。赞罢，赵部长又问旁边的人："这么好的作品，咋之前就没见过呢？"

陈主任便将事情说了个大概。

赵部长忙转身握住穆清的手，说："穆书记，'镂金作胜传荆俗，剪彩为人起晋风'啊，这东西让你给挖掘出来了，是我们县文化上的一件大事了，感谢了！"

穆清觉得部长那双女性柔婉的手，竟有着特有的力度与温度。

随后，又听赵部长说："快，拿到装裱店裱好后，明日即派专人送往省上参赛。时间紧迫，可千万别错过了这个机会。"

陈主任忙应着。

穆清没想到，赵部长会这么看重这几幅作品。

## 六

快到冬天的时候，干湾易地搬迁安置房全面竣工了。

搬迁贫困户已基本入住。

杨九红也从李家湾搬来了，但终因地势扁窄，鸡鸭仍旧留在老房子喂养。

穆清觉得杨九红家特殊，再说一个妇道人家，跑上跑下除了麻烦，也误了下田下地的工。他便与雷达、老胡商量，干脆由村上出面寻些人，将安置点背后的深沟一带开辟出来，围上栅栏后，让她把鸡鸭都迁过来，再扩大规模，重点发展养殖业。雷达和老胡都觉得这想法好。雷达又建议，还是由老胡重点帮扶杨九红，因为老胡毕竟熟悉情况。穆清有些犹豫，怕老胡心里有顾虑，征询他的意见。老胡知道穆清是担心自己为难，只一笑，爽快地答应了。

雷达第二天就派了人，开始开荒砍杂。木桩围栏立好后，老胡又组织人，帮着杨九红鸡鸭迁家。于是，干湾安置点后面的那片山地，成了杨九红家那些土鸡们最安适的栖身之所。

老胡又告诉穆清，自己有一朋友，也是一养殖大户，专养土鸡，还摸索了一整套科学饲养法。穆清听了很兴奋，与赵一民、雷达商量后，就请老胡负责联络养殖大户，对杨九红及村上有养殖意向的农户，进行一对一技术指导。

养殖大户是青玉口的，很热心、豪爽，在老胡的邀请下，几上日月山。他不仅带来了喂养土鸡技术，还毫无保留地将自己特制的饲料配方传给了日月山。对于养殖大户的慷慨相助，穆清和赵一民虽是非常感谢，但还是担心配方成分不地道，将来危及到消费者的健康。

老胡解释："这个可以完全放心，我将配方都记了下来。也研究过了。它是纯天然的，就是用米糠、红薯、豆渣、酒糟等料发酵后，再配上玉米、谷粒、青菜、牧草、豆粕等，作为鸡的主食，这样既健康又降低了养殖成本，而且养出的鸡还肉质鲜美口感好，也提高了蛋的品质。"

老胡这一说，大家才放下心来。

随后，整个干湾陆续开通了有线宽带、电视和固定电话。

秦家坝安置点依旧忙碌着，家家都忙着打灶、建厕所和安装水电。

穆清和赵一民知道郭秀珍家里困难，专门抽了时间，去看她有啥需要帮助的。郭秀珍屋前已堆了好些柴禾。屋子里，她叔正在帮她打灶，她在一旁打下手，忙得两个脸颊红彤彤的。她见穆清他们去了，又忙要找凳子给他们坐。穆清摆摆手，示意她自个儿忙，说他们只是来看看。两人楼上楼下细看了一遍，见只差灶没打好了，便放了心。

赵一民问她："年这边搬得进来吗？"

秀珍笑道："有几家打算搬进来过年，我们也有这个想法呢。"

赵一民说："早点搬来好啊，大家一块儿住着热闹。再说老鹰山那太远了，来去一趟都不容易。"

郭秀珍说："我也是那样想的。"

穆清也补充道："还有，在这儿住着，人多，你父亲那个样子，左邻右舍也好帮着照应照应。"

郭秀珍点着头，眼里似有了泪花。

穆清又说："今儿，赵书记专门来看你，还有啥是需要村委帮着解决的，就自个儿给书记说。"

郭秀珍摇摇头，说没啦；又说用从荣安退回来的那押金，节省着开支，基本上就可把这个房子装好了，眼下还没啥困难。

赵一民又问她："那个钱用了，还有过年钱吗？"

郭秀珍坦然一笑，说："赵书记，钱多有钱多的用法，钱少有钱少的用法，自己手头捏紧一下，也就对付过去了。"

穆清和赵一民听了，便放了心。

郭秀珍的叔叔是二里坝的。听了他们的对话,很是感慨。说自己这侄女虽说命不好,人生也坎坷,但有村委的关怀,他也就放心了。末了,她叔又说了很多感谢的话。穆清和赵书记临离开的时候,她叔忽然又叫住了他们,说有句话不知当讲不讲。两人都奇怪。连郭秀珍也有些茫然地看向她叔。等她反应过来,要阻止时,已慢了半拍。

她叔说:"两位书记,说句不怕你们多心的话,你们村上有个别干部心术不正,还真不配当干部呢。"

两人这一听,觉得这话莫头莫脑的,互相看看,都有些纳闷。

秀珍朝她叔生气道:"叔,你咋装不住话呢?"

她叔说:"闺女,这话不说出来,憋着难受!"

郭秀珍知是拦不住了,便噘着嘴站在一旁。

她叔便说了原委:"你们村主任想撮合他那打光棍的堂兄,到秀珍家做上门女婿,被秀珍一口回绝了,就有些气恼,便总找她的岔,先前还多次要拿她在荣安订过房的事要挟她。秀珍还是不松口,后来他耐不住,就真把她给告了。"

穆清和赵一民一听,都吃一惊,有几分不信。向秀珍求证,秀珍点了点头,算是回答。

穆清问郭秀珍:"他找你茬多长时间了?"

"前两年,他就有那想法了,你们说他那堂兄……我能答应吗?"郭秀珍说。

张文斌那堂兄,不光年龄大,智商还有欠缺。穆清这才蓦然明白,为啥初次去她家走访时,她要朝张主任泼水了。

赵一民却还是有些不信,说:"婚姻之事看的是缘分,这一点,张主任还是懂的。也不至于那么狭隘嘛!"

穆清接过话,说:"这个事看起来是坏事,实际上还是个好事。还幸喜得有人提早举报了,你才把该退的房退了,该完善的手续完善了。相反,要是不被举报,现在才知道你这儿要了一套房子,而荣安街上,又确实订有一套房的话,那就糟了。"

大家都觉得是这个理。

回去的路上,赵一民说:"张主任那堂兄,以前不愿搬迁,等后来想明白了,就又后悔了。张主任也私下里来找我商量过，但我没答应，因为每套房子都有主户，总不能把其他人挤掉嘛！"

穆清道："难不成就为这个？"

"也说不准，不过，郭秀珍本分老实，他们说的，也不像胡编乱造的。"赵一民说。

穆清没说话，心里再次对张文斌的人品产生了质疑。

## 七

村党支部换届选举就在眼前，穆清周末没回城，独自去了一趟白云寨。

晚上，紫叶做了桌丰盛的菜肴，款待穆清。德叔还专门温了酒。席间，他不停地给穆清夹菜，偶尔也给他斟少许酒，说晚间喝一点，对身体有好处。

吃到中途，德叔才终于说道："我知道你是来问计的。是啊，换届选举就在眼前，村委班子的组建，主动权还得在你们自己手里啊，乡镇级领导毕竟不是本地人，对本村哪里高哪里低，哪个人是啥情况，村里短板又在哪里，该怎么补，诸如此类都不甚熟悉。"

穆清便说了村上的一些具体情况。

德叔说："在组建村委班子时，你们不妨回顾一下唐僧西天取经的故事，要借助《西游记》带给我们的启发来思考问题。你想想，唐僧西天取经的一班人马有孙悟空、猪八戒、沙和尚、白龙马，这五个角色一个都不能少。依我看，村上在配人选的时候，唱花脸的要，唱红脸的也要，这样工作起来才有进退的余地。但绝不能少的是孙悟空，为啥？孙悟空是个干实事的，敢闯敢干。要是没有他，那么唐僧怕是至今还在长安没出发呢。"

听到这，穆清忍不住笑了起来。

德叔呷了口酒，又说："作为基层干部，其实也是做人的工作，关键是如何把人用好。你看那宋江，做贼不如时迁，跑路不如戴忠，舞长矛不如林冲，耍开山子又不如李逵，但他能把人团得拢。目前，我们村上一班人中，赵一民倒是能干事，但不懂电脑，张文斌耍的是嘴皮子，雷达倒是不错，但这边那边又隔得远，聚到一起办公都难。写文字材料，填表、电脑什么的，还都得你去做，为啥，手下没人啊。所以，这次选举重要啊，得把村上有能力的人挖出来。其实，咱这山里也不乏孙悟空、猪八戒和沙和尚。有了得力的一班人，你自己也就轻松些了。"

穆清听着，觉得德叔装了一肚子的故事，再高深的道理，到了他那里，就都深入浅出了。

穆清便说了自己的初步想法，说这次换届选举，想首推年轻人。另外，因为日月山有东西两个点，为了便于工作的开展，干湾和秦家坝至少要各有两位村支委员。

德叔同意他的观点，也认为必须推年轻有为的，推有胆识有胸襟的。

穆清又提到村委班子的矛盾和斗争。

"班子有矛盾，有斗争，是好事，那样问题才会暴露。"德叔夹了一柱菜与他，说，"过去农村修房子，都是筑土墙，会筑墙的掌墙师，上墙就是三杵子，他杵这个墙闪不闪。若是杵一下就闪一下，那这墙就是筑对了的。若是一杵不闪，再杵也不闪，那这个墙就要倒。因为它重心没在中心。你想想重心偏向了一边，何以回弹？施政也是如此，左右左右的嘛！"

"您是说有矛盾有斗争是好事，只要在管理上，拿捏好分寸就行？"穆清问道。

"是这个意思。你看哈，管理老百姓是需要一张一弛的，处理干部间的关系，也这样。不能绷起就绷起，绷紧了就要断弦，若是不绷紧，箭又如何射得出去呢？所以，一个班子，什么样的人都要有，不要怕有意见，关键是有了意见要如何去协调。"德叔说罢，又催促道，"快吃，菜都凉了。"

"好。"穆清端起碗来，碗里堆了好多德叔夹过来的菜。

穆清看着碗里的菜，竟又想起小时候的事来。小时候，生活艰难，父亲总怕他吃亏。吃饭的时候，也总把他喜欢的菜，往他碗里夹，堆得尖盘冒碗的才放了心。可惜，父亲去得早，终是没享到他的福。这也是他一生的痛。

穆清这样想着，双眼便不知不觉湿了。

"咋的啦，穆书记？"德叔心细，见他眼泛泪光，忙轻声询问。

"哦，德叔，没事，就是想起一些旧事了。"穆清不好意思，低头笑道。

德叔见他那样，满是心疼，又用公筷夹了一块腊猪蹄与他，说："快吃，香得很嘞！"

穆清没推辞，像孩子般一笑，狼吞虎咽起来。

德叔在一旁陪着，时不时慈祥地看他一眼，偶尔，还说些好笑的话题与他听。

有一阵子，穆清忽然起了一种幻觉，觉得自己就在家中，父亲也还建在，就在身旁。

事后，穆清常回想那晚的情景来，竟觉那是至父亲走后，自己吃过的最美味也最温暖的一顿晚餐了。

## 八

12月初，为了顺利进行换届选举，镇里派纪委马书记带队，来村上走访、座谈，了解村干部的工作状况，为换届选举摸排定人。先是在一社、二社开展工作。那日，张文斌没到场。一行人由干湾往秦家坝去，路过青树垭时，穆清就给张文斌打电话。

电话通了，穆清说了情况，让他在秦家坝等他们。

张文斌说："今天林业局的人上来搞退耕还林，没空，也去不了了。"

穆清知道退耕还林是要整钱的，但还是一怔，小声说："张主任，支部换届这么重要的事，你咋说不来就不来了呢？"

张文斌顿了一下，说："穆书记，正要给您说呢，这支部换届，我也不想整了哟。"

穆清知道他是有想法的人，就问："啥子？你不想整？"

张文斌说："嗯，太累，不想整了。"

"嘿，你整得好好的，你必须整！"穆清说罢，又补充道，"你也知道，村里正是缺人的时候，你可不能中途撂挑子啊！"

张文斌一听穆清在劝他，马上说："穆书记，真不想整了。"

穆清一听，有点生气，知他很要面子，又口是心非，明明舍不得，又想让人求他，就说："那你不整，我是做不了主的，这个，你必须跟党委政府申请。"

赵一民和雷达在一旁听着，眉头都皱了老高。

张文斌在那头笑道："那……党委政府……"

穆清默不作声。

张文斌又一说一笑："党委政府？"

这时，穆清忽地想起德叔的话来："那个开山子（斧头）砍起了缺，莫法砍了，甩了？磨啰，把口口磨起，又可以砍嘛。但若是开山子坏了，都起了甲灰，连修理都莫法修理，便只有丢了，莫去硬用，免得都染了一身的甲灰。"

穆清回头看看马书记，他正坐在岩石上歇气，想了想，下了决心似的说："对头，那马书记在这儿，你自己给马书记说吧。"

那张文斌哪料到会是这样的情形，一时沉默着，没说话。

穆清走过去，将电话交给了马书记，说张主任有话对他说。

马书记将电话一接，问张文斌啥事。

到了这时候，张文斌就是想整也不好改口了，只有顺着刚才的话说下去。

马书记让他再慎重考虑一下，张文斌硬着头皮说："真不整了。"

于是，马书记就把他那个想法带到镇党委会上去了。

过几日，镇党委召开党委会，研究各村走访座谈摸排的情况时，刘书记再次电话询问张文斌，张文斌话已放出，不好再收回。就这样，他自然就自动退出了。

之后，镇党委召集各村支部书记、驻村第一书记，研究村"两委"换届事宜。赵一民和穆清向镇党委，慎重推荐了任东风和张少华两位年轻人。

回村后，两位书记分别走访了村上党员和群众代表，让他们用好自己的权利，选出真正能为日月山谋福利的干部来。

12月中旬，乡党委副书记带队到了日月山，组织村党支部改选。

选举时，日月山16名党员参会，缺席2名。选举出张一民、雷达、任东风三名委员，支部委员选举成功。随后，三人召开了新一届村党支部第一次会议，选举出赵一民任书记，雷达和任东风任委员，支部换届圆满成功。

又过了几日，是村民委员会换届，选举委员会提名村主任候选人名单：雷达、任东风（二选一），委员：张少华、曹定平、紫叶（三选二）。

腊月里，已有住得远的、条件差的易迁户，在陆续搬往新房了。

穆清跟赵一民商量，说郭秀珍、李长海等几家除了路程远外，还情况特殊，郭秀珍的父亲、李长海的母亲又没法动，干脆村上出面，趁马帮还没回小凉山前，帮他们把家搬下来。赵一民同意了。

几户贫困户搬家时，除了马帮外，村里也有好些人分组上山帮忙。叶连生两口子也一早去了秦家坝，帮着各户打扫、收拾。

李长海没回来，任东风和罗永国两人，就负责帮他一家安排布置。

之后，村支部开会，研究落实安置点附属设施建设的问题。

赵一民说："毕年无期，入户路只有等来年慢慢解决了。而临时饮水点，水质还好，供水也有保障，可搁置一下。况且，建饮水点，也是个大工程，不是一天两天的活，也只有开了年再说了。至于这河道的治理，大家商量看看，咋办？"

穆清说："这秦家坝之前多滩涂、沙丘、溪沟，又是自然岸坡，一下雨就满坡的散水，沟浅，水流不走，便满谷里灌满坡里涨。以前没人住还好，大不了淹些田地，可现在不一样了，这么多人住一块儿，安全最重要。"

这一说，大家都觉得眼下最紧要的工作，就是治理河道。

雷达说："开了年，春雨一发，再整就晚了。"

"对，趁现在是枯水期，说干就干。"任东风也说。

"那我们今年这边抓紧把这个紧要活做了，先集中引流，将小溪沟堵上，再将主水沟掏深拓宽，然后用石墙把它两边砌起来，这样，水走河道过，以后再大的水都不怕了。"穆清道。

大家觉得这个建议好，于是村上便重点治理河道。

# 冬至

## 一

一日，县脱贫攻坚办突然打电话给穆清，让他速进城一趟，说有人反映他的问题。过一了会儿，镇里也打来电话来询问情况。

穆清丈二和尚摸不着头脑。

正好赵一民和雷达都在，他俩也催他快进城。为了赶时间。赵一民让雷达骑摩托送他。穆清同意了。

两人赶到城里时，已到中午饭时间了。

穆清顾不着回家，两人找了家餐馆，胡乱吃了点便饭，只等下午上班。

雷达有些替穆清着急。

穆清却一脸坦然。只是思前想后，都不知哪里出了岔子。

等到下午上班，攻坚办的主任才告诉穆清，有人反映他伙同日月山村委班子，在易地搬迁中收受贿赂。这一说，穆清和雷达都有些茫然了，只说没那回事。

攻坚办主任说："人家说得很清楚，说她是给你们进了5000元贡的，还说，你们胃口大，少则五千，多则一万的收，然后就是按这个收款情况数确定搬迁名额的。"

雷达一听，气得百口莫辩。

穆清却一脸镇静，说："既是反映问题，那必是有根有据的，请问他出示依据了吗？"

攻坚办的主任说："举报人说她原也是给你们送了贡的，只因搬迁名额有限，她送的钱又最少，你们便要退她钱，还给她做工作，硬让她写了个退出申请。她心里不服，所以一直搁着没接那钱，后来实在想不通，又无处申诉冤屈，便找到脱贫攻坚办来了。"

攻坚办的主任这一细说，穆清总算听出了个大意，也哭笑不得，便笑问："那人是不是叫杨桂花？"

攻坚办的主任回答："是叫杨桂花。"

穆清这才跟他们解释，说村里确实向搬迁户收过一笔钱，但那是在搬迁名额确定后，怕搬迁户不讲诚信，反复无常，今日要房，明日又变卦，才收取的一笔建房保证金。也事先给他们说好了，在搬迁房完工后，这个保证金是要如数退还给他们的。然后，又将杨桂花退出易地搬迁的前后经过，细细地说了。末了，穆清又说："她拿不出证据，我们却拿得出，村里签的每份合同里，都写得明明白白、清清楚楚。"

穆清这一解释，脱贫攻坚办的有关人员，方才了解了事情的始末和真相。攻坚办的主任说："若真如你所说，那你们的坚持就是对的。首先，她生产条件那么好，本身就不符合搬迁条件。其次，她后山若滑坡，对她老屋也构不成危害。所以，她是不该享受这个搬迁政策的。但，我们也不会偏听偏信，还得派人下去核实这个情况。"

两人从脱贫攻坚办出来，穆清听到有人叫他穆书记，抬头一看，愣了一下——似曾相识，却又不知如何称呼。

那人笑道："穆书记，我是宣传部的，姓陈。"

穆清才恍然，忙叫了声陈主任。

那陈主任忙道："穆书记，我正要打电话告诉你呢，没想到这么巧就碰着了。"

"有事吗？陈主任。"穆清问道。

陈主任说:"对,还记得你们上次送展的剪纸作品吗?"

穆清忙说:"记得记得。"

"其中的《日月风情》和《青莲》,在'省民间文艺创作工程'中,均获优秀奖,另两幅作品也获入围奖。过几日省里颁奖,赵部长希望作者能亲自前往参加颁奖仪式。"陈主任说。

穆清和雷达一听,都高兴极了。说这是天大的好事,除谢了宣传部的推介外,还答应回去就把这消息转达给紫叶,让她一定去省里领奖。

这件喜庆事,将两人心中还残留的些许不快,一下冲刷得干干净净。

从县城回去,赵一民和任东风因着急,都过干湾来询问情况。

穆清和雷达一一说了,大家都啼笑皆非。

任东风笑穆清道:"穆书记运气咋就那么好呢,摊上这么个帮扶户哟!"

穆清说:"幸得把她分给了我,若是换了别人去,还不定把人收拾成啥样子呢?"

雷达也说:"那倒也是呢,她那信口开河、千变万化的样儿,谁都难得跟她换心眼儿嘞!"

赵一民说:"不过,也好,这事总算彻底了结了。"

两人又说了紫叶得奖的事。

"这是喜事,再怎么样都得让她去。再说,这见见大世面多好啊。"

赵一民说完,又笑道,"这么好的事,我亲自跟她说去。"

几个人都忍不住笑起来。

第二日,赵一民把那消息转述给紫叶时,紫叶自然高兴,只是对去不去参加颁奖仪式,有些犹豫。

赵一民说:"还有啥考虑的?你是不知道你那剪纸的分量啦?人家宣传部都说了,你是个人才呢!"

"那不就是点手上功夫吗?这山上会剪的人多着呢?又当不了饭吃。"紫叶实话实说。

赵一民一听,觉得她不开窍,就有些生气,闷头说:"原以为你跟其他人有些区别呢,结果也只那个眼界了。好歹你走出去看看,了解了解,看看它都有些啥价值嘛，说不定还能带动带动其他人呢！"

紫叶一听，想了想，觉得有道理，便答应了。

赵一民松了口气。

下午，赵一民又专门去了一趟五社。

因为村里将陈大富和杨桂花两户，纳入了下批危旧房改造之列。他得前去做动员工作。

正好，杨桂花在她房子旁边侍弄菜地，见了赵一民，忙殷勤地招呼。

赵一民便说了危旧房改造一事。

杨桂芳安置房弄丢了，已得了教训，怕再错过危旧房改造，便忙忙地答应了，又让赵一民进屋喝茶。

赵一民说："杨桂花，茶就不喝了，只是我不得不说你两句。你咋就莫一句实话呢？你也知道，为你的事，人家穆书记啥事哦，三番五次的，路都跑大了，结果还是好心换了驴肝肺。"

杨桂花一听，脸上讪讪地。

赵一民又拉下脸，教训道："当然，嘴巴长在你身上，你告状莫人能拦你，但人总得实诚一点吧！是一就是一，是二就是二嘛，可不能胡编乱造、黑白颠倒。咱日月山人，从来都是弯刀投木耙，是啥就是啥，你咋就成了个例外呢？"

杨桂花知道自己是哪儿走岔了，臊得脸上青一梗红一梗的。就更别说再抬头看赵一民那张黑脸了。

赵一民离开前，又对她道："要是再去告状，你就说点良心话，因为路这么远，你也难得往城里跑一趟嘛！"

## 二

穆清很久未见到高登峰了。

往年这季节，高登峰去镇上的时候最勤。穆清总见他时不时扛些新鲜猎物，从村委会旁边路过。有时还朝他吆喝一嗓子，有时也到村委会来歇一脚，吃一杆烟，或喝一盏茶什么的。偶尔，还顺带给自己捎些山里的板栗、核桃、鸡蛋什么的。也有时候，硬塞给他一只山鸡或野兔的。但今年怪呢，不但没见他像往年那样，屡屡挑着鲜货高调下山，连其他爱打猎的山民也没啥动静了，更很少听到人们谈论打猎的战绩，比如打了一头野猪耗时多久啦，遇到一只黑瞎子，是如何逃生的，围剿一群鹿子的场景，又是多么惊险刺激啦……

穆清就在心里琢磨，是大家自觉性都高了，能领会村"两委"一再强调的"取之有度，用之有节"了？懂得维护生态平衡，保护野生动物了？但穆清很快否定了这个想法。因为在几年的工作实践中，他得出一个结论：农民的工作最难做，思想转变最难！

又过了几日，慧珍嫂下山赶集。穆清在干湾安置点遇到她，便问起高登峰的情况来。

慧珍嫂一笑，说："他不咋打猎了。"

"不咋打了？为啥？有觉悟了？"穆清一脸不信的样子。

"也不是，"慧珍嫂想了想，才说，"他家前不久出了件稀奇事，山上好多人家都知道呢。"

"稀奇事？"穆清又问。

"穆书记不知道哇？"慧珍嫂一脸惊讶地说。

穆清一无所知地摇着头。

慧珍嫂看他那样子，一脸纳闷，似乎在说："那么大的事，你咋就没听说过呢？"只是到底没把这疑惑说出来。

穆清便央慧珍嫂告诉他。

慧珍嫂才说："高登峰的女人叫王翠兰，早先给他生了个女儿春燕后，就再没怀上过了。"

慧珍嫂停了停，又往下讲去。说，今年春天野樱桃开花的时候，翠兰身上突然就不来红了。她没在意，原以为是经期紊乱，过段时间自然要好。可过了两个月，还是不来。有一天，她脸色苍白，浑身乏力。高登峰请来草药先生赵国寿拿脉，拿完脉，赵国寿就骂高登峰是个憨货，说自家女人怀了娃都不知晓。但这骂，骂得高登峰心中受用、欢实。赵国寿又说："这孩子折腾人，可能是个捣蛋的。"这一说，高登峰便满脸是泪，因为春燕都11岁了，以为女人再不会生育。过了些日子，翠兰的肚子果真慢慢鼓了起来。高登峰内心的喜悦自然难以言说。这个粗疏的男人，史无前例地细心起来，事无巨细地关照着翠兰的饮食起居。到了6个月时，又去请赵国寿拿脉。日月山的人都知道，赵国寿从脉象里就能看男女，还十拿九稳。赵国寿拿完脉，就嚷着要他们炒菜、煨酒。这下，高登峰心里踏实了，也跑得更欢腾。

到了冬天，高登峰就想着打个野物给翠兰补补身子。他天擦亮，他就去了山里，在野物出没最多的地儿，安上了几个夹子，想弄个活的，更营养。当然，这是猎人的拿手活。

下午，去收货的时候，他还在高坡上，就远远地看见夹子上有东西在动。更奇的是，还有只麋鹿模样的动物，围着它蹿上蹿下地哀号。不过，待高登峰悄然走近时，还是惊动了敏感的猎物，那东西只"唰"的一下，就消失无影了。

待他细看，那被夹着的竟是只幼麋崽。这只幼麋崽肥嫩嫩的，毛都没长齐整呢，只可怜腿上鲜血淋漓，眼里泪光点点，正呜呜地呻吟。那一瞬间，他一恍惚，竟动了恻隐之心。不过，理智最终占了上风，一想到那将是翠兰和孩子最好的补品，他又兴奋起来。他小心地取下夹子，带走了这只鲜嫩肥美的战利品。

那天夜里，起风了。

风刮过山林、竹木、田地和房舍。高登峰躺在床上，迷迷糊糊，似睡非睡。有一阵，他好似忽然就听见，风中有哀婉凄厉的呼唤声，且声声入骨。他忙张开眼细听，却又什么都没有，只有风卷过屋顶的呼啸声。闭了眼，似又听见了，就这样反反复复，直到天亮时，他才昏昏地睡了过去。

他是被王翠兰的尖叫声给惊醒的。

翠兰早起开门，竟见门前伏着只野物，吓了一跳。她再看那东西细腿长身，毛色油亮，呈赤黄色，却并无进犯之意，只哀哀地抬起头来，满眼的泪，神情凄婉。她知道是昨日尾随丈夫而来的。

高登峰听见叫声，翻身拿了猎枪奔过来，见正是昨日围着幼崽打转的那野物。那物见了他，也毫无惧色，更毋宁说稍有退缩了。他上前去捉，它也不反抗。

看着这情景，两人忽然有些心疼，起了怜悯之情。翠兰从屋里抱出幼崽，男人取来疗伤药敷在它腿上，又精心包扎好，才放到地上。大麂也不离去，只寸步不离地守着，傍晚时分，才一步一回头地消失了。

次日又来过一次。

之后，大鹿偶尔会来一次。

待幼崽腿伤完全愈合后，大鹿竟又来了。

王翠兰便让高登峰将它们送回了山林深处。

至此之后，高登峰就觉得万物皆有灵性。人有护犊之情，动物亦然，便不怎么打猎了。

前不久，王翠兰生下一大胖小子。

更奇的是，在月子里的时候，那对麋鹿又去过她家，还围着小登峰转了好几圈呢。

那日，高登峰刚好在家。

"麋鹿离开后，他便没再动过墙上那杆猎枪了。"慧珍嫂说。

穆清听得呆了，觉得真是一桩奇事，只是，一时又难以置信，便想着啥时专程去邙峰核实一下。

待他回过神来时，慧珍嫂已转弯下山了。

## 三

穆清单位党支部要召开一个结对共建会议，邀请日月山党支部参加。

去省城领奖的紫叶正好与大家同行进城。

到了城里，紫叶说时间紧，就不去黎一帆老师学校了。

大家怕有差池，就直接把她送到了宣传部。

部里知道她去，早给安排了宾馆。

陈主任笑道："大家都放心吧，部里有专人陪同获奖作者去省里，亚雪老师也去，方便得很。"

在离开宣传部的路上，任东风问穆清："亚雪老师是谁呀？"

穆清说："是全国知名的剪纸艺术家，也是省级非遗传承人。她的多幅作品都被国际国内非遗博览园收藏呢。在网上，就可查到有关她的信息。"

"哇，这么'牛'！"雷达一听，惊讶道。

"是啊，咱们县可是藏龙卧虎人才辈出啊，上次冯馆就告诉我，说亚雪老师的作品还多次被拿去国外巡展呢。不过，据说，她最初也走得很艰难，"穆清停了下，又说，"所以，紫叶姐很幸运，这次与亚雪老师同行，可以多向她学习。"

"多好的机会呀！"赵一民说。

"是啊，走出来，世界就大了。"穆清说。

下午，结对共建会议，在穆清单位的大会议室召开。

会上，穆清详细汇报了一年来的工作，也淡了些扶贫工作中的感悟。秦汉明就单位扶贫工作的进程及所取得的成绩，做了总结，并安排了下一年度的具体工作。

之后，日月山支部书记赵一民做了发言。列举了2016年县海事处与日月山结对以来，对日月山众多的帮扶举措，及所取得的显著成绩，并对帮扶单位几年来的结对帮扶、连心帮扶，表示了衷心感谢！

接下来，是第一书记及全体帮扶人员，签订新一年扶贫工作目标责任书。

最后，宋达海就结对帮扶目标任务，做了细致的分析。

他说："青树垭村贫困程度较深，与同等贫困村相比较，人口稀少，地域辽阔，又地势偏僻，条件艰苦。这就需要我们付出十倍甚至几十倍于别人的努力，才能攻克一个又一个难关，办成一件又一件实事。目前离脱贫摘帽时间仅一年多了，而我们还有14.1公里村道路硬化无项目支持；秦家坝无网络信号，不通音信；产业增收项目不乐观等等，总之，需要急待解决的问题仍然艰巨。所以我们单位将继续加大帮扶力度，对路、网等难以攻克的工作落实专人负责，限期交账。另外，我们倡导结对帮扶责任人，与贫困户真正结对认亲，不但现在是亲，脱贫后还是亲，贫困户门口的'连心卡'，就是我们以后认亲的历史见证……"

宋达海也提到来年，单位将继续加大帮扶投入的举措：预计出资4000元为18—60岁贫困女性购买了"四癌保险"；投资8000元分批次开展贫困户、党员、村民的慰问活动；投资6万元左右修建到汉马场的社道路，解决生猪专业户对外销售时的运输问题；还将投资5万左右解决购买新建村"两委"的阵地办公设施设备。

宋达海最后还强调:"我们结对帮扶站位要准,要与帮扶村通力合作,要贵在扶志,还要务求实效,也要奖惩斗硬……"

宋达海的这个讲话,不但鼓舞了与会所有人的士气,更让日月山村党支部的每一位成员,都感动不已。

## 四

紫叶从省里回来了的时候,满面春风。

冯明春将她送到村委会时,穆清和雷达都没在。

冯明春说:"秦家坝那边的'公共文化中心'正施工,可能都去那边了。"

紫叶心想,也好,反正也得跟赵一民他们见一面呢,便朝明春笑笑,转身又往秦家坝去赶去。

紫叶觉得自己这次出远门回来,意义重大,不是赶集,也不是走亲戚,自然要向大家表示一下自己的感恩之情。

她下意识地摸摸自己的包,包里是些礼物——省城特产。她细心,给穆清、赵一民,还有村支两委成员都带了些,虽然不值多少钱,好歹也是一份心意。

紫叶到达秦家坝学校时,村委几个人刚开会结束。他们见她回来了,都很惊喜。忙让她坐了。任东风又倒了杯茶水递与她。

赵一民笑道:"看你眉眼里都是笑,收获一定不小啰?"

"嗯,真不小呢。谢谢书记,我幸得听了你的劝。"紫叶边笑边应道,脸颊红红的,不知是赶路赶得热了,还是兴奋的缘故。

她又转头对穆清说:"还得感谢穆书记,要不然可能活到死,我也不知道自己剪的那东西,还是艺术呢。"

穆清和赵一民,忍不住相视一笑。

"紫叶姐,你就不感谢我呀?"雷达俏皮道。

"感谢,都感谢,我那个申遗,还是你去跑的呢!"紫叶说。

紫叶说着,忙从包里掏出那些包装好了的特产来,共4份,一人一份。

"说起收获，结果还是我们得了的呢！"赵一民又笑道。

"书记说笑了，就是一点心意嘛！你们不嫌弃，就是给我面子了。"紫叶反倒有些不好意思起来。

"紫叶姐，都说说你这次有些啥收获呢？"任东风接过话问道。

紫叶忙又从包里掏了些小东西出来，大家围过去看，有别致的小书签，有小巧的"福"字图案，有独具一格的"喜"字，还有精致的凉扇等等，件件都精美，大家看得都呆了。

"你们看，美不美？"

大家都不约而同地点头。

"嗯，其实这些都是剪纸作品，包括这扇面上的画，也是剪纸作品。我见它们漂亮，就买了些回来琢磨琢磨。"她见大家一脸疑惑的样子，又说，"其实，只要设计出来，我们也能剪。我就是想让我们山里能剪纸的婶子、姐妹们都看看，我想只要剪好了，也是能拿去卖钱的。"

"嘿，这个思路好啊，不一定人人都要成为艺术家，但人人都可凭一技之长，走入市场嘛。"穆清赞同道。

"是啊，虾有虾路，蟹有蟹路，泥鳅黄鳝独走一路。看来这剪纸，不仅是艺术，我们还能从中获利呢！"赵一民感叹起来。

"鲤在江河，鲫在溪流，谁在日月山呢？"雷达又俏皮起来。

"紫叶姐嘛！"任东风接话道。

大家都笑起来。

"这次出去一走才知道，我们这剪纸技艺都是上一辈传下来的，缺乏创新，还有些单一、落后，也难与市场同步呢。"紫叶说。

"嗯，这就是短板。"穆清点着头，忽然提议道，"要不，啥时把咱日月山的妇女组织在一起，你讲讲剪纸，也讲讲你这次出去的感悟，让大家重新来认识认识这门手艺？"

"这个提议好，说不定这山里头，还会掀起一阵剪纸热呢。"

"嗯，也算日月山的一次妇女活动吧。"

"只是，这三山五岭的住着，怕是难得把大家召到一起哟。"

"也是，连我们几个要凑到一起，都还有些难呢。"

几个人七嘴八舌。

"这样，还是等一等，等易迁户都住进了秦家坝聚居点，等新村委会修好，我们都搬过来了，再来组织这个事，就好办得多了。"赵一民说。

大家都赞同。

紫叶离开时，穆清又嘱咐她要多与外界联络，不然一阵激动过后，就又回到了以前的生活轨道。

紫叶点头道："嗯，亚雪老师也是这样鼓励我的，穆书记，你们放心吧，我会的。"

紫叶离开后，看着她的背影，大家好一阵感慨，都觉得日月山该有个妇女带头人了。

惊蛰

一

一晃，又到了春三月，村民委员会开始换届选举。

因日月山情况特殊，便分设了干湾和秦家坝2个选民区。选举前，有选民拉帮结派的，也有反对设2个选民区的。为了确保选举顺利，穆清和赵一民到群众中去，潜心走访、摸底，听取意见，进行思想沟通；也给大家解释设2个选民区，是因为日月山地理位置特殊，东西跨度大，方便选民参选。当然，符合条件的选民，也可根据自己的实际，任选一个选民区参选。大家听了，思想便通了。也知道设两个选民区，其实是增加了村上选举工作的难度和复杂性。

选举工作最终得到了大家的积极响应和支持，雷达以最高票数当选为村主任，张少华、紫叶当选为委员。

之后，镇上"四职干部"出文，赵一民仍当选为村支部书记，雷达任村主任，任东风为村文书，紫叶为计生专干兼村妇女主任。

但因脱贫攻坚任务繁重，镇里工作人手短缺，孟镇长与穆清、赵一民商量，想要借用任东风到镇政府办工作。穆清他们虽然不舍，但还是答应了。

任东风临走之前，对金银花种植园中一应事情，做了悉心安排和交代。又向村委建议，让老胡代他负责。村委同意了。

"放心，等镇里招录了新的工作人员，我就回来。"任东风说完，笑着向大家道别。

送走了任东风，赵一民心情不好，就抱怨群众文化中心工程进度太慢了。又提出，能不能再招一个工程队，一起负责这个项目。穆清也赞同这个观点。因为近段时间来，可能是工程队老板不在山上的缘故，带班工头极不尽职，工程进度明显变慢了。另外，安置点附属设施也得尽快完工，单靠一个工程队来完成两个项目，工作量确实有些大。

雷达就提到张文斌的那个工程队，说里面的人，大多是我们自己山里的，拉回来干的话，他们离家也近，又能挣到钱，这叫"肥水不流外人田"。张少华也说，让本地的工程队来修的话，可能比外地的更有优势，也更便于管理。

赵一民没说话。

穆清说："这事得好好谋划谋划，再说吧。"

下来后，张少华就问穆清："这会为啥匆匆就散了？"

穆清说："时机成熟了，这事自然可水到渠成。"

几天之后，张文斌果然回山了，还径直去找了赵一民。

待张文斌满脸是笑，再来见穆清时，穆清知道赵书记那已通了。

过了两天，赵一民也来找穆清，说："让他的工程队回来整吧。我想过了，这钱与其让山外的挣了去，还不如让我们自己的村民揣到兜里热和。"

于是，增加一个工程队的事，就这么定了。

雷达却好奇，私下问穆清。

穆清说："这事能通，也是早晚的事。虽说赵书记心里有疙瘩，但张文斌到底还是下了。双方都有亏欠对方的地方。"

雷达还是觉得，和解的结局，也来得太快了些。

穆清说："你跟他们俩都共过事，还不了解赵书记的为人？他那人人品本就好，看得开，只要话说开了，自然不会再去计较那些陈芝麻烂谷子的事了。"

穆清说的是真心话。他知道，这也是自己内心敬重赵一民，并愿与其共事的真正原因。

"嗯，对。再说，那张主任一张利嘴可了得！"雷达听后，也自语道。

他还是叫张文斌"主任"。

穆清忍不住一笑。

没多久，张文斌的工程队便进驻了秦家坝。

两个工程队一起干活，进度快多了，而且本地工程队逐渐显出了它的优势：开工早，收工晚，工人自觉性强，干活细致，质量又好。

穆清看在眼里，喜在心上。

## 二

一日，雷达正在村委会填表，杨二娃和几位村民找来了，说要见穆清。

"穆书记忙，一早就上龙望寺去了，有事可跟我说嘛。"雷达说。

"不行，我们得找穆书记，他是实在人，"杨二娃迟疑了一下，又说，"去年我们还找过张主任几次呢，结果咋样？所反映的问题还不是莫人理会。"

"都啥事？咋就会莫人理会呢？"雷达一听，丈二和尚，摸不着头脑。

"杨二娃，你说嘛，雷主任是雷主任，张主任是张主任，他怕莫得张文斌那么水哟！"有人说。

几个人这才你一言我一语，说了事情的始末。

原来，杨家兄弟的养殖场污染严重，不但把个汉马场搞得臭气熏天，连水井都污染了，附近的人都满肚子的怨气，认为莫法在那住了。

"这事有多久了？咋不早说？"雷达问。

杨二娃说："都很长时间了。刚才也说了，去年找的是张主任，他次次都答应要解决，结果到现在都莫动静，我们就是想来问问为啥呢？"

雷达一脸茫然，因为确实没听张文斌提起过。

为了核实此事，雷达忙同他们一路，去了一趟汉马场。结果，真如他们所说，猪场造成了大面积污染，除了空气污染、田舍污染外，还有生活用水污染。村民意见大得很，说村上再不解决，他们就要把杨家养猪场给"抄"了。

雷达让他们别冲动，说村里会尽快想办法。

从汉马场回去，雷达就骑车直奔龙望寺。他在建饮水池的工地上找到穆清和赵一民。两人正在督促工程进度。

雷达站在山前，向上望去，龙望寺前的云雾山高高耸立，云遮雾绕，山石嶙峋，而四季不断的山泉水，至岩间石缝中汩汩而出，再朝悬崖边溢去。雷达在一眼泉水边蹲下来，用手鞠了一捧喝下，甘醇清凉，禁不住狠咂了一下嘴。

"咋样？解渴吗？"穆清走过来问。

"爽，清凉甘甜！水质好过许多品牌纯净水呢。"雷达由衷地赞道。

雷达无意中的这一句话，像一道电光，瞬间划过穆清的大脑。

这时，赵一民也过来了。

"穆书记，在想什么呢？"见穆清没说话，赵一民问。

"哦，我在想，这里水源、水质都好，等饮水池建好，百姓都吃上放心水后，也许我们真可以思谋，把这个山泉水推向市场呢？"穆清说。

"这个？真的可以？"赵一民有些疑惑。

"嘿，可以。赵书记，还别说，这想法不但好，还很超前呢。"雷达一听兴奋起来。

"就叫'云雾山矿泉水'，还是这小子激发的创意呢。"穆清朝雷达看了看，对赵一民笑道。

"要真是那样，就是村民之福了。"赵一民憧憬着，又回身询问雷达，找他们啥事。

雷达才详说了生猪养殖场造成污染一事，两人都吃了一惊。赶紧随雷达下山去了汉马场。

杨家两兄弟也很无奈，说粪便没地方出。

穆清觉得都是自己的责任，因为当初建养殖场时，没经验，也忽略环保这块了。

大家一商量，觉得还是要建污粪处理装置，即沼气池。通过对粪便、尿液及污水进行氧化发酵处理，达到环保。而且粪便产生的沼气，既可满足场内生活及部分生产能源的需要，又降低了生产成本。

穆清立马给县农业局打电话，咨询此事。农业局说这块是县农能办在负责。

穆清又打电话到农能办，办公室人员接的电话，说技术员没在，开会去了，让他稍后再联系。

穆清觉得还是得亲自跑一趟。为这，他周五上午就回了城。

他先去了单位，向秦汉明汇报了此事。秦汉明听了，马上与农能办负责人联系，对方回答说，为了支持生猪养殖大户的产业发展，他们下周就派技术员上去查看情况。

穆清这才觉得妥了。

周六，穆清终于能帮妻子徐丽送两个孩子去兴趣班了。

萌萌依然学画画。徐丽觉得秧子嗓子好，就给她报了个歌唱班。

晚上，穆清跟李长海视频，让他和秧子说了会儿话。

之后，李长海告诉穆清，自己学到了不少东西，也觉得回乡创业的时机，已基本成熟了。

穆清很是欣慰，说："这样的话，山里的竹编技艺也就能传承下去了。"

李长海又说："我现在的老板知道我有回乡创业的想法，非常支持我。他还提出与我合作办厂子，他出资金和负责部分销路，我出技术和负责厂日常管理，利润四六分成。"

穆清觉得对李长海来说，这条件太优厚了，打心底为他高兴。当然更高兴的，还有若厂子能办到日月山，就既拉动了当地的经济，老百姓又多了条就业致富的途径。

所以，与李长海通话后，穆清就一直思忖此事。比如，能不能成？能成的话，规模会多大？选址又该放在哪里？

周一，秦汉明专门开车，送穆清和农能办一行三人上了山。

经过实地勘察，技术员认为，建污粪处理装置势在必行。负责人也认为建沼气池可一举两得，既可解决污染问题，又解决了专合社燃料不足的问题。技术员答应为他们无偿建一口容量为80立方米的沼气池。

这一说，杨家兄弟自是感恩不尽。

穆清也挺感动的。

沼气池是三天之后动的工，用了一周多的时间，终于建成了。

慢慢地,汉马场又天清气朗,香风如织了。

## 三

四月初,村委召开易地搬迁专题会。

镇里负责易地搬迁的人大张主席,专程到秦家坝安置点参加了会议。

雷达组织会议。

赵一民讲了易地搬迁的几个到位,即易迁户10天之内入住新居要到位;拆除旧房要到位;宅基地复垦复绿到位;国家给修了房子,群众满意度要到位;还要求危旧房改造要到位;依法治村要到位。

张主席指出,目前还有个别易迁户没入住新居,对国家政策知晓度也偏低,导致拆旧复垦工作难以开展,希望村社加大宣讲力度,政策帮扶要先到位。

穆清、赵一民都表示,村里将组织专人,尽快落实拆旧复垦等各项工作。

会上,大家还讨论了怎样让易迁户搬得出、稳得住、逐步致富的问题。

张少华说:"还是要鼓励易迁户大力发展传统的种养殖业,以养殖猪、牛、羊、鸡为主。另外不得荒废土地,除大面积种植粮食作物外,还可种植药材、果树,以增加家庭收入。"

老胡也发了言,说易迁户立足的根本,还是得有土地,光有两间住房,自然没法发展养殖,建议将安置点里傍山的荒废地划给易迁户,让他们去修猪舍、牛栏、鸡圈,发展庭院经济,将来农产品除自给自足外,还可以商品形式出售。

赵一民也认为,要鼓励搬迁户大力发展种养殖,除了老胡提的,还得解决他们的种植土地问题才成。因为大多数搬迁户土地分布在原居住地,耕种管护都极不方便。

这一说,大家都深有同感,觉得搬迁户有了土地,搬过来心里才踏实,也才住得稳。

通过讨论研究,村委决定以林地互换的方式解决这个问题,即把聚居点附近闲置了2年以上的撂荒地、个别村民无力耕种的和多余的土地,通过村社与搬迁户的林地互换，让入住的搬迁户在聚居点附近，至少要有2亩以上的耕作土地。

另外，村委还提出鼓励易迁户大力发展以菜园、果园、药材园、养殖园、加工园为主的"五园"经济。同时，也鼓励所有村民利用房前屋后的闲置空地，发展种植业、林果业、养殖业等，通过多种模式，充分利用剩余劳动力和劳动时间，将农家庭院的"方寸地"变成致富的"增收园"。

穆清又说了李长海回乡创业的打算。雷达也提到他舅舅罗永国，要成立药材种植家庭农场的想法。大家一听，没有不欢欣鼓舞的。

赵一民说："这样一来，我们有了自己的产业，管他是进厂子，还是下田地，村民在家门口，在自己这片土地上，就可就业了，还不用大老远地跑外面打工了。"

紫叶说："对，不出山就可就业，还能照顾了家，多划算啊。"

大家都说是。

只是，村里目前一大摊子事摆着，建水池，修入户路，拆旧复垦，帮助易迁户林地互换，发展"五园"经济、监管"群众文化中心"的工程质量和进度等。事事都紧迫，样样都需要人手。村"两委"成员明显感到，任东风走后，大家即便忙得像个陀螺样，工作也依然推不走。

穆清就提出由村上请示镇里同意，由张少华代理了文书工作。

林地互换结束后，县海事处帮扶干部也都上山来了。

帮扶干部们积极充分配合村"两委"工作安排，帮助贫困户就房前屋后的闲置地，进行整体规划和布局。村上又每户落实一名技术指导员、一名帮扶干部，跟踪作业。每社落实一名党员带头示范，实现统一规划、统一整地、统一栽植。力争做到让农户"门前有菜园，屋后有果园，套种建药园，联户建加工园，突出特色养殖园"。对那些有耳子种植经验的家庭，还建议在田边地角留出要搭建的耳塘位置。

4月中旬，罗永国的家庭农场开始土地流转了。

村"两委"做了不少工作，通过与外出农户沟通、协商，终于把他们空了的或不愿做的土地流转了过来。罗永国算了算账，地每亩200元，田每亩250元，觉得土地价钱划算，又与没能力耕种土地的农户对接，便又多流转了些，共计有

100多亩。

同时，冯来在四社社长协助下，也流转了4亩土地，栽种黄精和瓜蒌。

土地流转后，他们便开始整地、备肥料、种子，然后栽种春季药材。

罗永国的土地面积多，田地里需要大量的人手，村社就协助他，选派些有劳动能力的老、弱、病、残、妇女上工，以天数记工资，每人一天可挣工资100元。

张少华嘱咐大家干活要上心，把手头的活当作自家的来做，争取成为固定用工。

"少华，你放心，以前我们这上了年纪的，没地方挣钱，现在有了，自然珍惜。"罗老汉说。

"是啊，少华，你那塘上还要割鱼草的啵？我还想找一份事做呢。"冯明春媳妇道。

"你哪里是想去割鱼草喔，明明是想撵冯明春的路嘛。"地里有人笑她。

"哪里是撵路，明明是不放心，怕明春在外面偷腥。"有人又补充。

一地的人都忍不住笑起来。

张少华也忍不住笑道："嫂子，也行，你若是过来，我明年就还种一两亩地的鱼草。"

冯明春媳妇和大家又是一阵大笑。

这时，罗永国听见笑声，也过来了，他开玩笑道："我这儿的人可不准流失啊，等种植成型了，有收入了，再给大家加工钱！"

"要得要得，罗老板莫食言哦！我说了哈，张主任就是来背我，我都不去了。"明春媳妇笑道。

一群人又是"哄"的一阵大笑。

"说实话，我们塘上还真要请人种草、割草了。"张少华笑过，才一本正经道，"到时，还得要请大家帮忙呢。"

"不行不行，明春媳妇不去，我们也不去！"孙大娘故作严肃道。

一群人又笑，包括张少华和罗永国。

冯来家金枝能干，看着丈夫变好了，心里头高兴。她也知道丈夫小脑发达，对拆拆修修的事上瘾，药材栽植结束，就鼓励他出去学些技术再回来。冯来已习惯在家了，现在见妻子相信也支持自己，就背包出去学艺了。

## 四

　　漫山油桐花又盛开时，海事处出资修路的6万块钱，已到村上的账户上。

　　一社沿线的村民，听说帮扶单位要为他们修社道路，都很是振奋，主动要求投资投劳。看着大家觉悟高，村支"两委"一班人很是欣慰。村里便又补贴了一部分资金，于是，汉马场的社道路，正式动工了。

　　因为要满足货车进出，所以得加宽路基，再进行硬化。好在汉马场离村道路并不远，村民又齐心，工程进度很快。

　　杨家兄弟更激动，大哥杨兴培逢人就说："当初建猪场时，穆书记就要求我们设南北大门，还要求留出相应的高度和宽度，以供机动车辆通行。当时，我们还极不情愿呢，心想这深山老林的，哪来的机动车嘛！嘿，没想到，这才一年多，这路就真修过来了呢！"

　　"这变化谁说得清？幸得你当初听了穆书记的，要不然还得赶紧改修你的猪场呢。"有人就笑道。

　　"嗯，是呢。哎呀，这变化真够大的呀！"杨兴培感慨道。

　　杨兴培正感慨的时候，杨兴平找了过来。

　　杨兴平说："大哥，帮扶单位和村委为啥要修这条路，还不是因为我们这猪场的原因。我算了一下，这除了成本，我们也赚了些钱了，要不这修路期间，我们两家每天煮一顿饭，解决大家中午饭的问题。一是感谢村委和左邻右舍，再则这中午饭解决了，大家干劲足，修路的进度自然也就更快了。"

　　"好好好呢，你说咋办就咋办呢。"杨兴培高兴道。

　　兄弟俩回去跟家人商量后，又特意杀了一头要出圈的肥猪，然后每天中午都摆了两三桌，慰劳大家，直到工程结束。

　　一日，穆清到秦家坝，与赵一民商量了近期的工作安排后，坐在教室的窗子前，整理自己的扶贫日记。

　　他在本子上记下：

一、全村易地搬迁户 29 户 102 人。其中，秦家坝安置点 16 户 65 人；干湾安置点 6 户 17 人。即集中安置 22 户 82 人，另外分散安置 7 户 20 人。

二、全村危旧房改造共 23 户 74 人。

1. 已改造完，验收合格的 11 户 37 人。正改造的有 6 户 15 人。

2. 尚未启动的有 6 户 22 人。

三、集体金银花种植园：

穆清打上冒号，正要写下文，就听到有女人嘤嘤的啜泣声传来。细听，又断断续续，时隐时现。

赵一民也听见了。

两人忙出门看，却见一妇人哭哭啼啼的，在白晃晃的阳光里，臃肿着身子，跌跌撞撞过沟来了。

待妇人稍近些，他们才看清竟是杨桂花，哭泣着，满脸是泪。

赵一民没作声，只冷眼相看。

穆清上前问她："都咋啦，哭成这个样子？"

"两位书记，行行好，救救我家曹坤……"她话没说完，就放声哭开了。

"哭有什么用啊，能当饭吃？当钱花？还是能解决问题？"赵一民黑着脸，一顿抢白后，杨桂花才止住了哭声。说她当家人出事了，家里莫钱，要救命。

原来，前日，她老公在矿上喝酒摔了一跤，引起脑出血，被送往医院时，已半边身子偏瘫，如今还在抢救中，而见天都需要大额医疗费用去支撑。

听她这一说，穆清和赵一民也着急了。

赵一民说："按说，贫困户住院会免交押金，先诊疗后付费的嘛，咋个就这样了？"

"医院说他是喝酒出了事的，无法报账。"杨桂花说。

"人家咋就晓得他喝了酒嘛？"穆清问。

杨桂花便低头不言了。

穆清明白了，估计又是她那张大嘴在医院里嚷嚷，被人知道了。他知道，凡喝酒、吸毒、打架斗殴、车祸等造成意外事故，住院费用便一律不属于报账范畴。

"唉，都是不忌嘴，好喝，惹出的祸端。"赵一民看了她一眼，叹口气，转身进了屋。

穆清忙说："那都这种情况了，救命要紧，你还不赶快退你那个五千块钱？还留着做啥子？"

这边，赵一民已打开抽屉，拿出那包得好好的一摞钱，在屋头叫她了："快来拿钱，未必还要留到扯筋蛮？"

杨桂花一听，忙不迭地进了屋，低眉顺眼地，接过赵一民递过来的钱。

两人又问了她些情况，她一一说了。

赵一民说："你各自好生照顾他，只有他将养好了，你家的口子才会好过。"

"是啊，你也莫想太多，这个病，只要抢救及时，也是能恢复的，至于钱的问题嘛，我们再想其他办法。"穆清也安慰道。

杨桂花眼泪又来了，道了谢，才离开。

她前脚刚走，雷达后脚就来了。他也是听到曹坤得脑溢血住院的消息后，赶过来的。

雷达说："曹坤这种情况，要减轻经济负担的话，可能还是只有做点假了。"

"可听她刚才那口气，又看她神色，怕是医院早知道实情了。"穆清说。

"是啊，平日里就是个大嗓门，关不住话，别人不知道才怪呢。"赵一民说。

"那咋办？还托人去打点打点啵？"雷达说。

"打点得通吗？别人又买账吗？"赵一民说。

"我个人觉得，君子有所为，有所不为，这有违政策的事，我们明知不可为，再去为之，就有失君子之道。所以，我认为这样做是不妥的。"穆清阐明了自己的观点。

"也是，她那家人本就难缠，如果就因为他家困难，我们迫不得已，用这种方式帮了她，不定将来她还把大家都卖了呢，那牵扯面就大了，先不说我们，人家医院就背不起这责。所以，我也同意穆书记的观点。"赵一民说。

这一说，才提醒了雷达——做假这路走不得。

"我们还是想想其他办法吧。"穆清说。

此时，老胡也来了，听了杨桂花家的事，便提出，可通过民政救助的途径，筹集些资金。

　　大家觉得这倒是一条路子，于是把去民政局的任务交给了老胡。

　　穆清便回城向单位汇报了此事，单位又出资了 15000 元，作为救助款。

　　老胡去民政局，也筹得了 2 万多元的救济资金。

　　当村"两委"将钱送到医院后，曹坤已苏醒过来。一家人都感激涕零。

　　曹坤在村"两委"的鼓励下，在家人的照料下，慢慢地好起来了。

立夏

一

一晃，到了5月，龙望寺水厂建起来了。

秦家坝周边几个社，家家户户接通了自来水，村民们的安全用水问题，得到了彻底的解决。

紧接着，秦家坝面积近几千平方米的公共文化服务中心，也陆续竣工。村"两委"阵地、卫生室、文化室、便民服务点、群众活动中心、文化广场等，一应俱全。

6月下旬的一天，从六社那边突然过来两个人，干部模样，赵一民从便民服务点出去，一眼就看见了，觉得身形、样貌都似曾相识，只是不敢确定，忙折身到门口去叫穆清。

穆清正在房里洒扫，听赵一民喊他，拿着扫帚到门口一看，那过来的竟像宋达海和秦汉明。他忙放了手头的活，去溪沟那边迎。还果真是他们，脸上、脖子上，都挂着汗，衣衫也湿了大片。

"两位老大咋说来就来了呢？也不给个音信。"穆清站在溪坎上，一脸兴奋地问。

"给个音信？你这窝窝头，给了又进得来吗？"秦汉明盯着他，打趣道。

"还别说，这是实话。"穆清笑着，忙上前，让两位走在前面，他自己在后面跟着。

"是啊，信息进不来，我们就只有人来啰，还带点礼物，来慰劳慰劳你们呗！"宋达海用手抹了一把额上的汗水，才道。

穆清一听，笑道："感谢领导关爱，也感谢领导再次莅临指导工作！"

"嘿，莫说客套话呢，我问你，这时候好找劳力不？"秦汉明朝四周望了一眼，问道。

"还好，安置点有几户人在家。"穆清说。

这时，赵一民手里拿了烟，也前来了，正好听见，说："附近也有些没出门的农户。"

"那就好，我们的车子被堵到瓦窑田了。"秦汉明说，"你们搭的那个木桥坏了，车子不敢过来。有一车的办公用品，得找人去背呢。"

"还有电脑、投影仪等，背这些东西，怕是要寻些细致的人才妥。"宋达海补充道。

"好，我这就去叫人，两位领导先随穆书记去休息一下。"赵一民交代了几句，就匆匆离开了。

穆清这才知道，单位又出资5万多元，为新建村"两委"阵地购买了办公设施设备，其中包括办公桌椅、电脑、打印机、投影仪等。

宋达海和秦汉明担心东西多，去的人少，一时搬不回来，也催穆清去帮着赵一民寻人。让别管他们，说他们自己找地方休息去。

一会儿工夫，就见有人背了背篮上路，还一路吆喝着，通知沿线的人，去瓦窑田背东西。稍后，路上的人多起来了。先是年轻的、体壮的，走在前面。后来又有些妇女，还有上了年纪的，也相继往瓦窑田方向去了。连杨桂花听见了，也忙安置好丈夫，又叫上儿子和女儿，一路赶过去。

赵一民通知完人，也要前去，被穆清喊住了。

赵一民一回头，穆清已一纵步跳到了他前边，边将他便往回推，边说："赵书记，我去，我腿力好，速度快。您就留在这边接应得了。另外，也正好尽尽地主之谊，陪陪咱的两位处长嘛！"

赵一民一笑，知道穆清是怕他累着，便答应了。

中途，山上的人家，见大家忙着从瓦窑田往秦家坝搬东西，也赶下山来支援，铜钵山的罗永国、罗正书来了，连邙峰上的高登峰也来了。德叔走得慢，等他赶下来时，就基本上搬得差不多了。

从瓦窑田回来，大家歇了一阵，又帮着打扫房间，完了，再把放置在广场上的东西往屋里移。

秦家坝安置点一片忙碌喧闹。

德叔陪着宋达海和秦汉明，到四处转悠去了。

穆清和赵一民指挥大家有条不紊地忙着。

高登峰体力最好，一人可顶几人。看着他，穆清心里想，等忙过了，要好好问问他慧珍嫂说的是不是真的呢。

赵一民见那些办公桌椅，往屋子里一放，会议室、办公室瞬间就高端起来了，一时便感慨万端。三年前海事处花3万块，为村里维修村委会、配备办公设备的情形，又倏然回至脑中时，竟有些泪眼蒙眬。

待设备一一归位后，德叔他们已回来了。

大家又陪着宋达海、秦汉明，去各个房里查看。

各处看了，宋达海便对赵一民说："赵书记，可以办公了，条件比干湾那边好多了。"

"是啊，感谢海事处的贴心帮扶啊，要是没有你们，日月山怕还是三年前的老样子嘞，感谢，再次感谢你们了！"赵一民拱手谢道。

"赵书记见外了，日月山变化大，一是国家脱贫攻坚政策好，再就是在你们带领下，村民共同努力的结果，而我们，不过是尽点微薄之力罢了。"宋达海谦虚地笑笑，又转身嘱咐穆清道，"你和赵书记再盘点盘点，看还有啥需要添置的，再给我和秦处长说。"

"要说添置，还真有大添置求助两位领导呢！"穆清看看宋达海和秦汉明，又看看赵一民，笑道。

"你说，还需添置些啥？不然，过期不候哟。"宋达海也笑。

穆清挠挠头，才说："其实，你们也晓得，你们刚才还提到过呢。"

"还提到？"宋达海丈二和尚，摸不着头脑。

"你小子一向爽快，今儿咋像个妇女生娃娃嘛，让人着急不是？"秦汉明笑他道。

赵一民知道穆清要说什么，因为眼下就一件事，他搞不定，也大伤脑筋，但自己又不好插嘴。

"还不是因为总给你们添麻烦嘛，怕说了，你们会认为我们也在'等、靠、要'呢。"穆清俏皮起来。

两位处长一听，就知道定是又遇到解决不了的难题了。

"是这样，你们也知道，这窝窝头，电话都打不出去，外界的也打不进来，目前最亟待解决的，可能还是网络问题。不然，你们给我们配备的这些高端计算机设备，咋用？不真成摆设了？所以，目前我们最需要的，还是信息网络。"穆清终于一口气说出来。

"还添置网络设备嘞，也就你小子才想得出哦。"宋达海伸出右手食指，点点穆清，忍不住笑道。

秦汉明立马掏出手机，点开屏幕，看看，再伸到宋达海面前说："嗯，看这手机，我们刚才一过桃花沟，信号就弱了，再稍往里一走，就一点都没了，这网络确实成问题。"

"这是个大问题。"宋达海看罢，点点头道，又抬头问穆清，"没找电信公司衔接？"

"唉，找了，宋处长。主要是我们这个村覆盖面太大了，您也知道去年年底，他们也确实完成了从向阳坡到干湾老村委会的宽带网络的建设。所以，这次我们再去找，他们就不给答复了。后来，我们连电信公司的老总都找了，可人家老是推来推去，说我们村已占用了这个项目了。"赵一民在一旁补充道。

"那就直接找经信局啊，"宋达海一听，皱了皱眉道，过了几秒，才又道，"哦，找经信局，你就还得进趟城。可你们进趟城又远，等周末回来呢，可能又不凑巧，要么人家不在，要么时间晚了，也就下班了。"

"对，要不然，他就又得专门抽时间下城。那还不如你直接出面算了，也免得又走些弯路呢。"秦汉明在一旁建议道。

"好，这事还是我去说吧。"宋达海点头道。

因为时间不早了，司机还在车上，宋达海和秦汉明便告辞离开。

穆清要送两人去瓦窑田，赵一民坚持同去。

德叔笑道："去吧，都去，有我留在这看管堂子呢。"

四人便说说笑笑的，一路往桃花沟方向去了。

## 二

为了便于开展工作，村委会于六月末，终于从干湾搬至新村委会。同时，秦家坝办公点，也一并从老旧的学校里撤了出来。

最后一趟去学校搬东西的时候，穆清看见赵一民为他搭建的那张简易木床，还有着几分不舍，忍不住走近去，用手去摩挲着那简陋的木架。

赵一民进来看见那情形，也有几分感慨。收拾完东西，赵一民才指着那床问道："穆书记，撤了不？"

"放在那吧，万一村里来了客人，我就还是过来睡。"穆清说。

"村委会那么多间房，有住的地方呢！"赵一民说。

"也留着吧，万一缺了呢。"穆清又说。

"好好好，留着，留着就是一个念想。"赵一民摇头笑道。

"还是我们艰苦卓绝的见证呢。"穆清手里抱了一摞资料，补充道。

"好，反正这房子也空着。"赵一民说。

赵一民锁了房门，两人才往村委会下面走去。

刚到村委会广场上，他们就看见山那边转过一个人来，瘦高的个儿，提着一米黄色大包，着一件黑T恤，下摆扎进腰里，正朝新村委会走来。穆清眼尖，说像极了任东风。

赵一民眉眼里都是笑："什么像哟，就是那小子呐。"

在屋子里整理文档的老胡和张少华，听见了他俩的对话，也都夺门而出。

雷达一看，叫了声"东风"，任东风的手已朝这边挥了起来。

待他到了，大家都问他咋就回来了。

"早就想大家了。"任东风又解释，"镇里招录了一两名新的工作人员，人手缓过来，我就申请回村上了。"

"好，回来好啊，我们的金银花产业园正需要你呢。"赵一民高兴道。

"是嘞，那集体经济都压得我喘不过气了。"老胡说着，故意伸了伸腰背。

大家都忍不住笑起来。

为了更好地开展脱贫攻坚工作，经请示镇上同意，任东风被任命为村支部副书记，主抓集体经济专合社工作及村上的产业，又任命张少华为村文书。

穆清记得很清楚，任东风和张少华被正式任命的这一天，是2018年7月5号。

而再向后推迟一天，就是云水县脱贫攻坚中极富纪念意义的一天了。因为这一日，县里为了加强驻村帮扶力量，从各单位选派了800多名工作人员，下乡助力脱贫攻坚。

交运局去年分去的大学生周扬帆、海事处的鲁娟，还有镇政府的薛涛，便是在这样的背景下，在镇上汇合后，一同来到日月山的。

这些"90后"年轻人的到来，让穆清感到了力量和温暖。

但也担心，这些离了手机就无所适从的一代人，能坚守在这个闭塞到信号都没有的大山深处吗？

想到自己初上日月山的情形，他与赵一民、雷达商量，村里召开了村"两委"会，还特别邀请了群众代表参加，为几位年轻人举行了一个简单的欢迎仪式。

事后，赵一民向几个年轻人介绍了老村委会和新村委会2个工作点的具体情况，告诉他们老村委会离镇上近，也通了村道路，但在半山腰，人烟稀少，新村委会呢，人口倒是集中一些，但海拔更高，又四面环山，不通路，也没信号。又征求他们的意见，是住老村委会，还是住秦家坝。

几个年轻人相互看了看，都示意周扬帆说话。

周扬帆有些腼腆，看着赵书记，红着脸说："我们几个的意见是一致的，住那边都行。因为我们都听说了，穆书记刚来的时候，那么艰苦也都挺过来了。只是，如果没有什么特别的要求的话，我们都想住在一起，还最好跟穆书记一起，因为目前，我们还什么都不懂，在农村工作面前，就是一张白纸，所以还需要穆书记能带带我们。"

大家一听，也觉得有道理。

穆清看着这几个朝气勃勃又有几分青涩的年轻人，心中欣慰，觉得后生可期，之前的顾虑便去了一半。

赵一民同穆清商量后，就安排他们在秦家坝新村委会住下了。

## 三

村委会没有网络，无法办公。

为了解决零时办公的问题，任东风想了个办法：将自己的手机放在村委会大门的门方上，用热点连接，因为他的手机信号好，又是无限流量的，这样就可以往上传资料了。

但任东风不会总在村委会。他还要到他的集体产业园去，指导农户除草、浇水、施肥、剪枝等田间管护。还要下社帮助农户发展特色产业。所以，任东风一走，村委会就又没网了。

周扬帆他们也用手机这样试过，但效果不好。

他们就只有仍旧沿用穆清以前的老办法，到山上有网的地方，将文件资料收过来，然后下载出来，再转到电脑里去做，做好后，又通过数据线，传到手机里，再爬到山上去往外传。

要是以上两种方法都行不通的话，就只得派人去桃花沟，借用桃花沟的网络办公。

等闲下来，穆清便带着驻村工作队，上了趟邙峰。他交给大家的任务是走访村民，制定出相应的产业帮扶措施。

7月的邙峰没有夏的燥热，倒像一座丰盛的春天的牧场和天然的氧吧。满眼起伏的绿，铺满山地的每一个角落，偶尔一阵微风拂过，像大自然绵密的低语，又像舒缓曼妙的乐声，浸润着身心。再从山崖边极目远眺，眼底的日月山山风拂过，就似一幅波涛起伏、生生不息的山水长卷。

穆清一行向树木掩映中的农户走去，人语声惊动了警觉的小狗阿黄，它率先狂吠起来了，吓得胆小的鲁娟回头撞到周扬帆的怀里，弄得小周也一脸绯红。

穆清忙将几人护到身后，才解释道："别怕，它只是正常防卫而已，不会主动进攻的。"话刚落，便听到吆喝声，接着有妇人到院坝边探头查看，见是穆清，笑着叫了声"穆书记"，忙把狗撵一边去了。

几个人到了院坝里，阿黄不再叫了，只在偏房处安静地坐着。

放了暑假的春燕，在院坝里带着弟弟玩。

堂屋里坐一老太太正刮土豆，见了穆清，叫了声"穆书记"，忙起身颠着脚上前来迎。穆清快步走到她跟前，挽着她嘘寒问暖。

这边，高登峰的妻子王翠兰已将几个人让进屋内，搬来凳子让大家坐了，又转身在火塘里加了几根木柴，将火吹起来。周扬帆和鲁娟见火塘里摆了一溜的铁罐，夏天了还烧着火，都挺奇怪的。

这时，穆清扶着老人也进了屋。

穆清笑着解释："山里人家的火塘里，一年四季是不熄火的。做饭、炖肉、炒菜都可以在火上操作，方便得很。"

"还有烧个热水、开水，给猪煮个食什么的，也都在火塘里。"薛涛下过乡，知道这一带的习俗，也补充道。

几人听了，都一脸惊奇。

"老高呢？不在家吗？"穆清问。

"他守包谷去了，一会儿就回来。"翠兰在灶上回道。

"守包谷？为啥？"鲁娟问。

"山里野娃多，糟蹋庄稼呗。"翠兰人在灶下边爨火，边又解释道，"又特别是猴子、獾，还有野猪。"

"那么多野物，倒是好打猎嘞。"薛涛说。

"好打是好打，但都不大打了。"翠兰解释着。

"为啥？自觉保护野生动物吗？"周扬帆问。

"也不是……"王翠兰还想说什么，但张了张口，又闭上了。

"慧珍嫂说，你们放了一只幼小的麋鹿，是真的了？"穆清问。

"嗯。前几日还来过嘞。"翠兰说。

穆清又说："来了几只？"

"大小两只都来，有一次，还有一只在外边不远处等嘞，只是不敢近身来。"灶上水开了，王翠兰边掺开水，边笑道。

穆清这才信了。

两人打哑谜一般的对话，听得三个小青年一脸茫然。

穆清便让王翠兰将事情再讲一遍。老太太便接过话来讲了，内容与慧珍嫂说的大体一致。几个小青年听得入了迷，连连称奇，说这是蒲松龄笔下才有的故事。

待王翠兰端了茶过来，穆清便叫她坐下来说话。

"我知道这里山高，土地贫瘠，打猎是你们生活来源的重要部分，可如今不打了，收入又打哪里来？"穆清问。

"前不久，他去了铁西矿上，可不放心家里，便又回来了。"翠兰说。

正说着话，外面有响动。

老太太说："儿子回来了。"

话刚落，高登峰便到了门口，笑道："一听见阿黄叫，就知道来贵客了。"

"那日你在秦家坝搬东西，就想找你说说话，结果一转眼，你就走了。"穆清说。

"还不是太忙，平时，翠兰在河口看管孩子上学，留老娘一人在家，圈里还养了两头猪，咋都离不得人。"高登峰说。

"那出门打工都不行了？"穆清说。

"嗯。送孩子读书就得耽搁一个人，还有家里这摊子，咋办？"高登峰苦恼道。

"不打猎了，倒是好事，只是又不能打工，这收入从哪来呢？你考虑过没？"穆清问道。

"你们以前就提过，建议搞养殖，我也在琢磨这个事，就是还下不了决心哟。"高登峰一脸犹豫地说。

"为啥？"穆清又问。

"母亲年纪大了，翠兰又不在家，怕一个人忙不过来。"

"你看，你这山场这么广，可以说是天然的牧场，养羊、养牛都好，条件得天独厚。"穆清说，"早上把牛羊往山里一撵，晚上再收回来，又不要你费多少事，怕是只有遇上雨天，才得准备草料呐。"

"嗯，道理是这样。我也去打探过，目前羊肉的市场价是拾叁元一斤，一只羊成熟了，可卖到一千元左右，我算过，若养个100多只羊，利润也就相当可观了。"高登峰说。

"他算是算过，可也总拿不定主意，怕算路不从算路来，亏了本又咋办。"王翠兰在一边一针见血道，"另外，底钱也不够。"

"大树梁那孙老头都敢一试，你就不敢？人家去年只喂了30来只，到年底收入有几万嘞。你说，大树梁那条件哪比得上你这儿，出门就是大山场。再说，缺资金，有小额贷款啊，三万五万都行。这几个人小青年都可协助你办理，你要实在不放心，找我也行。"穆清给他打气道，"当然，搞养殖除了天时地利人和外，也有个运气问题，到时可能跌价，也可能涨价，这是说不清的，但不出意外的话，只是赚多赚少的问题，可也绝不会亏本。"

穆清这一说，高登峰的顾虑基本打消了。王翠兰和他母亲也表示坚决支持他。

从邙峰下来，穆清一行人又去了慧珍嫂家。

慧珍嫂不在。她婆婆说她赶集去了。

穆清想起上次遇到她的情形，忽然觉得她去双河口很勤，心中有些纳闷，就向她婆婆询问。

她婆婆说："她烤的火烧馍好吃，是远近出了名的，所以隔几天要背一篮子，去双河口集市卖，换些零花钱回来，供孩子们读书呢。"

穆清问："哦，卖多少钱一个？"

她婆婆说："她说'五元'一个呢。她勤快，咸菜也做得好，有时也顺带卖点豆豉、红豆腐什么的。"

穆清想了想，说："这样，阿婆，那你让她周五给我烧几十个，放到老村委会去，我们带到城里帮她销去。"

"要得要得，那就谢谢穆书记了。"她婆婆高兴地应道。

往回走的路上，穆清说了慧珍嫂烤火烧馍的手艺。

鲁娟说，她有个朋友在城里开了一家土特产门市，生意极好，可把火烧馍放她那里销售，若是别人喜欢的话，保证供不应求。

"慧珍嫂的火烧馍很有特色，面发得好，绵软，甘甜，口感好，饼又大。可让你朋友卖6元，一个赚1元，也不亏。"穆清说。

鲁娟笑着说："到时再说吧，反正不低于5元嘛。"

"要我说，现在都流行在网上卖东西了，客户多，也走得快。"周扬帆说。

"先看看吧，说不定以后我们的许多产品都要走这个路子呢。只是，眼下新村委会还没有网，这给我们办公带来了很大的难度。"穆清说。

穆清想，村上不但要解决网络问题，还得解决日月山孩子上学的问题。孩子没地方上学，村民便不得不将孩子送出去。这样，既加重经济负担，又白白的耽误了众多的劳动力。

## 四

慧珍嫂的火烧馍，果真好销。

鲁娟把朋友卖得的钱交给了穆清，说她朋友希望继续为她代销，只是要求慧珍嫂能随时提供货源。

为了有效地帮助慧珍嫂销售火烧馍，穆清把任务交给了鲁娟和周扬帆，让他们专门上了趟白岩山，与慧珍嫂详细商议：怎么保证货源，怎么带货进城，又怎么与门店老板建立长期合作关系等事项。

七月下旬，镇政府通知村上，去双河口领取村村通设备。

雷达一听，忙坐冯明春的车上了街。又用冯明春的长安车将设备拉回了老村委会，再用摩托车分次拖到秦家坝来。

待村村通安装完毕，第一次试播时，那声音一下扩散到秦家坝周围的山山岭岭。

村庄沸腾了。

四下里的村民好奇又兴奋，从屋子里奔出来，从庄稼地里钻出来，站在院坝里、山梁上、田野里听。

聚居点贫困户赵国栋很感慨，对旁边的郭秀珍说："秀珍，你看，如今这多先进啊，喇叭一响，就什么都知道了。"

"是啊，叔。这些惠民政策就是平时开会讲的，只是，会上说了，下来又忘了。这喇叭里再一放，就又清楚了。"郭秀珍说。

"嗯，那些不喜欢开会的人，真该好好听听哟。"旁边又有人搭讪道。

"是嘞，这下方便多了，国家有啥政策，村村通一播放，就全知晓了。"

"比开会好多了，开会纪律不好，有时还啥都听不明白。"

"嗯，边劳动边听广播，还是一种享受呢。"

大家都你一言我一语地说了起来。

一会儿，惠民政策播完了，喇叭里又响起了一些经典老歌。

从马家坡搬过来的任安庆眼睛都湿了，好半天才动情说："唉，都多少年没听这些歌了，这还是当年在部队里常听的呢。如今听着，就又想起年轻的时光来了，只是这时光哦，也跑得太快啰！"

听他一说到时光跑得太快，众人就都有同感，又是一番感叹。

其实，这村村通一响，感慨最深的还是穆清。

他觉得这村村通终于带着他回到了21世纪。

一日，穆清从六社回来，隐约听见有孩子的闹声、嬉笑声，四下里看，又极安静，并不见人影，便以为是错觉。

等他进了寝室，洗了把脸，再坐下时。又有读书声，从后山传来。只是那声音时大时小，又断断续续的。他凝神细听，才辨出是《论语》中的篇章："子曰：'君子周而不比，小人比而不周。'子夏曰：'贤贤易色；事父母，能竭其力；事君，能致其身；与朋友交，言而有信。虽曰未学，吾必谓之学矣。'……"

穆清便有些兴奋，忙出门，想找老胡询问，老胡正在办公室的电脑前填台账，一副心无旁骛的样子。周扬帆在查资料，鲁娟则在另一旁整理下乡笔记。

穆清没敢打扰老胡，只小声问周扬帆都听到啥了？周扬帆一脸茫然地抬头。鲁娟接言道："穆书记，你咋问他哟，他专注得那个样儿，可能啥都没听见哩。我倒是听见了，也问了，说是这山里的几个大学生，利用暑假回来为村上的孩子们补课呢,就在上面学校里。"

"真的啊?"穆清有些不信。

"穆书记,是真的,听说还是义务的。不信你问赵书记吧,他知道。听说他闺女也在里面呢。"薛涛正好进来,接言道。

穆清一听,便去找赵一民,赵一民没在。

他就自个儿径直上学校去了。

读书声又传来,只是声音大了:"子曰:弟子入则孝,出则悌,谨而信,泛爱众,而亲仁。行有余力……"

穆清听着,脚步快起来,几步就进了那扇泥砖砌的圆拱校门。

他走到传出读书声的教室旁,从窗子往里一瞅,教室里的七八个学生,正专心地读书,而站在教室里授课的正是赵书记的女儿——赵江山。

正看得起劲,见旁边忽然多出了个脑袋来。穆清一惊,侧头一看,竟是赵一民。两人谁也没说话,忙退了过来。

"赵书记,原来您也上这儿来了?"穆清说。

"你不也来了吗?"赵一民躬着腰小声笑道。

"这读书声把我招来的。"穆清指指那间教室道。

"是啊,好久没听到这读书声了,今日这整座山都活了。"赵一民感叹道,穆清分明看见他眼里有些泪光。

赵一民见穆清看他,不好意思,将脸转到了一边。

"我刚才在各处看了一下,就在想,咱这学校虽莫得学生了,但我们也还不能让它荒掉、烂掉。你看,这假期天娃娃们来读读书,多好!"

赵一民再转过脸来时,已是满脸的笑。

"是啊,刚才,我一听到这书声,就觉得日月山的魂,就在这儿呢。"穆清说。

赵一民一听,眼里更放出光来,便又告诉穆清:"黎叶朵和张建文都在那边房里候着呢。建文教数学,叶朵教画画,江山自然便教语文了。几个孩子商量好了,都是义务教孩子们呢。"

"难得,真是难得啊!"

穆清忍不住一阵感叹。

赵一民领穆清在学校里转悠了一圈，说哪儿该加固，哪儿要除险。还说空了，要将房上的瓦也翻盖一下，不然会漏雨。

赵一民和穆清想到一块儿去了，决定把这事提到议事日程上去。

"赵书记，您就没想过把这学校恢复起来？"穆清问。

"难啊，不敢想哟。当初就是因为莫生源，这才自行消亡的嘛。"赵一民遗憾地说。

"山里这么多孩子读书，咋就没生源呢？难道所有人家都愿耽搁一个劳力，再租个房，把孩子送出去？就莫得迫不得已，不情不愿的？我估计呀，好多人也是没办法，被逼的，因为都走了，也莫地方读书了。"穆清说。

"嗯，再穷的人家，也不想误了自家孩子读书。可能就是这个原因，学校才荒了！"赵一民接着说。

穆清听得糊涂，不懂赵一民的意思。

赵一民解释道："其实，也不怪他们。日月山确实太闭塞了，谁愿意孩子又跟着遭罪呢？一开始，有个别家庭不想让孩子在村里就读，要送到乡镇去，甚至还送到城里去。这一影响，今天走一个，明天又走一个。一个村读书的孩子本来就不多。再一少，中心校就派人下来动员，说村里条件不行，读书氛围也不好，要他们干脆租个房子，送孩子去中心校读算了，其他家长一听，认为也是那个道理，另外，又觉得别人能送，自己砸锅卖铁也要送。这样一来，留在村里的学生就更少了。中心校觉得再派老师来就浪费了编制，干脆又一家家地做工作。村民哪懂政策啊，当最后一个孩子被送走时，学校也就自然消亡了。"

穆清这才明白，这个村小，其实是老百姓自己把它遗弃并葬送掉的，心中颇有几分苍凉。

"我们还是做个调查，若是村里恢复了学校，让村民重做一个选择，看看有没有自愿把孩子留在村里就读的呢？"穆清说。

"这倒不难。只是要恢复学校，怕就不是一两句话的事了。"赵一民没有信心。

"凡事都要敢想嘛，成不成就是另一回事了。"穆清也自我解嘲道。

两人正说着,孩子们下课了。一个个欢快着,像鸟儿样扑棱棱飞出了教室。

穆清看着,竟想起自己在乡村就读时的少年时光了,一时沉醉,直等身旁有人叫他,才回过神来。

叫他的人,是叶朵。站叶朵旁边的是江山和一位男生。几个人都看着他笑。

叶朵恬静,江山灿烂奔放,旁边的男生则一身书卷气,反倒显得儒雅矜持了。

"穆书记,叶朵和江山你都认识,就不多介绍了,"赵一民说罢,指着旁边的男生说,"这孩子就是建文,老张家的公子。"

"穆叔叔,久闻大名了。"张建文忙上前,礼节性地与穆清握手、打招呼。

"哦,建文好,大家都好,辛苦大家了!"穆清很感动,笑道,"想问一下,对你们来说,暑假要干的事可多了,咋就想到回来教孩子们呢?"

"穆叔叔,其实,我们一直都有这个想法呀,只是往年呢,没准备好,所以就搁置了。"江山说。

"是啊,为着假期能回来上课,我们都酝酿好久了。"叶朵接着说,"义务教教孩子,也算是我们对家乡父老乡亲的回报嘛。"

"再说,教教孩子们,还可重温我们的少年时光呢。"建文说。

"只是,还有很多人家不知这事,不然,孩子会更多呢。"江山有些遗憾道。

"不急,慢慢来,会越来越多的。"赵一民安慰道。

"想请问一下,几位都是在这儿上的小学吗?"穆清问。

"对呀,我们是同学,都是在这儿上的小学。"江山一提到自己的小学时光,便颇为自豪。

"看来,在咱日月山上小学的孩子,一样的优秀嘛!"穆清对赵一民笑道。

赵一民欣慰地点着头。

"是啊,看看我们,就是现实版的活教材——大山上飞出的金凤凰!"三人说着,摆出一副自得的姿势。然后快乐地笑成一团。

这一笑,引来操场上众孩子们的围观,

穆清看着这情形,心里忽然萌生了一个大胆的想法。

## 五

大学生回乡办暑假补习班的事，就是鲁娟通过村村响宣传出去的。

家长们听到后，很是兴奋，都乐颠乐颠地将孩子送到秦家坝来了。又因为知道是免费的，便有带了面条、鸡蛋的，也有顺带背了些米和菜的，还有送来菜油、腊肉的。

江山他们不收，家长们就生气，说乡里乡亲的，总该请吃个饭的，只是太远了，就送点小菜，你们自己煮罢了。家长们说完搁下便走了。

穆清去看过，短短两三天里，学校里学生竟一下增至50多个。

三位老师将学生按年级，暂编成了2个复式班。

赵一民说，他统计了一下，老鹰山有几个娃没来，邱峰的春燕没来，火焰沟的也没来。这些地儿多半是太远，听不清广播内容的。

"没事，会知道的。"穆清说道。

每日一早，孩子们清脆的呼喊声、快乐的歌声，就将一座寂静的大山，给吵醒了，也吵醒了村民久远的记忆。

连驻村队几个爱赖床的小年轻，也因学校的喧闹声，习惯了早起。有时，他们还到学校的操场上去跑上几圈，才心满意足地开始一天的工作。

早几天，应江山的邀请，叶朵和建文都在她家吃饭。

见几个孩子吃住都在赵一民家，穆清觉得不妥。

开"两委"会的时候，他就专门提了出来。

他认为难得几个孩子有情怀，能回乡义务教授孩子们，那村里就理应解决他们的伙食，让他们吃住有保障。

任东风和雷达都同意穆清的观点。

任东风说："只要他们在秦家坝上课，我们就得保证他们有水喝，有饭吃，有房住，这是最基本的。"

赵一民不同意，说除了江山，就剩叶朵和建文了，两孩子能吃多少？让村里不用管。他又说，几个孩子难得聚在一起，就在他家吃算了。况且，反正他们自己也要煮饭吃,大家一起才热闹呢。

紫叶说:"赵书记,您也就别争了。江山妈妈多忙啊,既要干农活,还要煮几个人的饭,哪顾得过来蛮。我是女人,也最知道这其中的辛苦。"

"是啊,您看,我们这村委会人多,也热闹,大家轮流着做饭,分工又合作,还是种乐趣呢。再说,这儿离学校又近,他们来去都方便。"穆清说。

"是啊,赵书记,穆书记都说了,您就甭操心了。"大家又劝。

赵一民自知争不过,便答应让几个孩子与驻村工作队搭伙吃住。

8月初,紫叶觉得时机已成熟,便与穆清、赵一民商议,要在秦家坝开一个妇女大会,让大家重新认识"剪纸",并将其发扬光大。

穆清和赵一民都表示大力支持。

时间定了后,紫叶就通过村村响通知。

"剪纸",是日月山妇女必做的传统女红,年长的都精通,年轻一点的,大多也会一些。

因为是农闲时节,孩子们又都去了学校,女人们一听说"剪纸",都来了兴趣,远远近近的约好了,像赶集一样,结伴而来。

"叶儿在哪?听说都去省上领奖了,那奖啥样子呢?拿出来我们也瞧瞧嘛!"大树梁任东风的母亲任婶,把紫叶叫叶儿,一到村委会就嚷嚷道。

"对,让我们也开开洋荤罢。"有人附和。

"婶婶您手艺好,信手剪个物件,也是能获奖的。"罗正先的女人海娟笑道。

"是啊是啊,婶婶要剪个啥呢?"

大家都一阵笑。

"婶婶年纪大了,不行了,把剪啥的机会就留给你们小姑娘吧。"任婶乐道。

"嘿,你们看,任婶这是谦让,不抢咱晚辈的风头呢。"

众人又是一阵大笑。

这时,紫叶收拾好会场出来了,也在门口笑道:"咱这日月山啊,不光婶婶手艺好,心灵手巧的女人们满山都是嘞。"

"是嘞,谁不手巧啦?不过还是巧不过紫叶姐。"有人附和道。

"哈哈哈，你们看看，看看，铜钵山的女人多会说话呀。"突然，有人大声笑道。

大家回头一看，是朱凤琴在戏谑玉珍。凤琴后面还跟着锦绣。

再往后看，叶连生的女人和郭秀珍也来了，她俩还搀着李长海他爸，李长海爸背着长海妈。

正说着，尖嘴岭、汉马场那边的女人们，也到了。

紫叶看着，很是欣喜。在她的印象里，日月山的女人们还是第一次放下农活，这样开心地聚集在一起呢。

这次座谈会，其实就是一次畅所欲言的聚会。

赵一民介绍了紫叶成为剪纸传承人和作品获奖的情况，穆清则讲述了中国剪纸艺术的悠久历史，及《史记》中记载的"剪桐封弟"的典故，还有从剪纸中派生出皮影戏的故事。

日月山的女人虽能剪纸，但哪里知道这些剪纸文化呢，自然听得津津有味。

之后，紫叶讲了她出去领奖的见闻，又将自己从外面带回的小物件拿给众人看，说这些都是目前市面上极受欢迎的剪纸作品，小巧精致，好评如潮，大家可以琢磨琢磨。说罢，便将这些剪纸作品依次传给大家去看。

随后，紫叶说："其实这些小东西，我们日月山的女人，也是能剪的，甚至也能把它推向市场。若能推销出去了，那它们除了具有欣赏价值外，还是能给我们带来经济效应的商品。"

女人们都听得唏嘘不已。因为在她们眼里，平日里剪的都是再普通不过的物件，也只限于自家装饰用，哪知还能交易，甚至获奖呢，竟一下长了见识。

紫叶说："不过，剪纸艺术也是在不断进步的，我们不能停留在原有的水平上，要求精求新，不断学习，不断地汲取外来的营养。这就是我这次出去才体会到的，也是剪纸艺术家亚雪老师的观点……"

穆清说："是啊，紫叶主任刚才说得好，剪纸艺术同样也是与时俱进的。虽说在座的各位都能剪，但并不知道其重要性，故没去琢磨过，可能也只是拥有这门手艺而已，是原地踏步，缺乏创新的。所以，与外界的剪纸艺术相比，还是有很长一段距离，也有很远的路要走的。"

"穆书记，你说得对，我们地里的活都做不完，哪有时间去想那个嘛！"

"是嘛，就是农闲了，自家剪来贴着好看呗。"

"既然好，那就找个老师来教教我们吧。"

"紫叶姐抽空来办个培训班撒。"

……

穆清话还没说完，女人们便嚷起来了。他笑着招招手，示意大家安静，然后又接着说道："看来大家热情高涨啊，我刚才给大家泼了一盆冷水，是想让你们知道自己的短板在哪。其实，我也了解了一下，咱日月山还真是一方孕育剪纸文化的沃土，我们的剪纸，都不自觉地植入了山乡独特的文化元素的，很值得去挖掘啊。不过，我们还真得向人家学习，才不会被淘汰，也才能常剪常新，有底蕴有创意啊。如果大家有兴趣，我们可从外面请进老师，来给大家授课和现场指导。"

"有有有！"

女人们一听，都兴奋地鼓起掌来。

散会后，赵一民说："这个会开得好啊。以后凌紫叶同志就有得忙啦。"

"是啊，我想了一下，亚雪老师就是离我们最近的大师，在全国都是有名的，如果能请动她，就再好不过了。下来凌主任就负责与她联络吧，时机成熟，我们就专程请她来给大家讲一讲。"穆清叮嘱道。

凌紫叶脸上红红的，看得出她也很振奋。

## 六

周一，穆清专门去了趟教科体局。

他找到基教股，说了日月山村小停办后，孩子们不得不去中心校读书的艰难和种种不便，想咨询一下有关乡村办学方面的问题。

基教股股长姓梁，他详细地谈了目前乡村教育的现状，说："确实有很多村小都自然消亡了，这种现象或许还将继续。因为目前，有的村小就只有两三个学生，甚至还有一校一师一生的情况。"

"一师一生，也有存在的合理性吗？"穆清好奇地问。

"嗯，存在就是合理。"梁股长说，"为了办好我们身边的教育，只要有一个学生，我们就都得派老师前去。也就是说，只要孩子在学校，就一定有书读，尽管教育成本很高。"

穆清又想到日月山学校消亡的过程，便又请教道："梁股长，有些中心校为啥要三番五次派人下村去，千方百计说服动员，让村民将孩子送到乡镇上去呢？"

梁股长解释："可能也是为了节省编制吧！因为整个辖区的编制是有限的。"

"也就是说，村小一旦有学生就读，就可以恢复办学？"穆清兴奋了。

"嗯，根据就近入学的原则，只要老百姓有这个诉求，就是哪怕只有一个学生，这个学校都要办下去。只是得有个前提，那就是要看它具不具备恢复办学的条件了，也就是过去有没有校舍，又安不安全，如果存在问题，那就要先修缮。"梁股长说。

从教科体局出来，穆清全身的细胞，似都被激活了，在他体内不安分地跳跃着、快乐着。

他不敢稍做停留，快马加鞭赶回了日月山。

他一到老村委会就叫上雷达和张少华，然后往新村委会赶。另一边任东风、凌紫叶接到消息，也迅速赶到了秦家坝。

在村委会上，穆清将在教育科技文体局咨询的情形，说与了大家。

大家一听，都炸开了。

"我算明白了，为啥向阳坡都有村小，二里坝也有，唯独我们这山高地广的日月山没有，原来还是我们自己没去坚守的缘故啊。"雷达感叹道。

"是的，咱日月山以前是有两所学校的，秦家坝一所，老村委会那边也有一所，结果现在都没了。"赵一民说。

"可能这地方越是穷，大家才越想往外奔吧。"紫叶说。

"按说呢，这寻找优质教育资源，本身也没错，只是不能跟风，得看家底说话，量力而行。"老胡说。

"是啊，有些家庭一个主劳在外面打工挣的钱，怕是也只够供个女人带娃娃读书哦，咋积得住钱，又咋好得起来嘛！"任东风也叹道。

"不说别人，就说我家锦绣嘛，马斌一年忙到头，挣的钱够啥？就只够他一家在镇上的开支。可咋办呢，村里莫学校呀，总不能不让娃读书吧。"赵一民把手里头的本子合上，往桌上一扔，又说道，"以前中心校下来做工作，我们也没想那么多……"

"是啊，一旦没了学生，学校也就没了。学校没了，这山就变成一座死山了啊。"任东风感慨道。

"莫毬得学校，日月山就像莫毬得魂哟！"

"听不到娃娃们读书，这心就空落落的。"

……

这些话又让穆清忽然想起先前，罗正先等人在秦家坝土地流转会议上的话来。穆清再一次意识到一个村小消失后，村民的落寞与不甘。

"这么急匆匆地将大家召集到一起，也是因为我个人很激动。我想，大家可能也和我一样，也是希望在这山上，有一座属于我们自己的学校。我一直在想，一座村小存在的意义，它不仅仅承担了教育本身所具有的职能，也寄托了另一些层面的东西，比如这地方的风土人情、文化根基等。"

"嗯。"

"对对对。"

"真是这样啊！"

"穆书记一语道破了这村小存在的意义啊！"

穆清环顾了一下大家，又接着刚才的话题说："之前嘛，我们不了解政策，一直以为恢复这村小是一件难事，既不敢去想，也不敢去触碰这一话题。现在知道村小是可以恢复的，而且申请程序相对容易，那么我们又当如何去做呢，这就需要我们大家聚在一起来商讨，因为众人拾柴火焰高嘛。"

"我认为当务之急就是要先修缮学校，把这个工作做好了，村民才可能放心。当然，这也是我们要恢复学校的关键所在。"赵一民首先提议。

"是啊，退一万步来讲，即便是暂时恢复不了，像现在这样，假期天娃娃们来补个课，心里也是踏实的。"紫叶补充道。

"我认为接下来，我们首先要做的就是下户去做个调研，看看有多少家庭的孩子愿意回来就读。要回来的，就登记好家庭地址，录好信息，家长签字。但这个工作量很大，也是个细致活，必须把有孩子的家庭都走访到，所以，我建议雷主任、张文书、老胡负责老村委会那边，我、紫叶主任、薛涛负责这边的几个社，如果人手不够，就再安排其他驻村队员支持了。"任东风说。

"嗯，这个工作重要啊，直接关乎我们的村小能否恢复。另外就读信息必须是确定的，不然到时学校恢复了，莫得娃娃来，那就糟糕了。"赵一民赞同道。

"对。赵书记嘛，因为您就住在这附近，离学校近，施工经验又丰富，也便于照管，所以，修缮学校这个大梁，恐怕就还得您去挑了。因为在座的小年轻，都挑不动。"穆清对赵一民说。

"那穆书记你就还是负责跑外围，等一切就绪，村里便同时向政府和中心校打报告，表达村民意愿。"赵一民说。

"嗯。那就这样定了，如果还有什么，我们就开会再议！"穆清说。

"好。"

"要得！"

一场会开下来，村委会人人摩拳擦掌，个个跃跃欲试。

## 七

宋达海找到经信局，汇报了日月山特殊的村情，请求经信局能帮忙解决新村委会的网络问题。

经信局局长听了，忙给电信公司打电话，希望他们尽快打通链路。

电信公司的回答却是，日月山去年就已经建立了宽带网络。

局长知道对方在装聋卖傻，发了火："人家日月山幅员那么广，大部分的村民都分布在秦家坝那边，而你们的网络，也只是从向阳坡接到了老村委会。日月山这个村情况特殊，你们又不是不知道，村委会搬迁后，连最起码的网络都没有，人家咋个办公？希望你们尽快解决这个问题，不要再拿什么'指标已占'这话去搪塞了！"

那边见局长态度强硬，便不好再推诿，勉强答应了。

只是过了10多天了，还是毫无动静。

秦汉明着急，又前去协商，见对方仍不甚上心，便说日月山愿出2万元的劳务费。

可对方又提到太远，单位调不过车来。

秦汉明说："这不是问题，你们去之前，就给我打个招呼，我们单位随时派车恭候。"

这才把工作彻底做通了。

后来，新村委会的网络，便是从桃花沟下面接上来的。

网络接通时，学生就读情况的调研结果也出来了。初步确定，有16个家庭希望孩子留在本村就读，原因是大人们已疲于奔命。而在这些家庭中，大多是有2个孩子的，大的读高年级，小的读低年级或幼儿园。比如，郭秀珍家和锦绣家就是这种情况。若学校恢复，估计有20个左右的学生回来上学。

为了能确保村小能在9月份开学，村里迅速向镇政府和中心校提交了恢复办学的请示。

等待是焦灼的。

一日，搬到安置点的赵国红忽然上村委会来了，且满脸喜色，见到穆清就拱手道谢，还硬要给他找烟。穆清说自己不抽烟。赵国红不干，还是要找，说要是没他就没有他女儿的今天，又喜滋滋地报喜说女儿考上四川大学了。穆清一听，高兴得不得了，接了烟，连连恭喜赵国红。

赵国红女儿的学酒，是在安置点的红白理事堂操办的。这也是红白理事堂操办的第一件大喜事。

那天秦家坝很热闹，来了很多道喜的人。穆清很高兴，还在这场热闹的盛宴上讲了话，鼓励更多的家庭培养好后代，可以以江山、叶朵、建文和赵小雯等为榜样，把孩子们都培养成人，更培养成才。穆清一番话，让那些有孩子读书的家长们激动了很久。

经这喜事一闹，时间过得好似更快了一些。

8月中旬，镇政府和中心校终于联合派人下来调研了。

来人一看，不仅校舍修葺一新，校园里竟生机勃勃，还有几十个正读书的孩子呢。村民这份对于教育的渴望与敬畏，让他们很是感慨和震撼。

他们走后，大家心中还是有些忐忑。

又担心学校真的恢复了，家长们又是否会信守诺言，将自家孩子送来了？

还是赵一民笃定，宽慰道："都放心吧，锦绣说了，要坚决支持村上办学，即便所有人都扯了皮，她的孩子都要留在村上呢。"

"那倒好嘞，眼下，不是正流行一对一的辅导吗？若真那样了，才是真正的享受优质教育呢。"有人玩笑道。

"估计到时候，一定不只锦绣姐的两孩子，想一校一师两生还不成呢。"有人笑道。

一日，电信公司来人找穆清，讨要那两万元的劳务费。

穆清爽快地答应了，说："不瞒你们说，钱我们早准备好了。但还得麻烦你们给说说这两万块钱的去处，比如，你整个工程是多少钱，国家又给追加了多少，还下差好多，你们要做个预算，再找贵公司或者经信局给我们来一个文，这样我们给你们支钱才有依据。"

来人一听，便离开了。

只是之后，对方一直没给穆清来文，也没再露面。他问秦汉明这事咋解决，秦汉明说他再去催去一下。

对方应是应了，但还是一直没来结账，穆清自然也就没法支付这笔款项，至今还留着。

# 白露

## 一

8月下旬,镇里召开了一个临时紧急会议,全体镇干部和村社干部参加了。会议由孟镇长主持。

原来自在辽宁省沈阳市,确诊了首例非洲猪瘟后,这种被称为养猪业"头号杀手"的烈性病毒,便开始肆意传播了。其发病快,死亡率高,传播途径广,而且目前尚无疫苗和有效防止药物。为了防止该疫情的蔓延,刘书记说,鉴于双河口处于川陕两地的交通要冲,政府已率先在347国道上,设立严格的检查检疫站,加强对畜禽移动监管,严格查证验物,也对出入车辆和人员进行严格消毒,防止病猪、病毒从省外流入,刘书记还传达了县里的防控举措——加强对辖区内的养猪场(户),生猪定点屠宰场的进行动物防疫宣传,增强养殖人员和从业人员的自主防范意识,并全面排查,加强监管;还要对辖区内所有的圈舍、屠宰场、运载工具进行消毒处理,减少各种病原微生物传播发生的概率……

日月山虽未在大公路沿线,但几乎家家都饲养生猪,这种家庭养殖,除了自养自吃外,还是村民经济收入的重要来源之一。另外,更让人担忧的是还有生猪养殖大户,大小猪也有六七十头,一旦因管理不善,造成感染,损失将不可估量。若再波及整个山里，后果更不堪设想了。

穆清和村"两委"不敢懈怠，连夜赶回山上，第二天分别在新旧两个村委会，召开了村民大会，普及非洲猪瘟相关知识，指出目前生猪养殖所面临的严酷形势，要求大家多关注时事，搞好非洲猪瘟的防控工作，做好猪舍的清洁和消毒；严禁使用泔水喂养生猪，因为泔水可能带来病毒；另外多观察，早报告。

等穆清忙过了，再上邝峰的时候，高登峰已在搭建羊棚了。羊棚是吊脚式。他说这样干燥、通风。

又因为山里木料和竹子多，他便在穆清给他的参考图纸上，做了些改进，就地取材，全用了竹子和木料搭建。棚内有母羊舍、种羊舍，还设计有小羊舍和有产房。羊吃食的槽子，也是他自己用模做出来的。可以说他的羊棚既经济又实用。

羊棚搭建好了，他便在周扬帆的协助下，在信用联社贷了5万元的小额贷款，购得黑山羊38只，种羊2头，开始了自己的养羊生涯。

王翠兰与他商量后，决定把春燕留在村里读书，自己和丈夫一道创业。

高登峰养羊一事的落实，让穆清很感欣慰。

一晃，就临到九月了。

在双河口政府的督促、协助下，日月山学校如期恢复了。

鉴于生源的尚不确定性，中心校暂派了两位老师前来，要求他们根据实际情况，组建班级。

因为刚恢复办学，班级编制可能还得要以复式班的形式存在。但这已是眼下最好的结局了。

村委会里，大家兴奋不已，觉得日月山总算完成了一件大事——至少留住了凝聚这一方水土的文化根基。

日月山恢复办学的消息，像长了翅膀一样，立时飞遍了山里的每一个角落。

开学那天，秦家坝陆陆续续来了几个学生。

密切关注动静的穆清和赵一民，心里悬吊吊的，哪里也没敢去。

第二天，又来了几个。

第三天，薛涛兴奋地推门进来说："老村委会那边的孩子，也跟着雷主任和张文书过来了，学校现在报名注册的已有26个学生了。"

村委会里所有人，这才长长地舒了一口气。

"估计下一年还有回来的。"赵一民说。

"也可能还有离开的，如果办不好的话。所以，我们村上首先要重视办学。两位老师刚来，又不是本地人，可能还不习惯，我们要多关心他们，解决好他们的吃饭问题，让他们安心留下来，安心付出，这才是最重要的。"穆清想得更远。

"对，这话对。只有老师敬业，娃娃们才能学到知识。"赵一民赞同道。

正说着，雷达和张少华有说有笑地从学校下来了。

## 二

秋分一过，山里早晚的气温就低了。要是再下一场秋雨，天气就带了寒气。

聚居点里，赵国栋的儿媳妇秋菊还有10多天就要分娩了，她是个贤惠能干的女人，又心灵手巧，已给肚子里的孩子，做好了秋冬两季的衣服。

晚上，一家人聊了一会儿天，婆媳俩又商量，虽然离镇上远，还是打算明日一早，去镇医院检查一下胎位。打算再过七八天，就去医院里住起，只等宝宝下地了。婆婆还说，赶明儿就叫儿子秋生回来了，因为山里离镇上太远，多一个人好照顾。

秋生在山外一处建筑工地干活，知道老婆要生了，家里的开支用度也就要大起来，便想着能多挣就多挣些钱才踏实。

秋菊也说："不急，让他再干几天才回来呗。"

她说这些话时，可能怎么也没想到，自己会提前分娩，而更没想到的是，竟在当天夜里就发着了。

当赵国栋跌跌撞撞跑到村委会敲开穆清的门时，穆清下意识地看了一下表，是夜里1点过10分钟。他第一反应就是去村卫生室找赵国寿。可打烂了门，卫生室里都没动静。这一闹，驻村队员们都起来了。

薛涛说："赵医生是天黑的时候，被火焰沟的人接走的，说是家里老人病得厉害。"

"这么晚没回来，可能是那边的人严重。"穆清着急道。

"有可能，平常出急诊，再晚他都得回来呢。"鲁娟说。

"那咋办？咋办哟？不是说还有10多天才满期吗？咋说生就要生了呢？"赵国栋急道。

"没事，你孙子要提前出来呢，这也是正常的。"鲁娟安慰道。

"快，扬帆，给雷主任打电话，让他马上骑车过来。"穆清停一下，又吩咐薛涛道，"你快通知赵书记去。"

薛涛应了，转身消失在夜色中了。

这边，雷达的电话也接通了，穆清又让他立马通知冯明春备好车，随时待命。

然后他又转身问："这山里除了赵国寿医生，还有没有接生婆？"

赵国栋说："紫叶的婆婆，也就是德叔的女人，倒是会的，其他就不太清楚了。"

"太远，又上了年纪，怕是赶不及了。"穆清想了想，实在想不到法，又让周扬帆再去赵一民家，请凤琴嫂也一道过来，说，"要是实在莫法的话，就只有找有经验的妇女，试着接生了。"

他又吩咐鲁娟，先随赵国栋过去帮忙。

安排好这一切，赵一民也就赶过来了。

穆清向他说了情况，有些着急地问："赵书记，咋办？这分娩不出意外还好，怕的是有个啥闪失……"

"嗯，我们还是要想办法通知赵国寿回来。"赵一民说。

"我让雷主任骑车过来，万一要接个人什么的也方便。"穆清说。

"哦？"赵一民忽然想起什么似的说，"你忘了，还有个人在家呢。"

穆清惊讶地说："谁？"

"赵浩。国红那老大这段时间在家。"

"哦，还真忘了他。"穆清恍然大悟，"赵书记，只是，赵浩去接人的话，国寿医生又在不在火焰沟呢？况且，火焰沟人户也分散，他到底又在哪家呢？"

"要不，我们就在广播上通知一下赵国寿。"赵一民提议。

"这……深更夜静的，好吗？"穆清有些犹豫，"况且，火焰沟那边也听不见呀。"

"我们就做两种打算，一边派赵浩去火焰沟找赵国寿，一边在广播上通知，他若没在火焰沟，听到广播后，自然会回来的。"赵一民说。

这时，周扬帆、薛涛、凤琴嫂都到了。

赵一民忙吩咐凤琴嫂，快去赵国栋家帮忙，又让薛涛与她同去安置点，找赵浩速来村委会。

"另外，我建议我们也要做最坏的打算。顺产当然好，万一有什么意外呢？可能还是要送医院哦。但这段路咋办，又远又陡，我看还是要准备好担架，请人抬到老村委会才行哟。"穆清又说。

"是啊，提前做准备总是好的，那就快通知村里的青壮年速到村委会来。"赵一民说。

两人刚商量妥，薛涛和赵浩就到了。

薛涛说："刚才听他们说，10点过就发作了，估计要生了。"

穆清忙安排赵浩往火焰沟去，要他务必找到赵国寿，再以最快的速度赶回来。

老胡说："这深更夜静的，我跟赵浩一起去。"

赵一民说："两人搭个伴前去，那样最好。"

待两人走后，赵一民又让周扬帆在村村响上通知赵国寿。

待两人安排完一切，急急赶到安置点时，已听见那孕妇的叫喊声一声盖过一声，哀啭凄切。听见的人无不惶惶的。

不久，又陆陆续续有人前来。

马斌最先到，然后簸箕石的冯玉明、冯明强，五社的曹定平也相继到了。西边塝上的叶连生夫妇俩和六社的张文斌也赶来了。

赵国红已开始着手绑担架，其他人也一同忙起来。

房里时不时传出撕心裂肺的叫声。

外边的人一边听着，一边默默做手头上的事。

又过了半个多时辰的样子，大家终于听见里面惊喜地喊了声"生了"，接着便有孩子的哭声。

大家心里舒了口气，刚要放下手中的活，便又听见里面有妇人惊呼："快快快，大出血了！"

"莫不是血崩？"

"咋办？我们又不懂咋止血呀！"

外面的人听着，心忽又提到了嗓子眼上。

又过了几分钟，凤琴嫂出来了，带着哭腔道："咋办，那血像水一样地往外涌，止不住啊，再流怕就没命了！"

"人咋样？"

"晕过去了。"

"快想办法呀！"

穆清往原野里打望，外面一片漆黑，一点亮光都没有，给赵浩打电话，又毫无反应。

他把目光投向赵一民，赵一民也一脸焦灼，不知所措。只盼咐大家手头上快点。

时间一点一点地走着，好像每一分每一秒都煎熬着人心。

好不容易听见有摩托的声音，两人忙迎出去，却是雷达到了。

赵一民又打赵浩的电话，还是没反应。估计还在火焰沟一带。

几人又往山野望去，坡上还是没一点光亮。

穆清又问了房里人的情况，里面回答："还是血流如注！"

几人商量了一下，在征求赵国栋的意见后，果断地让大家铺好担架，将产妇往老村委会送去，因为那边有冯明春接应。

为了稳妥，临走时，穆清突然想起给120打电话，但没信号，打不出去。其他几个人也没打通。

几个人出门一看，原来变天了。

赵一民说："难怪没信号。"

穆清觉得总等也不是一回事，便毅然决定送秋菊上医院，又让赵一民守在村委会，说："赵国寿一旦回来，就让他带好药，坐赵浩摩托来追我们，这样更保险。"

一行人抬着产妇出门时，正狂风大作，不久，就沥沥淅淅地下起雨来。幸好担架上设有顶棚。但脚底下滑,稍不小心就会跌倒。

大家抬的抬,扶的扶,照灯的照灯,吆喝鼓劲的吆喝鼓劲……

一路人,大家爬坡上坎,艰难地行进着。产妇的血不停地流着,和着雨水,浸透了担架上的被子,再滴在地上、路边的草上。几班人轮流换着抬,都不敢有丝毫懈怠。

上青树垭时,雨小了些,穆清看了看表,都快5点了,忙打120,说了情况,让镇医院速速派急救车和医生到日月山救人。

又走了些时候,才终于赶到老村委会。

赵浩带着赵国寿,也从后面追了上来。

雨还在下着,沥沥淅淅的。

在半山腰上,众人听到河谷中有救护车疾驰而来的声音,心才稍稍松弛了些。

赵国寿下了摩托车,急急地赶上来,去看担架上的产妇。等扳开她眼睛,拿电筒照了照后,便一脸沮丧地退到了一旁。

"咋的啦?"穆清一脸紧张地问。

"怕是莫救了。"赵国寿摇了摇头。

"那快想办法呀!"穆清一听,急道。

"时间拖太久,失血太多,就是神仙也难啦!"赵国寿突然往地上一蹲,痛苦又无奈道。

救护车终于到了,产妇被迅速抬上车,医生对她进行了基本的急救后,然后挂上液体,向镇上疾驰而去。

随车同去的,还有雷达和赵国寿。

这时,天已大亮,雨也停了。

救护车离去后,穆清心里却有种不祥的预感。

大家都没离开,在老村委会里焦灼地等着消息。

不久,雷达打电话来了,穆清不敢接,还是冯玉明替他接的。

冯玉明挂了电话,才沉痛地说:"时间耽误太久,人已去了。"

穆清在老村委会外面的石头上,坐了很久很久,才缓缓地抬起头,对天大喊道:"这都是什么鬼地方呀,穷得连路都没有,这不就活活要了人的命吗?"

穆清说着便哭了起来,眼泪顺着两边脸颊,不停地流啊流。

其他人,也在一旁跟着垂泪,有的甚至号啕大哭起来。

## 三

日月山出人命的事,在全镇传开了。

穆清为秋菊之死深感内疚,回秦家坝后,大病了一场。

后来,病倒是好了,人却变得消沉、颓废,也寡言了。

刘书记和孟镇长很是担心,还给了他两周的假期,让他回城休养一段时间。但他就是不回。为这事,他同学王浩还特地从市里,请了位权威的心理专家,上山来给他看诊,并做心理疏导,一待就是好些天。后来,专家又陆陆续续上来过好几次,穆清才有所好转。

只是,他还是一副郁郁寡欢的样子,在工作上,也有心无力。

幸好有老胡在。

老胡一边要悉心照料他,一边又分担着他的大部分工作。

有一次,镇上开会,刘书记、孟镇长见穆清一下萎靡了不少,甚是担忧。两人私下里又与他谈心、交流,末了,都反复强调说:"那个事责任不在你,而且你也尽力了,又何必自责!"

穆清不言。

刘书记便又说:"穆书记,你放心,那条路一定会修通的,就是再难,我们也要去争取!"

这一说,穆清眼里才放出光来。

自那以后,穆清的心结才慢慢舒解。而让他彻底走出来的,可能还是李长海带着他的老板回山一事。

长海的老板姓贺。

贺老板跟着李长海在山里考察了好些天后,觉得日月山确系天然藤料场。也确如李长海所说,山里用以编制的青藤甚多,而且柔韧绵软,还可祛风除湿。另外，山里藤编手艺人多，不缺员工。要说在这里办一个藤编厂，条件当得天独厚了。只是唯一让他犹豫的是道路不通，担心编出的藤制品，不好运出大山。

关于这，穆清又想起刘书记、孟镇长曾宽解他的话来，便笑道："贺老板，您放心，这路早通晚通都会通的。因为牵挂着它的人，不只你我，还有许多人呢！"

贺老板一番斟酌后，决定赌一把，就赌一定会有一条通向外边的山路。于是决定先期注入资金300万，与带技术和管理入股的李长海合伙，以各占50%的股份，成立千山藤艺股份有限公司。

贺老板将成立公司之事全权委托给了李长海后，便离开了。

在多方考证下，李长海最后将工厂选址秦家坝。因为整座山上，只有秦家坝这块天然河坝，可供修房建屋成立公司。

之后，李长海又在村"两委"的协助下，流转了四五亩多荒废地，开始修建厂房。

穆清这一忙，便渐渐恢复了正常。所有牵挂着他的心，也才终于放了下来。

国庆放假期间，单位帮扶干部又纷纷上山了。

他们各自掏钱，为给自己的帮扶户买了大米或面粉，或买肥料，也有给孩子买牛奶，给老人买黑芝麻、麦片等营养品的。

他们分散到各个山头，与自己的帮扶户同吃同住，鼓励他们搞好传统种养殖业，增加家庭收入，定时给庄稼施肥、治虫，确保丰收。还引导贫困户搞好家庭环境，养成好习惯，达到"六顺六净"。

他们还通过入户了解"两不愁"，"三保障"的短板缺项，将其反映给驻村工作队，然后汇总，再有针对性地进行补短帮扶。

大树梁的孙老头是秦汉明的帮扶户，去年初次养羊，谨小慎微，放不开手脚，却也小有收获，盈利3万多。今年秦汉明又多次去查看他的养殖情况，分析当前非洲猪瘟蔓延的形势，给他讲解"增量奖补"政策，又鼓励他扩大养羊规模，说："您老试一下呢，说不定会有意想不到的受益呢。"孙老头一琢磨，觉得有道理，就将养羊数量就又在去年的基础上，增加了一倍。

宋达海则在了解帮扶户赵国红的意愿后，悉心帮助他家制定种植计划，其中计划种植青脆李500株。

也有帮扶干部反映贫困户陈文红新建的厕所尚未使用。

穆清知道后，及时入户了解实情。原来陈文红习惯于使用旱厕（茅厕），所以未建化粪池及下水管道。穆清与村"两委"商议后，及时聘请了专业施工队伍，为他家重建了化粪池及下水管网。然后，又让鲁娟给他详细讲解卫生知识，引导他正确使用功能完善的卫生厕所。

德叔感叹道："这帮扶干部每上山一次，村民的观念就前进了一步，眼界就高了一些，生活习惯也就改了一些，可喜的是有的家庭，连生活方式都在变呢！"

四

一晃，日月山漫山遍野的枫叶就红透了。

黄栌、柿树、乌桕、茶条槭等，一到秋天就偷偷变了色，一点点黄，再一点点红，好像要把水杉、五角枫、元宝槭、盐肤木等都给比下去似的，但枫香、杜英树、红花继木早就抢占先机，像火焰样的红着、亮着、喧腾着，仿佛要点燃整个季节似的。

其实，那火也点在人的心中。

刘书记、孟镇长再上日月山时，都震撼了，他们说，这燃烧的美，不该是寂寞的，更不该鲜为人知。

所以，关于从干湾到新村委会的那段村道路的硬化，刘书记、孟镇长从夏末就开始向脱贫攻坚办申请，到秋菊血崩而亡，再到这红叶燃烧的深秋时节，都不知去县里跑多少次了，可上面就是没下项目。

这路，便成了大家的心病。

其实，穆清私下也去问过好几次，还是没有定论。后来穆清听说，整个脱贫攻坚任务重，水、电、路、住房、公共公益项目，哪都需要资金。领导也为难，得统筹全县，通盘考虑。

再后来，又有消息说，目前县里把所有该建设的道路纳在一起，就有两三百公里，道路建设任务实在太重，而县财政资金运转困难，已承担不了那么大的压力，为此，领导们也焦头烂额，反复研究斟酌后，才定了个方案。

可这个方案在全县的脱贫攻坚专题会公布时，会场上就有人站起来表示异议。大家定睛一看，是双河口镇的刘宏涛书记。

"各位领导，我想请教一个问题，我们镇的日月山，为啥就没纳入新建道路名单呢？"刘宏涛书记站起来，问道。

他这一问，全场讶然。

因为担心他的提问会搅了会场，台上有领导让他有事会后再沟通。

但刘书记突然很倔，称自己有话要说，还必须在这会场上说个明白。

"各位领导，我得反映一个真实情况，众所周知，我们双河口在全县来说，就够偏僻的了，可双河口的日月山更偏，就坐落在海拔一千六七米的云雾山间，山高路陡，林深涧险，可以毫不夸张地说，是上山碰鼻子，下山撞沟子啊，"刘书记说到这里，会场上翻起一阵窃窃的笑声。他顿了顿又说道，"这且不说，一座大山把一个村子分成了两半，中间七八里路上杳无人烟。可以说日月山的交通状况，至今还停留在几十年前。当年红军入川后，正是依托那里的山高林深打游击战，巧妙地与敌人周旋并最终消灭他们的。这曾经保护过革命火种的屏障，现在却成了阻碍群众脱贫的鸿沟，实在是寒心呐！可以说，这个路不通，日月山就不会有真正意义上的脱贫！"

会场上的窃窃声，立时小了下来。

刘书记还讲了日月山一位产妇因道路不通，在路上血崩而亡的事故。也说到一群护送产妇却没能帮助产妇男人，号啕大哭的场景。他说："这个血的教训就发生在前不久。可以说，就因为那段路的不通，产妇没得到应有的救治。一个家一夜之间死了一个女人，多了一个孤儿。村上还差点疯掉一个第一书记。那第一书记有啥错呢？莫错，他跟着担架、护着担架，走了好几个小时！结果人还是没了。他自责啊，他无论做何努力，还是留不住一个活生生的生命！就是这个曾被县里、被市里，甚至被省里，相继表彰过的第一书记，因感到愧疚，感到无法与自然对抗的渺小，差点就疯掉了！所以，不好意思，我今天很失态，但我又不得不把日月山村民出行难的现状如实说出来，把他们渴望硬化路的民情民意，带给书记、县长及在座的各位领导，也切盼各位领导亲临日月山，实地考察后再做决定。"

刘书记说完，又抱拳道歉道："我今天影响了大家开会，我在这里再次给大家赔礼道歉了！"

刘书记坐下时，会场上寂然无声，静得甚至听见人们微弱的鼻息声。

还是新到任不久的县委沈书记打破了沉默，他说："感谢刘书记给我们上了生动的一课啊！一条道路，可能就是一条生命线。刘书记刚才讲到的这位产妇，若是道路畅通，就有可能得到及时的救治，那么，一个家庭就是完整的，一个孩子便有了自己的母亲，一个丈夫就还没失去妻子。可见，对于日月山的山民来说，一条村道路，除了可以通向外界，更可能是通向新生的。我及我们台上的各位，却忽略了该如何去关注民情、民生及民意。我们在资金分配决策时，对这点的考量是欠妥的。我们得好好反省呀，反省我们高高在上的官僚作风，反省考量问题的角度！另一方面，就我个人来说，由于来的时间不长，对基层缺乏全面了解，所以，对这个道路建设方案，考量不全面，我是负有领导责任的，我今天必须当着大家的面检讨！我想，会后，我们将委派县委常委分管领导，带队县级相关部门，对日月山等地进行实际调研、核实，该修的路我们都得修！还是那话，需要的资金，我们可以再想办法，就是不能苦了我们的百姓，寒了他们的心啊！"

沈书记话音刚落，会场上顿时响起了雷鸣般的掌声。

那一刻，刘书记没忍住，眼泪"哗"的一下就涌了出来。

## 五

罗永国的种植园里，一入秋就有药材要收。

他的瓜蒌今年大获丰收。不但结得繁密，个头还大。之前已摘过一次伏瓜，将瓜壳与瓜子加工后，瓜壳卖到 8 元一公斤，瓜子每公斤卖到 24 元，收益喜人。眼下开始摘秋瓜了。秋瓜似乎结得更多，藤架上满是的，密密地吊着，像胀大的气球，一个赛似一个。人到了瓜架下，稍不小心，就会撞着脑袋。

罗永国寻了 10 多个劳力，想趁天时好，将它们一次收尽。

今年药材丰产，他便与妻子玉珍商量，提高了劳务工资。一个壮劳力工钱给到 180 元一天，老、弱、病、妇的，工资也涨到了 130 元一天。赶时间时，还供给生活。

冯玉珍和秀才罗正荣的媳妇，专门负责后勤——烧茶、打腰台、做饭。

但是还是用了两三天时间，才逐一寻完。

瓜蒌收后，歇了几天，他们又开始挖黄精、丹参、天南星等了。

这一下就到了秋收、秋栽、秋播的大忙时节。

罗永国每天依然要雇10多人。余下的人就得去集体种植园收丹参。

日月山所有闲置劳动力，全都忙活起来了。有时，任东风和罗永国就协商调配，让两处的劳动力互补。因为除了抢收外，还得选择种根、芽头或苗，继续换地栽种。

这一忙就是十多天。等忙完这一茬，也就临到仲秋了。

今年秋天不同于往年，田地里的农活一完，山里就多了好些赶山人。除了少数采挖药材的外，大多都是奔着青藤去的。

山里青藤多，漫山遍野都是。村民对山上地形熟，哪里长什么，心里都揣着本明白账，所以，入山就如鱼得水。

李长海给出了一斤鲜藤1.5元的价格，大量收购，条件很是诱人。

村民们开始也觉得稀奇：细细的藤条，山里自生自灭的寻常植物，今年咋就值钱了？乍一听，还真有些不相信呢。可事情又千真万确，有好几户人家都拿到现钱了。于是大家都私下里琢磨，一天要是采上200斤藤，就能挣到300元工钱，比打工还强呢。

可对于李长海提前收购青藤的行为，村委好些成员都有些不解，包括赵一民和任东风，都担心他是一时冲动，有几分盲目。

穆清心里是信他的，但还是忍不住前去替大家问问。

李长海笑道："藤料的采割是有季节限制的，也只有到了秋天，青藤才会成熟。成熟了的青藤质地坚硬，手感平滑、弹性极佳。所以秋天才是唯一的采藤季节。等厂房修好，公司办起来，估计都到明年开春了，那时要投产，莫材料咋办？所以，还得提前备料才行。"

他这一说，大家心里才释然了。

可李长海收购的青藤太多，没地方搁。赵一民知道了，就在村委会，给他腾了间房，让他贮存材料。

李长海分别用塑料袋将青藤包装起来,再抽真空封闭保存。

县委沈书记率先到日月山调研,也正是在这割藤季节。

他没告诉任何人,和秘书跋山涉水,从山下到山上,从东边走到西边,一路行来,一路感慨。既为日月山美丽的自然风光所震撼,又为它的闭塞、荒僻和人们出行的艰难而惋叹。

在那条通往秦家坝的小路上,沈书记不时就遇着从山林里钻出来的村民,背上背的、肩上扛的都是些司空见惯的藤蔓。他心里奇怪,便上前询问。村民告诉了缘由,沈书记才知道在这深山老林,竟还有一个要向阳而生的藤编公司即将诞生。

沈书记好奇,就随村民去了李长海的工地。李长海不知沈书记身份,只当他是进山收购药材的生意人,与他一见如故,畅谈了自己创办公司的初衷,选址山里的原因,自然也谈到理想、未来。沈书记听了,心生感慨,鼓励李长海除了要敢想敢为外,还要做大做强,让藤编工艺走出大山,走向千家万户。李长海颇受启发。

直到穆清赶过来,李长海才知道沈书记是县里来的领导,便有几分赧然。

之后,沈书记又到田间地头,了解药材的种植,看庄稼长势,参观党员示范工程,与贫困户座谈。还专程走进日月山新恢复起来的学校,去了解师生们的需求。

沈书记听村民说,从村西走桃花沟出山是条捷径,就让穆清陪他专门走了一趟。一路考察,才得知从桃花沟出去,便到了荣安通往玉水河5A级风景区的过境道上,心中不由大喜。

等镇党委刘书记和孟镇长闻讯赶到时,沈书记调研已接近尾声了。他紧紧握住刘书记的手,言辞恳切道:"刘书记,这里确实偏僻呀。感谢你上次在全县党委书记大会上的提醒,不然,我们就真就要犯一个大错了!"

"沈书记,您辛苦了!我当时在情急之下,多有冒昧,还欠领导一个道歉啊!"刘书记不好意思起来。

"说什么呢,是我们没深入基层,决策有偏差,欠你、更欠日月山一个道歉。"沈书记有些沉痛地说,然后话题一转,又对刘书记道,"你敢于直言,是个好干部,也是双河口人民的福气。"

日月山之行,沈书记感慨良多。回去后,要求县委班子成员都要上日月山,实地走一走，看一看。

接下来，县长、分管扶贫的副县长、分管交通的县委常委领导，都相继上山了。通过多次实地调研、查看、走访，了解民情民意，最终将干湾到秦家湾的这条路，纳入2019年县摘帽农村道路新建规划中。同时，还决定采取对标补短，以联网路的形式，接通秦家坝到桃花沟的这段路，让日月山与山外的大旅游环线连接起来。

刘书记、孟镇长、穆清及村"两委"成员，那一颗颗悬着的心，不但放了下来，还收获了意外之喜。

一晃就又到了冬天，气温骤然低了下来。

穆清闻到了风雪的气息。偶尔站在山梁上，还可以听到几声空旷的枪响，他知道闲下来的猎人们，又要开始在山林里忙活了。

## 六

种植青脆李、红脆李，是镇上推动绿色产业发展、打造绿色价值链的一个主导产业。

政府用了3年时间，在划定的3个高海拔的自然村，顺利完成农企联姻、资本抱团，跨村联建了2万多亩的"龙头寨脆李产业园"，并基本进入丰产期。可惜的是，最初孟镇长也想过要将日月山纳入的，但终因其受自然条件的限制，无法与其他村连线成片的原因，不得不忍痛放弃了它。

其实，龙头寨与日月山仅一山之隔。

夏天的时候，穆清与村委几个人商量后，就自己组织村"两委"多次前往龙头寨考察过，也很看好这个产业。因为日月山海拔较高的地方阳光充足、昼夜温差大，特别适合脆李的生长。结出的果实除了繁密，还品相好、水分充足、质地脆嫩甘甜。更重要的是，果树生长周期短，见效快。一年栽种，二年挂果，三年丰产，四年高产。也了解过，龙头寨脆李成熟后，保守估计每株可挂果50斤左右，经济价值甚高。几人反复考证后，也想借镇上打造绿色产业链的这股东风，在日月山因地制宜，独立栽植脆李，发展林果业。

只是谈到销路问题时,就都有几分担心。

赵一民说:"全镇都栽种这个,搭这趟顺风车,自然也是可以一起销售的。"道理虽然如此,但大家还是不大放心。

穆清突然想起,前不久在单位开脱贫攻坚会时,就听秦汉明提过,云水的对口帮扶县有一个"赶街网",做得极好。自两县联姻搭台后,"赶街网"就落户云水了。云水的各类产品就是通过它,源源不断地销往全国各地的。穆清当时还私下里琢磨过:要是让日月山的农产品,也搭上这辆电商快车就好啰!

于是,穆清便将这"赶街网"的事,与大家说了。

任东风一听,惊喜道:"穆书记,这就是现在大力提倡的线上销售啊!若真是这样,我们山里除了中药材,还有银耳、木耳、核桃、板栗,还有将来的金银花、青(红)脆李,都可以走这个销售路线呀。"

任东风这一说,大家都兴奋。

雷达也说:"是啊,时代在进步,我们不可能再像过去那样,弄个小背篼,这儿卖一卖,那儿卖一卖,那是致不了富的!"

穆清说:"对,说到销路,这将是我们村上以后工作的重中之重。因为我们的中药材开始小有收获了,还有我们的特色农产品也可相继推向市场,所以,目前打通产品的销售途径刻不容缓了,这是我们必须要去面对的。只有打通了销售路径,让产品'飞'出小山村,走入市场,村民们的钱袋才会鼓起来,也才可能真正实现脱贫奔康。"

大家都赞同穆清的观点。

雷达提议,销售这块还是得由任东风负责。理由是他精通电脑,本身又负责产业的管理这块。

大家都赞同。

所以,穆清再回城时,就叫上任东风一起。

这一进城,两人才知道,为了把电商做大做强,中西部协作扶贫还在县里投资创建了一个巴山电商学院。这里有专门的技术操作人员,有专业的产品策划、宣传人员,还有专职的包装人员,正是他们,把产品源源不断地销往全国各地的。

从县里回来,任东风心里就有了底。

村上召开了村民大会时，赵一民在会上，把种植脆李的事提了出来，广泛征求村民的意见。

之前，很多村民也都去过龙头寨，了解那里的产业园。他们一听村里也要发展脆李产业，热情自然高涨。不过，还是有个别村民犹豫，说自己不怕吃苦，就怕销路没找好，将来辛辛苦苦种出来的东西烂掉，那损失就大了。也有人提出，如果仅以家庭为单位去销售不现实，因为日月山离乡场那么远，谁又有功夫背那么远去卖呢？

赵一民说："这个销售嘛，自然不会再像以前那样，靠一家一户自己去集市推销了。果实成熟后，我们来想办法。至于你们，就只需搞好管护，保证果树丰产就行。"

赵一民说罢，又让穆清专门就这个问题做了解释。

穆清说："果实成熟后，我们一方面可搭乘全镇脆李销售的这趟快车，与其他村一起，集中批发，集中销售，还可实现超市与超市的连锁。另外，我们也可以利用线上线下，自己宣传、策划，找到长期合作的商家。"

任东风便讲了赶街网的销售模式，大家都觉得新鲜。

争先报名预订果苗的响应者很多，连冯来家和生猪养殖大户杨兴平都各要了两亩地的苗木。

快到冬天的时候，村里接到镇里通知，说脆李果苗已统一采购回来了，让村里派人前去领取。

任东风便在镇里包了辆货车，将800亩地的果苗一并拉回了干湾。

罗正荣在领苗时，有些不解，便问任东风："任书记，这栽树呢，一般都在春天，可这果苗下地，为啥要选在冬天呢？"

穆清一听，朝任东风一笑道："嘿，终于有人问这问题了。"

任东风便解释道："这种果苗，冬天栽植有个好处，就是越过一个冬后，便不易生虫。而且冬天是它的一个休眠期，休眠期一过，就到了春天。如果苗壮苗大，来年开春即可挂果。但要是在春天栽植的话，当年是不会开花结果的哦，所以，我们一般都选在头年冬季栽植。"

"哦，这栽树还有这讲究啊！"围观的人群中，有人大声笑道。

其他人一听，也觉得稀奇。

村里根据农户需要，将果苗如数分配到户，又由村社干部前往督促规范栽植，并悉心指导日常管护。

因为栽植果苗的前三年，土地可能暂无多大收益，村"两委"又号召农户套种中药材、牧草或马铃薯，林下养殖小家禽，这样既解决了农户短期收益的问题，又加强了苗木的田间管理。

还剩下的少部分苗木，任东风又组织村民，在干湾一带的村道路沿线，砍杂去灌后，全部栽植了下去。

赵一民看到路边那些迎风招展的果苗，高兴道："栽在这村道路沿线好嘞，将来既是风景树，又自成产业带，往外运输就更方便了！"

## 七

非洲猪瘟还是来势汹汹。

从农业农村部新闻办滚动发布消息看，全国各地疫情高居不下，形势严峻。最可怕的是目前已蔓延至川内，宜宾高县、成都新津，甚至在离云水最近的巴河区，都相继排查出了非洲猪瘟疫情，而在吉林浑江区还发现了野猪非洲猪瘟疫情。

县里、镇里都立即加大了防控专项行动，要求筑牢疫情病毒的"防火墙"。

村上更不敢懈怠，穆清组织村"两委"，迅速完善应急措施，落实24小时专人值守制度，并针对可能出现的突发情况，制定了应急方案，力求做到"早、快、小"处置，确保"有疫不流行、有病不成灾"。村"两委"又通过开坝坝会、发放宣传资料、入户排查等方式，提醒村民高度重视，防患于未然。还制定了系列防控措施，比如：在进出山的路口，派专人设防；严禁外来猪流进山来，提倡生猪自繁自养；严禁村民到山外割肉吃，以免将猪瘟病毒带进了家门，造成交叉感染等；鼓励村民相互监督，群防群控。

另外，村委还专门将山里的猎户召集在一起，开了个特别会，再次普及非洲猪瘟知识；强调非洲猪瘟是由非洲猪瘟病毒，感染家猪和野猪而引起的一种急性、出血性、烈性传染病，发病率和死亡率可高达100%。目前，国内已有多起野猪被感染并死亡的先例，要求大家引以为戒，别因小失大，引火烧身，得不偿失。

猎户们一听，才知道打猎也可能带来病毒，心中都着了一惊，赶紧收好自己的猎枪，不再轻举妄动。

周末，穆清回城，与徐丽去菜市场买菜。

途径肉市，才见肉市萧条，一头头被宰杀的猪，在肉板上寂寞地躺着，连过问的人都没有。一旁坐着的屠户，都没精打采的，连吆喝都懒得吆喝了。

徐丽说："往年这时候，人们早就装香肠和熏腊肉了，你看，今年这肉市冷清得。唉，都不敢买肉吃了。单位上的，怕吃了对家人身体有害，农村的，又怕吃了病猪肉，会传给了自家的生猪。"

"嗯，拿不准就干脆不吃。只是亏了那些卖肉的小商贩啰。"穆清说。

"这短时间不吃还行，但时间长了，谁扛得住啊！可哪里又有信得过的肉呢？"徐丽叹道。

徐丽这一叹，穆清脑里又灵光一现。

"我们山里的猪绝对安全啊！"穆清兴奋道。

穆清一到家，就马上给秦汉明打了个电话，说了自己的想法。秦汉明也很兴奋，说："目前大多数家庭都要准备过年肉了，但疫情这么严重，不敢下手。若有放心肉，自然是抢手货！"两人不谋而合。秦汉明又答应穆清，周一就向宋处汇报这事。

穆清放心了。

因为心中有事，周日上午，穆清就提前回了山上。

他把在城里肉市的所见所闻，详细地告诉了赵一民，并说了自己电话联系秦处长的事。赵一民也赞同他的观点，建议马上召开村委会。

周一下午，穆清接到秦汉明的回电，说宋处长答应由单位出面，把信息传递给其他兄弟单位。秦汉明又告诉他，说处里人知道这事后，已有人寻思要结伴去你那儿买年猪了，估计还有亲朋好友要买的。

穆清一听，更兴奋。

村"两委"会是周二上午召开的。

经讨论决定，为了有效截断一切传播源，村上将继续加大对进出山路口的管控力度：①山外的猪贩子及屠户不得踏进日月山地界；②日月山的猪，只能由山里人自己宰杀，且猪肉只准出，不准进；③山里的刀子匠工作范围只限于山内，不准出山作业。

穆清说："只要我们管控好了，咱日月山的生猪就是安全的。安全才说得起硬话，才不愁销路。"然后，穆清又说了自己的想法。

赵一民也说："是啊，打铁还得要本身硬才行，如果我们的猪不正宗，流出去了不是害人吗？货不斗硬，我们还不如把它埋了呢，所以，诚信永远是我们日月山人做人的根本。也是穆书记帮我们做这单生意的前提，所以，大家马虎不得！"

大家都点头称是，说这是好上加好的大好事——既让山里依旧是净土一块，又让我们的安全猪，安全地销售出去了，更让山外的人们都吃上了放心肉。

后来，为了安全销售起见，日月山村委又在山外，设立了一个猪肉中转站。日月山的猪肉，由专车、专人送到中转站后，再完成与消费者的诚信交易。当然，特殊时期，特殊处理，这种方式大家都能充分理解。

所以，日月山的猪肉，几乎被各大单位职工订购一空，成供不应求之势，到年前为止，已基本售罄。

日月山的生猪养殖大户和村民不但未受非洲猪瘟影响，还都稳赚了一把。

另外，因为猪肉市场的不景气，羊肉价格也一路飙升。去年卖12元一斤的活羊，年底卖到19元一斤。一只羊比去年多卖了近1000元。大树梁的老孙头一算账，竟比去年多赚了几万块钱。他心里自然也乐开了花，不住地念叨秦汉明的好，还笑称他是一方神人。

至于其他养羊人呢，养得多的，便赚得多，养得少的，也稍赚了一点。不过，大家都尝到了养殖的甜头。

当然，高登峰因为磨蹭，养晚了些，没赶上这等好事。但他不急，他说或许好事情还在后头呢。村里的人就笑他自我解嘲。他却不予理会，只管一心一意地伺候他那几十只羊，像伺候自己的孩子一样上心。

立春

一

待到草长莺飞、杨柳又吐翠时，李长海的公司终于办起来了。

除了工艺设计室、办公室、质检室、财务室、厂长办公室外，编织车间、架子车间、棕绳车间、青藤贮存车间、喷漆车间、展厅等都一应俱全，另外还建有数间民工宿舍。

公司还在筹建中时，李长海就抽时间，在川陕两地遍访编织熟手，并以自己的诚恳和执着，将他们收在自己旗下。

厂房建好后，李长海开始广招匠人和学徒，不设年龄限制，只要村民愿意来，车间都会派师傅教授技术。对于生手，从入门开始培训，除了他自己讲解藤编技艺外，还请进专业编织师手把手授课。一般来说，年轻人两三天就能学会，年龄稍大一点的，一周左右也就上手了。

李长海的公司在村"两委"支持下，终于以"公司+农户"的模式正式启动。

工人的薪水发放分为月薪和计件两种方式。架子车间的工人，要参与工艺设计，为月薪制；编织车间的，属于多劳多得的计件制。

李长海很严谨，认为编织藤制品，看起来简单，其实很有讲究，比如，割藤的季节、藤条的粗细、浸泡时间的长短、编织时手上的力道等，都决定着藤制品的质量。所以李长海严格要求工人们认真对待每一道工序。

他说："一把藤椅从开料、弯料、组装、打磨，到编织、上漆，这些过程看似简单，却有着很多门道，每一步都有讲究。藤料选不好，表面容易起皱；弯料弯不到位，人坐上去不舒服；打磨不细致，容易扎手；编织不细腻，又影响美观……"

藤编厂的创办，让日月山村民实现了在家门口就能就业的梦想。

很多在外务工的村民，听说村里办了厂子，大多便辞工回了山。有20多人成了厂里的长期工。他们说，1个月收入三四千块钱，离家又近，既方便照顾父母、孩子，还能在家里干点农活，比在外地打工强多了。

随着村民们的陆续返乡，山里人气越来越高，逐渐恢复了往日的生机。

但春天的脸，说变就变，明明前一天还满眼里媚笑，可一到周末，就突然起了风。

起初还好，后来就飞沙走石，昏天黑地了。

因为村里事务多，还要核对台账和贫困户的信息，穆清周末仍就没能回城。

白岩山的慧珍嫂，是临近黄昏时，急急惶惶的跌进了村委会的，穆清一瞧她那神色，就预感到可能出事了。

赵一民给她倒了水，让她慢慢说。

那慧珍嫂哪顾得喝水，着急道："两位书记呀，登峰家的春燕不见了，一家人都急死了。你们快着人帮着去找找吧！"

原来，早上春燕依旧如往日一样，与白岩山的两个孩子结伴去放羊。哪知刚进山不久，就忽然变了天，起了狂风，几十只羊在风里惊慌失措，四下里逃散。将几个孩子也给冲散了。后来，另外两孩子被找着了，却不见了春燕。眼看着天就要黑尽，高登峰一家着急得很，担心山里野兽多，孩子会遭遇不测。

慧珍嫂帮不上忙，便下山向村委求助来了。

穆清、赵一民听了，忙在村村响上，通知村里的壮劳力都到村委会集合。

长海知道后，也忙带着厂子里的工人赶过来了。

那一夜，村"两委"组织几十个人举着火把，在山里找寻了一夜，也没找着春燕。王翠兰一时气急攻心，晕了过去。

第二天，天晴了。

为了寻春燕，李长海的编织厂还专门放假一天。早上，大家正要进山时，高登峰突然看见一只麋鹿跳跃而来，嘴里呜呜地叫着，扯着他的衣袖直往山里奔。

就在那日，穆清终于看见那传闻中的麋鹿了。

村民们觉得稀奇，赶紧随了同去。穆清和赵一民自然也跟去了。只见那麋鹿径直将他们带到一块岩石下，岩石下有一块草坪，春燕正躺在上面，身下铺着一层薄茅草，有两只麋鹿守在一旁。众人细看，地上还有挪到过的痕迹，便一下子什么都明白了。

高登峰以为春燕出事了，急得大叫，结果这一叫，便把春燕给吵醒了。

春燕告诉父亲，自己从山上跌了一跤后，就与大家失散了，是几只麋鹿救了她。

高登峰背着女儿离开时，三只麋鹿跟着送了很远，直到人们走出密林，才悄然隐去。

那样的送别场景，同样让穆清既震撼又哽咽。竟忽然记起自己初到日月山时，做过的那个梦来。

后来，这事自然是一传十，十传百，但凡这山上的人，便都知道春燕被麋鹿所救的事了。

那件事之后，高登峰就彻底封了自己的猎枪。

就连村上的其他猎户，也不再伤生了。

后来，高登峰除了养羊，就是巡山、护山。

再后来，在他的影响下，日月山村民征得村委同意，还自发组织成立了一个巡山队，定时巡视山林，专门保护山里的野生动物资源，也坚决杜绝山外猎户逾境入山。

## 二

漫山桐花又开时，从干湾到秦家坝的通村路正式开工了。

同时开工的，还有秦家坝到桃花沟的联网路。
　　一东一西两个齐头并进的施工队，都是政府统一招的标。招标时，镇上特别谨慎，考虑到施工难度大，所以对投标公司的要求极其严苛。除了看资质、信誉，看资金，更重要的还看对方的报价，是否最接近于他们自己勘测设计做出来的预算。因为报价太高太低都有问题。报价太低，说明对方对路段根本不了解。而报价太高，又属漫天要价。
　　还好，两个中标的施工队都名副其实，除了信誉好、资金雄厚，基本上都是机械化操作，包括钻炮眼儿。
　　天气好时，工程进展还算顺利。
　　但春天雨水多，一到下雨，施工就困难了。通村路这边，因是黄泥路，坡又陡，挖机常在半山腰就给绊住了，上不去也下不来，便只有停工。另外，路两边岩石因施工挖松后，塌方地段偏多。一塌方，就把路给堵了，既危险，又背工费力，还延误工期。
　　联网路那边，几条河流是拦路虎，施工队怕夏天发大水，便定下先修桥、再修路的方案。所以，于他们来说，时间便更紧迫了。
　　亚雪老师初次上日月山，也就在这万物生长的春天。
　　陪她同来的还有冯馆长，两人在干湾下了车，凌紫叶过去接的。因为修路，摩托过不了，三人便只有步行。
　　紫叶看他们行进艰难，心里很是愧疚。
　　冯馆长反安慰她道："已经够好的了，当初我来的时候，从向阳坡就开始跋呢，可比现在恼火多了。"
　　"这么说，这发展还是够快的了？"亚雪老师忍不住问道。
　　"对，够快的，有路也有了车。你看，下边公路沿线的脆李树，还有挂了果的呢。另外，再过几个月，这路就通到秦家坝了……"冯馆长欣慰地说。
　　"嗯，下次再来，这路也就建好了。"亚雪老师也笑道。
　　紫叶笑笑，她想说：其实，这只是最基本的变化，还有好多变化，是您老所不知道的呢。但她又觉得那样表述，难免有些夸耀的味道，便将要说的话又咽了回去。

只笑道："对，下次你们上来，我找车接你们去。"

妇女们听说村里来了位剪纸大师，还要给大家授课，都特别好奇。开课那天，除了李长海妈妈生病不能来外，该来的几乎全来了。

让大家吃惊的是，那亚雪老师除了人生得美外，从她那樱桃小嘴里连珠一样涌出的，都是些新鲜的观点、稀奇的想法。就连她那双巧手，也似具有了神奇的魔力，一张张寻常的纸，一到她的剪刀下，就快速地幻化成了各种栩栩如生的物件、景致。日月山的女人们边看，边不住地惊叹。总之，亚雪老师的剪纸课，轻易地将她们带到了另一个神奇的世界。

亚雪老师边示范边说："大家可别小看了这剪纸，这可是最接近我们生活的艺术品。以前我们只知道剪些来装饰自己的房间，其实好的剪纸作品，并不逊色于油画、国画、版画和书法艺术等。它们既高雅又漂亮，同样可以作为礼品、作为艺术品去出售……"女人们听着听着，才觉得自己以前的世界太小，小到只懂穿衣吃饭、种田喂猪，也小到只在乎自家那一亩三分地的收成，谁也没想过会和艺术搭上边。可以说，听得多了，心里自然就有了些想法。

而更让她们大开眼界的，还是亚雪老师的剪纸成就。

冯馆长介绍："近年来亚雪老师的作品，多次参加成都国际非遗节、中国国际文化博览交易会以及熊猫秀全球巡展等国际国内展会。许多剪纸作品除遍及全国各地，还畅销10多个国家呢。其优秀作品先后被中国成都国际非遗博览园、浙西南革命根据地纪念馆、中宣部以及中国残联等部门收藏。其公司的'产业扶贫车间'还免费传授剪纸技艺，先后培训贫困妇女、低保户、精准贫困户及残疾人7000余人次，不但传承、弘扬了非物质文化，还通过线上线下销售，为剪纸艺人们带去了可观的经济效应……"

通过冯馆长一番介绍，日月山的女人们便对亚雪老师无限仰慕，也才知道剪纸艺术竟有那么好的前景。

穆清在培训结束会上，感慨地发言道："亚雪老师和冯馆长明知日月山条件艰苦，却还是不辞辛劳，跋山涉水而来，义务为我们开班授课，这既是我们的荣幸，也令我们万分感动。也可以说，这次授课，将是日月山村史上极具纪念意义的大事件。从此，日月的山剪纸，可能将不再是自娱自乐，仅囿于一家之用的小玩意，而应该是关注生活，有意义、有内涵、接地气，由家庭走向市场的大作品！而只要用心钻研，我们每个人也都可能成为剪纸艺人、甚至剪纸艺术家！"

穆清的话引来了阵阵掌声。

亚雪老师在观看了大家现场剪纸后，觉得日月山就是一块盛产剪纸的沃土，便与穆清、赵一民商量，想将日月山纳入她的剪纸基地。

两人一听，觉得这是大好事，还求之不得，便欣然应允了。

紫叶自然成了"日月山剪纸基地"的负责人。

村里为此，还专门提供了一间大工作室，供日月山的剪纸爱好者使用。

## 三

"四月八，采银花"，集体经济园里，金银花今年不但大片开花了，而且开得繁盛。

小满前后，是采收加工金银花的大忙季节。

在任东风的有序组织下，村民们每日清晨5点就进园，赶在日出前，采收完所有含苞待放的花苞。因为日出后，花蕾一旦咧嘴，采摘的银花产量就不高、质量也不好了。

花采回后，日月山没有平整的坝子晾晒，任东风就想了一办法，将银花撒在纱筐或麦秸箔上，置于通风向阳处。八成干后方翻动，直到完全干燥，才储藏待售。

这样的工序每天都在重复，直到金银花开尽、收完，再晒干。

金银花外销时，任东风与班子成员商量，让"银花一号"基地回收300多公斤后，自己特意留下200公斤，想尝试一下网上销售。因为山里网络还是不好，在穆清建议下，任东风就直接将它上到了县里的电商平台上销售。

没想到，不到一个星期，金银花就全部售罄。价钱还在基地回收价的基础上，每公斤多出了三元五毛，这样总价也就多出了好几百元。

任东风一核算，金银花第一年开花收入就将近7万元。

当他在村民大会上公布这个数据时，会场一下沸腾了。

此时，日月山暖风微醺，天高云淡。

经信局蒋局长上山时，已是两天之后了。同来的还有铁塔公司和电信公司负责人。他们都是为建无限基站而来。

蒋局长告诉穆清："为彻底解决这里手机信号和无线上网的问题，日月山被纳入了第四批国家普服无线基站的项目建设。"

穆清很激动，知道这无线普服基站一建，网络就基本上全覆盖了，也就等于打通了精准扶贫的最后一公里。

赵一民一听却懵了，不知道这基站和以前建的基站都有些啥区别。

任东风小声解释道："简单地说，这无线基站是管手机信号、无线上网的。无线基站一旦建立，农村宽带发展的瓶颈就得以彻底突破了，我们就可以建立村电商服务点，村民还能自己开网店了。"

这一说，赵一民便恍然大悟。

后来通过勘测，无线基站就选址在秦家坝背后的干石梁上。

通村路、联网路要监管质量、督促进度；无线基站的建立要调解占地纠纷；贫困村要退出，有一摊子资料要做；还别说入户排查，找漏补缺，把该做好又没做好的工作补上去了。总之，各种工作挤到了一块儿，穆清和村"两委"忙得不可开交。

等到藤编公司迎来第一波客人时，穆清接到李长海的电话，才意识到一晃就到五月末了。

客人是在长海的朋友介绍下，前来看产品的。

穆清和村委几个人过去时，李长海正领着客人们往他的编织车间去。

编织车间里，一片忙碌，工人们正熟练地编织着各种藤制品。一根根藤条在他们指尖上下飞舞。不时便有别致精巧的工艺品"新鲜出炉"。再经打磨、上漆、火燎后，往成品车间里一放，就成了让人爱不释手的工艺品了。

成品车间里，弥漫着藤条的清香。除了造型精巧别致的藤桌、藤沙发、藤椅等大宗产品，均摆放有序外，还有筐、篮、盒、箱以及花架、书架乃至全套客厅、书房家具，玲珑剔透，古雅而不乏时代新意。

别说客人，连穆清看了，都大开了眼界。

他没想到这藤编进度如此的神速,更没想到传统的技术遇上现代工艺时,竟又会催生出如此精致亮眼又品类繁多的艺术品。

李长海详细地为客人介绍了他创办藤制品公司的初心,他说:"藤制家具除了无污染,为纯环保家具外,防蛀虫,吸湿吸热的能力也强,更不易变形和开裂,经久耐用,是很好的居家产品……"

在村"两委"的促成下,客人们反复考察后,一位重庆籍客人当即签下了两万多块钱的单。陪同他前来的另外两位,也签了几笔上千元的订单。

藤编公司开张大吉,穆清心中欣慰,先前的种种顾虑,消去了一大半。

客人走后,大家又探讨了如何拓展销路的问题。还特别提到因为修路,可能导致产品滞销的现实。

穆清说:"长海,这修路本是好事,可目前村子东西两头都同时动工了,你这藤编公司就不可避免地要受些影响了。"

"是啊,这两边一堵,这些产品也就堵在这山里了。"赵一民说。

"只是人家刚刚订的货,公司能不能按时完工?还有眼下这情形,又能不能按时送出去?这恐怕都是你要设想到的哦。"穆清说。

"你又是刚做生意,这'诚信'二字最重要。"赵一民提醒道。

"所以,如果产品已足够多,我们就要在毛坯路没硬化前,将产品拉出去才行,否则这路一铺,想动都动不了了。"穆清说。

这一说,李长海才意识到,这销售不光是要跑销路,还要针对特殊情形制定备用方案才行。

穆清又建议他,眼界要高,市场拓展不能单局限在朋友圈。他说:"只有打开大众销售市场,藤编厂才会有蓬勃的生命力。"

任东风也说:"现在人们条件好了,都追求高品质的生活,那什么是高品质呢?可能首先就要求环保无公害吧?可目前很多板式家具都是带污染的,比如甲醛、氨、苯、TVOC(总挥发性有机化合物)等挥发性有机气体,对人体伤害都特大,而你这才是纯天然的环保产品,光这一点,就可成为首选,我们还不说造型好不好,工艺精不精了。"

"嗯,东风分析得到位。你得拿这产品主动向城市进军!"雷达赞同道。

其实，雷达的这观点，也正是穆清想要表达的。

穆清说："那么多的厂子，为啥都有门店？因为只有生产、销售齐头并进，公司、企业才会立于不败之地嘛。那为啥又都要找个位置好的门店呢？是因为酒好也怕巷子深呢，我们这深山老林，怕是比巷子还深得多哟！"

李长海以前是在公司里是做产品设计的，对销售这块还缺少经验。穆清这一说，才点醒了他。

经过一番深思后，李长海决定先将产品引入云水县城，并委托穆清帮他找一处好地段的门面。

穆清又将这事托给了表弟王志华。

## 四

通村路愈往高处走，施工难度便愈大。

从李家嘴往上几公里的地段，不但狭窄，还两边都是悬崖。施工时，挖机师傅小心翼翼，生怕一不小心坠入了深涧之中。施工负责人及村上监管安全与质量的雷达和张少华，也都提心吊胆，不敢擅离寸步，怕稍有差池即酿成事故。

还好，施工进展较顺利。

道路硬化拉混凝土时，车子在其他路上可以拉一整车，但在这条路上，只能拉半车，甚至小半车。因为混凝土是流动的，坡度太陡，拉多了的话，车中的混凝土就会往后流失掉，造成材料浪费。另外车尾太重，车头还容易翘起来，酿成事故。更让人提心吊胆的是，工程车在往外倒材料时，一不留心，车子还可能刹不住，会滑到岩下去。

夏天起大水的时候，联网路段河上的桥，已全部完工，工程队开始着手拓宽路基了。

又过了几天，王志华给穆清回电话，说门面位置相好了，就在诺水广场最好的地段，只等他回城亲自看了再做定夺。

穆清将话又转告给了李长海，让他周末抽点时间，自己跟他下城去考察一下。

李长海答应了。

在下城的路上，穆清突然接到一个电话。

对方在确认是他后，做了个自我介绍，说他是"壁州创谷"工作人员，"壁州创谷"开园在即，诚邀日月山李长海先生的藤编公司入驻创谷，希望他能促成此事。

穆清拍了拍李长海，将电话开成免提，穆清又询问了些有关"壁州创谷"的事，好让李长海也听一听。

李长海却听得懵懵懂懂，疑惑道："穆书记，什么是'创谷'？'创谷'是干啥的？"

穆清与任东风去年进城，了解赶街网时，就听说县里正在着手筹建创谷产业园一事，只是没想到进展会如此神速。于是穆清告诉李长海说："自浙江遂昌牵手云水后，在云水大力实施电商扶贫。'壁州创谷'就是在这种背景下，由县政府倾力打造的国家级综合性电商产业园，是集旅游、电商、城市规划、农业、创业、文化等多元素一体的一站式服务电商产业园区。营运体系还有旅游集散中心、农产品展示销售中心、城市展览推进中心和民俗文化文创中心。这个平台就是专注于为各类企业服务，共同致力于云水的整体发展的……"

"我们公司基地在日月山，工人在日月山，入驻创谷没啥意思吧？"李长海不以为然道。

"长海，这你就没明白了，不是要你把公司都搬过去，说白了，那就是创谷产业园为你们这些企业专设的一个产品集中展示和销售的中心。"穆清想了想，又解释，"比如，我们不是要找门店吗？其实，入驻创谷，这就是你要找的最理想门店。这样，你就可以通过园区提供的各种优质服务，更好地多渠道地把产品推向市场，而且，人家刚才也说了，为了引进资源，人家还提供给商家三年免房租的门面。你看，这么好的优惠，上哪找去？"

"那我们还去看您托人给联系的门面吗？"

"两处都看看吧，做个比较再说。"

两人先去了广场，王志华早候在那了。他带着两人去看了预计租用的门面的位置、格局、大小后，三人又一起去了壁州创谷。一了解，他们才知道创谷电商园的规模，比他们想象的还要大，目前已有40多家公司进驻，其中电商企业就有21

家。还了解到，李长海的藤编公司之所以被邀请，是因为前段时间，沈书记和张县长在创谷调研时，特别向他们推荐过长海的公司，也希望通过网络平台，真正帮到这个创业的年轻人。

李长海很是感动，便毅然选择了携产品入驻"壁州创谷"。

五

通过协商，联网路开始硬化，是在李长海的最新的一批产品拉出山后。

原以为与通村路比较起来，联网路的硬化要容易得多，哪想到就因为等李长海的最后一车产品出山，被耽误了好些时日，也错过了最佳硬化时机。到联网路硬化时，全县的道路建设已全面铺开了。开工的路段很多。哪里修路，哪里就会堵车。联网路拉材料得走长风倒荣安那边，而从长风到荣安有一段村道路，也正好施工，一遇下雨，路上就稀泥烂滑，还频频塌方。有时，拉一车料，在那条路上要陷好几天都出不来。施工队等不到材料，只有干着急。

这日，穆清和老胡正在联网路上查看进度，忽然接到了秦汉明打过来的电话。他告诉穆清："刘书记、孟镇长在东西部扶贫协作中，争取到了一个300多万的道路建设项目。嘿，要是把这项目放到日月山，那你们村的交通问题就基本上得到解决了，你们可以去争取一下。"

"秦处长，这是什么时候的事？"穆清问。

"昨天下午才定的，我和宋处长也是刚刚才知道。"秦汉明回答。

穆清想了想说："哦，估计难。因为2019年脱贫的村，除了日月山，还有个玉屏村。而玉屏村在大公路沿线，我们却在大山深处，太掉角了，若从受外界关注度的角度来讲，日月山自然是比不上玉屏村的。如果刘书记、孟镇长稍稍有点私心的话，就极有可能会把项目放在玉屏村，因为一来呢，这可以做为一个面子工程，去展现政府工作的业绩，另外施工条件也简单，能减少政府自投的投资资本。"

"话是那么说，但，这也不一定呢。从上次刘书记为你们力争通村路项目的举动看，他们不是那么浅薄虚荣的人，可能还是会考虑得更多也更远些吧。"秦汉明分析道。

其实，穆清心里是认可秦汉明的观点的。

依他对他们的了解，觉得他们也完全有可能将项目放在日月山，但转念一想，又认为放在玉屏村的可能性，还是要大一些。

一旁的老胡也觉得这其中的变数极大。

穆清想了一下，忙给雷达打电话，问他在哪？雷达说在青树垭。穆清又问："摩托车能开到秦家坝吗？"雷达说："可以。"穆清就让他迅速赶到村委会，说村上有要事，他和赵一民在那等他。

穆清这边又跟老胡交代了几句，就急急忙忙往秦家坝去了。

雷达车速快，到秦家坝后，见穆清未到，就又赶到联网路上来接。

穆清把情况与赵一民和雷达说了，征求他俩的意见。

赵一民和雷达意见差不多，都认为照常理推测，日月山无论如何是争不过玉屏村的。毕竟日月山太偏，就是基础设施搞再好，哪个又能看得到？况且玉屏还是刘书记包的点呐。

"可解决村民出行难的问题，这才是最根本的呀？"穆清说。

两人便沉默着，不再说话。

穆清斟酌了一下，忽然做了个决定，觉得既然提早知道了这个信息，就不妨变被动为主动，前去争取一下，这可能也是秦汉明打电话给他的本意。

赵一民和雷达一听，都支持他。

赵一民说："雷主任陪着穆书记一起去，不管结果如何，尽了力就问心无愧了。"

这也是穆清的意思。

两人骑上摩托车，一路疾驰，赶到镇政府大门口时，见刘书记、孟镇长的办公室门都开着，就知道他们回来了。

两人到孟镇长办公室门口一看，孟镇长不在。他们就又往里边的刘书记处去。两人还没到门口就听到刘书记办公室里面的说话声，好像也在提项目的事，其间还有孟镇长的声音，只是声音小，听不大清楚。两人敲了敲半掩的门，刘书记说了声"请进"。

两人推门一看，屋子里除了刘书记和孟镇长外，还坐着玉屏村的书记、主任呢，原来他们已先他们而到了。

穆清心里忐忑着。

房内人一看是他们，也颇吃了一惊。

"哦，今天热闹了。日月山那么远，我们才前脚回，你们就后脚到了？"刘书记笑道，又朝热水器那边一指，说，"你们自己倒水，自己找位置坐。"

"嘿嘿，比起玉屏村的书记和主任，我们可就晚多了。"穆清朝玉屏村的书记、主任打了个招呼后，玩笑道。

这话说得一屋子的人，都忍不住笑了起来。

"我就奇怪了哈，你们是不是都长了顺风耳啊，咋就那么灵呢？"孟镇长还是去接了几杯水，边往外递，边笑道。

大家就又是一笑。

"既然大家都来了，目的也很清楚，就是都想把项目往自己的村争嘛，但你们都得有个思想准备哦，因为这项目只有5.6公里，上面在给时，就明确过它只能放在一个村。"刘书记说，"不过呢，你们还是可以各自陈述一下自己的理由。"

"我们明人不说暗话了，得事先做个说明，"孟镇长说着，看看大家，又转头看了看刘书记，笑道，"我和刘书记去要这个项目时，本就是带有针对性、指向性的，既要来了，要改变初衷，可能也就很难，所以，到时，没争取到的村，也就要请你们谅解了。"

两位领导这一说，两个村的人，就更不知他们心里的想法了，但谁都不想放弃。

于是，玉屏村的书记和穆清，各用了几分钟，分别陈述了将项目放到自己村的理由。最后，玉屏村的书记还特地描绘了一幅项目完善后，村子所呈现出的诱人前景的画卷来。

待两个村的书记阐释完毕，刘书记和孟镇长便去了里间。

外面坐着的四个人，虽然表面都淡定，心里却直打鼓。

待刘书记和孟镇长出来，又重新坐下时，四个人就更屏声敛气了。

"各位今天能来，我和孟镇长都高兴，说明大家都很在乎自己村的发展，不过，"刘书记停了停，又道，"我们又反复权衡了一下，还是决定不改初衷，将这个项目仍旧放到日月山村吧。因为两个村比较起来，那里的基础设施更落后，村民出行更艰难。说实话，我们要项目，也正是冲着这点去的。玉屏村条件较好，又在大公路沿线，所以也就请书记、主任理解了，下次有好事，我们一定优先考虑你们，如何？"

刘书记一说完，大家都鼓起掌来。

玉屏村的书记感慨道："两位领导，这决定我们服，日月山情况本就特殊，确实比我们更需要扶持。所以，不管这项目放在哪，我们都支持！"

穆清和雷达就更激动了，没想到会是这个结局，除了感谢两位领导外，也由衷地感谢玉屏村书记、主任的通达。

待玉屏村的书记、主任走后，刘书记、孟镇长询问穆清、雷达的意见："如何有效使用这个5.6公里的项目？"几人合计了一番，初步达成共识，决定分别在尖嘴岭、铜钵山、簸箕石几个社各建一段产业路，这样一举几得，既方便了将来产品外销，又解决了幅员辽阔、村民出行艰难的问题。

但在回村路上，穆清总觉得心里欠欠的，像是遗忘了什么似的，但遗忘了什么，一时又想不起来。

他把这感觉对雷达说了。

雷达想了想，才说："我知道，你一定是觉得自己忘了'盖岭河'那地方呗，想着要把它与外界接通。"

"哦，对对对。你既记得，咋不提醒我？"穆清责怪道。

"我在想，这产业路也同样重要啊，只要日月山富了，就什么事都简单了，再说，接下来就是乡村振兴，一定有更多机会的。"

穆清觉得雷达说得也在理，搞好基础设施建设，本就是乡村振兴的前提。他很欣慰，雷达成熟了。

两人达成共识，把接通盖岭河碗厂遗址到大公路环线的路留到下一步去，而碗厂陶窑的恢复，也将被列入乡村振兴的重中之重。

## 六

  日月山的"4G"无线普服基站终于建成，网络覆盖了全村。
  村"两委"成员在一用户家中，现场观看了电信人员操作 IPTV 运行情况时，很是新奇。
  电信员工介绍："基站的建立，不仅方便了村民看电视，还为我们的办公和生活都提供了方便，比如，不再有手机没信号、电脑没网的情况出现了。"
  穆清一听，拍着任东风的肩，欣慰道："这下你有得忙了，咱日月山的电商服务点，也可以建起来啰。"
  "是啊，以前看着其他村的农产品在网上销售，心里既痒痒又失落。现在好了，我们也要让电子商务成为日月山经济发展的'标配'！"任东风自信地笑道。
  接下来，任东风便带着鲁娟去了商务局，与"壁州创谷"电商平台对接相关事宜。
  第二天任东风打电话告诉穆清，说这次时机很好，正赶上全县建立电商物流体系，补设电商服务站点，日月山正好被纳入了。
  穆清将这消息转达给赵一民和雷达他们时，大家都特别兴奋。
  半个月后，在任东风和驻村队员们的忙碌下，日月山的电商服务点终于建起来了。
  任东风告诉大家："现在我们就可以通过渠道共享、跨界合作，完成网络代购、农副产品销售、物流货运、电子商务培训等众多功能了。"
  "那，可以帮村民开网店了吗？"赵一民问。
  "当然。"
  "那你们就先帮白岩山的阮慧珍开个网店，把她的火烧馍销售出去再说。"赵一民笑道。
  "好嘞，我们也正琢磨这事呢。"任东风想了想又道，"不过，目前两条路都还不通，物流车还没法到村委会这边收货，所以，这事可能要稍后才能进行。"
  "哦，莫关系，反正指日可待了！"赵一民竟忽然用了个"指日可待"的词语，大家先是一愣，随后就都笑了起来。

笑得赵一民有几分尴尬了，他便故作生气道："嘿嘿嘿，我说错了？还不'指日可待了'哈？见怪不怪呐！"

大家见他笑眯眯地走了，便又是一阵窃笑。

暑假期间，江山几人照例回了山里。

照例快乐地办起了他们的暑假班。只是队伍里又多了一位新人，那就是赵小雯。

校园里似乎比平日里更有生机了。

穆清看着生机盎然的校园，既欣慰，又有几分失落。他心想，要是平日里也像这样，多几位老师授课就好了。

其实，放假之前，他还专门去了趟中心校，说日月山师资太薄弱了，请求学校给日月山再配备些教师。

校长也很为难，说教师紧缺得很。

穆清说："这个编制是卡在你们学校的，分两个教师出去，还不你们学校说了算？"

校长说："可编制就这么些，我们也难啦。再说，你们那儿太远了，就是安排了，人家可能还扯皮，不乐意去呢！"

那日，从中心校出来，穆清心情就有几分沉重。

他回去对村委几个人说了，大家就都觉得难。

一日，有两个村民到村委会，找到赵一民和雷达，说他们是为孩子读书的事来的。

"怎么啦？"赵一民问。

两人沉默了好一会儿，才说："赵书记，村上教师太少了，且两个老师要教好几个年级，这都什么年代了，还办的这种复式班！"

雷达说："这不刚恢复吗？说实话，能办起来就不错了，凡事都得慢慢来，是吧？"

"唉，按说这孩子能在我们自个儿山里读书，我们该高兴才对，只是……"一个村民欲言又止。

"只是这老师能顾过来吗？又能保证质量吗？"另一村民忙着补充道。

"你们看哈，当初为把这学校办起来，大家可没少费神，"赵一民看看雷达，又看着两村民才说，"特别是穆书记，他一个外乡人，为的啥？跑了不少路，说了不少的话，才把它恢复起来了。我们的孩子，也才有了这块读书之地。你们也知道，现在好多村小都没了，看我们恢复了，也想恢复，可目前师资紧缺，这又哪是说恢复就恢复的呢？孩子成绩好，你们怕耽误了他们，这能理解，其实我们也怕。不过，正如雷主任说的，学校各方面条件要完善的话，还得一步一步来呢。"

"那下学期还是只有两位老师吗？"一个村民仍旧追问道。

"哦，为这个事，穆书记去找过上面了，说要等他们研究了才定得下来呢。"雷达在一旁忙接过话道。

"你们要相信，我们既然把它恢复起来了，就一定要让它越办越好的。"赵一民也补充道。

两位村民走后，雷达担心道："这是要转学的前奏呢。"

赵一民叹叹气说："这两家孩子的成绩都不错，家长还不是怕他们在咱这儿给耽误了。想想也是，村里设施、师资哪样比得上人家中心校嘛，所以，人家有想法也正常。"

雷达又说："嗯，平心而论，这老师确实也太少了，换着谁做家长，也是要担心的。要不等穆书记回来，再商量商量看咋办吧。"

赵一民无奈道："也只有这样了。"

屋内这番对话，恰巧被前来找父亲的江山听到了。她这才知道山里办学的艰难。

"爸，这要个老师来就那么难吗？"江山一步跨进去问。

"嘿，闺女你咋来了？"

"我忘拿钥匙了，回家取个东西。爸，我问你呢？"

赵一民这才把村小恢复办学前前后后的事，说与她听了。

"也就是说，若条件得不到改善的话，现有的学生就又可能流失啰？"江山问道。

"唉，道理上是这样。"赵一民深叹了一口气。

"哦，你们也太不容易了吧？"江山听完后，说。

离开的时候，江山有些闷闷不乐。

穆清回村后，两人便将村民找来的事告诉了他。

穆清说："其实他们就是不来，我们也早该想到了。"

赵一民和雷达听了穆清的话，都闭口不言了。

"想想这都21世纪了，还复式班呢？确实有弊病啊！"穆清看看两人沮丧的样子，又笑着打气道，"也不急，大不了我们再去磨是吧？"

## 七

百密一疏，非洲猪瘟还是蔓延到了云水县。

原来是邻县大河那边，有人在外地购买的仔猪有问题，回来感染了一大片。而又恰逢云水这边有个老百姓，不把禁令当回事，晚上偷偷从亲戚家捉了两只猪仔回去，结果云水与大河毗邻的那一带的全惹起了，形势严峻。

县里立马召开紧急会议，启动了应急机制：严格划定了疫点、疫区和受威胁区，开展追溯追踪调查。再就是组织专业人员，在疫点周围3公里范围内，扑杀所有生猪，并做无害化处理；对被污染或可能被污染的物品、交通工具、用具、猪舍、场地环境等进行彻底的清洗、消毒；毅然关闭生猪养殖场（户）、交易场所等，且进行彻底的消毒，并做流行病学调查和风险评估。另外，在疫区外围设立了检验检疫站和消毒站，控制动物运输车辆的移运，对出入人员和车辆进行严格消毒，禁止易感动物出入和相关产品调出。还组织开展全面排查，对疫情发生前至少一个月以来疫点生猪调运、猪只病死情况、饲养方式等进行核查并做好记录……

日月山背后的玉水河一带，就是受威胁区。驻村工作队和村社干部的心都提到了嗓子眼儿上了，不敢有半丝懈怠。他们工作做得更细、更扎实。除了召开村民大会外，还分散到各社，逐户走访。强调村民不得出村购买仔猪，不能从山外购买猪肉产品；坚决不用泔水喂猪，包括自家餐厨剩余物。要求尽可能封闭饲养生猪，比如建立围栏、围墙，与外界隔离，关好自己的大门，不让别人去你的猪圈，尤其是不能让生猪贩运户、兽医、屠户等这几类与生猪接触频繁的高危险人物进入栏舍；饲养人员还要尽量减少外出；场内不得饲养猫、狗、鸡等其他动物，并做好防鼠灭疫工作，还要经常清扫，消杀灭源。他们还教村民在生猪喂养过程中，注意观察猪儿拉不拉，焉不焉，皮肤红不红，如发现猪群异常、发病及死亡情况，要第一时间向村委报告等。

通过开会宣传、举例子说道理、走访排查，村民进一步知道非洲猪瘟的可怕：只要一家生猪有问题，全村都可能被感染。即便不病死，也要被捕杀，甚至活埋。所以大家都要严格遵守村里的规定。养殖大户杨兴平和杨兴培一家就更自律，从不轻易出门，就更别说下山了。

为了保险起见，村里一方面增派人员，分别在枫林坝和桃花沟设卡，继续加强进出山管控，严禁外来生猪和猪肉的流入。另一方面又与两个工程队交涉，为了减少感染源，村里重新为他们租用了主人整家外出了的民房，单独解决吃住问题，且约定工程完工之前，尽量不与村民的接触，也尽量不出山。确因特殊原因外出归队后，衣物得严格消毒。另外，工程队不得从山外采购菜蔬和肉食品，而是由村上派专人在村民家采购后，再单线联络，送货上门。

由于防控到位，日月山偏安一隅，未曾受到非洲猪瘟的影响。

一日，紫叶正在村委会协助办公，突然接到一个电话。

原来是亚雪老师打给她的。

亚雪老师告诉她，民政局最近推出了一个扶贫项目，就是要订购一批精美的"喜"字剪纸图案。她说对方原是要将这项目，放到她的扶贫车间的，但她觉得日月山剪纸能手多，也许更合适。她又笑问紫叶敢不敢接这单活，如果敢，就这么定了。

紫叶没反应过来，问亚雪老师："民政局要那干啥呀？"

亚雪老师笑道："下半年结婚的多，他们要把这'喜'字图案，赠送新人，作为结婚登记礼物。"

"那得多少份啊？"紫叶又问。

"预定的是 8000 份，或许实际要的还要多。如果反响不错，也可能后期还需要更多。"亚雪老师说。

"这么多？"紫叶吃惊道。

"你嫌多呀？人家是期望订单越大越好呢。"亚雪老师忍不住笑她，笑罢，又催道，"嘿，你要不要呢？不要我就放到其他地方了？"

她们的对话，被一旁的穆清和雷达听得一清二楚。

雷达忙在一旁小声提醒道："紫叶姐，多好的事呀，赶快答应了呀！"

紫叶又看看穆清。

穆清朝她直点头示意。紫叶便忙着答应了。

亚雪老师说："不过，人家要求挺高的哈，要精致小巧，别出心裁，还要有纪念和收藏意义。所以，你得先设计图案样品，等样品通过了才拿得到项目呢。"

待亚雪老师挂了电话，穆请才说："紫叶姐，机会来了，这是你们接的第一单生意，做好了，以后可能就有得钱挣了，加油！"

紫叶将绵绣、凤琴嫂，还有叶连生女人等几个手艺好的召到一起，共同研究图案的设计。通过博采众长、精心设计，一幅新颖、别致的设计图就成了。

紫叶将设计发过去让亚雪姐老师验收，亚雪老师看了，说非常喜欢。过了会儿，又回信息说图案小巧、精致，很受扶贫支助单位的青睐。

紫叶便将图案样品分享到了日月山剪纸群，也将亚雪老师托人带上山的纸张，分发给所有擅长剪纸的妇女，让她们拿回家去做，并约定日期回收成品。

又过了几日，紫叶专门下了一趟城，将回收的作品给亚雪老师送去。

紫叶看得出，亚雪老师翻看那一幅幅剪纸画时兴奋的神情。她啧啧称赞，说："这些剪纸不但色彩鲜明，柔和协调，还构图匀称，刀法娴熟，线条粗细也相宜，很是玲珑剔透。"

项目单位也很满意。

亚雪老师又带紫叶去银行，开了个专用账户，说方便以后业务往来。

账户上第一笔钱就是项目单位打过去的，当紫叶看到那笔5万多元的款项时，竟不敢相信是真的，更不敢相信这笔不菲的资金，就是日月山的女人们用一把把再普通不过的剪刀剪出来的。

她给亚雪老师打电话，说了自己的感觉。

亚雪老师在那头忍不住笑她："有啥不敢相信的，现在晓得你们自己的价值了嘛，告诉日月山的姐妹们，这不过是对大家劳动的一点嘉奖，以后会有更多这类机会的!"

紫叶回山后,向村委汇报了这事,大家都为她们高兴。

紫叶将钱分配给了日月山的众姐妹们,大家也都既兴奋又难以置信。

## 八

穆清和赵一民又去了趟中心校,还是提出希望下学期增派教师的请求。

校长说:"唉,难啦。现在的情况是,其他离乡镇远的村看你们恢复办学了,也在要求呢,而我们的教师就那么些,咋办?"

"那能不能向上面打报告,要求增加一些编制呢?"穆清问。

"增加?县里教师也紧缺呀,我们这穷县,孩子们考出去了,多不愿回来,外边的老师又不愿进来,咋办?几乎年年招考教师,但都招不满的呢。"校长叫苦道。

后来,两人又向校长求了会儿情。校长虽勉强答应想办法,但态度还是有些模糊。

穆清和赵一民觉得这事不太乐观,一路回山,两人都有些颓唐。

暑假班提早结束了。

因为江山、叶朵今年都毕业了,要为各自工作的事奔忙。

当然,建文例外,因是免费师范生,毕业后,他自然是回到市里来教书。

赵一民问过江山,江山说,也想同建文一样,回来当老师。

"你不是要考研吗?咋就变了呢?"赵一民奇怪道。

"我想先找份工作再说呢。"江山说。

"那也行吧。"赵一民一向都尊重女儿的意愿。

"额,对了,那父亲大人,您是希望我当中学老师呢,还是小学老师啊?"江山问道。

"我女儿那么优秀,自然是做中学老师了,要不,就去报考县中吧。"赵一民说。

"那我……想想吧。"江山说着进了自己的房里。

赵一民忽然觉得女儿有些奇怪，不像平日里处事那么果敢。

8月中旬，通村路终于竣工了。

日月山的第一辆车，终于被冯明春开到了秦家坝。人们欢呼不已。冯明春说："要是再上双河口，也就是1个小时左右的事了。"

为了方便工作，任东风买了第一辆私家车。

李长海的厂子里，也添了一辆皮卡。

裴亮听说日月山路通了，还特地开车去了一趟。只是这次他那车子刚进沟，还在二里坝，就见日月山雾气氤氲，而日月山的通村路，就像一卦隐约飘逸的玉带，从山脚缠缠绕绕、飘飘荡荡，直绕到高不可见的山顶去了。这道雄奇险峻又云遮雾绕的自然景观，令他唏嘘不已。

后来，他见到穆清，第一句话就说："哎，你们那绕上山梁的通村路，九曲回旋呀！简直就是一条名副其实的'天路'！"

"巧了，大家都这样说呢。这样，就冲你这见地，我们争取把它打造成电影、电视剧拍摄的外景地。"穆清玩笑道。

旁边的人，都忍不住笑了起来。

后来，人们就真把日月山这条曲曲折折、时隐时现的通村路，命名为"天路"，还笑称穆清是把脱贫路修上了"云端"的书记。

产业路动工，是在通村路完工之后。

村"两委"仔细琢磨后，将以前的计划做了些微调整。

除了预计修通尖嘴岭鱼塘、簸箕石、铜钵山产业园外，还匀出一段路，放到了日月山东北角上，欲接通龙头寨，与三个村联合打造的"脆李产业园"连线成片。

项目资金到了位，工程进度自然就快。

联网路通的时候，日月山举村欢庆。

因为从桃花沟出去，就到了荣安至玉水河的环线路上。向南可直下云水县城，比走青树垭绕道双河口，足足缩短行程50多公里，而倒右即进入玉水河风景区，再往前就是米仓古道，北上又可直跨陕西，下能曲通有名5A级景区芸熙山。

可以说，联网路的打通，真正对接了外界，解决了日月山村民的出境问题。

电商服务点，也无障碍运行起来了。

大家先着手帮杨九红开了第一家网店。

电商服务人员上门服务，为杨九红的"日月山土鸡"拍照、上架。杨九红收到订单后，打包好货物。电商服务点工作人员再上门收货，将货物发往全国各地。

接下来，慧珍嫂开一家"日月山火烧馍"网店。郭秀珍家也开起了蔬菜面作坊，试着先在县域内推广销售。

接着是日月山的椴木银耳、黑耳、巴山黄羊，罗永国、冯来家的黄精、天麻、丹参、瓜蒌等，也由网上源源不断地销往了外地。

特别是有名的日月山土豆，以前因离乡场太远，又道路不通，村民背到街上后，又卖不起价。所以，土豆滞销，家家户户堆积如山，最后，烂的烂，扔的扔，大多数家庭就只能用来喂猪。现在好了，通过网上一宣传，扶贫县长再亲自为它代言，日月山的原生态土豆竟成了畅销农产品，也成了沿海一带人们餐桌上的抢手菜。土豆的成功销售，为日月山带来了巨大的经济效应，而每个种植家庭，都成了这效应的受惠者。

同样，李长海的藤编工艺品，在线上线下都大受消费者青睐。

八月底，孟镇长打电话给穆清，让他通知李长海，说九月初省里有个工艺美术品展销会，在成都举办，是展示千山藤编公司实力的最好平台，因名额紧缺，他们已率先给他报了名，希望他能前往参展。

孟镇长说完，又问穆清，还有啥不明白吗？

穆清疑惑道："孟镇长，到省里啊？这么远的路，那货咋过去？要找多大的车哟？"

孟镇长说："车的事暂不急，你先通知他，问问他的意见。若是一定要去，我们就计划一下，到时政府出面，找车帮他把货拉过去。回来时，再拉一车果苗，不就两全其美，来回都不跑空路了？"

穆清了解李长海，觉得这是天底下最好不过的事了，他是没有理由犹豫的。

与李长海协商好参展的事后，穆清给孟镇长回了话，然后又与任东风去了趟双河口中心校。

校长说:"穆书记你放心,我们要求增编的申请已递上去了,前些日,我还去问过,局里已答应调编,解决我们从教人员编制不足的问题。估计到时候,再给你们增派一个人,还是没问题的。"

两人一听,心才稍稍定了些。

立秋

一

冯明春以前许过诺，要是日月山的路通了，他要做的第一件事，就是无论何时何地，都将义无反顾地肩负起一桩重任——免费接送为日月山的孩子们传道受业解惑的老师。

八月三十一日，冯明春开始践行诺言，一早就开车去双河口，把日月山的两位老师接到了秦家坝。

九月一日，学校开始报名。可中心校增派老师的事，杳无音信。

穆清和赵一民有些着急，又派周扬帆去学校打听一下情况。周扬帆回来说，情况不乐观。

穆清觉得时间过得特慢，在这焦急的等待中，他无数次检查自己的手机，怕开成了静音，把重要电话漏掉了。

直到九月二日晚上，穆清还是没接到任何电话。

赵一民回家吃了个饭，然后，又赶过来陪穆清聊天，打发时光。

"赵书记，江山的工作咋解决的？"穆清问道。

"唉，说是要参加教师招考，也不知咋样了，也没回个电话。"赵一民有几分担忧道。

"放心，她那么优秀，又懂事，不会让您失望的。"穆清安慰道。

"唉，这孩子大了，有事都装在心里呢，这不，都出去好几天了。"赵一民说。

"没事，孩子们有他们自己的世界呢。前两天我还听老张说他家建文，还有叶朵都出去了。没准儿几孩子在一块儿呢。"穆清说。

赵一民想想，觉得穆清说得有道理，也就稍稍放宽了心。

只是直到晚上睡觉前，两人还是没等到期待的电话，都有些隐隐的失落。

但那个迟到的电话，还是打来了。

穆清怕是个不好的消息，接电话时，还略略犹豫了一下，他这个小神情被赵一民敏感地捕捉到了。

哪知接到电话，穆清兴奋得脸都红了，不停地回答"是是是，好好好的"。

"好消息呢，"穆清挂了电话，看着赵一民道，"校长说日月山运气好，县上本来调了编，可后来，竟有两三个年轻老师，主动要求上日月山来锻炼。现在，人已在中心校报了到，估计下午就过来了。"

"好啊，这下咋日月山师资雄厚了。"赵一民感叹着，又道，"那得赶快让明春去接呀，免得一些家长还在纠结。"

"算了，他还要跑客呢，这次还是我去一趟吧。"一旁的任东风笑道。

"我也去吧，从青树垭下去路太陡，还是小心些好。"老胡自告奋勇道。

"好好好，你俩着实小心些。"赵一民叮嘱道。

"老胡是老司机，谁都不放心，有职业病。"穆清看着离开的车，也笑道。

任东风和老胡走后，穆清和赵一民特兴奋。

他们都觉得日月山这么偏僻的地方，能有老师主动要求来，就冲这点，村里也该有一个欢迎仪式吧。二人与学校的两位老师商量后，决定就把欢迎仪式放在学校操场，除了学生参加外，还通知全体村社干部都参加。他们还吩咐鲁娟等人去筹备。

赵一民一边忙，还一边惦记着江山。

便又打电话给她，哪知响了两声后，就被挂断了。赵一民无奈地摇摇头。

"咋啦？"穆清过去问。

"这孩子，不接电话呢。"赵一民又摇摇头，道，"算了，不管她了。"

"我帮你打打。"穆清将电话拨了过去，也被挂了。

"可能真有事吧？没准一会儿就打过来了呢。"穆清安慰道。

任东风接人回来时，还在青树垭就打电话，说他们马上就到。

这时，雷达、张少华、紫叶早赶到了，连在产业路段包工的张文斌，听说有几位新老师来村上，也急着赶回来了。

任东风将车停在广场上，与老胡下了车，一脸诡秘地朝大家笑笑，正要去开车门，车门自己开了，出来的竟是建文，然后依次是叶朵和江山。

三人站成一列向大家打着招呼。

这场景来得太过突然了，连穆清都糊涂了，就更别说赵一民了。

赵一民转身叫住任东风，生气道："你小子，让你接的人呢？"

"人就在您面前呢。"任东风笑道。

"我们是叫你去接老师的，不是……"

"老爸，任文书没搞错，我们就是你们要接的人，意外吧？"江山一步跳到赵一民面前。

"是啊，叔叔，我们都回来啦！"叶朵也过来了。

"叔叔，我们在想，教别的孩子也是教，不如干脆回来教我们自己山里的孩子，所以就都回来了。"建文笑着解释道。

"好了好了，他们要回来，就依他们吧，哪里都一样。"这时，张文斌走过来打圆场道。

"你早就知道？"赵一民指着他们问张文斌。

"嗯，他曾征求过我的意见，说实话，我也反对过，可后来一想，他说得也有道理，哪里都是教书，回来也不是不行，就答应啰。"张文斌边说，又边把张建文叫过来，让他给他一民叔解释一下。

赵一民这才知道，建文在市里报到后，被县里聘了回来。后来，他无意中听江山说到日月山师资匮乏的情况，就想着回来支援家乡。江山和叶朵也动心了，两人便一不做二不休，考了特岗教师，然后申请回了日月山。

"爸，我知道，您本是希望我飞出这大山的，可没料到这飞出去的鸟儿，又回来了。可这不一样了，我们几个的心远着也高着呢。只是眼下，就想解咱日月山的燃眉之急，让山里的孩子也接受到好的教育。再说，等这儿的条件好了，将来有更多的老师来了，我们仨还是可以出去读研的呢。"江山见父亲没反应过来，也忙着来解释。

"对不起，爸，还不是想给你个惊喜嘛。"江山知道自己错了，低下了头。

"算了，回来也好，只是该像建文一样，总得先跟我们通个气吧？这样也好有个心理准备的。"赵一民总算缓过来了，责备江山道。

"好啦好啦，今天是日月山的好日子，我们的欢迎仪式马上开始！"穆清见赵一民松了口，忙笑着过来，边说边将江山拉到了叶朵、建文那里。

这边雷达、任东风会意，也过去拥着赵一民和张文斌向学校走去。

## 二

日月山来了好几个大学生的消息不胫而走。

附近村的好些孩子，都被送上来了。学校生源一下剧增。

李长海去省城之前，与穆清商量说，现在条件好了，离学校又近，便不好再让孩子拖累嫂子，想把秧子也接回山里来读书。

穆清应了。

只是脱贫验收在即，穆清脱不开身，便让李长海自己下城接秧子。

"穆书记，您都一个多月没回去了，要不也回去看看嫂子和孩子？"李长海试着说服穆清，"反正，我开车下去。"

"算了，还有好多事呢。"穆清想了想，又嘱咐李长海说，"哦，对了，你帮我和老胡带两套换洗衣服上来，估计这两个月都回不了家了，另外帮我给你嫂子说声'对不起'。"

李长海笑着应了。

第二天，秧子一下车，就吵着要先见穆叔叔。

李长海便带她来了村委会。穆清正在检查核实贫困户的明白卡。

"穆叔叔，您很忙吗？"秧子在爸爸的示意下，一头钻进了办公室，站在电脑旁，奶声奶气地问。

穆清被这声音吓了一跳，忙抬起头，才见是秧子站在面前，开心地笑道："哟，秧子回山啦！"说着，忙起身，将她抱在怀里。

"穆叔叔，你不回去看我们，不过，我来看您了。"秧子天真地说。

"好啊，我们的秧子懂事啰！"

穆清正逗秧子说话，李长海进来，将衣服和一大包装有泡面、饼干之类的零食的袋子放在了桌上，说："这都是嫂子带给您的。"

"你把衣服放那就行了，其他的都带回去，那是你嫂子买给秧子的。"穆清说。

"真是给您的，给秧子的我放车上了，嫂子说，这上面条件艰苦，你们又辛苦，饿了就将就着填填肚子。"李长海忙说。

"哦，抱怨我了吗？"穆清侧身小声地问。

"哪有？让您放心呢，说干好您自己的工作就行。"李长海又道，"对了，还有，您女儿娟子中考分数很高，这你是知道的。她让我告诉您，说您的敬业，也让她学会了自立和自强，还让您一如既往扎根日月山，再生根再发芽，再开出满山绚丽的花朵来呢！"

李长海一脸严肃地转述完，才哈哈大笑起来。

"还真是我的女儿，啊？"穆清听完，心情复杂地一笑。

秧子上一年级了，就在叶朵的班上。

李长海走后，穆清有空了，偶尔会把秧子接到村委会吃饭、作业。

时间一晃而去，李长海很快就从省城满载而归了。除了公司设计的"手工太师椅"在这次省工艺美术精品展中荣获银奖外，他还成功签下了数笔大订单。

大家都为他高兴，包括刘书记、孟镇长。

李长海回山后，不敢懈怠，立即着手筹划扩大公司规模，广招工人和业务员。

厂里一下子又进了20多个员工，除了本村的，还有来自玉屏、二里坝、向阳坡，甚至还有长风乡的桃花沟、土墙坝村的村民。李长海定了个原则：凡贫困户进厂，一律优先录用。

这个秋天，山里便又多了无数的赶山人。

九月十三日，星期五。

下午，孟镇长和他妻子突然上日月山来了。他们还从车上提下好几大包东西。

孟镇长的妻子李老师，大家都认识的，在一所中学教书，写得一手好字，随孟镇长来过山上好几次了。

李老师第一次来，是村委会刚搬过来时，她买了很多菜，在村委会的小厨房里，给大家做了一顿丰盛难忘的午餐。

上次来，因为村上贫困户的明白卡没填写完，还是她来帮忙完成的。

"李老师，又晕车了吧？"穆清知道李老师晕车，赶紧过去接过她手中的东西。

"没事，比走路强多了。"李老师理理额前的头发，笑道。

"李老师，来一次都要遭一次罪，辛苦啰！"赵一民说。

"赵书记，您言重了。"赵一民这一说，李老师反倒有几分不好意思起来。

"孟镇长、李老师，今天啥日子呀，又给我们送吃的啦？"雷达从办公室搬出几个凳子，边招呼大家坐，边笑道。

"都忘了？太废寝忘食了吧。"孟镇长笑道，"其实，我也差点忘了。"

这一说，大家互相看着，都懵了。

"你们呀，和老孟一样，都是浑浑噩噩过日子呢，告诉你们，今天都中秋节啦，全忘了吧？"李老师笑着说。

"哇，真忘了，真忘了！你们谁记得呀？"张少华笑着叫起来。

"时间过得可真快呀！"穆清感慨道。

"感谢嫂子，我们欢迎您多来哈！"任东风接话道。

"鲁娟呢，鲁娟咋当女人的，这都不记得了？"周扬帆也笑着揶揄起自己的搭档来。

"哎哎，你什么人呀，我记得嘞，但你过吗？咋过？又有空过吗？填表啦！录数据啦！走访啦！拉倒吧！"鲁娟毫不留情地回击了一番。

"嘿，也是啊，关键是人家赵书记也不知道呀，去哪里买月饼呢？"周扬帆笑道。

"好了好啦！别贫啦，晓得大家辛苦了，我和李老师今天就是专门来给大家过节的！"孟镇长说。

"哎呀呀，谢谢镇长，谢谢嫂子啰！"村委会的广场上，一片欢呼声。

## 三

刘书记也时不时就上了日月山。

有时是和孟镇长一起，有时是在玉屏村督促完工作后，单独上来的。

中秋之后，他和孟镇长就常在日月山安营扎寨，跟大家一起同甘共苦，起早贪黑。

除了督促产业路的进度和监管质量外，其他人下户时，他和孟镇就主要围绕"两不愁、三保障"，随机走访抽查，看水、看电、看电视、看网络、看住房、看卫生、看家里屯粮，看吃、看穿、看冰箱，也看衣柜，还看建档立卡贫困户说不说得清自己享受过的产业帮扶、生态扶贫以及各项教育扶贫政策等等。哪里有问题，哪些项目没达标，刘书记就记下来反馈回村委会，再责令村里对标补短，着力整改。

一日，穆清随刘书记、孟镇长从火焰沟排查回村，一路爬上了山梁时，已是夜里10点多了。

几个人正说话，刘书记手机突然响了。只听他接了电话，叫了声"妈"。

"我的儿呀，你在哪呀？"刘妈妈问道。

"妈，我在乡里呐。"刘书记回答。

"我的儿，你吃晚饭了吗？"刘妈妈又问。

"妈，您放心吧，都吃了。"刘书记忙回道。

"今儿都吃了些啥呀？"刘妈妈慈爱地问。

"哦，"刘书记看看孟镇长和穆清，才回道，"啥都有呢，妈，您就甭操心我了，好好将息您自己的身子吧！"

"哎，又哄我了不是？又吃的泡面吧？"刘妈妈说。

穆清听到这儿，心想：这连泡面都还没吃到呢。

"妈，放心吧，啊？今儿真没吃泡面呢。"刘书记说。

电话那边，便一阵沉默。

"我儿啊，你可晓得今儿是啥日子吗？"过了一会儿，刘妈妈又才问道。

刘书记挠了挠自己的头，愣了，怎么也想不起是啥日子，就说："妈，今天不是9月26日吗？"

"哎呀，你个臭小子，就知道忙！你又忘啦？今儿是阴历八月二十八，你的生日啊，还啥都吃的呢！"边叹气，边说道。

"妈，您就放心吧，您儿子天天吃好的呐。"刘书记忙说。

"你个臭小子，就知道哄妈。妈知道你们忙，知道你们脱贫攻坚任务重，可再忙也得吃饭，也得爱惜自己的身子呀，要知道吃饱了饭才有精气神呢！"刘妈妈叹了口气，才又道，"我的儿啊，要知道，你那胃病，就都是饿出来的。还是等你回来，妈给您做好吃的吧。"

听到这儿，穆清觉得自己都鼻子发酸，眼里雾气迷蒙了。

也听见刘书记哽咽道："好嘞，妈，老早就想吃您老做的卤猪蹄、红烧肉了。"

"那好啊，我等你回来……"穆清觉得那声音明显地低了下去，似气息微弱。

"妈……"刘书记带着哭声喊道。

那边却已挂了电话。

穆清找到躲在一边流泪的孟镇长，孟镇长忙擦掉眼泪，向刘书记走去，说："刘书记？"

"老孟，这事别告诉他人。"刘书记嘱咐道，声音哽咽。

"刘书记，要不，还是请假吧？"孟镇长又说。

"不，这关键时候，咋能请假？再说我能撂挑子吗？"

"可伯母的病？"孟镇长看看穆清，欲言又止，忙转了话题道，"刘书记今天真是您生日？"

"嗯，我都忘了，还是我那老母亲，记……记着呢。"到后面，刘书记便有些说不出话来了。

夜色中，穆清见刘书记正抬手擦拭着眼睛。

穆清忙给赵一民打电话，问他们回去没？赵一民说，才刚到不久。

穆清说："我们还没吃晚饭，还得麻烦凤琴嫂给弄几个菜了。"

赵一民说："正好正好，我们也还没吃呢，等你们了！"

穆清想告诉他，今儿是刘书记生日，可还没说，就被刘书记止住了。

后来，穆清才知道了刘书记母亲身患癌症的事。但刘书记让他谁也不能说。

那一夜，将近12点，一班人才吃到晚饭。

之后，在刘书记、孟镇长身体力行的影响下，日月山的工作做得极细，也极扎实。

产业路也在镇、村两级班子的督促下，迅速连通。

不惊觉间，深秋已悄然来临。

待脱贫验收组抵达时，日月山又是漫山红叶醉的季节。

为了保证贫困村高质量脱贫摘帽，市验收组严格按标准、流程、规定，在日月山和玉屏两个村开展高标准、严要求、较真逗硬的退出验收。

验收组分成3个验收小组，穆清为向导员之一，负责老鹰山、火焰沟片区的带路工作。

验收结束后，双河口党委政府在伙食团设便宴，款待在村里辛苦奔波了多日的验收组全体成员。

饭后，刘书记与市里下来的验收组杨组长闲话家常。杨组长突然问刘书记道："刘书记，你还认得我吗？"

刘书记一愣，早觉对方面熟，却想不起是谁来。

杨主任哈哈大笑道："我父亲当年在你们区工作。还记得你们家就在区政府附近吧？你父亲在乡政府工作，我那时还在读中学，常跟父亲去你家蹭饭吃呢，还记得吗？"

"你是……是小斌哥？"刘书记兴奋道。

"嗯，后来才改成了现在的名字。"杨主任笑道。

"还真是你啊，难怪面熟。"刘书记一阵感慨后，又玩笑道，"不过，就是认出来也不敢认呀，要避嫌嘛！"

"说实话，我们这次验收极其严格，但双河口2个村的脱贫攻坚工作都做得扎实、过硬，各项指标均高质量达标，完全符合退出贫困村的要求，所以，也就没什么避不避嫌的。"杨主任说道。

"谢谢，谢谢杨主任的肯定，也辛苦你们了！"刘书记说。

"哦，伯母她老人家身体还好吧？"杨主任又问道，

哪知这话正戳到刘书记的痛处。

"她……挺……挺好的。"刘书记虽说着"好"，眼泪却突然像决堤的河流奔涌而出，只忙低了头，以手掩面。

杨主任一看，急了，不知何故。

这时，一旁的孟镇长对杨主任说了实话："杨主任，刘书记母亲病重，肝癌晚期了，因为工作的原因，竟没法在她老人家跟前尽孝服侍，作为老人唯一的儿子，刘书记是既着急又愧疚啊！"

杨主任这才知道原委，也泪眼模糊，难过极了。他只无声地拥住刘书记的双肩。杨主任好一阵子才也感叹道："我们要向你们这些战斗在扶贫第一线的基层干部们致敬呀，没有你们，哪来脱贫攻坚的辉煌成就？双河口之行，我们验收组感慨良多呀，也进一步知道了什么是忘我无私，什么又是舍己为公啊！再次致敬你们！"

杨主任紧紧握住两人的手。

## 四

"贫困村退出验收"结束后，穆清觉得自己和日月山人，与"贫困"打了一场旷日持久的大战争。这场战争从数年前就开始，漫长而又顽固，只是战争的结局还是人类胜利了。他们除了消除了阻碍地方经济发展的相对贫困，消灭了"等、靠、要"的惰性思想，更消灭了人类得过且过的短视。

穆清和大家都很欣慰。

赵一民笑对穆清道："穆书记还和时间打了一仗呢，从2015年初夏，直打到2019年末，这都4年多了，不容易啊！"

"是啊，为了日月山能退出贫困村，也为了村民过上好日子，我们一道起早贪黑、并肩作战，舍小家顾大家，这仗打得多过瘾呀，是不是？"雷达也笑道。

"只是苦了穆书记啰，都3个多月没回家了，这个周末，总该回去看看嫂子和孩子了吧？"任东风笑问道。

"是该回了，是该回了！"其他人都笑着附和。

"对对对，不过，我得先看看我这脚，这一向总觉得不舒服，像哪儿都不对劲，但一忙也没得空看，夜间又都是倒头便睡，今天闲下来，才觉得这儿疼得厉害，啊……我看看。"穆清说着，咬牙脱下了皮鞋。众人一看，鞋底已断了，水渗进鞋里，把一双脚全冻伤了。又因双脚长时间被泥水泡着，早被感染，眼下已泛白浮肿糜烂了。

"哎哟！难怪疼得难受。"穆清叫了一声，龇牙咧嘴道。

大家忙围过来看，见他一双脚大面积感染，连脚颈都肿得老高，都唏嘘着心疼不已。

赵一民忙让张少华去他家，给穆清寻了一双布鞋来。但终因那脚肿得厉害，怎么也穿不上。

张少华和周扬帆便轮流背着他，去了村委会的卫生室。

看着穆清那双脚，赵国寿大吃一惊，边给他消毒上药，边批评他不把自己当回事。还说，再晚一点处理的话，还不定会感染到哪里呢。

穆清听了，方觉得后怕。

后来，穆清在床上歇息了将近一周，才勉强能下地。

山里下了一场大雪，铺天盖地。漫山银装素裹，惟余莽莽。

天晴了，积雪在阳光里一点点化去。

雪后的日月山像个崭新的世界，生机盎然。

村里买车的人多了，也多了拉客的车。杨二娃和明春一起跑的双河口。

冯来回山了，还开回了辆长安车。他又与女人商量后，在镇子上租了间门面，开起了修理铺。

搬到向阳坡的杨贵，因山上交通便宜了，就又回了马家坡。他也买了辆拉客的车，与其他人商量后，跑的是联网路到云水县城。下城的人多，生意好得很。

老胡回了趟县城，再上日月山时，就把自己的大众车也开了上去。车上拉着穆清，还有周扬帆和鲁娟两人。

"我们终于有专职司机喽！"鲁娟一上车，就朝着车窗外，一路激动地欢呼。

"低调低调，这种秘密，怎么能大声宣扬呢？"周扬帆一本正经地制止道。惹得大家都忍不住笑起来了。

"这你就不懂了吧？这叫快乐扶贫，高调上山！有什么不好的呀！"鲁娟毫不示弱道。

"嗯，好，不过，你想想，胡叔和穆书记他们当初上日月山时，是个什么光景呀，你这不是让他们辛酸，觉得往事不堪回首吗？"周扬帆继续调侃道。

"嘿嘿，她这样挺好的，上山情绪高嘛！"穆清笑着插话道，"没什么不堪回首的啊，过去的坎坷和艰难，还真是人生一笔难得的财富呢，你们得记住这点，听到了吗？"

"哎，听到啦，听到啦！"周扬帆和鲁娟一起拖着声音，笑道。

"对嘞，走过来就知道了。"老胡接话道。

"不过，胡大哥，还真没想到的是，我们扶贫驻村队居然也能开着自己的车上山了。"穆清感叹道。

老胡听着，只会心地一笑。

## 五

11月初，日月山和全市103个村正式退出了贫困村。

村民们很兴奋，要求村上举办个活动，好好庆贺一下。

村"两委"征求穆清他们工作队的意见，穆清觉得这提议好，想了一下，问赵一民能不能把这个活动放在元旦。

"元旦是节日，喜庆，又正好有几天假期，再好不过了。"赵一民说罢，环视了一眼大家，又道，"大伙儿都知道，咱日月山以前多偏呀，是'鸟不拉屎'的地方，这如今不但路通了，还四通八达呢，出门就有车坐，就近可到背后的临江大峡谷，再往前就是玉水河风景区；而向北不远就是陕西，兴致高了，还可去西安城里溜一转呢。再说这下县城吧，如今比双河口还近，想想都美呀。所以，穆书记的提议好，咱们元旦就来个大庆贺！"

"对，再来个'脱贫攻坚表彰大会'，将两者合二为一，就叫'庆元旦暨脱贫攻坚表彰大会'，行不？"有人提议道。

"对哟，正好辞旧迎新。"张少华高兴道。

"好嘞，元旦有三天假日，说不定外边的人，也有空回来看一看呢。"任东风说。

"这两年，村民们在村上就能挣到钱，去外边的人也少了，再说春节也快了，该回来的也回来了，另外，我们还可邀请在外工作人员，让他们都回来看看，看看自己家乡的巨大变化。"雷达接言道。

"对了，还不能忘了邀请帮扶单位啊，他们可是我们脱贫攻坚的见证者、参与者。没有他们的帮助与扶持，我们是走不到今天的！"赵一民补充说。

"还有镇党委政府呢，多亏刘书记、孟镇长没私心，为我们争，为我们跑，政策上还尽力向我们倾斜。"雷达道。

"是啊，该感恩的部门和个人太多了，就像交运局、文化馆、渔政局的，还有农能办、亮雪公司等，正因为有了他们的支持，日月山虽行进艰难，却也不乏坚定和豪迈呀。"穆清感叹道。

"这样，该邀请的单位和个人，我们都邀请。"赵一民最后拍板道，"另外，我们还要洋盘一下，这来者都是客，为了彰显我们日月山人热情、好客以及感恩的传统，还得把坝坝宴办起，流水席摆起，再搞个文艺演出什么的，要不要得？"

"要得，要得，咱日月山的群众演员多的是。"大家笑道。

于是这元旦庆贺的事就定了。张少华具体负责坝坝席，而文艺演出的一切事宜，就分给了鲁娟和学校的江山。

山里的农闲时节，比前几年都来得慢了些。

只等罗永国等几家种植园收完药材，再重新栽植后，人们才真正闲了下来。

身子闲下来的女人们，心却不想闲下来，便又都拿起了自己心爱的剪刀。不同的是，往年都各自为政，随心所欲，剪些简单的图案装饰家居，以辞旧迎新。今年却不一样，大家多是聚在村委会的剪纸工作室，讨论、商量，再集体作业。有时，还关着门，悄声细语，又像是密谋着什么。紫叶是领头羊，自然更忙。叶朵也加入了她们，江山空了也总前去帮忙。若是有人问她们在忙啥，就都像约好了似的，只一笑道："就剪纸呗。"

杨氏兄弟猪场的肥猪开始出槽了。

因为七八月份非洲猪瘟的影响，猪肉成了紧缺货，生猪价已涨到了17.5元一斤。县里的几个屠宰场知道日月山的猪多，又是吃猪草、粮食长大的，都争先打电话过来联系。

杨兴平预估了一下，按这个市场价，猪场六七十头怎么也得卖个30多万吧，心中之喜，自然无法言说。

县城的屠宰场来拉猪时，村里依旧谨慎，除了对司机和车辆严格消毒外，交易场所仍旧设在几公里外的一个中转站。

年关将至，水产养殖合作社也要准备成鱼出售了。

从去年开始，因为是生态养殖的，水质又好，鱼肉细嫩、鲜美，口碑甚好。陕西那边的主顾，多是自己开车到渔场来采买。照张少华的话说，是抓起来就过称卖钱的那种。

村民们都知道，渔场去年就基本不送货了，更不会出去卖，只是大宗买卖例外。穆清还记得张少华说过，去年年三十那天，他塘上的零售收入，就是17000多元。当时，把在场的人都吓了一大跳。

穆清问他今年的行情，张少华一脸兴奋道："我派人打听了，因为非洲猪瘟的影响，今年牛、羊、鱼和鸡鸭的价钱都暴涨了，特别是养牛羊的，算是逢上好时机了，市场上活羊子都涨到20多元一斤了，你们看，啥价？往年才十一二块呢。"

"天价呀，这样一算，那高登峰家繁殖了那么多，得卖多少呀？好歹也有个近二十万吧？"雷达惊讶道。

"他那羊喂得好，膘肥体壮的，有的一只怕有百多斤哟，这样一算，怕是还不止卖那个钱呢！"任东风说。

"是啊，那还不赚翻了？那老孙头，那养牛的杨二娃，还有那杨九红，不都发了啰！"赵一民高兴道。

"是啊，早知道我也搞养殖了。"紫叶一旁说笑道。

"哎哎哎，张文书，咋都说别人哟，还是说说你们那些塘口吧，今年到底要净赚多少呢？"任东风笑问道。

"我们那嘛，大家都晓得的，十几户人啊，僧多粥少，没多大显化，估计一户也就四五万的收入吧，不行不行！"张少华佯装谦虚道。

"得了吧，你赚再多，我们又没让你捐些到村委会来，就不用装了吧。"雷达笑他道。

旁边的人也跟着一阵笑。

## 六

12月下旬，穆清接到王志华打来的电话，说全国有名的矿泉水公司，正在秦巴山一带寻找优质水源。

"然后呢？"穆清没反应过来。

"还然后呢，你们不是想开发云雾山山泉水吗？若有意向，我可找朋友帮忙引荐引荐呀。"王志华说。

"好嘞，小子，"穆清一听，心中大喜道，"我差点忘了这事了！"

挂了电话，穆清就忙将这事与赵一民、雷达说了。

几人一琢磨，都认为这是个绝好的机会，求之不得。他们又立马召开村"两委"会，商讨此事。

会上，大家都认为云雾山是零污染地，泉水清冽温和，甘醇可口，若能开发，又是被大公司开发，自然更好，那样既造福了日月山，又贡献社会。

穆清也认为，这机会可遇而不可求。

于是，村"两委"决定，还是把此等大事，交由胆大心细的任东风和老胡负责。

接下来，经王志华的朋友一促成，矿泉水公司迅速派出专家组，与任东风一起上了云雾山。

经考查鉴别，专家组得出结论：云雾山泉水是世上稀有的小分子团水，富含锶、钾、钙、钠、镁等多种有益人体健康的元素，符合国家规定的矿物质标准，且是弱碱性，有益人体健康。

矿泉水公司负责人更是大喜，鉴定结论一出来，便亲自开车上了日月山，率先与日月山村委签订了一份合作意向书。

元旦前夕，紫叶接到亚雪老师的电话。

亚雪老师兴奋道："你们又得忙了，有单大生意，人家点明要给日月山呢。"

紫叶不知啥生意让她老师那么高兴。

亚雪老师这才告诉她，对方是中国工商银行总行。又说中国工商银行自1995年就开始扶贫云水县了，今年国庆的时候，总工行负责人又带队来云水考察，在县委、县政府的引荐下，参观了亚雪老师的剪纸公司及扶贫车间。没想到他们对这种民间剪纸艺术极有兴趣。后来，无意中看到日月山曾设计的"喜"字图案时，很是赞赏。他们便萌生了筹划一个"爱心助农扶贫活动"的想法，即在云水采购一批装裱好了的窗花及收藏画，作为春节慰问礼品，回赠给自己的客户们，他们还点明要将这批订单放在日月山。

亚雪老师说了情况，又将对方的联络方式发与了紫叶，说具体业务，让她自己与对方详细洽谈。末了，亚雪老师还特别强调了这单生意的意义，说这次的剪纸，不仅仅是展现日月山的剪纸实力，更是代表我们云水县的艺术水准，嘱咐她要好好珍惜和把握好这次机会。

紫叶忐忑地拨通了对方的电话，对方很热情。除预订了3000幅要求要带有工行元素的窗花外，还预定了一批反映云水风情的剪纸画。

对方说："为了减轻你们设计的压力，我将发给你一个基本文案，里面有我们要求的元素，你们只需作艺术处理就行。"

只是对方有一要求，说1月25日就是春节，强调1月18日前，必须收到预定的所有货品。

紫叶心想，这么大的单子，我们不吃不喝、加班加点也得完成呢。

紫叶将这事与村"两委"做了汇报，大家都呆了，竟不敢置信。

"难怪叫大单，算下来也有二十来万的资金吧？"赵一民问。

"嗯，光窗花就整 15 万呢，还不说更贵的剪纸画。"雷达粗算了一下。

紫叶笑而不语。

"好。不过咱日月山人得懂感恩啊，为什么？人家是在拉咱扶持咱呢，所以你们得用心做，不要负了人家才是！"赵一民一再叮嘱紫叶道。

"是啊，这是咱日日山的剪纸艺术品第一次进北京呢，不能出岔子！"穆清也补充道。

紫叶忙点头，让大家放心，说等完成了手头上的东西，我们就加班加点地干。

"手头上的东西？"众人都纳闷，问她，她又笑而不语。

"这个紫叶，搞什么名堂，越来越神秘了。"紫叶出了门，赵一民笑道。

"赵书记，您家凤琴嫂不也是她同伙吗？还有江山和锦绣，回去问问不就知道啦！"穆清笑道。

"对嘞，我咋忘了这岔了？"赵一民恍然道。

## 七

"元旦"终于到了。

村民们吃过早饭，就聚到了村委会。德叔也被雷达早早地接到了秦家坝。

一会儿，外面陆陆续续有人来。

先是刘书记、孟镇长。

一会儿，镇上其他领导也来了。没想到的是，调走的陈副镇长得知消息后，也从龙凤镇赶上来了。

接着到的是帮扶单位的宋达海、秦汉明。

两人还带着点点。

因为穆清提前打电话给他们，说元旦晚上，日月山有皮影戏表演，让秦汉明带上孩子，住上一晚。秦汉明欣然应了。

接下来，陆续到的，还有交运局王主席和薛股长，渔政局向局长，文化馆冯馆长、张老师，一同来的，还有亚雪老师等。

穆清没想到的是，李长海下城竟将徐丽、娟子、萌萌也都接上来了。娟子和萌萌一见穆清，就兴奋地奔了过去。

玉山裴亮也来了。

王志华和王浩医生也来了。

叶朵的父亲黎老师回山了，车上还载着几个来日月山观光旅游的同事。

其他在外的日月山人，有车的开车，没车的搭便车，也纷纷赶回来了。

总之，被邀请到的都来了，没邀请到的也来了。日月山沸腾了，空前热闹。

宋达海正跟王主席、薛股长说话。秦汉明让点点跟娟子她们玩去了，又让穆清陪他走走。

穆清见他那神色，估计是有话与他说。

两人走到僻静处，秦汉明方问穆清道："现在能放心离开了吗？"

"不是说脱贫不脱帮扶吗？"穆清不解道，又补充说，"还有乡村振兴呢。"

"你也不能老在这日月山吧？你还有新的使命呢！"秦汉明瞪了他一眼，又道，"单位还差一个副处，十天前，宋处长已向局党委提出申请，希望你能回单位，依旧分管航务，负责项目建设。他认为无论是从政治素质、个人能力、情怀，还是工作业绩方面来考察，你都是不二人选。"

穆清听罢，觉得这消息来得太过突然，突然得让他有些愕然，而更让他无措的是宋达海在他心中的形象，竟一下模糊起来，甚至模糊到难以捉摸。

他暗想：难道自己真误解了他？当年是有意拿"船只合法化"一事，来试探自己、考验自己的？

穆清心里百思不得其解。

"怎么啦？还纠结呀，脱贫攻坚使命完成后，还有更重要的岗位等着你呢！"秦汉明说。

"秦处长，你看，这里不正需要我吗？再说，我也不想离开呀。"穆清低声求情道。

"处里也离不开你，至于这里，局里认为大可放心地交与老胡了。"

两人正说着，雷达跑过来叫他们了，说大会马上开始。

两人一听，忙向会场走去。

上午十点，日月山元旦庆典暨脱贫攻坚表彰大会正式开始，会议由镇里孟镇长主持。

首先是村支部书记赵一民致元旦贺词。

然后，由第一书记穆清做脱贫攻坚成效总结。

紧接着，交运局王主席、帮扶单位领导宋达海，分别做了热情洋溢的讲话。

大会的第四个议程，是表彰脱贫攻坚先进典型：

任东风，被表彰为脱贫攻坚先进个人；张少华、罗永国，为富民兴村带头人；李长海，为日月山企业之星；杨兴平、杨兴培，为脱贫致富能手；郭秀珍为孝老敬老模范，高登峰，为山林守护之星……

而引起全场轰动的，则是庆典上那份让人意想不到的元旦献礼。

礼物由紫叶呈上，由江山、叶朵、绵绣携手打开。当它徐徐呈现在人们眼前时，竟是一幅长卷剪纸画。有场景、人物、房舍、自然风光，画面立体，内容丰富，栩栩如生，一幕幕都生动地记录了日月山的巨大变迁。那立意、那构图，还有那细致精湛的刀法，都不能不令人惊叹、倾倒，全场一下静默无声。

紫叶介绍："这幅画卷长5.58米，宽80厘米，由江山构思，由叶朵绘成剪纸图画，再由我们日月山妇女在宣纸上一刀一刀精心剪制而成。"说到这里，她看看穆清，看看刘书记、孟镇长，又环视着台上所有来宾，深情而激动地说："我们谨代表日月山所有村民，用我们手中的剪刀、我们无限感恩的心，记录下了我们日月山天翻地覆、日新月异的变化，也记下在漫长的脱贫攻坚战中，所有扶贫人曾给予我们日月山的温暖、关爱及无私倾情的扶持与帮助！所以，今天我们谨用这幅题为《穆如清风》的长卷剪纸画，向元旦献礼，更向所有的扶贫人致敬！"

紫叶话音刚落，会场上骤然卷过一阵热烈的、经久不息的掌声。

议程最后，是镇党委刘书记做"'感恩奋进、合力兴村'——向乡村振兴迈进"的动员讲话。

刘书记心情激动，回顾了几年来脱贫攻坚的艰难历程，对日月山脱贫攻坚成就予以高度肯定，更对以穆清为首的所有扶贫人，给予了高度评价。他感慨道："现实这座大熔炉，将日月山来了一个重新锻造与淬炼，日月山终在凤凰涅槃的阵痛中浴火重生了。历时6年，曾经的穷乡僻壤、空巢之山，真正呈现出日月朗照、欣欣向荣的可喜态势。所以，我要说的是，让我们再次把最热烈的掌声，送给所有的扶贫人，并向他们致以最崇高的敬礼！"

秦家坝上，经久不息的掌声，在山谷回荡，余音缭绕。

掌声停下来，孟镇长兴奋地宣布："表彰大会结束，我们的坝坝宴就正式开席。不过，在大家入席之前，我要宣布的是，今晚，咱日月山将有一场别开生面的文艺演出，融现代气息与传统风格为一体，可谓精彩纷呈！而更值得期待的，是咱日月山几近失传的镇山绝技——'影子戏'，今晚将再度隆重面世。所以，敬请各位嘉宾、各位日月山的村民，届时莅临！"

人们一听，全场顿时欢呼雀跃。

待大家静下来，便又听见孟镇长那如洪钟般的声音，再度响起：

"日月山坝坝宴开始，请各位嘉宾和老乡入——席——啰！"

# 后记

一气写完最后一个标点时,已是夏末秋初。窗外酷热正退,偶有清风拂面,金桂飘香,便如释重负,深吸了口气。

回过头来,才吃了一惊,自己竟用一年的时间写了个长篇小说,还是从不曾想过也不敢去涉猎的扶贫题材,很是唏嘘。我都不知自己是珍惜了光阴,还是挥霍了岁月。因为大弟同样用一年的时间,在老家修了一栋阔气的洋楼,还自带好几百平方米的大院。巧的是,我们完工的时间竟在一前一后。当我合上电脑时,忍不住问儿子:"这样值吗?用了整整一年时间呢,你大舅都起了一栋新楼了。"儿子就笑我,说:"何必问我,答案在你自己心中呢!"

细想他的话,也是。

大弟运气好,把活包给了表弟,材料聚齐,又得天时、地利,所以从选址,到设计规划,再到打地基、码砖、砌墙、倒板,一步都不曾懈怠。等到修建、装修一气呵成时，也满满当当一年了。而我，除了上班、陪孩子、料理家务，余下的时间便是与我书中人物一道长途跋涉：一步步从夏走到秋，再越过寒冬，迎来春天，就这样周而复始，就像日月山的油桐花，开了又谢，谢了又开。只是贫穷就像老树根，在山里深深扎根，要一点点拔出它，可不在一朝一夕。主人公穆清也深知这点，从初到日月山时的一腔热血、心怀信念，到失望、忧惧、举步维艰，到调整心态，寻求措施，夙兴夜寐，一往无前，再到日月山生机盎然，旧貌换新颜。不经意间，数年岁月即倏然而去。

其实，不论是大弟起的楼房也好，还是他院坝里慢慢长出的蔬菜瓜果也罢，它们都是自带梦想的。我想，我的《春秋辞》同样如此。也是一颗梦想的种子，虽小，却埋在文字里的土壤里，一点点生根、发芽、成长，到枝繁叶茂，再到整个日月山山峦叠翠、田园如画。是的，那梦想该是有大气象、大境界的。

"决战脱贫攻坚，决胜全面小康"是一个时代的主题，也是划时代的大事。我们都是它的见证者、参与者，曾为它忧，为它喜，为它流泪，为它沮丧，也为它意气风发、一腔热血着。小说《春秋辞》正是以此为基础，从小处落笔，写小人物、小事件、小情景，小情怀，但以小切口展现大视野，以小事件表现大时代，以小人物抒写大情怀。我偏爱这样的写作角度，也一直钟爱那些注满日常叙事的作品，因为这会让我们远离浮夸，回归生活本身。可能也正是在那些近乎琐碎的叙述中，我们窥见一个个社会的缩影，一个个时代的变迁。老舍的《四世同堂》如此，巴金的《家》《春》《秋》三部曲也如此，路遥的《平凡的世界》如此，陈忠实的《白鹿原》同样如此，这是文学大家的眼界和胸怀，我们心怀仰慕，亦希望自己也用虔诚之心，抒微尘之意，通过一部《春秋辞》，真正替时代发声，为人民抒怀，也为所有扶贫人明志、立传！

在这里，我要感谢我的朋友——第一书记王志强同志，因为《春秋辞》中绝大多数的素材来自他，可以说，他就是小说中主人公穆清的原型。也正是源于感动于他的事迹，才萌生了创作这部小说的初衷。当然还有更多给予我帮助与动力的第一书记，比如王锋、张洁、王坤华、向荣浩等，他们都是战斗在脱贫奔康第一线，让人心怀敬意的平民英雄。小说主人公穆清身上同样有着他们每个人的影子、每个人的扶贫故事！也有忘我无私、坚守一方的基层领导，他们后来成为我小说中的刘宏涛书记、孟宇镇长等。还有在脱贫攻坚这场大战役中，负重前行，宏观指挥，与民休戚与共、血脉相连的县委、县政府，更有全力相助，不计回报的帮扶单位、县级各部门，这些都是我前行、不敢懈怠的动力。

我还要特别提到的是在实地采访中，竟与来川定点扶贫的中国工商银行总行干部邂逅，他们不远万里，跨越蜀道，来到巴山深处，二十六年如一日倾力扶贫的故事感人心怀，让人敬佩。他们以捐资、筹资、贷款等方式，多措并举，大力实施教育扶贫、金融扶贫、医疗卫生及产业扶贫；又将教育扶贫放在首位，实施"阳光校园"项目——援建希望小学、中小学宿舍楼和教学楼，修操场、捐图书、捐赠配套教学设施；捐资数百万元实施"启航工程"，无偿资助贫困大学生上学；大力推行"烛光计划"，鼓励优秀教师扎根乡村。他们还将产业扶贫作为长线来抓，在中国工商银行的捐助下，巴山土猪、黄羊，还有肉兔、黄牛等多种产业，在大巴山这片热土上迅猛发展。正是通过产业循环，百姓利益得到最大化。可以说，在巴山蜀水的历史进程中，中国工商银行已镌刻下厚重的帮扶印记。他们慈以济贫，爱洒山河的章章幕幕，皆光彩夺目，润人心田。只可惜的是，与他们相识时，小说创作已到了后期，所以，总觉小说中的表述，不及他们所付出的万分之一，这是我深感遗憾的。因此也常想，如果一早就与他们相识，那这部小说可能就是另外一番模样了，至少，中国工商银行会是其中浓墨重彩的一笔。不过，纸短情长，作为巴山蜀水这片热土上的一员，我谨以此书，此表述，向他们无疆的大爱致以最崇高的敬意！

  同时，也希望这部满带着一个时代记忆的作品，能走入更多人心中，也希望她的一枝一叶、一花一木，都与岁月同在！

李　烨

2020 年 10 月

# 图书在版编目(CIP)数据

春秋辞/李烨著. — 福州：海峡文艺出版社，2020.12
ISBN 978-7-5550-2543-6

Ⅰ.①春… Ⅱ.①李… Ⅲ.①长篇小说－中国－当代 Ⅳ.①I247.5

中国版本图书馆 CIP 数据核字(2020)第 261069 号

## 春秋辞

李　烨　著

**责任编辑**　林　颖
**出版发行**　海峡文艺出版社
**经　　销**　福建新华发行(集团)有限责任公司
**社　　址**　福州市东水路 76 号 14 层　　邮编　350001
**发 行 部**　0591－87536797
**印　　刷**　成都兴怡包装装潢有限公司　　邮编　610000
**厂　　址**　成都市金牛区西华街道付家碾村 6 级 152 号
**开　　本**　700 毫米×1000 毫米　1/16
**字　　数**　492 千字
**印　　张**　30.5
**版　　次**　2021 年 7 月第 1 版
**印　　次**　2021 年 7 月第 1 次印刷
**书　　号**　ISBN 978-7-5550-2543-6
**定　　价**　78.00 元

如发现印装质量问题，请寄承印厂调换